Meio Sol Amarelo

Chimamanda Ngozi Adichie

Chimamanda Ngozi Adichie

Meio Sol Amarelo

Traduzido por
Tânia Ganho

D.QUIXOTE

Título: *Meio Sol Amarelo*
Título original: *Half of a Yellow Sun*
© 2006, Chimamanda Ngozi Adichie
Todos os direitos reservados.
© 2017, Publicações Dom Quixote

Edição: Carmen Serrano
Tradução: Tânia Ganho

Fotografia da autora: Wani Olatunde
Paginação: LeYa
Impressão e acabamentos: Multitipo

1.ª edição: maio de 2017
2.ª edição: janeiro de 2019 (reimpressão)
ISBN: 978-972-20-6238-1
Depósito legal: 423978/17

Publicações Dom Quixote
Uma editora do Grupo Leya
Rua Cidade de Córdova, n.º 2
2610-038 Alfragide · Portugal
www.dquixote.pt
www.leya.com

Reservados todos os direitos de acordo com a legislação em vigor.
Este livro segue o Novo Acordo Ortográfico de 1990.

*Os meus avôs, que não cheguei a conhecer,
Nwoye David Adichie e Aro-Nweke Felix Odigwe,
não sobreviveram à guerra.*

*As minhas avós, Nwabuodu Regina Odigwe e
Nwamgbafor Agnes Adichie, ambas mulheres
extraordinárias, sim, sobreviveram.*

Este livro é dedicado à memória de todos eles:
ka fa nodu na ndokwa.

E a Mellitus, onde quer que ele esteja.

Ainda hoje o vejo –
Seco, magro como um espeto, exposto ao sol e ao pó da estação seca – Lápide sobre ínfimos escombros de ardente coragem.

— CHINUA ACHEBE, «Rebento de Mangueira»,
em *Natal no Biafra e Outros Poemas*[1]

---

[1] Tradução do título original, *Christmas in Biafra and Other Poems*, livro ainda não publicado em Portugal. *(N. do E.)*

PRIMEIRA PARTE

INÍCIO DOS ANOS 60

CAPÍTULO 1

O Senhor era um bocadinho louco; passara demasiados anos a ler livros no estrangeiro, falava sozinho no escritório, nem sempre respondia quando o cumprimentavam e tinha demasiado cabelo. A tia de Ugwu explicou-lhe isto baixinho, enquanto avançavam pelo carreiro.

– Mas é um homem bom – acrescentou. – E desde que trabalhes bem, comerás bem. Até carne hás de comer todos os dias. – Deteve-se para cuspir; a saliva saiu-lhe ruidosamente da boca e aterrou na relva.

Ugwu não acreditava que alguém, nem sequer o tal Senhor com quem ia viver, comesse carne *todos os dias*. Porém, não discutiu com a tia, porque estava sem fala de tanta expectativa, demasiado entretido a imaginar a sua nova vida longe da aldeia. Já estavam a caminhar há algum tempo, desde que tinham descido do camião no parque de estacionamento, e o sol da tarde queimava-lhe a nuca. Mas não se importou. Estava disposto a caminhar durante horas, com um sol ainda mais quente. Nunca vira nada de semelhante às ruas que se lhe depararam depois de terem transposto os portões da universidade, ruas tão lisas e alcatroadas que ele estava doido por encostar a cara a elas. Jamais conseguiria descrever à sua irmã

Anulika a maneira como, aqui, as casas térreas eram da cor do céu e se erguiam lado a lado como homens educados e bem vestidos, e que as sebes que as separavam eram tão achatadas no cimo que pareciam mesas recobertas de folhas.

A tia apressou o passo; o barulho dos seus chinelos ecoava na rua silenciosa. Ugwu perguntou-se se também ela sentiria o alcatrão a aquecer debaixo dos pés, através das solas finas. Passaram por um letreiro que dizia ODIM STREET e Ugwu murmurou *street*, «rua», como costumava fazer sempre que via uma palavra inglesa que não fosse demasiado comprida. Sentiu um cheiro adocicado, embriagante, quando entraram no recinto de uma das casas, e teve a certeza de que provinha das flores brancas que cresciam em cachos nos arbustos da entrada. Os arbustos tinham a forma de esguias colinas. O relvado reluzia. No ar, esvoaçavam borboletas.

– Eu disse ao Senhor que tu vais aprender tudo muito depressa, *osiso-osiso* – revelou a tia.

Ugwu assentiu com um ar compenetrado, embora ela já lhe tivesse dito aquilo várias vezes, o mesmo número de vezes que lhe contara a história de como é que surgira aquela oportunidade de ouro: quando andava a varrer o corredor do Departamento de Matemática, há uma semana, ela ouvira o Senhor dizer que precisava de um empregado para lhe fazer a limpeza da casa e, de imediato, oferecera-se para ajudá-lo, antes que a datilógrafa ou o paquete pudessem abrir a boca e sugerir alguém.

– Eu vou aprender tudo muito depressa, tia – disse Ugwu. Estava especado a olhar para o automóvel estacionado na garagem e que tinha uma tira de metal a envolver a carroçaria azul, como um colar.

– Lembra-te do que deves responder sempre que ele te chamar: «Sim, patrão!»

– Sim, patrão! – repetiu Ugwu.

Estavam parados diante da porta envidraçada. Ugwu conteve a vontade de esticar o braço e tocar na parede de cimento, para ver até que ponto era diferente das paredes de adobe da cabana da sua mãe, que ainda conservavam umas leves marcas dos dedos que as tinham moldado. Por um breve instante, desejou lá estar, de volta à cabana da sua mãe, na fresca penumbra sob o telhado de colmo; ou na cabana da tia, a única da aldeia com um telhado de chapa ondulada.

A tia bateu no vidro. Ugwu conseguia ver as cortinas brancas por detrás da porta. Uma voz disse, em inglês: – Sim? Entre.

Descalçaram os chinelos antes de entrar. Ugwu nunca vira uma sala tão grande. Apesar dos sofás castanhos dispostos em semicírculo, das mesinhas entre eles, das estantes apinhadas de livros e da mesa ao meio com um jarro de flores de plástico vermelhas e brancas, ainda assim a sala parecia ser demasiado espaçosa. O Senhor encontrava-se sentado numa poltrona, de camisola interior e calções. Em vez de ter o tronco direito, estava todo inclinado, com um livro a esconder-lhe o rosto, como se se tivesse esquecido de que mandara alguém entrar.

– Boa tarde, patrão! Aqui está o rapaz – disse a tia de Ugwu.

O Senhor levantou os olhos. Tinha uma pele muito escura, como uma velha casca de árvore, e os pelos que lhe cobriam o peito e as pernas eram de um tom ainda mais escuro e lustroso. Ele tirou os óculos.

– O rapaz?

– O criado, patrão.

– Ah, sim, trouxeste o criado. *I kpotago ya.*

O Senhor falava ibo com um sotaque que, aos ouvidos de Ugwu, pareceu leve como uma pena. Era um ibo tingido pela entoação fluida do inglês, o ibo de alguém que falava inglês com frequência.

– Ele vai trabalhar com afinco – prometeu a tia. – É muito bom rapaz. Basta dizer-lhe o que quer que ele faça. Obrigada, patrão!

O Senhor soltou um grunhido como resposta, observando Ugwu e a tia com uma expressão algo ausente, como se a presença deles o impedisse de se lembrar de qualquer coisa importante. A tia deu uma palmadinha no ombro de Ugwu, sussurrou-lhe que se portasse bem e dirigiu-se para a porta. Assim que ela se foi embora, o Senhor voltou a pôr os óculos e a concentrar-se no livro, deixando o tronco descair ainda mais para o lado na poltrona, de pernas esticadas. Nem sequer quando mudava de página tirava os olhos do livro.

Ugwu ficou parado junto à porta, à espera. A luz do sol jorrava pelas janelas e, de quando em quando, uma brisa suave enfunava as cortinas. A sala estava em silêncio, exceto o restolhar do Senhor a virar as páginas. Ugwu permaneceu imóvel durante uns instantes e, depois, começou a avançar para a estante, aproximando-se cada vez mais, como que para se esconder nela, e, passado um pouco, deixou-se cair no chão, com o seu saco de ráfia aninhado entre os joelhos. Olhou para o teto, tão alto, de um branco tão penetrante. Fechou os olhos e tentou reconstituir aquela espaçosa sala, com os seus móveis desconhecidos, mas não conseguiu. Abriu os olhos, subjugado por uma nova sensação de assombro, e olhou em volta para se certificar de que era tudo real. Só de pensar que se ia sentar naqueles sofás, polir aquele chão liso e escorregadio, lavar aquelas cortinas de gaze...

– *Kedu afa gi?* Como é que te chamas? – perguntou o Senhor, pregando-lhe um susto.

Ugwu levantou-se.

– Como é que te chamas? – repetiu o Senhor, e endireitou as costas.

Ocupava a poltrona toda, com os seus cabelos grossos que lhe faziam um grande volume no alto da cabeça, os braços musculosos, os ombros largos; Ugwu imaginara um homem mais velho, uma pessoa frágil e, de repente, sentiu um medo súbito de não agradar àquele Senhor com um ar tão jovem e capaz, com um ar de quem não precisava de nada.

– Ugwu, patrão.

– Ugwu. E vens de Obukpa?

– De Opi, patrão.

– Tanto podes ter doze anos como trinta. – O Senhor semicerrou os olhos. – Dou-te uns treze. – Disse «treze» em inglês.

– Sim, patrão.

O Senhor concentrou-se novamente no seu livro. Ugwu ficou ali parado. O Senhor folheou umas quantas páginas e levantou os olhos.

– *Ngwa*, vai à cozinha. Deve haver alguma coisa no frigorífico que possas comer.

– Sim, patrão.

Ugwu entrou na cozinha cautelosamente, colocando um pé à frente do outro muito devagar. Assim que viu a coisa branca, quase tão alta quanto ele, soube que era o frigorífico. A tia explicara-lhe o que era. Um celeiro frio, dissera, que evitava que a comida se estragasse. Abriu-o e soltou uma exclamação ao sentir a lufada de ar fresco no rosto. Laranjas, pão, cerveja, refrigerantes: havia muitas coisas embaladas e enlatadas nas diferentes prateleiras e, na de cima, um reluzente frango assado, inteiro, faltando-lhe apenas uma coxa. Ugwu esticou o braço e tocou no frango. O frigorífico respirava-lhe ruidosamente aos ouvidos. Tocou novamente no frango e lambeu o dedo antes de arrancar a outra coxa, que comeu até ficar só com os bocados de osso partidos e chupados na mão. A seguir, tirou um pedaço de pão, um pedaço que teria partilhado, com entusiasmo, com os irmãos, se um familiar os fosse visitar e o levasse como prenda. Comeu depressa, antes que o Senhor entrasse na cozinha e mudasse de ideias. Tinha acabado de comer e estava parado junto do lava-louça, a tentar lembrar-se do que a tia lhe dissera sobre a maneira de abri-lo para que jorrasse água como que de um riacho, quando apareceu o Senhor. Vestia uma camisa estampada e umas calças. Os dedos dos pés, que se viam pelas sandálias de cabedal, pareciam femininos, talvez por estarem tão limpos; pertenciam a uns pés que andavam sempre calçados.

– O que foi? – perguntou o Senhor.

– Patrão? – disse Ugwu, apontando para o lava-louça.

O Senhor aproximou-se e rodou a torneira de metal.

– Vai dar uma vista de olhos à casa e deixa o teu saco no primeiro quarto do corredor. Eu vou passear para espairecer um pouco, *i nugo*?

– Sim, patrão.

Ugwu observou-o quando ele saiu pela porta das traseiras. Não era alto. Caminhava com passos rápidos, enérgicos, e fazia lembrar Ezeagu, o homem que detinha o recorde de luta livre na aldeia de Ugwu.

Ugwu fechou a torneira, abriu-a outra vez, fechou-a novamente. Ligou-a e desligou-a, até se desfazer em gargalhadas perante a magia da água corrente e do frango e do pão, que lhe acamavam o estômago como um bálsamo. Passou pela sala e entrou no corredor. Havia livros empilhados nas prateleiras e nas mesas dos três quartos, no lavatório e nos armários da casa de banho, amontoados no escritório, do chão até ao teto, e na despensa acumulavam-se resmas de jornais antigos ao lado de grades de *Coca-Cola* e caixas de cerveja *Premier*. Alguns dos livros encontravam-se virados para baixo, abertos, como se o Senhor tivesse interrompido a leitura a meio para agarrar noutro à pressa. Ugwu tentou ler os títulos, mas a maior parte deles eram demasiado longos, demasiado difíceis. *Métodos Não Paramétricos. Um Inquérito Africano. A Grande Cadeia dos Seres Vivos. O Impacto Normando na Inglaterra*. Avançou de quarto para quarto, em bicos dos pés porque os sentia sujos, e foi inundado por uma vontade cada vez mais intensa de agradar ao Senhor, de ficar naquela casa onde havia carne e o chão era fresco. Estava a inspecionar a retrete, a passar a mão pelo assento de plástico preto, quando ouviu a voz do Senhor.

– Onde estás, meu amigo? – Disse «meu amigo» em inglês. Ugwu correu para a sala.

– Sim, patrão!

– Diz-me lá outra vez, como é que te chamas?

– Ugwu, patrão.

– Isso, Ugwu. Olha, *nee anya*, sabes o que é aquilo? – O Senhor apontou e Ugwu olhou para a caixa de metal cravejada de botões com ar perigoso.

– Não, patrão – disse Ugwu.

– É uma radiola. É nova e é muito boa. Não é como aqueles antigos gramofones a que uma pessoa tinha de dar corda e mais corda. É preciso teres muito cuidado com ela, muito, muito cuidado. Não podes deixar cair um pingo de água sequer junto dela.

– Sim, patrão.

– Vou jogar ténis e depois vou para o clube dos professores. – O Senhor pegou nuns quantos livros que se encontravam em cima da mesa. – Sou capaz de chegar tarde, por isso instala-te e descansa um pouco.

– Sim, patrão.

Assim que Ugwu viu o Senhor sair de automóvel do recinto, postou-se ao lado da radiola e observou-a com toda a atenção, sem lhe tocar. Depois, deu uma volta pela casa, de uma ponta à outra, tocando nos livros, nas cortinas, nos móveis e nos pratos, e quando escureceu acendeu a luz e maravilhou-se com o brilho intenso da lâmpada pendurada do teto, assim como com o facto de não lançar sombras alongadas na parede, ao contrário do que ocorria com as lamparinas de óleo de palma de sua casa. Naquele momento, a sua mãe devia estar a preparar o jantar, a moer *akpu* no almofariz, segurando firmemente com as duas mãos no pilão. Chioke, a segunda mulher do seu pai, estaria a supervisionar a panela de sopa aguada, equilibrada em três pedras sobre o lume. Os miúdos teriam voltado do riacho e estariam a espicaçar-se e a correr atrás uns dos outros, debaixo da árvore fruta-pão. Talvez Anulika estivesse a vigiá-los. Agora, era a mais velha das crianças e quando todas se sentassem à volta da fogueira para comer, seria ela a pôr termo às brigas, sempre que as mais novas entrassem em disputa por causa das tiras de peixe seco na sopa. Esperaria até que não houvesse mais *akpu* e então dividiria o peixe, de modo a que todas as crianças tivessem um pedaço, e guardaria o maior para si, como ele sempre fizera.

Ugwu abriu o frigorífico e comeu mais um bocado de pão e frango, enfiando a comida à pressa na boca, enquanto o coração batia, acelerado, como se estivesse a correr; depois, pegou em mais uns pedaços de carne e arrancou as asas ao frango. Meteu-os nos bolsos dos calções e foi para o quarto. Guardá-los-ia até a sua tia o visitar e, então, pedir-lhe-ia para os dar a Anulika. Talvez também lhe pedisse para dar uma parte a Nnesinachi. Talvez assim Nnesinachi reparasse finalmente nele. Nunca percebera bem qual era o laço de parentesco que o unia a Nnesinachi, mas sabia que eram da mesma *umunna*, portanto nunca se poderiam casar. No entanto, preferia que a sua mãe parasse de se referir a Nnesinachi como se ela fosse irmã dele, dizendo coisas do género: «Leva este óleo de palma à *Mama* Nnesinachi, se fazes favor, e se ela não estiver em casa, dá-o à tua irmã.»

Nnesinachi falava sempre com ele numa voz desinteressada, com os olhos desfocados, como se a presença dele não a aquecesse nem arrefecesse. Às vezes, ela chamava-lhe Chiejina, o nome de um primo que era tudo menos parecido com Ugwu, e quando ele dizia:

«Sou o Ugwu», ela respondia: «Desculpa, Ugwu, meu irmão», num tom formal e distante, que significava que não queria prolongar a conversa. Mas ele gostava de ir fazer recados a casa dela. Era uma boa oportunidade para a encontrar debruçada a atiçar a lenha da fogueira ou a cortar folhas de *ugu* para a sopa da mãe, ou então sentada ao ar livre a tomar conta dos irmãos mais novos, com o pano que lhe enrolava o corpo suficientemente descaído para ele conseguir ver-lhe o cimo dos seios. Desde que tinham começado a despontar, aqueles seios espetados, que ele se perguntava se seriam macios e moles como papa, ou duros como fruta verde da árvore *ube*. Muitas vezes desejava que Anulika não fosse tão lisa – perguntava-se porque é que o corpo dela estaria a demorar tanto tempo a desenvolver-se, já que ela e Nnesinachi eram praticamente da mesma idade –, para poder apalpar-lhe o peito. Anulika afastar-lhe-ia a mão com uma palmada, como é óbvio, ou talvez até lhe desse também um estalo na cara, mas ele seria rápido – um apalpão e fugia – e, assim, ficaria pelo menos com uma ideia de como era e saberia com o que contar quando finalmente tocasse nos seios de Nnesinachi.

Mas, agora, tinha medo de isso nunca vir a acontecer, porque o tio dela a convidara para ir aprender um ofício para Kano. No final do ano, ela partiria para o Norte, assim que o irmão mais novo, que ainda estava na barriga da mãe, começasse a andar. Ugwu gostaria de se sentir tão contente e grato quanto o resto da família. No fim de contas, podia-se fazer fortuna no Norte; ele conhecia pessoas que tinham ido para lá, para se dedicarem ao comércio, e que na volta derrubaram as cabanas para construírem casas com telhado de chapa ondulada. Receava, porém, que um daqueles comerciantes barrigudos do Norte a cobiçasse e, antes que ele desse por ela, já alguém estivesse a oferecer vinho de palma ao pai dela. Então, Ugwu nunca mais poderia tocar naqueles seios. Era a imagem desses seios que ele guardava para o fim, nas muitas noites em que se tocava, devagar a princípio e depois vigorosamente, até soltar um gemido abafado. Começava sempre pelo rosto de Nnesinachi, pelas faces cheias e o tom marfim dos dentes, depois imaginava que ela o abraçava e colava o corpo ao seu. Por fim, deixava que a imagem dos seios se formasse na sua mente; às vezes, eles eram duros ao toque, tentando-o a mordê-los, e outras vezes eram tão macios que ele tinha medo que os seus beliscões imaginários a magoassem.

Por um instante, pôs a hipótese de pensar nela nessa noite, mas achou melhor não o fazer. Não na sua primeira noite em casa do Senhor, naquela cama que não tinha nada a ver com o seu colchão de ráfia feito à mão. Primeiro, palpou o colchão de molas macio. Depois, examinou as camadas de pano que o cobriam, sem saber se devia deitar-se em cima delas ou retirá-las e dobrá-las antes de dormir. Acabou por subir para a cama e deitar-se em cima das camadas de pano, com o corpo enroscado num nó apertado.

Sonhou que o Senhor o chamava – *Ugwu, meu amigo!* – e, quando acordou, o Senhor estava parado junto da porta, a observá-lo. Talvez não tivesse sido um sonho. Saiu imediatamente da cama, à pressa, e olhou para as janelas de cortinas corridas, confuso. Seria tarde? Será que aquela cama macia o tinha enganado e feito dormir além da conta? Normalmente acordava com o cantar do galo.

– Bom dia, patrão!
– Cheira imenso a frango assado, aqui dentro.
– Desculpe, patrão.
– Onde é que está o frango?

Ugwu enfiou as mãos nos bolsos dos calções e tirou os pedaços de frango.

– A tua família come enquanto dorme? – perguntou o Senhor. Envergava uma coisa que parecia um casaco de senhora e estava entretido a retorcer a corda que tinha amarrada à cintura.

– Patrão?

– Tencionavas comer o frango na cama?

– Não, patrão.

– O lugar da comida é na sala de jantar e na cozinha.

– Sim, patrão.

– A cozinha e a casa de banho têm de ser limpas, hoje.

– Sim, patrão.

O Senhor virou-se e foi-se embora. Ugwu ficou parado a meio do quarto, a tremer, ainda com os pedaços de frango na mão estendida. Preferia não ter de passar pela sala de jantar para chegar à cozinha. Por fim, voltou a guardar os bocados de frango nos bolsos, inspirou fundo e saiu do quarto. O Senhor estava à mesa da sala, com uma chávena de chá pousada à sua frente, em cima de uma pilha de livros.

– Sabes quem é que realmente matou Lumumba? – perguntou o Senhor, levantando os olhos de uma revista. – Foram os Americanos e os Belgas. A morte dele não teve nada a ver com o Catanga[1].

– Sim, patrão – disse Ugwu. Queria que o Senhor continuasse a falar, para ele poder escutar a sua voz sonora, aquela mistura musical de palavras inglesas a meio de frases em ibo.

– Tu és meu criado – disse o Senhor. – Se eu te mandar ir lá fora bater com um pau numa mulher que vai a passar na rua e

---

[1] Patrice Lumumba foi um líder anticolonialista que ajudou a conquistar a independência do Congo Belga. Em 1960, foi eleito primeiro-ministro da nova República Democrática do Congo, mas em 1961 foi deposto e assassinado. Como havia muitos interesses económicos norte-americanos e belgas em jogo, surgiram suspeitas do envolvimento destes dois países na sua morte. O Catanga é uma província no Sul do país que, logo após a independência do Congo Belga, anunciou também as suas intenções secessionistas. (N. da T.)

tu a deixares com uma perna a sangrar, quem é responsável pelo ferimento, tu ou eu?

Ugwu ficou parado a olhar para o Senhor, abanando a cabeça, perguntando-se se estaria a referir-se aos pedaços de frango de uma qualquer maneira indireta.

— Lumumba era o nome do primeiro-ministro do Congo. Sabes onde fica o Congo? — perguntou o Senhor.

— Não, patrão.

O Senhor levantou-se rapidamente e foi ao escritório. O medo confuso de Ugwu deixou-o com as pálpebras a tremer. Iria o Senhor mandá-lo para casa por ele não falar bem inglês, guardar frango nos bolsos durante a noite e não conhecer os lugares estranhos que mencionava? O Senhor voltou com um grande papel nas mãos, que abriu e espalhou em cima da mesa, empurrando os livros e as revistas para o lado. Apontou com uma caneta.

— Este é o nosso mundo, embora as pessoas que desenharam este mapa tenham decidido pôr a terra delas acima da nossa. Mas não há nem cimo nem baixo, entendes? — O Senhor pegou no papel e dobrou-o de maneira a encostar uma ponta à outra, deixando um espaço vazio a meio. — O nosso mundo é redondo, não tem fim. *Nee anya*, tudo isto é água, os mares e os oceanos, e aqui fica a Europa e aqui fica o nosso continente, a África, e o Congo encontra-se no meio. Mais para cima, fica a Nigéria, e Nsukka é aqui, no Sudeste; é aqui que nós estamos. — Bateu com a caneta no mapa.

— Sim, patrão.

— Andaste na escola?

— Até à segunda classe, patrão. Mas aprendo tudo depressa.

— Segunda classe? Há quanto tempo?

– Há muitos anos, senhor. Mas aprendo tudo muito depressa!

– Porque é que deixaste de ir à escola?

– As colheitas do meu pai correram mal, patrão.

O Senhor assentiu lentamente com a cabeça.

– Porque é que o teu pai não pediu dinheiro emprestado a alguém para te pagar a escola?

– Patrão?

– O teu pai devia ter pedido dinheiro emprestado! – exclamou o Senhor, irritado, e depois, em inglês, acrescentou: – A educação é uma prioridade! Como é que podemos lutar contra a exploração se não tivermos as ferramentas necessárias para compreender o que é a exploração?

– Sim, patrão! – respondeu Ugwu, fazendo vigorosamente que sim com a cabeça. Estava decidido a parecer o mais atento possível, por causa do brilho ensandecido que aparecera nos olhos do Senhor.

– Vou matricular-te na escola primária do corpo docente – disse o Senhor, ainda a bater com a caneta no papel.

A tia de Ugwu dissera-lhe que, se ele servisse bem o patrão durante uns anos, o Senhor o mandaria para a escola comercial, onde aprenderia datilografia e estenografia. Falara-lhe na escola primária do corpo docente, mas só para lhe dizer que estava reservada aos filhos dos professores, que usavam farda azul e meias brancas com uma orla de renda tão intrincada que uma pessoa se perguntava por que carga de água alguém teria perdido tanto tempo com umas meras meias.

– Sim, patrão – disse ele. – Obrigado, patrão.

– Provavelmente serás o mais velho da turma, ao entrar para a terceira classe com a tua idade – comentou o Senhor.

— A única maneira de conquistares o respeito dos teus colegas é sendo o melhor de todos. Percebes?

— Sim, patrão!

— Senta-te, meu amigo.

Ugwu escolheu a cadeira mais afastada do Senhor e sentou-se, constrangido, com os pés juntos. Preferia estar de pé.

— Há duas respostas para as coisas que eles te vão ensinar na escola sobre a nossa terra: a verdadeira resposta e a resposta que darás para passar de ano. Tens de ler livros e aprender as duas respostas. Dar-te-ei livros, livros excelentes. — O Senhor deteve-se para bebericar o seu chá. — Eles vão ensinar-te que um branco chamado Mungo Park descobriu o rio Níger. Isso é um disparate. O nosso povo pescava no Níger muito antes de o avô de Mungo Park ter nascido sequer. Mas, nos teus exames, escreve que foi Mungo Park[2].

— Sim, patrão. — Ugwu desejou que aquela tal pessoa chamada Mungo Park não tivesse ofendido tanto o Senhor.

— Não sabes dizer mais nada?

— Patrão?

— Canta-me uma cantiga.

— Patrão?

— Canta-me uma cantiga. Que cantigas é que tu conheces? Canta! — O Senhor tirou os óculos. Tinha as sobrancelhas franzidas e uma expressão séria.

Ugwu começou a cantar uma canção antiga que aprendera na quinta do pai. O coração batia-lhe dolorosamente no peito.

— *Nzogbo nzogbu enyimba, enyi...*

---

[2] Mungo Park (1771-1806), explorador escocês que viajou extensamente pela África Ocidental e morreu numa expedição cujo objetivo era encontrar a nascente do rio Níger. *(N. da T.)*

A princípio, cantou baixinho, mas o Senhor bateu com a caneta na mesa e disse: «Mais alto!» por isso, Ugwu levantou a voz e o Senhor continuou a dizer «Mais alto!» até ele gritar. Depois de cantar várias vezes, o Senhor pediu-lhe para parar.

– Ótimo, ótimo – disse. – Sabes fazer chá?

– Não, patrão. Mas aprendo depressa – respondeu Ugwu.

O canto soltara qualquer coisa dentro dele, pois já estava a respirar normalmente e o coração parara de bater com força. Convenceu-se de que o Senhor era louco.

– Eu costumo comer no clube dos professores, mas acho que vou ter de começar a trazer mais comida para casa, agora que estás aqui a viver.

– Eu sei cozinhar, patrão.

– Sabes cozinhar?

Ugwu fez que sim com a cabeça. Passara muitos serões a ver a mãe cozinhar. Acendera-lhe a fogueira uma vez por outra e ateara as brasas quando as chamas começavam a morrer. Descascara e pisara inhames e mandioca, joeirara arroz, separara o gorgulho do feijão, descascara cebolas e moera pimentos. Muitas vezes, quando a mãe ficara doente com tosse, Ugwu desejara ser ele a cozinhar e não Anulika. Nunca o confessara a ninguém, nem sequer a Anulika; ela já o avisara de que ele passava demasiado tempo à volta das mulheres quando estas cozinhavam e que, se continuasse assim, talvez a barba nunca lhe viesse a crescer.

– Bom, nesse caso, podes cozinhar a tua própria comida – disse o Senhor. – Faz-me uma lista das coisas de que precisas.

– Sim, patrão.

– Não sabes como é que se vai daqui até ao mercado, pois não? Vou pedir ao Jomo para te mostrar o caminho.

– O Jomo, patrão?

– O Jomo toma conta do jardim. Vem cá três vezes por semana. É um homem engraçado, já o apanhei a falar com as plantas. – O Senhor fez uma pausa. – Seja como for, ele vai cá estar amanhã.

Mais tarde, Ugwu fez uma lista de produtos alimentares e deu-a ao Senhor.

O Senhor ficou a olhar para a lista durante uns instantes.

– Que mistura extraordinária – disse ele, em inglês. – Acho que na escola te ensinarão a usar mais vogais.

Ugwu não gostou do ar divertido do Senhor.

– Precisamos de madeira, patrão – disse.

– Madeira?

– Para os seus livros, patrão. Para eu os poder arrumar.

– Ah, sim, *prateleiras*. Realmente podíamos montar mais umas prateleiras em qualquer lado, talvez no corredor. Vou falar com alguém da manutenção.

– Sim, patrão.

– Odenigbo. Trata-me por Odenigbo.

Ugwu olhou para ele com um ar interrogativo.

– Patrão?

– Eu não me chamo Patrão. Trata-me por Odenigbo.

– Sim, patrão.

– Odenigbo será sempre o meu nome, enquanto que «patrão» é arbitrário. Amanhã podes ser tu o «patrão».

– Sim, patrão... Odenigbo.

A verdade é que Ugwu preferia «patrão», com o seu poder duro e seco subjacente ao termo, e quando, uns dias depois, dois funcionários da manutenção vieram montar umas prateleiras no corredor, disse-lhes que teriam de esperar que o patrão chegasse a casa; ele próprio não podia assinar o papel branco com palavras escritas à máquina. Disse «patrão» com todo o orgulho.

– É um daqueles criados da aldeia – disse um dos homens, menosprezando-o.

Ugwu olhou para o rosto do indivíduo e, baixinho, rogou-lhe uma praga: que ele e os filhos dele fossem acometidos de diarreia aguda para o resto da vida. Enquanto arrumava os livros do Senhor, prometeu a si mesmo – e quase o fez em voz alta – que ia aprender a assinar formulários.

Nas semanas que se seguiram, semanas em que inspecionou todos os cantos da casa e descobriu que havia uma colmeia instalada no cajueiro e que as borboletas se reuniam no jardim, no pico do sol, Ugwu empenhou-se com o mesmo zelo em aprender os ritmos da vida do Senhor. Todas as manhãs, pegava no exemplar do *Daily Times* e do *Renaissance* que o vendedor deixava à porta e colocava-os, dobrados, em cima da mesa, ao lado do chá e do pão do Senhor. Lavava o *Opel* enquanto o Senhor tomava o pequeno-almoço e, quando ele voltava do trabalho e fazia uma sesta, tornava a limpar o pó ao automóvel, antes de o Senhor ir jogar ténis. Andava pela casa silenciosamente, nos dias em que o Senhor se fechava no escritório durante horas. Quando o Senhor se punha a andar de um lado para o outro, no corredor, a falar muito alto, certificava-se de que havia água quente pronta para lhe fazer o chá. Esfregava o chão diariamente. Limpava as persianas até elas reluzirem no sol da tarde, tratava das pequeninas brechas da banheira, polia os pires em que costumava servir nozes de cola aos amigos do Senhor. Todos os dias, ele recebia pelo menos duas visitas na sala, com a radiola a tocar uma estranha música aflautada suficientemente baixo para que a conversa, o riso e o tilintar de copos chegassem claramente aos ouvidos de Ugwu, que estava na cozinha ou no corredor a passar a ferro a roupa do Senhor.

Ugwu queria fazer mais ainda, queria dar ao Senhor todos os motivos possíveis para o manter ao seu serviço e, assim sendo, um dia decidiu passar as meias do patrão a ferro. Não estavam engelhadas, as meias pretas caneladas, mas achou que ficariam com melhor aspeto se as endireitasse. O ferro quente sibilou e, quando Ugwu o levantou, viu que metade da meia estava colada à chapa. Ficou petrificado. O Senhor estava à mesa, a terminar o pequeno-almoço, e a qualquer instante ia aparecer para calçar as meias e os sapatos e tirar os *dossiers* da prateleira e ir embora para o trabalho. Ugwu teve vontade de esconder a meia debaixo da cadeira e ir a correr buscar um novo par à gaveta, mas as suas pernas não se mexeram. Ficou imóvel, com a meia queimada na mão, sabendo que o Senhor o encontraria naquele estado.

– Passaste as minhas meias a ferro, não passaste? – perguntou o Senhor. – Seu ignorante estúpido! – As palavras «ignorante estúpido» saíram-lhe da boca como música.

– Desculpe, patrão! Desculpe, patrão!

– Já te disse para não me chamares patrão. – O Senhor tirou um *dossier* da prateleira. – Estou atrasado.

– Patrão? Quer que vá buscar outro par? – perguntou Ugwu.

Mas já o Senhor tinha calçado os sapatos sem meias e saído à pressa. Ugwu ouviu-o bater com a porta do carro e arrancar. Tinha um peso no peito; não sabia o que o levara a passar as meias a ferro, porque não se limitara a tratar apenas do fato safari. Um espírito mau, fora isso que acontecera. Um espírito mau obrigara-o a fazer aquilo. No fim de contas, eles andavam em toda a parte, à espreita. Sempre que estava doente, com febre, ou uma vez em que caíra de uma árvore, a mãe esfregava-lhe o corpo com *okwuma*, murmurando sem parar: «Temos de derrotá-los, eles não vão ganhar.»

Ugwu saiu de casa e foi ao jardim, contornando as pedras que bordejavam o relvado bem aparado. Os espíritos maus não iam ganhar. Ele não permitiria que o derrotassem. A meio do relvado, havia um círculo sem relva, como uma ilha num mar verde, onde se erguia uma magra palmeira. Ugwu nunca vira uma palmeira tão baixinha, nem com folhas tão perfeitas. Não parecia ter forças para dar frutos, tinha um aspeto absolutamente inútil, aliás, como a maior parte das plantas em redor. Pegou numa pedra e arremessou-a para longe. Tanto espaço desperdiçado. Na sua aldeia, as pessoas lavravam todo e qualquer terreno, por mais pequeno que fosse, na proximidade das suas casas e plantavam vegetais e ervas úteis. A sua avó não precisara de plantar a sua erva favorita, *arigbe*, porque crescia espontaneamente em toda a parte. Ela costumava dizer que a *arigbe* suavizava o coração dos homens. Ela era a segunda de três esposas e, como tal, não ocupava o lugar especial atribuído à primeira ou à última, por isso, antes de pedir fosse o que fosse ao marido, explicara ela a Ugwu, cozinhava-lhe umas papas picantes de inhame com *arigbe*. E resultava sempre. Talvez resultasse com o Senhor.

Ugwu andou às voltas à procura de *arigbe*. Procurou entre as flores cor-de-rosa, debaixo do cajueiro com a colmeia esponjosa instalada num ramo, do limoeiro que tinha formigas carpinteiras pretas a subirem e a descerem o tronco, e das papaieiras cujos frutos maduros estavam pontilhados de grandes buracos escavados pelos pássaros. Mas o solo tinha sido limpo, não havia ervas daninhas; Jomo arrancava-as com todo o cuidado e atenção, e tudo o que não fosse desejado estava proibido de crescer.

Da primeira vez que se encontraram, Ugwu cumprimentara Jomo e Jomo fizera um aceno de cabeça e continuara a trabalhar, sem abrir a boca. Era um homem pequeno, com um corpo duro e encarquilhado, que Ugwu achava que estava a precisar mais de água do que as plantas às quais apontava o seu regador de metal. Por fim, Jomo levantara os olhos para Ugwu.

– *Afa m bu Jomo* – anunciou ele, como se Ugwu não soubesse o seu nome. – Algumas pessoas chamam-me Kenyatta, em homenagem ao grande homem do Quénia[3]. Sou caçador.

Ugwu ficou sem saber o que responder, porque Jomo se pôs a olhar para ele fixamente, em cheio nos olhos, como se estivesse à espera que Ugwu lhe contasse que fizera algo de extraordinário na vida.

– Que tipo de animais é que matas? – perguntou Ugwu.

Jomo sorriu de orelha a orelha, como se fosse precisamente aquela a pergunta que desejara ouvir, e começou a falar sobre a caça. Ugwu sentou-se nos degraus que davam para o quintal e escutou-o. Nunca, nem no primeiro dia, acreditou nas histórias de Jomo – que lutara com as suas próprias mãos contra um leopardo, que matara dois babuínos com um só tiro –, mas gostava de as ouvir e deixava a roupa do Senhor

---

[3] Jomo Kenyatta (1893-1978), político queniano considerado o pai da nação. Foi primeiro-ministro de 1963 a 1964 e Presidente da República de 1964 a 1978. *(N. da T.)*

para lavar nos dias em que Jomo ia lá a casa, para poder sentar-se lá fora enquanto este trabalhava. Jomo movia-se com gestos lentos e deliberados. A maneira como passava o ancinho, regava as plantas e cultivava a terra parecia, de algum modo, carregada de solene sabedoria. Enquanto aparava uma sebe, de repente erguia os olhos e dizia: «Ali temos uma boa carne.» E ia ao saco de pele de cabra, amarrado à traseira da bicicleta, buscar uma fisga. Uma vez, derrubou um pombo do cajueiro atingindo-o com uma pedrinha, depois embrulhou-o em folhas e guardou-o no saco.

– Não mexas nesse saco se eu não estiver por perto – disse a Ugwu. – Podes encontrar uma cabeça humana lá dentro.

Ugwu rira-se, mas ficara na dúvida se ele estaria a falar a sério. Quem lhe dera que Jomo tivesse ido trabalhar nesse dia. Jomo teria sido a pessoa ideal a quem perguntar pela *arigbe* – aliás, a quem pedir conselhos sobre a melhor maneira de apaziguar o Senhor.

Saiu do recinto da casa e, ao chegar à rua, vasculhou as plantas na berma da estrada até encontrar as folhas engelhadas junto da raiz de uma árvore-da-tristeza. Nunca sentira o cheiro picante e intenso da *arigbe* na comida insípida que o Senhor trazia do clube dos professores; faria um guisado com as ervas e servi-lo-ia ao Senhor com arroz e, no fim, imploraria: *Por favor, não me mande de volta para a aldeia, patrão. Eu trabalharei mais para compensar a meia queimada. Ganharei o suficiente para comprar uma nova.* Não sabia ao certo o que podia fazer para ganhar dinheiro para comprar uma meia, mas, fosse como fosse, era isso que tencionava dizer ao Senhor.

Se a *arigbe* suavizasse o coração do Senhor, talvez Ugwu pudesse plantá-la, juntamente com outras ervas, no quintal das traseiras. Diria ao Senhor que o seu jardim aromático era uma atividade para o entreter só até começarem as aulas, uma vez que a diretora da escola dissera que Ugwu não se podia matricular a meio do ano letivo. Mas talvez estivesse com demasiadas expectativas. De que servia pensar em cultivar um jardim, se o Senhor o mandasse embora, se o Senhor não lhe perdoasse a história da meia queimada? Dirigiu-se rapidamente para a cozinha, colocou a *arigbe* no balcão e mediu uma chávena de arroz.

Horas depois, sentiu um aperto no estômago quando ouviu o carro do Senhor: o crepitar do cascalho e o zumbido do motor antes de estacionar na garagem. Postou-se junto da panela do guisado e pôs-se a mexê-lo, segurando na concha com tanta força como a das cãibras que lhe contraíam a barriga. Iria o Senhor mandá-lo embora antes de ele ter tempo de lhe servir a comida? O que diria ele à sua família?

– Boa tarde, patrão... Odenigbo – disse ele, antes mesmo de o Senhor entrar na cozinha.

– Sim, sim – disse o Senhor. Trazia livros numa mão, encostados ao peito, e na outra, a pasta.

Ugwu correu para ele e aliviou-o do peso dos livros.

– Patrão? Quer comer? – perguntou em inglês.

– Comer o quê?

O estômago de Ugwu contraiu-se tanto que teve medo que rebentasse quando se baixou para pousar os livros na mesa.

– Um guisado, patrão.

– Um guisado?

– Sim, patrão. Um guisado muito bom, patrão.

– Nesse caso, vou prová-lo.

– Sim, patrão!

– Trata-me por Odenigbo! – disse o Senhor, irritado, antes de ir tomar o seu banho da tarde.

Depois de servir a comida, Ugwu instalou-se junto da porta da cozinha a observar o Senhor, que levou uma garfada de arroz e guisado à boca, depois outra e, a seguir, exclamou:
– Está excelente, meu amigo.

Ugwu saiu de trás da porta.

– Patrão? Eu podia cultivar um pequeno jardim de ervas aromáticas, lá fora. Para cozinhar mais guisados como este.

– Um jardim? – O Senhor deteve-se para beber um gole de água e virar uma página da revista. – Não, não, não. Lá fora é o território do Jomo, e, cá dentro, o teu. Divisão de tarefas, meu amigo. Se precisarmos de ervas aromáticas, pedimos ao Jomo para tratar disso.

Ugwu adorou o som da frase «Divisão de tarefas, meu amigo», dita em inglês.

– Sim, patrão – disse, embora já estivesse a pensar em qual seria o melhor lugar para o jardim: perto do Anexo dos Criados, onde o Senhor nunca ia.

Não confiaria o jardim de ervas aromáticas a Jomo; trataria dele com as suas próprias mãos quando o Senhor não estivesse em casa, e, assim, a sua *arigbe*, a sua erva do perdão, nunca se esgotaria. Foi só mais tarde, à noite, que se apercebeu de que o Senhor se devia ter esquecido da meia queimada muito antes de voltar para casa.

Ugwu começou a aperceber-se igualmente de outras coisas. Que não era um criado normal; o criado do Dr. Okeke, da casa ao lado, não dormia numa cama num quarto, dormia no chão da cozinha. O criado da casa ao fundo da rua, com quem Ugwu ia ao mercado, não decidia o que ia cozinhar, cozinhava aquilo que lhe mandavam. E também não tinham patrões nem senhoras que lhes davam livros, dizendo: «Este é excelente, simplesmente excelente!»

Ugwu não entendia a maior parte das frases dos livros, mas fazia questão de mostrar que os lia. Também não compreendia na totalidade as conversas do Senhor com os amigos, mas ainda assim escutava-as e ficava a saber que o mundo tinha de se implicar mais no caso dos negros mortos em Sharpeville, que o avião espião abatido na Rússia fora uma boa lição para os Americanos, que De Gaulle estava a gerir mal a situação na Argélia, que as Nações Unidas nunca correriam com Tshombe para fora do Catanga. De vez em quando, o Senhor levantava-se e erguia o copo e a voz – «Um brinde ao corajoso negro americano que ingressou na Universidade do Mississippi!», «Ao Ceilão e à primeira mulher primeiro-ministro do mundo!», «A Cuba, por derrotar os Americanos no jogo que eles próprios começaram!» – e Ugwu gostava do tilintar de garrafas de cerveja contra copos, copos contra copos, garrafas contra garrafas.

Ao fim de semana, recebia ainda mais amigos e, quando Ugwu saía da cozinha para lhes servir as bebidas, por vezes o Senhor apresentava-o – em inglês, claro. «O Ugwu ajuda-me a tratar da casa. É um rapaz muito esperto.» Ugwu continuava a abrir as garrafas de cerveja e de *Coca-Cola*, em silêncio, sentindo um calorzinho de orgulho a subir por ele acima. Gostava particularmente quando o Senhor o apresentava a estrangeiros, como Mr. Johnson, que era das Caraíbas e gaguejava, ou o Professor Lehman, o branco da América que tinha uma voz nasalada e uns olhos de um verde penetrante como o de uma folha nova. Ugwu ficou ligeiramente assustado da primeira vez que o viu, porque sempre imaginara que só os espíritos maus é que tivessem olhos cor de relva.

Passado pouco tempo, já conhecia as visitas habituais e as suas preferências, e levava-lhes as bebidas antes mesmo de o Senhor lhas pedir. Havia o Dr. Patel, o indiano que bebia cerveja *Golden Guinea* com *Coca-Cola*. O Senhor tratava-o por «Doc». Sempre que Ugwu aparecia com o pires de nozes de cola, o Senhor dizia: «Doc, já sabe que as nozes de cola não percebem inglês», e abençoava as nozes de cola em ibo. O Dr. Patel ria-se sempre, com grande prazer, encostando-se ao sofá e alçando as suas curtas pernas como se nunca tivesse ouvido aquela piada antes. Quando o Senhor partia as nozes de cola e passava o pires, o Dr. Patel tirava sempre um pedaço e guardava-o no bolso da camisa; Ugwu nunca o vira comer um que fosse.

Havia o Professor Ezeka, alto e escanzelado, com uma voz tão rouca que parecia que falava aos sussurros. Pegava sempre no copo e inspecionava-o à luz, para se certificar de que Ugwu o lavara bem. Às vezes, trazia a sua própria garrafa de *gin*. Outras vezes, pedia chá e, a seguir, examinava o açucareiro e a lata de leite, murmurando: – As bactérias têm capacidades absolutamente incríveis.

Havia Okeoma, a visita mais frequente e a mais demorada. Parecia mais jovem do que os outros convidados, andava sempre de calções e tinha uma hirsuta cabeleira de risca ao lado, ainda mais volumosa do que a do Senhor. Mas, ao contrário do Senhor, o aspeto dos seus cabelos era grosseiro e emaranhado, como se Okeoma não gostasse de se pentear. Okeoma bebia *Fanta*. Em algumas noites, lia os seus poemas em voz alta, com um molho de papéis na mão, e Ugwu espreitava pela porta da cozinha e via os convidados parados a observarem-no, com os seus rostos meio petrificados, como se não se atrevessem a respirar. No fim, o Senhor batia palmas e dizia, na sua voz forte: «A voz da nossa geração!», e os aplausos prolongavam-se até Okeoma os interromper rispidamente: «Já chega!»

E havia Miss Adebayo, que bebia conhaque como o Senhor e era tudo menos aquilo que Ugwu esperava que uma mulher da universidade fosse. A sua tia falara-lhe por alto sobre as mulheres da universidade. Ela conhecia-as bem, uma vez que trabalhava como empregada de limpeza na Faculdade de Ciências, durante o dia, e como empregada de mesa no clube dos professores, à noite; às vezes, os docentes também lhe pagavam para ela ir limpar-lhes as casas. Dizia que as mulheres da universidade exibiam nas suas estantes fotografias emolduradas dos seus tempos de estudante em Ibadan e na Grã-Bretanha e na América. Ao pequeno-almoço, comiam ovos malpassados, com a gema a escorregar de um lado para o outro, e usavam perucas de cabelo liso e esvoaçante, e vestidos enormes que lhes chegavam aos tornozelos. Uma vez, contou-lhe a história de um casal que chegou a um *cocktail* no clube dos professores dentro de um bonito *Peugeot 404*, o homem com um elegante fato creme e a mulher de vestido verde. Toda a gente se virou para os ver sair do carro e caminhar de mãos dadas, e, de repente, uma rabanada de vento arrancou a peruca da cabeça da mulher. Era careca. A tia explicara-lhe que aquelas mulheres usavam pentes quentes para esticarem o cabelo, porque queriam ficar parecidas com as brancas, só que os pentes acabavam por lhes queimar o cabelo e destruí-lo.

Ugwu imaginara a mulher careca: linda, com um nariz arrebitado e não achatado como os narizes a que estava habituado. Imaginara-a discreta, delicada, o tipo de mulher que espirra, ri e fala com uma suavidade semelhante à das penas que crescem rente à pele de uma galinha. Mas as mulheres que visitavam o Senhor, aquelas que ele via no supermercado e nas ruas, eram diferentes. A maior parte delas usava, de facto, peruca (algumas tinham os cabelos às trancinhas ou entrelaçados com fitas), mas não eram umas frágeis hastezinhas de erva. Eram barulhentas. A mais barulhenta de todas era Miss Adebayo. Ela não pertencia à etnia ibo e Ugwu adivinhara-o só pelo nome, antes mesmo de se cruzar com ela e com a empregada uma vez, no mercado, e de as ouvir falar num ioruba rápido e incompreensível. Ela dissera-lhe para esperar, que depois lhe dava boleia até ao *campus*, mas ele agradecera-lhe e explicara que ainda tinha muitas coisas para comprar e que no fim apanharia um táxi, apesar de na realidade já ter terminado as compras. Não queria sentar-se no carro dela, não gostava da maneira como a sua voz falava mais alto que a do Senhor, na sala de estar, provocadora e argumentativa. Muitas vezes, Ugwu tinha de conter uma vontade enorme de levantar a sua própria voz atrás da porta da cozinha para a mandar calar, sobretudo quando ela chamava sofista ao Senhor. Ele não sabia o que «sofista» queria dizer, mas não gostava que Miss Adebayo chamasse isso ao Senhor. Tal como não gostava da maneira como ela o devorava com os olhos. Podia estar outra pessoa qualquer a falar, que ela mantinha os olhos cravados no Senhor. Num sábado à noite, Okeoma deixou cair um copo e Ugwu foi à sala limpar os cacos que ficaram no chão. Fê-lo sem pressa nenhuma, porque dali ouvia melhor a conversa e tinha mais facilidade em perceber o que dizia o Professor Ezeka. Na cozinha era praticamente impossível ouvi-lo.

– A resposta pan-africana ao que está a acontecer no Sul dos Estados Unidos devia ser bem maior… – disse o Professor Ezeka.

O Senhor interrompeu-o.

– O pan-africanismo é um conceito fundamentalmente europeu, sabias?

– Estás a desviar-te do assunto – disse o Professor Ezeka, e abanou a cabeça com o seu habitual ar superior.

– Talvez seja *efetivamente* um conceito europeu – comentou Miss Adebayo –, mas em termos gerais pertencemos todos à mesma raça.

– Quais termos gerais? – perguntou o Senhor. – Os termos do homem branco! Não percebem que não somos todos iguais, a não ser aos olhos dos brancos?

Ugwu já tinha reparado que a voz do Senhor subia facilmente de tom e que, à terceira dose de conhaque, começava a gesticular com o copo, debruçando-se para a frente até ficar sentado na beirinha da poltrona. De madrugada, quando o Senhor já estava na cama, Ugwu sentava-se naquela mesma cadeira e imaginava-se a conversar em inglês fluido com convidados imaginários, cativos das suas palavras, usando termos como *descolonizar* e *pan-africano*, dando um tom à sua voz igual ao do Senhor, e ia-se mexendo e remexendo até ficar, também ele, na beirinha da poltrona.

– É claro que somos todos iguais, temos todos uma coisa em comum: a opressão dos brancos – respondeu Miss Adebayo secamente. – O pan-africanismo é simplesmente a resposta mais sensata ao problema.

– Sim, está bem, mas o que eu quero dizer é que a única identidade autêntica para um africano é a tribo – disse o Senhor. – Eu sou nigeriano, porque um homem branco criou a Nigéria e me deu essa identidade. Sou negro, porque os brancos construíram o conceito de «negro» de modo a que fosse o mais distante possível de «branco». Mas antes de os brancos aqui chegarem já eu era ibo.

O Professor Ezeka resfolegou e abanou a cabeça, sentado com as suas finas pernas cruzadas.

– Mas tomaste consciência de que eras ibo por causa dos brancos. A própria ideia de «comunidade ibo» só surgiu face à dominação branca. Tens de convir que o conceito atual de tribo é tão fruto do colonialismo quanto o de nação e o de raça. – O Professor Ezeka recruzou as pernas.

– A ideia de uma «comunidade ibo» existia muito antes dos brancos! – gritou o Senhor. – Vai falar com os anciãos da tua aldeia para conheceres a tua história.

– O problema é que o Odenigbo é um tribalista irremediável, precisamos de o calar – disse Miss Adebayo.

E o que ela fez, em seguida, deixou Ugwu espantado: levantou-se a rir, aproximou-se do Senhor e fechou-lhe a boca. Deixou-se estar assim, durante o que pareceu uma eternidade, com a mão encostada aos lábios dele. Ugwu imaginou a saliva do Senhor, diluída em conhaque, a tocar nos dedos dela. Ficou hirto, enquanto apanhava os vidros partidos. Preferia que o Senhor não continuasse ali sentado, a abanar a cabeça como se achasse aquilo tudo muito divertido.

Depois disso, Miss Adebayo tornou-se uma ameaça. Ugwu começou a achá-la cada vez mais parecida com um morcego-frugívoro, com o seu rosto chupado e tez macilenta, e os seus vestidos estampados que lhe esvoaçavam à volta do corpo como asas. Ugwu servia-lhe as bebidas em último lugar e demorava longos minutos a secar as mãos numa toalha da louça antes de abrir a porta para a deixar entrar. Tinha medo que ela se casasse com o Senhor e levasse a sua empregada ioruba para dentro de casa e destruísse o seu jardim de ervas aromáticas e lhe dissesse o que ele podia, ou não, cozinhar. Até que ouviu uma conversa entre o Senhor e Okeoma.

– Hoje, ela estava com ar de quem não se queria ir embora – disse Okeoma. – *Nwoke m*, tens a certeza de que não estás a planear fazer alguma coisa com ela?

– Não digas disparates.

– Se estivesses, ninguém em Londres ficaria a saber.

– Ouve lá...

– Eu sei que não estás interessado nela nesse sentido, mas continuo a não perceber o que estas mulheres veem em ti.

Okeoma riu-se e Ugwu ficou aliviado. Não queria que Miss Adebayo – nem qualquer outra mulher – viesse intrometer-se e perturbar as suas vidas. Às vezes, à noite, quando as visitas se iam embora cedo, ele sentava-se no chão da sala de estar a ouvir o Senhor falar. Regra geral, o Senhor falava sobre coisas que Ugwu não compreendia, como se o conhaque o fizesse esquecer que Ugwu não era uma das suas visitas. Mas não tinha importância. A Ugwu bastava-lhe a voz grave, a melodia daquele ibo com entoação inglesa, o brilho dos óculos grossos.

Trabalhava para o Senhor há quatro meses, quando este lhe disse: – Este fim de semana, vamos receber uma mulher especial. Muito especial. Quero que a casa esteja bem limpa. Quanto à comida, vou tratar de encomendá-la no clube dos professores.

– Mas, patrão, eu sei cozinhar – disse Ugwu, com um triste pressentimento.

– Ela acaba de voltar de Londres, meu amigo, e gosta do arroz de uma certa maneira. Arroz frito, creio eu. Receio que não sejas capaz de cozinhar um prato à altura dela. – O Senhor virou-se para se ir embora.

– Eu sou capaz, patrão – afirmou Ugwu de imediato, embora não fizesse a mínima ideia do que era arroz frito. – Eu faço o arroz e o patrão traz o frango do clube dos professores.

– Tens jeito para negociar – disse o Senhor em inglês. – Muito bem. Podes fazer tu o arroz.

– Sim, patrão – respondeu Ugwu.

Mais tarde, limpou os quartos e esfregou a casa de banho com todo o cuidado, como fazia sempre, mas o Senhor inspecionou-os e disse que não estavam suficientemente limpos e foi comprar mais um frasco de *Vim* em pó e perguntou, rispidamente, porque é que Ugwu não tinha limpado as juntas dos azulejos. Ugwu limpou-as novamente. Esfregou até o suor lhe escorrer pelo rosto, até o braço lhe doer. E, no sábado, eriçou-se todo enquanto cozinhava. O Senhor nunca se queixara do seu trabalho antes. A culpa era da tal mulher, a mulher que o Senhor considerava tão especial que Ugwu nem sequer podia cozinhar para ela. Acabada de chegar de Londres, está bem, está.

Quando a campainha tocou, rogou uma praga entre dentes para que a barriga dela inchasse por comer fezes. Ouviu o Senhor falar muito alto, numa voz excitada e infantil, seguido de um longo silêncio, e imaginou-os a abraçarem-se e a mulher a encostar o seu corpo feio ao do Senhor. Foi então que ouviu a voz dela. Ficou imóvel. Sempre pensara que o inglês do Senhor não tinha comparação possível, nem com o do Professor Ezeka, que mal se ouvia, ou com o de Okeoma, que falava inglês como se estivesse a falar ibo, com as mesmas cadências e pausas, ou com o de Patel, que era um canto esmorecido. Nem sequer o indivíduo branco, o Professor Lehman, com as suas palavras pronunciadas pelo nariz, soava tão digno quanto o Senhor. O inglês do Senhor era música, mas aquilo que Ugwu estava a ouvir naquele instante, vindo da boca daquela mulher, era mágico. Ali estava uma língua superior, uma linguagem luminosa, o tipo de inglês que ele ouvia no rádio do Senhor, fluindo com uma precisão cortante. Fez-lhe lembrar uma faca, acabadinha de afiar, a cortar um inhame em rodelas absolutamente perfeitas.

– Ugwu! – gritou o Senhor. – Traz uma *Coca-Cola*!

Ugwu foi à sala de estar. A mulher cheirava a coco. Cumprimentou-a com um «boa tarde» murmurado, de olhos postos no chão.

– *Kedu*? – perguntou ela.

– Bem, minha senhora – respondeu, continuando sem olhar para ela.

Enquanto Ugwu abria a garrafa, ela riu-se de qualquer coisa que o Senhor disse. Ugwu preparava-se para lhe servir um copo de *Coca-Cola* fresca, quando ela lhe tocou na mão e disse: – *Rapuba*, deixa estar.

Tinha a mão ligeiramente húmida.

– Sim, minha senhora.

– O teu senhor contou-me que tratas muito bem dele, Ugwu – disse ela.

As suas palavras em ibo eram ainda mais suaves do que em inglês e ele ficou desiludido ao ver a facilidade com que as proferia. Preferia que ela hesitasse ao falar ibo; não estava à espera que um inglês tão perfeito pudesse existir lado a lado com um ibo igualmente perfeito.

– Sim, minha senhora – murmurou ele. Continuava de olhos postos no chão.

– O que é que cozinhaste para nós, meu amigo? – perguntou o Senhor, como se não soubesse. A sua voz parecia irritantemente bem-disposta.

– Já sirvo, patrão – disse Ugwu, em inglês, e a seguir recriminou-se por não ter dito «Vou servir já», porque soava melhor, porque a deixaria mais impressionada.

Enquanto punha a mesa, evitou olhar para a sala de estar, embora conseguisse ouvir o riso dela e a voz do Senhor, com o seu novo e irritante timbre.

Dirigiu-lhe finalmente um olhar, quando ela e o Senhor se sentaram à mesa. O seu rosto oval era liso como um ovo, da cor luxuriante da terra encharcada de chuva, e os seus olhos, grandes e amendoados; tinha o ar de quem não devia caminhar e falar como o resto dos mortais, devia estar numa vitrina como a que havia no escritório do Senhor, para que as pessoas pudessem admirar o seu corpo opulento e cheio de curvas, para que pudesse conservar-se imaculada. Os seus cabelos eram compridos e cada uma das tranças que lhe pendia até ao pescoço terminava num penacho macio. Sorria com facilidade; os seus dentes eram do mesmo branco intenso dos olhos. Ugwu não tinha noção de há quanto tempo estava especado a olhar para ela, quando o Senhor disse: – Normalmente, o Ugwu cozinha bem melhor do que isto. Faz uns guisados maravilhosos.

– Não sabe a nada, mas seria pior se soubesse mal – disse ela, e sorriu para o Senhor antes de se virar para Ugwu. – Eu ensino-te a cozinhar o arroz como deve ser, Ugwu, sem usares tanto óleo.

– Sim, minha senhora – respondeu Ugwu.

Ele inventara aquilo que imaginava que fosse o tal arroz frito, fritando o arroz em óleo de amendoim, e fizera-o meio esperançado que a comida provocasse em ambos uma crise de intestinos. Agora, porém, o que desejava era preparar uma refeição perfeita, um saboroso arroz *jollof* ou o seu guisado especial com *arigbe*, para mostrar à mulher que, afinal, sabia cozinhar bem. Protelou a lavagem da louça, para que a água a correr não afogasse a voz dela. Quando lhes serviu o chá, demorou a colocar os biscoitos no pires, para poder ficar na sala a ouvi-la, até que o Senhor disse: – Está ótimo, meu amigo.

Ela chamava-se Olanna. Mas o Senhor apenas por uma vez proferiu o nome dela; regra geral, tratava-a por *nkem*, «minha». Falaram sobre a disputa entre o *Sardauna*[4] e o chefe da Região Oeste e, depois, o Senhor disse qualquer coisa sobre esperarem que ela se mudasse para Nsukka e que, no fim de contas, já só faltavam umas quantas semanas para isso acontecer. Ugwu susteve a respiração para ter a certeza de que ouvira bem. O Senhor riu-se e disse: – Mas viveremos juntos aqui, *nkem*, e podes conservar o teu apartamento de Elias Avenue.

Ela ia viver para Nsukka. Ia morar naquela casa. Ugwu afastou-se da porta e fixou os olhos na panela que estava no fogão. A sua vida ia mudar. Ia aprender a cozinhar arroz

---

[4] Ahmadu Bello, o *Sardauna* («sultão») de Sokoto, líder do partido que representava a maioria hauça do Norte; no Oeste, a principal etnia era a ioruba e, na Região Leste, onde fica Nsukka, a maioria da população era ibo. *(N. da T.)*

frito e ia ter de usar menos óleo e receber ordens dela. Sentiu-se triste e, no entanto, não era uma tristeza total; sentiu-se igualmente expectante, com uma espécie de excitação que não compreendia totalmente.

Nessa noite, estava ele a lavar a roupa de cama do Senhor no quintal, junto do limoeiro, quando levantou os olhos da água com sabão do tanque e a viu parada junto à porta dos fundos, a observá-lo. A princípio, convenceu-se de que estava a ver coisas, porque as pessoas em quem ele mais pensava muitas vezes lhe apareciam em visões. Tinha conversas constantes com Anulika e, assim que acabava de se tocar à noite, Nnesinachi aparecia-lhe por uns breves instantes, com um misterioso sorriso no rosto. Mas Olanna encontrava-se realmente à porta. E, a seguir, atravessou o quintal na sua direção. Trazia apenas um pano enrolado à volta do peito e, enquanto ela caminhava, Ugwu imaginou que era um caju amarelo, maduro e bem torneado.

– Minha senhora? Precisa de alguma coisa? – perguntou. Sabia que se esticasse o braço e lhe tocasse no rosto, teria a sensação de tocar em manteiga, como a que o Senhor comprava embrulhada em papel e barrava no pão.

– Deixa-me dar-te uma ajuda com isso. – Apontou para o lençol que ele estava a enxaguar e, lentamente, Ugwu puxou o lençol a pingar para fora do tanque. Ela pegou numa ponta e recuou uns passos. – Torce a tua ponta para aquele lado – disse ela.

Ele retorceu a sua ponta do lençol para a direita, enquanto Olanna retorceu a dela para o lado oposto, e ficaram ambos a ver a água escorrer. O lençol fugia-lhes das mãos.

– Obrigado, minha senhora – agradeceu ele.

Ela sorriu. O sorriso dela fê-lo sentir-se mais alto.

– Oh, olha, aquelas papaias estão quase maduras. *Lotekwa*, não te esqueças de as colher.

Havia qualquer coisa de polido na voz dela, nela; era como a pedra que jaz diretamente por baixo do jorro da fonte, lustrada por anos e anos de água borbulhante, e olhar para ela era como encontrar uma pedra dessas, sabendo que havia pouquíssimas iguais. Observou-a quando ela voltou para dentro de casa.

Ugwu não queria partilhar com mais ninguém a tarefa de tratar do Senhor, não queria perturbar o equilíbrio da sua vida com ele, e, no entanto, subitamente afigurou-se-lhe insuportável a ideia de nunca mais a ver. Mais tarde, depois do jantar, foi em bicos dos pés ao quarto do Senhor e encostou o ouvido à porta. Olanna estava a gemer muito alto, sons que pareciam tão em dissonância com ela, tão descontrolados, alvoroçados, guturais. Ugwu ficou ali parado durante muito tempo, até os gemidos cessarem, e só depois regressou ao seu quarto.

CAPÍTULO 2

Olanna acenava com a cabeça ao som da música *high life*¹ que tocava no rádio do carro. Tinha a mão na coxa de Odenigbo; levantava-a sempre que ele queria meter uma mudança, pousava-a novamente e ria-se quando ele brincava com ela, dizendo que era uma Afrodite que fazia os homens perderem a cabeça. Era excitante estar sentada ao lado dele, com as janelas do automóvel abertas e o ar carregado de pó e dos ritmos sonhadores de Rex Lawson. Ele tinha uma aula daí a duas horas, mas insistira em levá-la ao aeroporto de Enugu e, embora ela tivesse fingido que protestava, a verdade era que quisera que a levasse. Enquanto percorriam as estradas estreitas que atravessavam Milliken Hill, com uma profunda ravina de um lado e uma íngreme encosta do outro, ela não lhe disse que ele estava a conduzir demasiado depressa. Também não olhou para o letreiro à beira da estrada, escrito à mão, que dizia, em letras grosseiras: MAIS VALE CHEGAR ATRASADO DO QUE NÃO CHEGAR.

---

¹ Primeira grande corrente de música popular da África Ocidental, criada no Gana e caracterizada por percussão e ritmos indígenas e letras de cariz local. O seu nome advém do estilo de vida da alta sociedade africana, que foi a sua grande patrocinadora. *(N. da T.)*

Ficou dececionada ao ver as esguias formas brancas dos aviões a levantarem voo, quando se aproximaram do aeroporto. Ele estacionou sob as arcadas da entrada. Foram rodeados por bagagistas a perguntarem: – Meu senhor? Minha senhora? Têm bagagens? – Mas Olanna mal os ouviu, porque Odenigbo a puxou para si.

– Estou mortinho pela mudança, *nkem* – disse ele, encostando a boca à dela.

Sabia a doce de laranja. Olanna teve vontade de lhe dizer que também estava doida por se mudar para Nsukka, mas ele já o sabia, e ela tinha a língua dele dentro da sua boca, e sentiu novamente uma onda de calor entre as coxas.

Ouviram a buzina de um automóvel. Um bagagista gritou: – Esta zona é só para cargas e descargas! Só para cargas e descargas!

Odenigbo soltou-a finalmente e precipitou-se para fora do carro para tirar a mala dela da bagageira. Carregou-a até ao balcão de venda de bilhetes.

– Boa viagem, *ije oma* – disse ele.

– Conduz com cuidado – respondeu ela.

Olanna ficou a vê-lo ir embora, um homem corpulento, de calças caqui e camisa de manga curta com ar engomado. Ele lançava as pernas para a frente com uma confiança agressiva: o passo de uma pessoa que jamais pediria indicações a alguém, convencido de que, de alguma maneira, haveria de chegar ao seu destino. Quando arrancou com o carro, ela baixou a cabeça e cheirou-se. De manhã, tinha posto umas gotas do *Old Spice* de Odenigbo, impulsivamente, e não lho dissera, porque ele faria troça. Não compreenderia o gesto supersticioso de levar consigo uma essência dele. Era como se o perfume pudesse, pelo menos durante algum tempo, calar as suas dúvidas e torná-la um pouco mais parecida com ele, um pouco mais segura, um pouco menos hesitante.

Virou-se para o vendedor de bilhetes e escreveu o seu nome numa folha.

– Boa tarde. Um bilhete de ida para Lagos, por favor.

– Ozobia? – O rosto do vendedor de bilhetes, marcado pelas bexigas, abriu-se num sorriso radioso. – É filha do Chefe Ozobia?

– Sou.

– Ah! Fantástico, minha senhora. Vou pedir ao bagagista para a levar para a sala VIP. – O vendedor de bilhetes virou-se para trás. – Ikenna! Onde é que aquele tolo se meteu? Ikenna!

Olanna abanou a cabeça e sorriu.

– Não é preciso. – Sorriu novamente, para o sossegar, para deixar bem claro que ele não tinha culpa de ela não querer ir para a sala VIP.

A sala de espera principal estava cheia de gente. Olanna sentou-se à frente de três crianças de roupas esfiapadas e chinelos nos pés, que riam intermitentemente, enquanto o pai lhes lançava olhares severos. Uma mulher de idade com um rosto amargo e enrugado, a avó, estava sentada perto de Olanna, agarrada a um saco de mão, a murmurar para si mesma. Olanna conseguia sentir o cheiro a bafio do pano dela; devia ter sido desenterrado de alguma velha arca, de propósito para aquela ocasião. Quando uma voz límpida anunciou a chegada de um voo da Nigeria Airways, o pai deu um salto e depois voltou a sentar-se.

– Está à espera de alguém, não está? – perguntou-lhe Olanna, em ibo.

— Estou, *nwanne m*, do meu irmão que regressa do estrangeiro depois de quatro anos de estudos. — O seu dialeto de Owerri tinha um forte sotaque rural.

— Ah! — disse Olanna. Queria perguntar-lhe de onde é que o irmão vinha, ao certo, e o que é que estudara, mas não o fez. Talvez ele não soubesse.

A avó virou-se para Olanna.

— Foi a primeira pessoa da nossa aldeia a partir para o estrangeiro e a nossa família preparou uma dança especialmente para ele. Os dançarinos vão ter connosco a Ikeduru. — Sorriu, orgulhosa, mostrando os seus dentes castanhos. O sotaque dela era ainda mais marcado; era difícil perceber tudo o que dizia. — As outras mulheres da aldeia ficaram cheias de inveja, mas que culpa tenho eu se os filhos delas não têm nada dentro da cabeça e se foi o meu filho que ganhou a bolsa dos brancos?

Anunciaram a chegada de mais um voo e o pai disse: — *Chere!* É ele? É ele!

Os miúdos puseram-se de pé e o pai mandou-os sentar, mas depois também ele se levantou. A avó apertou o saco de mão contra a barriga. Olanna observou o avião a descer. Aterrou e, enquanto deslizava pelo alcatrão antes de parar, a avó soltou um grito e largou o saco.

Olanna apanhou um susto.

— O que foi? O que foi?

— *Mama!* — exclamou o pai.

— Porque é que ele não para? — perguntou a avó, levando as mãos à cabeça, desesperada. — *Chi m!* Meu Deus! Agora é que são elas! Para onde é que levam o meu filho agora? Vocês enganaram-me?

– *Mama*, o avião vai parar – disse Olanna. – Ele não para logo mal aterra. – Apanhou o saco do chão e, em seguida, agarrou as velhas mãos calejadas. – Ele vai parar – repetiu.

Continuou a segurar nas mãos da mulher até o avião parar e a avó retirar os dedos, murmurando um comentário qualquer sobre gente tola que não sabe construir aviões como deve ser. Olanna observou a família a correr para a porta das chegadas. Enquanto se dirigia para a sua própria porta de embarque, minutos depois, olhou várias vezes para trás, na esperança de vislumbrar o filho que regressava do estrangeiro. Mas não o viu.

A sua viagem foi turbulenta. O homem sentado ao seu lado ia a comer cola-amarga, mastigando ruidosamente, e quando se virou para meter conversa ela afastou-se aos poucos até ficar encostada à parede do avião.

– Só lhe queria dizer que a acho linda – disse ele.

Ela sorriu e disse obrigada, mas não tirou os olhos do jornal. Odenigbo ia achar graça quando lhe contasse este pequeno episódio, rir-se-ia como se ria sempre dos admiradores dela, com aquela sua confiança inabalável. Fora essa a primeira coisa que a atraíra nele, há dois anos, naquele dia de junho em Ibadan, o tipo de dia chuvoso que exibia o tom anil do crepúsculo apesar de ser apenas uma da tarde. Ela voltara de Londres para passar as férias na sua terra. Tinha um namoro sério com Mohammed. A princípio, não reparou em Odenigbo, parado à sua frente na fila para comprar um bilhete à porta do teatro da universidade. Talvez nunca tivesse reparado nele, se um homem branco de cabelo grisalho não se tivesse postado atrás de si e se o vendedor de bilhetes não tivesse feito sinal ao homem branco para se aproximar.

– Deixe-me ajudá-lo – disse o vendedor de bilhetes, naquele cómico sotaque «branco» artificial que as pessoas sem instrução tinham a mania de usar.

Olanna ficou aborrecida, mas não muito, porque sabia que, de qualquer maneira, a fila avançava depressa. Foi, portanto, uma surpresa para ela ver a súbita explosão de um homem de fato safari castanho e livro na mão: Odenigbo. Ele dirigiu-se para a caixa, escoltou o homem branco de volta para o fim da fila e depois gritou para o vendedor de bilhetes: – Seu ignorante miserável! Vês uma pessoa branca e achas que vale mais do que o teu próprio povo? Pede desculpa a toda a gente que está aqui na fila! Já!

Olanna ficara especada a olhar para ele, para a curva das suas sobrancelhas por detrás dos óculos, a sua corpulência física, já a pensar como é que poderia desligar-se de Mohammed da maneira menos dolorosa possível para ele. Talvez tivesse pressentido que Odenigbo era diferente, mesmo se ele não tivesse aberto a boca; o seu penteado, por si só, dizia tudo, espetado no ar, como um grande halo à volta da cabeça. Mas, ao mesmo tempo, via-se que era inquestionavelmente asseado; não era um daqueles indivíduos que usava a falta de asseio para corroborar o seu radicalismo. Ela sorriu e disse: – Muito bem! – quando ele passou por si. Foi o gesto mais ousado da sua vida, a primeira vez que tentava chamar a atenção de um homem.

Ele deteve-se e apresentou-se: – Chamo-me Odenigbo.

– Eu sou a Olanna – disse ela e, mais tarde, contou-lhe que sentira uma magia crepitante no ar, ao que ele respondeu que o desejo que o inundara naquele instante fora tão intenso que até lhe doera o sexo.

Quando Olanna sentiu finalmente esse desejo, a sua reação foi, acima de tudo, de surpresa. Não sabia que as investidas de um homem podiam suspender a memória, que era possível ser transportada para um lugar onde não era capaz de pensar nem de recordar, apenas de sentir. Passados dois anos, a intensidade continuava a mesma, bem como o seu assombro perante as excentricidades dele e o seu moralismo feroz. Mas temia que assim fosse por a relação se consumar aos bochechos: ela via-o quando vinha passar férias a casa; escreviam-se; falavam ao telefone. Agora que estava definitivamente de regresso à Nigéria, iam viver juntos, e ela não compreendia como é que ele não dava o mínimo sinal de incerteza. Odenigbo era demasiado seguro de si.

Olhou para as nuvens do lado de fora da janela, deslizando como um bosque enegrecido, e pensou no quanto eram frágeis.

Olanna não queria jantar com os pais, sobretudo porque eles tinham convidado o Chefe Okonji. Mas a mãe foi ao quarto pedir-lhe por favor para ela lhes fazer companhia; não era todos os dias que recebiam o ministro das Finanças e aquele jantar era ainda mais importante por causa do contrato de construção que o pai dela esperava obter.

– *Biko*, veste uma roupa bonita. A Kainene também se vai arranjar toda – acrescentara a mãe, como se, de algum modo, a referência à irmã gémea de Olanna legitimasse tudo.

Sentada à mesa, Olanna endireitou o guardanapo no colo e sorriu para o criado que colocou um prato com duas metades de abacate junto dela. A sua farda branca levara tanta goma que as calças pareciam feitas de cartão, de tão hirtas que estavam.

– Obrigada, Maxwell – disse ela.

– Sim, tia[2] – murmurou Maxwell, e avançou com o tabuleiro na mão.

Olanna olhou para as pessoas reunidas à volta da mesa. Os seus pais estavam concentrados no Chefe Okonji, fazendo ansiosamente que sim com a cabeça, enquanto ele contava uma história sobre um encontro recente com o primeiro-ministro Balewa. Kainene, por sua vez, inspecionava o prato com aquele seu ar de superioridade, como se estivesse a troçar do abacate. Nenhum deles agradeceu a Maxwell. Olanna gostaria que o fizessem; era uma coisa tão simples de se fazer, reconhecer a humanidade das pessoas que os serviam. Sugerira-o uma vez; o pai respondera que lhes pagava bons salários e a mãe dissera que fazê-lo lhes daria espaço de manobra para serem insultuosos, enquanto Kainene, como sempre, não dissera nada, com uma expressão de tédio no rosto.

– Há muito tempo que não comia um abacate tão bom como este – disse o Chefe Okonji.

– É de uma das nossas quintas – explicou a mãe. – A que fica perto de Asaba.

– Vou pedir ao criado para lhe meter alguns num saco – disse o pai.

– Ótimo – respondeu o Chefe Okonji. – Olanna, espero que estejas a apreciar o teu, hã? Estás especada a olhar para ele como se fosse capaz de te morder. – Riu-se, uma gargalhada grosseira e exagerada, e os pais dela riram-se também, como lhes cabia.

---

[2] No original, *aunty* («tia») é uma forma deferente de tratar uma mulher mais velha. (N. da T.)

– É muito bom. – Olanna levantou os olhos.

O sorriso do Chefe Okonji tinha qualquer coisa de molhado. Na semana anterior, quando ele lhe enfiara o seu cartão de visita na mão, no Clube Ikoyi, ficara preocupada com aquele sorriso, porque era como se o movimento dos lábios dele fizesse com que a boca se lhe enchesse de saliva, que depois ameaçava escorrer-lhe pelo queixo abaixo.

– Espero que tenhas ponderado a proposta de vires trabalhar connosco no ministério, Olanna. Precisamos de cérebros de primeira categoria, como o teu – disse o Chefe Okonji.

– Quantas pessoas recebem uma oferta pessoal de emprego do ministro das Finanças? – comentou a mãe, para ninguém em especial, e um sorriso iluminou-lhe o rosto oval de pele escura, que era tão próximo da perfeição, tão simétrico, que os amigos lhe chamavam Arte.

Olanna pousou a colher.

– Decidi ir para Nsukka. Parto daqui a duas semanas.

Viu a maneira como o pai semicerrou os lábios. A mãe deixou a mão suspensa no ar durante uns instantes, como se a notícia fosse tão trágica que a impedisse de continuar a pôr sal na comida.

– Pensava que ainda não tinhas tomado uma decisão – disse a mãe.

– Não posso perder tempo, senão eles oferecem o cargo a outra pessoa qualquer – explicou Olanna.

– Nsukka? A sério? Decidiste mudar-te para Nsukka? – perguntou o Chefe Okonji.

– Sim. Candidatei-me a uma vaga de leitora no Departamento de Sociologia e acabo de ser selecionada – disse Olanna. Normalmente gostava de comer o abacate sem sal, mas desta vez achou-o insípido, quase enjoativo.

– Ah. Quer dizer que nos vais deixar sozinhos em Lagos – disse o Chefe Okonji. O seu rosto pareceu derreter, dobrar-se sobre si mesmo. A seguir, virou-se e, num tom demasiado alegre, perguntou: – Então, e tu, Kainene?

Kainene fitou o Chefe Okonji em cheio nos olhos, com aquele seu olhar que era tão inexpressivo, tão vazio, que quase parecia hostil.

– Sim, então e eu? – Ela arqueou as sobrancelhas. – Eu também vou dar bom proveito ao meu diploma universitário recém-adquirido. Vou mudar-me para Port Harcourt para gerir os negócios do meu pai na região.

Olanna gostaria de ainda ter aqueles vislumbres de antigamente, aqueles instantes em que era capaz de adivinhar os pensamentos de Kainene. Quando andavam na escola primária, às vezes entreolhavam-se e riam-se, sem falarem, porque estavam a pensar na mesma piada. Duvidava que Kainene também ainda os tivesse, uma vez que já não falavam sobre esse tipo de coisas. Aliás, já não falavam sobre nada.

– Quer dizer que a Kainene vai gerir a fábrica de cimento? – perguntou o Chefe Okonji, virando-se para o pai das duas raparigas.

– Ela vai supervisionar os negócios todos no Leste, as fábricas e as nossas novas explorações petrolíferas. Sempre teve um excelente olho para o negócio.

– Quem tiver dito que saíste a perder por teres duas filhas gémeas estava enganado – disse o Chefe Okonji.

– A Kainene não é só como um filho, ela vale por dois – respondeu o pai.

Ele olhou para Kainene e esta desviou a cara, como se não desse valor ao orgulho estampado no rosto do pai. Olanna apressou-se a fixar os olhos no prato, para que nenhum deles percebesse que estivera a observá-los. O prato era elegante, verde-claro, da mesma cor do abacate.

– Porque é que não vêm todos a minha casa este fim de semana? – sugeriu o Chefe Okonji. – Nem que seja para provarem a sopa de peixe e pimento do meu cozinheiro. O tipo é de Nembe e sabe exatamente o que fazer com peixe fresco.

Os pais riram-se ruidosamente. Olanna não percebeu ao certo onde estava a graça, mas, enfim, era uma piada do ministro.

– Que ideia ótima – disse o pai de Olanna.

– Vai ser agradável reunirmo-nos todos antes de a Olanna partir para Nsukka – disse a mãe.

Olanna ficou ligeiramente irritada, com um formigueiro na pele.

– Eu gostava imenso de ir, mas não vou estar cá no fim de semana.

– Não vais estar cá? – repetiu o pai.

Ela perguntou-se se a expressão dos olhos dele seria uma súplica desesperada. Perguntou-se, também, como é que os seus pais teriam prometido ao Chefe Okonji um romance com ela em troca de um contrato. Tê-lo-iam dito verbalmente, com todas as letras, ou ter-se-iam limitado a insinuá-lo?

– Tenciono ir a Kano, ver o Tio Mbaezi e a família, e o Mohammed também – anunciou ela.

O pai espetou o garfo no abacate.

– Pois.

Olanna bebericou o seu copo de água e não disse nada.

Depois do jantar, passaram para a varanda, para tomarem um licor. Olanna apreciava esse ritual a seguir ao jantar e muitas vezes afastava-se dos pais e dos convidados para se ir postar junto da balaustrada, contemplando os candeeiros altos que iluminavam os carreiros com uma luz tão intensa que a piscina parecia prateada e os hibiscos e as buganvílias, com os seus tons de vermelho e rosa, adquiriam uma pátina incandescente. A primeira e única vez que Odenigbo a visitara em Lagos, tinham ficado parados a olhar para a piscina e ele atirara uma rolha de garrafa lá para baixo e observara-a a cair na água. Ele bebera demasiado conhaque e quando o pai dela disse que a ideia da Universidade de Nsukka era um disparate, que a Nigéria não estava preparada para ter uma universidade indígena e que receber o apoio de uma universidade americana – em vez do de uma como deve ser na Grã-Bretanha – era uma idiotice, ele levantara a voz em resposta. Olanna pensara que Odenigbo ia perceber que a intenção do seu pai era simplesmente vexá-lo e mostrar-lhe que não estava minimamente impressionado por ele ser professor associado em Nsukka. Pensara que ele ia deixar passar as palavras do seu pai sem reagir. Mas a voz dele fora subindo cada vez mais de tom, enquanto argumentava que Nsukka estava livre de influências coloniais. Ela piscara os olhos várias vezes, fazendo-lhe sinal para se calar, embora ele talvez não tivesse reparado, porque a varanda se encontrava na penumbra. De repente, o telefone tocara e tiveram de pôr fim à conversa. Olanna percebera que a expressão nos olhos dos seus pais era de respeito contrariado, mas isso não os impedira de lhe dizerem que Odenigbo era louco e o homem errado para ela, um daqueles académicos exaltados que falavam e falavam até deixarem toda a gente com dores de cabeça e, no fim, ninguém percebera nada do que fora dito.

– Está uma noite tão fresca – disse o Chefe Okonji atrás dela.

Olanna virou-se. Não se dera conta de que os seus pais e Kainene tinham voltado para dentro de casa.

– Pois está – disse ela.

O Chefe Okonji postou-se à frente dela. O seu *agbada* tinha o colarinho bordado a fio dourado. Ela olhou-lhe para o pescoço, assente sobre rolos de gordura, e imaginou-o a abrir as pregas de carne para as lavar bem no banho.

– E amanhã? Há um *cocktail* no Hotel Ikoyi – disse ele. – Eu gostava que vocês todos conhecessem uns expatriados. Andam à procura de terras e eu posso conseguir que as comprem ao teu pai por cinco ou seis vezes mais do que valem.

– Amanhã vou fazer uma visita de caridade em nome da Sociedade de São Vicente de Paulo.

O Chefe Okonji aproximou-se dela.

– Não consigo tirar-te da cabeça – disse ele, e uma bruma de álcool colou-se ao rosto de Olanna.

– Não estou interessada, Chefe.

– Mas eu não consigo tirar-te da cabeça – repetiu o Chefe Okonji. – Ouve, não tens de vir trabalhar para o ministério. Posso nomear-te para uma comissão, uma comissão qualquer à tua escolha, e monto-te casa onde tu quiseres.

Ele puxou-a para si e, por um instante, Olanna não fez nada, deixou o seu corpo inerte contra o dele. Estava habituada àquilo, a ser agarrada por homens que viviam imersos numa nuvem de arrogância encharcada em água-de-colónia, convencidos de que, como eram poderosos e a consideravam bela, o seu destino era ficarem juntos. Ela afastou-o, por fim, ligeiramente enojada por as suas mãos se terem enterrado no peito mole dele.

– Pare com isso, Chefe.
Ele tinha os olhos fechados.
– Eu amo-te, acredita em mim. Amo-te de verdade.

Olanna soltou-se dos braços dele e voltou para dentro de casa. As vozes dos seus pais na sala ouviam-se ao longe. Deteve-se para cheirar as flores emurchecidas numa jarra, em cima do aparador, apesar de saber que já teriam perdido o perfume, e em seguida subiu as escadas. O seu quarto pareceu-lhe desconhecido, com os seus tons quentes de madeira, os móveis escuros, a alcatifa cor de vinho que cobria o chão todo e lhe amortecia os passos, as toneladas de espaço que faziam com que Kainene chamasse aos seus respetivos quartos «apartamentos». O exemplar do *Lagos Life* continuava em cima da cama; pegou nele e olhou para a fotografia onde ela própria aparecia ao lado da mãe, na página cinco, os seus rostos satisfeitos e complacentes, num *cocktail* organizado pelo alto-comissário britânico. A mãe puxara-a para si quando vira um fotógrafo aproximar-se; mais tarde, depois de a máquina ter disparado o *flash*, Olanna chamara o fotógrafo e pedira-lhe por favor para não publicar a foto. Ele lançara-lhe um olhar desconcertado. Agora, ela percebia que fora um disparate pedir-lhe uma coisa dessas; é claro que ele nunca poderia compreender o constrangimento dela por fazer parte da vida de falsas aparências dos pais.

Estava na cama a ler, quando a mãe bateu à porta e entrou.

– Ah, estás a ler – disse a mãe. Trazia rolos de tecido nas mãos. – O Chefe foi-se embora. Mandou-te cumprimentos.

Olanna queria perguntar-lhe se tinham prometido ao homem um romance com ela, mas sabia que nunca teria coragem de o fazer.

– Que tecidos são esses?

– O Chefe mandou o motorista ao carro buscá-los, antes de se ir embora. São umas rendas acabadas de chegar da Europa. Estás a ver? São bonitas, *i fukwa*?

Olanna palpou o tecido com os dedos.

– Sim, muito bonitas.

– Viste o que ele trazia vestido, hoje? Original! *Ezigbo!* – A mãe sentou-se ao seu lado. – E sabias que se diz que nunca usa o mesmo fato duas vezes? Dá-os aos criados, assim que os usa uma vez.

Olanna imaginou as caixas de madeira dos criados pobres do Chefe Okonji cheias de rendas, criados esses que ela tinha a certeza que ganhavam pouco ao fim do mês e que se viam proprietários de cafetãs e *agbadas* usados que nunca poderiam vestir. Estava cansada. Conversar com a mãe cansava-a.

– Qual é que queres, *nne*? Vou fazer uma saia comprida e uma blusa para ti e para a Kainene.

– Não, não te incomodes, mãe. Faz qualquer coisa para ti. Eu não vou ter muitas oportunidades em Nsukka para usar tecidos rendados caros.

A mãe fez deslizar um dedo ao longo da mesinha de cabeceira.

– A tola da criada não limpa os móveis como deve ser. Achará ela que eu lhe pago para andar a brincar?

Olanna pousou o livro. Percebeu que a mãe lhe queria dizer alguma coisa, e o sorriso forçado, os gestos miudinhos, eram a introdução à conversa.

– Então, como está o Odenigbo? – perguntou a mãe finalmente.

– Está ótimo.

A mãe suspirou, de uma maneira exacerbada que exprimia o seu desejo de que Olanna metesse juízo na cabeça.

— Pensaste com calma nessa tua mudança para Nsukka? Com muita calma?

— Nunca tive tanta certeza de nada na vida.

— Mas achas que vais ficar confortável lá?

A mãe disse «confortável» com um ligeiro estremecimento e Olanna conteve um sorriso, porque sabia que a mãe tinha em mente a casa *básica* de Odenigbo no recinto da universidade, com as suas divisões austeras, móveis simples e chão sem alcatifa.

— Acho — respondeu ela.

— Podias arranjar emprego aqui em Lagos e ir vê-lo aos fins de semana.

— Eu não quero trabalhar em Lagos. Quero trabalhar na universidade e quero viver com ele.

A mãe fitou-a durante uns instantes mais, depois levantou-se e disse: — Boa noite, filha — numa voz sumida e magoada.

Olanna ficou especada a olhar para a porta. Estava habituada à desaprovação da mãe; afinal, ela marcara a maior parte das suas grandes decisões: quando preferira ser suspensa de Heathgrove durante duas semanas, em vez de pedir desculpa à professora por ter insistido que as aulas sobre a *Pax Britannica*[3] eram contraditórias; quando se juntara ao movimento estudantil de Ibadan a favor da independência; quando se recusara a casar-se com o filho de Igwe Okagbue e,

---

[3] Termo utilizado para descrever o período de paz que se seguiu à Batalha de Trafalgar (1805) e que levou a uma maior expansão do Império Britânico. *(N. da T.)*

mais tarde, com o filho do Chefe Okaro. Ainda assim, de cada vez, essa desaprovação dera-lhe vontade de pedir desculpa, de compensar a mãe de alguma maneira.

Estava quase a dormir, quando Kainene bateu à porta.

– Então, vais abrir as pernas para aquele elefante em troca do contrato do pai? – perguntou Kainene.

Olanna sentou-se na cama, surpreendida. Não se lembrava da última vez que Kainene entrara no seu quarto.

– O pai tirou-me à força da varanda para te podermos deixar sozinha com o bom ministro do governo – continuou Kainene. – Ele sempre vai dar o contrato ao pai?

– Não disse. Mas, de qualquer maneira, não vai ficar de mãos a abanar porque o pai vai dar-lhe dez por cento.

– Os dez por cento são o habitual, por isso tudo o que vier a mais ajuda sempre. Os outros concorrentes provavelmente não têm uma filha *magnífica*. – Kainene arrastou as sílabas até a palavra parecer enjoativa, pegajosa: *ma-gní-fi-ca*. Estava a folhear o exemplar do *Lagos Life*, com o seu vestido de seda muito justinho na sua cintura de vespa. – A vantagem de ser a filha feia é que ninguém nos usa como engodo sexual.

– Eles não estão a usar-me como engodo sexual.

Kainene não respondeu durante uns minutos; parecia concentrada num artigo do jornal. Depois, levantou os olhos.

– O Richard também vai para Nsukka. Recebeu a bolsa e vai para lá escrever o seu livro.

– Ah, que bom. Isso quer dizer que irás com frequência a Nsukka?

Kainene ignorou a pergunta.

– O Richard não conhece ninguém em Nsukka, por isso talvez tu pudesses apresentá-lo ao teu amante revolucionário.

Olanna sorriu. «Amante revolucionário.» As coisas que Kainene dizia com um ar sério!

– Eu apresento-os um ao outro – disse ela.

Nunca gostara de nenhum dos namorados de Kainene, tal como nunca gostara que Kainene saísse com tantos brancos em Inglaterra. A atitude deles, de condescendência mal disfarçada, e as suas falsas validações irritavam-na. No entanto, não reagira da mesma maneira a Richard Churchill, quando Kainene o levara lá a casa para jantar. Talvez por ele não ter aquela superioridade típica dos Ingleses, que achavam que compreendiam os Africanos melhor do que eles próprios, e, pelo contrário, se mostrar de uma cativante insegurança – quase uma espécie de timidez. Ou talvez por os seus pais o terem ignorado, não lhe dando valor por não conhecer ninguém importante.

– Acho que o Richard vai gostar da casa do Odenigbo – disse Olanna. – À noite, mais parece um clube político. A princípio, ele só convidava africanos, porque a universidade está tão cheia de estrangeiros que ele queria que os africanos tivessem oportunidade de conviverem uns com os outros. A princípio, as pessoas levavam as suas próprias garrafas de cerveja, mas agora pede a todos para contribuírem com algum dinheiro e, todas as semanas, compra ele as bebidas e reúnem-se todos lá em casa... – Olanna calou-se. Kainene estava a olhar para ela com um ar inexpressivo, como se Olanna tivesse quebrado a regra implícita de não fazer conversa de chacha.

Kainene virou-se para a porta.

– Quando é que partes para Kano?

– Amanhã. – Olanna queria que Kainene ficasse mais um pouco, que se sentasse na cama e pusesse uma almofada no colo e trocasse mexericos e se risse com ela pela noite dentro.

– Boa viagem, *jee ofuma*. Dá beijinhos meus à tia, ao tio e à Arize.

– Eu dou – disse Olanna, embora Kainene já tivesse saído do quarto e fechado a porta.

Escutou os passos de Kainene no corredor alcatifado. Era agora, depois de terem voltado de Inglaterra e estarem a viver novamente na mesma casa, que Olanna se apercebia até que ponto se tinham tornado distantes uma da outra. Kainene sempre fora a menina introvertida, a adolescente taciturna e muitas vezes cáustica, aquela que, como não tentava agradar aos pais, deixava a Olanna essa missão. Mas, apesar disso, tinham sido chegadas. Costumavam ser amigas. Perguntou-se quando é que tudo teria mudado. Antes de irem para Inglaterra, seguramente, porque nem sequer tinham os mesmos amigos em Londres. Talvez tivesse sido quando andavam no liceu, em Heathgrove. Talvez até antes. Não acontecera nada de especial – nenhuma discussão monumental, nenhum incidente importante –, pura e simplesmente afastaram-se, mas agora era Kainene quem se ancorava firmemente num lugar distante, impedindo que pudessem voltar a aproximar-se.

Olanna preferiu não ir de avião para Kano. Gostava de se sentar junto da janela do comboio a ver passar as densas florestas, as verdejantes planícies a desenrolarem-se diante dos seus olhos, as reses de gado a abanarem as suas caudas, conduzidas por nómadas de peito nu. Quando chegou a Kano, constatou uma vez mais, impressionada, até que ponto a cidade era diferente de Lagos, de Nsukka, de Umunnachi, a sua terra natal, quão diferente era o Norte, em geral, do Sul. Aqui, a areia era fina, cinzenta e ressequida, em nada parecida com a terra vermelha e grumosa que conhecia da infância; as árvores eram débeis, ao contrário da verdura explosiva que brotava do solo e lançava sombras sobre a estrada para Umunnachi. Aqui, havia quilómetros e quilómetros de planícies, que incitavam a vista a esticar-se mais e mais, até darem a sensação de se confundirem com o céu prateado e branco.

Apanhou um táxi na estação e pediu ao motorista para passar primeiro pelo mercado, para fazer uma visita ao Tio Mbaezi.

Nos estreitos carreiros do mercado, Olanna abriu caminho por entre meninos carregados com grandes fardos à cabeça, mulheres a regatearem, vendedores aos gritos. Uma loja de discos tocava música *high life* em altos berros e ela abrandou um pouco para cantarolar a melodia de «Taxi Driver», de Bobby Benson, antes de avançar apressadamente para a banca do tio. As prateleiras dele estavam forradas de baldes e outros utensílios domésticos.

– *Omalicha!* – exclamou ele, assim que a viu. Era o mesmo epíteto com que ele tratava a mãe dela: «Linda». – Tenho pensado em ti. Sabia que, mais dia menos dia, vinhas visitar-nos.

– Boa tarde, tio.

Abraçaram-se. Olanna apoiou a cabeça no ombro dele; ele cheirava a suor, ao mercado ao ar livre, a utensílios de metal expostos em poeirentas prateleiras de madeira.

Era difícil imaginar que o Tio Mbaezi e a mãe dela tivessem crescido juntos, como irmão e irmã. Não só porque o rosto de tez clara do tio não tinha nenhuma da beleza do da sua mãe, mas também porque havia qualquer coisa de terra a terra nele. Por vezes, Olanna perguntava-se se o admiraria daquela maneira, se ele não fosse tão diferente da sua mãe.

Sempre que ela ia visitá-lo, o Tio Mbaezi sentava-se no pátio depois do jantar e contava-lhe as últimas notícias da família: a filha solteira de um primo estava grávida e a família queria mandá-la lá para casa para evitar as más-línguas da aldeia; um sobrinho morrera em Kano e ele andava à procura da maneira mais económica de levar o corpo de volta para a sua terra natal. Ou então falava-lhe de política: o que a Associação Ibo estava a organizar, contestar, discutir. As reuniões tinham lugar ali no pátio. Ela assistira a algumas e ainda se lembrava de uma reunião onde homens e mulheres irritados tinham falado sobre o facto de as escolas do Norte não admitirem crianças ibos. O Tio Mbaezi levantara-se e batera com o pé. «*Ndi be anyi!* Minha gente! Construiremos a nossa própria escola! Arranjaremos o dinheiro e construiremos a nossa própria escola!» Quando ele se calara, Olanna juntara-se aos outros que batiam palmas de aprovação e entoavam: «Assim é que se fala! É isso que faremos!» Mas receara que fosse difícil construir uma escola. Talvez fosse mais prático tentar convencer as pessoas do Norte a aceitar crianças ibos.

E, no entanto, poucos anos depois, ali estava ela num táxi, na estrada do aeroporto, a passar à frente da Escola Primária da Associação Ibo. Era a hora do recreio e o pátio da escola estava cheio de crianças. Os meninos jogavam futebol em diferentes equipas dentro do mesmo campo, de modo que havia várias bolas a voar pelos ares; Olanna perguntou-se como é que saberiam qual era a sua respectiva bola. As meninas juntavam-se em grupos mais perto da estrada, a jogar *oga* e *swell*, batendo palmas ritmicamente enquanto saltavam primeiro sobre um pé e depois sobre o outro. Antes de o táxi parar à porta do recinto comunitário do *Sabon Gari*[4], Olanna viu a Tia Ifeka sentada junto ao seu quiosque à beira da estrada. A Tia Ifeka limpou as mãos ao vestido de pano desbotado e abraçou Olanna, afastou-se para observá-la melhor e, a seguir, voltou a abraçá-la.

– A nossa Olanna!
– Minha tia! *Kedu*?
– Agora que te vejo, estou melhor ainda.
– A Arize ainda não voltou da aula de costura?
– Deve estar a chegar.
– Como é que ela está? *O na-agakwa?* A costura está a correr bem?
– A casa está cheia de padrões feitos por ela.
– E o Odinchezo e o Ekene?
– Vão andando. Vieram visitar-nos na semana passada e perguntaram por ti.
– Está tudo a correr bem em Maiduguri? O negócio vai melhor?
– Não me disseram que estivessem a morrer de fome – disse a Tia Ifeka, com um ligeiro encolher de ombros.

Olanna observou o rosto simples e desejou, por um breve instante carregado de culpa, ser filha da Tia Ifeka. De qualquer

---

[4] No Norte da Nigéria, a pedido dos governantes locais, todos os nativos do Sul, quer de Leste, quer de Oeste, viviam em *Sabon Garis*, «Bairros de Estrangeiros», uma espécie de guetos no exterior das povoações. O contacto dos habitantes destes bairros com os seus compatriotas haúças reduzia-se ao mínimo indispensável. A escola era segregada e o governo britânico nunca fez qualquer tentativa para integrar as duas comunidades. (N. da T.)

maneira, a Tia Ifeka era como se fosse sua mãe, já que fora ela quem amamentara Olanna e Kainene quando o leite da mãe secara pouco depois de elas terem nascido. Kainene costumava dizer que isso era mentira e que a mãe as entregara a uma ama de leite só para evitar que os seus seios ficassem descaídos.

– Anda, *ada anyi* – disse a Tia Ifeka –, vamos entrar.

Fechou as persianas de madeira do quiosque, tapando as caixinhas de fósforos, as pastilhas elásticas, os rebuçados, os cigarros e os detergentes, tudo muito bem arrumado, e em seguida pegou no saco de Olanna e conduziu-a para o interior do recinto. A casa baixinha e estreita estava por pintar. As roupas penduradas no pátio a secar encontravam-se imóveis, hirtas, como que ressequidas pelo sol quente da tarde. Velhos pneus de automóvel, com os quais as crianças brincavam, estavam empilhados debaixo da árvore *kuka*. Olanna sabia que o sossego do pátio ia mudar daí a nada, quando os miúdos voltassem da escola. As famílias deixariam as portas abertas e o alpendre e a cozinha comum encher-se-iam de conversas. A família do Tio Mbaezi vivia em dois quartos. No primeiro, onde os sofás gastos eram arrastados para o lado, à noite, para dar lugar a esteiras, Olanna tirou do saco as coisas que tinha levado – pão, sapatos, frascos de creme –, enquanto a Tia Ifeka ficava junto à porta, a observá-la, de mãos atrás das costas.

– Que alguém um dia faça o mesmo por ti. Que alguém um dia faça o mesmo por ti – disse a Tia Ifeka.

Quando Arize chegou a casa, uns instantes depois, Olanna fincou bem os pés no chão para que o seu abraço entusiasmado não a derrubasse.

– Mana! Devias ter-nos avisado que vinhas! Pelo menos teríamos varrido melhor o pátio! Ah! Mana! *Aru amaka gi!* Estás com ótimo aspeto ! Temos tantas histórias para contar!

Arize riu-se e, sempre que ela se ria, todo o seu corpo rechonchudo e os seus braços roliços tremulavam. Olanna abraçou-a com força. Sentiu que a vida estava em ordem, como devia estar, e que mesmo que a casa viesse abaixo de vez em quando, no fim tudo se recomporia. Era por isso que ia a Kano: para encontrar aquela paz lúcida. Quando os olhos da Tia Ifeka começaram a saltitar de uma ponta à outra do pátio, Olanna soube que ela buscava uma galinha adequada à ocasião. A Tia Ifeka matava sempre uma quando Olanna a visitava, mesmo que fosse a última que lhe restasse, aos pulinhos pelo pátio, com as penas marcadas com uma ou duas manchas de tinta vermelha, para a distinguir das galinhas dos vizinhos, que tinham pedaços de tecido amarrados às asas ou tinta de cor diferente. Olanna já não protestava por causa das galinhas, da mesma maneira que também já não protestava quando o Tio Mbaezi e a Tia Ifeka dormiam em esteiras, ao lado dos muitos familiares que pareciam estar constantemente instalados em casa deles, para que ela pudesse ficar com a sua cama.

A Tia Ifeka dirigiu-se com toda a calma para uma galinha castanha, apanhou-a com destreza e entregou-a a Arize para ela a matar no quintal das traseiras. Sentaram-se à porta da cozinha, enquanto Arize a depenava e a Tia Ifeka tirava as cascas ao arroz. Uma vizinha estava a cozer milho e, de vez em quando, sempre que a água fazia espuma, o lume sibilava. Agora, já havia crianças a brincarem no pátio, a levantarem poeira branca, a gritarem. Debaixo da árvore *kuka*, irrompeu uma briga e Olanna ouviu um miúdo a gritar para outro, em ibo: «A cona da tua mãe!»

O sol já se tornara vermelho no céu, antes de começar a sua descida, quando o Tio Mbaezi regressou a casa. Chamou Olanna para ela ir cumprimentar o seu amigo Abdulmalik. Era a segunda vez que Olanna via o homem de etnia haúça; vendia chinelos de pele perto da banca do Tio Mbaezi, no mercado, e ela comprara-lhe uns quantos pares, que levara para Inglaterra mas nunca usara, por ser inverno.

– A nossa Olanna acabou de tirar um mestrado. Um mestrado na Universidade de Londres! Não é nada fácil! – exclamou o Tio Mbaezi, cheio de orgulho.

– Parabéns – disse Abdulmalik.

Abriu o saco, tirou um par de chinelos e deu-lhos, com o seu rosto estreito pregueado num sorriso, os dentes manchados de noz de cola e tabaco e mais qualquer coisa que Olanna não identificava, manchas de várias tonalidades de amarelo e castanho. Pela sua cara, parecia que era ele quem estava a receber uma prenda; tinha aquela expressão das pessoas que admiram a educação, sabendo com toda a serenidade que nunca terão acesso a ela.

Olanna pegou nos chinelos com as duas mãos.

– Obrigada, Abdulmalik. Obrigada.

Abdulmalik apontou para as vagens maduras, em forma de cabaça, da árvore *kuka* e disse: – Tu vem a minha casa. Minha mulher faz sopa de *kuka* muito doce.

– Sim, da próxima vez eu vou – respondeu Olanna.

Ele murmurou mais uns parabéns e sentou-se com o Tio Mbaezi no alpendre, com um balde de cana-de-açúcar à frente deles. Mordiscaram as cascas duras e verdes e mastigaram a polpa branca e sumarenta, falando haúça e rindo-se. Cuspiam a cana mastigada para o pó do chão. Olanna fez-lhes companhia durante uns instantes, mas eles falavam haúça demasiado depressa e não conseguia segui-los. Gostaria de ser fluente em haúça e ioruba, como os tios e a prima; era algo que trocaria de bom grado pelos seus conhecimentos de francês e latim.

Na cozinha, Arize estava a cortar a galinha ao meio e a Tia Ifeka a lavar o arroz. Olanna mostrou-lhes os chinelos de Abdulmalik e calçou-os; as tiras vermelhas pregueadas faziam os seus pés parecer mais esguios, mais femininos.

– Muito bonitas – disse a Tia Ifeka. – Vou agradecer-lhe.

Olanna sentou-se num banco e esforçou-se por não olhar para os ovos de barata, umas cápsulas pretas e macias, que estavam alojados em todas as esquinas da mesa. Uma vizinha estava a fazer uma fogueira a um canto e, apesar das aberturas inclinadas do telhado, o fumo entupia a cozinha.

– *I makwa*, a única coisa que a família dela come é peixe seco, todos os dias – disse Arize, apontando, de lábios cerrados, para a vizinha. – Acho que os coitados dos filhos nem sequer conhecem o sabor da carne. – Arize deitou a cabeça para trás e riu-se.

Olanna olhou para a mulher. Como era da etnia *ijaw*, não entendia o que Arize dizia em ibo.

– Talvez gostem de peixe seco – disse Olanna.

– *O di egwu!* Está-se mesmo a ver! Fazes ideia de como aquilo é barato? – Arize ainda se estava a rir, quando se virou para a mulher. – Ibiba, estava a dizer à minha mana mais velha que a tua sopa cheira sempre muito bem.

A mulher parou de atiçar o fogo e sorriu, um sorriso de quem sabia mais do que se pensa, e Olanna perguntou-se se, afinal, a mulher compreenderia ibo e se teria simplesmente decidido alinhar nas provocações de Arize. Havia qualquer coisa no sentido de humor efervescente de Arize que fazia com que as pessoas lhe perdoassem os comentários maliciosos.

– Quer dizer que te vais mudar para Nsukka para te casares com o Odenigbo, mana? – perguntou Arize.

– Ainda não sei se vamos casar-nos. Só quero estar mais perto dele. E quero dar aulas.

Os olhos redondos de Arize espelharam a sua admiração e desconcerto.

– Só as mulheres que leram muito Livro como tu podem dizer uma coisa dessas, mana. Se as pessoas como eu, que nunca leram Livro, esperarem de mais, caducam. – Arize calou-se, enquanto tirava um ovo muito clarinho e translúcido de dentro da galinha.

– Eu quero um marido hoje e amanhã, oh se quero! As minhas amigas abandonaram-me todas e foram para casa dos maridos.

– És jovem – disse Olanna. – Por agora, devias concentrar-te nas tuas aulas de costura.

– É a costura que me vai dar um filho? Mesmo que eu conseguisse passar e ir para a escola, ia continuar a querer um bebé já.

– Não há pressa nenhuma, Ari.

Olanna estava mortinha por chegar o banco mais para a porta, para apanhar ar fresco, mas não queria que a Tia Ifeka, nem Arize, nem sequer a vizinha, percebessem que o fumo lhe irritava os olhos e a garganta, e que a imagem dos ovos de barata lhe provocava náuseas. Queria dar a sensação de que estava habituada àquilo tudo, àquela vida.

– Eu sei que te hás de casar com o Odenigbo, mana, mas sinceramente não sei se quero que te cases com um homem de Aba. Os homens de Aba são tão feios, *kai!* Se ao menos o Mohammed fosse ibo, comia os meus próprios cabelos se não te casasses com ele. Nunca vi homem tão bonito.

– O Odenigbo não é feio. Há muitos tipos diferentes de beleza – explicou Olanna.

– Foi isso que a família do macaco feio, *enwe*, lhe disse para o consolar: que há muitos tipos diferentes de beleza.

– Os homens de Aba não são feios – disse a Tia Ifeka. – Afinal, a minha família é de lá.

– E a tua família não é parecida com os macacos? – ripostou Arize.

– O teu nome completo é Arizendikwunnem, não é? Tu vens da família da tua mãe, por isso talvez também sejas parecida com os macacos – murmurou a Tia Ifeka.

Olanna riu-se.

– Então, porque é que andas a falar de casamento com tanta insistência, Ari? Viste alguém que te agrada? Ou queres que te arranje um dos irmãos do Mohammed?

– Não, *não!* – Arize abanou as mãos no ar, fingindo-se horrorizada. – Antes de mais, o meu pai matava-me, se soubesse que eu andava a olhar para um homem haúça com segundas intenções.

– Antes que o teu pai te pudesse matar, matava-te eu – disse a Tia Ifeka, e levantou-se com a taça de arroz limpo.

– Há uma pessoa, mana – Arize aproximou-se de Olanna –, mas não tenho a certeza se ele também anda de olho em mim.

– Porque é que estás a sussurrar? – perguntou a Tia Ifeka.

– A conversa é contigo? Não é com a minha mana mais velha que eu estou a falar? – perguntou Arize à mãe. Mas levantou a voz, quando continuou: – Chama-se Nnakwanze e é daqui de perto, de Ogidi. Trabalha nos caminhos de ferro. Mas não me disse nada. Não sei se anda mesmo de olho em mim.

– Se não anda de olho em ti, então é porque vê mal – disse a Tia Ifeka.

– Mas já me viram esta mulher?! Porque é que eu não posso falar com a minha mana mais velha em paz? – Arize revirou os olhos, mas era óbvio que estava satisfeita e que possivelmente aproveitara aquela oportunidade para contar à mãe o que se passava em relação a Nnakwanze.

Nessa noite, quando estava deitada na cama dos tios, Olanna observou Arize através da fina cortina, pendurada numa corda presa com pregos à parede. A corda não estava bem repuxada e a cortina descaía no meio. Olanna seguiu o movimento ritmado da respiração de Arize e imaginou como teria sido crescer ali, para Arize e os seus irmãos, Odinchenzo e Ekene, vendo os pais através da cortina, ouvindo sons que, para uma criança, podiam parecer de inquietante dor, à medida que as ancas do pai se mexiam e os braços da mãe se agarravam a ele. Olanna nunca ouvira os seus pais a fazerem amor, nunca vira sequer qualquer indício de que o faziam. Mas sempre estivera separada deles por corredores que, a cada mudança de casa, se foram tornando maiores e com alcatifas cada vez mais espessas. Quando se mudaram para a atual casa, com os seus dez quartos, pela primeira vez os pais ocuparam quartos separados. «Eu preciso de todo o guarda-roupa e vai ser divertido receber visitas do teu pai!», explicara a mãe. Mas o seu riso de menina soara a falso aos ouvidos de Olanna. A artificialidade da relação dos seus pais parecia-lhe sempre mais dura, mais vergonhosa, quando se encontrava ali em Kano.

A janela por cima de si estava aberta e o ar noturno, parado, cheirava aos esgotos existentes nas traseiras da casa, onde as pessoas despejavam os baldes que lhes serviam de retrete. Pouco depois, ouviu as conversas abafadas dos homens que retiravam a água choca das fossas; adormeceu a ouvir o arranhar das pás, enquanto eles trabalhavam, escudados pela escuridão.

Os mendigos que se encontravam junto dos portões da casa da família de Mohammed não se mexeram quando viram Olanna. Continuaram sentados no chão, encostados às paredes de adobe do recinto. As moscas colavam-se a eles aos cachos, de tal maneira que, à primeira vista, parecia que os seus puídos cafetãs brancos tinham sido salpicados de tinta escura. Olanna teve vontade de pôr umas moedas nas tigelas deles, mas decidiu não o fazer. Se ela fosse um homem, eles tê-la-iam chamado e esticado os braços com as suas tigelas de pedinte, e as moscas teriam levantado voo, formando nuvens de zumbidos.

Um dos porteiros reconheceu-a e abriu os portões.
– Bem-vinda, minha senhora.
– Obrigada, Sule. Como é que estás?
– A senhora lembra-se do meu nome! – O porteiro sorriu de orelha a orelha. – Obrigado, minha senhora. Vou bem, obrigado.

– E a tua família?

– Bem, minha senhora, graças a Alá.

– O teu senhor já voltou da América?

– Já, minha senhora. Faça o favor de entrar. Vou mandar chamar o Senhor.

O carro desportivo vermelho de Mohammed estava estacionado à frente do vasto pátio de areia, mas o que chamou a atenção de Olanna foi a casa: a graciosa simplicidade do seu telhado chato. Sentou-se no alpendre.

– Que surpresa tão boa!

Ela ergueu os olhos e deparou-se com Mohammed, de cafetã branco, sorrindo-lhe. Os seus lábios formavam uma curva sensual, lábios que em tempos beijara muitas vezes, na época em que passava a maior parte dos fins de semana em Kano, a comer arroz com as mãos em casa dele, a vê-lo jogar polo no Clube Flying, a ler os maus poemas que ele lhe escrevia.

– Estás com ótimo aspeto – disse-lhe ela, quando se abraçaram. – Não tinha a certeza se já tinhas regressado da América.

– Estava a pensar ir a Lagos visitar-te. – Mohammed afastou-se para olhar bem para ela. Tinha a cabeça ligeiramente inclinada e os olhos semicerrados, o que significava que ainda acalentava esperanças.

– Vou mudar-me para Nsukka – anunciou ela.

– Quer dizer que vais finalmente tornar-te uma intelectual e casar-te com o teu professor universitário.

– Ninguém falou em casamento. Como está a Janet? Ou é Jane que ela se chama? Confundo sempre as tuas mulheres americanas.

Mohammed soergueu uma sobrancelha. Olanna não pôde deixar de admirar a sua pele cor de caramelo. A brincar, costumava dizer que ele era mais bonito do que ela.

– O que é que fizeste ao cabelo? – perguntou ele. – Não te fica nada bem. É assim que o teu professor quer que andes, com ar de selvagem?

Olanna tocou no cabelo, recém-entrançado com fio preto.

– Foi a minha tia que me penteou. Eu gosto.

– Eu não. Prefiro as tuas perucas.

Mohammed aproximou-se e abraçou-a novamente. Quando ela sentiu os braços dele a apertarem-na, afastou-o de si.

– Não me deixas beijar-te.

– Não – disse ela, embora não tivesse sido uma pergunta.

– Não me dizes nada sobre a Janet-Jane.

– Jane. Então isso quer dizer que nunca mais te vejo, quando fores para Nsukka.

– É claro que me vês.

– Eu sei que esse teu professor é louco, por isso não te vou visitar a Nsukka. – Mohammed riu-se. O seu corpo alto e esguio e os seus dedos compridos denotavam fragilidade, meiguice. – Queres um refrigerante? Ou um copo de vinho?

– Tens álcool em casa? Alguém devia informar o teu tio – brincou Olanna.

Mohammed fez soar uma campainha e pediu a um criado para trazer bebidas. Depois, sentou-se com ar pensativo, a esfregar o polegar e o indicador um no outro.

– Às vezes, tenho a sensação de que a minha vida não vai a lado nenhum. Viajo e conduzo carros importados, e as mulheres seguem-me. Mas falta qualquer coisa, há qualquer coisa que não bate certo. Entendes-me?

Ela observou-o; sabia onde a conversa ia parar. E no entanto, quando ele disse: – Quem me dera que nada tivesse mudado –, ficou comovida e lisonjeada.

– Hás de encontrar uma boa mulher – disse ela sem convicção.

– Tretas – retorquiu ele, e enquanto permaneciam sentados lado a lado, a beber *Coca-Cola*, Olanna lembrou-se da dor de espanto que se espelhara no rosto dele e que se agravara quando lhe dissera que tinha de terminar imediatamente a relação porque não queria traí-lo. Estava a contar que Mohammed resistisse à ideia, sabia muitíssimo bem o quanto a amava, mas ficara chocada quando ele lhe dissera que não se importava que fosse para a cama com Odenigbo, desde que não o deixasse a ele: Mohammed, que costumava dizer a brincar que descendia de uma linhagem de guerreiros santos, a própria encarnação da masculinidade pia. Talvez fosse por isso que o carinho que sentia por ele estaria para sempre misturado com gratidão, uma gratidão egoísta. Ele podia ter tornado a separação muito mais difícil para ela; podia tê-la deixado com um sentimento de culpa muito maior.

Olanna pousou o copo.

– Vamos dar uma volta de carro. Detesto quando venho a Kano e só vejo o cimento e o zinco horríveis do *Sabon Gari*. Quero ver aquela estátua antiga de barro e passear mais uma vez em redor dos muros da cidade, que são tão bonitos.

– Às vezes, és igualzinha aos brancos, sempre espantados com coisas que, para nós, são banais.

– Ah, sou?

– Era uma piada. Como é que hás de aprender a não levar tudo tão a sério, se vais viver com aquele professor maluco?

– Mohammed levantou-se. – Anda, antes disso, tens de ir dizer olá à minha mãe.

Enquanto transpunham um pequeno portão nas traseiras e atravessavam o quintal que levava aos aposentos da mãe de Mohammed, Olanna lembrou-se do nervosismo que costumava sentir sempre que ali ia. A sala estava na mesma, com paredes tingidas de dourado, espessos tapetes persas e padrões talhados nos tetos expostos. A mãe de Mohammed também não tinha mudado, continuava com a sua argola no nariz e os seus lenços de seda enrolados na cabeça. Tanto refinamento fazia Olanna perguntar-se sempre se não seria desconfortável arranjar-se toda, todos os dias, para depois passar o tempo sentada em casa, sem fazer nada. Mas a mulher mais velha já não exibia aquela sua antiga expressão altiva, não lhe falou de forma empertigada, com os olhos postos algures entre o rosto de Olanna e os painéis de madeira esculpidos à mão. Pelo contrário, levantou-se e abraçou-a.

– Estás tão bonita, minha querida. Não deixes que o sol dê cabo dessa tua linda pele.

– *Na gode*. Obrigada, Hajia – disse Olanna, perguntando-se como seria possível para algumas pessoas ligar e desligar o seu afeto, atar e desatar as suas emoções.

– Já não sou a mulher ibo com quem tu te querias casar e que ia macular a tua linhagem com sangue infiel – comentou Olanna, quando entraram para o *Porsche* vermelho de Mohammed –, por isso, agora sou tratada como uma amiga.

– Eu ter-me-ia casado contigo de qualquer maneira, e ela sabia disso. As preferências dela não tinham importância.

– Talvez não no início, mas e depois? Quando estivéssemos casados há dez anos?

– Os teus pais pensavam o mesmo que ela. – Mohammed virou-se para fitar Olanna. – Porque é que estamos a falar sobre isto agora?

Havia qualquer coisa de inefavelmente triste nos olhos dele. Ou talvez fosse imaginação dela. Talvez Olanna quisesse que ele ficasse triste ao pensar que jamais se casariam um com o outro. Ela não queria casar-se com ele e, no entanto, gostava de divagar sobre tudo o que não tinham feito e que nunca fariam.

– Desculpa – disse ela.

– Não tens de pedir desculpa. – Mohammed esticou o braço e pegou na mão dela. O automóvel emitiu um ruído áspero quando transpuseram os portões. – O tubo de escape está cheio de poeira. Estes carros não foram feitos para esta terra.

– Devias comprar um *Peugeot* robusto.

– Pois devia.

Olanna olhou fixamente para os mendigos amontoados à volta dos muros do palácio, com os seus corpos e as suas tigelas cobertos de moscas. O ar estava impregnado do cheiro picante e azedo das folhas da árvore *neem*.

– Eu não sou como os brancos – disse ela baixinho.

Mohammed olhou para ela.

– É claro que não. És uma nacionalista e uma patriota, e em breve vais casar-te com o teu professor, o defensor da liberdade.

Olanna perguntou-se se a ligeireza de Mohammed esconderia um certo escárnio mais sério. Como continuava de mão dada com ele, perguntou-se também se ele estaria com dificuldade em conduzir o automóvel só com uma mão.

*

Olanna mudou-se para Nsukka num sábado ventoso e, no dia seguinte, Odenigbo partiu para um congresso de Matemática na Universidade de Ibadan. Ele não teria ido se o congresso não fosse dedicado à obra do seu mentor, o matemático americano negro David Blackwell.

– Ele é o mais importante matemático vivo, o maior de todos – disse –, porque é que não vens comigo, *nkem*? É só uma semana.

Olanna disse que não; queria aproveitar a oportunidade para se instalar na casa enquanto ele não estava, para apaziguar os seus medos na ausência dele. A primeira coisa que fez, quando Odenigbo partiu, foi deitar fora as flores vermelhas e brancas de plástico que se encontravam em cima da mesa da sala.

Ugwu ficou horrorizado.

– Mas, minha senhora, ainda estavam boas.

Ela conduziu-o até ao quintal, em direção aos agapantos e às rosas que Jomo acabara de regar, e pediu-lhe para cortar uns quantos pés. Mostrou-lhe a quantidade de água que devia pôr na jarra. Ugwu olhou para as flores e abanou a cabeça, como se não fosse capaz de acreditar em tamanho disparate.

– Mas elas morrem, minha senhora. As outras não morrem.

– Sim, mas estas são melhores, *fa makali* – disse Olanna.

– Melhores como? – Ele respondia sempre em inglês às palavras dela em ibo, como se visse no facto de ela lhe falar em ibo um insulto do qual tinha de se defender, insistindo no inglês.

– São simplesmente mais bonitas – disse Olanna, e percebeu que não sabia como explicar que as flores verdadeiras eram melhores do que as de plástico.

Mais tarde, quando viu as flores de plástico num armário da cozinha, não ficou surpreendida. Ugwu salvara-as, da mesma maneira que salvava velhas embalagens de açúcar, rolhas de garrafa, inclusive cascas de inhame. Ela sabia que isso estava relacionado com o facto de ele nunca ter tido muitas posses, essa incapacidade de se separar das coisas, mesmo das inúteis. Por isso, quando se encontravam ambos na cozinha, falou-lhe sobre a necessidade de guardar apenas o que era útil e desejou que ele não lhe perguntasse de que maneira as flores verdadeiras eram úteis. Pediu-lhe para limpar a despensa e forrar as prateleiras com jornais antigos, e enquanto ele trabalhava permaneceu junto dele e fez-lhe perguntas sobre a família. Era difícil imaginar os parentes dele, porque, com o seu vocabulário limitado, Ugwu descrevia toda a gente como «muito boa pessoa». Olanna acompanhou-o ao mercado e, depois de comprarem coisas para a casa, comprou-lhe um pente e uma camisa. Ensinou-o a cozinhar arroz frito com pimento verde e cenoura aos cubinhos, pediu-lhe para não cozinhar feijão até ficar reduzido a uma papa, para não pôr óleo em tudo, para não poupar demasiado no sal. Apesar de ter sentido o cheiro de Ugwu da primeira vez que o viu, deixou passar uns dias até lhe dar um pouco de pó de talco perfumado para ele pôr nas axilas e lhe pedir para usar duas tampas cheias de *Dettol* na água do banho. Ugwu pareceu satisfeito quando cheirou o pó e Olanna perguntou-se se ele se aperceberia de que era um perfume feminino. Perguntou-se, também, o que realmente pensaria ele dela. Havia uma clara afeição, mas havia também um discreto ar de meditação nos seus olhos, como se estivesse a compará-la com alguma coisa. E ela teve medo de ficar aquém das expectativas.

Ugwu começou finalmente a falar com Olanna em ibo no dia em que ela resolveu mudar a ordem das fotografias na parede. Uma osga fugira a correr de trás de uma foto emoldurada de Odenigbo com o traje académico e Ugwu gritou:
– *Egbukwala!* Não a mate!
– Que foi? – Ela virou-se para o fitar, do alto da cadeira onde estava empoleirada.
– Se a matar, vai ficar cheia de dores de barriga – disse ele.
Olanna achou graça ao dialeto de Ugwu, típico de Opi, à maneira como parecia cuspir as palavras.
– É claro que não vamos matá-la. Vamos pendurar esta foto naquela parede.
– Sim, minha senhora – disse ele, e a seguir começou a contar-lhe, em ibo, que a sua irmã Anulika ficara com umas dores de estômago horríveis depois de ter matado uma osga.

Olanna já se sentia menos «hóspede» da casa, quando Odenigbo regressou. Ele puxou-a com força para si, beijou-a, estreitou-a contra o seu corpo.
– Devias comer primeiro – disse ela.
– Eu sei o que quero comer.
Ela riu-se. Sentia-se ridiculamente feliz.
– O que é que aconteceu aqui? – perguntou Odenigbo, olhando para a sala à sua volta. – Os livros todos que estavam naquela prateleira?
– Os teus livros mais velhos estão no segundo quarto. Preciso de espaço para os meus livros.
– *Ezi okwu?* Mudaste-te realmente cá para casa, não mudaste? – disse Odenigbo, rindo-se.

– Vai tomar banho – disse ela.

– E que cheiro a flores era aquele que senti no meu amigo?

– Dei-lhe um pó de talco perfumado. Não reparaste no cheiro dele?

– É o cheiro das pessoas da aldeia. Eu costumava cheirar assim, até sair de Aba para ir estudar no liceu. Mas esse é o tipo de coisas que tu não poderias saber.

O tom dele era suavemente trocista, mas as suas mãos não tinham nada de suave. Estavam a desabotoar a blusa dela, a tirar um seio da copa do *soutien*. Olanna não sabia ao certo quanto tempo decorrera, mas estava enroscada em Odenigbo, quente e nua, quando Ugwu bateu à porta para dizer que tinham visitas.

– Eles não se podem ir embora? – murmurou ela.

– Anda, *nkem* – disse Odenigbo. – Estou doido por te apresentar aos meus amigos.

– Não, fica aqui mais um bocadinho.

Ela deslizou a mão sobre os pelos encaracolados do peito dele, mas ele beijou-a e levantou-se para procurar a sua roupa interior.

Olanna vestiu-se com relutância e dirigiu-se para a sala de estar.

– Meus amigos, meus amigos – anunciou Odenigbo, com uns floreados exagerados –, apresento-vos finalmente a Olanna.

A mulher, que estava a sintonizar a radiola, virou-se e pegou na mão de Olanna.

– Como estás? – perguntou. Tinha a cabeça envolta num turbante cor de laranja vivo.

– Bem – disse Olanna. – Depreendo que sejas a Lara Adebayo.

– Sou – respondeu Miss Adebayo. – O Odenigbo não nos disse que eras ilogicamente bonita.

Olanna recuou, sentindo-se embaraçada por um instante.

– Vou aceitar isso como um elogio.

– E que sotaque inglês tão fino e correto – murmurou Miss Adebayo, com um sorriso compadecido, virando-se novamente para a radiola. Tinha um corpo compacto, umas costas direitas que pareciam ainda mais direitas com o seu espesso vestido estampado em tons de laranja, o corpo de uma inquisidora que ninguém se atrevia a contrainterrogar.

– Sou o Okeoma – disse o homem de cabeleira despenteada e emaranhada. – Pensei que a namorada do Odenigbo era um ser humano. Ele não nos contou que és uma sereia.

Olanna riu-se, grata pela expressão calorosa de Okeoma e pela maneira como ele lhe segurou na mão durante mais tempo do que mandava a etiqueta. O Dr. Patel pareceu-lhe tímido, quando disse: – É um prazer conhecer-te finalmente.

O Professor Ezeka apertou-lhe a mão e, em seguida, fez um aceno de desdém, quando ela disse que era licenciada em Sociologia e não numa das ciências com C maiúsculo.

Depois de Ugwu servir as bebidas, Olanna observou Odenigbo a levar o copo aos lábios e a única coisa que lhe passou pela cabeça foi que aqueles mesmos lábios lhe tinham chupado um mamilo há apenas uns minutos. Mexeu-se sub-repticiamente, de modo a que a parte de dentro do braço roçasse no peito, e fechou os olhos ao sentir umas pontadas de deliciosa dor. Às vezes, Odenigbo mordia-a com demasiada força. Desejou que as visitas se fossem embora.

– Não foi o grande pensador Hegel que chamou a África «uma terra de infância»? – perguntou o Professor Ezeka, num tom afetado.

– Nesse caso, talvez as pessoas que puseram aqueles letreiros a dizer PROIBIDA A ENTRADA A CRIANÇAS E AFRICANOS nos cinemas de Mombaça tenham lido Hegel – retorquiu o Dr. Patel, e soltou uma gargalhada.

– Ninguém pode levar Hegel a sério. Já o leram com atenção? Ele tem piada, imensa piada. Mas Hume, Voltaire e Locke sentiram o mesmo sobre África – disse Odenigbo. – A grandeza depende do lugar de onde se vem. É como os israelitas a quem perguntaram no outro dia o que acharam do julgamento de Eichmann e um deles disse que não compreendia como é que alguém podia ter considerado os nazis notáveis, fosse em que época fosse. Mas houve quem o pensasse, não houve? Ainda há! – Odenigbo fez um gesto com a mão, de palma virada para cima, e Olanna lembrou-se daquela mão a agarrar-lhe a cintura.

– O que as pessoas não conseguem ver é o seguinte: se a Europa se tivesse preocupado mais com África, o Holocausto judeu não teria acontecido – continuou Odenigbo. – Resumindo, a Guerra Mundial não teria acontecido!

– O que é que queres dizer com isso? – perguntou Miss Adebayo. Levou o copo à boca.

– Como é que podes perguntar o que é que eu quero dizer?! É óbvio, a começar pelo povo herero[5].

---

[5] Em 1904, estalou uma revolta dos Hereros contra os colonizadores alemães, no então chamado Sudoeste Africano, atual Namíbia. A rebelião foi sufocada de forma sangrenta, sendo o povo herero aniquilado na sua quase totalidade. *(N. da T.)*

Odenigbo não parava quieto na cadeira, de voz alçada, e Olanna perguntou-se se ele se lembraria do barulho que tinham feito juntos na cama, de como, no fim, ele dissera, a rir: «Se continuarmos assim à noite, vamos acordar o coitado do Ugwu.»

– Lá estás tu a dar-lhe, Odenigbo – disse Miss Adebayo. – Estás a dizer que se os brancos não tivessem assassinado os Hereros, o Holocausto judeu não teria acontecido? Não estou a ver a menor relação entre as duas coisas!

– Ah, não? – perguntou Odenigbo. – Eles começaram os seus estudos raciais com os Hereros e concluíram-nos com os Judeus. É claro que as duas coisas estão relacionadas!

– O teu argumento não tem ponta por onde se lhe pegue, seu sofista – disse Miss Adebayo, e emborcou o que tinha no copo, sem ligar mais a Odenigbo.

– Mas a Guerra Mundial foi uma coisa má que acabou por ser também boa, como diz o nosso povo – comentou Okeoma. – O irmão do meu pai combateu na Birmânia e voltou atormentado com uma pergunta: Porque é que nunca ninguém lhe tinha dito antes que o homem branco não era imortal?

Riram-se todos. Havia qualquer coisa de rotineiro naquilo, como se já tivessem tido diferentes variações daquela conversa tantas vezes que soubessem precisamente quando se deviam rir. Olanna riu-se também e, por um instante, sentiu que o seu riso soava de maneira diferente, mais estridente do que os restantes.

Nas semanas que se seguiram, durante as quais ela iniciou as suas aulas de Introdução à Sociologia, ingressou no clube dos professores e começou a jogar ténis com os outros leitores, levou Ugwu de carro ao mercado, passeou com Odenigbo e se inscreveu na Sociedade de São Vicente de Paulo, da Igreja de St. Peter, Olanna começou aos poucos a habituar-se aos amigos de Odenigbo. Odenigbo dizia a brincar que, desde que ela estava lá em casa, recebia mais visitas do que nunca e que tanto Okeoma como Patel se estavam a apaixonar por ela, porque Okeoma não parava de lhes recitar poemas cujas descrições de deusas pareciam sempre suspeitosamente semelhantes a ela e o Dr. Patel contava demasiadas histórias sobre os seus tempos em Makerere[6], nas quais se apresentava a si mesmo como um perfeito intelectual e cavalheiro.

Olanna gostava do Dr. Patel, mas eram as visitas de Okeoma que a enchiam de expectativas. Os seus cabelos despenteados, roupas amarrotadas e poemas dramáticos punham-na à vontade. E reparou, logo no princípio, que eram as opiniões de Okeoma que Odenigbo mais respeitava, dizendo: «A voz da nossa geração!» como se realmente acreditasse nisso. Ainda não sabia ao certo o que pensar da rouca altivez do Professor Ezeka, da certeza que ele tinha de que sabia mais do que todos os outros, mas preferia calar-se. Também não chegara a nenhuma conclusão sobre Miss Adebayo. Teria sido mais fácil se Miss Adebayo se mostrasse enciumada, mas era como se Miss Adebayo achasse que ela nem merecia ser considerada uma rival, com os seus modos *não intelectuais* e o seu rosto demasiado bonito e o seu sotaque inglês a imitar

---

[6] A maior universidade do Uganda, por onde passaram muitos líderes africanos e homens de Letras. *(N. da T.)*

o do opressor. Olanna deu por si a falar mais quando Miss Adebayo estava presente, dando opiniões de forma desesperada, com uma necessidade de impressionar – na realidade, o que Nkrumah queria era mandar na África inteira, era uma arrogância da parte da América teimar para que os Soviéticos retirassem os mísseis de Cuba, enquanto os deles permaneciam na Turquia[7], Sharpeville era apenas um exemplo dramático das centenas de negros que o Estado sul-africano assassinava todos os dias –, mas desconfiava de que as suas ideias eram todas muito pouco originais. E desconfiava também que Miss Adebayo sabia disso; sempre que ela falava, Miss Adebayo pegava num jornal ou enchia o copo, ou levantava-se para ir à casa de banho. Por fim, Olanna desistiu. Nunca gostaria de Miss Adebayo e Miss Adebayo nunca pensaria sequer em gostar dela. Talvez Miss Adebayo adivinhasse, só de lhe olhar para o seu rosto, que Olanna tinha medo de várias coisas, que era insegura, que não era uma daquelas pessoas sem paciência para sequer duvidarem de si próprias. Pessoas como Odenigbo. Pessoas como a própria Miss Adebayo, capaz de a fitar olhos nos olhos e de lhe dizer calmamente que ela era ilogicamente bonita, capaz inclusivamente de usar essa expressão, «ilogicamente bonita».

Apesar disso, quando Olanna estava na cama com Odenigbo, com as pernas enroladas nas dele, tomava consciência de que a sua vida em Nsukka lhe dava a sensação de estar imersa numa rede de penas suaves, inclusive nos dias em que Odenigbo se trancava no escritório durante horas. Sempre

---

[7] Kwame Nkrumah (1909-1972), defensor do pan-africanismo e líder do Gana de 1952 a 1966; referência à chamada crise dos mísseis cubanos, que quase provocou uma guerra mundial, em 1962. *(N. da T.)*

que sugeria que se casassem, ela dizia que não. Eram demasiado felizes, precariamente felizes, e ela queria proteger esse laço que os unia; tinha medo de que o casamento o reduzisse a um prosaico companheirismo.

CAPÍTULO 3

Richard falava pouco nas festas a que Susan o levava. Quando ela o apresentava, acrescentava sempre que ele era escritor e Richard tinha esperança de que os outros convidados depreendessem que o seu ar distante se devia ao facto de ser escritor, embora temesse que o vissem à transparência e soubessem que se sentia simplesmente como um peixe fora de água. Mas eram simpáticos com ele; sê-lo-iam com qualquer companheiro de Susan, desde que esta continuasse a cativá-los com o seu humor inteligente, o seu riso e os seus olhos verdes, que cintilavam num rosto corado pelo vinho.

Richard não se importava de ficar perto dela à espera que estivesse pronta para se ir embora, não se importava com o facto de nenhum dos amigos dela fazer um esforço para o puxar para a conversa, não se importou sequer quando uma mulher bêbada, de cara macilenta, se referiu a ele como «o menino bonito» da Susan. Mas importava-se com as festas só para expatriados onde Susan o instigava a «juntar-se aos homens», enquanto ela ia para o círculo das mulheres trocar impressões sobre a vida na Nigéria. Ele sentia-se constrangido na companhia dos homens. Na sua maioria eram ingleses, antigos administradores das colónias e empresários da John Holt, Kingsway, GB Ollivant, Shell BP e United Africa Company. Tinham a pele vermelha devido ao sol e ao álcool. Riam-se, dizendo que a política nigeriana era extremamente tribal e que, feitas as contas, talvez aqueles tipos não estivessem prontos para se governarem a si próprios. Discutiam críquete, plantações que possuíam ou que tencionavam possuir, o clima perfeito de Jos, oportunidades de negócio em Kaduna. Quando Richard falou no seu interesse pela arte de Igbo-Ukwu, disseram que ainda não havia um mercado para ela, por isso nem se deu ao trabalho de explicar que não estava minimamente interessado no dinheiro, era a parte estética que o fascinava. E quando disse que tinha acabado de chegar a Lagos e que queria escrever um livro sobre a Nigéria, deram-lhe uns breves sorrisos e conselhos: o povo não passava de um bando de pedintes, ele que se preparasse para enfrentar o cheiro fedorento das pessoas e a maneira como ficavam paradas a olhar para ele na rua, que nunca acreditasse em histórias de coitadinhos e nunca mostrasse fraqueza perante a criadagem. Tinham anedotas para ilustrar cada uma das características típicas africanas. O africano presunçoso gravara-se-lhe na mente: um africano andava a passear um cão e um inglês perguntou «Que fazes com esse macaco?», e o africano respondeu «Não é um macaco, é um cão», como se o inglês estivesse a falar com ele!

Richard ria-se das piadas e tentava não se distrair durante as conversas, não revelar o seu constrangimento. Preferia falar com as mulheres, embora tivesse aprendido a não passar demasiado tempo na companhia de uma mulher em particular, senão Susan atirava com um copo à parede assim que chegavam a casa. Ficara estupefacto da primeira vez que isso acontecera. Tinha passado uns instantes a conversar com Clovis Bancroft sobre o irmão dela, que fora comissário distrital em Enugu há vários anos, e no regresso a casa Susan não abrira a boca dentro do seu automóvel com *chauffeur*. Richard pensou que talvez ela estivesse a dormitar; só podia ser essa a razão para não estar a falar sobre o vestido horrendo de não sei quem ou os acepipes banais que tinham sido servidos. Mas quando chegaram a casa dela, Susan tirou um copo do armário e arremessou-o contra a parede. «Com aquela mulherzinha horrorosa, Richard, e ainda por cima à frente dos meus olhos. Que horror!» Ela sentou-se no sofá e enterrou a cara nas mãos até ouvir um pedido de desculpas, embora ele não soubesse muito bem o que fizera de mal para se estar a desculpar.

Umas semanas depois, mais um copo partido. Ele embrenhara-se numa conversa com Julia March, basicamente sobre a investigação que ela estava a fazer sobre o *Asantehene* do Gana[1], e ficara a ouvi-la, absorto, até Susan ir ter com ele e puxá-lo pelo braço. Mais tarde, depois dos vidros estilhaçados, Susan disse que sabia que ele não tinha por intenção namoriscar, mas que devia compreender que as pessoas eram muito metediças e que os boatos ali eram diabólicos, absolutamente diabólicos. Ele pedira novamente desculpa e perguntara-se o que pensariam os criados de cada vez que limpavam os cacos.

Depois, houve o jantar em que conversara sobre arte *nok*[2] com uma professora da universidade, uma tímida mulher ioruba que parecia sentir-se tão deslocada quanto ele. Richard

---

[1] Poderoso chefe do povo Ashanti, no Gana. *(N. da T.)*
[2] Cultura da Idade da Pedra, que se desenvolveu na região onde hoje se encontra a Nigéria, aproximadamente entre 500 a.C. e 300 d.C. *(N. da T.)*

antecipara a reação de Susan e preparara-se para pedir desculpa antes de ela entrar na sala de estar, para poupar um copo. Mas Susan mostrou-se faladora no regresso a casa; perguntou se a sua conversa com a mulher fora interessante e disse que esperava que ele tivesse aprendido alguma coisa de útil para o seu livro. Ele observou-a fixamente na penumbra do interior do automóvel. Susan não teria dito aquilo se ele tivesse estado à conversa com uma das mulheres britânicas, apesar de algumas delas terem ajudado a redigir a constituição nigeriana. Apercebeu-se de que, para Susan, as mulheres negras pura e simplesmente não eram uma ameaça, não estavam em pé de igualdade com ela para serem consideradas rivais.

A Tia Elizabeth dissera que Susan era uma rapariga encantadora e cheia de vivacidade, embora fosse um pouquinho mais velha do que ele, mas isso não tinha importância, e que, como se encontrava na Nigéria há uns tempos, podia mostrar-lhe as vistas. Richard não precisava que lhe mostrassem as vistas; no passado, saíra-se muito bem nas suas viagens pelo estrangeiro. Mas a Tia Elizabeth insistira.

África não tinha nada a ver com a Argentina ou com a Índia. Dissera *África* no tom de quem reprime um arrepio, ou talvez isso se devesse ao facto de pura e simplesmente não pretender que ele se fosse embora, de preferir que o sobrinho ficasse em Londres e continuasse a escrever para o *News Chronicle*. Richard estava convencido de que ninguém lia a sua pequena coluna, embora a Tia Elizabeth dissesse que todos os seus amigos o faziam. Mas, de qualquer maneira, ela teria sempre de dizer isso: no fim de contas, o emprego era uma espécie de sinecura; o editor não lho teria oferecido, à partida, se não fosse um velho amigo dela.

Richard não tentou explicar à Tia Elizabeth o seu desejo de ver a Nigéria, mas aceitou a oferta de Susan para lhe mostrar as vistas. A primeira coisa em que reparou ao chegar a Lagos foi no fulgor de Susan, na sua beleza chique, na maneira como ela se concentrava a cem por cento nele, como lhe tocava no braço quando se ria. Susan falava com ar de autoridade sobre a Nigéria e os Nigerianos. Quando passaram de carro pelos ruidosos mercados com música a sair em altos berros das lojas, pelas bancas caóticas dos vendedores de beira da estrada, pelas sarjetas cheias de água choca, ela disse: «Têm uma energia maravilhosa, sem dúvida, mas infelizmente falta-lhes a noção da higiene.» Explicou-lhe que os Haúças do Norte eram um povo cheio de dignidade, os Ibos eram carrancudos e agarrados ao dinheiro e os Iorubas eram bastante simpáticos, apesar de serem uns lambe-botas de primeira. Aos sábados à noite, quando ela lhe mostrava as multidões de pessoas vestidas com cores garridas a dançarem à frente de tendas iluminadas nas ruas, dizia: «Estás a ver? Os Iorubas endividam-se completamente só para darem estas festas.»

Ela ajudou-o a arranjar um pequeno apartamento, a comprar um pequeno automóvel, a obter a carta de condução, a ir aos museus de Lagos e Ibadan. «Tens de conhecer os meus amigos todos», disse ela. A princípio, quando Susan o apresentava como escritor, Richard tinha vontade de corrigi-la: jornalista, e não escritor. Mas ele *era* escritor, pelo menos estava convencido de que o seu destino era ser escritor, artista, criador. O jornalismo era uma atividade temporária, uma coisa que faria até escrever o seu romance genial.

Por isso, deixou que Susan o apresentasse como escritor. De qualquer modo, tinha a sensação de que era graças a isso que os amigos dela o toleravam. O Professor Nicholas Green sugeriu que se candidatasse a uma bolsa de investigação para estrangeiros, em Nsukka, onde poderia escrever num ambiente universitário. Richard assim fez, não só por causa da ideia de escrever numa universidade, mas também porque estaria no Sudeste, na terra da arte de Igbo-Ukwu, a terra do magnífico cântaro ornado com cordas. Afinal, fora isso que o levara à Nigéria.

Já estava na Nigéria há uns meses quando Susan lhe perguntou se queria ir viver com ela, uma vez que a sua casa em Ikoyi era grande e os jardins muito agradáveis, e ele teria melhores condições para trabalhar lá do que no seu apartamento alugado, com o seu chão de cimento aos altos e baixos, onde o senhorio se queixava de que deixava as luzes acesas até demasiado tarde. Richard não queria aceitar. Não queria ficar muito mais tempo em Lagos. Queria viajar pelo país, enquanto esperava pela resposta de Nsukka. Mas como Susan já redecorara o seu arejado escritório a pensar nele, Richard mudou-se lá para casa. Dia após dia, sentava-se na cadeira de cabedal de Susan e concentrava-se nos livros e no material de pesquisa, olhava pela janela para os jardineiros a regarem o jardim, e martelava na máquina de escrever, embora tivesse a noção de estar a datilografar e não a escrever. Susan tinha o cuidado de lhe proporcionar os momentos de silêncio de que necessitava, exceto quando espreitava para dentro do escritório e sussurrava: «Queres um chá?» ou «Água?» ou «Almoçamos mais cedo?». Ele respondia-lhe igualmente num sussurro, como se a sua escrita se tivesse tornado em algo sagrado e transformado o quarto, em si, num espaço sacrossanto. Não lhe disse que até aí ainda não escrevera nada de jeito, que as ideias que lhe povoavam a cabeça ainda não se tinham transformado em personagens, cenários e tema. Achou que ela ficaria magoada; a escrita dele tornara-se o passatempo favorito de Susan e todos os dias ela voltava para casa com livros e revistas da Biblioteca do British Council. Ela via o livro dele como uma entidade que já existia e que, por conseguinte, podia ser concluída. Ele, porém, não sabia sequer ao certo qual era o assunto do seu livro. Mas estava-lhe grato pela fé que depositava nele. Era como se a crença de Susan na sua escrita tornasse essa mesma escrita real, e ele mostrava-lhe a sua gratidão indo às tais festas que lhe desagradavam. Depois de umas quantas festas, Richard percebeu que não bastava ficar apenas a assistir; da próxima vez, ia tentar ser espirituoso. Se conseguisse dizer uma coisa com piada quando ela o apresentasse, talvez isso compensasse o seu silêncio e, mais importante ainda, deixasse Susan satisfeita. À frente do espelho da casa de banho, ensaiou durante uns momentos uma expressão engraçada de autocrítica e uma deixa hesitante. «Este é o Richard Churchill», diria Susan, e ele daria um aperto de mão às pessoas e soltaria a sua piada: «Infelizmente, não tenho nada a ver com Sir Winston Churchill, senão talvez fosse um bocado mais inteligente.»

Os amigos de Susan riam-se ao ouvir a frase, mas Richard interrogava-se se o fariam por pena, perante a sua desajeitada tentativa de fazer humor, ou por realmente acharem piada. Mas nunca ninguém lhe tinha dito «Que graça», num tom trocista, como Kainene fez naquele primeiro dia, na sala de *cocktails* do Hotel Federal Palace. Ela estava a fumar. Conseguia soltar argolas de fumo perfeitas. Estava de pé no mesmo grupo que ele e Susan, e ele observou-a, pensando que fosse amante de um dos políticos. Richard tinha a mania de fazer isso quando conhecia alguém: tentar adivinhar por que razão ali estava, determinar quem levara quem; talvez porque nunca teria ido a nenhuma das festas se não fosse por Susan. Não pensou que Kainene pudesse ser filha de um nigeriano rico, porque ela não tinha o ar recatado que esse tipo de pessoa geralmente cultivava. Achou que parecia uma amante, com o seu *bâton* vermelho eléctrico, o vestido justo, os cigarros. Mas, por outro lado, não sorria artificialmente como as amantes costumavam fazer. Nem sequer tinha aquela beleza genérica que fazia Richard acreditar no rumor de que os políticos nigerianos trocavam de amantes uns com os outros. Na realidade, nem sequer era bonita. Só reparou nisso quando voltou a fitá-la, no instante em que um amigo de Susan os apresentou.

– Apresento-vos a Kainene Ozobia, filha do Chefe Ozobia. A Kainene acaba de tirar um mestrado em Londres. Kainene, esta é a Susan Grenville-Pitts, do British Council, e este é o Richard Churchill.

– Prazer – disse Susan a Kainene, e depois virou-lhe as costas para falar com outro convidado.

– Olá – disse Richard. Como Kainene ficou calada durante demasiado tempo, com o cigarro na boca, a fitá-lo olhos nos olhos, ele passou a mão pelos cabelos e murmurou: – Infelizmente, não tenho nada a ver com Sir Winston Churchill, senão talvez fosse um bocado mais inteligente.

Ela expirou o fumo e disse: – Que graça.

Era muito magra e muito alta, quase tão alta como ele, e estava especada a olhar para Richard em cheio nos olhos, com uma expressão fria e vazia. A sua pele era cor de chocolate belga. Ele afastou as pernas um pouco mais e fincou os pés no chão, com receio de cair para cima dela se não o fizesse.

Susan voltou para junto deles e puxou-o pelo braço, mas ele não se queria ir embora e, quando abriu a boca, nem sequer sabia o que ia dizer.

– Parece que eu e a Kainene temos um amigo comum em Londres. Já alguma vez te falei no Wilfred, do *Spectator*?

– Ah – disse Susan, sorrindo. – Que bom. Nesse caso, deixo-vos pôr a conversa em dia. Eu volto daqui a um bocado.

Cumprimentou um casal de idade com dois beijinhos e, a seguir, dirigiu-se para um grupo na outra ponta da sala.

– Acabas de mentir à tua mulher – disse Kainene.

– Ela não é minha mulher.

Richard ficou surpreendido com a sensação de vertigem que o assolou por ter ficado sozinho com ela. Kainene levou o copo à boca e bebeu uns goles. Inalou o fumo e expirou-o. Cinzas prateadas rodopiaram para o chão. Parecia que tudo se desenrolava em câmara lenta: o salão de festas do hotel aumentava e diminuía, e o ar era sugado e expelido de um espaço que, por um instante, deu a impressão de ser ocupado exclusivamente por ele próprio e Kainene.

– Afastas-te um pouco, por favor? – pediu ela.

Ele sobressaltou-se.

– O quê?

– Está um fotógrafo atrás de ti desejoso de me tirar uma fotografia, a mim e, em especial, ao meu colar.

Ele afastou-se para o lado e observou-a, enquanto ela fixava a objetiva. Não fez pose, mas demonstrava à-vontade; estava habituada a que a fotografassem em festas.

– O colar vai aparecer na edição de amanhã do *Lagos Life*. Acho que é a minha maneira de contribuir para o progresso do nosso país recém-independente. Estou a dar aos meus compatriotas nigerianos uma coisa para eles cobiçarem, um incentivo para trabalharem com afinco – explicou ela, voltando para junto dele.

– É um bonito colar – disse Richard, embora o achasse espalhafatoso. Teve, porém, vontade de esticar o braço e de lhe tocar, de o levantar e, depois, de o assentar novamente na cova ao fundo do pescoço. Reparou que ela tinha as clavículas espetadas.

– É claro que não é nada bonito. O meu pai tem um gosto detestável no que toca a joias – ripostou ela. – Mas o dinheiro é dele. E já que falamos nele, estou a ver que os meus pais e a minha irmã andam à minha procura. Tenho de ir.

– A tua irmã está aqui? – perguntou Richard rapidamente, antes que ela se pudesse virar e ir embora.

– Está. Somos gémeas – disse ela, e calou-se por um instante, como se estivesse prestes a fazer uma grande revelação. – Kainene e Olanna. O nome dela tem o significado lírico de «ouro de Deus», e o meu o sentido prático de «vejamos o que Deus nos traz».

Richard observou o sorriso que lhe repuxava um dos cantos da boca, um sorriso sardónico que imaginou que esconderia mais qualquer coisa, provavelmente um certo descontentamento. Não soube o que dizer em resposta. Teve a sensação de que o tempo se lhe estava a escapar por entre os dedos.

– Qual das duas é a mais velha? – perguntou.

– Qual das duas é a mais velha? Que pergunta. – Ela arqueou as sobrancelhas. – Disseram-me que nasci primeiro.

Richard fechou os dedos sobre o copo de vinho e perguntou-se se ele se partiria caso o apertasse com mais força.

– Ali está ela, a minha irmã – disse Kainene. – Queres que ta apresente? Toda a gente quer conhecê-la.

Richard não se virou para olhar.

– Preferia falar contigo – disse. – Se não te importas, claro.

Passou os dedos pelos cabelos. Kainene estava a observá-lo e, sob a intensidade desse olhar, ele sentia-se um adolescente.

– És tímido – comentou ela.

– Já me chamaram coisas piores.

Kainene sorriu, mostrando que àquilo, sim, achara graça, e ele sentiu-se realizado por a ter feito sorrir.

– Já alguma vez foste ao mercado de Balogun? – perguntou ela. – Os vendedores costumam expor nacos de carne em cima das bancas para as pessoas palparem e tocarem e decidirem qual é o pedaço que querem. Pois eu e a minha irmã somos um bocado de carne. Estamos aqui para que os homens solteiros de boas famílias nos cacem.

– Ah – disse ele.

Pareceu-lhe uma coisa estranhamente íntima para se revelar, embora Kainene a tivesse dito no mesmo tom seco e sarcástico que usava naturalmente. Richard teve vontade de lhe contar qualquer coisa sobre si próprio, vontade de trocar umas pequenas pepitas de intimidade com ela.

– Aqui vem a mulher que renegaste – murmurou Kainene.

Susan voltou e enfiou um copo na mão de Richard.

– Toma, querido – disse, e virou-se para Kainene. – É um prazer conhecê-la.

– O prazer é todo *meu* – respondeu Kainene, e levantou um pouco o copo na direção de Susan.

Susan levou Richard para outro canto da sala.

– Ela é filha do Chefe Ozobia, não é? O que é que lhe aconteceu? É extraordinário... a mãe é linda de morrer, absolutamente magnífica. O Chefe Ozobia é dono de metade de Lagos, mas tem qualquer coisa de terrivelmente novo-rico. Não tem muita instrução e a mulher também não. Suponho que seja isso que o torna tão espalhafatoso.

Geralmente, Richard achava graça às minibiografias de Susan, mas desta vez os segredinhos irritaram-no. Não lhe apetecia o champanhe; as unhas dela estavam a magoá-lo no braço. Susan conduziu-o para um grupo de expatriados e parou para conversar com eles, rindo-se alto, ligeiramente embriagada. Ele varreu a sala com os olhos, à procura de Kainene. A princípio, não conseguiu encontrar o vestido vermelho, mas depois viu-a parada junto do pai; o Chefe Ozobia tinha um ar expansivo, com os seus gestos amplos e o seu *abgada* intricadamente bordado, com pregas e mais pregas de tecido azul que o faziam parecer ainda maior do que já era. Mrs. Ozobia tinha metade do tamanho dele e usava um pano e um turbante feitos do mesmo tecido azul. Richard ficou momentaneamente espantado com a perfeição dos seus olhos amendoados e do seu rosto negro, que intimidava qualquer pessoa. Nunca teria adivinhado que era a mãe de Kainene, tal como nunca teria adivinhado que Kainene e Olanna eram gémeas. Olanna saía à mãe, embora a sua beleza fosse mais acessível, com um rosto mais suave, uma graciosidade sorridente e um corpo opulento e curvilíneo que lhe enchia o vestido preto. Um corpo que Susan rotularia de *africano*. Kainene parecia ainda mais magra comparada com Olanna, quase que andrógina, com a sua saia comprida e justinha a realçar a estreiteza arrapazada das ancas. Richard observou-a durante muito tempo, desejando que ela o procurasse na multidão. Ela parecia distraída, a olhar para as pessoas do seu grupo com uma expressão ora de indiferença, ora de troça. Por fim, levantou o rosto e os seus olhos cruzaram-se com os dele, e ela inclinou a cabeça e arqueou as sobrancelhas, como se soubesse muitíssimo bem que ele tinha estado a contemplá-la. Richard desviou os olhos. Daí a nada, fitou-a novamente, determinado desta vez a sorrir, a fazer um gesto útil, mas ela virara-lhe as costas. Ele observou-a até ela se ir embora com os pais e com Olanna.

Richard leu a edição seguinte do *Lagos Life* e quando viu a fotografia dela, perscrutou-lhe a expressão do rosto, sem saber ao certo o que procurava. Escreveu umas quantas páginas num ataque de frenética produtividade, retratos ficcionais de uma mulher alta e cor de ébano, com um peito quase liso. Foi à Biblioteca do British Council procurar o pai dela nas revistas de negócios. Copiou os quatro números que vinham na lista telefónica sob o nome OZOBIA. Pegou no telefone muitas vezes, mas, assim que ouvia a voz da telefonista, pousava-o no descanso. Ensaiou à frente do espelho frases e gestos, apesar de ter a noção de que ela não o veria se falassem ao telefone. Pensou em enviar-lhe um cartão ou, então, um cesto de fruta. Por fim, decidiu ligar-lhe. Ela não pareceu surpreendida com o telefonema. Ou, pelo menos, pareceu-lhe demasiado calma, estando ele com o coração a martelar-lhe o peito.

– Aceitas um convite para irmos tomar qualquer coisa? – perguntou ele.

– Aceito. Encontramo-nos no Hotel Zobis, ao meio-dia? O meu pai é dono do hotel, por isso posso arranjar-nos uma suíte privada.

– Sim, sim, isso seria ótimo.

Richard desligou, abalado. Não sabia se devia sentir-se excitado, se «suíte privada» seria sugestivo de alguma coisa. Quando se encontraram no átrio do hotel, ela aproximou-se para que ele lhe desse um beijinho na cara e depois levou-o para o andar de cima, para o terraço, onde se sentaram a contemplar as palmeiras à beira da piscina. Estava um dia soalheiro e luminoso. De vez em quando, uma brisa fazia restolhar as palmeiras e Richard rezou para que o vento não o deixasse demasiado despenteado e que o guarda-sol por cima deles o protegesse daquelas manchas vermelho-vivas, tão feias, que lhe apareciam na cara sempre que se expunha ao sol.

– Dá para ver Heathgrove daqui – disse ela, apontando. – O liceu britânico perversamente caro e elitista onde eu e a minha irmã andámos. O meu pai achou que éramos demasiado novas para irmos para o estrangeiro, mas queria a toda a força que fôssemos o mais europeias possível.

– É aquele edifício com uma torre?

– É. Na realidade, a escola é composta só por dois edifícios. Éramos muito poucos alunos. É tão seletiva que muitos nigerianos nem sequer sabem que existe. – Ela olhou para dentro do copo por instantes. – Tens irmãos?

– Não. Sou filho único. Os meus pais morreram quando eu tinha nove anos.

– Nove. Eras muito pequeno.

Richard ficou satisfeito por ela não lhe ter lançado um daqueles olhares cheios de falsa compaixão com que algumas pessoas costumavam encará-lo, como se tivessem conhecido os seus pais.

– Eles passavam muito tempo fora. No fundo, foi a Molly, a minha ama, quem me criou. Quando eles morreram, ficou decidido que eu ia viver com a minha tia em Londres. – Richard deteve-se, contente por sentir aquela intimidade estranhamente imatura que advinha de falar sobre si próprio, algo que raramente fazia. – Os meus primos Martin e Virginia tinham mais ou menos a minha idade, mas eram terrivelmente sofisticados; a Tia Elizabeth era muito pomposa e eu não passava do primo de uma aldeola do Shropshire. Assim que pus o pé naquela casa, comecei logo a pensar em fugir de lá.

– E fugiste?

– Muitas vezes. Mas eles encontravam-me sempre. Às vezes, ainda ia ao fundo da rua.

– Para onde fugias?

– O quê?

– Para onde fugias?

Richard refletiu durante uns momentos. Sabia que estava a fugir de uma casa que, nas paredes, tinha fotografias de pessoas há muito mortas e que o sufocavam. Mas não sabia para onde fugia. Alguma vez as crianças pensariam nisso?

– Talvez estivesse a fugir para os braços da Molly. Não sei.

– Eu sabia para onde queria fugir. Mas esse lugar não existia, por isso nunca me fui embora – disse Kainene, recostando-se na cadeira.

– O que é que queres dizer?

Ela acendeu um cigarro, como se não tivesse ouvido a pergunta. Os silêncios de Kainene faziam-no sentir-se impotente e desejoso de reconquistar a sua atenção. Queria falar-lhe no cântaro ornado com cordas. Não se lembrava ao certo de quando é que ouvira pela primeira vez uma referência à arte de Igbo-Ukwu, à história do nativo que andava a escavar um poço e descobrira os objetos de bronze fundido que possivelmente eram os primeiros de toda a África, remontando ao século IX. Mas foi na revista *Colonies Magazine* que viu as fotos. O cântaro ornado com cordas saltava imediatamente à vista. Richard fez deslizar um dedo sobre a imagem e ansiou por tocar com as suas próprias mãos no metal delicadamente fundido. Queria tentar explicar a Kainene a emoção que sentira ao ver o cântaro, mas decidiu não o fazer. Ainda era cedo para isso. Sentiu-se estranhamente reconfortado com esta ideia, apercebendo-se de que o que mais queria em relação a ela era dispor de tempo para a conhecer.

– Vieste para a Nigéria para fugires de alguma coisa? – perguntou ela, por fim.

– Não – respondeu Richard. – Sempre fui um solitário e sempre quis ver África, por isso despedi-me do meu humilde emprego no jornal, aceitei um generoso empréstimo da minha tia e aqui me tens.

– Eu nunca diria que eras um solitário.

– Porquê?

– Porque és bonito. As pessoas bonitas geralmente não são solitárias. – Disse-o sem expressão, como se não fosse um elogio, e por isso Richard esperou que ela não reparasse que tinha corado.

– Pois, mas eu sou – disse, à falta de melhor resposta. – Sempre fui.

– Um solitário e um explorador dos tempos modernos do Continente Negro – disse ela secamente.

Richard riu-se. O riso saiu-lhe pela boca fora, irreprimível, e ele baixou os olhos para a piscina azul e cristalina, pensando, alegremente, que talvez aquele tom de azul fosse também a cor da esperança.

Encontraram-se no dia seguinte para almoçar, e no outro. De todas as vezes, ela levou-o para a suíte e sentaram-se no terraço a comer arroz e a beber cerveja fresca. Ela tocava na borda do copo com a ponta da língua antes de beber um gole. Isso excitava-o, esse breve vislumbre da língua cor-de-rosa, ainda mais por ela não parecer ter consciência do gesto. Os silêncios de Kainene eram introspetivos, insulares, e no entanto sentia-se ligado a ela. Talvez *precisamente* por ela ser distante e retraída. Richard dava por si a falar de uma maneira que não era habitual e, quando o encontro chegava ao fim e ela se levantava, frequentemente para ir ter com o pai a uma reunião, sentia os pés ficarem mais pesados, cheios de sangue coalhado. Não se queria ir embora, não suportava a ideia de voltar para o escritório de Susan e sentar-se a escrever à máquina, à espera das pancadinhas discretas da sua anfitriã. Não compreendia como é que Susan não desconfiava de nada, como é que não era capaz de o observar e ver que ele se sentia diferente, como é que nem sequer reparava que agora punha mais *aftershave*. Richard não lhe fora infiel, claro, mas a fidelidade não se prendia só com sexo. Quando se ria com Kainene, quando contava a Kainene histórias sobre a Tia Elizabeth, quando contemplava Kainene a fumar, estava certamente a cometer uma infidelidade; pelo menos, era a sensação que tinha. O acelerar do seu coração quando Kainene lhe dava um beijinho de despedida era uma infidelidade. A mão dela na sua, em cima da mesa, era uma infidelidade. E por tudo isto, no dia em que Kainene não lhe deu o habitual beijinho de despedida e, em vez disso, encostou a boca à dele, de lábios afastados, Richard ficou surpreendido. Não se permitira ter tantas esperanças. E talvez tenha sido por isso que não teve uma ereção: a mistura de surpresa e desejo foi castrante. Despiram-se rapidamente. Richard encostou o corpo nu ao dela, mas permaneceu inerte. Explorou-lhe os ângulos das clavículas e das ancas, sem parar de instigar o seu corpo e a sua mente a trabalharem em parceria, de instigar o seu desejo a contornar a ansiedade. Mas não ficou duro; sentia o peso flácido entre as pernas.

Kainene sentou-se na cama e acendeu um cigarro.

– Desculpa – disse Richard, e como ela encolheu os ombros e não disse nada, ele arrependeu-se de ter pedido desculpa.

A luxuosa suíte demasiado ornamentada afigurou-se-lhe sombria, enquanto vestia as calças – que mais valia não ter despido – e ela apertava o *soutien*. Queria que ela dissesse alguma coisa.

– Vemo-nos amanhã? – perguntou ele.

Ela exalou o fumo pelo nariz e, vendo-o desaparecer no ar, perguntou: – Isto é de mau gosto, não é?

– Vemo-nos amanhã? – repetiu.

– Vou a Port Harcourt com o meu pai para uma reunião com uns tipos do petróleo – disse ela. – Mas volto na quarta-feira ao início da tarde. Podemos fazer um almoço tardio.

– Sim, é uma boa ideia – concordou Richard, e até ver Kainene entrar no átrio do hotel, dias depois, teve medo de que não aparecesse.

Almoçaram e observaram as pessoas a nadarem lá em baixo. Ela estava um pouco mais animada, fumava mais, falava mais. Falou-lhe nas pessoas que tinha conhecido desde que trabalhava com o pai, explicou-lhe que eram todas iguais.

– A nova classe alta nigeriana é um bando de iletrados que nunca leu nada e que come coisas de que não gosta em restaurantes libaneses demasiado caros e tem conversas sociais à volta de um só tema: «Que tal anda o teu carro novo?»

Ela riu-se uma vez. Deu-lhe a mão uma vez. Mas não o convidou para entrar na suíte e ele perguntou-se se ela quereria dar tempo ao tempo ou se teria decidido que não era esse o tipo de relação que, afinal, desejava ter.

Richard não tinha coragem para agir. Passaram-se dias até que finalmente Kainene lhe perguntou se queria entrar e ele sentiu-se como um suplente desejoso de que o ator que estava a substituir não aparecesse e que depois, quando o ator realmente não aparecia, era subjugado pelo constrangimento, apercebendo-se de que, na realidade, não estava tão preparado para as luzes da ribalta como pensava. Ela conduziu-o para o interior da suíte. Quando ele começou a puxar-lhe o vestido para o cimo das coxas, ela afastou-o calmamente, como se soubesse que o frenesim dele era uma mera armadura para esconder o medo. Kainene pendurou o vestido na cadeira. Richard tinha tanto medo de desiludi-la novamente que, quando viu a sua própria ereção, foi tomado por uma sensação inebriante de gratidão, uma gratidão tão desmesurada que ainda mal tinha penetrado Kainene e já estava a sentir aquele espasmo involuntário que não era capaz de conter. Ficaram deitados durante uns minutos, ele em cima dela, até ele rebolar o corpo e se estender ao seu lado. Queria explicar-lhe que aquilo nunca lhe tinha acontecido antes. A sua vida sexual com Susan era satisfatória, embora mecânica e sem paixão.

– Desculpa – disse.

Ela acendeu um cigarro, observando-o.

– Queres vir jantar a casa dos meus pais, hoje à noite? Eles convidaram umas pessoas.

Por um instante, Richard sentiu-se apanhado de surpresa. E, a seguir, disse: – Sim, gostava muito.

Tinha esperança de que o convite significasse qualquer coisa, que traduzisse uma mudança na maneira como ela encarava a relação. Mas quando chegou a casa dos pais dela, em Ikoyi, ela apresentou-o dizendo: – Este é o Richard Churchill. – E fez uma pausa que pareceu um desafio propositado aos pais e aos outros convidados para pensarem o que quisessem. O pai olhou-o de alto a baixo e perguntou-lhe o que fazia na vida.

– Sou escritor – disse Richard.

– Escritor? Ah... – respondeu o Chefe Ozobia.

Richard arrependeu-se de ter dito que era escritor e, por isso, acrescentou, como que para compensar: – Ando fascinado com as descobertas feitas em Igbo-Ukwu. Os objetos de bronze fundido.

– Hum – murmurou o Chefe Ozobia. – Tem alguém na família com negócios na Nigéria?

– Não, infelizmente não.

O Chefe Ozobia riu-se e desviou o rosto. Durante o resto do serão, praticamente não falou com Richard e Mrs. Ozobia fez o mesmo, seguindo o marido pela casa fora, com o seu porte majestoso, a sua beleza ainda mais intimidativa quando vista de perto. A reação de Olanna foi diferente. Deu-lhe um sorriso contido quando Kainene os apresentou, mas, à medida que foram falando, tornou-se mais calorosa e ele perguntou-se se o brilho que lhe via nos olhos seria de pena, se conseguiria adivinhar a ânsia que ele tinha em dizer as coisas certas sem, no entanto, saber que coisas eram essas. A simpatia dela lisonjeou-o.

Sentiu-se estranhamente abandonado quando Olanna se sentou longe dele à mesa. A salada tinha acabado de ser servida, quando ela começou a discutir política com um convidado. Richard sabia que o assunto era a necessidade de a Nigéria se tornar uma república e deixar de reconhecer a rainha Isabel como chefe de Estado, mas não prestou grande atenção até ela se virar para ele e perguntar: – Não concordas, Richard? – como se a opinião dele fosse importante.

Ele pigarreou.

– Sim, sem dúvida – respondeu, embora não soubesse ao certo com o que estava a concordar.

Sentiu-se grato por ela o ter puxado para a conversa, por o ter incluído, e ficou encantado com a sua maneira de ser, que parecia simultaneamente sofisticada e ingénua, um idealismo que se recusava a ser sufocado pela dura realidade. A pele dela reluzia. As maçãs do rosto subiam quando ela sorria. Mas faltava-lhe a aura melancólica de Kainene, que o excitava e confundia. Kainene sentou-se ao seu lado e mal abriu a boca durante o jantar, tendo-se limitado, uma vez, a pedir rispidamente a um criado para lhe trocar o copo que estava turvo e, outra vez, a comentar, debruçando-se para ele: «O molho é enjoativo, não é?» Passou a maior parte do tempo com um ar inescrutável, a observar, a beber, a fumar. Ele ansiava dolorosamente por descobrir os seus pensamentos. Sentia uma dor física semelhante quando a desejava, e o seu sonho era penetrá-la até ao fundo, enterrar-se nela para ver se descobria algo que sabia que nunca haveria de descobrir. Era como beber copos e mais copos de água e continuar cheio de sede, com a sensação inquietante de que jamais saciaria essa mesma sede.

Richard andava preocupado com Susan. Observava-a, com aquele seu queixo firme e olhos verdes, e dizia para si próprio que não era justo enganá-la, encafuar-se no escritório até ela adormecer, mentir-lhe dizendo que estava na biblioteca ou no museu ou no clube de polo. Ela merecia mais do que isso. Mas havia uma certa estabilidade reconfortante em estar com ela, uma certa segurança nos seus sussurros e no seu escritório com os esboços a lápis de Shakespeare nas paredes. Kainene era diferente. Ele saía de junto de Kainene a transbordar de felicidade embriagante e com uma sensação igualmente estonteante de insegurança. Queria perguntar-lhe o que pensava ela das coisas que nunca discutiam – a sua relação, o seu futuro juntos, Susan –, mas as suas incertezas emudeciam-no de todas as vezes; tinha medo das respostas que ela lhe daria.

Protelou a tomada de uma decisão, até uma manhã em que acordou a pensar naquele dia em Wentnor, em que estava a brincar na rua e ouviu Molly chamá-lo: «Richard! Para a mesa!» Em vez de responder «Já vou!» e de correr para ela, enfiara-se debaixo de uma sebe, arranhando os joelhos. «Richard! Richard!» Molly parecia aflita, mas ele continuou calado, agachado. «Richard! Onde é que estás, Dicky?» Um coelho parou de correr e observou-o, e ele, por sua vez, observou o coelho e, durante esse breve instante, só ele e o coelho sabiam onde é que ele se encontrava. Depois, o coelho afastou-se aos saltos e Molly espreitou para debaixo dos arbustos e viu-o. Deu-lhe uma palmada. Mandou-o ficar de castigo no quarto, o resto do dia. Disse que estava muito aborrecida e que ia contar tudo aos pais dele. Mas aqueles breves instantes tinham valido a pena, aqueles momentos de puro abandono total, em que Richard sentiu que ele, e só ele, controlava o universo da sua infância. Ao lembrar-se disso, decidiu acabar tudo com Susan. A sua relação com Kainene podia não durar muito, mas os momentos que passava com ela, sabendo-se livre do peso das mentiras e do fingimento, fariam com que essa fugacidade valesse a pena.

A sua resolução deu-lhe forças. Ainda assim, demorou uma semana a dar a notícia a Susan, numa noite em que ela regressou de uma festa onde bebera demasiados copos de vinho.

– Queres beber um copo antes de ir para a cama, querido? – perguntou ela.

– Susan, eu gosto muito de ti – disse ele de jorro –, mas não acho que as coisas estejam a correr muito bem... isto é, as coisas entre nós.

– Que conversa é essa? – perguntou Susan, embora o seu tom sussurrado e o seu rosto pálido fossem sinal de que sabia muito bem que conversa era aquela.

Ele passou os dedos pelos cabelos.

– Quem é? – perguntou Susan.

– Não é outra mulher. Sou só eu que acho que nós os dois precisamos de coisas diferentes na vida. – Desejou não parecer pouco sincero, até porque era verdade; eles sempre tinham desejado coisas diferentes, dado valor a coisas diferentes. Ele nunca deveria ter-se mudado para casa dela.

– Não é a Clovis Bancroft, pois não? – Susan tinha as orelhas vermelhas. Ficavam sempre vermelhas quando ela bebia, mas só agora é que Richard se dava conta da estranheza disso, daquelas orelhas vermelhas, inflamadas de raiva, espetadas de cada lado do seu rosto pálido.

– Não, claro que não.

Susan encheu um copo e sentou-se no braço do sofá. Ficaram calados durante uns minutos.

– Gostei de ti no instante em que te vi e não estava à espera disso, sinceramente. Pensei «que bonito e meigo que ele é» e devo ter decidido nesse momento nunca mais te largar. – Ela riu-se baixinho e ele reparou nas pequeninas rugas que lhe cercavam os olhos.

– Susan... – começou, e calou-se, porque não havia mais nada a dizer.

Nunca se apercebera de que era aquilo que ela pensava dele. Deu-se conta do quão pouco tinham conversado um com o outro, de como a relação fluíra naturalmente sem grande entrega de ambas as partes, ou pelo menos, da sua parte. A relação *acontecera* sem que fizesse nada para isso.

– Foi tudo demasiado precipitado para ti, não foi? – disse Susan, aproximando-se dele. Tinha recuperado a compostura; o queixo já não lhe tremia. – Não tiveste oportunidade de explorar, de visitar o país como querias; mudaste-te cá para casa e eu obriguei-te a ir a todas aquelas festas insuportáveis, com pessoas que se estavam nas tintas para a escrita e para a arte africana, e esse tipo de coisas. Deve ter sido um horror para ti. Tenho imensa pena, Richard, e acredita que compreendo. É claro que tens de viajar um bocado pelo país. Posso ajudar-te? Tenho amigos em Enugu e Kaduna.

Richard tirou-lhe o copo das mãos, pousou-o e abraçou-a. Sentiu uma ligeira nostalgia ao inspirar o cheiro a maçãs do champô dela.

– Não, não é preciso – disse ele.

Era evidente que Susan não acreditava que aquilo fosse realmente o fim da relação; achava que ele ia voltar, e Richard não disse nada para a convencer do contrário. Quando o criado de avental branco lhe abriu a porta para sair, Richard sentiu-se leve, tal era o alívio.

– Adeus, patrão – disse o criado.

– Adeus, Okon.

Richard perguntou-se se o inescrutável Okon encostaria o ouvido à porta sempre que ele e Susan tinham as suas discussões de partir copos. Uma vez, pedira a Okon para lhe ensinar umas frases simples em *efik*, mas Susan pusera um fim a isso quando os encontrara no escritório e vira Okon todo nervoso, enquanto Richard pronunciava as palavras. Okon olhara para Susan com gratidão, como se ela tivesse acabado de o salvar de um branco completamente louco e, mais tarde, Susan explicara a Richard, num tom brando, que compreendia que ele não soubesse como se faziam as coisas naquela terra, mas que havia determinados limites a respeitar. Foi um tom que lhe lembrou a Tia Elizabeth e as suas opiniões ditadas por um moralismo inglês arrogante e autocomplacente. Se tivesse contado a Susan o que se passava com Kainene, talvez ela tivesse usado esse mesmo tom para lhe dizer que compreendia perfeitamente a sua necessidade de ter uma experiência com uma mulher negra.

Quando se foi embora de carro, Richard viu Okon de braço no ar a dizer-lhe adeus. Tinha uma vontade avassaladora de cantar, só que não era homem de cantorias. Todas as outras casas de Glover Street eram como a de Susan, amplas, aconchegadas por palmeiras e relvados lânguidos.

No dia seguinte à tarde, Richard sentou-se na cama, nu, a olhar para Kainene, deitada ao seu lado. Tinha acabado de desiludi-la outra vez.

– Desculpa. Acho que fico demasiado excitado – disse.

– Dás-me um cigarro? – pediu ela. O lençol sedoso delineava a magreza angulosa do seu corpo nu.

Ele acendeu-lho. Ela sentou-se, com a colcha pela cintura, e os mamilos castanhos-escuros ficaram eretos ao contacto com o ar condicionado do quarto; desviou os olhos quando exalou o fumo.

– Vamos dar tempo ao tempo – disse ela. – E há outras maneiras de fazer as coisas.

Richard sentiu uma súbita onda de irritação, dirigida a si próprio devido à sua impotência, e dirigida a ela, por aquele seu sorriso meio trocista e por dizer que havia outras maneiras, como se ele fosse permanentemente incapaz de fazer as coisas do modo tradicional. Ele sabia o que era capaz de fazer. Sabia que era capaz de satisfazê-la. Precisava apenas de tempo.

Começara, porém, a pensar em tomar umas ervas medicinais, umas potentes ervas da virilidade que, segundo lera num artigo qualquer, os homens africanos costumavam ingerir.

– Nsukka é um pequeno retalho de pó no meio do mato, a terra mais barata que conseguiram arranjar para construir a universidade – disse Kainene. Era espantosa a facilidade com que ela desligava e se punha a falar de coisas mundanas. – Mas deve ser ideal para tu escreveres, não achas?

– Sim – disse ele.

– Pode ser que gostes e queiras lá ficar.

– Talvez. – Richard deslizou para debaixo da coberta. – Mas estou tão contente por tu ires para Port Harcourt e eu não ter de fazer a viagem toda até Lagos para te ver.

Kainene não respondeu, continuou a fumar calmamente o seu cigarro e, por um instante, ele perguntou-se, horrorizado, se ela estaria a preparar-se para lhe dizer que, quando ambos partissem de Lagos, tudo terminaria e que, em Port Harcourt, tencionava arranjar um homem capaz de *consumar o ato*.

– A minha casa vai ser perfeita para os nossos fins de semana juntos – disse ela por fim. – É monstruosa. O meu pai ofereceu-ma no ano passado, acho que como uma espécie de dote para incentivar o tipo de homem certo a casar com a sua filha feia. É uma coisa terrivelmente europeia, se pensarmos bem, já que não temos dotes, as noivas têm um preço. – Ela apagou o cigarro sem o terminar. – A Olanna disse que não queria uma casa. Também não precisa. Guardemos as casas para a filha feia.

– Não fales assim, Kainene.

– Não fales assim, Kainene – imitou ela, levantando-se.

Ele teve vontade de puxá-la de volta para a cama, mas não o fez; não podia confiar no seu corpo e não suportava desiludi-la de novo. Por vezes, tinha a sensação de que não sabia nada sobre ela, que nunca conseguiria verdadeiramente alcançá-la. E no entanto, noutras vezes, deitado ao seu lado, sentia-se completo, seguro de que nunca precisaria de mais nada na vida.

– Já agora, pedi à Olanna para te apresentar ao seu amante revolucionário – disse Kainene. Tirou a peruca e, com os cabelos curtos todos às trancinhas, o seu rosto parecia mais jovem, mais pequeno. – Antes, namorava com um príncipe hauça, um tipo simpático e banal, mas ele não se identificava com as ilusões malucas dela. Este tal Odenigbo está convencido de que é um defensor da liberdade. É matemático, mas passa o tempo todo a escrever artigos para os jornais sobre a sua versão pessoal de socialismo africano, uma grande salgalhada. A Olanna adora isso. Dá-me a sensação de que eles não se apercebem de que o socialismo é uma anedota.

Voltou a pôr a peruca e começou a escová-la; os cabelos ondulados, de risca ao meio, caíam-lhe até ao queixo. Richard gostava das linhas bem definidas daquele corpo magro, a elegância do seu braço erguido.

– Eu penso que o socialismo pode muito bem funcionar na Nigéria, se for corretamente aplicado – disse ele. – No fundo, a ideia é a justiça económica, não é?

Kainene resfolegou.

– O socialismo jamais funcionaria para os Ibos. – Deixou o braço que segurava a escova suspenso no ar. – Ogbenyealu é um nome muito comum para raparigas e sabes o que significa? «Não Ser Casada com um Homem Pobre.» Pôr esse rótulo a uma criança assim que nasce é uma mostra de puro capitalismo.

Richard riu-se e achou ainda mais graça por ela não se rir; Kainene simplesmente continuou a escovar o cabelo. Tentou imaginar quando seria a próxima vez que se ririam juntos, e a outra a seguir. Dava por si a pensar frequentemente no futuro, antes mesmo de o presente acabar.

Levantou-se e sentiu-se envergonhado quando Kainene olhou para o seu corpo nu. Talvez a inexpressividade dela fosse apenas para disfarçar a sua repulsa. Vestiu as cuecas e abotoou rapidamente a camisa.

– Deixei a Susan – disse abruptamente. – Mudei-me para a Casa de Hóspedes Princewill, em Ikeja. Antes de partir para Nsukka, hei de ir a casa dela buscar o resto das minhas coisas.

Kainene ficou especada a olhar para ele e Richard viu-lhe a surpresa no rosto e, depois, mais qualquer coisa que não conseguiu identificar. Seria desconcerto?

– No fundo, nunca foi uma relação como deve ser – acrescentou. Não queria que Kainene pensasse que o tinha feito por causa dela, não queria que começasse a interrogar-se sobre a relação que os unia. Ainda não.

– Vais precisar de um criado – disse ela.

– O quê?

– Um criado em Nsukka. Vais precisar de alguém que te lave a roupa e te limpe a casa.

Ele ficou momentaneamente confuso com a mudança de assunto.

– Um criado? Eu sei tratar de mim e de uma casa. Vivo sozinho há imenso tempo.

– Vou pedir à Olanna para te arranjar alguém – insistiu Kainene.

Ela tirou um cigarro da cigarreira, mas não o acendeu. Pousou-o na mesinha de cabeceira, aproximou-se de Richard e abraçou-o, apertou-o com braços trémulos. Ele ficou tão surpreendido que não devolveu o abraço. Ela nunca o enlaçara com tanta intimidade, a não ser quando estavam na cama. Ela própria também pareceu desconcertada com o gesto, porque se apressou a afastar-se dele e a acender o cigarro. Depois disso, Richard pensou muitas vezes nesse abraço e, de cada vez, teve sempre a sensação de que um muro se desmoronara.

Passada uma semana, Richard partiu para Nsukka. Conduziu a uma velocidade moderada, parando de vez em quando na berma da estrada para consultar o mapa feito à mão que Kainene lhe dera. Depois de atravessar o rio Níger, decidiu parar em Igbo-Ukwu.

Agora que estava finalmente em território ibo, queria, antes de mais, ver a terra do cântaro ornado com cordas. Umas quantas casas de cimento pontilhavam a aldeia; estragavam o ar pitoresco das cabanas de adobe que se erguiam de ambos os lados dos carreiros de terra, carreiros tão estreitos que estacionou o carro a uma grande distância e seguiu um rapaz de calções caqui que parecia habituado a mostrar a povoação aos forasteiros. Chamava-se Emeka Anozie. Fora um dos operários que trabalhara nas escavações. Mostrou a Richard as grandes valas retangulares onde as escavações decorreram, as pás e peneiras que tinham sido usadas para tirar a poeira das peças de bronze.

– Queres falar com o nosso grande pai? Eu faço de intérprete – ofereceu-se Emeka.

– Obrigado. – Richard sentia-se ligeiramente subjugado pelo acolhimento tão caloroso, pelos vizinhos que os seguiram dizendo: – Boa tarde, *nno*, bem-vindo – como se nem sequer lhes passasse pela cabeça aborrecerem-se por ter aparecido sem ninguém o convidar.

Pa Anozie tinha um pano com ar sujo enrolado à volta do corpo e atado na nuca. Conduziu Richard até à sua sombria *obi*, que cheirava a cogumelos. Embora Richard tivesse lido o relato sobre a maneira como os objetos de bronze foram descobertos, achou por bem perguntar. Pa Anozie enfiou uma pitada de rapé nas narinas antes de começar a contar a história. Há cerca de vinte anos, o irmão andava a escavar um poço quando tocou numa coisa metálica, que mais tarde se descobriu ser uma vasilha. Daí a pouco, encontrou outras quantas e desenterrou-as, lavou-as e chamou os vizinhos para irem vê-las. Pareciam bem feitas e vagamente familiares, mas ninguém conhecia quem fizesse peças daquelas. Em breve, a notícia chegou aos ouvidos do comissário distrital de Enugu, que mandou uma pessoa levá-las ao Departamento de Antiguidades de Lagos. Depois disso, não veio mais ninguém inquirir sobre os objetos de bronze durante uns tempos e o irmão lá construiu o poço e a vida seguiu em frente. Uns anos depois, um homem branco de Ibadan veio fazer escavações na zona. Houve grandes negociações antes de começarem os trabalhos, por causa de um redil de cabras e de um muro da aldeia que teriam de ser deitados abaixo, mas as escavações correram bem. Era a estação do harmatão, mas como tinham receio de trovoadas cobriram as valas com lonas esticadas sobre estacas de bambu. Encontraram coisas lindas: cabaças, conchas, muitos ornamentos com que as mulheres costumavam adornar-se, imagens de cobras, cântaros.

– Também descobriram uma câmara funerária, não foi? – perguntou Richard.

– Sim.

– Acha que foi usada pelo rei?

Pa Anozie lançou um longo olhar magoado a Richard e murmurou qualquer coisa durante uns instantes, com ar ofendido. Emeka riu-se antes de traduzir.

– O pai disse que pensava que você fazia parte dos brancos que sabem alguma coisa. Disse que o povo do território ibo não tem o conceito de rei. Temos sacerdotes e anciãos. A câmara funerária talvez fosse para um sacerdote. Mas o sacerdote não faz as pessoas sofrer como um rei. É por o homem branco nos ter imposto «chefes delegados» que, hoje, homens tolos andam a proclamar-se reis.

Richard pediu desculpa. Não imaginava que alegadamente os Ibos teriam sido uma tribo republicana durante milhares de anos, mas um dos artigos sobre os achados de Igbo-Ukwu sugeria que, em tempos idos, talvez tivessem tido reis, posteriormente depostos. Os Ibos eram, no fim de contas, um povo que depunha deuses cuja utilidade tivesse caducado. Richard ficou sentado durante uns momentos, a imaginar como teria sido a vida de pessoas capazes de fazer objetos de tanta beleza, tanta complexidade, na época de Alfredo, *o Grande*[3]. Queria escrever sobre o assunto, criar algo a partir disso, mas não

---

[3] Alfredo, *o Grande* (849-899), rei de Wessex, autoproclamado rei de Inglaterra. (*N. da T.*)

sabia o quê. Talvez um romance especulativo em que a personagem principal fosse um arqueólogo a trabalhar numa escavação de objetos de bronze e que, depois, era transportado para um passado idílico?

Agradeceu a Pa Anozie e levantou-se para se ir embora. Pa Anozie disse qualquer coisa e Emeka perguntou: – O pai quer saber se você não lhe vai tirar uma foto. Todos os brancos que aqui vieram tiraram fotos.

Richard abanou a cabeça.

– Não, tenho muita pena, mas não trouxe máquina fotográfica.

Emeka riu-se.

– O pai pergunta que raio de homem branco é este? Porque é que aqui veio e o que é que anda a fazer?

Enquanto conduzia rumo a Nsukka, também Richard se perguntou o que é que andava a fazer e, mais preocupante ainda, o que é que iria escrever.

A casa cedida pela universidade, em Imoke Street, estava reservada a investigadores e artistas de fora; era esparsa, quase ascética, e bastou a Richard dar uma vista de olhos às duas poltronas da sala de estar, à cama individual, aos armários vazios da cozinha, para se sentir imediatamente em casa. Reinava ali um silêncio adequado. Quando visitou Olanna e Odenigbo, porém, ela disse «Com certeza vais querer tornar a casa um bocadinho mais habitável», ao que ele respondeu «Vou», apesar de gostar da decoração sem alma. Concordou só porque o sorriso de Olanna era uma espécie de prémio, porque ser alvo da atenção dela o lisonjeava. Ela insistiu para que contratasse Jomo, o jardineiro deles, para ir lá a casa duas vezes por semana plantar umas flores no quintal. Apresentou-o aos amigos; mostrou-lhe o mercado; anunciou que lhe tinha arranjado o criado perfeito.

Richard imaginara um rapaz jovem e alerta como Ugwu, o criado de Olanna e Odenigbo, mas Harrison era um homenzinho magro e curvado, de meia-idade, com uma camisa branca demasiado grande que lhe descia abaixo dos joelhos. Fazia uma vénia exagerada no início de toda e qualquer conversa. Disse a Richard, sem disfarçar o orgulho que sentia, que trabalhara anteriormente para o Padre Bernard, um irlandês, e para o Professor Land, um americano. «Eu faz excelente salada beterraba», disse no seu primeiro dia e, mais tarde, Richard percebeu que ele se orgulhava não só da salada, mas do próprio facto de cozinhar beterrabas, que tinha de comprar na banca dos «legumes exóticos», porque a maior parte dos Nigerianos não as comia. O primeiro jantar que Harrison cozinhou foi um saboroso peixe, com a tal salada de beterraba como entrada. Na noite seguinte, um guisado escarlate de beterraba apareceu a acompanhar o arroz. «É com receita americana de guisado batata que eu faz isto», explicou Harrison, de olhos postos em Richard enquanto ele comia. No dia seguinte, houve uma salada de beterraba e, no outro, mais um guisado de beterraba, desta vez assustadoramente vermelho, ao lado do frango.

– Chega, Harrison, por favor – disse Richard, levantando a mão. – Chega de beterraba.

Harrison mostrou-se desiludido, mas depois o seu rosto alegrou-se.

– Mas, patrão, eu cozinha comida de seu país; toda comida que patrão come em pequeno, eu cozinha. Na verdade, eu não cozinha comida nigeriana, só receita estrangeira.

– Podes cozinhar comida nigeriana, Harrison – disse Richard.

Se Harrison imaginasse como ele detestara a comida da sua infância, os arenques defumados de gosto demasiado intenso e cheios de espinhas, as papas cobertas por uma repugnante película como uma lona impermeável, o rosbife demasiado passado, com gordura a toda a volta, ensopado em molho...

– Está bem, patrão. – Harrison ficou com um ar aborrecido.

– Já agora, Harrison, por acaso conheces algumas ervinhas para homens? – perguntou Richard, esperando que a sua voz parecesse absolutamente normal.

– Patrão?

– Ervas. – Richard fez um gesto vago.

– Vegetais, patrão? Eu faz toda salada de seu país muito bem, patrão. Para Professor Land, eu faz muitas, muitas saladas diferentes.

– Sim, mas eu estava a referir-me a ervas para curar doenças.

– Doenças? Vá ver doutor no centro saúde.

– O que me interessa são ervas medicinais africanas, Harrison.

– Mas, patrão, elas são más, são erva de feiticeiro. Coisa do diabo.

– Pois claro. – Richard desistiu. Devia ter adivinhado que Harrison, com o seu amor exacerbado por tudo o que não fosse nigeriano, não era a pessoa adequada a quem perguntar. Iria antes tentar com Jomo.

Richard esperou que Jomo chegasse e depois postou-se à janela, a vê-lo regar os lírios recém-plantados. Jomo pousou o regador e começou a colher os frutos do *kombo-kombo*; tinham caído na noite anterior e jaziam, amarelo-clarinhos e ovais, no relvado. Richard sentia frequentemente o cheiro ultra--adocicado que libertavam ao apodrecer, um cheiro que sabia que associaria sempre à sua vida em Nsukka. Jomo tinha na mão um saco de ráfia cheio de frutos, quando Richard se aproximou dele.

– Ah. Bom dia, Mr. Richard, patrão – disse ele, no seu tom solene. – Eu leva frutos a Harrison para o patrão. Não é para eu. – Jomo pousou o saco no chão e pegou no regador.

– Está tudo bem, Jomo. Eu não quero os frutos – disse Richard. – Já agora, por acaso conheces algumas ervas medicinais para homens? Para homens que têm problemas em... em estar com mulheres?

– Sim, patrão. – Jomo continuou a regar, como se ouvisse aquela pergunta todos os dias.

– Conheces umas ervas medicinais para homens?

– Sim, patrão.

Richard sentiu uma pontada de triunfo no estômago.

– Eu gostava de as ver, Jomo.

– Meu irmão ter problema antes, porque primeira mulher não fica grávida e segunda mulher não fica grávida. *Dibia* dá erva a ele e ele começa a mascar. Agora mulheres estar grávidas.

– Ah, ótimo. Arranjas-me essa erva, Jomo?

Jomo deteve-se e olhou para ele, o seu rosto sensato e chupado cheio de afetuosa compaixão.

– Não resulta com homem branco, patrão.

- Ah, não, não é isso. Eu só quero escrever sobre ela.

Jomo abanou a cabeça.

– Vai ver *dibia* e masca erva à frente dele. Erva não é para escrever, patrão. – Jomo continuou a regar as suas plantas, cantarolando desafinadamente.

– Está certo – disse Richard, e quando voltou para dentro de casa teve o cuidado de não deixar transparecer a sua desilusão; caminhou de costas bem direitas, lembrando a si próprio que, no fim de contas, era ele o senhor.

Harrison estava parado junto da porta da rua, a fingir que limpava o vidro.

– Jomo faz alguma coisa mal, patrão? – perguntou, esperançado.

– Eu estava só a perguntar-lhe umas coisas.

Harrison ficou desiludido. Era evidente, desde o primeiro dia, que ele e Jomo não se iam dar bem, o cozinheiro e o jardineiro, cada um convencido de que era melhor do que o outro. Uma vez, Richard ouviu Harrison dizer a Jomo para não regar as plantas do lado de fora da janela do escritório, porque «o barulho da água incomoda o patrão a escrever». Harrison queria que Richard também ouvisse, pela maneira como falou alto, parado junto da janela do escritório. A solicitude de Harrison divertia Richard, tal como a reverência dele pela sua escrita; Harrison dera em limpar o pó todos os dias à máquina de escrever, apesar desta nunca ter pó, e tinha relutância em deitar fora folhas manuscritas que via no cesto dos papéis. «Patrão não precisa disto? Tem certeza?», perguntava Harrison, segurando nas páginas amassadas, e Richard dizia que sim, tinha a certeza. Às vezes, perguntava-se o que diria Harrison se lhe contasse que nem sequer sabia ao certo sobre o que andava a escrever, que tinha escrito um esboço sobre um arqueólogo e depois deitado tudo fora, uma história de amor entre um inglês e uma mulher africana e deitado tudo fora, e que começara a escrever sobre a vida numa pequena cidade nigeriana. A maior parte do material que usava para este seu rascunho mais recente provinha dos serões que passava com Odenigbo e Olanna e os seus respetivos amigos. Eles aceitavam-no descontraidamente, não lhe prestavam especial atenção e, talvez por causa disso, Richard sentia-se confortável sentado no sofá da sala deles, a ouvir.

Quando Olanna o apresentou a Odenigbo, dizendo «Este é o tal amigo da Kainene de que eu te falei, o Richard Churchill», Odenigbo deu-lhe um caloroso aperto de mão e disse: «'Não me tornei o primeiro-ministro de Sua Majestade para presidir à liquidação do Império Britânico.'»[4]

Richard demorou uns instantes a compreender a piada e riu-se da fraca imitação de Sir Winston Churchill. Mais tarde, observou Odenigbo a abanar um exemplar do *Daily Times*, gritando «É *agora* que temos de começar a descolonizar a educação! Não é amanhã, é agora! Ensinem-lhes a nossa história!», e pensou para si próprio que ali estava um homem que confiava na excentricidade da sua personalidade, um homem que não era particularmente atraente mas que congregaria todas as atenções numa sala cheia de homens atraentes. Richard observou também Olanna e, de cada vez que a fitava, sentia-se renovado, como se ela se tivesse tornado ainda mais bonita nos minutos precedentes. Foi, porém,

---

[4] Citação de um discurso que Churchill fez em 1942, referindo-se às colónias britânicas. (*N. da T.*)

acometido por uma sensação desagradável, ao ver a mão de Odenigbo pousada no ombro dela e, mais tarde, ao imaginá-los na cama. Ele e Olanna pouco diziam um ao outro, à margem da conversa geral, mas um dia antes de ele partir para ir visitar Kainene a Port Harcourt, Olanna disse: – Richard, dá um beijo meu à Kainene.

– Eu dou – respondeu ele; era a primeira vez que Olanna mencionava o nome de Kainene.

Kainene foi buscá-lo à estação no seu *Peugeot 404* e afastou-se do centro de Port Harcourt em direção à costa, rumo a uma casa isolada de três andares, com varandas cobertas de grinaldas de buganvílias trepadeiras de um tom violeta muito claro. Richard sentiu o cheiro a sal no ar, enquanto Kainene lhe mostrava as espaçosas assoalhadas, elegantemente decoradas com móveis de estilos diferentes, trabalhos em talha, discretos quadros de paisagens, esculturas de formas arredondadas. Os soalhos encerados exalavam um odor a madeira.

– Eu preferia que fosse mais perto do mar, para termos uma vista melhor – disse Kainene. – Mas mudei a decoração do meu pai e espero que o estilo não seja demasiado novo-rico, ou é?

Richard riu-se. Não só porque ela estava a fazer troça de Susan – ele contara-lhe o que Susan dissera sobre o Chefe Ozobia –, mas por ter dito «para termos uma vista melhor», usando o plural. Aquele «nós» referia-se a eles os dois; ela incluíra-o. Quando o apresentou aos empregados, três homens de farda caqui a assentar mal, ela disse-lhes, com aquele seu sorriso enviesado: – Vocês vão ver Mr. Richard muitas vezes.

– Bem-vindo, patrão – responderam em uníssono, só lhes faltando fazer a continência quando Kainene apontou para cada um e disse os seus respetivos nomes: Ikejide, Nnanna e Sebastian.

– O Ikejide é o único que tem alguma esperteza na cabeça – disse Kainene.

Os três homens sorriram, como se cada um deles tivesse uma opinião diferente, mas obviamente jamais o diriam em voz alta.

– Agora vou mostrar-te o jardim, Richard. – Kainene fez uma vénia na brincadeira e conduziu-o pela porta das traseiras até ao pomar de laranjeiras.

– A Olanna manda-te um beijo – disse Richard, pegando-lhe na mão.

– Quer dizer que o amante revolucionário te aceitou no seu círculo. Devíamos ficar agradecidos. Antigamente, ele só abria as portas de casa a professores negros.

– Sim, ele contou-me. Disse que Nsukka estava cheia de gente do USAID[5] e do Corpo da Paz e da Universidade do Michigan, e ele queria criar um fórum só para os professores nigerianos, que são poucos.

– E para a sua paixão nacionalista.

– Suponho que sim. Realmente ele é diferente, e eu acho isso refrescante.

---

[5] Organismo governamental norte-americano de ajuda económica e humanitária. (N. da T.)

– Refrescante – repetiu Kainene. Deteve-se para acamar qualquer coisa no chão com a sola da sandália. – Tu gostas deles, não gostas? Da Olanna e do Odenigbo.

Richard quis perscrutar-lhe os olhos para tentar discernir o que ela pretendia ouvir. Tinha vontade de dizer as palavras que lhe agradariam.

– Gosto deles, sim – respondeu. A mão dela estava inerte encaixada na sua e Richard teve medo que a retirasse. – Fizeram com que eu me adaptasse muito mais facilmente a Nsukka – acrescentou, como que para justificar o facto de gostar deles. – Integrei-me bastante depressa. E, claro está, não nos podemos esquecer do Harrison.

– Claro, o Harrison. E que tal vai o Homem das Beterrabas?

Richard puxou-a para si, aliviado por ela não estar aborrecida.

– Vai bem. No fundo, é um bom homem, e muito divertido.

Encontravam-se no pomar agora, no meio da densa trama de laranjeiras, e Richard foi invadido por uma sensação de estranheza. Kainene estava a falar, a dizer qualquer coisa sobre um dos empregados, mas ele sentiu-se a desligar da conversa e a sua mente a afastar-se, retrocedendo no tempo. As laranjeiras, a presença de tantas árvores à sua volta, o zumbido das moscas, a abundância de verde, trouxeram-lhe à memória imagens da casa dos seus pais em Wentnor. Era incongruente que aquele espaço tropical e húmido, onde o sol lhe deixava a pele dos braços com um ligeiro tom escarlate e revigorava as abelhas, lhe lembrasse a casa em Inglaterra, tão a cair aos bocados que até no verão tinha correntes de ar. Viu os choupos e os salgueiros altos por detrás da casa, nos campos onde costumava perseguir texugos, as colinas engelhadas cobertas de urze e de fetos, que se estendiam ao longo de quilómetros e quilómetros, salpicadas de ovelhas a pastar. *Colinas azuis na memória.* Viu o pai e a mãe sentados junto de si no seu quarto, que cheirava a humidade, enquanto o pai lhes lia poesia.

> *Trazidas para o meu coração por um ar mortal*
> *Que de terras distantes sopra:*
> *Que colinas são aquelas, azuis na memória?*
> *Que quintas e pináculos são aqueles?*
>
> *Esta é a terra da alegria perdida,*
> *Vejo-a claramente a brilhar,*
> *As estradas felizes por mim percorridas*
> *E às quais não posso regressar.*[6]

A voz do pai tornava-se sempre mais grave ao chegar ao verso «que colinas são aquelas, azuis na memória» e, quando ele e a mãe saíam do quarto, e na ausência deles nas semanas seguintes, Richard olhava pela janela e observava as colinas distantes a tingirem-se de azul.

Richard estava desnorteado com a vida agitada de Kainene. Quando a vira em Lagos, nos seus breves encontros no hotel, não se apercebera de que a vida dela era extremamente ocupada e que assim continuaria, mesmo se ele não a integrasse. Parecia-lhe estranhamente inquietante pensar que

---

[6] Versos de *A Shropshire Lad*, do poeta inglês A. E. Housman (1859-1936). *(N. da T.)*

não era a única pessoa a ocupar o mundo de Kainene, mas ainda mais estranho era perceber que ela já tinha as suas rotinas e rituais instaurados, apesar de se ter mudado para Port Harcourt havia apenas umas semanas. Para ela, o trabalho vinha em primeiro lugar; estava decidida a impulsionar o crescimento das fábricas do pai, a ser mais competente do que ele. À noite, a casa enchia-se de visitas – pessoas de empresas para negociarem acordos, pessoas do governo para negociarem subornos, pessoas de fábricas para negociarem empregos –, que deixavam os seus automóveis estacionados junto da entrada do pomar. Kainene certificava-se sempre de que não permaneciam muito tempo e não pedia a Richard para lhes fazer companhia, porque dizia que as acharia entediantes. Por isso, ele ficava no andar de cima a ler ou a escrevinhar até se irem embora. Muitas vezes, Richard tentava distrair a mente para não se preocupar com a hipótese de desiludir Kainene na cama, à noite; o seu corpo continuava a ser muito pouco fiável e descobrira que, quanto mais pensasse no fracasso, mais provavelmente ele aconteceria.

Foi durante a sua terceira visita a Port Harcourt que o empregado bateu à porta do quarto e anunciou: «O Major Madu chegou, minha senhora» e Kainene pediu a Richard para a acompanhar até à sala.

– O Madu é um velho amigo meu e eu gostava que o conhecesses. Acaba de voltar de um treino militar no Paquistão – explicou.

Richard ainda ia no corredor quando começou a sentir o cheiro a água-de-colónia do convidado, um cheiro forte e enjoativo. O homem que o usava era extremamente atraente, dentro de um estilo que Richard considerou imediatamente primitivo: rosto largo cor de mogno, boca larga, nariz largo. Quando se levantou para o cumprimentar, Richard quase deu um passo atrás. O homem era enorme. Richard estava habituado a ser o homem mais alto em qualquer lugar, aquele para o qual todos tinham de erguer a cabeça, mas ali estava um indivíduo que era, no mínimo, meio palmo mais alto do que ele, e que tinha uma largura de ombros e uma corpulência que o fazia parecer ainda maior, *um brutamontes*.

– Richard, este é o Major Madu Madu – disse Kainene.

– Olá – disse o Major Madu. – A Kainene falou-me de ti.

– Olá – disse Richard. Soava demasiado íntimo ouvir aquele mamute, com um sorriso ligeiramente condescendente no rosto, dizer o nome de Kainene daquela maneira, como se conhecesse Kainene muito bem, como se soubesse algo que Richard não sabia, como se Kainene lhe tivesse falado de Richard sussurrando-lhe ao ouvido, por entre gargalhadinhas tolas nascidas da intimidade física. E que raio de nome era aquele, Madu Madu? Richard sentou-se num sofá e disse que não queria beber nada, em resposta à pergunta de Kainene. Sentia-se pálido. Desejou que Kainene tivesse dito: *Este é o meu amante Richard.*

– Então tu e a Kainene conheceram-se em Lagos? – perguntou o Major Madu.

– Sim – disse Richard.

– Ela falou-me de ti pela primeira vez quando lhe telefonei do Paquistão, há coisa de um mês.

Richard ficou sem resposta. Não sabia que Kainene falara com ele quando estava no Paquistão, e não se lembrava de ela alguma vez ter mencionado que era amiga de um oficial do exército cujos primeiro nome e apelido eram iguais.

– Há quanto tempo é que vocês se conhecem? – perguntou Richard, e imediatamente se perguntou se o seu tom pareceria de desconfiança.

– A casa da minha família em Umunnachi fica mesmo ao lado da dos Ozobia. – O Major Madu virou-se para Kainene. – E parece que os nossos antepassados tinham laços de parentesco, não é? Só que a tua família roubou a nossa terra e nós expulsámo-vos de lá, não foi?

– Foi a *tua* família que roubou a nossa terra – disse Kainene, e riu-se.

Richard ficou surpreendido ao ouvir o tom rouco e sensual do riso dela. Ficou ainda mais espantado com o à-vontade com que o Major Madu se comportava, a maneira como se afundou no sofá, se levantou para virar o disco que estava na aparelhagem, brincou com os empregados que serviram o jantar. Richard sentiu-se posto de parte. Preferia que Kainene lhe tivesse dito que o Major Madu ia ficar para o jantar. Preferia que ela bebesse *gin and tonic* como ele em vez de *whisky* com água como o Major Madu. Preferia que o tipo parasse de lhe fazer perguntas, como que para trazê-lo para a conversa, como se fosse ele o anfitrião e Richard a visita. Estás a gostar da Nigéria? Não achas o arroz uma delícia? O teu livro está a avançar? Gostas de Nsukka?

Richard ficou irritado com as perguntas e com os modos impecáveis do homem à mesa.

– Fiz o meu treino em Sandhurst[7] – disse o Major Madu – e aquilo que mais detestei foi o frio. Até porque nos faziam

---

[7] Real Academia Militar britânica. *(N. da T.)*

correr todos os dias de manhã, com um frio de rachar, só de *T-shirt* fininha e calções.

— Percebo porque é que achaste que fazia frio — comentou Richard.

— Oh, se achei. Cada qual com as suas coisas. Tenho a certeza de que tu, por exemplo, daqui a pouco tempo estás cheio de saudades da tua terra — disse ele.

— Não me parece que isso vá acontecer — ripostou Richard.

— Bom, aparentemente os Britânicos decidiram começar a controlar a imigração proveniente da Commonwealth, não é verdade? Querem que as pessoas fiquem sossegadas nos seus próprios países. A ironia disto, claro está, é que nós, na Commonwealth, não podemos controlar a vinda dos Britânicos para os *nossos* países.

Madu mastigou lentamente uma garfada de arroz e inspecionou a garrafa de água durante uns instantes, como se fosse vinho e estivesse interessado em saber de que ano era.

— Quando voltei de Inglaterra, fui inserido no Quarto Batalhão, que foi destacado para o Congo sob o mandato das Nações Unidas. O nosso batalhão não era nada bem comandado, mas apesar disso, preferi o Congo à Inglaterra, que era consideravelmente mais segura. Só por causa do clima. — O Major Madu fez uma pausa. — No Congo, éramos muito mal comandados. Estávamos sob a chefia de um coronel britânico. — Olhou para Richard e continuou a mastigar.

Richard ficou todo eriçado; tinha os dedos hirtos e teve medo de que o garfo se lhe escapasse da mão, permitindo, assim, que aquele homem insuportável soubesse o que sentia.

A campainha tocou logo a seguir ao jantar, quando estavam sentados na varanda ao luar, a beber e a ouvir música *high life*.

– Deve ser o Udodi, eu disse-lhe para vir cá ter – anunciou o Major Madu.

Com uma palmada, Richard afugentou um mosquito irritante que lhe zumbia ao ouvido. A casa de Kainene parecia ter-se tornado um ponto de encontro para aquele indivíduo e os seus amigos.

Udodi era um homenzinho pequeno e de aspeto banal, sem nada do charme experiente ou da subtil arrogância do Major Madu. Parecia bêbado, quase louco, pela maneira como deu um aperto de mão a Richard, sacudindo-lhe o braço para cima e para baixo.

– És sócio da Kainene? Trabalhas com petróleo? – perguntou.

– Não vos apresentei, pois não? – disse Kainene. – Richard, o Major Udodi Ekechi é um amigo do Madu. Udodi, este é o Richard Churchill.

– Ah – disse o Major Udodi, semicerrando os olhos. Serviu-se de uma dose de *whisky*, bebeu-a de um trago e disse qualquer coisa em ibo à qual Kainene respondeu, num inglês claro e frio:

– Não é da tua conta quem eu escolho para amante, Udodi.

Richard quis abrir a boca e mandar o homem ir passear, mas não disse nada. Sentia-se irremediavelmente fraco, o tipo de fraqueza que advinha da doença, do sofrimento. A música chegara ao fim e conseguia ouvir o marulhar das ondas, ao longe.

– Ah, desculpa! Eu não disse que era da minha conta! – O Major Udodi riu-se e pegou novamente na garrafa de *whisky*.

– Devagar com os copos – avisou o Major Madu. – Estás com cara de quem começou a beber cedo.

– A vida é curta, meu irmão! – respondeu o Major Udodi, enchendo mais um copo. Virou-se para Kainene. – *I magonu*, eu só estou a dizer que as nossas mulheres que andam com homens brancos pertencem a uma certa categoria, vêm de famílias pobres e têm o tipo de corpo de que os brancos gostam. – Calou-se e depois prosseguiu em tom trocista, imitando o sotaque inglês: – Uns rabos maravilhosamente desejáveis. – Riu-se. – Os brancos não se cansam de as agarrar no escuro, mas nunca se casarão com elas. Como é que podiam! Nem sequer as levam a um sítio como deve ser, em público. Mas as mulheres continuam a desgraçar-se e a lutar por esses gajos, só para ganharem uns tostões e umas latas de chá todas finas. É uma nova forma de escravatura, ouve bem o que eu te digo, uma nova forma de escravatura. Mas tu és filha de um Homem Grande, por isso o que é que estás a fazer com este tipo?

O Major Madu levantou-se.

– Lamento muito, Kainene. O homem está fora de si. – Madu obrigou o Major Udodi a pôr-se de pé e disse qualquer coisa muito depressa em ibo.

O Major Udodi desatou a rir.

– Está bem, está bem, mas deixa-me levar o *whisky*. A garrafa está quase no fim. Deixa-me levar o *whisky*.

Kainene não disse nada, quando o Major Udodi tirou a garrafa da mesa. Quando se foram embora, Richard sentou-se ao lado dela e pegou-lhe na mão. Sentia-se como se tivesse desaparecido, como se fora por isso que o Major Madu não o incluíra no seu pedido de desculpas.

– Ele foi execrável. Lamento imenso.

– Ele estava podre de bêbado. E o Madu agora deve estar a sentir-se pessimamente – disse Kainene. Apontou para o *dossier* que se encontrava em cima da mesa e acrescentou: – Acabo de conseguir o contrato para fornecer botas do exército ao batalhão de Kaduna.

– Que bom. – Richard bebeu a última gota do seu copo e observou Kainene, enquanto ela folheava o *dossier*.

– O tipo responsável era ibo e o Madu disse que ele estava mortinho por dar o contrato a um companheiro ibo. Portanto, tive sorte. E ele só pede cinco por cento.

– Um suborno?

– Oh, que ingénuo que tu és.

O ar trocista de Kainene irritou-o, bem como a rapidez com que ela absolveu o Major Madu de qualquer responsabilidade pelo comportamento desagradável do Major Udodi. Richard levantou-se e começou a andar de um lado para o outro na varanda. À volta da lâmpada fluorescente zumbiam insetos.

– Quer dizer que conheces o Madu há muito tempo – disse ele, por fim. Detestava tratar o tipo pelo seu nome próprio; isso implicava um sentimento de cordialidade que não nutria. Mas a verdade é que não tinha alternativa. Recusava-se a chamar-lhe major; usar um título seria dar-lhe demasiada importância.

Kainene levantou os olhos.

– Desde sempre. As nossas famílias são muito chegadas. Lembro-me de, há anos, termos ido a Umunnachi passar o Natal e ele me ter dado uma tartaruga. Foi a melhor prenda, e a mais estranha, que já alguém me deu. A Olanna achou um disparate o Madu tirar a pobre coitada do seu *habitat* natural e essa treta toda, mas a verdade é que a Olanna nunca se deu muito bem com ele. Eu pus a tartaruga numa taça e é claro que ela morreu pouco depois. – Dito isto, Kainene concentrou-se novamente no *dossier*.

– Ele é casado?

– É. A Adaobi está a tirar um curso em Londres.

– É por isso que agora vocês se encontram com tanta frequência? – A pergunta saiu-lhe da boca como uma espécie de crocitar, como se tivesse a voz embargada.

Ela não respondeu. Talvez não o tivesse ouvido. Era óbvio que o *dossier*, o novo contrato, lhe preenchia por completo a mente. Ela levantou-se.

– Vou só tirar uns apontamentos ao escritório e já venho ter contigo.

Richard perguntou-se porque é que não era capaz de lhe perguntar simplesmente se achava Madu atraente e se alguma vez tivera um caso com ele ou, pior, se ainda andava com ele. Tinha medo. Aproximou-se dela e abraçou-a, apertou-a com força, desejoso de sentir as batidas do coração dela. Foi a primeira vez na vida que sentiu que poderia pertencer a um lugar.

1. O Livro: O Mundo Ficou Calado Quando Morremos

No prólogo, ele relata a história da mulher com a cabaça. Estava sentada no chão de um comboio, entalada entre pessoas a chorar, pessoas a gritar, pessoas a rezar. Estava calada, a acariciar no seu colo a cabaça tapada, num ritmo suave, até que atravessaram o Níger e ela levantou a tampa e disse a Olanna e aos outros para espreitarem lá para dentro.

Olanna conta-lhe esta história e ele anota os pormenores. Ela explica-lhe que as nódoas de sangue no pano da mulher se fundiam com o tecido, formando um padrão cor de malva ferrugento. Descreve os desenhos talhados na cabaça da mulher, linhas diagonais entrecruzadas, e descreve a cabeça da criança lá dentro: tranças despenteadas caindo sobre o rosto castanho-escuro, olhos completamente brancos, fantasmagoricamente arregalados, a boca entreaberta num pequeno O de surpresa.

Depois de apontar estes pormenores, ele menciona as mulheres alemãs que fugiram de Hamburgo com os corpos calcinados dos filhos enfiados dentro de malas, as mulheres ruandesas que guardaram nos bolsos pequenos pedaços dos seus bebés mutilados. Mas tem o cuidado de não estabelecer paralelismos. Para a capa do livro, porém, desenha um mapa da Nigéria e traça a forma em Y dos rios Níger e Benue a vermelho-vivo. Usa o mesmo tom de vermelho para assinalar as fronteiras do espaço onde, no Sudeste, o Biafra existiu durante três anos.

CAPÍTULO 4

Ugwu levantou lentamente a mesa da sala de jantar. Começou por tirar os copos, depois as tigelas manchadas de guisado e os talheres e, por fim, empilhou os pratos. Mesmo que não tivesse espreitado pela porta da cozinha enquanto os convidados comiam, teria adivinhado quem se sentara em cada lugar. O prato do Senhor era sempre o que tinha mais grãos de arroz espalhados, como se comesse distraidamente e os grãos lhe fugissem do garfo. O copo de Olanna tinha marcas de *bâton* em forma de meia-lua. Okeoma comia tudo com uma colher e punha o garfo e a faca de lado. O Professor Ezeka trouxera a sua própria cerveja e a garrafa castanha com ar estrangeiro encontrava-se junto do prato. Miss Adebayo deixava rodelas de cebola na tigela. E Mr. Richard nunca roía os ossos do frango.

Na cozinha, Ugwu pôs o prato de Olanna de parte, em cima do balcão de fórmica, e despejou os restantes, vendo arroz, guisado, legumes e ossos escorregar para dentro do caixote do lixo. Alguns dos ossos tinham sido tão bem partidos que pareciam lascas de madeira. Os de Olanna não, porque ela só roera ligeiramente as pontas e os três mantinham a sua forma intacta. Ugwu sentou-se e escolheu um, e fechou os olhos enquanto o chupava, imaginando a boca de Olanna a fechar-se sobre aquele mesmo osso.

Sugou-os languidamente, um atrás do outro, e não se deu ao trabalho de abafar os ruídos que fazia com a boca. Estava sozinho em casa. O Senhor acabara de sair com Olanna e os amigos, com destino ao clube dos professores. Era a hora do dia em que a casa ficava mais sossegada, em que ele podia demorar-se a cada gesto, com os pratos do almoço no lava-louça e o jantar ainda distante, e a cozinha banhada na luz incandescente do sol. Olanna chamava-lhe a Hora do Estudo e, quando estava em casa, pedia-lhe para ele ir para o quarto fazer os deveres da escola. Ela não sabia que ele fazia os deveres num instante e que depois se sentava à janela a debater-se com as frases difíceis de um dos livros do Senhor, levantando os olhos com frequência para observar as borboletas a mergulharem e a levantarem voo por cima das flores brancas do pátio.

Pegou no livro de exercícios, enquanto sugava o segundo osso. Sentiu a medula fria e acre na língua. Leu os versos, que copiara com tanto cuidado do quadro que até parecia a caligrafia de Mrs. Oguike, e depois fechou os olhos e recitou-os.

> *Não consigo esquecer que não vejo*
> *O que eles veem, todas as belas vistas*
> *que me prometeu também a mim o Flautista.*
> *Disse que nos levaria para uma terra de felicidade,*
> *Muito perto, junto da cidade,*
> *Onde brotavam águas e árvores de fruto cresciam,*
> *E as flores das mais lindas cores se revestiam,*
> *E todas as coisas eram estranhas e nos surpreenderiam.*[1]

---

[1] Versos de *O Flautista de Hamelin*, de Robert Browning (1812-1889). (*N. da T.*)

Abriu os olhos e examinou os versos, para se certificar de que não se esquecera de nada. Esperava que o Senhor não se lembrasse de lhe pedir para os recitar, porque, embora tivesse memorizado o poema correctamente, não saberia o que responder quando o Senhor lhe perguntasse: O que é que isto significa? Ou: O que é que tu *pensas* que o poema quer dizer realmente? As imagens do livro que Mrs. Oguike distribuía, de um homem de cabelos compridos seguido por um bando de ratazanas todas contentes, eram incompreensíveis, e quanto mais Ugwu olhava para elas, mais se convencia de que aquilo não passava de uma piada qualquer sem sentido. Nem Mrs. Oguike parecia saber o significado. Ugwu gostava dela – de Mrs. Oguike –, porque não o tratava com especial cuidado, parecia não ter reparado que ele ficava sentado na sala de aula, sozinho, durante os intervalos. Mas reparara, isso sim, que ele aprendia tudo muito depressa, logo no primeiro dia, quando lhe fez os testes orais e escritos, enquanto o Senhor esperava no exterior da sala asfixiante. «O rapaz vai acabar por saltar de ano, mais cedo ou mais tarde, porque tem uma forte inteligência inata», revelara ela ao Senhor, no fim, como se Ugwu não estivesse junto deles, e «inteligência inata» tornou-se imediatamente a expressão predileta de Ugwu.

Fechou o livro de exercícios. Tinha chupado os ossos todos e, quando começou a lavar a louça, imaginou que o gosto que sentia na boca era o da boca de Olanna. A primeira vez que chupara os ossos dela, há semanas, fora depois de a ter visto aos beijos com o Senhor na sala de estar, num sábado de manhã, as duas bocas abertas encostadas uma à outra. A ideia da saliva dela na boca do Senhor repelira-o e, ao mesmo tempo, excitara-o. Ainda o excitava. Sentia a mesma coisa em relação aos gemidos dela à noite; não gostava de os ouvir e, no entanto, ia muitas vezes para a porta do quarto deles, encostar o ouvido à madeira fria. Da mesma maneira que inspecionava a roupa interior que ela pendurava na casa de banho: combinações pretas, *soutiens* sedosos, cuecas brancas.

Olanna encaixara-se bem na casa. À noite, quando a sala se enchia de convidados, a voz dela destacava-se com a sua límpida perfeição, e ele imaginava-se a deitar a língua de fora a Miss Adebayo e a dizer: «Tu não consegues falar inglês como a minha senhora, por isso cala-me essa boca suja.» Ugwu tinha a sensação de que a roupa de Olanna sempre estivera dentro do armário, que a música *high life* sempre tocara na radiola, que o perfume a coco sempre pairara em todas as assoalhadas, e que o *Impala* sempre estivera estacionado na entrada. Não obstante, tinha saudades dos velhos tempos com o Senhor. Tinha saudades das noites em que se sentava no chão da sala, enquanto o Senhor falava com a sua voz grave, e das manhãs em que lhe servia o pequeno-almoço, sabendo que as únicas vozes que ouviria seriam as suas.

O Senhor mudara; olhava com demasiada frequência para Olanna, tocava-lhe demasiadas vezes, e quando Ugwu lhe abria a porta da rua, os olhos dele, esperançados, precipitavam-se para a sala para ver se Olanna já lá estava. Ainda na véspera, o Senhor dissera a Ugwu: «A minha mãe vem cá este fim de semana, por isso limpa o quarto de hóspedes.» Antes que Ugwu pudesse responder «Sim, patrão», Olanna interveio: «Acho que o Ugwu devia mudar-se para o Anexo dos Criados. Assim, teríamos mais um quarto de hóspedes. Pode ser que a *Mama* queira ficar durante uns tempos.»

«Sim, claro», disse o Senhor, tão depressa que Ugwu ficou aborrecido; tinha a sensação de que o Senhor enfiaria a cabeça num fogo vivo se Olanna lhe pedisse. Era como se o senhor agora fosse ela. Mas Ugwu não se importava de se mudar para o quarto do Anexo dos Criados, que estava vazio à exceção de umas teias de aranha e umas caixas. Aí, poderia esconder as coisas que ia guardando; poderia torná-lo um espaço inteiramente seu. Nunca ouvira o Senhor falar na mãe e, mais tarde, enquanto limpava o quarto de hóspedes, imaginou como é que ela seria, a mulher que dera banho ao Senhor quando ele era bebé, que o alimentara, que lhe limpara o ranho do nariz. Ugwu não a conhecia, mas já estava impressionado com ela, por ter criado o Senhor.

Lavou a louça do almoço rapidamente. Se se despachasse a preparar os legumes para a sopa do jantar, podia ir a casa de Mr Richard conversar um pouco com Harrison, antes de o Senhor e Olanna regressarem. Ultimamente, Ugwu desfazia os legumes verdes com as mãos em vez de os cortar com uma faca. Olanna gostava deles assim; dizia que conservavam melhor as vitaminas. Também ele começara a apreciá-los, tal como apreciava a maneira como Olanna o ensinara a fritar ovos com um bocado de leite, a cortar bananas-da-terra fritas em elegantes rodelas em vez de em deselegantes ovais, a cozer *moi-moi* a vapor em tigelas de alumínio em vez de em folhas de bananeira. Agora que ela deixava a maior parte dos preparativos culinários nas mãos dele, Ugwu gostava de espreitar pela porta da cozinha, de quando em quando, para ver quem murmurava mais elogios, quem gostava do quê, quem se servia duas vezes. O Dr. Patel gostava do frango cozido com *uziza*. Mr. Richard também, embora nunca comesse a pele do frango. Talvez a pele pálida do frango lembrasse a Mr. Richard a sua própria pele. Ugwu não conseguia imaginar qualquer outra razão, senão essa, já que a pele era a parte mais saborosa. Mr. Richard dizia sempre «O frango estava maravilhoso, Ugwu, obrigado», quando Ugwu saía da cozinha para lhes levar mais água ou retirar qualquer coisa da mesa. Às vezes, enquanto os outros convidados se retiravam para a sala de estar, Mr. Richard entrava na cozinha para fazer perguntas a Ugwu. Eram perguntas risíveis. O povo dele tinha talhas ou esculturas de deuses? Alguma vez entrara no santuário junto ao rio? Ugwu achava ainda mais engraçado o facto de Mr. Richard anotar as suas respostas num caderninho forrado a pele. Há uns dias, quando Ugwu falara de passagem no festival *ori-okpa* da sua terra, os olhos azuis de Mr. Richard tinham ficado mais brilhantes e ele dissera que queria ver o festival; que ia perguntar ao Senhor se ele e Ugwu podiam ir de carro até lá.

Ugwu riu-se, enquanto tirava os legumes do frigorífico. Não conseguia imaginar Mr. Richard no festival *ori-okpa*, em que os *mmuo* (Mr. Richard perguntou se eram pessoas mascaradas e Ugwu concordara, desde que por «mascaradas» ele quisesse dizer espíritos) desfilavam pela aldeia, açoitando os rapazes e perseguindo as raparigas. Os próprios *mmuo* eram bem capazes de se rir, ao verem um estrangeiro pálido a escrevinhar num caderno. Mas ficou contente por ter falado no festival a Mr. Richard, porque isso significava uma oportunidade de ver Nnesinachi antes de ela partir para o Norte. Ia ficar deslumbrada quando ele chegasse no automóvel de um branco, conduzido pelo branco em pessoa! Desta vez Nnesinachi ia reparar nele, Ugwu tinha a certeza disso, e estava em pulgas para impressionar Anulika e os primos e os familiares com o seu inglês, a sua camisa nova, o seu conhecimento sobre sanduíches e água corrente, o seu pó de talco perfumado.

Tinha acabado de lavar os legumes às tirinhas, quando ouviu a campainha. Era demasiado cedo para que fossem os convidados do Senhor. Dirigiu-se para a porta, limpando as mãos no avental. Por um instante, perguntou-se se a sua tia estaria realmente ali parada à sua frente ou se estaria a ver uma imagem dela só por ter estado a pensar na sua terra natal.

– Tia?

– Ugwuanyi – disse ela –, tens de voltar para casa. *Oga gi kwanu?* Onde está o teu senhor?

– Voltar para casa?

– A tua mãe está muito doente.

Ugwu observou o lenço que a tia trazia atado à cabeça. Dava para ver que estava puído, que o tecido se encontrava por um fio.

Lembrou-se de que, quando o pai da sua prima morrera, a família mandara avisá-la em Lagos, dizendo-lhe para voltar para casa porque o pai estava muito doente. Às pessoas que viviam longe, diziam que o parente morto estava muito doente.

– A tua mãe está doente – repetiu a tia. – Ela chamou por ti. Vou dizer ao Senhor que retomas o serviço amanhã, para ele não pensar que estamos a pedir de mais. Sabes que muitos criados nem têm a oportunidade de regressar a casa durante anos.

Ugwu não se mexeu, enrolando a ponta do avental no dedo. Queria pedir à tia para lhe dizer a verdade, para lhe contar se a sua mãe morrera. Mas a sua boca recusava-se a formar as palavras. Ficou assustado ao lembrar-se da última doença da mãe, em que ela tossira e tossira até o pai sair de madrugada para ir buscar o *dibia*, enquanto a mulher mais nova, Chioke, lhe esfregava as costas.

– O Senhor não está em casa – disse, por fim. – Mas deve estar a chegar.

– Eu vou esperar por ele e implorar-lhe que te deixe ir a casa.

Ele conduziu-a até à cozinha, onde ela se sentou a observá-lo, enquanto ele cortava um inhame às rodelas e as rodelas aos cubos. Ugwu trabalhou depressa, febrilmente. A luz do sol que entrava pela janela parecia demasiado intensa para o fim da tarde, demasiado carregada de um esplendor ominoso.

– O meu pai está bom? – perguntou Ugwu.

– Está.

O rosto da tia era opaco e o tom de voz monocórdico: o comportamento de uma pessoa que carregava notícias piores do que as que transmitira. Devia estar a esconder qualquer coisa. Talvez a mãe estivesse mesmo morta; talvez ambos os seus pais tivessem morrido nesse dia de manhã. Ugwu continuou a cortar as rodelas, num silêncio pesado, até o Senhor chegar a casa, com o polo de ténis colado às costas devido ao suor. Vinha sozinho. Ugwu preferia que Olanna também tivesse vindo, para ele poder olhar para o rosto dela enquanto falava.

– Bem-vindo, patrão.

– Obrigado, meu amigo. – O Senhor pousou a raquete em cima da mesa da cozinha. – Dá-me um copo de água, por favor. Perdi todos os jogos, hoje.

Ugwu já tinha a água pronta, gelada dentro de um copo com um pires por baixo.

– Boa tarde, patrão – cumprimentou a tia de Ugwu.

– Boa tarde – disse o Senhor, com um ar ligeiramente perplexo, como se não soubesse ao certo quem ela era. – Ah, sim. Estás boa?

Antes que ela pudesse acrescentar qualquer coisa, Ugwu disse: – A minha mãe está doente, patrão. Por favor, patrão, se eu for vê-la, volto amanhã.

– O quê?

Ugwu repetiu a frase. O Senhor olhou para ele fixamente e depois para a panela ao lume.

– Já acabaste de cozinhar?

– Não, patrão. Vou acabar depressa-depressa, antes de ir embora. Ponho a mesa e trato de tudo.

O Senhor virou-se para a tia de Ugwu.

– *Gini me?* O que é que a mãe dele tem?

– Patrão?

– És surda, mulher? – O Senhor bateu na orelha como se a tia de Ugwu não soubesse o que significava ser surda. – O que é que a mãe dele tem?

– Tem o peito a arder, patrão.

– O peito a arder? – O Senhor resfolegou. Bebeu a água toda do copo e depois virou-se para Ugwu e falou em inglês. – Veste uma camisa e vai para o carro. A tua aldeia não fica longe daqui. Num instante estamos de volta.

– Patrão?

– Veste uma camisa e mete-te no carro! – O Senhor escrevinhou um recado nas costas de um panfleto e deixou-o em cima da mesa. – Vamos trazer a tua mãe para cá, para o Patel poder examiná-la.

– Sim, patrão.

Ugwu sentiu-se quebradiço, enquanto se encaminhava para o automóvel ao lado da tia e do Senhor. Tinha a sensação de que os seus ossos eram cabos de vassoura, daqueles que se partiam facilmente durante o harmatão. Fizeram a viagem até à aldeia em silêncio. Quando passaram por umas quintas com filas e filas de milho e mandioca, como uma cabeleira cuidadosamente entrançada, o Senhor disse: – Estás a ver? É nisto que o nosso governo se devia empenhar. Se dominarmos a tecnologia da irrigação, podemos facilmente alimentar este país. Podemos superar esta nossa dependência colonial das importações.

– Sim, patrão.

– Mas em vez disso, a única coisa que os ignorantes do governo fazem é mentir e roubar. Alguns dos meus alunos juntaram-se ao grupo que foi a Lagos, hoje de manhã, fazer uma manifestação, sabias?

– Sim, patrão – respondeu Ugwu. – Porque é que foram manifestar-se?

– Por causa do recenseamento da população – disse o Senhor. – O recenseamento foi uma trapalhada, toda a gente inventou números. Não que Balewa vá resolver o assunto, porque ele é tão cúmplice como os outros todos. Mas temos de nos exprimir[2]!

– Sim, patrão – respondeu Ugwu, e no meio da sua preocupação pela mãe sentiu uma pontinha de orgulho, porque

---

[2] Balewa, de etnia haúça, foi nomeado primeiro-ministro federal em 1957. Em 1962, foi efetuado o recenseamento da população e como se pensava que o censo estava relacionado com a representação política em cada região, os números foram inflacionados, sobretudo no Leste. Quando foi feito novo recenseamento em 1964, sob a supervisão pessoal de Balewa, verificou-se que os resultados tinham sido igualmente manipulados, mostrando um grande desequilíbrio populacional e étnico entre o Norte e o Sul, o que levou a uma paralisação total do país no mesmo ano. (N. da T.)

sabia que a sua tia devia estar de olhos arregalados de espanto ao ouvir as conversas profundas que ele tinha com o Senhor. Ainda por cima em inglês. Pararam um pouco antes da cabana da família.

– Vai buscar as coisas da tua mãe, depressa – disse o Senhor.

– Hoje à noite, chegam uns amigos meus de Ibadan.

– Sim, patrão! – exclamaram Ugwu e a tia ao mesmo tempo. Ugwu saiu do carro e ficou ali parado. A tia correu para a cabana e, daí a nada, apareceu o pai de Ugwu, de olhos vermelhos e com um ar mais curvado do que antes. Ajoelhou-se na terra e agarrou-se às pernas do Senhor.

– Obrigado, patrão. Obrigado, patrão. Que alguém um dia faça o mesmo por si.

O Senhor recuou e Ugwu viu o pai cambalear e quase cair para trás.

– Levanta-te, *kunie* – disse o Senhor.

Chioke saiu da cabana.

– Esta é a minha outra mulher, patrão – anunciou o pai, levantando-se.

Com as duas mãos, Chioke sacudiu as do Senhor.

– Obrigada, Senhor. *Deje!* – Voltou a correr para dentro da cabana e, quando de lá saiu, trazia um pequeno ananás que pôs na mão do Senhor.

– Não, não – disse o Senhor, devolvendo-lhe o ananás. – Os ananases da região são demasiado ácidos, queimam-me a boca.

As crianças da aldeia começaram a aglomerar-se à volta do carro, assombradas, a espreitar para o seu interior e a deslizar os dedos ao longo da carroçaria azul. Ugwu afugentou-as.

Gostaria que Anulika estivesse em casa, para ela entrar consigo na cabana da mãe. Desejou que Nnesinachi aparecesse naquele instante, lhe pegasse na mão e lhe dissesse, para o reconfortar, que a doença da sua mãe não era nada de grave, e que depois o levasse para a mata à beira-rio, desapertasse o pano e lhe oferecesse os seios, puxando-os para cima e para a frente, na direção dele. As crianças tagarelavam ruidosamente. Umas quantas mulheres detiveram-se perto deles e falaram em voz baixa, de braços cruzados. O pai de Ugwu não parava de oferecer ao Senhor noz de cola, vinho de palma, um banco para se sentar, água para beber, e o Senhor não parava de dizer não, não, não. Ugwu queria que o pai se calasse. Aproximou-se da cabana e espreitou lá para dentro. Os seus olhos encontraram os da mãe, na penumbra. Parecia mirrada.

– Ugwu – disse ela. – *Nno*, bem-vindo.

– *Deje* – cumprimentou ele, e depois ficou calado, a observar, enquanto a tia lhe amarrava o pano à cintura e a levava para o exterior.

Ugwu preparava-se para ajudar a mãe a entrar no carro, quando o Senhor disse: – Afasta-te, meu amigo. – O Senhor ajudou-a a entrar no carro, pediu-lhe para se deitar no banco de trás e para se esticar o máximo que pudesse.

Ugwu desejou subitamente que o Senhor não tocasse na sua mãe, porque as roupas dela cheiravam a velhice e a mofo, e porque o Senhor não sabia que ela tinha dores nas costas e que a sua parcela de inhames dava sempre uma colheita pobre e que o peito dela estava realmente a arder quando tossia. No fim de contas, que sabia o Senhor sobre fosse o que fosse, já que a única coisa que fazia era gritar com os amigos e beber conhaque à noite?

– Fiquem bem, nós mandamos notícias assim que o médico a tiver examinado – disse o Senhor ao pai e à tia de Ugwu, antes de arrancarem.

Ugwu evitou olhar para trás, para a mãe; abriu a janela para que o ar entrasse de jorro e sibilasse junto dos seus ouvidos, distraindo-o. Quando finalmente se virou para a observar, antes de chegarem ao recinto da universidade, o seu coração parou ao ver os olhos fechados e os lábios frouxos. Mas o peito continuava a subir e a descer. Ela ainda respirava. Ugwu expirou lentamente e lembrou-se daquelas noites frias em que ela tossia e tossia, e ele se levantava e se encostava às paredes pedregosas da cabana, ouvindo o pai e Chioke dizerem-lhe para beber a mistela.

Olanna abriu-lhes a porta, envergando um avental com uma mancha de óleo à frente. O avental de Ugwu. Ela deu um beijo ao Senhor.

– Pedi ao Patel para cá vir – disse ela, e depois virou-se para a mãe de Ugwu. – *Mama. Kedu?*

– Estou bem – sussurrou a mãe. Olhou em redor da sala e pareceu mirrar ainda mais ao ver os sofás, a radiola, as cortinas.

– Eu levo-a lá para dentro – disse Olanna. – Ugwu, acaba de preparar o jantar e põe a mesa, por favor.

– Sim, minha senhora.

Na cozinha, Ugwu remexeu a panela de sopa de pimento. O caldo oleoso rodopiou, exalando um odor a especiarias picantes que lhe fez cócegas no nariz, e os pedaços de carne e tripa flutuaram de um lado para o outro. Mas ele nem reparou. Estava a esforçar-se por ouvir qualquer coisa. Já tinha passado muito tempo, demasiado tempo, desde que Olanna levara a sua mãe para o quarto e que o Dr. Patel chegara e fora ter com elas. Os pimentos puseram-lhe os olhos a chorar. Lembrou-se daquela última vez em que ela ficara doente de tanto tossir, a maneira como gritara que não conseguia sentir as pernas e como o *dibia* lhe pedira para dizer aos espíritos maus que a deixassem em paz. «Diz-lhes que ainda não chegou a tua hora! *Gwa ha kita!* Diz-lhes já!», incitara o *dibia*.

– Ugwu! – chamou o Senhor.

Os convidados tinham chegado. Ugwu foi à sala de estar e as suas mãos trabalharam automaticamente, servindo nozes de cola e ossame, abrindo garrafas, retirando gelo com uma pá, distribuindo as tigelas fumegantes de sopa de pimento. No fim, sentou-se na cozinha a dar puxões às unhas dos pés e a imaginar o que estaria a acontecer no quarto. Ouvia o Senhor a falar em voz alta, na sala.

– Ninguém está a dizer que queimar propriedades do governo é uma coisa boa, mas mandar o exército matar em nome da ordem? Há pessoas de etnia *tiv* mortas para nada. Para nada! Balewa perdeu o juízo!

Ugwu não sabia quem eram essas tais pessoas de etnia *tiv*, mas estremeceu ao ouvir a palavra «mortas».

– Ainda não chegou a tua hora – sussurrou ele. – Ainda não chegou a tua hora.

– Ugwu? – Olanna apareceu na entrada da cozinha.

Ugwu desceu do banco a correr.

– Minha senhora? Minha senhora?

– Escusas de te preocupar. O Dr. Patel diz que é uma infeção e que ela vai ficar boa.

– Ah! – Ugwu ficou tão aliviado que teve medo de levantar voo, se alçasse uma perna. – Obrigado, minha senhora!

– Guarda o resto da sopa no frigorífico.

– Sim, minha senhora.

Ugwu ficou a vê-la voltar para a sala. Os bordados do seu vestido justinho reluziram e, por instantes, ela pareceu um belo espírito saído do mar.

Os convidados riam-se, agora. Ugwu espreitou para dentro da sala. Muitos deles já não estavam sentados de costas direitas, mas todos tortos nos assentos, subjugados pelo álcool, langorosos de ideias. O serão estava a chegar ao fim. A conversa desviar-se-ia para assuntos mais ligeiros, ténis e música; depois, levantar-se-iam e soltariam gargalhadas ruidosas a propósito de coisas sem graça, como o facto de a porta da rua custar a abrir e os morcegos noturnos voarem demasiado baixo. Ugwu esperou que Olanna fosse para a casa de banho e o Senhor para o escritório e só depois foi ver a mãe, a dormir enroscada na cama como uma criança.

No dia seguinte de manhã, ela tinha os olhos a brilhar.

– Sinto-me bem – disse ela. – O medicamento que o médico me deu é muito forte. Mas o que vai acabar comigo é aquele cheiro.

– Qual cheiro?

– O da boca deles. Senti-o quando a tua senhora e o teu senhor vieram ver-me hoje de manhã e também quando fui à casa de banho fazer chichi.

– Ah. É pasta de dentes. Usamo-la para limpar os dentes. – Ugwu teve orgulho em dizer «nós», para que a mãe soubesse que também a usava.

Mas ela não pareceu impressionada. Estalou os dedos e pegou no seu pau de mascar.

– Que mal tem usar um bom *atu*? Aquele cheiro deu-me vontade de vomitar. Se ficar aqui muito mais tempo, não vou conseguir manter a comida no estômago por causa daquele cheiro.

No entanto, ficou impressionada quando Ugwu lhe disse que ia viver para o Anexo dos Criados. Era como se lhe tivessem dado uma casa própria, à parte, só para ele. Pediu-lhe para lhe mostrar o Anexo, espantou-se com o facto de ser maior do que a sua cabana e, mais tarde, teimou que já estava suficientemente boa para lhe dar uma ajuda na cozinha. Ele observou-a, debruçada a varrer o chão, e lembrou-se de que ela costumava dar uma palmada no rabo de Anulika por não se curvar o suficiente para varrer. «Comeste cogumelos? Varre como uma mulher!», dizia ela, e Anulika resmungava que a vassoura era demasiado curta e que a culpa não era dela se as pessoas eram tão forretas que se recusavam a comprar uma vassoura com o cabo mais comprido. Ugwu desejou subitamente que Anulika ali estivesse, bem como as crianças mais pequenas e as mulheres mexeriqueiras do seu *umunna*. Desejou que a sua aldeia inteira ali estivesse, para ele poder juntar-se às conversas e discussões ao luar e, ao mesmo tempo, continuar a viver em casa do Senhor, com as suas torneiras com água corrente e o frigorífico e o fogão.

– Amanhã volto para casa – anunciou a mãe.

– Devias ficar mais uns dias e descansar.

– Amanhã vou-me embora. Quando o teu senhor e a tua senhora voltarem, eu vou-lhes agradecer e dizer que já estou suficientemente boa para regressar a casa. Que alguém um dia faça por eles o que eles fizeram por mim.

De manhã, Ugwu acompanhou-a até ao fim de Odim Street. Nunca a vira caminhar tão depressa, mesmo com o fardo empoleirado na cabeça, e nunca lhe vira o rosto tão sem rugas.

– Fica bem, meu filho – disse ela, e enfiou um pau de mascar na mão dele.

No dia em que a mãe do Senhor chegou da aldeia, Ugwu cozinhou um arroz *jollof* apimentado. Misturou arroz branco com molho de tomate, provou-o e, em seguida, tapou a panela e baixou o lume. Voltou para o quintal. Jomo tinha encostado o ancinho à parede e estava sentado nos degraus a comer uma manga.
– A comida que estás a fazer cheira muito bem – disse Jomo.
– É para a mãe do meu senhor, arroz *jollof* com frango frito.
– Eu devia ter-te dado um pedaço da minha carne. Ficaria melhor do que o frango. – Jomo apontou para o saco atado à traseira da bicicleta. Mostrara a Ugwu o pequeno animal peludo embrulhado em folhas frescas.
– Não posso cozinhar animais do mato aqui! – disse Ugwu em inglês, rindo-se.
Jomo virou-se para o fitar.
– *Dianyi*, agora falas inglês exatamente como os filhos dos professores.
Ugwu fez que sim com a cabeça, feliz com o elogio, e mais feliz ainda porque Jomo nem imaginava que essas mesmas crianças, com a sua pele apaparicada por cremes e o seu inglês sem esforço, troçavam dele sempre que Mrs. Oguike lhe fazia uma pergunta, por causa da maneira como ele pronunciava as palavras, com o seu cerrado sotaque indígena.
– O Harrison devia vir cá a casa ouvir um inglês correto da boca de uma pessoa que não se gaba disso – comentou Jomo.

– Ele acha que sabe tudo só porque vive com um branco. *Onye nzuzu!* Que homem estúpido!

– Muito estúpido! – concordou Ugwu. No fim de semana, concordara com igual vigor quando Harrison dissera que Jomo era um tolo.

– Ontem, o bode trancou o tanque e recusou-se a dar-me a chave – contou Jomo. – Disse que ando a gastar demasiada água. Por acaso a água é dele? Agora, se as plantas morrerem, o que é que eu digo a Mr. Richard?

– Isso é mau. – Ugwu estalou os dedos para mostrar que era mesmo mau.

A última briga entre os dois homens tivera lugar quando Harrison escondera o aparador da relva e se recusara a dizer a Jomo onde estava, até este voltar a lavar a camisa de Mr. Richard, que ficara salpicada de excrementos de pássaro. No fim de contas, o mal era das flores inúteis de Jomo, que atraíam os pássaros. Ugwu defendera ambos os homens. Disse a Jomo que Harrison não devia ter escondido o aparador da relva e, mais tarde, disse a Harrison que Jomo não devia, à partida, ter plantado as flores ali, sabendo que atraíam os pássaros. Ugwu preferia os modos sérios e as histórias falsas de Jomo, mas Harrison, com o seu persistente mau inglês, estava misteriosamente cheio de conhecimentos sobre coisas estrangeiras e diferentes. Ugwu queria aprender essas coisas, por isso cultivava a amizade com ambos os homens; tornara-se uma esponja em relação a eles, absorvendo muito e retribuindo pouco.

– Um dia, ainda vou fazer o Harrison sofrer, *maka Chukwu* – jurou Jomo. Deitou fora o caroço da manga, que chupara ao ponto de o deixar branco, sem vestígios da polpa cor de laranja. – Estão a bater à porta.

– Ah. Ela chegou! Deve ser a mãe do meu senhor. – Ugwu correu para dentro de casa; já quase nem ouviu Jomo a dizer-lhe adeus.

A mãe do Senhor tinha a mesma corpulência, pele escura e energia vibrante do filho; dava a sensação de que nunca precisaria de ajuda para transportar um cântaro de água ou para tirar uma pilha de lenha da cabeça. Ugwu ficou surpreendido ao ver a rapariga de olhos baixos que se encontrava parada ao lado dela, com sacos nas mãos. Pensava que a *Mama* viria sozinha e também que chegaria um pouco mais tarde, quando o arroz já estivesse pronto.

– Bem-vinda, *Mama*, *nno* – disse ele. Tirou os sacos das mãos da rapariga. – Bem-vinda, Tia, *nno*.

– És tu o Ugwu? Como estás? – disse a mãe do Senhor, dando-lhe uma palmadinha no ombro.

– Bem, *Mama*. A viagem foi boa?

– Foi. *Chukwu du anyi*. Deus guiou-nos.

Ela estava a olhar para a radiola. O seu pano verde enrolado à cintura era de um tecido nobre e encorpado, que lhe fazia as ancas quadradas. Ela não o envergava com o ar das mulheres da universidade, as mulheres que estavam habituadas a possuir contas de coral e brincos de ouro. Envergava-o como Ugwu imaginara que a sua mãe faria se tivesse o mesmo pano: insegura, como se não acreditasse que já não era pobre.

– Como estás, Ugwu? – perguntou ela novamente.

– Estou bem, *Mama*.

– O meu filho contou-me os progressos que tens feito. – Esticou o braço para ajeitar o turbante, que usava puxado para a testa, quase a cobrir-lhe as sobrancelhas.

– Sim, *Mama*. – Ugwu baixou os olhos num gesto de modéstia.

– Deus te abençoe, o teu *chi* vai quebrar as pedras que encontrares no teu caminho. Estás a ouvir? – Ela falava como o Senhor, com o mesmo tom sonoro e autoritário.

– Sim, *Mama*.

– Quando é que o meu filho chega?

– Eles regressam ao fim do dia. Disseram que a senhora devia descansar quando chegasse, *Mama*. Estou a cozinhar arroz com frango.

– Descansar? – Ela sorriu e entrou na cozinha. Ugwu viu-a tirar comida de um saco: peixe seco e inhame, especiarias e folha-amarga. – Então não venho eu da quinta? – perguntou ela. – Este é o meu descanso. Trouxe ingredientes para fazer uma sopa como deve ser para o meu filho. Eu sei que tu te esforças, mas não passas de um rapazinho. E que entende um rapaz de cozinha, cozinha a sério? – Ela fez um sorriso afetado e virou-se para a rapariga, que estava parada junto da porta, de braços cruzados e ainda de olhos baixos, como que à espera de ordens. – Não é verdade, Amala? Achas que o lugar de um rapaz é na cozinha?

– *Kpa*, *Mama*, não – disse Amala. Tinha uma voz estridente.

– Estás a ver, Ugwu? O lugar de um rapaz não é na cozinha.

A mãe do Senhor parecia triunfal. Postou-se junto da banca e começou a cortar um pedaço de peixe seco e a tirar-lhe as espinhas finas como agulhas.

– Sim, *Mama*.

Ugwu ficou surpreendido por ela não ter pedido um copo de água, nem ter ido primeiro ao quarto mudar de roupa. Sentou-se no banco e esperou que ela lhe desse ordens. A sua intuição disse-lhe que era exatamente isso que ela queria. A mulher pôs-se a inspecionar a cozinha. Espreitou, desconfiada, para dentro do forno, bateu na panela de pressão, tamborilou os dedos nos tachos.

– Eh! O meu filho gasta dinheiro nestas coisas caras – disse ela. – Estás a ver, Amala?

– Sim, *Mama* – respondeu Amala.

– Pertencem à minha senhora, *Mama*. Ela trouxe muitas coisas de Lagos – explicou Ugwu. Ficou irritado por a mãe do Senhor partir do princípio de que tudo pertencia ao filho, por ela tomar posse da sua cozinha, por ignorar o seu frango e o seu arroz *jollof* perfeito.

A mãe do Senhor não respondeu.

– Amala, vem arranjar os inhames – ordenou.

– Sim, *Mama*. – Amala colocou os inhames numa panela e a seguir olhou, perdida, para o fogão.

– Ugwu, acende-lhe o lume. Somos gente da aldeia que só conhece uma fogueira feita com lenha! – disse a mãe do Senhor, soltando uma breve gargalhada.

Nem Ugwu nem Amala se riram. Ugwu ligou o fogão. A mãe do Senhor enfiou um pedaço de peixe seco na boca.

– Põe-me água a ferver, Ugwu, e depois corta-me estas folhas de *ugu* para a sopa.

– Sim, *Mama*.

– Há alguma faca afiada nesta casa?

– Sim, *Mama*.

– Então, pega nela e corta bem a *ugu*.

– Sim, *Mama*.

Ugwu instalou-se com uma tábua e uma faca, ciente de que ela estava a observá-lo. Quando começou a cortar as fibrosas folhas de abóbora, ela gritou: – Oh! Oh! É assim que cortas *ugu*? *Alu melu!* Mais pequenas! Pela maneira como estás a fazer as coisas, mais valia cozinharmos a sopa com as folhas inteiras.

– Sim, *Mama*. – Ugwu começou a cortar as folhas em tirinhas tão finas que acabariam por se desfazer na sopa.

– Assim está melhor – disse a mãe do Senhor. – Estás a ver porque é que o lugar dos rapazes não é na cozinha? Nem sequer sabem cortar *ugu* como deve ser.

Ugwu teve vontade de dizer: É claro que sei cortar *ugu* como deve ser. Faço muitas coisas na cozinha melhor do que tu. Mas, em vez disso, disse: – Eu e a minha senhora não cortamos os legumes com uma faca, partimo-los com as mãos, para conservarem melhor os nutrientes.

– A tua senhora? – A mãe do Senhor deteve-se. Era como se quisesse dizer alguma coisa, mas preferisse conter-se. O vapor da água a ferver pairava no ar.

– Mostra à Amala onde está o pilão, para ela moer os inhames – disse, por fim.

– Sim, minha senhora.

Ugwu tirou o pilão de madeira que se encontrava debaixo da mesa e estava a lavá-lo quando Olanna chegou a casa. Apareceu à porta da cozinha; o seu vestido era elegante e o seu rosto sorridente, radioso.

– *Mama!* – disse ela. – Bem-vinda, *nno*. Sou a Olanna. Correu tudo bem?

Olanna aproximou-se para abraçar a mãe do Senhor. Envolveu-a com os braços, mas a mulher mais velha manteve as mãos inertes ao lado do corpo e não retribuiu o gesto.

– Sim, a nossa viagem correu bem – disse a mãe do Senhor.

– Boa tarde – disse Amala.

– Bem-vinda. – Olanna deu um rápido abraço a Amala, antes de se virar novamente para a mãe do Senhor. – É uma familiar do Odenigbo, *Mama*?

– A Amala ajuda-me a tratar da casa – disse a mãe do Senhor. Tinha virado as costas a Olanna e estava a mexer a sopa.

– Venha, *Mama*, vamo-nos sentar. *Bia nodu Ana*. Não se devia incomodar com a cozinha. Devia descansar. Deixe o Ugwu fazer tudo.

– Quero cozinhar uma sopa como deve ser para o meu filho.

Olanna fez uma ligeira pausa antes de dizer: – Claro, *Mama*. Ela mudara para o dialeto que Ugwu ouvia na boca do Senhor quando os primos dele o visitavam. Deu a volta à cozinha, como que desejosa de fazer qualquer coisa para agradar à mãe do Senhor, mas sem saber o quê. Abriu a panela de arroz e fechou-a.

– Pelo menos, deixe-me ajudá-la, *Mama*. Vou mudar de roupa.

– Ouvi dizer que não mamaste no peito da tua mãe – disse a mãe do Senhor.

Olanna deteve-se.

– O quê?

– Diz-se que não mamaste no peito da tua mãe. – A mãe do Senhor virou-se para fitar Olanna. – Por favor, volta para a tua terra e diz a quem te mandou que não encontraste o meu filho. Diz às tuas amigas bruxas que não o viste.

Olanna ficou estupefacta a olhar para ela. A voz da mãe do Senhor subiu de tom, como se o silêncio prolongado de Olanna a obrigasse a gritar.

– Ouviste-me? Diz-lhes que nenhuma poção vai resultar com o meu filho. Ele não se vai casar com uma mulher anormal. Só por cima do meu cadáver. Por cima do meu cadáver! – A mãe do Senhor bateu palmas, a seguir apupou-a e bateu com a mão na boca para que os seus gritos fizessem eco.

– *Mama...* – começou Olanna.

– Não me venhas com essa – disse a mãe do Senhor. – Ouviste? Deixa o meu filho em paz. Diz às tuas amigas bruxas que não o encontraste! – Abriu a porta das traseiras, saiu e pôs-se aos gritos: – Vizinhos! Está uma bruxa em casa do meu filho! Vizinhos!

A sua voz era estridente. Ugwu teve vontade de calá-la à força, de lhe enfiar os legumes cortados na boca. A sopa estava a queimar.

– Minha senhora? Importa-se de ir para o quarto? – perguntou ele, aproximando-se de Olanna.

Olanna pareceu recobrar a calma. Enfiou uma trança atrás da orelha, pegou no seu saco que estava em cima da mesa e dirigiu-se para a porta da rua.

– Diz ao teu senhor que fui para minha casa – disse ela.

Ugwu seguiu-a e ficou a vê-la entrar no carro e arrancar. Ela não lhe disse adeus. No quintal, reinava o sossego; não havia borboletas a esvoaçar entre as flores brancas. De volta à cozinha, Ugwu ficou surpreendido ao ouvir a mãe do Senhor a cantar uma suave melodia religiosa: *Nya nya oya mu ga-ana. Na m metu onu uwe ya aka...*

Ela parou de cantar e pigarreou.

– Onde é que aquela mulher se meteu?

– Não sei, *Mama* – respondeu Ugwu.

Dirigiu-se para o lava-louça e começou a arrumar os pratos limpos no armário. Detestava o cheiro intenso da sopa dela, que impregnava o ar da cozinha; a primeira coisa que ia fazer quando ela se fosse embora era lavar todas as cortinas, porque o cheiro ia entranhar-se no tecido.

– Foi por causa disto que eu vim. Disseram-me que ela anda a controlar o meu filho – explicou a mãe do Senhor, mexendo a sopa. – Não admira que o meu filho ainda não se tenha casado, enquanto os amigos dele andam a contar o número de filhos que têm em casa. Ela usou bruxaria para o prender. Ouvi dizer que o pai dela vinha de uma família de pedintes preguiçosos de Umunnachi, até que arranjou emprego como cobrador de impostos e começou a roubar dinheiro às pessoas que trabalhavam duramente. Agora abriu não sei quantas empresas e anda por Lagos armado em Homem Grande. A mãe dela também não lhe fica atrás. Que raio de mulher pede a outra pessoa para amamentar os seus próprios filhos, quando ela própria está bem e cheia de saúde? Achas isso normal, *gbo*, Amala?

– Não, *Mama*. – Os olhos de Amala pousaram no chão, como se estivessem a analisar um padrão qualquer.

– Ouvi dizer que, quando ela era pequena, eram as empregadas que lhe limpavam o *ike* quando ela acabava de cagar. E para cúmulo, os pais mandaram-na para a universidade. Para quê? Estudos a mais dão cabo de uma mulher; toda a gente sabe disso. Tornam uma mulher arrogante e fazem com que ela comece a insultar o marido. Que tipo de esposa é que isso dá? – A mãe do Senhor pegou numa ponta do pano para limpar o suor da testa. – Estas raparigas que vão para a universidade andam atrás dos homens até os seus corpos já não servirem para nada. Ninguém sabe se ela pode ter filhos. Tu sabes? Alguém sabe?

– Não, *Mama* – disse Amala.

– Alguém sabe, Ugwu?

Ugwu pousou ruidosamente um dos pratos e fingiu que não a tinha ouvido. Ela aproximou-se e deu-lhe uma palmadinha no ombro.

– Não te preocupes, o meu filho há de arranjar uma boa mulher e não te mandará embora quando se casar.

Ugwu pensou que se concordasse com a mulher, talvez ela se cansasse mais depressa e se calasse.

– Sim, *Mama* – disse ele.

– Eu sei o esforço que o meu filho fez para chegar aonde chegou. Não podemos deixar que ele deite isso tudo a perder por causa de uma mulher libertina.

– Não, *Mama*.

– Não me importo de onde vem a mulher com quem o meu filho se casará. Não sou como aquelas mães que querem casar os filhos só com mulheres da mesma aldeia. Mas não quero uma mulher *wawa*, nem uma daquelas mulheres de origem *imo* ou *aro*, como é óbvio; usam dialetos tão estranhos que me pergunto quem é que os terá convencido de que pertencemos todos ao mesmo povo ibo.

– Sim, *Mama*.

– Não vou permitir que esta bruxa o controle. Ela não vai conseguir levar a sua avante. Quando voltar para minha casa, vou consultar o *dibia* Nwafor Agbada; as poções dele são famosas na nossa terra.

Ugwu deteve-se. Conhecia muitas histórias de pessoas que tinham usado poções do *dibia*: a primeira esposa estéril que secou o útero da segunda esposa, a mulher que fez com que o filho próspero de um vizinho enlouquecesse, o homem que matou o irmão por causa de uma disputa de terras.

Talvez a mãe do Senhor secasse o útero de Olanna ou a estropiasse ou, mais aterrador ainda, a matasse.

— Já venho, *Mama*. O Senhor mandou-me ir ao quiosque — disse Ugwu, e saiu precipitadamente pela porta das traseiras, antes que ela pudesse dizer algo.

Tinha de ir avisar o Senhor. Só passara pelo escritório dele uma vez, de carro com Olanna, que lá fora buscar qualquer coisa, mas tinha a certeza de que daria com o edifício. Ficava perto do jardim zoológico e a sua turma tinha visitado o zoo recentemente, caminhando em fila indiana atrás de Mrs. Oguike, e ele ficara no fim da fila por ser o mais alto.

Na esquina de Mbanefo Street, viu o carro do Senhor a vir na sua direção. O automóvel parou.

— Não é por aqui que se vai para o mercado, pois não, meu amigo? — perguntou o Senhor.

— Não, patrão. Eu ia ter consigo ao escritório.

— A minha mãe já chegou?

— Sim, patrão. Patrão, aconteceu uma coisa.

— O quê?

Ugwu contou ao Senhor o que acontecera à tarde, relatando rapidamente as palavras de ambas as mulheres, e terminou com as mais terríveis de todas: — A *Mama* disse que vai falar com o *dibia*, patrão.

— Que trapalhada — disse o Senhor. — *Ngwa*, entra no carro. Mais vale voltares para casa comigo.

Ugwu ficou chocado por o Senhor não estar chocado, por não compreender a gravidade do caso e, como tal, acrescentou: — Foi terrível, patrão. Terrível. A *Mama* quase deu um estalo à minha senhora.

— O quê? Ela deu um estalo à Olanna? — perguntou o Senhor.

– Não, patrão. – Ugwu calou-se; talvez tivesse ido longe de mais com essa sua insinuação. – Mas estava com cara de quem queria bater na minha senhora.

O rosto do Senhor descontraiu-se.

– Seja como for, aquela mulher nunca teve muito juízo na cabeça – disse ele, em inglês, abanando a cabeça. – Entra, vamos embora.

Mas Ugwu não queria entrar no carro. Queria que o Senhor desse meia-volta e fosse imediatamente a casa de Olanna. A sua vida estava organizada, segura, e alguém tinha de impedir a mãe do Senhor de perturbar a ordem das coisas; a primeira atitude a tomar era o Senhor ir apaziguar Olanna.

– Entra no carro – disse o Senhor novamente, debruçando-se sobre o banco do passageiro para ter a certeza de que a porta não estava trancada.

– Mas, patrão... Pensei que fosse ver a minha senhora.

– Entra, seu ignorante!

Ugwu abriu a porta e entrou no carro, e o Senhor fez o caminho de volta até Odim Street.

CAPÍTULO 5

Olanna observou Odenigbo através do vidro durante uns momentos, antes de abrir a porta. Fechou os olhos quando ele entrou, como se isso anulasse o prazer que o seu cheiro a *Old Spice* lhe dava sempre. Ele vinha vestido para ir jogar ténis, com os calções brancos que, como ela costumava dizer, a brincar, lhe ficavam demasiado justos nas nádegas.

– Estive a falar com a minha mãe, senão teria chegado mais cedo – disse ele. Encostou a boca à dela e apontou para o velho *boubou* que ela envergava. – Não vens ao clube?

– Estava a cozinhar.

– O Ugwu contou-me o que aconteceu. Lamento imenso que a minha mãe se tenha portado daquela maneira.

– Eu tive de me ir embora da... da tua casa. – Olanna hesitou. Quisera dizer «nossa casa».

– Não era preciso, *nkem*. Devias tê-la ignorado, a sério. – Ele pousou um exemplar da revista *Drum* em cima da mesa e pôs-se a andar de um lado para o outro na sala. – Decidi falar com o Dr. Okoro sobre a greve dos trabalhadores. É inadmissível que Balewa e os seus amigalhaços rejeitem por completo as exigências deles. Absolutamente inadmissível. Temos de lhes mostrar o nosso apoio. Não nos podemos manter alheados.

– A tua mãe fez um escândalo.

– Estás irritada.

Odenigbo parecia perplexo. Sentou-se na poltrona e, pela primeira vez, reparou na quantidade de espaço que havia entre os móveis, reparou como o apartamento estava vazio, com tão pouco uso. As coisas dela encontravam-se em casa dele; os livros preferidos dela estavam nas prateleiras do escritório dele. – *Nkem*, não pensei que levasses isto tão a sério. Não vês que a minha mãe não tem noção do que está a fazer? Ela não passa de uma mulher da aldeia. Está a tentar encontrar o seu lugar num mundo novo com ferramentas que são muito mais adequadas ao velho mundo. – Odenigbo levantou-se e aproximou-se para a abraçar, mas Olanna virou-se e dirigiu-se para a cozinha.

– Nunca falas da tua mãe – disse. – Nunca me convidaste para ir a Aba contigo visitá-la.

– Oh, para com isso, *nkem*. Até parece que eu costumo visitá-la com muita frequência! E da última vez convidei-te, mas tu ias a Lagos.

Ela dirigiu-se para o fogão e começou a passar uma esponja pela superfície quente, uma e outra vez, de costas para Odenigbo. Sentia que, de algum modo, o desiludira, a ele e a si própria, por ter permitido que o comportamento da mãe dele a incomodasse. Devia ser superior a essas coisas; devia ignorá-las, encarando-as como os disparates de uma mulher da aldeia; devia parar de pensar em todas as respostas que poderia ter dado, em vez de ter ficado imóvel e muda naquela cozinha. Mas a verdade é que estava aborrecida, e ainda mais por causa da expressão de Odenigbo, que parecia não conseguir crer que, afinal, ela não era tão magnânime quanto imaginava. Ele estava a fazê-la sentir-se pequena e absurdamente petulante e, pior ainda, ela desconfiava que estava certo. Desconfiava sempre que ele tinha razão. Durante um breve instante irracional, desejou poder virar-lhe costas e ir-se embora. Depois, desejou, mais racionalmente, ser capaz de amá-lo sem necessitar dele. A sua dependência dava poder a Odenigbo sem que ele fizesse nada por isso; a sua dependência era a falta de poder de escolha que tantas vezes sentia na presença dele.

– O que é que cozinhaste? – perguntou Odenigbo.

– Arroz. – Ela passou a esponja por água e guardou-a. – Não vais jogar ténis?

– Pensava que vinhas comigo.

– Não me apetece. – Olanna virou-se. – Porque é que o comportamento da tua mãe é aceitável por ela ser uma mulher da aldeia? Conheço mulheres da aldeia que não se comportam dessa maneira.

– *Nkem*, toda a vida da minha mãe foi passada em Aba. Fazes ideia de como Aba é uma aldeola no meio do mato? É claro que ela se sente ameaçada por uma mulher instruída que vive com o filho. É claro que só podes ser uma bruxa. Só assim é que ela consegue compreender as coisas. A verdadeira tragédia do nosso mundo pós-colonial não é o facto de a maioria das pessoas não ter tido voto na matéria sobre se queriam ou não este mundo novo; a verdadeira tragédia é que a maioria delas não recebeu as ferramentas para *lidar* com este mundo novo.

– Falaste com ela sobre esta situação?

– Achei que não valia a pena. Ouve, ainda quero apanhar o Dr. Okoro no clube. Quando eu voltar, falamos sobre isto. Eu durmo cá esta noite.

Olanna permaneceu em silêncio enquanto lavava as mãos. Queria que ele lhe pedisse para voltar para casa, queria que dissesse que, por ela, ia ralhar com a mãe à sua frente. Mas ali estava ele, a decidir passar a noite em casa dela, como um menino assustado a esconder-se da mãe.

– Não – disse, por fim.

– O quê?

– Eu disse que não. – Dirigiu-se para a sala de estar sem secar as mãos. O apartamento parecia demasiado pequeno.

– O que é que se passa contigo, Olanna?

Ela abanou a cabeça. Não ia deixar que a fizesse sentir que se passava alguma coisa de errado com *ela*. Tinha todo o direito de estar aborrecida, o direito de não ignorar a sua humilhação em nome de um qualquer intelectualismo exacerbado, e tencionava reivindicar esse direito.

– Vai. – Ela apontou para a porta. – Vai jogar ténis e não voltes.

Viu-o levantar-se e ir-se embora. Ele bateu com a porta. Nunca tinham discutido antes; ele nunca se mostrara impaciente com ela por discordarem um do outro, como fazia com as outras pessoas. Ou talvez a verdade fosse que se limitava a agradar-lhe e, à partida, nem sequer tinha em grande conta as opiniões dela. Sentiu uma tontura. Sentou-se sozinha à sua mesa despida – até os individuais estavam em casa dele – e comeu o arroz. Não sabia a nada, tão diferente do de Ugwu. Ligou o rádio. Teve a sensação de ouvir restolhar no teto. Levantou-se para ir visitar a sua vizinha Edna Whaler; sempre quisera conhecer a bonita americana negra que às vezes lhe levava pratos com biscoitos americanos tapados com um pano. Mas mudou de ideias ao chegar à porta e não saiu de casa. Depois de deixar o arroz quase todo por comer na cozinha, andou às voltas pelo apartamento, pegando em jornais velhos e pousando-os de seguida. Por fim, dirigiu-se para o telefone e esperou pela voz da telefonista.

– Diga-me o número depressa, que tenho outras coisas para fazer – disse a voz nasalada e indolente.

Olanna estava habituada a telefonistas pouco profissionais e ineptas, mas esta era a mais mal-educada de sempre.

– *Haba*, vou cortar a linha se continuar a fazer-me perder tempo – avisou a telefonista.

Olanna soltou um suspiro e recitou lentamente o número de Kainene.

Kainene parecia ensonada quando atendeu.

– Olanna? Aconteceu alguma coisa?

Olanna sentiu uma onda de melancolia; a sua irmã gémea achava que devia ter acontecido algo de mal para lhe estar a ligar.

– Não aconteceu nada. Só queria dizer *kedu*, saber como estás.

– Que espanto. – Kainene bocejou. – Que tal vai a vida em Nsukka? Que tal vai o teu amante revolucionário?

– O Odenigbo está bom. E Nsukka também.

– O Richard parece cativado pela cidade. Parece inclusivamente cativado pelo teu revolucionário.

– Devias cá vir.

– Eu e o Richard preferimos encontrar-nos aqui, em Port Harcourt. A caixa de sapatos que lhe deram à laia de casa não é propriamente ideal para duas pessoas.

Olanna teve vontade de explicar a Kainene que por «cá» quisera dizer «cá a casa», para a visitar a ela e a Odenigbo.

Mas é claro que Kainene percebera a ideia e preferira simplesmente interpretá-la mal.

– Vou a Londres, no mês que vem – disse, em vez de desfazer o equívoco. – Podíamos ir juntas.

– Tenho demasiado que fazer, aqui. Ainda é cedo para tirar férias.

– Porque é que já não conversamos como antes, Kainene?

– Que pergunta.

Kainene parecia divertida e Olanna imaginou aquele seu sorriso trocista a repuxar-lhe um dos cantos da boca.

– Só queria saber porque é que já não conversamos como antigamente – repetiu.

Kainene não respondeu. Ouviram um zumbido de eletricidade estática na linha telefónica. Ficaram caladas durante tanto tempo que Olanna se sentiu na obrigação de pedir desculpa.

– Bom, não percas mais tempo comigo – disse.

– Vens à festa do pai na próxima semana? – perguntou Kainene.

– Não.

– Eu devia ter adivinhado. É demasiada opulência para ti e para o teu revolucionário abstémio?

– Não percas mais tempo comigo – repetiu Olanna, e pousou o telefone.

Pegou nele novamente e estava prestes a dar à telefonista o número da sua mãe, quando mudou de ideias e desligou. Gostaria de ter alguém em quem se apoiar; depois, pensou que gostaria de ser diferente, o tipo de pessoa que não precisa do apoio de ninguém, como Kainene. Puxou o fio do telefone para desemaranhá-lo. Os pais tinham insistido em instalar um telefone em casa dela, como se não a tivessem ouvido dizer que ia praticamente mudar-se para casa de Odenigbo. Protestara, mas sem grande convicção, o mesmo «não» frouxo com que aceitava os frequentes depósitos que eles faziam na sua conta bancária e com que reagira ao novo *Impala* de estofos macios.

Embora soubesse que Mohammed estava para fora, deu o número dele, em Kano, à telefonista; a voz nasal disse: – Está a fazer demasiados telefonemas, hoje! – e fez a ligação.

Olanna continuou agarrada ao auscultador muito depois de ter constatado que ninguém respondia. Voltou a ouvir um restolhar vindo do teto. Sentou-se no chão frio e encostou a cabeça à parede para ver se sentiria a mente menos leve, menos à deriva. A visita da mãe de Odenigbo rasgara-lhe um buraco na sua rede segura de penas, assustara-a, roubara-lhe qualquer coisa. Sentia-se a um passo de distância do lugar onde deveria estar. Sentia-se como se tivesse deixado as suas pérolas à vista de toda a gente durante demasiado tempo e estivesse na hora de pegar nelas e guardá-las com mais cuidado. A ideia veio-lhe lentamente à cabeça: queria ter um filho de Odenigbo. Nunca tinham falado sobre filhos. Uma vez, ela dissera-lhe que não tinha aquele mítico desejo feminino de dar à luz e que a sua própria mãe lhe chamara «anormal», até Kainene dizer que também não o tinha. Ele rira-se e respondera que, de qualquer forma, pôr uma criança neste mundo injusto era um ato de burguesia negligente. Ela nunca esquecera essa expressão: procriar como um ato de burguesia negligente. Era engraçado, e era tudo menos verdade. Da mesma maneira que até então nunca pensara seriamente em ter um bebé; o desejo que sentiu no ventre era súbito, ardente e novo. Queria o peso sólido de um filho, um filho dele, dentro do seu corpo.

Quando a campainha tocou nessa noite, ela estava a sair da banheira e foi abrir a porta enrolada numa toalha. Odenigbo trazia uma embalagem de *suya* embrulhada em papel de jornal; do sítio onde estava, ela conseguiu sentir o cheiro fumado a especiarias.

– Ainda estás irritada? – perguntou ele.

– Ainda.

– Veste-te e vamos voltar para casa. Eu falo com a minha mãe.

Ele cheirava a conhaque. Entrou e pousou a *suya* em cima da mesa e, nos seus olhos inflamados, ela vislumbrou a vulnerabilidade que tão bem se escondia por detrás da sua loquaz autoconfiança. Afinal, também ele era acometido pelo medo. Ela encostou o rosto ao pescoço dele enquanto Odenigbo a abraçava e, baixinho, disse-lhe:

– Não, não é preciso. Fica aqui em casa.

Quando a mãe dele se foi embora, Olanna voltou para casa de Odenigbo. Ugwu disse: – Lamento, minha senhora – como se, de algum modo, fosse responsável pelo comportamento da *Mama*.

Depois, mexericou no bolso do avental e disse: – Ontem à noite, vi um gato preto depois de a *Mama* e a Amala se terem ido embora.

– Um gato preto?

– Sim, minha senhora. Perto da garagem. – Fez uma pausa.

– Um gato preto significa o mal.

– Ah.

– A *Mama* disse que ia falar com o *dibia* da aldeia.

– Achas que o *dibia* mandou o gato preto morder-nos? – perguntou Olanna, rindo-se.

– Não, minha senhora. – Ugwu cruzou os braços, desolado.

– Aconteceu na minha aldeia, minha senhora. A esposa mais nova foi ao *dibia* pedir uma poção para matar a esposa mais velha e, na véspera de a mulher mais velha morrer, um gato preto apareceu à frente da cabana dela.

– Quer dizer que a *Mama* vai usar a poção do *dibia* para me matar? – perguntou Olanna.

– Ela quer separá-la do Senhor, minha senhora.

A seriedade dele comoveu-a.

– Tenho a certeza de que era só o gato do vizinho, Ugwu – disse ela. – A mãe do teu senhor não vai conseguir separar-nos seja com que poção for. Nada nos pode separar.

Olanna observou-o quando ele voltou para a cozinha e ficou a pensar no que dissera. «Nada nos pode separar.» É claro que a poção que o *dibia* poderia dar à mãe de Odenigbo – a poção e todos os feitiços sobrenaturais – não significava nada para ela, mas uma vez mais preocupou-se com o futuro da sua relação com Odenigbo. Queria certezas. Ansiava por um sinal, um arco-íris, que lhe desse segurança. Foi, no entanto, com alívio que voltou para a sua vida, a vida deles juntos, de dar aulas e jogar ténis e receber os amigos que lhes enchiam a sala. Como eles apareciam sempre à noite, ficou surpreendida ao ouvir a campainha tocar à tarde, uma semana depois, quando Odenigbo ainda estava na universidade. Era Richard.

– Olá – disse ela, deixando-o entrar.

Ele era muito alto; ela teve de levantar a cabeça para o fitar, para lhe ver os olhos, que eram do mesmo tom de azul de um mar sereno, e os cabelos, que lhe caíam para a testa.

– Vim só trazer isto para o Odenigbo – disse ele, entregando um livro a Olanna. Ela adorava a maneira como ele dizia o nome de Odenigbo, pronunciando-o com tanto zelo. Estava a evitar olhá-la nos olhos.

– Não te queres sentar? – perguntou ela.

– Infelizmente, estou com um bocado de pressa. Tenho de ir apanhar o comboio.

– Vais a Port Harcourt ver a Kainene? – Olanna não percebeu porque é que lhe fez aquela pergunta, cuja resposta era óbvia.

– Vou. Como todos os fins de semana.

– Dá-lhe um beijinho meu.

– Eu dou.

– Falei com ela na semana passada.

– Sim, ela disse-me.

Richard continuou parado junto da porta. Olhou para ela e desviou rapidamente os olhos, e ela viu o rubor invadir-lhe o rosto. Olanna conhecia tão bem esse olhar que percebeu de imediato o seu significado: Richard achava-a bonita.

– Que tal vai a escrita do livro? – perguntou ela.

– Muito bem. É incrível a perfeição de alguns dos ornamentos. Vê-se que foram criados como obras de arte, não foi um mero acaso... Bom, não vou maçar-te com as minhas histórias.

– Não me maças. – Olanna sorriu. Gostava da timidez dele. Não queria que ele se fosse já embora.

– Queres que o Ugwu te traga uns *chin-chin*? Estão uma delícia. Ele fê-los hoje de manhã.

– Não, obrigado. Tenho mesmo de ir andando. – Mas não se virou para se ir embora. Afastou o cabelo da cara, mas a madeixa voltou a cair-lhe para os olhos.

– Está bem. Então, boa viagem.

– Obrigado. – E continuou ali parado.

– Vais de carro? Não, não vais, tinha-me esquecido. Vais apanhar o comboio. – Olanna soltou uma gargalhada constrangida.

– É, vou apanhar o comboio.

– Boa viagem.

– Pois. Então, adeus.

Olanna viu-o partir e, muito depois de o carro dele ter saído do recinto em marcha-atrás, permaneceu parada à porta, a observar um pássaro de peito vermelho-sangue, empoleirado na relva.

De manhã, Odenigbo acordou-a, levando um dos dedos dela à boca. Ela abriu os olhos; através das cortinas, conseguia ver a luz esfumada do raiar do dia.

– Se não te queres casar comigo, *nkem*, então vamos fazer um filho – disse ele.

O dedo dela abafava-lhe a voz, por isso Olanna retirou a mão e sentou-se na cama para o observar melhor, o seu peito amplo, os seus olhos inchados de sono, para ter a certeza de que ouvira bem.

– Vamos fazer um filho – repetiu ele. – Uma menina igual a ti, e vamos chamar-lhe Obianuju, porque ela vai completar-nos.

Olanna quisera esperar que o cheiro da visita da mãe dele se dissipasse, antes de dizer a Odenigbo que gostava de ter um bebé, e agora ali estava ele, a exprimir o seu desejo antes que ela própria pudesse fazê-lo. Fitou-o, deslumbrada. Assim era o amor: uma sucessão de coincidências que ganhavam significado e se tornavam milagres.

– Ou um menino – disse ela, por fim.

Odenigbo puxou-a para baixo e ficaram deitados lado a lado, sem se tocarem. Ela ouvia o rouco *có-có-có* dos melros que comiam as papaias do jardim.

– Vamos pedir ao Ugwu para nos servir o pequeno-almoço na cama – sugeriu ele. – Ou hoje é um dos teus domingos de fé?

Odenigbo esboçou o seu sorriso levemente indulgente e ela esticou a mão e traçou com um dedo o seu lábio inferior, com uma ligeira penugem por baixo. Ele gostava de espicaçá-la, dizendo que a religião não era o mesmo que assistência social, porque ela só ia à igreja quando havia reuniões da Sociedade de São Vicente de Paulo, alturas em que pegava em Ugwu e, de automóvel, percorriam os carreiros de terra das aldeias vizinhas, distribuindo inhames, arroz e roupas velhas.

– Hoje não vou – disse ela.

– Ótimo. Porque temos um trabalhinho para fazer.

Olanna fechou os olhos, porque ele se deitara em cima dela, movendo-se langorosamente a princípio e, depois, com força, sussurrando, «Vamos ter um filho brilhante, *nkem*, brilhante», e ela disse: «Sim, sim.» No fim, Olanna sentiu-se feliz, sabendo que uma parte do suor que tinha no corpo era dele e que uma parte do suor que ele tinha no corpo era dela. De todas as vezes que ele saiu de dentro dela, Olanna fechou as pernas com força, cruzou-as nos tornozelos e respirou fundo, como se o movimento dos seus pulmões pudesse instigar a conceção. Mas sabia que não tinham concebido uma criança. A ideia repentina de que poderia haver algo de errado com o seu corpo envolveu-a e desanimou-a.

CAPÍTULO 6

Richard degustou lentamente a sopa de pimento. Depois de comer os pedaços de tripa com uma colher, levou a tigela de vidro à boca e bebeu o caldo. Sentia o nariz a pingar e a língua deliciosamente a arder, e sabia que tinha o rosto corado.

– O Richard come isto com tanto à-vontade – comentou Okeoma, sentado ao lado dele, observando-o.

– Ah! Acho que o nosso pimento não foi feito para pessoas como tu, Richard! – disse Odenigbo, da outra ponta da mesa.

– Nem eu consigo aguentar este pimento – disse outro convidado, um professor de Economia do Gana, de cujo nome Richard se esquecia sempre.

– Isto só mostra que o Richard foi africano noutra encarnação – acrescentou Miss Adebayo, antes de se assoar com um guardanapo.

Os convidados riram-se. Richard riu-se também, mas não alto, porque ainda tinha demasiado pimento na boca. Recostou-se na cadeira.

– É maravilhoso – disse ele. – Limpa tudo.

– Os acepipes também estão uma maravilha, Richard – disse Olanna. – Obrigado por os teres trazido. – Ela estava sentada ao lado de Odenigbo e inclinou-se para a frente para sorrir a Richard.

– Eu sei que isto são folhados de salsicha, mas o que são aquelas coisas? – Odenigbo estava a tocar com os dedos no tabuleiro que Richard trouxera; Harrison embrulhara tudo elegantemente em papel de alumínio.

– Beringelas recheadas, não é? – Olanna olhou para Richard.

– É isso mesmo. É uma das muitas ideias do Harrison. Ele tirou o interior das beringelas e recheou-as com queijo, se não me engano, e especiarias.

– Sabias que os europeus tiraram as entranhas de uma mulher africana e depois a empalharam e exibiram por toda a Europa? – perguntou Odenigbo.

– Odenigbo, estamos a comer! – exclamou Miss Adebayo, embora estivesse morta de riso.

Os outros convidados riram-se. Odenigbo, não.

– O princípio é o mesmo – disse ele. – Comida recheada, pessoas empalhadas... Se não gostam do que está dentro de um alimento, deixem-no em paz, não o recheiem com outra coisa qualquer. Na minha opinião, isto é desperdiçar beringelas.

Até Ugwu estava com um ar divertido, quando entrou na sala de jantar para levantar os pratos.

– Mr. Richard? Ponho o resto da comida num recipiente para o senhor?

– Não, guarda-a ou deita-a fora – respondeu Richard.

Ele nunca levava os restos para casa; a única coisa que levou a Harrison, nessa noite, foi os elogios que os convidados fizeram à bonita apresentação dos pratos, mas não acrescentou que, em seguida, ignoraram os canapés para passarem diretamente à sopa de pimento de Ugwu e aos *moi-moi* e ao frango cozido com ervas amargas.

Mudaram-se todos para a sala de estar. Daí a pouco, Olanna apagaria a luz, porque o brilho fluorescente era demasiado forte, e Ugwu serviria mais bebidas, e falariam e ririam e ouviriam música, e a luz que jorrava do corredor encheria a sala de sombras. Era a parte preferida de Richard naqueles serões, embora por vezes se perguntasse se Olanna e Odenigbo se tocariam na penumbra. Sabia que não devia pensar nisso; não era da sua conta. Mas pensava. Reparava na maneira como Odenigbo olhava para Olanna a meio de uma discussão, não como se precisasse que ela ficasse do seu lado, porque dava a sensação de nunca precisar de ninguém, mas simplesmente para confirmar que ela ali estava. Também via que Olanna por vezes piscava os olhos a Odenigbo, comunicando-lhe coisas que ele jamais saberia.

Richard pousou o copo de cerveja numa mesinha de apoio e sentou-se ao lado de Miss Adebayo e Okeoma. Ainda tinha a língua a arder por causa do pimento. Olanna levantou-se para mudar de música.

– Primeiro, o meu disco preferido de Rex Lawson, antes de um pouco de Osadebe – disse ela.

– Ele não é muito original, pois não, o Rex Lawson? – perguntou o Professor Ezeka. – Uwaifo e Dairo são melhores músicos.

– Não há música completamente original, Professor – disse Olanna, em tom de brincadeira.

– O Rex Lawson é um verdadeiro nigeriano. Não se agarra à sua tribo *kalabari*. Canta em todas as nossas línguas principais, o que é original... e um motivo suficiente para gostarmos dele – comentou Miss Adebayo.

– Um motivo para *não* gostarmos dele – atalhou Odenigbo. – Este nacionalismo que nos diz que devemos ignorar as diferenças entre as nossas culturas individuais é estúpido.

– Não percam tempo a interrogar o Odenigbo sobre música *high life*. Ele nunca a percebeu – disse Olanna, rindo-se. – É admirador de música clássica, mas recusa-se a admiti-lo em público, por ser um gosto tipicamente ocidental.

– A música não tem fronteiras – disse o Professor Ezeka.

– Mas com certeza que assenta na cultura e as culturas são específicas, não é verdade? – perguntou Okeoma. – Não poderíamos, por conseguinte, dizer que o Odenigbo adora a cultura ocidental que produziu a música clássica?

Riram-se todos e Odenigbo fitou Olanna com aquela sua expressão que lhe suavizava o olhar. Miss Adebayo lançou-se novamente na questão do embaixador francês. Achava que os Franceses não deviam, como é óbvio, ter testado armas atómicas na Argélia, mas não compreendia porque é que isso justificava que Balewa cortasse relações diplomáticas com a França. Parecia desconcertada, o que, nela, era raro.

– É evidente que Balewa o fez para desviar as atenções do pacto de defesa que assinou com os Britânicos – disse Odenigbo.

– E ele sabe que ofender os Franceses será sempre do agrado dos seus senhores, os Britânicos, para quem ele não passa de uma marioneta. Foram eles que o puseram no poleiro e lhe dizem o que fazer, e ele obedece, bem ao estilo do Parlamento de Westminster.

– Nada de conversas sobre o Parlamento de Westminster, hoje – disse o Dr. Patel. – O Okeoma prometeu que nos lia um poema.

– Eu já vos disse que Balewa o fez simplesmente porque quer que os Africanos do Norte gostem dele – disse o Professor Ezeka.

– Que os Africanos do Norte gostem dele? Achas que ele se importa com os outros Africanos? O homem branco é o único senhor que Balewa reconhece – contrapôs Odenigbo. – Não foi ele que disse que os Africanos não estão prontos para governarem o seu próprio país na Rodésia? Se os Britânicos o mandarem auto-rotular-se de macaco castrado, ele assim fará.

– Oh, que disparate – disse o Professor Ezeka. – Estás a desviar-te do assunto.

– Tu é que te recusas a ver as coisas como elas realmente são! – Odenigbo mexeu-se na cadeira, nervoso. – Estamos a viver um período de grande maldade branca. Eles andam a desumanizar os negros na África do Sul e na Rodésia, fomentaram o que aconteceu no Congo, não deixam os negros americanos votar, não deixam os aborígenes australianos votar, mas o pior de tudo é o que estão a fazer aqui. Este pacto de defesa é pior do que o *apartheid* e do que a segregação, nós é que não nos apercebemos disso. Eles estão a controlar-nos a partir dos bastidores, o que é extremamente perigoso!

Okeoma debruçou-se para Richard.

– Estes dois não me deixam ler o meu poema, hoje.

– Estão virados para a discussão, e de que maneira! – comentou Richard.

– Como sempre. – Okeoma riu-se. – Já agora, que tal vai a escrita do teu livro?

– Vai andando.
– É um romance sobre expatriados?
– Hum, não, nem por isso.
– Mas é um romance, não é?

Richard bebeu uns goles de cerveja e perguntou-se o que pensaria Okeoma se soubesse a verdade: que nem ele próprio sabia se era ou não um romance, porque as páginas que tinha escrito não formavam um todo minimamente coerente.

– Estou muito interessado na arte de Igbo-Ukwu e quero que ela constitua um motivo central do livro – disse ele.

– Em que sentido?

– Ando profundamente fascinado com os bronzes desde que li um artigo sobre eles. Os pormenores são espantosos. É incrível que aquela gente tenha aperfeiçoado a complicada técnica de fundição por cera perdida, durante o período dos ataques *viking*. Há uma complexidade maravilhosa naquelas peças de bronze, absolutamente maravilhosa.

– Pareces surpreendido – disse Okeoma.

– O quê?

– Pareces surpreendido, como se nunca tivesses imaginado que «aquela gente» fosse capaz de tais coisas.

Richard ficou parado a olhar para Okeoma; havia um novo e silencioso desdém na maneira como Okeoma o fixou, um ligeiro franzir das sobrancelhas, antes de dizer: – Chega, Odenigbo e Professor! Tenho um poema para vos ler.

Richard chupou a língua. O ardor provocado pelo pimento era agora insuportável e ele mal esperou que Okeoma acabasse de ler um estranho poema – sobre Africanos que ficavam com reações alérgicas nas nádegas por defecarem em baldes de metal importados – para se levantar e ir embora.

– Sempre posso levar o Ugwu à aldeia dele na próxima semana, Odenigbo? – perguntou.

Odenigbo olhou para Olanna.

– Claro que sim – respondeu Olanna. – Espero que gostes do festival *ori-okpa*.

– Bebe mais uma cerveja, Richard – disse Odenigbo.

– Vou para Port Harcourt de manhã bem cedo, por isso tenho de ir dormir – desculpou-se Richard, mas Odenigbo já se virara novamente para o Professor Ezeka.

– Então, e aqueles políticos estúpidos na Assembleia da Região Oeste, sobre os quais a polícia teve de usar gás lacrimogéneo? Gás lacrimogéneo! E os ordenanças deles é que carregaram os corpos inertes dos tipos até aos carros! Imagina só!

A ideia de que Odenigbo não sentia a sua falta quando ele se ia embora deixou Richard desanimado. Quando chegou a casa, Harrison abriu a porta e fez uma vénia.

– Boa noite, patrão. A comida correr bem, patrão?

– Sim, sim, agora deixa-me ir dormir – irritou-se Richard. Não estava com disposição para o que, não duvidava, viria a seguir: Harrison oferecer-se-ia para ensinar a qualquer um dos criados dos seus amigos as majestosas receitas de pudim de xerez ou beringelas recheadas. Foi para o escritório, espalhou as folhas do manuscrito no chão e observou-as: umas quantas páginas de um romance de aldeia, um capítulo do romance arqueológico, umas quantas páginas de descrições entusiásticas dos bronzes. Começou a amassá-las, uma a uma, até ter uma pilha ao lado do cesto dos papéis e, no fim, levantou-se e foi para a cama a sentir o sangue quente a palpitar-lhe nos ouvidos.

Dormiu mal; teve a impressão de que acabara de pousar a cabeça na almofada, quando a luz ofuscante do sol jorrou por entre as cortinas e ele ouviu o barulho de Harrison na cozinha e Jomo a escavar no jardim. Sentia-se sem forças. Estava morto por dormir como deve ser, com o braço magro de Kainene encostado ao seu corpo.

Harrison serviu ovos estrelados com torradas ao pequeno-almoço.

– Patrão? Eu vê papéis no chão de escritório? – Fez um ar assustado.

– Deixa-os lá estar.

– Sim, patrão. – Harrison cruzou e descruzou os braços. – Patrão leva manescrito? Eu mete outros papéis na mala?

– Não, não vou trabalhar este fim de semana – disse Richard.

Desta vez a desilusão que se estampou no rosto de Harrison não o fez sorrir. Perguntou-se, quando subiu para o comboio, o que faria Harrison nos fins de semana. Talvez cozinhasse refeições sublimes para si próprio. Não devia ter tratado o coitado daquela maneira; Harrison não tinha culpa se Okeoma achava Richard condescendente. Era a expressão dos olhos de Okeoma o que mais o incomodava: uma desdenhosa desconfiança que lhe lembrou que lera algures que os Africanos e os Europeus seriam sempre irreconciliáveis. Okeoma estava errado em presumir que Richard era um daqueles ingleses que não consideravam os Africanos tão inteligentes como os brancos. Pensando melhor, talvez tivesse, de facto, falado com um ar surpreendido, mas era a mesma surpresa que teria exprimido se uma descoberta semelhante fosse feita em Inglaterra ou noutro ponto qualquer do mundo.

Andavam vendedores de um lado para o outro.

– Comprem amendoins! Comprem laranjas! Comprem bananas-da-terra!

Richard fez sinal a uma rapariga carregada com um tabuleiro de amendoins cozidos que, na realidade, ele nem queria. Ela baixou o tabuleiro e ele tirou um, partiu-o com as mãos e comeu os frutos no interior, pedindo em seguida duas doses. Ela ficou espantada por ele conhecer o hábito de provar o produto antes de o comprar e Richard pensou amargamente que Okeoma também ficaria surpreendido com isso. Antes de comer cada amendoim, inspecionou-o – ligeiramente cozido, um tom arroxeado claro, engelhado – e até o comboio chegar a Port Harcourt tentou não pensar nas páginas amassadas que se encontravam no seu escritório.

– O Madu convidou-nos para jantar, amanhã – anunciou Kainene, quando arrancaram da estação no seu comprido automóvel americano. – A mulher dele acaba de voltar do estrangeiro.

– Ah, sim? – Richard pouco mais disse e, em vez de falar, observou os vendedores na estrada, a gritarem, a gesticularem, a correrem atrás dos carros para recolherem o seu dinheiro.

O som da chuva a bater na janela acordou-o, na manhã seguinte. Kainene estava deitada ao seu lado, com os olhos fantasmagoricamente meio abertos, como costumava acontecer sempre que dormia profundamente. Ele contemplou-lhe a pele cor de chocolate preto, reluzente de óleo, e baixou a cabeça para o rosto dela. Não a beijou, não deixou a sua cara tocar na dela, mas aproximou-se o suficiente para sentir a humidade e o cheiro ligeiramente azedo do hálito de Kainene. Espreguiçou-se e foi até à janela. Ali, em Port Harcourt, a chuva caía na diagonal, batendo nas janelas e nas paredes e não no telhado. Talvez assim fosse por o mar estar tão perto, por o ar vir tão carregado de água que a deixava cair demasiado cedo. Por uns instantes, a chuva intensificou-se e o ruído na janela aumentou, como se alguém estivesse a atirar pedras contra o vidro. Richard espreguiçou-se de novo. A chuva parou e os vidros ficaram enevoados. Atrás dele, Kainene mexeu-se e murmurou qualquer coisa.

– Kainene? – disse ele.

Ela continuava de olhos meio abertos, com a respiração regular.

– Vou dar uma volta – disse ele, apesar de ter a certeza de que não o ouvia.

Lá fora, Ikejide andava a apanhar laranjas da árvore, com a farda arrepanhada nas costas, enquanto soltava os frutos dos ramos com um pau.

– Bom dia, patrão – disse ele.

– *Kedu?* – perguntou Richard. Sentia-se à vontade para praticar ibo com os empregados de Kainene, porque eles se mantinham sempre tão inexpressivos que não fazia diferença se acertava ou não na entoação.

– Estou bem, patrão.

– *Jisie ike.*

– Sim, patrão.

Richard dirigiu-se para o fundo do pomar, de onde conseguia ver, por entre o arvoredo cerrado, a espuma branca das ondas do mar. Sentou-se no chão. Preferia que o Major Madu não os tivesse convidado para jantar; não estava minimamente interessado em conhecer a mulher dele. Levantou-se, esticou-se e deu a volta até ao jardim da entrada, onde contemplou a buganvília violeta que trepava pelas paredes acima. Caminhou durante uns minutos ao longo do troço lamacento da rua deserta que levava à casa e, depois, voltou para trás. Kainene estava na cama a ler o jornal. Ele enfiou-se ao seu lado e ela esticou o braço e tocou-lhe no cabelo, acariciando-lhe ao de leve o couro cabeludo com os dedos.

– Estás bem? Desde ontem que estás tenso.

Richard contou-lhe o que se passara com Okeoma e, como ela não reagiu de imediato, acrescentou: – Lembro-me da primeira vez que li um artigo sobre a arte de Igbo-Ukwu, em que um professor de Oxford a descrevia como tendo um virtuosismo estranhamente rococó, quase ao estilo Fabergé. Nunca mais me esqueci dessas palavras: «um virtuosismo estranhamente rococó, quase ao estilo Fabergé». Apaixonei-me por essa expressão.

Ela dobrou o jornal e pousou-o na mesinha de cabeceira.

– Porque é que a opinião do Okeoma tem assim tanta importância?

– Eu adoro a arte de Igbo-Ukwu. Foi muito mau da parte dele acusar-me de desrespeito.

– E é errado da tua parte achares que o amor não deixa margem para mais nada. É possível gostar-se de uma coisa e, ainda assim, ser-se condescendente em relação a ela.

Richard afastou-se de Kainene.

– Não sei o que ando a fazer. Nem sequer sei se sou escritor.

– E se não escreveres, nunca hás de saber, não é verdade? – Kainene saiu da cama e ele reparou que os seus ombros magros tinham um brilho metálico. – Estou a ver que não estás com vontade de sair esta noite. Vou telefonar ao Madu a cancelar o jantar.

Voltou depois de ter feito o telefonema e sentou-se na cama, e no silêncio que os separava, de repente ele sentiu-se grato por a secura dela não lhe dar margem para autocompaixões, por não lhe dar nada que lhe permitisse esconder-se.

– Uma vez, cuspi para dentro do copo de água do meu pai – disse ela. – Ele não me tinha irritado, nem nada. Foi um gesto gratuito. Eu tinha catorze anos. Teria ficado incrivelmente satisfeita se ele a bebesse, mas como é óbvio, a Olanna foi a correr mudar a água. – Espreguiçou-se ao lado dele. – Agora conta-me tu uma coisa horrível que tenhas feito.

Ele ficou excitado com o toque sedoso da pele dela, com a prontidão com que alterara os planos para essa noite em relação ao Major Madu.

– Eu não tinha confiança suficiente para fazer coisas horríveis – disse ele.

– Bom, então conta-me outra coisa qualquer.

Richard pensou em contar-lhe sobre aquele dia em Wentnor, em que se escondera de Molly e sentira, pela primeira vez, a possibilidade de forjar o seu próprio destino. Mas não o fez. Em vez disso, falou-lhe dos seus pais, da maneira como olhavam fixamente um para o outro quando conversavam e como se esqueciam do aniversário do filho e depois mandavam Molly fazer um bolo a dizer PARABÉNS ATRASADOS, passadas várias semanas. Nunca sabiam o que é que ele comia, nem a que horas; Molly dava-lhe de comer quando se lembrava. Eles não tinham planeado ter um bebé e, como tal, haviam-no criado como um apêndice. Mas ele percebera, mesmo em pequeno, que isso não queria dizer que não gostassem dele, apenas se esqueciam disso por gostarem demasiado um do outro. Kainene arqueou as sobrancelhas, sardónica, como se o raciocínio dele não fizesse sentido, e por causa disso Richard teve medo de lhe dizer que às vezes achava que a amava de mais.

2. O Livro: O Mundo Ficou Calado Quando Morremos

Ele fala sobre o soldado e comerciante britânico Taubman Goldie e a maneira como este coagiu, persuadiu e matou para obter o controlo do comércio do óleo de palma e como, na Conferência de Berlim de 1884, na qual os Europeus dividiram a África, ele se certificou de que a Grã-Bretanha arrebatava à França os dois protetorados junto ao rio Níger: o Norte e o Sul.

Os Britânicos preferiam o Norte. Aí, o calor era agradavelmente seco; os Haúças-Fulânis tinham feições finas e, por conseguinte, superiores aos negroides do Sul, eram muçulmanos e, como tal, considerados do mais civilizado que se podia arranjar em termos de nativos, e tinham uma organização feudal, o que os tornava perfeitos para o sistema de governação indireta. Emires equânimes cobravam os impostos em nome dos Britânicos e, em troca, os Britânicos mantinham os missionários cristãos à distância.

O Sul húmido, por seu lado, estava cheio de mosquitos e animistas e diferentes tribos. Os Iorubas eram a maior etnia do Sudoeste. No Sudeste, os Ibos viviam em pequenas comunidades republicanas. Não eram dóceis e pareciam preocupantemente ambiciosos. Como não tinham o bom senso de ter reis, os Britânicos criaram «chefes delegados», porque o sistema de governação indireta era menos dispendioso para a Coroa. Os missionários foram autorizados a entrar no território para domar os pagãos e o Cristianismo e a educação que eles impuseram floresceram. Em 1914, o governador-geral uniu o Norte e o Sul, e a sua mulher escolheu um nome. Assim nasceu a Nigéria.

SEGUNDA PARTE

FINAIS DOS ANOS 60

CAPÍTULO 7

Ugwu estava deitado numa esteira na cabana da mãe, a olhar para uma aranha morta esborrachada na parede; os seus fluidos corporais tinham dado ao adobe uma tonalidade mais escura de vermelho. Anulika estava a medir chávenas de *ukwa* e o aroma espesso e estaladiço de sementes de fruta-pão assadas pairava no ar. Ela estava a falar. Estava a falar há já um bom bocado e Ugwu tinha dores de cabeça. A sua estadia em casa dos pais parecia-lhe, subitamente, durar há muito mais do que uma semana, talvez por o seu estômago não parar de dar voltas, cheio de gases, à conta de só comer fruta e frutos secos. A comida da mãe era intragável. Cozia de mais os legumes, fazia papas de milho aos grumos e a sopa demasiado aguada, e as rodelas de inhame ficavam grosseiras por serem cozidas sem um pingo de manteiga. Ele estava ansioso por regressar a Nsukka para finalmente comer uma refeição como devia ser.

– Quero que o primeiro bebé seja menino, para eu ficar com o meu lugar bem garantido em casa do Onyeka – disse Anulika.

Levantou-se para tirar um saco de uma viga do telhado e Ugwu reparou, uma vez mais, nas novas e suspeitas formas redondas do corpo dela: os seios que lhe enchiam a blusa, as nádegas que rebolavam a cada passo. De certeza que Onyeka lhe tinha tocado. Ugwu não suportava imaginar o corpo horrível do tipo a penetrar o da sua irmã. Acontecera tudo demasiado depressa; da última vez que visitara a família, falara-se de pretendentes, mas Anulika mencionara Onyeka com tanta indiferença que Ugwu nunca pensara que ela aceitasse o pedido dele tão depressa. Agora, até os pais enchiam a boca a falar de Onyeka, que ele tinha um bom emprego de mecânico na cidade, que andava de bicicleta, que se portava bem, como se já fizesse parte da família. Nunca ninguém falava no facto de ele ser atarracado e ter dentes afiados como os de uma ratazana.

– Sabes que a Onunna, do clã do Ezeugwu, teve uma menina primeiro e a família do marido foi ter com um *dibia* para saber o que se tinha passado! É claro que a família do Onyeka não me faria uma coisa dessas, não se atreveriam, mas seja como for, quero ter um menino primeiro – rematou Anulika.

Ugwu sentou-se.

– Estou farto de histórias sobre o Onyeka. Reparei numa coisa quando ele cá veio, ontem. Devia tomar banho mais vezes, cheira a feijão podre.

– E tu, a que é que tu cheiras? – Anulika despejou o *ukwa* no saco e atou-o. – Já está. É melhor ires andando antes que seja tarde.

Ugwu saiu para o pátio. A mãe estava a moer algo no pilão e o pai estava curvado junto dela, a afiar uma faca numa pedra. O arranhar do metal na pedra soltava umas pequeninas faíscas, que tremeluziam fugazmente e depois desapareciam.

– A Anulika embrulhou bem o *ukwa*? – perguntou a mãe.

– Embrulhou. – Ugwu levantou o saco para lhe mostrar.

– Dá os meus cumprimentos ao teu senhor e à tua senhora – disse a mãe. – Agradece-lhes por tudo o que nos mandaram.

– Sim, mãe. – Ele aproximou-se dela e abraçou-a. – Fica bem. Dá um beijo meu à Chioke quando ela voltar.

O pai endireitou as costas e limpou a lâmina da faca na palma antes de lhe apertar a mão.

– Boa viagem, *ije oma*. Depois avisamos-te, quando a família do Onyeka nos disser que está pronta para fazer a cerimónia do vinho de palma[1]. Será daqui a uns meses.

– Sim, pai.

Ugwu ficou parado enquanto os seus primos e irmãos – os mais pequeninos, nus, e os mais velhos com camisolas demasiado grandes – se despediam dele e enumeravam o que queriam que lhes trouxesse da próxima visita. Compra-nos pão! Compra-nos carne! Compra-nos peixe frito! Compra-nos amendoins!

Anulika acompanhou-o até à estrada principal. Perto do terreno de árvores *ube*, ele distinguiu uma figura conhecida e, apesar de não a ver desde que ela fora para Kano aprender um ofício, há quatro anos, soube imediatamente que se tratava de Nnesinachi.

– Anulika! Ugwu! És tu? – A voz de Nnesinachi continuava tão rouca quanto ele a recordava, mas ela estava mais alta agora, e tinha a pele mais escura por causa do sol inclemente do Norte.

---

[1] Antes do casamento, o noivo e os seus familiares levam vinho de palma a casa dos pais da noiva e ambas as famílias são oficialmente apresentadas uma à outra. A data do casamento e o preço da noiva são estipulados nesta altura. (*N. da T.*)

Quando se abraçaram, ele sentiu o peito dela encostar-se todo ao seu.

– Mal te reconhecia, o Norte mudou-te imenso – disse ele, perguntando-se se ela se teria realmente encostado a ele.

– Cheguei ontem com os meus primos. – Ela fitava-o com um sorriso. Antes, nunca lhe sorrira tão afetuosamente. Tinha rapado e desenhado as sobrancelhas a lápis, uma mais grossa do que a outra. Virou-se para Anulika. – Anuli, ia agora mesmo ver-te. Ouvi dizer que te vais casar!

– Também foi o que ouvi dizer, minha irmã – respondeu Anulika, e riram-se ambas.

– Vais voltar para Nsukka? – perguntou a Ugwu.

– Vou. Mas volto cá em breve, para a cerimónia do vinho da Anulika.

– Boa viagem.

Os olhos de Nnesinachi pousaram nos dele, brevemente, atrevidamente, e depois ela prosseguiu caminho e Ugwu teve a certeza de que não fora imaginação sua: Nnesinachi encostara-se mesmo a ele quando se abraçaram. Ugwu sentiu as pernas ficarem subitamente sem forças. Conteve-se para não se virar para trás e olhar para a rapariga, não fosse ela virar-se também, e por um instante esqueceu-se de que tinha o estômago às voltas e voltas.

– Ela deve ter aberto os olhos no Norte. Como não te podes casar com ela, mais vale aproveitares o que te está a oferecer, antes que se case – disse Anulika.

– Também reparaste?

– Era impossível não reparar! Tenho cara de tola?

Ugwu semicerrou os olhos para a fitar.

– O Onyeka tocou-te?

— É claro que o Onyeka me tocou.

Ugwu abrandou o passo. Sabia que a irmã se tinha deitado com Onyeka, mas não lhe agradou que ela o confirmasse. Quando Chinyere, a criada do Dr. Okeke, começara a saltar a cerca às escondidas e a ir ao Anexo dos Criados para se enrolarem um no outro à pressa, no escuro, ele tinha contado a história a Anulika, numa das suas visitas a casa, e discutiram o assunto. Mas nunca haviam falado sobre ela; Ugwu partira sempre do princípio de que a irmã não tinha nada para contar. Anulika ia à sua frente, indiferente ao seu passo lento de amuo, e ele deu uma corridinha para a apanhar; calados, caminharam com passos ligeiros na relva onde, em crianças, costumavam caçar gafanhotos.

— Estou cheio de fome — disse ele, por fim.

— Nem sequer comeste o inhame que a mãe cozeu.

— Nós cozemos o inhame com manteiga.

— Nós cozemos o inhame com *man-tai-ga*. Olha-me só para a maneira como falas! Quando te mandarem de volta para a aldeia, o que é que vais fazer? Onde é que vais arranjar «mantaiga» para pores na água do inhame?

— Eles não me vão mandar de volta para a aldeia.

Anulika olhou-o de soslaio, de cima a baixo.

— Esqueceste-te de onde vens e agora tornaste-te tão tolo que achas que és um Homem Grande.

O Senhor estava na sala, quando Ugwu entrou e o cumprimentou.

— Como está a tua família? — perguntou o Senhor.

— Bem, patrão. Mandam-lhe cumprimentos.

– Ótimo.

– A minha irmã Anulika vai-se casar em breve.

– Ah, sim? – O Senhor estava concentrado em sintonizar o rádio.

Ugwu ouviu Olanna e Bebé a cantarem na casa de banho.

A Ponte de Londres está a cair, a cair, a cair,
A Ponte de Londres está a cair, minha linda senhora.

Na voz fininha e incipiente de Bebé, a palavra «Londres» em inglês, *London*, confundia-se com «bombom». A porta da casa de banho estava aberta.

– Boa tarde, minha senhora – disse Ugwu.

– Ah, Ugwu, não te ouvi chegar! – disse Olanna. Estava debruçada sobre a banheira, a dar banho a Bebé. – Bem-vindo, *nno*. A tua família está boa?

– Está, minha senhora. Eles mandam cumprimentos. A minha mãe ficou-lhe muito agradecida pelos panos.

– Como é que está a perna dela?

– Já não tem dores. Ela mandou-lhe *ukwa*.

– Ah! Deve ter adivinhado o que ando doida por comer. – Virou-se para o fitar, com as mãos cobertas de espuma do banho.

– Estás com boa cara. Vejam só as tuas bochechas rechonchudas!

– Sim, minha senhora – disse Ugwu, apesar de ser mentira. Emagrecia sempre que ia visitar os pais.

– Ugwu! – chamou Bebé. – Ugwu, vem ver! – Ela tinha um pato de plástico na mão, que grasnava ao ser apertado.

— Bebé, podes brincar com o Ugwu quando saíres do banho – disse Olanna.

— A Anulika vai-se casar em breve, minha senhora. O meu pai mandou-me avisar a senhora e o Senhor. Ainda não marcaram a data, mas ficarão muito contentes se os senhores forem ao casamento.

— A Anulika? Ela não é um bocadinho nova para casar? Tem o quê? Dezasseis, dezassete anos?

— As amigas dela já começaram a casar-se.

Olanna virou-se de novo para a banheira.

— É claro que iremos ao casamento.

— Ugwu! – disse Bebé outra vez.

— Quer que aqueça a papa da Bebé, minha senhora?

— Sim. E prepara o leite dela, se fazes favor.

— Sim, minha senhora.

Ele ia esperar mais um instante antes de lhe perguntar se tinha corrido tudo bem durante a semana em que estivera ausente e, então, ela dir-lhe-ia quais os amigos que tinham recebido em casa, quem trouxera o quê, se tinham acabado o guisado que ele deixara guardado em recipientes no frigorífico.

— Eu e o teu senhor decidimos que a Arize devia vir para cá, para ter o bebé em setembro – disse Olanna.

— É uma boa ideia, minha senhora – respondeu Ugwu. – Espero que o bebé saia à Tia Arize e não ao Tio Nnakwanze.

Olanna riu-se.

— Eu também. A seu tempo, vamos começar a limpar o quarto. Quero que esteja impecável para recebê-la.

— Estará impecável, minha senhora, não se preocupe.

Ugwu gostava da Tia Arize. Lembrou-se da cerimónia dela do vinho, em Umunnachi, há cerca de três anos, de como ela era rechonchuda e cheia de vida, e de como ele bebera tanto vinho de palma que quase deixara cair Bebé do colo.

– Vou buscá-la a Kano na segunda-feira, para irmos a Lagos às compras – disse Olanna. – Vou levar a Bebé. Vou levar aquele vestido azul que a Arize fez para ela.

– O cor-de-rosa é melhor, minha senhora. O azul já está muito apertado.

– É verdade. – Olanna pegou num pato de plástico e atirou-o para dentro da banheira, e Bebé guinchou de prazer e mergulhou-o na água.

– *Nkem!* – chamou o Senhor. – *O mego!* Aconteceu!

Olanna correu para a sala de estar, com Ugwu atrás dela.

O Senhor estava parado junto do rádio. Tinha a televisão ligada, mas sem som e, como tal, as pessoas que dançavam pareciam estar a cambalear de bêbadas.

– Houve um golpe de Estado – anunciou o Senhor, e apontou para o rádio. – O Major Nzeogwu está a falar de Kaduna[2].

A voz na rádio era jovem, cheia de garra e confiança.

> *Anuncio por este meio a suspensão da Constituição e a dissolução do governo regional e das assembleias eleitas. Meus caros compatriotas, o objetivo do Conselho Revolucionário é criar uma nação isenta de corrupção e de lutas internas. Os nossos inimigos são os oportunistas políticos, os intrujões, os homens que, ocupando cargos maiores e menores, aceitam*

---

[2] Em janeiro de 1966, Patrick Chukwuma Nzeogwu (1937-67), também chamado «Kaduna» pelo seu apego à sua terra natal, chefiou um grupo de majores num golpe militar contra a Primeira República Nigeriana. *(N. da T.)*

subornos e exigem percentagens, todos aqueles que tentam manter o país constantemente dividido para poderem conservar-se no governo, os tribalistas, os nepotistas, todos aqueles que fazem com que o país pareça mal nos círculos internacionais, todos aqueles que corromperam a nossa sociedade.

Olanna correu para o telefone.
– O que é que se passa em Lagos? Eles disseram o que se passa em Lagos?
– Os teus pais estão bem, *nkem*. Os civis não correm perigo.
Olanna estava a marcar o número.
– Telefonista? Telefonista? – Pousou o telefone no descanso e pegou nele novamente. – Não está a funcionar.
Com gestos delicados, o Senhor tirou-lhe o telefone das mãos.
– De certeza que eles estão bem. Daqui a nada, as linhas já estão a funcionar normalmente. É só por razões de segurança.
Na rádio, a voz tornara-se mais firme.

Garanto a todos os estrangeiros que os seus direitos continuarão a ser respeitados. Prometemos a todos os cidadãos respeitadores da lei que estarão a salvo de toda e qualquer forma de opressão e de incompetência geral, e que serão livres de viver e prosperar em todas as áreas de atividade humana. Prometemos que nunca mais terão vergonha de dizer que são nigerianos.

– Mamã Ola! – chamou Bebé da casa de banho. – Mamã Ola!

Ugwu voltou para a casa de banho, secou Bebé com uma toalha e depois abraçou-a, soprando-lhe para o pescoço. Ela cheirava deliciosamente a sabonete para bebé *Pears*.

– Pintainho! – disse ele, fazendo-lhe cócegas. Ela tinha as trancinhas húmidas, com as pontas encarapinhadas, e Ugwu alisou-as e admirou-se, uma vez mais, com as parecenças que Bebé tinha com o pai; a família dele diria que ela era a cara chapada do Senhor.

– Mais cócegas! – pediu Bebé, rindo-se. O seu rosto gorducho estava coberto de humidade.

– Bebé bebé pintainho – murmurou Ugwu numa voz cantarolada que a divertia sempre.

Bebé riu-se e Ugwu ouviu Olanna dizer, na sala de estar: – Oh, meu Deus, o que é que ele disse? O que é que ele disse?

Estava a servir a papa à Bebé quando o vice-presidente falou brevemente na rádio, com uma voz comedida, como se estivesse exausto com o esforço de dizer: «O governo cede o poder aos militares.»

Houve mais comunicados nesse dia – o primeiro-ministro estava desaparecido, a Nigéria passava a ter um governo militar federal, os presidentes das regiões Norte e Oeste também estavam desaparecidos –, mas Ugwu não sabia ao certo quem falava e em que estação, porque o Senhor estava sentado junto do rádio e rodava o botão muito depressa, parava, escutava, rodava, parava. Tinha tirado os óculos e parecia mais vulnerável com os olhos encovados. Só voltou a colocá-los quando os convidados chegaram. Desta vez, eram mais numerosos do que habitualmente e Ugwu levou cadeiras da sala de jantar para a sala de estar, para que todos pudessem sentar-se. As suas vozes eram urgentes e excitadas, e estavam todos ansiosos que os outros acabassem de falar para poderem intervir.

– É o fim da corrupção! Era disto que estávamos a precisar desde a greve geral – disse um convidado.

Ugwu não se lembrava do nome dele, mas tinha a mania de comer os *chin-chin* todos assim que vinham para a mesa, por isso Ugwu começara a colocar o tabuleiro o mais longe possível dele. O indivíduo tinha umas mãos grandes; bastava servir-se generosamente umas poucas de vezes para que o tabuleiro ficasse vazio.

– Aqueles majores são verdadeiros heróis! – disse Okeoma, e ergueu um dos braços.

Havia excitação nas vozes deles, mesmo quando falaram sobre as pessoas que tinham sido assassinadas.

– Dizem que o *Sardauna* se escondeu atrás das suas mulheres.

– Dizem que o ministro das Finanças se borrou todo antes de o fuzilarem.

Alguns convidados riram-se e o mesmo fez Ugwu, até ouvir Olanna dizer:

– Eu conhecia Okonji. Era amigo do meu pai. – Parecia abatida.

– A BBC diz que foi um golpe de Estado ibo – disse o convidado comedor de *chin-chin*. – E têm razão. A maior parte das pessoas que foram assassinadas era do Norte.

– A maior parte das pessoas que estavam no governo era do Norte – sussurrou o Professor Ezeka, de sobrancelhas arqueadas, como se não conseguisse acreditar que fora obrigado a dizer o óbvio.

– A BBC devia perguntar aos Britânicos quem é que pôs os tipos do Norte no governo para eles dominarem toda a gente! – disse o Senhor.

Ugwu ficou surpreendido ao ver que o Senhor e o Professor Ezeka pareciam estar de acordo um com o outro. Ficou ainda mais surpreendido quando Miss Adebayo disse: – Aqueles africanos do Norte são loucos por chamarem a isto um ato de infiéis contra os justos.

O Senhor riu-se, mas não com o seu habitual riso trocista, e depois deslocou-se para a beirinha da cadeira para a desafiar; o seu riso era de aprovação. Ele concordava com ela.

– Se tivéssemos mais homens como o Major Nzeogwu neste país, não estaríamos na situação em que estamos hoje – disse o Senhor. – Ele tem uma visão!

– Ele não é comunista? – perguntou Lehman, o professor de olhos verdes. – Ele foi à Checoslováquia quando andava na Academia de Sandhurst.

– Lá estão vocês, Americanos, com a mania de espreitarem para debaixo da cama das pessoas à procura de sinais de comunismo. Achas que temos tempo para nos preocuparmos com isso, agora? – perguntou o Senhor. – O que importa é aquilo que levará o nosso povo a andar para a frente. Assumamos que, teoricamente, uma democracia capitalista é uma coisa boa, mas se for do género da nossa – em que alguém nos dá um vestido e nos diz que é parecido com o dele, mas o vestido não nos serve e já nem sequer tem botões –, então temos de descartá-la e fazer um vestido que nos sirva. Não há outra hipótese!

– Demasiada retórica, Odenigbo – disse Miss Adebayo. – Não podes arranjar argumentos teóricos para defender os militares.

Ugwu sentiu-se melhor; era a este espicaçar constante que ele estava habituado.

– É claro que posso. Com um homem como o Major Nzeogwu, posso – ripostou o Senhor. – Ugwu! Mais gelo!

– Esse homem é um comunista – insistiu o Professor Lehman.

A sua voz nasalada irritava Ugwu, ou talvez fosse simplesmente o facto de o Professor Lehman ter os cabelos louros como Mr. Richard, mas nem um pingo da sua discreta dignidade. Gostaria que Mr. Richard ainda frequentasse a casa. Lembrava-se claramente da sua última visita, meses antes de Bebé nascer, mas havia outras recordações dessas semanas tumultuosas que se tinham esbatido, estavam incompletas; receara tanto que o Senhor e Olanna nunca viessem a reconciliar-se e que o seu mundo desmoronasse que perdera o hábito de escutar atrás das portas. Nem sequer teria sabido que Mr. Richard estava envolvido na confusão, se Harrison não lhe tivesse contado.

– Obrigado, meu amigo. – O Senhor pegou na taça de gelo e despejou uns quantos cubos dentro do copo, fazendo-os tilintar.

– Sim, patrão – disse Ugwu.

Observou Olanna, de cabeça apoiada nas mãos entrelaçadas. Gostaria de sentir genuinamente pena do amigo dela, o tal político que fora assassinado, mas os políticos não eram como as pessoas normais, eram «políticos». Lera artigos sobre eles no *Renaissance* e no *Daily Times*: contratavam rufias para espancarem os seus adversários, compravam terras e casas com fundos do governo, importavam frotas de enormes automóveis americanos, pagavam a mulheres para encherem as roupas com boletins de voto falsos e fingirem que estavam grávidas. Sempre que escorria a água de uma panela de feijão cozido, Ugwu olhava para o lava-louça sujo e viscoso e pensava que era igual a um «político».

Nessa noite, deitou-se no seu quarto no Anexo dos Criados e tentou concentrar-se n'*A Vida e Morte do Mayor de Casterbridge*, mas foi difícil. Estava ansioso que Chinyere pulasse a cerca à socapa e fosse ter com ele; nunca planeavam os encontros, ela limitava-se a aparecer nuns dias e, noutros, não. Estava mortinho por que ela chegasse naquela excitante noite do golpe de Estado, que alterara a ordem das coisas e que palpitava de possibilidades, de novidades. Quando ouviu as pancadinhas na janela, deu graças aos deuses.

– Chinyere – disse ele.
– Ugwu – disse ela.

Ela cheirava a cebola rançosa. A luz estava apagada e, no feixe estreito que lhes chegava da lâmpada de presença no exterior, ele viu-lhe os seios em forma de cone quando ela despiu a blusa, desenrolou o pano atado à cintura e se deitou de barriga para cima. Havia qualquer coisa de húmido na escuridão, nos seus corpos próximos um do outro, e ele imaginou que Chinyere era Nnesinachi e que as pernas firmes que o rodeavam eram de Nnesinachi. A princípio, ela não fez barulho, mas depois, agitando as ancas e fincando as mãos nas costas dele, gritou a mesma coisa que gritava sempre. Parecia um nome – Abonyi, Abonyi –, mas Ugwu não tinha a certeza. Talvez também ela imaginasse que ele era outra pessoa qualquer, alguém da sua aldeia.

Ela levantou-se e foi-se embora tão silenciosamente quanto veio. Quando a viu no dia seguinte, do outro lado da cerca a pendurar roupa na corda, ela disse «Ugwu» e mais nada; nem sequer um sorriso.

CAPÍTULO 8

Olanna adiou a viagem a Kano por causa do golpe de Estado. Esperou que os aeroportos reabrissem, que os Correios e Telégrafos voltassem a funcionar, que os governadores militares fossem nomeados. Esperou até ter a certeza de que reinava a ordem. Mas o golpe pairava no ar. Toda a gente falava nele, inclusive o taxista de chapéu e cafetã brancos que a conduziu, a ela e Bebé, do aeroporto até ao bairro onde vivia Arize.

– Mas o *Sardauna* não foi assassinado, minha senhora – sussurrou ele. – Fugiu com a ajuda de Alá e agora está em Meca.

Olanna sorriu discretamente e não disse nada, porque sabia que aquele homem, com o seu colar de contas pendurado no espelho retrovisor, precisava de acreditar nisso. O *Sardauna*, no fim de contas, fora não só o presidente da Região Norte, como também o líder espiritual daquele homem e de tantos muçulmanos como ele.

Contou a Arize o comentário do taxista e esta encolheu os ombros e disse: – Eles andam a dizer todo o tipo de disparates.

Arize tinha o pano muito descido, atado abaixo da cintura, e uma blusa larga para acomodar o inchaço da barriga.

Sentaram-se na sala de estar com fotografias do casamento de Arize e Nnakwanze na parede oleosa, enquanto Bebé brincava com os miúdos no pátio. Olanna não queria que Bebé tocasse naquelas crianças de roupas rasgadas e ranho leitoso a escorrer-lhes do nariz, mas não disse nada; tinha vergonha de pensar assim.

– Amanhã apanhamos o primeiro voo para Lagos, Ari, para tu poderes descansar antes de irmos às compras. Não quero fazer nada que seja difícil para ti – disse Olanna.

– Difícil? Eu só estou grávida, mana, não estou doente. Afinal, não são mulheres como eu que trabalham na quinta até o bebé querer sair? E não sou eu que estou a costurar aquele vestido? – Arize apontou para o canto, onde a sua máquina de costura *Singer* se encontrava em cima de uma mesa, entre uma pilha de roupas.

– Estou preocupada com o meu afilhado que tens na barriga e não contigo – disse Olanna.

Levantou a blusa de Arize e encostou o rosto ao ventre redondo e firme de Arize, à pele muito esticada, num meigo ritual que cumpria desde que a rapariga engravidara; se o fizesse com suficiente frequência, dizia Arize, o bebé absorveria as suas feições e nasceria parecido com ela.

– Não me importa por fora – disse Arize. – Mas, por dentro, ela tem de ser igual a ti. Tem de ter a tua inteligência, e estudos como tu.

– Ou ele.

– Não, é uma menina, vais ver. O Nnakwanze diz que vai ser um rapaz parecido com ele, mas eu disse-lhe que Deus não vai deixar que o meu filho tenha aquela cara achatada dele.

Olanna riu-se. Arize levantou-se e abriu uma caixa de esmalte de onde tirou algum dinheiro.

– Vê o que a Mana Kainene me mandou na semana passada. Mandou-me gastá-lo em coisas para o bebé.

– Foi simpático da parte dela. – Olanna teve noção do seu tom afetado, noção de que Arize estava a observá-la.

– Tu e a Mana Kainene deviam conversar. O passado passado é.

– Não podemos falar com quem não nos quer ouvir – respondeu Olanna. Queria mudar de assunto. Queria sempre mudar de assunto quando Kainene vinha à baila. – É melhor eu levar a Bebé à Tia Ifeka, para ela a cumprimentar. – Saiu da sala à pressa, para ir buscar Bebé antes que Arize pudesse acrescentar alguma coisa.

Lavou a cara e as mãos de Bebé, sujas de areia, e depois saíram do recinto de casas e desceram a rua. O Tio Mbaezi ainda não tinha voltado do mercado e elas sentaram-se junto da Tia Ifeka, num banco à frente do seu quiosque, Bebé ao colo de Olanna. O pátio começava a encher-se com as conversas dos vizinhos e os gritos das crianças a correrem à volta da árvore *kuka*. Alguém estava a ouvir música muito alto num gramofone; daí a pouco, um grupo de homens amontoados junto do portão do recinto começou a rir e a dar encontrões uns nos outros, imitando a letra da canção. A Tia Ifeka também se riu e bateu palmas.

– Qual é a graça? – perguntou Olanna.

– É a música do Rex Lawson – disse a Tia Ifeka.

– E que tem ela de engraçado?

– A nossa gente diz que o coro parece *mmee-mmee-mmee*, os balidos de uma cabra. – A Tia Ifeka soltou uma gargalhada.

– Dizem que o *Sardauna* fez o mesmo barulho quando implorou que não o matassem. Quando os soldados atingiram a casa dele com um morteiro, ele escondeu-se atrás das mulheres e baliu: «*Mmee-mmee-mmee*, por favor não me matem, *mmee-mmee-mmee!*»

A Tia Ifeka riu-se novamente e Bebé imitou-a, como se tivesse percebido a graça.

– Ah.

Olanna lembrou-se do Chefe Okonji e perguntou-se se as pessoas também diriam que ele balira como uma cabra antes de morrer. Olhou para o outro lado da rua, onde as crianças estavam a brincar com pneus de automóvel, fazendo-os rolar e correndo para ver quem ganhava. Uma pequena tempestade de areia começou a formar-se ao longe e a poeira levantava-se e caía em nuvens branco-acinzentadas.

– O *Sardauna* era um homem mau, *ajo mmadu* – disse a Tia Ifeka. – Odiava-nos. Odiava todas as pessoas que não tiravam os sapatos e não se curvavam diante dele. Não foi ele que proibiu as nossas crianças de irem à escola?

– Não deviam tê-lo matado – disse Olanna baixinho. – Deviam tê-lo mandado para a prisão.

A Tia Ifeka resfolegou.

– Em que prisão? Aqui na Nigéria, onde ele controlava tudo e todos? – Levantou-se e começou a fechar o quiosque. – Anda, vamos para casa, para eu arranjar qualquer coisa para a Bebé comer.

A canção de Rex Lawson estava a tocar muito alto no recinto onde vivia Arize quando Olanna entrou. Nnakwanze também a achava hilariante. Ele tinha dois dentes da frente enormes e, quando se ria, era como se lhe tivessem enfiado à força uma dentadura demasiado grande na sua boca pequena. *Mmeee-mmeee-mmeee*, uma cabra a implorar para que não a matem: *mmeee-mmeee-mmeee*.

– Não tem piada – disse Olanna.

– Oh, mana, tem piada, sim senhor – disse Arize. – Tu é que já não sabes rir, de tanto ler livro.

Nnakwanze estava sentado no chão aos pés de Arize, esfregando-lhe a barriga em suaves gestos circulares. Ele preocupara-se muito menos do que Arize quando esta passara o primeiro, o segundo e o terceiro ano do seu casamento sem engravidar; quando a mãe dele começou a visitá-los com demasiada frequência e a espetar o dedo na barriga de Arize e a instá-la a confessar quantos abortos tinha feito antes do casamento, ele pediu-lhe para acabar com as visitas. Pediu-lhe também para parar de lhes levar poções pestilentas para Arize beber em amargos goles. Agora que Arize estava grávida, ele trabalhava horas extra nos caminhos de ferro e pediu-lhe para reduzir o trabalho de costura.

Ele continuava a cantar a música e a rir. Uma cabra a implorar para que não a matem: *mmeee-mmeee-mmeee*.

Olanna levantou-se. A brisa noturna era desagradavelmente fresca.

– Ari, devias ir para a cama, para amanhã de manhã teres forças para ir a Lagos.

Nnakwanze fez menção de ajudar Arize a levantar-se, mas ela afastou-o.

– Já vos disse que não estou doente. Só estou grávida.

*

Olanna ficou contente ao saber que a casa de Lagos ia estar vazia. O pai ligara-lhe a avisar que iam para o estrangeiro. Sabia que ele preferia ficar longe do país até a situação acalmar, porque estava com receio à conta das suas percentagens, festas luxuosas e relações com pessoas influentes. Contudo, nem ele nem a mãe o admitiram. Disseram que iam tirar umas férias. A sua política era não falar nas coisas, da mesma maneira que ambos fingiam não reparar que ela e Kainene cortaram relações e que Olanna só ia lá a casa quando tinha a certeza de que Kainene não estava.

No táxi que apanhara no aeroporto, Arize ensinou uma canção a Bebé, enquanto Olanna via Lagos desfilar pela janela: o trânsito caótico, os autocarros ferrugentos e as multidões exaustas à espera deles, os revendedores de bilhetes, os mendigos a deslizarem em carrinhos de madeira baixos, os vendedores de rua mal-amanhados a espetarem os seus tabuleiros na direção das pessoas que não queriam ou não podiam comprar-lhes coisas.

O taxista parou à frente do recinto murado onde viviam os pais de Olanna, em Ikoyi, e olhou para o portão alto.

– O ministro que foi assassinado vivia aqui perto, *abi*, tia? – perguntou.

Olanna fingiu que não tinha ouvido e, em vez disso, ralhou com Bebé: – Olha o que tu fizeste ao teu vestido! Vamos já lá para dentro, para limparmos a nódoa!

Mais tarde, o motorista da mãe, Ibekie, levou-as ao Kingsway. O supermercado cheirava a tinta fresca. Arize andou de secção em secção, soltando exclamações, tocando nas embalagens de plástico, escolhendo roupas de bebé, um carrinho de passeio cor-de-rosa, uma boneca de plástico com olhos azuis.

– Tudo brilha nos supermercados, mana – disse Arize, rindo-se. – Nada tem pó!

Olanna pegou num vestido branco orlado de renda cor-de-rosa.

– *O maka.* Isto é lindo.

– É demasiado caro – disse Arize.

– Ninguém pediu a tua opinião.

Bebé tirou uma boneca de uma prateleira baixa e virou-a de pernas para o ar; a boneca soltou um gemido.

– Não, Bebé. – Olanna tirou-lhe a boneca e arrumou-a no sítio.

Fizeram mais umas compras e depois dirigiram-se para o mercado Yaba, onde Arize poderia arranjar tecidos para si própria. Tejuosho Road estava cheia de gente, famílias amontoadas à volta de tachos de comida a ferver, mulheres a assarem maçarocas de milho e bananas-da-terra em caçarolas chamuscadas, homens de tronco nu a colocarem sacos em camionetas com máximas pintadas à mão: NADA DURA PARA SEMPRE. DEUS SABE O QUE FAZ. Ibekie estacionou junto das bancas de jornais. Olanna olhou para as pessoas paradas a ler o *Daily Times* e sentiu-se orgulhosa. Tinha a certeza de que estavam a ler o artigo de Odenigbo; era, sem dúvida, o melhor. Fora ela própria que o editara e suavizara um pouco a retórica, de maneira a que a tese em causa – que só um governo unitário podia acabar com as divisões do regionalismo – se tornasse mais clara.

Pegou na mão de Bebé e abriu caminho por entre os vendedores de rua, sentados debaixo de guarda-sóis, com pilhas, cadeados e cigarros cuidadosamente expostos em tabuleiros esmaltados. A entrada principal do mercado estava estranhamente vazia. Foi então que Olanna viu a multidão mais à frente. Um homem de camisola interior amarelada encontrava-se de pé, ao centro, enquanto outros dois lhe davam estalos, um a seguir ao outro, estalos metódicos, com um som estridente.

– Porquê agora? Porque é que estás a negar?

O homem olhava para eles fixamente, inexpressivo, dobrando ligeiramente o pescoço após cada estalo. Arize deteve-se.

Alguém da multidão gritou: – Estamos a contar os ibos. *Oya*, venham identificar-se. Vocês são ibos?

Arize murmurou entre dentes: – *I kwuna okwu* – como se Olanna estivesse a pensar dizer alguma coisa, e, em seguida, abanou a cabeça e desatou a falar muito alto em ioruba fluente, ao mesmo tempo que se virava como quem não quer a coisa, para voltarem para trás. A multidão desinteressou-se delas. Outro homem de fato safari estava a levar estalos na nuca.

– Tu és ibo! Não negues! Identifica-te!

Bebé começou a chorar.

– Mamã Ola! Mamã Ola!

Olanna pegou-lhe ao colo. Ela e Arize não abriram a boca até se sentarem dentro do carro. Ibekie já tinha feito marcha-atrás e não parava de olhar pelo espelho retrovisor.

– Vi pessoas a fugir – disse ele.

– O que é que está a acontecer? – perguntou Olanna.

Arize encolheu os ombros.

– Ouvimos rumores de que eles têm andado a fazer isto em Kaduna e Zaria, desde que houve o golpe de Estado; saem à rua e começam a chatear as pessoas de etnia ibo, porque dizem que o golpe foi da autoria dos Ibos.

– *Ezi okwu?* A sério?

– Sim, Tia – disse Ibekie rapidamente, como se tivesse estado à espera de uma oportunidade para falar. – Tenho um tio em Ebutte Metta que, desde o golpe, deixou de dormir em casa. Os vizinhos são todos iorubas e disseram que andaram uns homens à procura dele. Agora ele dorme numa casa diferente todas as noites, enquanto continua a tratar do seu negócio. Mandou os filhos de volta para a terra natal.

– *Ezi okwu?* A sério? – repetiu Olanna. Sentia-se vazia. Não sabia que as coisas tinham chegado àquele ponto; em Nsukka, viviam numa espécie de redoma e as notícias, irreais, serviam apenas para alimentar as conversas do serão, as divagações de Odenigbo e os seus artigos inflamados.

– A situação há de acalmar – disse Arize, e tocou no braço de Olanna. – Não te preocupes.

Olanna fez um gesto de assentimento e olhou para as palavras pintadas numa camioneta ali perto: NÃO HÁ TELEFONES NO PARAÍSO. Nem acreditava na facilidade com que tinham negado quem eram, com que tinham rejeitado a sua origem ibo.

– Ela vai usar o vestido branco no batizado, mana – disse Arize.

– O quê, Ari?

Arize apontou para a barriga.

– A tua afilhada vai usar o vestido branco no batizado. Muito obrigada, mana.

O brilho dos olhos de Arize levou Olanna a sorrir; a situação haveria certamente de acalmar. Fez cócegas a Bebé, mas ela não se riu. Bebé fitou-a com uns olhos assustados cujas lágrimas ainda não tinham secado por completo.

CAPÍTULO 9

Richard observou Kainene, enquanto ela apertava o fecho do seu vestido lilás e se virava para ele. O quarto de hotel tinha uma iluminação forte e ele contemplou-a, assim como ao respetivo reflexo no espelho.

– *Nke a ka mma* – disse ele.

De facto, aquele vestido era mais bonito do que o preto que se encontrava em cima da cama e que ela escolhera antes para levar à festa dos pais. Kainene fez uma vénia trocista e sentou-se para se calçar. Quase se podia dizer que estava bonita, com a sua base em pó e o *bâton* vermelho e o ar descontraído; não estava tão tensa como tinha andado ultimamente, por causa de um contrato que queria fisgar com a Shell-BP. Antes de partirem, Richard afastou-lhe uns cabelos da peruca e beijou-a na testa, para não lhe estragar o *bâton*.

A sala de estar dos pais dela estava enfeitada com balões garridos. A festa já tinha começado. Empregados de preto e branco percorriam a sala com tabuleiros e sorrisos servis, de cabeça ridiculamente empinada. O champanhe cintilava nas taças, a luz dos lustres refletia o brilho das joias nos pescoços de mulheres gordas, e a banda de *high life* tocava tão alto e com tanto vigor a um canto que as pessoas se colavam umas às outras para conseguirem falar.

– Estou a ver muitos Homens Grandes do novo regime – disse Richard.

– O meu pai não perdeu tempo para conquistar a simpatia deles – comentou Kainene ao seu ouvido. – Fugiu até a situação acalmar e agora voltou, decidido a fazer novos amigos.

Richard passou revista ao resto da sala. O Coronel Madu destacava-se logo, com os seus ombros grandes, rosto grande, feições grandes e uma cabeça que se erguia acima de todas as outras. Estava a conversar com um árabe de casaco de cerimónia muito apertado. Kainene aproximou-se deles para cumprimentá-los e Richard foi buscar uma bebida, para não ter de falar de imediato com Madu.

A mãe de Kainene foi ter com ele e deu-lhe um beijinho na cara. Richard percebeu que ela estava bêbada, senão tê-lo-ia cumprimentado com o seu habitual «Como está?» gelado. Desta vez, porém, disse-lhe que ele estava com bom ar e encurralou-o numa malfadada ponta da sala, entre uma parede e uma escultura intimidativa, uma coisa qualquer que parecia um leão a rosnar.

– A Kainene disse-me que vais voltar para Londres, em breve? – perguntou ela. A sua tez de ébano parecia de cera, com tanta maquilhagem. Havia um certo nervosismo nos seus movimentos.

– Sim. Vou estar fora durante cerca de dez dias.

– Só dez dias? – Ela esboçou um meio sorriso. Talvez tivesse esperanças de que ele ficasse longe durante mais tempo, para poder finalmente arranjar um parceiro adequado para a filha.

– Vais visitar a família?

– O meu primo Martin vai-se casar – disse Richard.

– Ah, está certo. – As fiadas e fiadas de ouro pesavam-lhe no pescoço e faziam-na inclinar a cabeça para a frente como se estivesse sob uma pressão enorme, e o seu esforço por dissimulá-lo tornava-o ainda mais evidente. – Podíamos encontrar-nos em Londres nessa altura, para tomarmos uma bebida juntos. Tenho andado a dizer ao meu marido que devíamos tirar mais umas pequenas férias. Não é que vá acontecer alguma coisa, mas nem toda a gente está contente com este decreto unitário de que o governo tanto fala. Penso que é melhor uma pessoa ficar longe daqui, até a situação acalmar. Talvez partamos na semana que vem, mas ainda não dissemos a ninguém, por isso não divulgues a notícia. – Ela tocou na manga dele em jeito de brincadeira e Richard viu um vislumbre de Kainene na curva dos seus lábios. – Nem sequer contámos aos nossos amigos, os Ajuah. Conheces o Chefe Ajuah, dono da empresa de garrafas? Eles são de etnia ibo, mas são ibos da Região Oeste. Ouvi dizer que são eles que andam a negar a sua origem ibo. Sabe-se lá o que vão inventar que nós fizemos? Sabe-se lá! São capazes de vender os outros ibos por tuta-e-meia. Tuta-e-meia, ouve bem o que eu te digo. Queres beber mais alguma coisa? Não saias daqui, que eu vou buscar outra bebida. Não saias daqui.

Assim que ela se afastou, cambaleante, Richard foi procurar Kainene. Encontrou-a na varanda com Madu, de pé a contemplar a piscina. Um cheiro intenso a carne assada pairava no ar. Ele observou-os por uns instantes. A cabeça de Madu estava ligeiramente inclinada para o lado enquanto Kainene falava, o corpo dela parecia frágil ao lado da estrutura corpulenta dele e, no entanto, dir-se-ia que havia uma sintonia natural entre eles. Ambos muito negros, um alto e magro, o outro mais alto ainda e enorme. Kainene virou-se e viu-o.

– Richard – disse ela.

Ele aproximou-se e cumprimentou Madu com um aperto de mão.

– Estás bom, Madu? *A na-emekwa?* – perguntou, desejoso de ser o primeiro a falar. – Como vai a vida no Norte?

– Não tenho razões de queixa – disse Madu em inglês.

– A Adaobi não veio contigo? – Richard gostaria que o homem aparecesse mais vezes em público com a mulher.

– Não – disse Madu, e bebericou a sua bebida; era evidente que não queria que lhe interrompessem a conversa com Kainene.

– Vi a minha mãe a conversar contigo, deve ter sido empolgante – comentou Kainene. – Eu e o Madu fomos obrigados a aturar o Ahmed durante um bocado. Ele quer comprar o armazém do meu pai em Ikeja.

– O teu pai não lhe vai vender nada – anunciou Madu, como se a decisão fosse sua. – Aqueles sírios e libaneses já são donos de metade de Lagos e não passam de uns oportunistas de merda neste país.

– Eu até lho vendia, se ele não cheirasse tanto a alho, um horror – disse Kainene.

Madu riu-se.

Kainene enfiou a mão na de Richard.

– Estava a contar ao Madu que tu achas que vem aí outro golpe de Estado.

– Não vai haver outro golpe – disse Madu.

– E tu sabes melhor do que ninguém, não é, Madu? Como agora és coronel e Homem Grande – brincou Kainene.

Richard apertou a mão dela com mais força.

– Na semana passada, fui a Zaria e tive a sensação de que ninguém falava noutra coisa a não ser num segundo golpe. Até a Rádio Kaduna e o *New Nigerian* insistiam nisso – explicou ele em ibo.

– O que é que a imprensa sabe, na realidade? – respondeu Madu em inglês. Ele fazia sempre isso: desde que Richard começara a falar ibo quase fluentemente, Madu teimava em responder-lhe em inglês, para que Richard se sentisse obrigado a voltar ao inglês.

– Os jornais publicaram artigos sobre a *jihad* e a Rádio Kaduna não parou de transmitir os discursos do falecido *Sardauna*, e disseram que os Ibos iam apoderar-se de todos os cargos da função pública e...

Madu cortou-lhe a palavra.

– Não vai haver um segundo golpe de Estado. Há uma ligeira tensão no exército, mas há *sempre* uma ligeira tensão no exército. Já provaste a carne de cabra? Não é uma delícia?

– É – concordou Richard quase automaticamente e, logo de seguida, arrependeu-se.

O ar de Lagos era húmido; estar de pé ao lado de Madu asfixiava-o. O tipo fazia-o sentir-se insignificante.

O segundo golpe de Estado ocorreu uma semana depois e a primeira reação de Richard foi congratular-se. Estava a reler a carta de Martin no pomar, sentado no lugar onde Kainene muitas vezes dizia, a brincar, que tinham aparecido uns sulcos exatamente com o tamanho e a forma das nádegas dele.

Ainda se usa a expressão «tornar-se nativo»[1]*? Sempre soube que isso havia de te acontecer! A minha mãe disse que*

---

[1] No original, *going native*, expressão que significa «adotar o estilo de vida dos nativos». (N. da T.)

desististe do livro sobre arte tribal e que estás satisfeito com este novo, uma espécie de livro de viagens ficcionado? E sobre os Males Europeus em África! Estou desejoso de saber mais pormenores, quando estiveres em Londres. É uma pena que tenhas desistido do antigo título: O Cesto de Mãos. *Em África também se cortavam as mãos às pessoas? Pensei que fosse só na Índia. Fiquei intrigado!*

Richard lembrou-se daquele sorriso que Martin exibia tantas vezes, quando eram pequenos, durante os anos em que a Tia Elizabeth os afogara em atividades, com aquela sua determinação obsessiva em nunca os deixar estar parados: torneios de críquete, aulas de boxe, ténis, lições de piano com um francês que falava à sopinha de massa. Martin deu-se bem em todas elas, sempre com o sorriso de superioridade de quem nasceu em plena sintonia com o seu meio e está destinado a destacar-se em tudo o que faz.

Richard esticou o braço para apanhar uma flor silvestre que parecia uma papoila. Perguntou-se como seria o casamento de Martin; a noiva de Martin era estilista, quem diria. Se pelo menos Kainene pudesse acompanhá-lo... mas ela tinha de ficar no país para assinar o novo contrato. Richard queria que a Tia Elizabeth e Martin e Virginia a vissem, mas, acima de tudo, queria que o vissem a ele próprio, o homem em que se transformara depois de vários anos na Nigéria; queria que vissem que estava mais moreno e mais feliz.

Ikejide foi ter com ele.

– Mr. Richard, patrão! A minha senhora manda chamar. Houve outro golpe – anunciou Ikejide. Parecia excitado.

Richard precipitou-se para dentro de casa. Ele tinha razão; Madu, não. O calor húmido de julho deixara-lhe o cabelo colado à cabeça e, enquanto caminhava, passou as mãos por entre as madeixas para as soltar. Kainene estava sentada num dos sofás da sala, com os braços à volta do corpo, a balouçar o tronco para trás e para a frente. A voz britânica na rádio era tão forte que ela teve de falar mais alto para dizer: – O poder foi tomado por oficiais do Norte. A BBC diz que andam a matar os oficiais ibos de Kaduna. A Rádio Nigeriana não diz nada.

Kainene falava demasiado depressa. Richard pôs-se de pé atrás dela e começou a massajar-lhe os ombros, esfregando-lhe os músculos tensos em gestos circulares. Na rádio, a ofegante voz britânica disse que era extraordinário que um segundo golpe de Estado tivesse ocorrido apenas seis meses depois do primeiro.

– Extraordinário. Sem dúvida que é – disse Kainene. Com um gesto súbito e abrupto, esticou o braço e atirou o rádio para fora da mesa. O aparelho caiu na alcatifa e uma pilha soltou-se e rolou pelo chão. – O Madu está em Kaduna – disse ela, e escondeu o rosto entre as mãos. – O Madu está em Kaduna.

– Está tudo bem, minha querida – disse Richard. – Está tudo bem.

Pela primeira vez, considerou a hipótese de Madu morrer. Decidiu não voltar para Nsukka durante uns tempos, embora sem saber bem porquê. Seria realmente por querer estar junto de Kainene quando ela tomasse conhecimento da morte de Madu? Nos dias que se seguiram, ela andou tão angustiada que até ele começou a preocupar-se com Madu e a irritar-se consigo mesmo por causa disso e, logo a seguir, a irritar-se por causa dessa sua irritação. Não devia ser tão mesquinho. No fim de contas, ela partilhava com ele a sua preocupação, como se Madu fosse amigo de ambos e não apenas dela. Relatava-lhe os telefonemas todos que fazia, as investigações todas que efetuava para tentar descobrir o que acontecera. Ninguém sabia de nada. A mulher de Madu não recebera notícias. Lagos estava um caos. Os pais dela tinham partido para Inglaterra. Muitos oficiais ibos estavam mortos. As matanças eram organizadas; ela disse-lhe que um soldado contara que tinham feito disparar na caserna o alarme de inspeção das tropas do batalhão e que, quando toda a gente compareceu à chamada, os nortenhos identificaram todos os soldados ibos, pegaram neles e fuzilaram-nos.

Kainene andava muito sossegada e calada, mas não chorosa, por isso, no dia em que ela lhe disse: – Tive notícias – com um soluço na voz, Richard teve a certeza de que era sobre Madu. Perguntou-se como é que devia consolá-la, se é que conseguiria fazê-lo. – O Udodi – disse Kainene. – Mataram o Coronel Udodi Ekechi.

– O Udodi? – Estava tão convencido de que a notícia era sobre Madu que, por um instante, não conseguiu reagir.

– Uns soldados do Norte puseram-no numa cela na caserna e fizeram-no comer a sua própria merda. Ele comeu a sua própria merda! – Kainene fez uma pausa. – Depois, deram-lhe uma sova até ele perder os sentidos, amarraram-no a uma cruz de ferro e atiraram-no novamente para dentro da cela. Ele morreu amarrado a uma cruz de ferro. Morreu numa cruz.

Richard sentou-se muito devagar. A sua aversão por Udodi – espalhafatoso, bêbado, a emanar falsidade por todos os poros – agravara-se nos últimos anos. No entanto, os pormenores da sua morte deixaram-no muito sério. Pensou novamente na morte de Madu e tomou consciência de que não sabia como reagiria.

– Quem é que te contou isso tudo?

– A Maria Obele. A mulher do Udodi é prima dela. Disse que consta que nenhum oficial ibo escapou com vida no Norte. Mas algumas pessoas de Umunnachi ouviram o rumor de que o Madu fugiu. A Adaobi não sabe de nada. Como é que ele poderia ter fugido? Como?

– Pode estar escondido algures.

– Como? – repetiu Kainene.

O Coronel Madu apareceu em casa de Kainene duas semanas depois, tão magro que ainda parecia mais alto; os ângulos das suas clavículas viam-se através da camisa branca.

Kainene soltou um grito.

– Madu! És mesmo tu? *O gi di ife a?*

Richard não tinha bem a noção de quem é que se aproximara de quem primeiro, mas Kainene e Madu estavam abraçados um ao outro, muito juntos, ela tocando-lhe nos braços e no rosto com uma ternura que fez Richard desviar o olhar. Foi ao armário das bebidas e preparou um *whisky* para Madu e um *gin* para si.

– Obrigado, Richard – disse Madu, mas não pegou na sua bebida e Richard ficou ali parado com os dois copos nas mãos, até que decidiu pousar um deles.

Kainene sentou-se numa mesinha baixa à frente de Madu.

– Disseram que te fuzilaram em Kaduna, depois disseram que te enterraram vivo no mato, depois disseram que tinhas fugido, depois disseram que estavas na prisão, em Lagos.

Madu não disse nada. Kainene fitou-o intensamente. Richard acabou o seu *gin* e foi buscar outro.

– Lembras-te do meu amigo Ibrahim? De Sandhurst? – perguntou Madu, por fim.

Kainene fez que sim com a cabeça.

– O Ibrahim salvou-me a vida. Contou-me que ia haver um golpe de Estado no próprio dia. Ele não estava diretamente envolvido, mas a maior parte deles, os oficiais do Norte, sabia o que ia acontecer. Levou-me de carro para casa de um primo, mas eu só percebi ao certo qual era a ideia quando ele pediu ao primo para me levar para o quintal, onde guardava os animais domésticos. Dormi no galinheiro durante dois dias.

– Não! *Ekwuzina!*

– E acreditas que uns soldados foram lá a casa vasculhar tudo à minha procura? Toda a gente sabia que eu era muito amigo do Ibrahim e desconfiaram que ele me tinha ajudado a fugir. Mas não foram espreitar no galinheiro. – O Coronel Madu calou-se, meneando a cabeça, com um olhar vazio. – Nunca imaginei que a merda de galinha cheirasse tão mal, até dormir no meio dela. Ao terceiro dia, o Ibrahim mandou-me uns cafetãs e dinheiro por intermédio de um miúdo e pediu-me para eu me ir embora imediatamente. Vesti-me como um nómada fulani e atravessei as povoações mais pequenas, porque o Ibrahim disse que os soldados da artilharia tinham montado barreiras em todas as principais estradas de Kaduna. Tive a sorte de encontrar um camionista, um homem ibo de Ohafia, que me levou a Kafanchan. Tenho um primo que vive lá. Conheces o Onunkwo, não conheces? – Madu não esperou que Kainene respondesse. – Ele é chefe da estação de caminhos de ferro e disse-me que soldados do Norte tinham cortado a ponte de Makurdi. Aquela ponte é uma sepultura. Inspecionaram todos os veículos, atrasaram os comboios de passageiros cerca de oito horas e mataram todos os soldados ibos que lá encontraram e atiraram os corpos borda fora. Muitos dos soldados estavam disfarçados, mas eles serviram-se das botas para os descobrir.

– O quê? – Kainene inclinou-se para a frente.

– Das botas. – Madu olhou para os sapatos. – Nós, soldados, andamos sempre de botas, por isso eles inspecionaram os pés de todos os homens e qualquer ibo que tivesse os pés limpos e sem rachas provocadas pelo harmatão, foi levado e fuzilado. Também examinaram as testas para ver se a pele era mais clara, por causa da boina de soldado. – Madu abanou a cabeça. – O Onunkwo aconselhou-me a esperar uns dias. Achava que eu não ia conseguir atravessar a ponte, porque eles iam reconhecer-me facilmente, fosse qual fosse o meu disfarce. Por isso, fiquei durante dez dias numa aldeia perto de Kafanchan. O Onunkwo arranjou-me várias casas para eu dormir. Não era seguro ficar em casa dele. Finalmente, disse-me que tinha arranjado um maquinista, um homem bom de Nnewi, que me esconderia no tanque de água do seu comboio de mercadorias. O tipo deu-me um fato de bombeiro para eu vestir e eu meti-me dentro do tanque. Tinha água pelo queixo. Sempre que o comboio dava um safanão, entrava-me água pelo nariz. Quando chegámos à ponte, os soldados inspecionaram o comboio de uma ponta à outra. Ouvi passos em cima da tampa do tanque e pensei que era o fim. Mas eles não o abriram e conseguimos passar. Foi só nessa altura que tive a certeza de que estava vivo e que ia sobreviver. Quando voltei para Umunnachi, encontrei a Adaobi vestida de preto.

Kainene continuou de olhos postos em Madu muito depois de ele ter acabado de falar. Seguiu-se mais um momento de silêncio, que deixou Richard constrangido, porque não sabia ao certo como reagir, qual a expressão que devia mostrar.

– Depois disto, os soldados ibos e os soldados do Norte nunca mais poderão viver na mesma caserna. É impossível, impossível – disse o Coronel Madu. Tinha um brilho vítreo nos olhos.

– E o Gowon não pode ser chefe de Estado. Não podem impor-nos o Gowon como chefe de Estado. Não é assim que se fazem as coisas. Há outros nomes antes do dele, na escala hierárquica.

– O que é que vais fazer agora? – perguntou Kainene.

Madu não deu sinais de a ter ouvido.

– Perdemos tantos homens – disse ele. – Tantos homens bons e competentes... o Udodi, o Iloputaife, o Okunweze, o Okafor... homens que acreditavam na Nigéria e que se estavam nas tintas para as divisões tribais. Afinal, o Udodi falava melhor haúça do que ibo e vê só como o massacraram. – Levantou-se e pôs-se a andar de um lado para o outro. – O problema foi a política de equilíbrio étnico. Eu fiz parte da comissão que disse ao comandante-chefe que devíamos esquecer essa ideia, porque estava a polarizar o exército, que deviam parar de promover nortenhos sem qualificações. Mas o nosso comandante-chefe disse que não, o nosso comandante-chefe *britânico*. – Madu virou-se e olhou para Richard.

– Vou pedir ao Ikejide para cozinhar o teu arroz preferido – disse Kainene.

Madu encolheu os ombros, em silêncio, e olhou pela janela.

CAPÍTULO 10

Ugwu pôs a mesa para o almoço.

– Já está, patrão – disse ele, embora soubesse que o Senhor não ia tocar na sopa *okro* e ia continuar a andar de um lado para o outro na sala de estar, com o som do rádio muito alto, como fazia há uma hora, desde que Miss Adebayo se fora embora. Ela tinha batido com tanta força na porta da rua que Ugwu temera que o vidro se partisse e, quando a abrira, entrara de rompante, perguntando: – Onde está o teu senhor? Onde está o teu senhor?

– Vou chamá-lo, minha senhora – dissera Ugwu, mas Miss Adebayo avançara à frente dele para o escritório do Senhor. Ele ouvira-a dizer: – Temos problemas no Norte.

Ugwu ficou com a boca seca, porque Miss Adebayo não era uma alarmista e o que quer que estivesse a acontecer no Norte só podia ser grave, e Olanna estava em Kano.

Desde o segundo golpe de Estado, ocorrido há umas semanas, em que soldados ibos tinham sido assassinados, que ele tentava a todo o custo perceber o que se passava, lia os jornais mais cuidadosamente, ouvia o Senhor e os seus convidados com mais atenção. As conversas já não acabavam em risos reconfortantes e, muitas vezes, a sala de estar parecia coberta por um manto de incertezas, de conhecimento incompleto, como se todos adivinhassem que ia acontecer qualquer coisa, mas não soubessem o quê. Nenhum deles poderia ter imaginado que seria aquilo que o locutor da ENBC Rádio Enugu estava a anunciar naquele momento, enquanto Ugwu endireitava a toalha da mesa: «Recebemos notícias que asseguram que cerca de quinhentos ibos foram assassinados em Maiduguri.»

– Que disparate! – gritou o Senhor. – Ouviste isto? Ouviste bem?

– Sim, patrão – respondeu Ugwu, desejando que o barulho não acordasse Bebé, que estava a fazer a sesta.

– É impossível! – exclamou o Senhor.

– Patrão, a sua sopa – disse Ugwu.

– Quinhentas pessoas assassinadas. Que disparate pegado! Não pode ser verdade.

Ugwu levou o prato para a cozinha e colocou-o no frigorífico. O cheiro a especiarias deixou-o enjoado, da mesma maneira que o enjoou olhar para a sopa, para a comida. Mas Bebé acordaria daí a pouco e teria de lhe fazer o jantar. Tirou um saco de batatas da despensa e sentou-se a observá-lo, a lembrar-se de Olanna, que partira para Kano havia dois dias, para ir buscar a Tia Arize, levando o cabelo às trancinhas tão repuxado na testa que até ficara com a pele reluzente.

Bebé entrou na cozinha.

– Ugwu.

– *I tetago?* Já acordaste? – perguntou Ugwu, antes de abraçá-la. Perguntou-se se o Senhor a teria visto passar pela sala de estar.

– Sonhaste com pintainhos?

Bebé riu-se e as covinhas das bochechas tornaram-se ainda mais profundas.

– Sim!

– Falaste com eles?

– Sim!

– O que é que eles disseram?

Bebé não deu a resposta habitual. Largou o pescoço dele e sentou-se no chão.

– Onde está a Mamã Ola?

– A Mamã Ola volta daqui a nada. – Ugwu inspeccionou a lâmina da faca. – Agora dá-me uma ajuda com as cascas de batata. Põe-nas todas no lixo e quando a Mamã Ola chegar dizemos-lhe que tu me ajudaste na cozinha.

Depois de pôr as batatas ao lume, Ugwu deu banho a Bebé, polvilhou o corpo dela com pó de talco *Pears* e tirou a camisa de noite cor-de-rosa do armário. Era a camisa que Olanna adorava, que ela dizia que fazia Bebé parecer uma boneca. Mas Bebé disse: – Quero o meu pijama – e Ugwu ficou baralhado, sem saber se afinal Olanna preferia a camisa de noite ou o pijama.

Ouviu bater à porta. O Senhor saiu do escritório a correr. Ugwu precipitou-se para a porta e foi o primeiro a tocar na maçaneta; agarrou-se a ela, para ser ele a abrir, embora soubesse que não era Olanna. Ela tinha chave de casa.

– Obiozo? – perguntou o Senhor, olhando para um dos dois indivíduos parados à porta. – És tu, Obiozo?

Quando Ugwu viu os homens de olhos encovados e com roupas sujas de terra, percebeu imediatamente que tinha de tirar Bebé dali, protegê-la. Levou a comida dela para o quarto, pousou-a na mesa de brincar e disse-lhe que podia fingir que estava a comer com a Jill da banda desenhada *Jack and Jill* que vinha sempre com o *Renaissance*. Postou-se junto da porta que dava para o corredor e espreitou para a sala de estar. Um dos homens estava a falar, enquanto o outro bebia água por uma garrafa, ignorando o copo que se encontrava em cima da mesa.

– Encontrámos um camionista que aceitou transportar-nos – disse o homem. Ugwu percebeu imediatamente que era um conterrâneo do Senhor; o seu dialeto de Aba era vincado, pronunciava os *f* como se fossem *v*.

– O que é que aconteceu? – perguntou o Senhor.

O homem pousou a garrafa de água e disse baixinho: – Estão a matar-nos como se fôssemos formigas. Ouviste o que eu disse? Formigas.

– Vimos muitas coisas com estes nossos olhos, *anyi afujugo anya* – disse Obiozo. – Vi uma família inteira, pai, mãe e três filhos, caídos na estrada que vai para o parque de estacionamento. Caídos em plena estrada.

– E em Kano? O que é que se passa em Kano? – perguntou o Senhor.

– Tudo começou em Kano – disse o homem.

Obiozo continuou a falar, a dizer qualquer coisa sobre abutres e corpos despejados do lado de fora dos muros da cidade, mas Ugwu deixou de o ouvir. A frase «Tudo começou em Kano» não parava de ecoar na sua cabeça. Não tinha vontade de ir arrumar o quarto de hóspedes e buscar lençóis para a cama e aquecer a sopa e preparar *garri* para eles. Queria que se fossem embora de imediato. Ou então, se não se fossem embora, queria que fechassem aquelas bocas imundas. Queria que os locutores da rádio se calassem também, mas eles não se calavam. Repetiram a notícia dos assassinatos em Maiduguri até Ugwu ter vontade de atirar com o rádio pela janela e, na tarde seguinte, quando os homens se foram embora, uma voz solene na ENBC Rádio Enugu transmitiu novamente os relatos de testemunhas do Norte: professores mortos à machadada em Zaria, uma igreja católica cheia de gente em Sokoto incendiada, uma mulher grávida esventrada em Kano. O locutor fez uma pausa. «Algumas das pessoas do nosso povo estão a regressar neste momento. As que tiveram sorte estão a regressar. As estações de caminhos de ferro estão cheias do nosso povo. Se tiverem chá e pão de sobra, levem-nos por favor às estações ferroviárias. Ajudem os nossos irmãos em apuros.»

O Senhor saltou do sofá.

– Vai, Ugwu – disse ele. – Pega em pão e chá e vai à estação.

– Sim, patrão – disse Ugwu. Antes de fazer o chá, fritou umas bananas-da-terra para o almoço de Bebé. – Pus o almoço da Bebé no forno, patrão – avisou.

Ficou na dúvida se o Senhor o teria ouvido e saiu de casa preocupado, porque Bebé poderia ter fome e o Senhor não saberia que as bananas-da-terra fritas estavam no forno. Não parou de pensar nisso até chegar à estação ferroviária. Esteiras e panos sujos encontravam-se espalhados por todo o cais, com as pessoas amontoadas em cima deles, homens, mulheres e crianças a chorarem e a comerem pão e a tratarem feridas. Vendedores de rua passavam entre eles com tabuleiros empoleirados na cabeça. Ugwu não queria entrar naquela confusão maltrapilha, mas ganhou coragem e dirigiu-se para um homem sentado no chão, com um trapo manchado de sangue enrolado na cabeça. Zumbiam moscas em toda a parte.

– Quer pão? – perguntou Ugwu.

– Sim, meu irmão. *Dalu*. Obrigado.

Ugwu não olhou, para não ver quão profundo era o golpe de faca que o indivíduo levara na cabeça. Serviu o chá e deu-lhe o pão. No dia seguinte, faria de tudo para não se lembrar daquele homem.

– Quer pão? – perguntou Ugwu a outro homem, que estava agachado ali perto. – *I choro* pão?

O indivíduo virou-se. Ugwu retraiu-se e quase deixou cair o recipiente. O olho direito do homem tinha desaparecido e, no seu lugar, havia uma papa vermelha e sumarenta.

– Foram os soldados que nos salvaram – disse o primeiro homem, como se sentisse que tinha de contar a sua história em troca do pão que estava a comer, molhado no chá. – Disseram-nos para corrermos para a caserna militar. Aqueles loucos perseguiram-nos como se fôssemos cabras tresmalhadas, mas assim que passámos os portões da caserna ficámos a salvo.

Um comboio ronceiro entrou na estação, tão cheio que algumas pessoas vinham penduradas na parte de fora das carruagens, agarradas às barras de metal. Ugwu ficou a ver pessoas cansadas, empoeiradas, ensanguentadas, descerem dos vagões, mas não se juntou às que se precipitaram para lhes dar ajuda. Não conseguia suportar a ideia de que Olanna pudesse ser uma daquelas pessoas coxas e derrotadas e, no entanto, não conseguia suportar a ideia oposta, de que ela tivesse ficado para trás e ainda se encontrasse algures no Norte. Ficou a observar o comboio até ele se esvaziar. Olanna não vinha nele. Ugwu deu o resto do pão ao homem só com um olho e, depois, virou-se e correu. Só parou de correr quando chegou a Odim Street e passou pelo arbusto de flores brancas.

CAPÍTULO 11

Olanna estava sentada no alpendre de Mohammed, a beber leite de arroz gelado e a rir-se por causa da sensação deliciosa do líquido frio a escorrer-lhe pela garganta abaixo e dos lábios a colar, quando apareceu o porteiro a pedir para falar com Mohammed.

Este levantou-se e voltou uns instantes depois, com uma coisa na mão que parecia um panfleto.

– Começaram os motins – disse ele.

– São os estudantes, não são? – perguntou Olanna.

– Penso que é uma questão religiosa. Tens de ir embora imediatamente. – Os olhos dele evitaram os dela.

– Tem calma, Mohammed.

– O Sule disse que estão a bloquear as estradas, à procura de infiéis. Anda, vamos.

Ele dirigiu-se para dentro de casa. Olanna seguiu-o. Mohammed preocupava-se de mais, pensou ela. Afinal, os estudantes muçulmanos estavam sempre a manifestar-se por tudo e por nada, e a importunar as pessoas que se vestiam à ocidental, mas acabavam sempre por dispersar depressa.

Mohammed entrou num dos quartos e saiu de lá com um lenço comprido.

– Põe isto, para passares despercebida na multidão – disse ele.

Olanna colocou-o na cabeça e enrolou-o ao pescoço.

– Pareço uma verdadeira muçulmana – brincou ela.

Mas Mohammed mal sorriu.

– Vamos. Conheço um atalho para a estação.

– Estação? Mas eu e a Arize só nos vamos embora amanhã, Mohammed – disse Olanna. Teve praticamente de correr para acompanhar o passo dele. – Vou voltar para casa do meu tio no *Sabon Gari*.

– Olanna. – Mohammed ligou o motor do carro, que arrancou com um sacão. – O *Sabon Gari* não é um lugar seguro.

– Que história é essa? – Ela mexericou no lenço; os bordados na orla do tecido eram ásperos e arranhavam-lhe o pescoço.

– O Sule disse que eles estão muito bem organizados.

Olanna olhou fixamente para ele, subitamente assustada com o ar assustado dele.

– Mohammed?

Ele falou baixinho.

– Ele disse que há cadáveres de ibos na estrada do aeroporto.

Olanna percebeu, então, que não se tratava apenas de mais uma manifestação de estudantes religiosos. O medo deixou-lhe a garganta seca. Apertou as mãos uma na outra.

– Vamos buscar a minha família antes, por favor – pediu. – Por favor.

Mohammed dirigiu-se para o *Sabon Gari*. Um autocarro passou por eles, poeirento e amarelo; parecia um daqueles autocarros de campanha que os políticos usavam para fazer as suas *tournées* pelas zonas rurais e distribuir arroz e dinheiro às pessoas das aldeias. Um homem estava pendurado do lado de fora da porta, de megafone encostado à boca, as suas lentas palavras em haúça a ressoarem: – Os ibos têm de partir. Os infiéis têm de partir. Os ibos têm de partir.

Mohammed esticou o braço e apertou a mão de Olanna, segurando nela até terem passado por uma multidão de rapazes à beira da estrada, a cantarem: «*Araba, araba!*» Abrandou e apitou várias vezes, em solidariedade; eles acenaram e ele voltou a acelerar.

No *Sabon Gari*, a primeira rua estava vazia. Olanna viu o fumo subindo para o céu como sombras cinzentas e altas, e só depois sentiu o cheiro a queimado.

– Fica aqui – disse Mohammed, quando parou o carro à porta do recinto onde vivia o Tio Mbaezi.

Ela viu-o sair a correr do automóvel. A rua parecia estranha, desconhecida; o portão do recinto estava danificado, o metal amachucado no chão. A seguir, reparou no quiosque da Tia Ifeka, ou no que sobrava dele: lascas de madeira, pacotes de amendoins caídos por terra. Abriu a porta do carro e saiu. Deteve-se um instante, por causa da intensidade da luz e do calor extremo, com as chamas a saírem em vagas pelo telhado, com poeira grossa e cinzas a pairarem no ar, e depois começou a correr em direção à casa. Parou ao ver os corpos. O Tio Mbaezi estava de bruços todo contorcido, de pernas muito afastadas. Uma coisa cremosa e esbranquiçada escorria-lhe de um ferimento enorme na nuca. A Tia Ifeka jazia no alpendre. Os golpes no seu corpo nu eram mais pequenos, pontilhando-lhe os braços e as pernas como lábios vermelhos entreabertos.

Olanna sentiu uma náusea líquida nas entranhas antes de a sensação de dormência se espalhar por ela abaixo, até aos pés. Mohammed arrastou-a, puxou-a, as suas mãos fortes a magoarem-na no braço. Mas ela não se podia ir embora sem Arize. Arize ia dar à luz a qualquer instante. Arize precisava de estar junto de um médico.

– A Arize – disse ela. – A Arize está ao fundo da rua.

O fumo era cada vez mais espesso em redor dela, de tal modo que Olanna não sabia se a multidão de homens que entrava no pátio era real ou meras plumas de fumo, até que viu as reluzentes lâminas de metal dos seus machados e machetes, os cafetãs manchados de sangue que lhes esvoaçavam à volta das pernas.

Mohammed empurrou-a para dentro do carro, depois deu a volta e entrou para o lugar do condutor.

– Mantém-te com a cara escondida – disse ele.

– Acabámos com a família toda! Foi a vontade de Alá! – gritou um dos homens em haúça.

Olanna conhecia a cara dele de algum lugar. Era Abdulmalik. Ele deu um toque com o pé num corpo caído no chão e Olanna reparou, nesse momento, na quantidade de cadáveres que ali jaziam, como bonecas de trapos.

– Quem és tu? – perguntou outro indivíduo, postando-se à frente do carro.

Mohammed abriu a porta, com o carro ainda ligado, e falou em haúça muito depressa e num tom bajulador. O homem chegou-se para o lado. Olanna virou-se para olhar mais de perto, para ver se era realmente Abdulmalik.

– Não levantes a cara! – sibilou Mohammed.

Foi por um triz que não se estampou contra uma árvore *kuka*; uma das grandes vagens caiu de um ramo e Olanna ouviu o som do carro a passar por cima dela e a esmagá-la. Baixou a cabeça. Era *mesmo* Abdulmalik. Ele dera mais um toque noutro corpo, o corpo decapitado de uma mulher, e passara por cima dele, pisando-o; pousara um pé e depois o outro, apesar de haver espaço suficiente para passar ao lado.

– Alá não permite isto – disse Mohammed. Estava a tremer; todo ele tremia dos pés à cabeça. – Alá não lhes perdoará. Alá não perdoará as pessoas que os obrigaram a fazer uma coisa destas. Alá *jamais* perdoará isto.

Avançaram de carro num silêncio frenético, passaram por polícias de farda manchada de sangue, por abutres empoleirados à beira da estrada, por meninos carregando rádios roubados, até que ele parou na estação ferroviária e a empurrou para dentro de um comboio à cunha.

Olanna sentou-se no chão do comboio com os joelhos puxados para o peito e a pressão quente e suada de corpos à sua volta. Do lado de fora, havia pessoas amarradas às carruagens e algumas nos degraus, agarradas às barras de ferro. Ouvira gritos abafados quando um homem caíra. O comboio era uma massa de metal desconjuntado e o percurso acidentado, como se os trilhos fossem atravessados por lombas de velocidade, e a cada safanão Olanna era atirada para cima da mulher que ia ao seu lado, para cima de algo que a mulher levava ao colo, uma grande taça, uma cabaça. O pano da mulher estava salpicado de manchas que pareciam sangue, mas Olanna não tinha a certeza. Ardiam-lhe os olhos. Era como se tivesse um misto de pimenta e areia dentro deles, a picar-lhe e a queimar-lhe as pálpebras. Sentia uma dor terrível quando pestanejava, quando os fechava, quando os deixava abertos. Só tinha vontade de os arrancar das órbitas. Molhou os dedos em saliva e esfregou os olhos. Às vezes fazia isso a Bebé, quando ela se arranhava. «Mamã Ola!», gemia Bebé, levantando o braço ou a perna magoados, e Olanna enfiava um dedo na boca e depois passava-o na ferida de Bebé. Mas a saliva deixou-lhe os olhos a arder ainda mais.

Um rapaz à sua frente gritou e levou as mãos à cabeça. O comboio deu uma guinada e Olanna embateu outra vez na cabaça; gostou de sentir o toque firme da madeira. Aproximou a mão e acariciou ao de leve as linhas cruzadas que alguém talhara de um lado ao outro da cabaça. Fechou os olhos, porque ardiam menos assim, e deixou-os fechados durante horas, com a mão encostada à cabaça, até que alguém gritou em ibo: – *Anyi agafeela!* Atravessámos o rio Níger! Chegámos a casa!

Um líquido – urina – espalhou-se pelo chão do comboio. Olanna sentiu-o, frio, a entranhar-se-lhe no vestido. A mulher da cabaça deu-lhe um toque e depois fez sinal a outras pessoas perto dela.

– *Bianu*, venham – disse ela. – Venham espreitar. Abriu a cabaça.

– Espreitem – repetiu.

Olanna espreitou. Viu a cabeça de uma menina, com a pele cor de cinza e o cabelo às trancinhas, os olhos revirados e a boca aberta. Ficou especada a olhar para ela durante uns instantes, antes de desviar o rosto. Alguém soltou um grito.

A mulher fechou a cabaça.

– Fazem ideia – disse ela – do tempo que demorei a entrançar este cabelo? Ela tinha um cabelo tão forte!

O comboio travara com uma chiadeira ferruginosa. Olanna desceu da carruagem e ficou parada na multidão tumultuosa. Uma mulher desmaiou. Alguns condutores jovens batiam na carroçaria das suas camionetas e gritavam: – Owerri! Enugu! Nsukka!

Olanna lembrou-se do cabelo entrançado que jazia no interior da cabaça. Imaginou a mãe a entrançá-lo, os seus dedos a untarem-no com brilhantina antes de o apartarem com um pente de madeira.

CAPÍTULO 12

Richard estava a reler o bilhete de Kainene quando o avião aterrou em Kano. Tinha acabado de o encontrar, enquanto andava à procura de uma revista dentro da pasta. Gostaria de ter sabido que ele ali estava, à espera de ser lido, durante os dez dias que passara em Londres.

Será o amor esta necessidade insensata de te ter ao meu lado a maior parte do tempo? Será o amor esta segurança que sinto nos nossos silêncios? Será esta sensação de pertença, de plenitude?

Leu-o com um sorriso; Kainene nunca lhe tinha escrito uma coisa assim. Aliás, ela nunca lhe escrevera nada, além do banal «Com amor, Kainene» nos cartões de aniversário. Richard leu e releu o bilhete, demorando-se em cada *i*, todos eles tão curvilíneos que pareciam o símbolo da libra esterlina. De repente, não se importou com o facto de o voo ter partido com atraso de Londres e de aquela escala em Kano, para mudar de avião antes de seguir viagem para Lagos, o retardar ainda mais. Uma sensação absurda de leveza envolveu-o como um manto; tudo era possível, tudo era viável.

Levantou-se e ajudou a mulher que ia sentada ao seu lado a tirar o saco do compartimento. «*Será o amor esta segurança que sinto nos nossos silêncios?*»

– Muito obrigada pela amabilidade – disse-lhe a mulher, com um sotaque irlandês.

O voo estava cheio de não nigerianos. Se Kainene ali estivesse, diria certamente qualquer coisa trocista do género: «Lá vão os saqueadores europeus.» Richard deu um aperto de mão à hospedeira ao fundo da rampa e atravessou rapidamente o alcatrão; o sol era muito forte, um calor branco e penetrante que o levava a imaginar os seus fluidos corporais a evaporarem-se, a secarem, e foi com alívio que entrou no edifício fresco. Juntou-se à fila para passar na alfândega e releu o bilhete de Kainene. «*Será o amor esta necessidade insensata de te ter ao meu lado a maior parte do tempo?*» Pedi-la-ia em casamento quando regressasse a Port Harcourt. A primeira coisa que ela diria seria do estilo: «Branco e sem dinheiro que se veja. Os meus pais vão ficar escandalizados.» Mas aceitaria. Ele sabia que ela aceitaria. Havia qualquer coisa nela ultimamente, um certo amadurecimento, uma brandura, que estava na origem daquele bilhete. Ele não tinha a certeza se ela lhe perdoara o incidente com Olanna – nunca tinham falado sobre isso –, mas aquele bilhete, aquela nova abertura, significavam que estava pronta para avançar. Richard estava a alisar o bilhete na palma da mão, quando um funcionário alfandegário, jovem e muito escuro, perguntou: – Tem alguma coisa a declarar?

– Não – disse Richard, e mostrou o passaporte. – Vou para Lagos.

– Está certo, muito bem! Bem-vindo à Nigéria – disse o jovem. Tinha um corpo grande e rechonchudo, ao qual a farda dava um ar mal-amanhado.

– Trabalha aqui? – perguntou Richard.

– Sim, senhor. Estou em estágio. Em dezembro, serei um verdadeiro empregado da alfândega.

– Ótimo – disse Richard. – E de onde é?

– Da região Sudeste, de uma povoação chamada Obosi.

– Vizinha de Onitsha.

– Conhece a povoação?

– Trabalho na Universidade de Nsukka e viajei por toda a Região Leste. Estou a escrever um livro sobre essa zona. E a minha noiva é de Umunnachi, que fica relativamente perto da sua terra.

Sentiu-se corar de orgulho perante a facilidade com que a palavra *noiva* lhe saiu pela boca fora, um sinal de futura felicidade conjugal. Sorriu e, de repente, teve noção de que o seu sorriso ameaçava transformar-se numa risada e de que estava ligeiramente delirante. A culpa era do bilhete.

– A sua noiva? – O rapaz fez uma cara de desaprovação.

– Sim. Chama-se Kainene. – Richard falou pausadamente, certificando-se de que arrastava bem a segunda sílaba.

– Fala ibo? – Agora os olhos do homem denotavam um ligeiro respeito.

– *Nwanne di na mba* – disse Richard enigmaticamente, na esperança de não ter confundido as coisas e de que o provérbio quisesse realmente dizer que um irmão pode provir de uma terra diferente.

– Ah! E é que fala mesmo! *I na-asu ibo!*

O rapaz pegou na mão de Richard com a sua mão húmida, apertou-a calorosamente e começou a contar-lhe a sua vida. Chamava-se Nnaemeka.

— Eu conheço bem as pessoas de Umunnachi, metem-se demasiado em sarilhos – disse ele. – A minha família avisou a minha prima para não se casar com um homem de Umunnachi, mas ela não deu ouvidos a ninguém. Ele todos os dias lhe batia, até que ela arrumou as trouxas e voltou para casa do pai. Mas nem toda a gente de Umunnachi é má. A família da minha mãe vem de lá. Não ouviu falar na mãe da minha mãe? Nwayike Nkwelle? Devia falar dela no seu livro. Era uma herborista maravilhosa e tinha uma excelente cura para a malária. Se tivesse cobrado às pessoas muito dinheiro, agora eu estaria no estrangeiro a estudar Medicina. Mas a minha família não tem meios para me mandar para o estrangeiro e as pessoas de Lagos dão bolsas de estudos aos filhos de quem tem posses para suborná-las. É por causa de Nwayike Nkwelle que quero aprender a ser médico. Mas não estou a dizer que este emprego na alfândega seja mau. No fim de contas, temos de fazer um exame para ficar com o emprego e muita gente tem inveja. Quando me tornar um funcionário de direito, a vida será melhor e haverá menos sofrimento...

Uma voz, a falar inglês com um elegante sotaque haúça, anunciou que os passageiros de Londres deviam dirigir-se para a porta de embarque do voo com destino a Lagos. Richard ficou aliviado.

— Foi muito agradável conversar consigo, *jisie ike* – disse.

— Sim, senhor. Os meus cumprimentos à Kainene.

Nnaemeka virou-se para voltar para o seu posto. Richard pegou na sua pasta. A porta lateral abriu-se de rompante e três homens saíram a correr, empunhando espingardas. Envergavam fardas verdes do exército e Richard perguntou-se a que propósito é que soldados fariam uma cena daquelas, a correrem daquela maneira, até que lhes viu os olhos inflamados e a expressão vítrea e ensandecida.

O primeiro soldado brandiu a arma.

– *Ina nyamiri!* Onde é que estão os ibos? Quem é que aqui é ibo? Onde é que estão os infiéis?

Uma mulher soltou um grito.

– Tu és ibo – disse o segundo soldado a Nnaemeka.

– Não, eu sou de Katsina! Katsina!

O soldado dirigiu-se para ele.

– Diz *Allahu Akbar*!

O átrio ficou silencioso. Richard sentiu um suor frio a pesar-lhe nas pestanas.

– Diz *Allahu Akbar*! – repetiu o soldado.

Nnaemeka ajoelhou-se. Richard viu-lhe o medo profundamente inscrito no rosto, de tal forma que lhe chupava as bochechas e o transfigurava numa máscara sem qualquer parecença com as suas verdadeiras feições. Recusava-se a dizer *Allahu Akbar* porque o seu sotaque o trairia. Richard desejou que dissesse as palavras de qualquer maneira, que tentasse, pelo menos; desejou que acontecesse alguma coisa, fosse o que fosse, naquele silêncio asfixiante, e como que em resposta aos seus pensamentos a espingarda disparou e rebentou o peito de Nnaemeka, uma explosiva massa vermelha, e Richard deixou cair o bilhete das mãos.

Os passageiros agacharam-se atrás das cadeiras. Os homens puseram-se de joelhos para encostarem a testa ao chão. Alguém gritou em ibo: – Minha mãe, oh! Minha mãe, oh! Deus disse que não! – Era o empregado do bar.

Um dos soldados aproximou-se dele e alvejou-o, fazendo em seguida pontaria às garrafas de *whisky* alinhadas por trás. O átrio ficou a cheirar a *whisky*, *Campari* e *gin*.

Havia mais soldados agora, mais gritos, mais gritos de «*Nyamiri!*» e «*Araba, araba!*». O empregado do bar contorcia-se no chão e o gorgolhar que lhe saía pela boca era gutural. Os soldados correram para a pista e entraram no avião, arrancaram as pessoas de etnia ibo que já tinham embarcado, alinharam-nas, fuzilaram-nas e deixaram-nas ali caídas, as suas roupas garridas como salpicos de cor no alcatrão preto e poeirento. Os seguranças cruzaram os braços por cima das suas fardas e observaram a cena. Richard sentiu-se a urinar nas calças. Tinha um eco doloroso nos ouvidos. Quase perdeu o avião, porque, enquanto os outros passageiros se encaminhavam a tremer para a aeronave, ele pôs-se a um canto a vomitar.

Susan ainda estava de roupão. Não pareceu surpreendida quando o viu aparecer sem avisar.

– Estás com um ar exausto – disse ela, tocando-lhe na face. Tinha o cabelo baço e colado à cabeça, puxado frouxamente para trás, deixando-lhe as orelhas vermelhas à mostra.

– Acabei de chegar de Londres. O voo fez escala em Kano – disse ele.

– Ai fez? – disse Susan. – E como é que correu o casamento do Martin?

Richard sentou-se, imóvel, no sofá; não se lembrava de nada do que acontecera em Londres. Susan pareceu não reparar que ele não respondera.

– Vai um *whisky* com muita água? – perguntou ela, servindo as bebidas. – Kano é interessante, não é?

– É – disse Richard, embora a sua intenção fosse contar-lhe que vira os vendedores de rua e os automóveis e os autocarros nas ruas apinhadas de Lagos e ficara perplexo, porque a vida ali continuava a toda a velocidade, como normalmente, como se nada estivesse a acontecer em Kano.

– É um disparate os nortenhos estarem dispostos a pagar o dobro a um estrangeiro, em vez de contratarem um sulista. Mas pode ganhar-se muito dinheiro por lá. O Nigel acabou de me ligar a falar de um amigo dele, o John, um escocês insuportável. O John é piloto de aviões *charter* e, nestes últimos dias, fez uma pequena fortuna a transportar pessoas de etnia ibo para zonas seguras. Diz que só em Zaria assassinaram centenas de ibos.

Richard sentiu que o seu corpo estava a preparar-se para fazer qualquer coisa, para tremer, para desmaiar.

– Quer dizer que sabes o que se passa por lá?

– É claro que sei. Só espero é que isso não chegue a Lagos. Mas estas coisas são imprevisíveis. – Susan engoliu a bebida de um trago. Richard reparou no tom acinzentado da sua pele e nas gotas de suor que lhe orlavam o lábio superior. – Há montes e montes de ibos aqui... bom, a verdade é que eles estão em todo o lado, não é? Se pensarmos bem, eles estavam a pedi-las, porque são tão agarrados aos seus clãs e tão arrogantes e controlam os mercados todos. Parecem judeus. E, no fundo, são relativamente pouco civilizados; não podemos compará-los com os Iorubas, por exemplo, que há anos que têm contacto com os europeus, na zona da costa. Lembro-me de alguém me ter dito, quando aqui cheguei, para ter cuidado se contratasse um criado ibo, porque, antes que me desse conta, já ele seria dono da minha casa e da terra onde ela foi construída. Mais um *whisky*?

Richard abanou a cabeça. Susan serviu-se de mais uma dose e, desta vez, não acrescentou água.

– Não viste nada no aeroporto de Kano, viste?

– Não – respondeu Richard.

– Suponho que eles não iriam para o aeroporto. É incrível, não é, a maneira como esta gente é incapaz de controlar o ódio que sentem uns pelos outros? É óbvio que todos odiamos alguém, mas é uma questão de *controlo*. A civilização ensina-nos a controlar-nos.

Susan bebeu o que tinha no copo e serviu-se de novo. Quando Richard foi à casa de banho, a voz dela ficou a fazer-lhe eco nos ouvidos e agravou-lhe a dor de cabeça lancinante. Abriu a torneira. Ficou chocado com o seu aspeto no espelho, a maneira como continuava igual a si próprio, com os pelos das sobrancelhas despenteados e os olhos do mesmo azul de vitral. Devia ter ficado transfigurado pelo que vira. A sua vergonha devia tê-lo deixado com verrugas vermelhas no rosto. O que sentira ao ver Nnaemeka ser assassinado não fora choque e sim um alívio enorme por Kainene não estar junto de si, porque ele nada poderia ter feito para protegê-la e os soldados teriam adivinhado que ela era ibo e tê-la-iam fuzilado. Richard não poderia ter salvado Nnaemeka, mas devia ter *pensado* primeiro nele, devia ter ficado de rastos pela morte do rapaz. Observou-se fixamente no espelho e perguntou-se se aquilo teria realmente acontecido, se vira mesmo homens a morrer, se o cheiro que lhe perdurava nas narinas, a garrafas de álcool partidas e corpos humanos ensanguentados, não existiria apenas na sua imaginação. Mas sabia que tinha indubitavelmente acontecido e, se o pôs em causa, foi porque se forçou a isso. Baixou a cabeça para o lavatório e começou a chorar. A água sibilava ao jorrar da torneira.

3. O Livro: O Mundo Ficou Calado Quando Morremos

Ele escreve sobre a Independência. A Segunda Guerra Mundial alterou a ordem do mundo: o Império estava a desmoronar-se e começara a surgir uma elite nigeriana, na sua maioria do Sul, dotada de voz.

O Norte tinha medo; temia que o Sul, mais instruído, o dominasse e, de qualquer modo, sempre ansiara por um país separado do Sul infiel. Mas os Britânicos tinham de preservar a Nigéria como ela era, a sua preciosa criação, o seu grande mercado, o seu espinho no olho da França. Para favorecer o Norte, manipularam as eleições pré-Independência em prol do Norte e redigiram uma nova Constituição que dava ao Norte o controlo do governo central.

O Sul, demasiado ansioso pela independência, aceitou essa Constituição. Com a partida dos Britânicos, toda a gente sairia a ganhar: salários de branco, que durante muito tempo tinham sido negados aos Nigerianos, promoções, empregos de primeira categoria. Ninguém deu ouvidos ao clamor dos grupos minoritários e ao facto de as regiões já estarem a competir entre si com tanta ferocidade que algumas até queriam ter embaixadas estrangeiras separadas.

Quando foi proclamada a Independência, em 1960, a Nigéria era um conjunto de fragmentos presos por um frágil punho.

CAPÍTULO 13

Os momentos de trevas de Olanna começaram no dia em que voltou de Kano, no dia em que as suas pernas fraquejaram. As suas pernas estavam ótimas quando ela desceu do comboio e não precisou de se agarrar aos corrimãos manchados de sangue; estavam ótimas durante a viagem que fez de pé, durante três horas, até Nsukka, num autocarro tão à cunha que não conseguiu sequer coçar uma comichão nas costas. Mas, diante da porta da casa de Odenigbo, fraquejaram. E a sua bexiga também. Sentiu as pernas a derreterem e sentiu o líquido quente a escorrer-lhe por entre as coxas. Bebé encontrou-a. Bebé tinha caminhado até à porta da rua para espreitar lá para fora, perguntando a Ugwu quando é que a Mamã Ola voltava, e soltara um grito ao ver a forma caída e amachucada nos degraus. Odenigbo levou-a para dentro, deu-lhe banho e segurou em Bebé para que ela não abraçasse a mãe com demasiada força. Depois de Bebé adormecer, Olanna contou a Odenigbo o que vira. Descreveu as roupas que reconhecera nos corpos decapitados no pátio, os dedos da mão do Tio Mbaezi ainda com espasmos, os olhos revirados para trás da cabeça da menina no interior da cabaça e o estranho tom de pele – um cinzento baço e amarelado, como um quadro de ardósia mal apagado – de todos os cadáveres que jaziam por terra.

Nessa noite, teve o primeiro momento de trevas: um espesso manto desceu do céu e colou-se-lhe ao rosto, com força, deixando-a com dificuldade em respirar. Depois, quando a libertou, permitindo-lhe sorver golfada de ar atrás de golfada de ar, viu corujas a arder na janela, sorrindo e chamando-a com as suas penas chamuscadas. Tentou descrever esses seus momentos de trevas a Odenigbo. Tentou dizer-lhe, também, a que sabiam os comprimidos, aqueles que o Dr. Patel lhe levara, pegajosos como a sua língua ao acordar.

Mas Odenigbo dizia sempre: – Chiu, *nkem*. Vais ficar boa.

Ele falava-lhe demasiado baixinho, numa voz que parecia tão disparatada, tão incongruente nele. Até lhe cantava, quando lhe dava banho na banheira cheia de água perfumada com o gel de Bebé. Olanna queria pedir-lhe para parar de ser ridículo, mas tinha os lábios pesados. Falar era um esforço enorme. Quando os seus pais e Kainene a visitaram, pouco falou; foi Odenigbo quem lhes contou o que ela vira.

A princípio, a mãe sentou-se ao lado do pai e fez que sim com a cabeça, enquanto Odenigbo falava naquela voz baixa e absurda. Depois, a mãe desmaiou; começou simplesmente a escorregar pela cadeira abaixo, como se os seus ossos se tivessem liquefeito, até ficar meio deitada, meio sentada no chão. Foi a primeira vez que Olanna viu a mãe sem maquilhagem, sem ouro pendurado nas orelhas, e a primeira vez que Olanna viu Kainene chorar desde que eram pequenas.

– Não precisas de falar sobre isso, não precisas – disse Kainene, soluçando, apesar de Olanna nem sequer ter tentado falar.

O pai pôs-se a andar de um lado para o outro da sala. Perguntou a Odenigbo exatamente onde é que Patel estudara Medicina e como é que ele podia afirmar que a incapacidade de Olanna para andar era de origem psicológica. Disse que estavam muito frustrados por terem de fazer a viagem de Lagos até ali de automóvel, porque, à conta do bloqueio do governo federal, a companhia aérea Nigeria Airways deixara de efetuar voos para o Sudeste.

– Queríamos ter vindo imediatamente, imediatamente – disse ele, tantas vezes, levando Olanna a questionar-se se ele acharia realmente que chegar mais cedo teria mudado alguma coisa. Mas o facto de terem vindo mudava muita coisa, especialmente a vinda de Kainene. Não significava que Kainene tivesse perdoado Olanna, claro, mas significava alguma coisa.

Nas semanas que se seguiram, Olanna ficou de cama e fazia sinais de assentimento quando os amigos e familiares a visitavam para lhe dizer *ndo* – lamento – e abanavam a cabeça e murmuravam comentários sobre a maldade daqueles haúças muçulmanos, daqueles bodes pretos do Norte, daqueles nojentos criadores de gado com pés infestados de níguas. Os seus momentos de trevas pioravam nos dias em que recebia visitas; por vezes, vinham três de seguida, umas atrás das outras, e deixavam-na ofegante e exausta, demasiado exausta inclusive para chorar, e com energia apenas para engolir os comprimidos que Odenigbo lhe punha na boca. Algumas visitas traziam histórias para contar: os Okafor tinham perdido um filho e a sua respetiva família de quatro pessoas em Zaria, a filha dos Ibe não regressara de Kaura-Namoda, a família Onyekachi perdera oito membros em Kano. Havia outras histórias, também, sobre os professores britânicos da Universidade de Zaria, que incentivaram os massacres e mandaram os estudantes para as ruas para instigarem os jovens, sobre a maneira como as multidões congregadas nos parques de estacionamento de Lagos tinham vaiado e espicaçado: «Vão-se embora, Ibos, vão-se embora para que o *garri* seja mais barato! Vão e parem de tentar ser donos de tudo o que é casa e loja!» Olanna não gostava de ouvir aquelas histórias, tal como não gostava da maneira furtiva como as visitas lhe olhavam para as pernas, como que à procura de um inchaço qualquer que explicasse porque é que ela não conseguia andar.

Havia dias, como esse, em que acordava das suas sestas com a cabeça desanuviada. A porta do quarto estava aberta e ela ouvia as vozes a subirem e descerem de tom na sala de estar. Durante uns tempos, Odenigbo pedira aos amigos para não fazerem visitas. Também deixara de jogar ténis, para poder estar em casa e Ugwu não ter de levar Olanna à casa de banho. Ela ficou contente por ver que eles tinham voltado a frequentar a casa. Às vezes, seguia a conversa. Sabia que a associação das mulheres universitárias estava a organizar donativos alimentares para os refugiados, que os mercados, caminhos de ferro e minas de estanho do Norte estavam vazios desde que os Ibos tinham fugido da região, que o Coronel Ojukwu[1] era agora considerado o chefe dos Ibos, que as pessoas andavam a falar sobre secessão e criação de um novo país, que teria o nome da baía: Biafra.

---

[1] Emeka Ojukwu (1933), de etnia ibo, foi nomeado governador militar da Região Leste na sequência da sua não participação no golpe de Estado de janeiro de 1966, mas, após o golpe de Estado de julho, recusou-se a reconhecer o governo de Gowon. (*N. da T.*)

Miss Adebayo estava a falar na sua voz forte: – O que eu estou a dizer é que os nossos estudantes deviam parar de fazer ondas. Pedir ao David Hunt[2] para se ir embora não faz sentido. Deem uma oportunidade ao tipo, a ver se a paz é restabelecida ou não.

– O David Hunt acha que mentalmente somos todos umas crianças. – Era a voz de Okeoma. – O tipo devia voltar para a sua terra. A que propósito é que ele vem dizer-nos para apagarmos o fogo, se foi ele e os seus compatriotas britânicos que, no início, juntaram lenha para a fogueira?

– Eles podem ter juntado lenha para a fogueira, mas fomos nós que acendemos o fósforo – disse uma voz desconhecida, talvez fosse o Professor Achara, o novo leitor de Física, que voltara de Ibadan depois do segundo golpe de Estado.

– Com lenha ou sem lenha, o que importa é arranjar uma maneira de fazer a paz antes que a situação rebente – disse Miss Adebayo.

– Mas de que paz andamos nós à procura? O próprio Gowon disse que não há condições para a união, por isso de que paz andamos nós à procura? – perguntou Odenigbo. Olanna imaginou-o na ponta da cadeira, a empurrar os óculos para cima enquanto falava.

– A secessão é a única resposta. Se Gowon quisesse manter este país unido, há muito que teria feito alguma coisa por isso. Pelo amor de Deus, nenhum deles, nem um só, veio a público condenar os massacres, e já lá vão meses! É como se todas as pessoas do nosso povo que foram assassinadas não tivessem importância!

---

[2] Alto-comissário britânico em Lagos. *(N. da T.)*

— Não ouviste o que o Zik[3] disse no outro dia? Que a Nigéria de Leste fervilha, fervilha e há de continuar a fervilhar até que o governo federal aborde a questão dos massacres — disse o Professor Ezeka, com a sua voz rouca a esmorecer num ápice.

Olanna tinha a cabeça a doer. O sol brilhava tenuemente através das cortinas que Ugwu fechara, quando lhe levara o pequeno-almoço. Precisava de urinar; ultimamente, urinava com demasiada frequência e esquecia-se sempre de perguntar ao Dr. Patel se seria por causa dos medicamentos. Olhou fixamente para a campainha em cima da mesinha de cabeceira, depois esticou o braço e passou a mão sobre o plástico preto em forma de cúpula e o botão vermelho, a meio, que emitia um som estridente quando pressionado. Odenigbo teimara em instalá-la ele próprio e sempre que Olanna carregava na campainha a tomada de parede soltava uma faísca. Finalmente, ele chamara um eletricista, que se rira enquanto refazia as ligações elétricas. A campainha já não faiscava, mas era demasiado barulhenta, e sempre que Olanna precisava de ir à casa de banho e a fazia soar, o eco reverberava de uma ponta à outra da casa. Deixou o dedo pairar sobre o botão vermelho e, depois, afastou-o. Preferia não tocar. Baixou as pernas para o chão. O som da sala de estar era mais suave, agora, como se alguém tivesse reduzido o ruído coletivo das vozes.

Depois, ouviu Okeoma dizer «Aburi». Era lindo, o nome dessa cidade do Gana, e ela imaginou um pacato punhado de casas em campos de pasto docemente perfumados. Aburi

---

[3] Nnamdi Azikiwe, mais conhecido por «Zik» (1904-96), presidente da Região Leste da Nigéria. (*N. da T.*)

surgia frequentemente nas conversas: Okeoma dizia que Gowon devia ter cumprido o acordo que assinou com Ojukwu em Aburi, ou o Professor Ezeka dizia que, ao faltar à sua palavra, Gowon mostrava que não desejava coisas boas para os Ibos, ou Odenigbo proclamava: «Mantemo-nos fiéis ao compromisso de Aburi.»

– Mas como é que Gowon pode ter dado uma reviravolta tão grande? – A voz de Okeoma subiu de tom. – Em Aburi, ele aceitou uma confederação e, agora, quer uma Nigéria com um governo unitário, mas um governo unitário foi precisamente a razão pela qual ele e a sua gente mataram oficiais ibos.

Olanna levantou-se e avançou uma perna, depois a outra. Vacilou. Sentia uma forte pressão nos tornozelos. Estava a andar. A firmeza do chão sob os seus pés era excitante e parecia que as suas pernas tinham vasos sanguíneos a vibrar no interior. Passou pela boneca de trapos de Bebé, caída no chão, e parou um instante para observá-la, antes de ir à casa de banho.

Mais tarde, Odenigbo entrou no quarto e fitou-a com um olhar perscrutador, como fazia tantas vezes, como se procurasse uma prova de qualquer coisa.

– Há um bom bocado que não tocas a campainha, *nkem*. Não precisas de ir fazer chichi?

– Eles já se foram todos embora?

– Já. Não tens vontade de fazer chichi?

– Já fiz. Levantei-me e andei.

Odenigbo ficou especado a olhar para ela.

– Levantei-me e andei – repetiu Olanna. – Fui à casa de banho.

No rosto de Odenigbo surgiu uma expressão que ela nunca vira antes, uma expressão afetada e assustada. Olanna sentou-se na cama e de imediato ele fez menção de agarrá-la, mas ela afastou-lhe as mãos e deu uns quantos passos até ao armário e, em seguida, voltou para a cama. Odenigbo sentou-se e observou-a.

Ela pegou na mão dele e levou-a ao seu rosto, encostou-a ao peito.

– Toca-me.

– Vou avisar o Patel. Quero que ele venha cá examinar-te.

– Toca-me.

Olanna sabia que ele não tinha vontade, que só lhe tocou nos seios porque faria tudo o que ela quisesse, tudo o que a pusesse boa. Ela acariciou-lhe o pescoço, enterrou os dedos nos seus cabelos espessos e, quando ele a penetrou, Olanna lembrou-se da barriga grávida de Arize, da facilidade com que se devia ter rasgado, tendo a pele esticada daquela maneira. Começou a chorar.

– Não chores, *nkem*.

Odenigbo parou de se mexer e deitou-se ao lado dela, fazendo-lhe festinhas na testa. Mais tarde, quando lhe deu mais comprimidos com um pouco de água, ela tomou-os obedientemente e, a seguir, recostou-se e aguardou a estranha quietude que geravam.

A suave pancadinha de Ugwu na porta acordou-a; normalmente, abria a porta e entrava com um tabuleiro de comida, que colocava ao lado das caixas de comprimidos, da garrafa de *Lucozade* e da lata de glicose. Olanna lembrou-se da primeira semana logo após o seu regresso, a semana em que Odenigbo se levantava de um salto sempre que ela se mexia.

Pedira água e Odenigbo abrira a porta do quarto para ir à cozinha e quase tropeçara em Ugwu, enroscado numa esteira do lado de fora da porta. «Meu amigo, o que fazes aqui?», perguntou, e Ugwu respondeu: «O patrão não sabe onde estão as coisas na cozinha.»

Olanna fechou os olhos e fingiu que estava a dormir. Ugwu postou-se junto dela e ficou parado a observá-la; ela ouvia-o a respirar.

– Quando a senhora estiver pronta, já aqui tem a comida – disse ele.

Olanna teve vontade de rir; provavelmente, Ugwu percebia sempre quando é que ela estava a fazer-se de adormecida. Abriu os olhos.

– O que é que cozinhaste?

– Arroz *jollof*. – Ele levantou a tampa do prato. – Usei tomate fresco da horta.

– A Bebé já comeu?

– Já, minha senhora. Está lá fora a brincar com os filhos do Dr. Okeke.

Olanna pegou no garfo.

– Amanhã, vou fazer salada de fruta para si, minha senhora. A papaieira das traseiras já tem fruta madura. Vou-lhe dar mais uma semana e depois colho-a depressa antes que os pássaros a ataquem. Vou usar laranja e leite.

– Ótimo.

Ugwu continuou parado no mesmo sítio e Olanna sabia que só se iria embora quando ela começasse a comer. Levou o garfo à boca lentamente e mastigou de olhos fechados. De certeza que estava muito bom, como tudo o que Ugwu cozinhava, mas, à exceção dos comprimidos que lhe deixavam um gosto a giz na boca, há imenso tempo que não conseguia saborear nada. Por fim, bebeu uns goles de água e pediu a Ugwu para retirar o tabuleiro.

Na mesinha de cabeceira, Odenigbo colocara uma comprida folha de papel com as palavras NÓS, PESSOAL DOCENTE DA UNIVERSIDADE, EXIGIMOS A SECESSÃO COMO MEDIDA DE SEGURANÇA datilografadas no cimo e uma manta de retalhos de assinaturas, ao fundo.

«Estava à espera que recuperasses as forças para assinares isto, antes de a entregar à assembleia de Enugu», dissera ele.

Quando Ugwu saiu do quarto, Olanna pegou numa caneta e assinou a petição, e depois verificou o texto para ver se tinha algum erro. Não tinha. Mas Odenigbo não chegou a entregar o documento, porque a secessão foi anunciada nessa noite. Ele sentou-se na cama com o rádio em cima da mesinha de cabeceira. A transmissão tinha pouco ruído de fundo, como se as ondas de rádio percebessem a importância do discurso. A voz de Ojukwu era inconfundível, vibrantemente masculina, carismática, suave:

> *Compatriotas, cidadãs e cidadãos da Nigéria de Leste: Cientes da suprema autoridade de Deus Todo-Poderoso sobre a humanidade; do vosso dever para com a posteridade; cientes de que nenhum governo sediado fora da Nigéria de Leste pode proteger as vossas vidas e os vossos bens; determinados a dissolver todos os laços políticos e de qualquer outra natureza que vos unem à antiga República da Nigéria; tendo-me incumbido de proclamar em vosso nome e para vosso bem que a Nigéria de Leste é uma república soberana independente,*

anuncio aqui, solenemente, que o território da região chamada e conhecida como Nigéria de Leste, juntamente com a sua plataforma continental e águas territoriais, passa a ser, a partir deste momento, um Estado soberano independente com o nome e título de República do Biafra.

– Este é o nosso começo – disse Odenigbo.

A falsa suavidade desaparecera-lhe da voz e ele falava normalmente outra vez, empolgado e sonante. Tirou os óculos, pegou nas mãozinhas de Bebé e pôs-se a dançar com ela às voltas pelo quarto. Olanna riu-se, mas depois teve a sensação de que estava a seguir um guião, como se o entusiasmo de Odenigbo não desse lugar para mais nenhum sentimento. Sentou-se e estremeceu. Desejara que a secessão tivesse lugar, mas agora parecia uma coisa de uma tal enormidade que não era capaz de concebê-la. Odenigbo e Bebé rodopiavam de um lado para o outro, Odenigbo cantando desafinado uma canção que inventara – «*Este é o nosso começo, oh, sim, o nosso começo, oh, sim...*» –, enquanto Bebé se ria, numa abençoada ignorância. Olanna observou-os, com a sua mente imobilizada no presente, na mancha de sumo de caju que o vestido de Bebé tinha na parte da frente.

O comício teve lugar em Freedom Square, a praça da liberdade, no centro do recinto universitário, com professores e alunos a gritarem e a cantarem, um lençol infinito de cabeças e cartazes erguidos bem alto.

Não, nunca nos mudaremos para outro lugar, Tal como uma árvore plantada à beira da água, Não nos tirarão daqui.

Ojukwu está connosco, nunca nos mudaremos para outro lugar, Deus está connosco, nunca mudaremos de lugar.

Balouçavam-se enquanto cantavam e Olanna imaginou que as árvores da manga e da *gmelina* balouçavam também, em sinal de acordo, descrevendo um único e fluido arco. O sol queimava como uma chama demasiado próxima da pele e, no entanto, caía uma chuva miudinha e as gotas mornas misturavam-se com o suor de Olanna. Roçou no braço de Odenigbo quando levantou o cartaz, que dizia: NÃO PODEMOS MORRER COMO CÃES. Bebé estava encavalitada nos ombros de Odenigbo, a acenar com a sua boneca de trapos, o sol brilhava intensamente por entre os chuviscos e Olanna sentiu-se inundada por uma deliciosa exuberância. Ugwu encontrava-se ao seu lado. O cartaz dele dizia: QUE DEUS ABENÇOE O BIAFRA. Eles eram biafrenses. Ela era biafrense. Atrás dela, um homem falava sobre o mercado, de como os comerciantes andavam a dançar ao som de música do Congo e a oferecer as suas melhores mangas e amendoins. Uma mulher disse que ia lá, logo a seguir ao comício, para ver o que conseguiria arranjar de graça, e Olanna virou-se para eles e riu-se.

Um representante dos estudantes falou ao microfone e os cantos pararam. Surgiram uns rapazes a carregarem um caixão com a palavra NIGÉRIA escrita a giz branco; ergueram-no, exibindo nos rostos uma expressão trocista de solenidade. Depois, pousaram-no no chão, despiram as camisas e começaram a escavar um buraco pouco profundo na terra. Quando baixaram o caixão para dentro da cova, uma exclamação de apoio ergueu-se da multidão e espalhou-se, como uma onda, até se tornar um coro em uníssono, até Olanna ter a sensação de que toda a gente ali presente se tornara um único ser. Alguém gritou: «Odenigbo!» e o clamor espalhou-se por entre os estudantes. «Odenigbo! Queremos um discurso!» Odenigbo subiu para o palanque, acenando com a sua bandeira do Biafra: faixas em vermelho, preto e verde e, a meio, um luminoso meio sol amarelo.

– Nasceu o Biafra! Seremos os líderes da África Negra! Viveremos em segurança! Nunca mais ninguém nos atacará! Nunca mais!

Odenigbo ergueu o braço enquanto falava e Olanna lembrou-se de como o braço da Tia Ifeka lhe parecera todo torcido quando ela jazia no chão, da maneira como o sangue se empoçara, tão espesso que parecia cola e quase preto em vez de vermelho. Talvez a Tia Ifeka estivesse a ver aquele comício naquele instante, e todas aquelas pessoas, ou talvez não, talvez a morte fosse uma silenciosa opacidade. Olanna sacudiu a cabeça para afugentar esses pensamentos, tirou Bebé do pescoço de Ugwu e abraçou-a junto ao peito.

No fim do comício, ela e Odenigbo dirigiram-se para o clube dos professores. Os estudantes tinham-se reunido no campo de hóquei ali perto e estavam a queimar efígies de papel de Gowon, à volta de uma reluzente fogueira; o fumo subia em espiral para o ar noturno e misturava-se com as suas gargalhadas e conversas. Olanna observou-os e percebeu, deliciada, que todos eles sentiam o mesmo que ela, o mesmo que Odenigbo, como se fosse aço líquido e não sangue que lhes corria pelas veias, como se fossem capazes de pisar brasas ardentes com os pés descalços.

CAPÍTULO 14

Richard não imaginara que fosse tão fácil encontrar a família de Nnaemeka, mas quando chegou a Obosi e se deteve na igreja anglicana para pedir informações, o catequista disse-lhe que eles viviam ao fundo da rua, na casa sem pintura ladeada de palmeiras. O pai de Nnaemeka era pequeno e albino, cor de cobre, com uns olhos castanho-acinzentados que brilharam assim que Richard falou ibo. Era tão diferente do funcionário da alfândega do aeroporto, grande e negro, que por um instante Richard se perguntou se não estaria na casa errada e se aquele homem não seria um estranho a Nnaemeka. Mas o homem abençoou a noz de cola numa voz tão parecida com a de Nnaemeka que Richard se sentiu transportado para o átrio do aeroporto naquela tarde quente e para a conversa irritante de Nnaemeka antes de a porta se abrir de rompante e os soldados entrarem a correr.

– Quem traz noz de cola traz a vida. Tu e a tua família viverão, e eu e a minha viveremos. Deixai a águia pousar e deixai a pomba pousar, e se uma delas não permitir que a outra o faça, não conhecerá o bem. Que Deus abençoe esta cola em nome de Jesus.

– Ámen – disse Richard.

Começava a ver outras parecenças. Os gestos do homem ao partir a noz de cola em cinco gomos eram arrepiantemente iguais aos de Nnaemeka, bem como a expressão da boca, com o lábio inferior espetado. Richard esperou até acabarem de mastigar a noz de cola, até a mãe de Nnaemeka aparecer, vestida de preto, e só então disse: – Vi o vosso filho no aeroporto de Kano, no dia em que tudo aconteceu. Conversámos um pouco. Ele falou de vocês e da família. – Richard fez uma pausa e perguntou-se se eles prefeririam ouvir que o filho encarara a morte com estoicismo ou se quereriam ouvir que lutara contra ela, que avançara para a arma. – Ele contou-me que a avó de Umunnachi era uma conceituada herborista, muito conhecida graças à sua cura para a malária e que foi por causa dela que inicialmente quis ser médico.

– Sim, é verdade – disse a mãe de Nnaemeka.

– Ele só tinha coisas boas a dizer sobre a família – continuou Richard, escolhendo cuidadosamente as suas palavras em ibo.

– É claro que só tinha coisas boas a dizer sobre a família. – O pai de Nnaemeka lançou um longo olhar a Richard, como se não compreendesse porque é que ele lhes estava a dizer o óbvio.

Richard mudou de posição no banco.

– Fizeram um funeral? – perguntou, e arrependeu-se imediatamente.

– Fizemos – respondeu o pai de Nnaemeka; fixou os olhos na taça de estanho que continha o último gomo de noz de cola.

– Esperámos que ele regressasse do Norte e, como não regressou, fizemos um funeral. Enterrámos um caixão vazio.

– Não estava vazio – disse a mãe. – No interior, pusemos o velho livro que ele andava a ler para o exame da função pública.

Ficaram sentados sem dizer nada. Grãos de pó nadavam na talhada de luz do sol que entrava pela janela.

– Leve o último pedaço de noz de cola consigo – disse o pai de Nnaemeka.

– Obrigado. – Richard enfiou o gomo no bolso.

– Já posso mandar as crianças ao seu carro? – perguntou a mãe de Nnaemeka.

Era difícil adivinhar qual seria o seu aspeto sem o lenço preto que lhe cobria a cabeleira toda e grande parte da testa.

– Ao carro? – repetiu Richard, perplexo.

– Sim. Não nos trouxe coisas?

Richard abanou a cabeça. Devia ter levado inhames e bebidas. No fim de contas, era uma visita de condolências e ele conhecia a tradição. Mas estava demasiado absorvido em si mesmo, pensara que a sua presença seria suficiente, que eles o veriam como o anjo magnânimo que lhes levara o relato das derradeiras horas do filho e que, ao fazê-lo, mitigaria o sofrimento deles e redimir-se-ia. Mas, aos olhos deles, Richard era igual a qualquer outra pessoa que viera apresentar os seus pêsames. A sua visita não mudara em nada a única realidade que tinha importância para eles: o filho estava morto.

Levantou-se para se ir embora, sabendo que também nada mudara para si; continuaria a sentir-se como se sentia desde que regressara de Kano. Desejara muitas vezes enlouquecer, ou que a sua memória se autoapagasse, mas em vez disso, tudo adquiria uma terrível transparência e bastava-lhe fechar os olhos para ver os cadáveres acabados de cair no chão do aeroporto e relembrar o tom dos gritos. A sua mente permanecia lúcida. Suficientemente lúcida para responder serenamente às cartas aflitas da Tia Elizabeth, dizendo-lhe que estava tudo bem consigo e que não tencionava regressar a Inglaterra, e pedindo-lhe para parar de lhe enviar exemplares fininhos de jornais com artigos sobre os *pogroms* nigerianos, assinalados a lápis. Os artigos irritavam-no. «Na origem dos massacres», dizia o *Herald*, encontravam-se «antigos ódios tribais». A revista *Time* intitulava um artigo MAN MUST WHACK, «O homem tem de bater», uma expressão inscrita numa camioneta nigeriana, mas o autor do texto interpretara o verbo *whack* à letra e explicara que os Nigerianos eram tão naturalmente propensos à violência que até escreviam sobre a necessidade de ser violentos nas suas camionetas de passageiros. Richard enviou uma ríspida carta à *Time*. Em inglês *pidgin* nigeriano, *whack* significa «comer». Pelo menos, o *Observer* mostrou-se um pouco mais destro, escrevendo que se a Nigéria sobrevivera aos massacres dos Ibos, sobreviveria ao que quer que fosse. Mas havia um vazio em todos os relatos, laivos de irrealidade. Por isso, Richard começou a redigir um longo artigo sobre os massacres. Sentou-se à mesa da sala de jantar, em casa de Kainene, e escreveu em compridas folhas de papel liso. Levara Harrison para Port Harcourt e, enquanto trabalhava, ouvia Harrison a falar com Ikejide e Sebastian.

– Não sabes como faz bolo de chocolate alemão? – Uma gargalhada ruidosa. – Não conheces *crumble* de ruibarbo? – Mais uma ruidosa gargalhada de escárnio.

Richard começou por escrever sobre o problema dos refugiados, consequência dos massacres, sobre os comerciantes que fugiram dos mercados do Norte, os professores universitários que abandonaram as universidades, os funcionários públicos que largaram os seus empregos nos ministérios. Teve dificuldades com o parágrafo final.

> *É imperativo lembrar que a primeira vez que os Ibos foram massacrados, ainda que a uma escala muito mais pequena do que a dos recentes acontecimentos, foi em 1945. Essa carnificina foi precipitada pelo governo colonial britânico, quando culpou os Ibos pela greve nacional, baniu os jornais publicados em ibo e incentivou, em geral, um ambiente anti-ibo. A noção de que os recentes assassinatos foram o produto de um ódio «antigo» é, por conseguinte, errónea. As tribos do Norte e do Sul há muito que se encontram em contacto, pelo menos desde o século IX, como o demonstram algumas das magníficas contas descobertas nas escavações pré-históricas de Igbo-Ukwu. Não há dúvida de que estes grupos travaram guerras entre si e se escravizaram mutuamente, mas não levaram a cabo nenhum massacre. Se isto é ódio, então é um ódio muito recente. Foi provocado, simplesmente, pela política informal de «dividir para governar» do poder colonial britânico. Esta política manipulou as diferenças entre as tribos e encarregou-se de impedir a união, tornando, deste modo, mais fácil e prático o governo de um país tão grande.*

Quando mostrou o artigo a Kainene, ela leu-o cuidadosamente, de olhos semicerrados, e no fim disse: – Muito intenso.
Richard não percebeu ao certo o que «muito intenso» queria dizer ou se ela tinha gostado do texto. Queria desesperadamente a aprovação dela. Desde que regressara de Nsukka, onde fora visitar Olanna, Kainene retomara o seu ar distante.

Pendurara uma fotografia dos familiares assassinados – Arize a rir-se, de vestido de noiva, o Tio Mbaezi efervescente, de fato justo, ao lado de uma solene Tia Ifeka, com um pano estampado –, mas falava muito pouco sobre eles e nunca se referia a Olanna. Muitas vezes, recolhia-se ao silêncio a meio de uma conversa e, quando isso acontecia, Richard deixava-a sossegada; às vezes, ele invejava-lhe a capacidade de se ter deixado transformar pelo que acontecera.

– O que é que achas do artigo? – perguntou, e antes que ela pudesse responder fez-lhe a pergunta que realmente queria fazer:

– Gostas? Qual é a reação que o texto te suscita?

– Acho que está demasiado formal e enfadonho – disse ela. – Mas a reação que me suscita é de orgulho. Sinto-me orgulhosa.

Ele enviou-o para o *Herald*. Quando recebeu uma resposta, duas semanas depois, rasgou a carta assim que a leu. A imprensa internacional estava simplesmente saturada de histórias sobre a violência em África e aquela era particularmente insonsa e pedante, escreveu o redator-chefe, mas talvez Richard pudesse fazer um artigo do ponto de vista humano? Por exemplo, os soldados murmuraram alguma ladainha tribal enquanto cometiam os assassínios? Praticaram atos de canibalismo como sucedeu no Congo? Seria realmente possível compreender a mente daquela gente?

Richard arquivou o artigo. Assustava-o o facto de conseguir dormir bem à noite, de ainda se sentir apaziguado pelo odor a folhas de laranjeira e pela quietude turquesa do mar, de ter sensações.

– Sou o mesmo de sempre. A minha vida continua na mesma – disse ele a Kainene. – Eu devia estar a reagir; as coisas deviam ser diferentes.

– Não podes escrever um guião na tua cabeça e depois forçar-te a segui-lo. Tens de te aceitar como és, Richard – disse ela baixinho.

Mas ele não conseguia aceitar-se como era. Não acreditava que a vida continuasse na mesma para todas as outras pessoas que tinham testemunhado os massacres. Depois, sentiu-se ainda mais assustado ao pensar que talvez não tivesse passado de um mero *voyeur*. Como não temera pela sua própria vida, os massacres tornaram-se algo de exterior a ele, fora dele; observara-os com o distanciamento de quem sabia que estava a salvo. Mas isso não era possível; Kainene não teria ficado a salvo, se lá tivesse estado.

Começou a escrever sobre Nnaemeka e o odor adstringente a álcool misturado com o cheiro a sangue fresco, naquele átrio de aeroporto onde o empregado do bar jazia com o rosto rebentado por uma bala, mas parou, porque as frases eram ridículas. Demasiado melodramáticas. Pareciam iguais às dos artigos da imprensa estrangeira, como se aquelas mortes não tivessem acontecido e, mesmo que tivessem acontecido, como se as coisas não se tivessem passado bem assim. Havia um certo tom de irrealidade a pesar em cada palavra. Lembrava-se claramente do que acontecera naquele aeroporto, mas, para escrever sobre o assunto, teria de voltar a imaginá-lo e não sabia se era capaz de o fazer.

No dia em que anunciaram a secessão, Richard encontrava-se na varanda com Kainene e, depois de ouvir a voz de Ojukwu na rádio, abraçou-a. A princípio, pensou que estivessem ambos a tremer, mas quando se chegou para trás e olhou para o rosto dela, percebeu que ela estava absolutamente imóvel. Só ele tremia.

– Feliz independência – disse.

– Independência – repetiu ela, e acrescentou: – Feliz independência.

Richard queria pedi-la em casamento. Aquele era um novo começo, um novo país, o novo país *de ambos*. Não só porque a secessão era uma decisão justa, tendo em conta tudo o que os Ibos tinham sofrido, mas também por causa das possibilidades que o Biafra lhe oferecia. Ele seria biafrense como nunca poderia ter sido nigeriano: encontrava-se ali presente, no começo; partilhara o nascimento da nação. Pertenceria àquele país. Disse: *Casa comigo, Kainene* na sua mente muitas vezes, mas não o disse em voz alta. No dia seguinte, regressou a Nsukka com Harrison.

Richard gostava de Phyllis Okafor. Gostava do vigor das suas espalhafatosas perucas, do sotaque arrastado do seu Mississippi natal, bem como das severas armações dos óculos que contrastavam com o seu olhar caloroso. Desde que deixara de frequentar a casa de Odenigbo, passava frequentemente os serões com ela e com o marido, Nnanyelugo. Era como se ela soubesse que ele ficara sem vida social e então convidava-o insistentemente para o teatro, para conferências, para jogar *squash*. Por isso, quando ela lhe pediu para ir assistir à palestra «Em Caso de Guerra» organizada pela associação das mulheres universitárias, aceitou. Era uma boa ideia estar preparado, claro, mas não haveria guerra alguma.

Os Nigerianos deixariam o Biafra em paz; jamais lutariam contra um povo já de rastos por causa dos massacres. De qualquer maneira, deviam estar satisfeitos por se verem livres dos Ibos. Richard estava convencido disso. Menos certezas tinha em relação ao que faria se encontrasse Olanna na palestra. Até aí, fora fácil evitá-la; em quatro anos, passara de carro por ela apenas um punhado de vezes, porque nunca ia aos campos de ténis, nem ao clube dos professores, e deixara de fazer compras na Eastern Shop.

Ficou de pé, na companhia de Phyllis, na entrada da sala de conferências, e passou os olhos pela sala. Olanna estava sentada à frente, com Bebé ao colo. O seu rosto de uma beleza luxuriante pareceu-lhe extremamente familiar, bem como o vestido azul com um folho no colarinho, como se os tivesse visto, a ela e ao vestido, há pouquíssimo tempo. Desviou a cara e não pôde deixar de sentir alívio por Odenigbo não se encontrar presente. A sala estava cheia. A mulher que falava no palanque não parou de se repetir.

– Guardem os vossos documentos em sacos impermeáveis e certifiquem-se de que são as primeiras coisas em que pegam, se tivermos de ser evacuados. Guardem os vossos documentos em sacos impermeáveis...

Falaram mais uns quantos oradores e, depois, acabou. As pessoas foram conviver umas com as outras, rir e conversar e trocar mais umas dicas sobre o que fazer «em caso de guerra». Richard sabia que Olanna estava perto de si, a falar com um homem barbudo que dava aulas de música. Virou-se como quem não quer a coisa, pronto para fugir, e já ia junto da porta quando ela apareceu ao seu lado.

– Olá, Richard. *Kedu?*

– Estou bem – disse ele. Sentia a pele da cara contraída. – E tu?

– Estamos bem – respondeu Olanna.

Os seus lábios tinham um ligeiro brilho de *bâton* cor-de-rosa. Richard reparou que ela usara o plural. Ficou na dúvida se se referia a ela própria e à filha, ou a ela e a Odenigbo, ou talvez *nós* sugerisse que Olanna fizera as pazes com ele em relação ao que acontecera entre eles os dois e às consequências que isso tivera no trato dela com Kainene.

– Bebé, já cumprimentaste o Richard? – perguntou Olanna, baixando os olhos para a criança, de mão dada com ela.

– Boa tarde – disse Bebé, numa voz aguda.

Richard inclinou-se e tocou-lhe na face. Havia uma serenidade em Bebé que a fazia parecer mais velha e sensata do que os seus meros quatro anos.

– Olá, Bebé.

– A Kainene está boa? – perguntou Olanna.

Richard evitou o olhar dela, sem saber que cara devia fazer.

– Está.

– E o teu livro está a andar bem?

– Está. Obrigado.

– Sempre se vai intitular *O Cesto de Mãos*?

Ele ficou contente por ela não se ter esquecido.

– Não. – Fez uma pausa e tentou não pensar no fim que levara esse manuscrito, nas chamas que, sem dúvida, o tinham reduzido a cinzas muito depressa. – Chama-se *No Tempo dos Cântaros Ornados com Cordas*.

– É um título interessante – murmurou Olanna. – Espero que não haja nenhuma guerra, mas a palestra foi bastante útil, não foi?

– Foi.

Phyllis aproximou-se, cumprimentou Olanna e, depois, puxou Richard pelo braço.

– Dizem que o Ojukwu vem aí! O Ojukwu vem aí! – Do lado de fora da sala, ouviam-se vozes alvoroçadas.

– Ojukwu? – repetiu Richard.

– Sim, sim! – Phyllis dirigiu-se para a porta. – Sabias que ele fez uma visita surpresa à Universidade de Enugu há uns dias? Pois parece que agora é a nossa vez!

Richard seguiu-a para o exterior e juntaram-se a um grupo de professores parados junto da estátua de um leão; Olanna desapareceu.

– Ele está na biblioteca – disse alguém.

– Não, está na reitoria.

– Não, ele vai falar aos estudantes. Está no edifício da secretaria. Algumas pessoas puseram-se a caminho da secretaria, apressadas, e Richard e Phyllis seguiram-nas. Estavam perto das árvores *kombo-kombo* que ladeavam o caminho, quando Richard viu o homem barbudo, com uma austera e elegante farda do exército presa com um cinturão, a atravessar o corredor. Uns quantos repórteres correram atrás dele, estendendo-lhe os seus gravadores como se fossem oferendas. Os estudantes, tão numerosos que Richard se perguntou como é que se teriam juntado tão depressa, começaram a cantar: «Poder! Poder!» Ojukwu desceu as escadas e postou-se em cima de uns blocos de cimento no relvado. Levantou as mãos. Tudo nele cintilava, a barba bem aparada, o relógio, os ombros largos.

– Vim fazer-vos uma pergunta – disse ele. A sua voz com sotaque de Oxford era surpreendentemente suave, com um timbre diferente do que se ouvia na rádio e uma pontinha de teatralidade a mais, de ponderação a mais. – Que devemos nós fazer? Devemos ficar calados e deixar que eles nos obriguem a pertencer novamente à Nigéria? Devemos ignorar os nossos irmãos e irmãs que foram assassinados aos milhares no Norte?

– *Não! Não!* – Os estudantes que enchiam o grande pátio transbordavam para o relvado e para o caminho de acesso ao edifício. Muitos professores tinham estacionado os automóveis na estrada e juntaram-se à multidão. – Poder! Poder!

Ojukwu ergueu novamente as mãos e os estudantes calaram-se.

– Se eles nos declararem guerra – disse –, quero avisar-vos desde já que poderá ser uma guerra muito longa e dura. Uma guerra muito longa e dura. Estão preparados para isso? Estão preparados?

– Sim! Sim! *Ojukwu, nye anyi egbe!* Dá-nos armas! *Iwe di anyi n'obi!* Temos o coração cheio de raiva!

Os cânticos transformaram-se num coro constante: dá-nos armas, temos o coração cheio de raiva, dá-nos armas. O ritmo era embriagante. Richard olhou para Phyllis, gritando de punho no ar, e observou as outras pessoas à sua volta durante uns instantes, absortas e concentradas no momento, e então começou também a acenar e a cantar: – Ojukwu, dá-nos armas! Ojukwu, *nye anyi egbe!*

Ojukwu acendeu um cigarro e atirou-o para a relva. A ponta brilhou por uns segundos, até ele levantar um pé e esmagá-la com a sua reluzente bota preta.

– Até a relva lutará pelo Biafra – disse.

*

Richard contou a Kainene que tinha ficado fascinado com Ojukwu, apesar de o homem estar a ficar careca e ser ligeiramente histriónico e usar um anel de mau gosto. Falou-lhe na palestra. Depois, perguntou-se se lhe deveria dizer que se cruzara com Olanna.

Estavam sentados na varanda. Kainene estava a descascar uma laranja com uma faca e a casca fininha ia caindo para um prato pousado no chão.

– Vi a Olanna – disse.

– Ah, sim?

– Na palestra. Dissemos olá e ela perguntou por ti.

– Está bem.

A laranja escorregou-lhe da mão, ou talvez ela a tenha deixado cair, porque não a apanhou do chão de mármore artificial da varanda.

– Desculpa – disse Richard. – Achei que devia contar-te que a tinha visto.

Pegou na laranja e deu-lha, mas Kainene não lha tirou das mãos. Ela levantou-se e dirigiu-se para a balaustrada.

– Vem aí a guerra – disse ela. – Port Harcourt está a enlouquecer.

Tinha os olhos postos no horizonte, como se conseguisse efetivamente ver a cidade, com a sua loucura de festas excessivas, cópulas frenéticas e carros velozes. No início dessa tarde, uma rapariga bem vestida aproximara-se de Richard na estação de comboios e pegara-lhe na mão. «Vem para minha casa. Nunca me deitei com um homem *oyinbo*, mas agora quero experimentar tudo», dissera ela, rindo-se, embora o desejo delirante nos seus olhos fosse genuíno. Ele soltara-se dela e fora-se embora, estranhamente triste ao pensar que ela acabaria por levar outro desconhecido qualquer para a sua cama. Era como se as pessoas daquela cidade, com as suas grandes árvores-da-tristeza, quisessem agarrar-se com unhas e dentes a tudo o que estivesse ao seu alcance, antes que a guerra as privasse de oportunidades.

Richard levantou-se e postou-se ao lado de Kainene.

– Não vai haver guerra – disse ele.

– Como é que ela perguntou por mim?

– Ela disse: A Kainene está boa?

– E tu disseste que sim?

– Disse.

Kainene não falou mais no assunto; Richard também não esperava que ela o fizesse.

CAPÍTULO 15

Ugwu saiu do carro, contornou-o e abriu a bagageira. Colocou o saco de peixe seco em cima do grande saco de *garri*, içou os dois para o alto da cabeça, subiu os degraus rachados atrás do Senhor e entrou na penumbra do edifício que servia de centro de acolhimento local. Mr. Ovoko foi ter com eles.

– Leva os sacos para a despensa – disse ele a Ugwu, apontando como se Ugwu não soubesse o que fazer, depois de lá ter ido tantas vezes entregar comida para os refugiados. A despensa estava vazia, à exceção de um pequeno saco de arroz, a um canto, coberto de gorgulho.

– Como é que vão as coisas? *A na-emekwa?* – perguntou o Senhor.

Ovoko esfregou as mãos uma na outra. Tinha o rosto lúgubre de quem simplesmente se recusa a ser consolado.

– Ultimamente quase ninguém faz donativos. Não para de cá vir gente a pedir-me comida e depois a pedir-me emprego. Vieram do Norte sem nada. Absolutamente nada.

– Eu sei que eles voltaram sem nada, meu amigo! Não me venha com sermões! – irritou-se o Senhor.

Ovoko afastou-se.

– Só estou a dizer que a situação é grave. No início, toda a gente veio a correr doar alimentos, mas agora já ninguém se lembra. Vai ser um desastre, se houver uma guerra.

– Não vai haver guerra.

– Então, porque é que o Gowon mantém o bloqueio?

O Senhor ignorou a pergunta e virou-se para se ir embora. Ugwu seguiu-o.

– É claro que as pessoas continuam a doar alimentos. Aquele bronco é que deve estar a açambarcar a comida para a sua própria família – disse o Senhor, ligando o motor do carro.

– Sim, patrão – disse Ugwu. – Até a barriga dele é enorme.

– Aquele ignorante do Gowon ofereceu uma quantia ridícula, miserável, para mais de dois milhões de refugiados. Achará ele que foram galinhas que morreram e que foram os parentes dessas galinhas que sobreviveram e voltaram para casa?

– Não, patrão.

Ugwu olhou pela janela. Sentiu-se extremamente triste por ir até ali levar *garri* e peixe a pessoas que, no Norte, se tinham conseguido sustentar sozinhas, ouvindo semana após semana o Senhor dizer as mesmas coisas. Esticou o braço e endireitou a corda que pendia do espelho retrovisor. O ornamento de plástico que segurava era uma pintura de um meio sol amarelo contra um fundo preto.

Mais tarde, quando estava sentado nos degraus do quintal a ler *As Aventuras Extraordinárias do Sr. Pickwick*, detendo-se várias vezes para pensar e observar as esguias folhas de milho a oscilarem na brisa, não ficou surpreendido ao ouvir a voz alterada do Senhor proveniente da sala de estar. O Senhor ficava sempre irritadiço em dias como aquele.

– E os nossos colegas das universidades de Ibadan, Zaria e Lagos? Quem é que tem a coragem de falar nisso? Eles ficaram calados, enquanto os expatriados brancos incitavam os revoltosos a matar ibos. E tu terias feito o mesmo, se não estivesses em território ibo! Que compaixão é que tu sentes? – gritou o Senhor.

– Não te atrevas a dizer que não tenho compaixão! O facto de eu dizer que a secessão não é a única maneira de garantir a segurança não significa que não tenho compaixão! – ripostou Miss Adebayo.

– Os teus primos morreram? O teu tio morreu? Na próxima semana, vais voltar para junto da tua família em Lagos e ninguém te vai incomodar por seres ioruba. Não é a tua gente que anda a matar os Ibos em Lagos? Não foi um grupo de chefes vossos que viajou até ao Norte para agradecer aos emires por terem poupado as vidas dos Iorubas? Então, o que é que estás a querer dizer? Que peso pode ter a tua opinião?

– Isso é um insulto à minha pessoa, Odenigbo.

– A verdade tornou-se um insulto.

Seguiu-se um momento de silêncio e, depois, o som da porta da rua a abrir-se e a fechar-se com força. Miss Adebayo fora-se embora. Ugwu levantou-se quando ouviu a voz de Olanna.

– Isto é inadmissível, Odenigbo! Deves-lhe um pedido de desculpas!

Assustou-se ao ouvir Olanna gritar, porque ela raramente o fazia, e porque da última vez que a ouvira gritar fora durante aquelas semanas de rutura antes do nascimento de Bebé, em que Mr. Richard deixara de os visitar e tudo parecera estar prestes a ir por água abaixo. Durante uns minutos, Ugwu não ouviu mais nada – talvez Olanna também se tivesse ido embora – e, depois, ouviu Okeoma a recitar um poema. Ugwu conhecia-o de cor: «Se o sol se recusar a nascer, obrigá-lo-emos a nascer.» Da primeira vez que Okeoma o lera, no mesmo dia em que o jornal *Renaissance*, «Renascença», fora rebatizado *Biafran Sun*, «Sol Biafrense», Ugwu escutara-o e sentira-se transportado por ele, sobretudo pelo seu verso preferido: «Cântaros de barro cozidos em fervor refrescarão os nossos pés durante a ascensão.» Agora, porém, deixou-o com lágrimas nos olhos. Deixou-o nostálgico dos tempos em que Okeoma recitava poemas sobre pessoas que ficavam com reações alérgicas nas nádegas por terem defecado em baldes importados, dos tempos em que Miss Adebayo e o Senhor gritavam um com o outro e, no entanto, não acabavam o serão com ela a sair intempestivamente pela porta fora, dos tempos em que ele ainda servia sopa de pimento. Agora, servia apenas noz de cola.

Okeoma foi-se embora passados uns minutos e Ugwu ouviu Olanna levantar novamente a voz.

– Tens de lhe pedir desculpa, Odenigbo. Deves-lhe um pedido de desculpas!

– Não se trata de eu lhe dever ou não um pedido de desculpas. A questão é se eu disse ou não a verdade – ripostou o Senhor. Olanna disse qualquer coisa que Ugwu não ouviu e, a seguir, o Senhor falou num tom mais calmo: – Está bem, *nkem*, eu peço.

Olanna entrou na cozinha.

– Nós vamos sair – disse ela. – Vem trancar a porta.

– Sim, minha senhora.

Quando se foram embora no automóvel do Senhor, Ugwu ouviu um toque na porta das traseiras e foi ver quem era.

– Chinyere – disse, surpreendido. Ela nunca aparecia tão cedo e muito menos em casa dos patrões dele.

– Eu, a minha senhora e as crianças partimos amanhã de manhã para a aldeia. Vim despedir-me de ti. *Ka o di.*

Ugwu nunca a ouvira falar tanto. Ficou sem saber o que dizer. Entreolharam-se durante uns instantes.

– Boa viagem – disse ele.

Viu-a dirigir-se para a sebe que separava as duas casas e esgueirar-se por debaixo dela. Nunca mais Chinyere iria bater à sua porta de noite e deitar-se de barriga para cima e abrir as pernas em silêncio, pelo menos não durante uns tempos. Ugwu sentiu um estranho peso a esmagar-lhe a cabeça. Precipitavam-se mudanças, prontas para se abaterem sobre ele, e Ugwu nada podia fazer para as abrandar.

Sentou-se e olhou para a capa d'*As Aventuras Extraordinárias do Sr. Pickwick*. Havia uma calma serena no quintal, no suave oscilar da mangueira e no odor ligeiramente alcoólico dos cajus maduros. Essa calma contrastava com o que ele via à sua volta. Recebiam cada vez menos visitas e, ao serão, as ruas do *campus* pareciam fantasmagóricas, cobertas pela luz nacarada do silêncio e do vazio. A Eastern Shop fechara. A patroa de Chinyere era apenas uma de entre as muitas famílias da universidade que se iam embora; os criados compravam grandes caixas de cartão no mercado e os automóveis saíam dos recintos com as bagageiras quase a tocar no chão, de tão pesadas que eram as cargas. Mas Olanna e o Senhor não tinham emalado uma única coisa. Diziam que não haveria guerra nenhuma e que as pessoas estavam simplesmente a entrar em pânico. Ugwu sabia que as famílias tinham recebido autorização para mandar as mulheres e crianças para as suas terras de origem, mas que os homens não podiam partir, porque se os homens partissem, isso significaria que estavam em pânico e não havia motivos para pânico.

«Não há motivos para entrar em pânico», dizia o Senhor com frequência. «Não há motivos para entrar em pânico.» O Professor Uzomaka, que vivia à frente do Dr. Okeke, fora mandado para trás três vezes pelos milicianos postados junto dos portões do *campus*. Deixaram-no passar ao terceiro dia, depois de ele ter jurado que voltaria, que ia só levar a família à sua terra natal, porque a mulher estava muito preocupada.

– Ugwuanyi!

Ugwu ergueu os olhos e viu a sua tia a dirigir-se para ele, vinda do jardim da entrada. Levantou-se.

– Tia! Bem-vinda.

– Estive a bater na porta da rua.

– Desculpa, não te ouvi.

– Estás sozinho em casa? Que é feito do teu senhor?

– Eles saíram e levaram a Bebé. – Ugwu perscrutou o rosto dela. – Está tudo bem, tia?

Ela sorriu.

– Está tudo bem, *o di mma*. Trago uma mensagem do teu pai. No próximo sábado, vão fazer a cerimónia do vinho da Anulika.

– Ah! No próximo sábado?

– É melhor fazerem-na já, antes de começar a guerra, se é que vai haver guerra.

– É verdade. – Ugwu desviou os olhos na direção do limoeiro. – Quer dizer que a Anulika vai mesmo casar-se.

– Achaste que te ias casar com a tua própria irmã?

– Deus nos livre.

A tia esticou a mão e beliscou-lhe o braço.

— Olha só para ti, estás um homem. Daqui a uns anos, será a tua vez.

Ugwu sorriu.

— Tu e a minha mãe hão de arranjar-me uma boa pessoa quando chegar a hora, tia — disse ele, com falsa modéstia.

Não valia a pena contar-lhe que Olanna lhe dissera que o mandariam para a universidade assim que ele acabasse o liceu. Só se casaria depois de se ter tornado alguém como o Senhor e de ter passado muitos anos a ler livros.

— Vou-me embora — disse a tia.

— Não queres beber um copo de água?

— Não posso demorar-me. *Ngwanu*, deixa estar. Dá cumprimentos meus ao Senhor e entrega-lhe o meu recado.

Antes mesmo de a tia se ir embora, já Ugwu estava a imaginar a sua chegada à aldeia no dia da cerimónia. Dessa vez, abraçaria finalmente o corpo nu e flexível de Nnesinachi. A cabana do seu Tio Eze era um bom lugar para onde a levar, ou talvez para o campo sossegado à beira do riacho, desde que os miúdos mais pequenos não os incomodassem. Ele esperava que ela não fosse tão silenciosa como Chinyere; esperava que fizesse os mesmos sons que ele ouvia da boca de Olanna, quando encostava o ouvido à porta do quarto deles.

Nessa noite, enquanto cozinhava o jantar, uma voz discreta na rádio anunciou que a Nigéria ia empreender uma ação policial para controlar os rebeldes do Biafra.

Ugwu estava na cozinha com Olanna, a descascar cebolas e a observar o movimento do ombro de Olanna enquanto ela mexia a sopa ao lume. As cebolas faziam-no sentir-se limpo, como se as lágrimas que lhe arrancavam drenassem as impurezas. Ouvia a voz aguda de Bebé na sala de estar, a brincar com o Senhor. Não queria que nenhum deles entrasse na cozinha naquele momento. Destruiriam a magia que ele sentia, o doce picar das cebolas nos seus olhos, o brilho da pele de Olanna. Ela estava a falar dos nortenhos de Onitsha que tinham sido assassinados em ataques de represália. Ugwu gostou da maneira como ela disse «ataques de represália».

– Foi um erro terrível – disse ela. – Terrível. Mas Sua Excelência lidou muito bem com a situação. Só Deus sabe quantas pessoas teriam sido assassinadas se ele não tivesse mandado os soldados nortenhos de volta para o Norte.

– Ojukwu é um grande homem.

– É, sim, mas a verdade é que todos nós somos capazes de fazer as mesmas coisas uns aos outros.

– Não, minha senhora. Nós não somos como os Haúças. Os assassinatos de represália aconteceram porque eles nos levaram a isso. – Ugwu tinha a certeza de ter dito «assassinatos de represália» de uma maneira muito parecida com a de Olanna.

Olanna abanou a cabeça, mas não disse nada durante uns instantes.

– Depois da cerimónia do vinho da tua irmã, nós vamos para Aba durante uns tempos, uma vez que o *campus* está tão vazio – disse ela, por fim. – Podes ficar com a tua família, se quiseres. E quando voltarmos, vamos lá buscar-te. Não devemos estar fora mais de um mês, no máximo. Daqui a uma semana ou duas, já os nossos soldados terão afugentado os Nigerianos.

– Eu vou consigo e com o Senhor.

Olanna sorriu, como se fosse exatamente essa a resposta que queria ouvir.

– Esta sopa não está a engrossar nada – murmurou ela.

Depois, contou-lhe que a primeira vez que fizera uma sopa, quando era mais nova, tinha queimado o fundo do tacho até ele ficar roxo e carbonizado e, no entanto, a sopa saíra muito saborosa. Ugwu estava concentrado na voz de Olanna, por isso não ouviu o barulho – *bum-bum-bum* – que soou algures do lado de fora da janela, ao longe, até que ela parou de mexer a panela e levantou os olhos.

– O que é aquilo? – perguntou ela. – Também estás a ouvir, Ugwu? O que é?

Olanna largou a concha e correu para a sala de estar. Ugwu seguiu-a. O Senhor estava parado junto da janela, com um exemplar dobrado do *Biafran Sun* nas mãos.

– Que barulho é este? – perguntou Olanna, puxando Bebé para si. – Odenigbo!

– Estão a avançar – disse o Senhor calmamente. – Acho que devemos partir hoje mesmo.

Foi então que Ugwu ouviu a buzina ruidosa de um carro lá fora. De repente, teve medo de ir abrir a porta, inclusive de se aproximar da janela e espreitar.

O Senhor abriu a porta. O *Morris Minor* verde estacionara tão à pressa que um dos pneus estava fora da estrada, a esmagar os lírios que bordejavam o relvado; quando o indivíduo saiu do automóvel, Ugwu ficou chocado ao ver que ele vinha só de camisola interior e calças. E de chinelos de banho!

– Evacuem imediatamente! Os federais entraram em Nsukka! Estamos a evacuar a cidade imediatamente! Já! Estou a correr todas as casas que ainda estão ocupadas. Evacuem imediatamente!

Foi só depois de ele ter falado e voltado a correr para o automóvel e partido, sem parar de buzinar, que Ugwu o reconheceu: era Mr. Vincent Ikenna, o conservador do Registo Civil. Já tinha ido lá a casa umas quantas vezes. Costumava beber cerveja com *Fanta*.

– Mete meia dúzia de coisas numa mala, *nkem* – disse o Senhor. – Eu vou ver se o carro tem água. Ugwu, tranca a casa toda, depressa! Não te esqueças de fechar também o Anexo dos Criados.

– *Gini?* Que coisas? – perguntou Olanna. – O que é que eu hei de levar?

Bebé começou a chorar. Ouviram novamente o tal barulho, *bum-bum-bum*, mais perto e mais alto.

– Não há de ser por muito tempo, daqui a nada estamos de volta. Arruma só meia dúzia de coisas, roupas. – O Senhor fez um gesto vago antes de pegar nas chaves do carro que estavam na prateleira.

– Ainda estou a cozinhar – disse Olanna.

– Põe a comida no carro – respondeu o Senhor.

Olanna estava com um ar perdido; embrulhou o tacho de sopa numa toalha da louça e levou-o para o automóvel. Ugwu deu a volta à casa, enfiando coisas em sacos: roupas e brinquedos de Bebé, biscoitos do frigorífico, as suas roupas, roupas do Senhor, os panos e vestidos de Olanna. Gostaria de saber o que levar. E queria que aquele barulho não soasse cada vez mais perto. Atirou os sacos para o banco de trás do carro e voltou a correr para dentro de casa para trancar as portas e fechar as persianas. O Senhor estava a buzinar lá fora.

Ugwu parou a meio da sala de estar, sentindo-se tonto. Precisava de urinar. Correu para a cozinha e desligou o fogão. O Senhor estava a chamá-lo aos gritos. Tirou os álbuns das prateleiras, os três álbuns de fotos que Olanna organizara com tanto esmero, e correu para o carro. Ainda mal tinha fechado a porta, quando o Senhor arrancou. As ruas do *campus* estavam fantasmagóricas, desertas e silenciosas.

Junto dos portões, os soldados biafrenses mandavam passar os automóveis. Tinham um ar elegante, com as suas fardas caqui, as botas a brilhar, meio sol amarelo cosido nas mangas. Ugwu desejou ser um deles. O Senhor acenou-lhes e disse: – Bom trabalho!

Havia pó a rodopiar em todos os cantos, como um cobertor castanho translúcido. A estrada principal estava cheia de gente: mulheres com caixotes à cabeça e bebés amarrados às costas, crianças descalças carregando fardos de roupa ou inhames ou caixas, homens arrastando bicicletas. Ugwu perguntou-se porque é que levariam lanternas de querosene acesas nas mãos, apesar de ainda não estar escuro. Viu uma criancinha tropeçar e cair, e a mãe debruçar-se e puxá-la por um braço para a levantar, e lembrou-se da sua terra, dos seus primos pequenos e dos seus pais e de Anulika. Eles estavam a salvo. Não teriam de fugir, porque a sua aldeia era demasiado longínqua e isolada. O único problema é que não poderia assistir ao casamento de Anulika, nem estreitar Nnesinachi nos seus braços como planeara. Mas em breve estaria de volta. A guerra duraria apenas o tempo suficiente para o exército do Biafra dar cabo dos Nigerianos. Ele ainda haveria de saborear a doçura de Nnesinachi, de acariciar aquela pele macia.

O Senhor conduziu devagar, por causa das multidões e das barreiras na estrada, e mais devagar ainda quando chegaram a Milliken Hill. A camioneta à frente deles tinha as palavras NINGUÉM SABE O QUE NOS RESERVA O DIA DE AMANHÃ escritas na carroçaria. Quando começaram a subir lentamente a íngreme encosta, um rapaz saltou da camioneta e pôs-se a correr ao lado dela, transportando um calço de madeira, pronto para atirá-lo para debaixo do pneu traseiro, caso o veículo começasse a descair.

Quando finalmente chegaram a Aba, era de noite, o para-brisas estava coberto de poeira ocre e Bebé dormia.

CAPÍTULO 16

Richard ficou surpreendido quando ouviu o anúncio de que o governo federal decretara uma «ação policial para pôr os rebeldes em ordem». Kainene, não.

– É o petróleo – disse ela. – Não podem deixar-nos separar deles assim tão facilmente, tendo nós tanto petróleo aqui. Mas a guerra vai ser curta. O Madu diz que o Ojukwu tem grandes planos. Sugeriu que eu doasse divisas estrangeiras ao gabinete de guerra para, quando isto tudo acabar, conseguir obter todos os contratos que quiser.

Richard ficou parado a olhar para ela. Kainene não parecia entender que, para ele, a ideia da guerra era incompreensível, fosse curta ou longa.

– É melhor tu mudares as tuas coisas para Port Harcourt até conseguirmos obrigar os Nigerianos a recuar – disse Kainene.

Ela estava a dar uma vista de olhos a um jornal e a menear a cabeça ao ritmo da música dos Beatles na aparelhagem, dando um ar de normalidade àquela situação toda, como se a guerra fosse o resultado inevitável do que acontecera até ali e mudar as coisas de Nsukka para Port Harcourt fosse simplesmente o que havia a fazer.

– Sim, claro – disse Richard.

O motorista dela acompanhou-o. Havia postos de controlo em toda a parte, pneus e tábuas com pregos colocados a meio da estrada, homens e mulheres de camisa caqui e rostos inexpressivos e disciplinados postados em alerta. Não tiveram dificuldade em transpor os primeiros dois.

– Para onde é que vão? – perguntaram-lhes, e, com um gesto, deixaram passar o carro. Mas perto de Enugu a Defesa Civil tinha bloqueado a estrada com troncos de árvores e velhos bidões ferrugentos. O motorista deteve-se.

– Voltem para trás! Voltem para trás! – Um homem espreitou pela janela; empunhava um comprido pedaço de madeira cuidadosamente esculpido de maneira a parecer uma espingarda. – Voltem para trás!

– Boa tarde – disse Richard. – Trabalho na Universidade de Nsukka e vou a caminho de lá. O meu criado está à minha espera. Tenho de ir buscar um manuscrito e uns quantos objetos pessoais.

– Dê meia-volta. Nós vamos expulsar rapidamente os vândalos.

– Mas eu deixei lá o meu manuscrito, os meus documentos e o meu criado. Parti sem levar nada, porque não sabia o que se passava.

– Dê meia-volta. É uma ordem. Esta zona não é segura. Mas quando expulsarmos os vândalos, daqui a nada, o senhor pode voltar.

– Não, veja se entende... – insistiu Richard, inclinando-se ainda mais para a frente.

O homem semicerrou os olhos e, ao mesmo tempo, o grande olho estampado na sua camisa por baixo da palavra Vigilância pareceu que se arregalava.

– Tem a certeza de que não é um agente do governo nigeriano? Foram vocês, brancos, que permitiram que o Gowon matasse mulheres e crianças inocentes.

– *Abu m onye* Biafra – disse Richard.

O homem riu-se e Richard não percebeu se era uma gargalhada simpática ou antipática.

– Ah, um homem branco a dizer que é biafrense! Onde é que aprendeu a falar a nossa língua?

– Com a minha mulher.

– Muito bem, senhor. Não se preocupe com as coisas que deixou em Nsukka. Dentro de uns dias, as estradas já vão estar desimpedidas.

O motorista fez inversão de marcha e, enquanto percorriam o caminho de volta, Richard não parou de olhar para trás, para a estrada bloqueada, até deixar de a ver. Pensou na facilidade com que aquelas palavras em ibo lhe tinham saído pela boca fora. «Sou biafrense.» Não sabia porquê, mas esperava que o motorista não contasse a Kainene que ele dissera uma coisa daquelas. Esperava, também, que o motorista não contasse a Kainene que se referira a ela como sua mulher.

Susan ligou, uns dias depois. Era quase meio-dia e Kainene estava numa das suas fábricas.

– Não sabia que tinhas o número da Kainene – disse Richard. Susan riu-se.

– Ouvi dizer que Nsukka foi evacuada e depreendi que estarias com ela. Então, como é que estás? Estás bem?

– Estou.

– Não tiveste dificuldade em sair da cidade, pois não? – perguntou Susan. – Estás bem?

– Estou bem. – A preocupação dela comoveu-o.

– Ótimo. Então, o que é que tencionas fazer?

– Por agora, vou ficar aqui.

– Não é seguro, Richard. Eu não fico cá nem mais uma semana. Esta gente não sabe fazer uma guerra civilizada. Nem sei porque é que lhe chamam uma guerra civil. – Susan fez uma pausa. – Liguei para o British Council de Enugu e nem acredito que o nosso pessoal de lá continua a ir jogar polo aquático e a organizar *cocktails* no Hotel Presidential! Estamos em plena guerra!

– Daqui a nada, o conflito resolve-se.

– Qual quê resolve-se! O Nigel vai-se embora daqui a dois dias. Nada se vai resolver. Esta guerra vai arrastar-se durante anos. Vê só o que aconteceu no Congo. Esta gente não tem noção nenhuma do que é a paz. Preferem lutar até cair o último homem...

Richard desligou enquanto Susan ainda estava a falar, surpreendendo-se a si próprio com a sua falta de educação. Havia uma parte de si que gostaria de poder ajudá-la, deitar fora as garrafas de álcool do bar dela e libertá-la das paranoias que lhe marcavam a vida. Talvez fosse bom para Susan ir-se embora. Desejava que ela encontrasse a felicidade, com Nigel ou com outra pessoa qualquer. Ainda estava entretido a pensar em Susan, em parte esperando que ela telefonasse de novo e, em parte, esperando que não o fizesse, quando Kainene chegou. Ela beijou-lhe as faces, os lábios, o queixo.

– Passaste o dia preocupado com o Harrison e com o manuscrito do teu livro? – perguntou ela.

— Claro que não — respondeu ele, apesar de ambos saberem que era mentira.

— Deve estar tudo bem com o Harrison. Ele deve ter pegado nas suas coisas e voltado para a aldeia.

— Sim, tens razão — concordou Richard.

— Provavelmente levou o manuscrito.

— Sim.

Richard lembrou-se de como ela destruíra o seu primeiro verdadeiro manuscrito, *O Cesto de Mãos*, de como ela o conduzira até ao pomar, até à pilha de papel carbonizado debaixo da árvore preferida dele, com o rosto absolutamente inexpressivo; e de como, no fim, ele sentira, não raiva nem culpa, mas esperança.

— Hoje, houve mais um comício na cidade, pelo menos mil pessoas a pé e muitos carros cobertos de folhas verdes — disse ela. — Preferia que se reunissem nos campos em vez de bloquearem as estradas principais. Já fiz um donativo e recuso-me a ficar retida numa estrada, a torrar ao sol, só para satisfazer as ambições do Ojukwu.

— Isto tem a ver com uma causa, Kainene, e não com um homem.

— Pois, a causa da extorsão benigna. Sabias que os taxistas agora não cobram nada aos soldados? Ficam ofendidos se um soldado se oferecer para pagar a corrida. O Madu diz que quase todos os dias aparecem grupos de mulheres na caserna, vindas de aldeias no meio do nada, para oferecerem inhames, bananas e fruta aos soldados. Estamos a falar de pessoas que não têm nada para comer.

— Não é extorsão. As pessoas fazem-no em nome da causa.

– Em nome da causa... está bem, está. – Kainene abanou a cabeça, mas parecia divertida. – Hoje, o Madu disse-me que o exército não tem meios nenhuns, absolutamente nenhuns. Pensavam que o Ojukwu tinha pilhas de armas armazenadas num lugar qualquer, pela maneira como tem andado a falar: «Nenhuma potência na África Negra pode derrotar-nos!» Por isso, o Madu e alguns oficiais que voltaram do Norte foram dizer-lhe que não têm armas, que não podem mobilizar as tropas e que os nossos homens estão a treinar com armas de madeira! Onde é que já se viu? Queriam que o Ojukwu desbloqueasse o seu arsenal. Mas ele virou-se e disse que aquilo era uma conspiração para o derrubar. Pelos vistos, o tipo não tem armas nenhumas e faz tenções de derrotar a Nigéria com os punhos. – Kainene ergueu um punho e sorriu. – Mas continuo a achá-lo incrivelmente atraente, sobretudo por causa da barba.

Richard não disse nada. Perguntou-se, de fugida, se deveria deixar crescer a barba.

CAPÍTULO 17

Olanna debruçou-se na balaustrada do alpendre da casa que Odenigbo tinha em Aba, contemplando o quintal. Bebé estava junto do portão, ajoelhada a brincar na areia, enquanto Ugwu a vigiava. O vento fazia sussurrar as folhas da goiabeira. A sua casca fascinava Olanna, a maneira como parecia feita de retalhos de cores diferentes, um tom de argila claro alternando com um tom de ardósia mais escuro, como a pele das crianças da aldeia que sofriam de *nlacha*, uma doença dermatológica. Muitas dessas crianças tinham passado pela casa para dizer «*nno nu*, bem-vindos», no dia em que chegaram de Nsukka, e os seus pais e tios e tias também tinham vindo, trazendo votos de felicidade, desejosos de ouvir histórias sobre a evacuação. Olanna sentira carinho por eles; as suas boas-vindas fizeram-na sentir-se protegida. E esse carinho estendera-se inclusive à mãe de Odenigbo. Perguntava-se porque é que não arrancara Bebé dos braços da avó que a rejeitara à nascença e porque é que ela própria não se afastara do abraço da *Mama*. Mas havia qualquer coisa de alucinado e incompleto em tudo o que acontecera naquele dia – ela e Ugwu a cozinharem juntos, a partida tão apressada que Olanna receara ter deixado o fogão ligado, as multidões na estrada, o barulho dos bombardeamentos –, por isso aceitara o abraço da *Mama* e até retribuíra o gesto. Agora que eram novamente civilizadas uma com a outra, a *Mama* vinha muitas vezes ver Bebé, transpondo o portão de madeira do muro de adobe que separava a casa dela da de Odenigbo. Às vezes, era Bebé que ia visitá-la e correr atrás das cabras que deambulavam pelo seu quintal. Olanna ficava preocupada quando Bebé voltava de lá a roer pedaços de peixe seco ou carne fumada que ela não sabia se estavam limpos, mas tentava não ligar, da mesma maneira que tentava calar o seu ressentimento; o afeto da *Mama* por Bebé fora sempre ambíguo, imperfeito, e era demasiado tarde para que Olanna sentisse outra coisa que não ressentimento.

Bebé riu-se de qualquer coisa que Ugwu disse; o seu riso estridente e puro fez Olanna sorrir. Bebé gostava de ali estar; a vida era mais lenta e simples. Como o fogão, a torradeira, a panela de pressão e as especiarias importadas tinham ficado em Nsukka, a comida também era mais simples e Ugwu dispunha de mais tempo para brincar com ela.

– Mamã Ola! – chamou Bebé. – Vem ver!

Olanna acenou-lhe.

– Está na hora do banho, Bebé.

Observou as silhuetas das mangueiras no quintal ao lado; de algumas delas pendiam frutos como pesados brincos. O sol estava a pôr-se. As galinhas cacarejavam e esvoaçavam para os ramos da coleira, onde dormiriam. Ouviu uns quantos vizinhos a trocarem meia dúzia de cumprimentos, nas mesmas vozes altas com que falavam as mulheres do grupo de costura. Juntara-se a elas há duas semanas, na sede do município, para costurarem camisolas interiores e toalhas para os soldados. A princípio, sentira azedume em relação a elas, porque sempre que tentava falar sobre as coisas que deixara em Nsukka – os livros, o piano, as roupas, as louças de porcelana, as perucas, a máquina de costura *Singer*, o televisor –, elas ignoravam-na ou mudavam de assunto. Agora, compreendia que ninguém falasse sobre o que deixara para trás. Em vez disso, falavam sobre o contributo de cada um para ganhar a guerra. Um professor doara a sua bicicleta aos soldados, os sapateiros estavam a fabricar botas para os soldados, de graça, e os agricultores ofereciam inhames. Ganhar a guerra. Era difícil para Olanna imaginar que estava a decorrer uma guerra naquele instante, balas a caírem na terra vermelha de Nsukka, enquanto as tropas biafrenses obrigavam os vândalos a retroceder. Aliás, era-lhe difícil imaginar qualquer coisa de concreto que não estivesse tingida pela recordação de Arize, da Tia Ifeka e do Tio Mbaezi, que não lhe desse a sensação de estar a viver a vida num tempo suspenso.

Livrou-se dos chinelos ao pontapé e, descalça, atravessou o pátio até ao abrigo de areia de Bebé.

– Está muito bonita, Bebé. Talvez amanhã o abrigo ainda aqui esteja, se as cabras não vieram para o quintal muito cedo. Mas agora está na hora do banho.

– Não, Mamã Ola!

– Acho que o Ugwu te vai levar ao colo. – Olanna olhou para Ugwu.

– Não!

Ugwu pegou em Bebé ao colo e correu para dentro de casa. Um dos chinelos de Bebé caiu e eles pararam para o apanhar, com Bebé a dizer «Não!» e a rir ao mesmo tempo. Olanna perguntou-se como é que Bebé reagiria à partida, na semana seguinte, para Umuahia, a três horas de distância, onde Odenigbo fora colocado na Direção-Geral de Recursos Humanos. Ele tinha esperanças de trabalhar no Departamento de Investigação e Produção, mas havia demasiadas pessoas com qualificações em excesso e muito poucos empregos; nem Olanna conseguira arranjar um cargo em nenhum dos departamentos. Daria aulas na escola primária, seria esse o seu contributo pessoal para ganhar a guerra. A expressão até tinha uma certa musicalidade: ganhar-a-guerra, ganhar-a--guerra, ganhar-a-guerra. Esperava que o Professor Achara lhes tivesse arranjado um alojamento perto das outras pessoas da universidade, para que Bebé pudesse brincar com o tipo adequado de crianças.

Sentou-se numa das cadeiras baixas de madeira, que eram tão inclinadas que tinha de se deitar toda para trás para conseguir apoiar as costas. Nunca vira cadeiras assim, a não ser na aldeia; eram feitas pelos carpinteiros locais, que colocavam letreiros poeirentos nas esquinas dos caminhos de terra, muitas vezes com a palavra CARPINTEIRO mal escrita: «capinteiro», «carpiteiro», «carpintero». Era impossível alguém sentar-se direito numa cadeira daquelas; traduziam toda uma vida de repouso merecido, de serões reclinados ao ar fresco da noite, depois de um dia de lavoura. Talvez traduzissem, também, uma vida de tédio.

Estava escuro e os morcegos voavam ruidosamente no céu quando Odenigbo chegou a casa. Ele passava sempre o dia fora, a assistir a reunião atrás de reunião, todas em torno da mesma ideia: como é que Aba podia contribuir para ganhar a guerra, como é que Aba podia desempenhar um papel importante na constituição do Estado do Biafra? Às vezes, Olanna via homens a regressarem das reuniões com armas falsas nas mãos, esculpidas em madeira. Viu Odenigbo atravessar o alpendre, com o seu passo cheio de agressiva confiança. O seu homem. Por vezes, quando olhava para ele, era tomada por um sentimento orgulhoso de posse.

– *Kedu?* – perguntou ele, inclinando-se para lhe dar um beijo na boca.

Odenigbo perscrutou o rosto dela, como se precisasse de o fazer para ter a certeza de que ela estava bem. Adquirira essa mania desde que Olanna voltara de Kano. Dizia-lhe muitas vezes que essa «experiência» a transformara e a tornara muito mais «introspetiva». Usava a palavra «massacre» quando falava com os amigos, mas nunca com ela. Era como se o que acontecera em Kano tivesse sido um «massacre», mas o que ela vira, uma «experiência».

– Estou bem – disse ela. – Chegaste cedo, não chegaste?

– Acabámos mais cedo, porque amanhã vai haver uma reunião geral na praça.

– Porquê? – perguntou Olanna.

– Os anciãos decidiram que estava na hora. Corre uma série de boatos disparatados sobre uma iminente evacuação de Aba. Alguns ignorantes até dizem que as tropas federais entraram em Awka! – Odenigbo riu-se e sentou-se ao lado de Olanna. – Vens?

– À reunião? – Ela nem sequer pusera essa hipótese. – Não sou de Aba.

– Podias ser, se te casasses comigo. Devias ser.

Ela fitou-o.

– Estamos muito bem assim.

– Estamos em guerra e teria de ser a minha mãe a decidir que fim dar ao meu corpo se me acontecesse alguma coisa. Devias ser tu a decidir uma coisa dessas.

– Para com isso, não te vai acontecer nada.

– É claro que não me vai acontecer nada. Eu só quero é que tu te cases comigo. Devíamos mesmo casar. Já não faz sentido, esta situação. Nunca fez.

Olanna observou uma vespa a esvoaçar em redor do ninho esponjoso instalado na esquina da parede. Fizera sentido para ela, a decisão de não se casar, a necessidade de preservar o que os unia, envolvendo tudo num xaile de diferença. Mas a antiga estrutura que sustentava os seus ideais ruíra, agora que Arize, a Tia Ifeka e o Tio Mbaezi se tinham transformado em rostos petrificados no seu álbum de fotografias. Agora que caíam balas em Nsukka.

– Nesse caso, vais ter de levar vinho ao meu pai – disse ela.

– Isso é um sim?

Um morcego fez um voo picado e Olanna baixou a cabeça.

– Sim. É um sim – disse.

De manhã, ela ouviu o pregoeiro da terra passar diante da casa, batendo num ruidoso *ogene*.

– Amanhã, reunião geral em Aba, às quatro horas, na praça Amaeze! – *Gom-gom-gom*. – Amanhã, reunião geral em Aba, às quatro horas, na praça Amaeze! – *Gom-gom-gom*. – Aba diz que todos os homens e todas as mulheres têm de participar! – *Gom-gom-gom*. – Quem não participar, será multado!

– Ainda gostava de saber de quanto vão ser as multas – comentou Olanna, vendo Odenigbo vestir-se.

Ele encolheu os ombros. Só tinha as duas camisas e o par de calças que Ugwu enfiara num saco à pressa, e por isso ela sorriu, pensando que, antes mesmo de se vestir, de manhã, já sabia o que ele ia usar.

Tinham-se sentado para tomar o pequeno-almoço, quando o *Land Rover* dos pais dela entrou no recinto da casa.

– Que coincidência – disse Odenigbo. – Vou já dar a notícia ao teu pai. Podemos realizar o casamento aqui, na semana que vem.

Ele tinha um sorriso no rosto. Havia qualquer coisa de juvenil nele, desde que ela dissera o «sim» no alpendre, qualquer coisa de ingenuamente alegre que ela gostaria de sentir também.

– Sabes que não é assim que se fazem as coisas – disse-lhe.

– Tens de ir a Umunnachi com a tua família e cumprir o ritual.

– É claro que eu sei. Só estava a brincar.

Olanna dirigiu-se para a porta, perguntando-se porque é que os seus pais ali estariam. Tinham ido visitá-la havia apenas uma semana e ela ainda não se sentia pronta para mais um dos monólogos da sua mãe alvoroçada, com o pai ao lado a fazer que sim com a cabeça: Por favor, vem connosco para Umunnachi; a Kainene devia deixar Port Harcourt até sabermos no que vai dar esta guerra; o caseiro ioruba que deixámos em Lagos vai pilhar a casa; ouve o que eu te digo, devíamos ter tratado de trazer todos os carros.

O *Land Rover* estacionou debaixo da coleira e a mãe saiu do veículo. Vinha sozinha. Olanna sentiu um certo alívio por o pai não ter vindo. Era mais fácil lidar com um deles de cada vez.

– Bem-vinda, mãe, *nno* – disse Olanna, abraçando-a. – Estás boa?

A mãe encolheu os ombros num gesto que queria dizer «mais ou menos». Trazia um elegante pano vermelho, uma blusa cor-de-rosa e uns sapatos rasos, de um preto reluzente.

– Estou bem. – A mãe lançou um olhar furtivo em redor, exatamente como fizera da última vez, antes de enfiar um envelope com dinheiro na mão de Olanna. – Onde é que ele está?

– O Odenigbo? Lá dentro, a comer.

A mãe dirigiu-se para o alpendre e encostou-se a uma coluna. Abriu o saco de mão e fez sinal a Olanna para olhar lá para dentro. Estava cheio de joias cintilantes e resplandecentes, corais, metais e pedras preciosas.

– Ah! Para que é isso tudo, mãe?

– Agora levo-as comigo para todo o lado. Trago os diamantes dentro do *soutien* – sussurrou a mãe. – *Nne*, ninguém sabe o que se passa. Ouvimos dizer que Umunnachi está prestes a cair e que os federais estão muito perto.

– Os vândalos não estão perto. As nossas tropas estão a fazê-los recuar na zona de Nsukka.

– Mas quando é que vão conseguir expulsá-los de vez?

Olanna não gostou do ar petulante da mãe, da maneira como baixou a voz, como se assim conseguisse excluir Odenigbo da conversa. Não lhe ia contar que tinham decidido casar-se. Ainda não.

– Seja como for – disse a mãe –, eu e o teu pai já planeámos tudo. Pagámos a uma pessoa para nos levar para os Camarões e para nos arranjar um voo de lá até Londres. Vamos usar os nossos passaportes nigerianos; os camaroneses não nos vão levantar problemas. Não foi fácil, mas está feito. Pagámos quatro passagens. – A mãe deu uma palmadinha no toucado,

como que para ter a certeza de que ainda o tinha na cabeça.
— O teu pai foi a Port Harcourt avisar a Kainene.

Olanna teve dó da mãe, ao ver o seu olhar de súplica. A mãe sabia perfeitamente que não fugiria com eles para Inglaterra e que Kainene também não o faria. Ainda assim, tivera de tentar, de fazer aquele esforço inútil e desesperado, mas com boas intenções.

— Oh, mãe, sabes que eu não vou — disse com carinho, com vontade de esticar o braço e tocar na pele perfeita da mãe. — Mas tu e o pai devem ir, se isso vos faz sentir mais seguros. Eu vou ficar com o Odenigbo e com a Bebé. Vai correr tudo bem. Vamos para Umuahia daqui a umas semanas, para o Odenigbo começar a trabalhar na Direção-Geral. — Olanna fez uma pausa. Tinha vontade de anunciar que iam realizar o seu casamento em Umuahia, mas em vez disso, acrescentou: — Assim que a paz regressar a Nsukka, nós voltaremos para lá.

— E se a paz não regressar a Nsukka? E se esta guerra se arrastar interminavelmente?

— Isso não vai acontecer.

— Como é que eu posso abandonar as minhas filhas e pôr-me a salvo?

Mas Olanna sabia que ela podia e, mais, que o faria.

— Nós ficamos bem, mãe.

A mãe limpou os olhos com a palma da mão, apesar de não ter lágrimas, e tirou um envelope de correio aéreo de dentro do saco.

— É uma carta do Mohammed. Alguém a deixou em Umunnachi. Pelos vistos, ele soube que Nsukka foi evacuada e imaginou que tu terias ido para Umunnachi. Desculpa, mas tive de abri-la para ter a certeza de que não continha nada de perigoso.

– Nada de perigoso? – repetiu Olanna, perplexa. – *Gini?* Que conversa é essa, mãe?

– Quem sabe? Agora ele é nosso inimigo, ou não é?

Olanna abanou a cabeça. Estava contente por a mãe ir para o estrangeiro, porque assim não teria de lidar com ela até a guerra acabar. Preferia ler a carta apenas quando a mãe se fosse embora, para que ela não se pusesse a interpretar-lhe as expressões do rosto, mas não se conteve e puxou imediatamente a folha de papel que vinha dentro do envelope. A caligrafia de Mohammed era igual a ele: nobre e alongada, com elegantes floreados. Ele queria saber se ela estava bem. Dava-lhe uns números de telefone para onde poderia ligar, se precisasse de ajuda. Achava que a guerra não fazia sentido e esperava que acabasse em breve. Amava-a.

– Graças a Deus que não te casaste com ele – disse a mãe, observando-a a dobrar a carta. – Já imaginaste a situação em que estarias agora? *O di egwu!*

Olanna permaneceu em silêncio. A mãe foi-se embora pouco depois; não quis entrar e falar com Odenigbo.

– Ainda estás a tempo de mudar de ideias, *nne*, as quatro passagens estão pagas – disse ela ao entrar para o carro, agarrada ao saco cheio de joias.

Olanna disse-lhe adeus até o *Land Rover* transpor os portões do recinto.

Ficou surpreendida com a quantidade de homens e mulheres que se encontravam em Aba, reunidos na praça à espera da reunião, congregados à volta do tronco da velha árvore *udala*. Odenigbo contara-lhe que, quando era pequeno, ele e as outras crianças iam para a praça da aldeia, de manhã, com ordens para a varrer, mas em vez disso passavam a maior parte do tempo a disputarem-se por causa dos frutos caídos da *udala*. Não podiam trepar à árvore nem colher os frutos dos ramos, porque era tabu: a *udala* pertencia aos espíritos. Olanna ergueu os olhos para a árvore, quando os anciãos se dirigiram à multidão, e imaginou Odenigbo ali em menino, olhando para a copa como ela estava a fazer, na esperança de ver a sombria silhueta de um espírito. Teria ele sido uma criança tão ativa quanto Bebé? Provavelmente sim, talvez até mais do que Bebé.

– Aba, *kwenu*! – disse o *dibia* Nwafor Agbada, o homem cujos remédios tinham a fama de serem os mais potentes daquelas paragens.

– *Yaa!* – responderam todos.

– Aba, *kwezuenu!*

– *Yaa!*

– Aba nunca foi derrotada. Nunca! – A sua voz era forte. Na cabeça, tinha apenas uns quantos tufos de cabelo, como bolas de algodão, e o seu bordão abanava sempre que o fincava na terra. – Não procuramos conflitos, mas quando o conflito vem ao nosso encontro, nós esmagamos o inimigo. Lutámos contra Ukwulu e Ukpo e acabámos com eles. O meu pai nunca me falou numa única guerra que tivéssemos perdido e o pai dele também não. Jamais abandonaremos a nossa terra natal. Os nossos antepassados proíbem-nos de o fazer. Jamais abandonaremos a nossa própria terra!

A multidão aclamou-o. Olanna também. Lembrou-se dos comícios pró-independência na universidade; os movimentos de massas infundiam-lhe sempre uma sensação de poder, a ideia de que, por uma pequena fração de tempo, aquelas pessoas todas estavam unidas por uma única causa.

Quando voltavam a pé para casa, depois da reunião na praça da aldeia, Olanna contou a Odenigbo que Mohammed lhe escrevera.

– Ele deve estar de rastos por causa disto tudo. Nem consigo imaginar o que estará a sentir.

– Como é que podes dizer uma coisa dessas?! – perguntou Odenigbo.

Ela abrandou o passo e virou-se para ele, surpreendida.

– O que é que se passa?

– O que se passa é que estás a dizer que um maldito muçulmano haúça deve estar de rastos! Ele é cúmplice, absolutamente cúmplice, de tudo o que aconteceu ao nosso povo, por isso, como é que podes dizer que deve estar de rastos?

– Estás a brincar?

– Se eu estou a brincar? Como é que podes dizer uma coisa dessas depois de teres visto o que eles fizeram em Kano? És capaz de imaginar o que terá acontecido à Arize? Eles violaram as mulheres grávidas antes de as esventrarem!

Olanna retraiu-se. Tropeçou numa pedra. Nem conseguia acreditar que ele tivesse trazido o nome de Arize à baila daquela maneira, que tivesse manchado a memória de Arize só para defender um argumento numa discussão espúria. A raiva petrificou-lhe as entranhas. Acelerou o passo, deixando Odenigbo para trás, e quando chegou a casa deitou-se no quarto de hóspedes e não ficou surpreendida quando se sentiu assolada por um dos seus momentos de trevas. Lutou para conseguir libertar-se dele e respirar e, no fim, ficou estendida na cama, exausta. No dia seguinte, não dirigiu a palavra a Odenigbo. Nem no outro a seguir. E quando o primo da sua mãe, o Tio Osita, veio de Umunnachi dizer-lhe que estava a ser convocada para uma reunião em casa do avô, ela não disse nada a Odenigbo. Limitou-se a pedir a Ugwu para preparar Bebé e, quando Odenigbo saiu para uma reunião, ela partiu, levando os dois no carro dele.

Lembrou-se da forma como Odenigbo dissera: «Desculpa, desculpa», com uma certa impaciência, como se achasse que ela tinha obrigação de o perdoar. Devia achar que por ela lhe ter perdoado o que acontecera em torno do nascimento de Bebé, lhe perdoaria tudo e mais alguma coisa. Isso irritava-a. E talvez fosse por isso que não lhe contou que ia a Umunnachi. Ou talvez porque soubesse o motivo daquela sua convocação a Umunnachi e não tivesse vontade de discutir o assunto com Odenigbo.

Conduziu ao longo das estradas de terra aos altos e baixos, ladeadas de ervas altas, e pensou que era interessante a maneira como os aldeões diziam «Umunnachi convoca-te», como se Umunnachi fosse uma pessoa e não uma povoação. Chovia. As estradas estavam pantanosas. Ao passar pela casa de campo dos pais, olhou para os imponentes três andares; por aquela altura, eles deviam estar nos Camarões, ou talvez já se encontrassem em Londres ou em Paris, a ler os jornais para saberem o que se passava na Nigéria. Estacionou o carro à frente da casa do avô, junto da vedação de colmo. Os pneus derraparam um pouco na terra grumosa. Depois de Ugwu e Bebé saírem do carro, permaneceu sentada durante uns minutos, sem se mexer, a ver as gotas de chuva escorrerem pelo para-brisas. Sentia um aperto no peito e precisava de uns instantes para respirar com calma e para se libertar dessa sensação, libertar-se para poder responder às perguntas que os anciãos lhe fariam durante a reunião. Seriam delicados, formais, toda a gente congregada na bafienta sala de estar: os tios e tios-avôs de idade, as suas respetivas mulheres, alguns primos e porventura um bebé amarrado às costas de alguém.

Ela falaria com uma voz clara, de olhos postos nas linhas brancas de giz desenhadas no chão, algumas desbotadas pelo passar dos anos, outras meras linhas retas, outras curvas elaboradas, outras ainda iniciais simples. Quando era pequena, observava o avô a dar o pedaço de *nzu* aos seus convidados e seguia todos os movimentos dos homens a desenharem no chão e das mulheres a espalharem o giz no rosto e, às vezes, a mordiscarem-no. Um dia, quando o avô saíra da sala, Olanna também mastigara o pedaço de giz e ainda se lembrava do seu gosto insonso a potassa.

O avô, Nweke Udene, teria encabeçado aquela reunião, caso ainda fosse vivo. Mas esse papel cabia agora a Nwafor Isaiah, por ser o membro mais velho da *umunna*. Ele diria: «Houve quem regressasse e nós estivemos de olhos pregados na estrada à espera do nosso filho Mbaezi e da nossa mulher Ifeka e da nossa filha Arize, bem como dos nossos parentes de Ogidie. Esperámos e esperámos, e não os vimos. Passaram-se muitos meses e os nossos olhos doem de estarem focados na estrada. Pedimos-te que viesses aqui hoje para nos contares o que sabes. Umunnachi quer saber onde andam os seus filhos que não voltaram do Norte. Tu estavas lá, filha. O que nos disseres, nós diremos a Umunnachi.»

Foi basicamente isso que aconteceu. A única coisa que surpreendeu Olanna foi a voz alterada da irmã da Tia Ifeka, a *Mama* Dozie. Era uma mulher violenta, dizia-se que uma vez batera no *Papa* Dozie por ele ter deixado sozinho o filho doente para ir visitar a amante. A própria *Mama* Dozie estava fora de casa, a apanhar inhames no *agu*. A criança esteve à beira da morte. Dizia-se que a *Mama* Dozie ameaçara cortar o pénis do *Papa* Dozie antes de o estrangular, se a criança morresse.

– Não mintas, Olanna Ozobia, *i sikwana asi!* – gritou a *Mama* Dozie. – Que apanhes a varicela, se mentires. Quem te disse que o corpo que viste era o da minha irmã? Quem te disse? Não mintas, senão a cólera matar-te-á!

O seu filho Dozie levou-a para fora da sala. Tinha crescido tanto, o Dozie, desde a última vez que Olanna o vira, há uns dois ou três anos. Ele agarrava a mãe com força e ela tentava empurrá-lo para o lado, como se pretendesse ir bater em Olanna, e Olanna desejou que a deixassem fazê-lo. Queria que a *Mama* Dozie lhe tivesse batido e dado estalos, se isso a aliviasse, se isso transformasse em mentira tudo o que ela acabara de contar aos membros da sua família alargada, reunida naquela sala. Teria gostado que Odinchezo e Ekene gritassem com ela, também, e que lhe perguntassem como é que estava viva, em vez de morta como a irmã deles e os pais e o cunhado. Teria preferido que não ficassem ali sentados, mudos e quedos, de olhos baixos como costumavam fazer os homens de luto, e que não lhe dissessem mais tarde que estavam contentes por ela não ter visto o corpo de Arize; toda a gente sabia o que aqueles monstros faziam às mulheres grávidas.

Odinchezo cortou uma folha grande da planta *ede* e deu-lha para ela usar como guarda-chuva improvisado. Mas Olanna não a colocou sobre a sua cabeça quando correu para o carro. Demorou a abrir a porta, deixando a chuva escorrer-lhe pelos cabelos entrançados, pelos olhos, pelas faces. Estava impressionada com a rapidez com que a reunião decorrera, com o pouco tempo que fora necessário para confirmar quatro mortes na família. Ela concedera, àqueles que acabava de deixar, o direito de chorarem os mortos e de se vestirem de preto e de receberem visitas que iriam lá a casa, dizendo: «*Ndo nu.*» Concedera-lhes o direito de andarem com a vida para a frente depois do luto e de considerarem Arize, o marido e os pais como tendo desaparecido para sempre. O pesado fardo de quatro funerais silenciosos pesava-lhe sobre a cabeça, funerais assentes não em cadáveres, mas nas suas palavras. E perguntou-se se porventura se teria enganado, se teria imaginado os cadáveres estendidos no pó, tantos cadáveres no pátio que só de pensar neles sentia o sal vir-lhe à boca. Quando finalmente conseguiu abrir a porta do carro e Ugwu e Bebé entraram a correr, sentou-se, imóvel, durante uns instantes, ciente de que Ugwu a observava, preocupado, e que Bebé estava quase a adormecer.

– Quer que lhe vá buscar um copo de água? – perguntou Ugwu.

Olanna abanou a cabeça. É claro que ele sabia que ela não queria água. O que pretendia era arrancá-la do transe em que caíra, para que ela ligasse o carro e os levasse de volta para Aba.

CAPÍTULO 18

Ugwu foi o primeiro a ver as pessoas que avançavam em tropel pela estrada de terra que atravessava Aba. Arrastavam cabras, carregavam inhames e caixas à cabeça, galinhas e esteiras enroladas debaixo do braço, candeeiros de querosene nas mãos. As crianças levavam pequenos alguidares ou rebocavam crianças mais pequenas. Ugwu viu-as passar, algumas em silêncio, outras a falar ruidosamente; sabia que muitas delas não faziam ideia para onde iam.

Nessa tarde o Senhor chegou cedo da reunião.

– Amanhã partimos para Umuahia – anunciou. – De qualquer maneira, iríamos sempre para Umuahia. Vamos apenas partir uma semana ou duas antes da data prevista.

Falou demasiado depressa, com os olhos fixos num ponto distante. Ugwu perguntou-se se ele estaria assim por não querer admitir que a sua terra natal estava prestes a cair, ou se pelo facto de Olanna não lhe dirigir a palavra. Ugwu não sabia o que se passara entre eles, mas, fosse o que fosse, acontecera depois da reunião na praça da aldeia. Olanna voltara para casa estranhamente calada. Falava como um autómato. Não se ria. Deixava-o tomar todas as decisões sobre a comida e sobre Bebé, e passava a maior parte do tempo na cadeira de madeira inclinada, no alpendre. Uma vez, viu-a dirigir-se para a goiabeira e acariciar-lhe o tronco, e disse para si mesmo que, daí a um instante, iria buscá-la, antes que os vizinhos dissessem que estava a perder o juízo. Mas ela não se demorou junto da árvore. Virou-se silenciosamente e regressou ao alpendre.

Agora, estava igualmente silenciosa.

– Põe roupa e comida num saco para amanhã, Ugwu, se fazes favor.

– Sim, minha senhora.

Ele arrumou as coisas rapidamente. De qualquer forma, não havia muito que arrumar; não era como em Nsukka, onde ficara paralisado por a escolha ser tanta que acabara por trazer muito poucas coisas. No dia seguinte de manhã, bem cedo, colocou-as no carro e depois deu uma volta pela casa para ver se não se esquecera de nada. Olanna já guardara os álbuns e já dera banho a Bebé. Ficaram à espera junto do carro, enquanto o Senhor verificava os níveis de óleo e água. Na estrada, as pessoas continuavam a passar em grupos cerrados.

O portão de madeira nas traseiras da casa rangeu e Aniekwena entrou no pátio. Era um primo do Senhor. Ugwu não gostava da expressão maliciosa dos lábios dele; visitava-os sempre à hora das refeições e depois fingia-se muito surpreendido, quando Olanna o convidava para se sentar à mesa com eles, «para levar as mãos à boca». Desta vez, vinha com um ar carrancudo. Atrás dele estava a mãe do Senhor.

– Estamos prontos para seguir viagem, Odenigbo, mas a tua mãe recusa-se a pegar nas coisas dela e a vir connosco – disse Aniekwena.

O Senhor fechou o *capot*.

– *Mama*, pensava que tínhamos combinado que ias para Uke.

– *Ekwuzikwananu nofu!* Não digas isso! *Tu* é que disseste que tínhamos de fugir e que era melhor eu ir para Uke, mas ouviste-me dizer que estava de acordo? Por acaso eu disse-te que sim?

– Então, queres vir connosco para Umuahia? – perguntou o Senhor.

A *Mama* olhou para o automóvel, apinhado de bagagens.

– Mas porque é que vais fugir? E para onde? Estás a ouvir algum tiro?

– As pessoas estão a fugir de Abagana e Ukpo, o que significa que os soldados haúças se aproximam e em breve entrarão em Aba.

– Não ouviste o nosso *dibia* dizer que Aba nunca foi conquistada? Quem é que me vai obrigar a fugir de minha própria casa? *Alu melu!* O teu pai deve estar a rogar-nos pragas neste momento!

– *Mama*, não podes ficar aqui. Não vai restar ninguém em Aba.

Ela levantou os olhos e semicerrou-os, concentrada, como se procurar uma vagem madura na coleira fosse mais importante do que ouvir o que o filho estava a dizer.

Olanna abriu a porta do carro e mandou Bebé entrar para o banco de trás.

– As notícias são más. Os soldados haúças aproximam-se – disse Aniekwena. – Eu vou-me embora para Uke. Avisem-nos quando chegarem a Umuahia. – Virou-se e começou a afastar-se.

– *Mama!* – gritou o Senhor. – Vai buscar as tuas coisas imediatamente!

A mãe continuava a olhar para a árvore da cola.

– Eu fico aqui a tomar conta da casa. Vocês todos decidiram fugir, mas um dia hão de voltar e eu aqui estarei à espera. Quem é que me vai obrigar a fugir de minha própria casa, *gbo*?

– Talvez fosse melhor falares com ela com calma, em vez de levantares a voz – disse Olanna em inglês.

Utilizou um tom muito formal, seco. Ugwu nunca a ouvira falar assim com o Senhor, exceto durante os meses que precederam o nascimento de Bebé.

A mãe do Senhor fitou-os desconfiada, como se tivesse a certeza de que Olanna acabara de a insultar em inglês.

– *Mama*, não queres vir connosco? – perguntou o Senhor.

– *Biko*. Por favor, vem connosco.

– Dá-me a chave da tua casa. Posso precisar de alguma coisa de lá.

– Por favor, vem connosco.

– Dá-me a chave.

O Senhor olhou fixamente para ela, em silêncio, e depois deu-lhe um molhe de chaves.

– Por favor, vem connosco – repetiu, mas ela não respondeu e prendeu as chaves a uma ponta do seu pano.

O Senhor entrou para o carro. Enquanto saía do recinto, não parou de se virar para trás para ver a mãe, porventura na esperança de que ela mudasse de ideias e corresse atrás de Aniekwena ou lhe fizesse sinal para parar. Mas ela não o fez. Deixou-se ficar ali parada, sem dizer adeus. Ugwu também a observou, até virarem para a estrada de terra. Como é que ela podia ficar ali completamente sozinha, sem a presença da família? Se toda a gente se ia embora de Aba, como é que ela ia fazer para se alimentar, uma vez que não haveria mercado?

Olanna tocou no ombro do Senhor.

– Não lhe vai acontecer nada. As tropas federais não vão ficar em Aba, se é que passam por aqui.

– Sim – disse o Senhor.

Debruçou-se e beijou-a na boca, e Ugwu sentiu um alívio enorme por eles terem voltado a falar normalmente um com o outro.

O fluxo de refugiados que passava pela estrada fora começou a diminuir.

– O Professor Achara arranjou-nos uma casa em Umuahia – disse o Senhor, numa voz demasiado forte, demasiado alegre. – Alguns dos nossos amigos já lá estão e daqui a nada volta tudo ao normal. Vai voltar tudo ao normal!

Como Olanna continuou calada, Ugwu disse: – Sim, patrão.

De normal, a casa não tinha nada. O telhado de colmo e as paredes rachadas e sem pintura incomodavam Ugwu, mas não tanto como a latrina cavernosa, no anexo, com uma chapa ferrugenta de zinco a cobri-la para afastar as moscas. Bebé morria de medo dela. A primeira vez que a utilizou, Ugwu segurou nela enquanto Olanna a convencia a fazer as necessidades. Bebé chorou e chorou. Nos dias que se seguiram, chorou com frequência, como se até ela tivesse percebido que a casa não era digna do Senhor, que o recinto era feio, com a sua erva atarracada e blocos de cimento empilhados nos cantos, que as casas dos vizinhos estavam demasiado perto, de tal maneira que se sentia o cheiro dos seus cozinhados gordurosos e se ouvia os gritos dos filhos. Ugwu estava convencido de que o Professor Achara enganara o Senhor para o convencer a alugar a casa; havia qualquer coisa de manhoso nos olhos protuberantes do homem. Além disso, a casa dele, ao fundo da rua, era grande e pintada de um branco ofuscante.

– Esta casa não é boa, minha senhora – disse Ugwu.

Olanna riu-se.

– Vejam só! Não sabes que há muita gente a partilhar casa, agora? Há uma enorme falta de alojamento. E aqui estamos nós, com dois quartos, cozinha, sala de estar e até sala de jantar. Foi uma sorte conhecermos um nativo de Umuahia.

Ugwu não disse mais nada. Preferia que ela não se mostrasse tão complacente com a situação.

– Decidimos realizar o casamento no próximo mês – disse-lhe Olanna, uns dias depois. – Uma cerimónia simples, com poucas pessoas, e o copo-d'água será aqui.

Ugwu ficou horrorizado. Imaginara um casamento perfeito, a casa de Nsukka alegremente decorada, a toalha de mesa branca e engomada carregada de pratos. Era melhor esperarem pelo fim da guerra, em vez de fazerem o casamento naquela casa, com os seus quartos soturnos e cozinha bolorenta.

Nem o Senhor parecia importar-se com a casa. Voltava do trabalho ao fim do dia e sentava-se lá fora calmamente, a ouvir a Rádio Biafra e a BBC, como se o alpendre não tivesse o chão cheio de lama ressequida, como se o banco de madeira tosca fosse igual ao sofá almofadado de Nsukka. Ao fim de umas semanas, os amigos dele começaram a passar lá por casa. Às vezes, o Senhor ia com eles ao bar Sol Nascente, ao fundo da rua. Outras vezes, sentava-se com eles no alpendre a conversar. Estas visitas faziam com que Ugwu esquecesse temporariamente a precariedade da casa. Já não servia sopa de pimento nem bebidas, mas podia ouvir as modulações das vozes deles, as gargalhadas, as canções, os gritos do Senhor. A vida começou a parecer-se com a que levavam em Nsukka logo a seguir à secessão; a esperança rodeava-os, uma vez mais.

Ugwu gostava de Special Julius, um fornecedor do exército que usava túnicas de lantejoulas até aos joelhos e lhes levava embalagens de cerveja *Golden Guinea* e garrafas de *whisky White Horse* e, às vezes, combustível num bidão preto; foi também Special Julius quem sugeriu que o Senhor empilhasse ramos de palmeira em cima do carro, como camuflagem, e pintasse os faróis com alcatrão.

– É muito pouco provável que haja bombardeamentos aéreos, mas o nosso lema tem de ser a vigilância! – disse o Senhor, de pincel em punho.

Um bocado de alcatrão escorreu para o para-choques azul e manchou-o, e, mais tarde, quando o Senhor entrou em casa, Ugwu limpou-o cuidadosamente até só os faróis ficarem cobertos de produto negro.

O convidado favorito de Ugwu, porém, era o Professor Ekwenugo, membro do Grupo Científico. A unha do seu dedo indicador era tão comprida e afilada que parecia um punhal esguio, e ele acariciava-a enquanto contava o que andava a fazer com os colegas: minas antipessoal de grande impacto chamadas *ogbunigwe*, líquido para travões feito com óleo de coco, motores de automóvel construídos a partir de metal de sucata, carros blindados, granadas. Os outros aclamavam-no sempre que lhes anunciava uma proeza técnica e Ugwu também, sentado no seu banco, na cozinha. O anúncio do Professor Ekwenugo de que tinham fabricado o primeiro *rocket* biafrense suscitou a maior ronda de aplausos.

– Lançámo-lo esta tarde, hoje mesmo – disse ele, acariciando a unha. – Um *rocket* fabricado por nós próprios. Estamos no bom caminho, minha gente.

– Somos um país de génios! – exclamou Special Julius, sem se dirigir a ninguém em particular. – O Biafra é a terra do génio!

– A terra do génio – repetiu Olanna, com o rosto naquela linha ténue entre o sorriso e o riso.

Os aplausos transformaram-se em cânticos:

Solidariedade para sempre!
Solidariedade para sempre!
A nossa república vencerá!

Ugwu cantou também e desejou de novo poder entrar para a Liga de Defesa Civil ou para as milícias, que passavam o mato a pente fino à procura de nigerianos. Os noticiários sobre a guerra tinham-se tornado o momento áureo dos seus dias, introduzidos por um toque acelerado de tambores e depois uma voz magnífica a dizer:

A vigilância permanente é o preço da liberdade! Esta é a Rádio Biafra Enugu! Aqui ficam as notícias do dia sobre a guerra!

Depois de ouvir as notícias excelentes – as tropas biafrenses estavam a expulsar os últimos vestígios do inimigo, as baixas nigerianas eram elevadas, as operações de limpeza estavam a terminar –, Ugwu sonhava em alistar-se no exército. Seria como aqueles recrutas que partiam para os campos de treino – enquanto os seus familiares e simpatizantes os aclamavam das margens – e que voltavam de lá de olhos cintilantes, com as suas audazes fardas engomadas e meio sol amarelo a reluzir-lhes nas mangas.

Ansiava por desempenhar um papel ativo, por agir. Ganhar a guerra. Por isso, quando ouviu na rádio a notícia de que o Biafra tinha ocupado o Centro-Oeste do país e que as tropas biafrenses estavam a marchar em direção a Lagos, sentiu um estranho misto de alívio e desilusão. A vitória pertencia-lhes e ele estava desejoso de voltar para a casa de Odim Street, de estar perto da família, de ver Nnesinachi. Parecia-lhe, no entanto, que a guerra terminava demasiado cedo, sem que ele pudesse ter dado o seu contributo. Special Julius trouxe uma garrafa de *whisky* e os convidados cantaram e gritaram, bêbados, sobre o poderio do Biafra, a estupidez dos Nigerianos, a tolice dos locutores da BBC.

– Que boca tão suja têm os Ingleses. «Surpreendente jogada do Biafra», onde é que já se viu?!

– Ficaram surpreendidos, porque as armas que o Harold Wilson[1] deu àqueles criadores de gado muçulmanos não nos mataram tão depressa como eles pensavam!

– A culpa é dos Russos e não dos Britânicos.

– Não, é dos Britânicos. Os nossos rapazes trouxeram-nos uns cartuchos de munições nigerianas do setor de Nsukka

---

[1] Harold Wilson (1916-95), primeiro-ministro britânico de 1964-70 e de 1974-76, eleito pelo Partido Trabalhista. *(N. da T.)*

para nós analisarmos. Todas elas tinham gravado: MINISTÉRIO DA GUERRA DO REINO UNIDO.

– E estamos constantemente a intercetar sotaques britânicos nas mensagens de rádio deles.

– Então, a culpa é dos Britânicos e dos Russos. Aquela aliança diabólica não há de prosperar.

As vozes foram subindo cada vez mais de tom e Ugwu parou de prestar atenção. Levantou-se, saiu pela porta das traseiras e foi sentar-se na pilha de blocos de cimento ao lado da casa. Uns quantos miúdos da Brigada de Rapazes do Biafra estavam a treinar na rua com paus em forma de armas, a darem saltos como uma rã e a chamarem uns aos outros «Capitão!» e «Ajudante-de-campo!» aos gritos.

Uma vendedora ambulante com um tabuleiro empoleirado na cabeça passou calmamente por ele.

– Comprem *garri*! Comprem *garri*!

Deteve-se quando uma rapariga da casa em frente a chamou. Regatearam durante uns instantes e depois a rapariga gritou: – Se queres roubar as pessoas, então força, mas não digas que andas a vender *garri* por esse preço!

A vendedora ambulante assobiou-lhe com desdém e foi-se embora.

Ugwu conhecia a rapariga. A primeira vez que reparara nela fora por causa das suas nádegas redondas e perfeitas, que rebolavam ritmicamente, de um lado para o outro, a cada passo. Chamava-se Eberechi. Já tinha ouvido os vizinhos falarem sobre ela; dizia-se que os pais a tinham oferecido a um oficial do exército que se encontrava de passagem, como se ela fosse um pedaço de noz de cola que se dava a um convidado. Uma noite, bateram à porta dele, abriram-na e, devagar, empurraram a filha lá para dentro. No dia seguinte, o oficial, radiante, agradeceu aos pais dela, igualmente radiantes, enquanto Eberechi permanecia quieta a um canto.

Ugwu viu-a entrar em casa e perguntou-se como é que ela se teria sentido ao ser oferecida a um desconhecido e o que é que teria acontecido depois de ter sido empurrada para dentro do quarto dele, e quem teria mais culpa naquilo tudo, se os pais, se o oficial. Mas não queria pensar demasiado na noção de culpa, porque isso lhe lembrava o Senhor e Olanna durante aquelas semanas antes do nascimento de Bebé, semanas que ele preferia esquecer.

O Senhor arranjou um espanta-chuva para o dia do casamento. O homem de idade chegou cedo e cavou um buraco pouco profundo nas traseiras da casa, fez uma fogueira lá dentro e depois sentou-se no meio do fumo azulado, a alimentar as chamas com folhas secas.

– Não vai chover, não vai acontecer nada até terminar a boda – garantiu ele, quando Ugwu lhe levou um prato de arroz e carne.

Ugwu sentiu o cheiro desagradável a *gin* no hálito dele. Virou costas e voltou para dentro de casa, para que o fumo não se entranhasse na sua camisa cuidadosamente passada a ferro. Odinchezo e Ekene, os primos de Olanna, estavam sentados no alpendre, com as suas fardas de milicianos. O fotógrafo estava a mexericar na câmara. Alguns convidados encontravam-se na sala de estar, a falar e a rir, à espera de Olanna, e de vez em quando alguém aproximava-se da pilha de prendas e acrescentava-lhe mais qualquer coisa: um tacho, um banco, uma ventoinha elétrica.

Ugwu bateu à porta dela e abriu-a.

– O Professor Achara está pronto para levá-la para a igreja, minha senhora – disse ele.

– Está bem. – Olanna desviou os olhos do espelho. – Onde está a Bebé? Ela não foi brincar lá para fora, pois não? Não quero o vestido dela sujo.

– Está na sala.

Olanna sentou-se à frente do espelho torto. Tinha os cabelos puxados para cima, expondo a totalidade do seu rosto radioso, de pele macia e perfeita. Ugwu nunca a vira tão bela e, no entanto, havia uma certa relutância e tristeza na maneira como ela deu uma palmadinha no chapéu cor de marfim e rosa, colocado de lado na cabeça, para ter a certeza de que os alfinetes estavam bem presos.

– Faremos a cerimónia do vinho mais tarde, quando as nossas tropas reconquistarem Umunnachi – disse ela, como se Ugwu não soubesse disso.

– Sim, minha senhora.

– Mandei uma mensagem à Kainene, em Port Harcourt. Ela não vem, mas eu queria que ela soubesse do casamento.

Ugwu fez uma pausa.

– Estão à sua espera, minha senhora.

Olanna levantou-se e inspecionou-se ao espelho. Com uma mão, ajeitou ambos os lados do vestido cor-de-rosa e marfim, de saia tufada até aos joelhos.

– As costuras estão tão malfeitas. A Arize teria feito bem melhor.

Ugwu não disse nada. Tinha vontade de lhe dar uns puxões nos lábios, para lhe retirar o sorriso triste do rosto. Oxalá fosse assim tão fácil.

O Professor Achara bateu à porta meio aberta.

– Olanna? Estás pronta? O Odenigbo e o Special Julius já estão na igreja.

– Estou pronta. Entra, se fazes favor – disse Olanna. – Trouxeste as flores?

O Professor Achara entregou-lhe um *bouquet* de plástico de flores multicoloridas. Olanna deu um passo atrás.

– O que é isto? Eu queria flores naturais, Emeka.

– Mas ninguém cultiva flores em Umuahia. Aqui só se cultiva o que der para comer – respondeu o Professor Achara, rindo-se.

– Nesse caso, prefiro não levar um *bouquet* na mão – disse Olanna.

Por um instante, nenhum dos dois soube o que fazer às flores de plástico: Olanna segurava nelas com o braço meio esticado, enquanto o Professor Achara lhes tocava, mas sem lhes pegar. Por fim, ele agarrou nelas e disse: – Vou ver se arranjo outra coisa qualquer – e saiu do quarto.

A cerimónia foi simples. Olanna não levou um *bouquet* de flores. A igreja católica de St. Sebastian era pequena e os amigos que tinham comparecido enchiam-na pela metade. Ugwu, porém, não prestou atenção a quem estava presente, porque, enquanto olhava fixamente para o triste pano branco do altar, imaginou que era ele quem casava. A princípio, a sua noiva era Olanna e, depois, ela transformou-se em Nnesinachi, a seguir, em Eberechi de nádegas redondas e perfeitas, todas com o mesmo vestido cor-de-rosa e marfim e chapeuzinho a condizer.

Foi a aparição de Okeoma, já de volta à casa, que arrancou Ugwu ao seu mundo de fantasia. Okeoma estava completamente diferente da imagem que Ugwu guardara dele: o cabelo despenteado e a camisa engelhada do poeta tinham desaparecido. A sua elegante farda do exército dava-lhe um ar mais direito e esguio, e a manga tinha a imagem de uma caveira ao lado do meio sol amarelo. O Senhor e Olanna abraçaram-no repetidamente. Ugwu também teve vontade de o abraçar, porque o rosto risonho de Okeoma lhe suscitou uma recordação tão viva do passado que, por um instante, teve a sensação de que a sala turvada pelo fumo do espanta-chuva era a sala de Odim Street.

Okeoma viera acompanhado pelo seu esgalgado primo, o Dr. Nwala.

– Ele é diretor clínico do Hospital Albatross – explicou Okeoma, quando o apresentou.

O Dr. Nwala ficou especado a olhar para Olanna com uma adoração tão descarada que Ugwu, irritado, teve vontade de lhe dizer para tirar os seus olhos de sapo de cima dela, fosse ele médico ou não. Ugwu sentia-se não só envolvido na felicidade de Olanna, mas também responsável por ela. Enquanto Olanna e o Senhor dançavam lá fora, rodeados pelos amigos a baterem palmas, pensou: «Eles são meus.» O casamento de Olanna e Odenigbo era uma espécie de garantia de estabilidade, porque enquanto permanecessem casados, o mundo de Ugwu na companhia deles mantinha-se a salvo. Dançaram agarradinhos durante uns instantes, até que Special Julius acabou com a música de salão e mudou para *high life*, e eles afastaram-se, deram as mãos e olharam para o rosto um do outro, movendo-se ao ritmo da nova canção de Rex Lawson,

«Hail Biafra, the Land of Freedom» («Viva o Biafra, Terra da Liberdade»). De saltos altos, Olanna era mais alta do que o Senhor. Ela sorria, brilhava e ria. Quando Okeoma começou a fazer o seu brinde, ela enxugou os olhos e disse ao fotógrafo, parado atrás do seu tripé:

– Espere, espere, não tire ainda.

Ugwu ouviu o barulho uns segundos antes de eles cortarem o bolo na sala de estar, um rugido veloz vindo do céu. A princípio, era atroador, depois esmoreceu por uns instantes e de repente soou novamente, mais alto e mais rápido. Algures na vizinhança, as galinhas desataram a cacarejar como loucas.

Alguém disse: – Avião inimigo! Ataque aéreo!

– Lá para fora! – gritou o Senhor, mas alguns convidados correram para o quarto, aos gritos: «Meu Deus! Meu Deus!»

Os estrondos eram mais fortes agora, por cima deles.

Correram – o Senhor, Olanna com Bebé ao colo, Ugwu, alguns convidados – para o campo de mandioca ao lado da casa e deitaram-se de barriga para baixo. Ugwu olhou para cima e viu os aviões, deslizando a baixa altitude sob um céu azul, como duas aves de rapina. Dispararam centenas de balas dispersas e depois, da parte de baixo da sua fuselagem, rolaram umas bolas negras, como se os aviões estivessem a pôr uns grandes ovos. A primeira explosão foi tão barulhenta que os ouvidos de Ugwu estalaram e o seu corpo tremeu ao mesmo tempo que a terra vibrava. Uma mulher da casa em frente deu uns puxões ao vestido de Olanna.

– Despe-o! Despe esse vestido branco! Eles vão vê-lo e fazer pontaria a nós!

Okeoma arrancou a camisa da farda, rompendo os botões, e usou-a para envolver o corpo de Olanna. Bebé começou

a chorar. O Senhor tapou-lhe a boca frouxamente com a mão, como se os pilotos pudessem ouvi-la. Seguiu-se a segunda explosão e a terceira e a quarta e a quinta, até que Ugwu sentiu os calções molhados de urina quente e se convenceu de que as bombas não acabariam nunca; continuariam a cair até tudo ficar destruído e toda a gente morrer. Mas pararam. Os aviões afastaram-se no céu. Durante muito tempo, ninguém se mexeu nem falou, até que Special Julius se levantou e disse:
– Foram-se embora.
– Os aviões passaram tão baixo – disse um rapaz, excitado. – Até vi o piloto!
O Senhor e Okeoma foram os primeiros a dirigir-se para a estrada. Okeoma parecia mais pequeno, só de camisola interior e calças. Olanna permaneceu sentada no chão, com Bebé nos braços, a camisa de camuflado do exército embrulhada à volta do seu vestido de casamento. Ugwu levantou-se e encaminhou-se para a estrada. Ouviu o Dr. Nwala dizer a Olanna:
– Eu ajudo-a a levantar-se. Vai ficar com o vestido sujo de terra.
De um recinto perto do moinho de milho, na rua contígua, levantava-se uma nuvem de fumo. Duas casas tinham ficado reduzidas a escombros e terra, e uns quantos homens estavam a escavar freneticamente por entre os destroços de cimento, dizendo: – Ouviram o choro? Ouviram? – Uma fina película de pó prateado cobria-lhes o corpo da cabeça aos pés, fazendo-os parecer fantasmas desmembrados, de olhos muito abertos.
– A criança está viva, eu ouvi-a chorar, ouvi – disse alguém. Homens e mulheres tinham-se juntado para ajudar e para ver; alguns puseram-se a escavar também por entre os

destroços, outros deixaram-se estar parados e outros ainda gritaram e estalaram os dedos. Um carro estava a arder; ao lado dele, jazia o corpo de uma mulher com as roupas carbonizadas, manchas cor-de-rosa espalhadas pela sua pele enegrecida, e quando alguém o cobriu com uma saca de juta rasgada, Ugwu ainda conseguia ver as pernas hirtas e pretas como carvão. O céu estava forrado de nuvens. O cheiro húmido a chuva iminente misturou-se com o cheiro a fumo e a queimado. Okeoma e o Senhor tinham começado a escavar por entre os destroços.

– Eu ouvi a criança – repetiu alguém. – Eu ouvi a criança.

Ugwu virou-se para se ir embora. Uma elegante sandália encontrava-se caída no chão e ele apanhou-a e observou as tiras de pele, o grosso tacão, e depois pousou-a onde a encontrara. Imaginou a rapariga chique a quem ela pertencia e que a descalçara para poder correr e pôr-se a salvo. Perguntou-se onde estaria a outra sandália.

Quando o Senhor voltou para casa, Ugwu estava sentado no chão da sala, com as costas apoiadas na parede. Olanna depenicava um pedaço de bolo num pires. Continuava de vestido de noiva; a camisa da farda de Okeoma estava cuidadosamente dobrada numa cadeira. Os convidados tinham-se ido embora aos poucos, praticamente sem abrir a boca, com os rostos turvados de culpa, como se sentissem vergonha de terem deixado que o ataque aéreo estragasse o casamento.

O Senhor serviu-se de vinho de palma.

– Ouviste as notícias?

– Não – disse Olanna.

– As nossas tropas perderam quase todo o território capturado no Centro-Oeste do país e já não estão a marchar em direção a Lagos. A Nigéria anunciou que agora estamos em guerra e que isto já não é uma simples ação policial. – Abanou a cabeça. – Fomos sabotados.

– Queres um bocado de bolo? – perguntou Olanna. O bolo encontrava-se em cima da mesa a meio da sala, intacto, à exceção da fina fatia que ela cortara.

– Agora, não. – Bebeu o seu copo de vinho de palma e voltou a enchê-lo. – Vamos construir um *bunker* para o caso de haver outro ataque aéreo. – O seu tom era normal, calmo, como se os ataques aéreos fossem coisas inofensivas e a morte não tivesse estado tão próxima deles há escassos instantes. Virou-se para Ugwu. – Sabes o que é um *bunker*, meu amigo?

– Sei, patrão – disse Ugwu. – Como o de Hitler.

– Bom, sim, suponho que sim.

– Mas as pessoas andam a dizer que os *bunkers* são como valas comuns, patrão – disse Ugwu.

– Isso é um disparate pegado. É mais seguro escondermo-nos num *bunker* do que no meio de um campo de mandioca.

Lá fora, caíra a noite e de vez em quando o céu era iluminado por um relâmpago. Subitamente, Olanna levantou-se de um salto da cadeira e gritou: – Onde está a Bebé? *Ke* Bebé? – e foi a correr para o quarto.

– *Nkem!* – O Senhor foi atrás dela.

– Não ouves? Não ouves que eles nos estão a bombardear outra vez?

– É uma trovoada. – O Senhor agarrou Olanna pelas costas e prendeu-a. – É só uma trovoada. A tempestade que o nosso espanta-chuva reteve está finalmente a cair sobre nós. É só uma trovoada.

Segurou-a durante mais uns instantes até que, por fim, Olanna se sentou e se serviu de outra fatia de bolo.

4. O Livro: O Mundo Ficou Calado Quando Morremos

Ele argumenta que a Nigéria só teve uma verdadeira economia depois da Independência. O regime colonial era autoritário, uma ditadura inocuamente brutal, concebida em proveito da Grã-Bretanha. A economia de 1960 baseava-se no potencial: matérias-primas, seres humanos, boa disposição, algum dinheiro das reservas do Marketing Board[2] que sobrara do que os Britânicos tinham tirado para reconstruir a sua economia do pós-guerra. E havia o petróleo recém-descoberto. Mas os novos líderes nigerianos foram demasiado otimistas, demasiado ambiciosos com projetos de desenvolvimento que conquistariam a credibilidade do seu povo, demasiado ingénuos ao aceitarem empréstimos estrangeiros oportunistas, e demasiado interessados em imitar os Britânicos e em adquirir os ares de superioridade, os hospitais melhores e os salários melhores há muito negados aos Nigerianos. Ele aponta os complexos problemas com que o novo país se defronta, mas concentra-se nos massacres de 1966. Os aparentes motivos desses massacres – vingança pelo «golpe de Estado ibo», protesto contra um decreto unitário que faria com que os nortenhos perdessem cargos na função pública – não tinham importância. O mesmo acontece com as diferentes contagens

---

[2] Organismo criado pelo governo para regular a compra e venda de determinados produtos, e que, nesta época, foi acusado de desviar fundos públicos para subsidiar partidos políticos. (*N. da T.*)

do número de mortos: três mil, dez mil, cinquenta mil. O que importava era que os massacres assustaram e uniram os Ibos. O que importava era que os massacres transformaram antigos nigerianos em fervorosos biafrenses.

TERCEIRA PARTE

INÍCIO DOS ANOS 60

CAPÍTULO 19

Ugwu estava sentado nos degraus que davam para o quintal. Pelas folhas escorregavam gotas de chuva, o ar cheirava a terra molhada e ele e Harrison estavam a falar sobre a sua viagem iminente com Mr. Richard.

– *Tufia!* Não sei porque é que o meu senhor quer ver esse festival demoníaco na tua aldeia – disse Harrison.

Como ele se encontrava uns degraus mais abaixo, Ugwu conseguia ver-lhe a careca a meio da cabeça.

– Talvez Mr. Richard queira escrever sobre o demónio – disse Ugwu.

Claro que o festival *ori-okpa* não tinha nada de demoníaco, mas não quis contradizer Harrison. Precisava que Harrison estivesse bem-disposto para poder interrogá-lo sobre o gás lacrimogéneo. Ficaram calados durante uns minutos, a ver os abutres a planarem no céu; os vizinhos tinham matado uma galinha.

– Ah, aqueles limões estão a amadurecer. – Harrison apontou para a árvore. – Eu usa limão fresco para tarte de merengue – acrescentou em inglês.

– O que é isso de «me-reng»? – perguntou Ugwu, sabendo que Harrison apreciaria a pergunta.

– Não sabes o que é? – Harrison riu-se. – É uma comida americana. Vou fazê-lo para o meu senhor o trazer cá a casa, quando a tua senhora voltar de Londres. Tenho a certeza de que ela vai gostar. – Harrison virou-se para observar Ugwu. Colocara um jornal no degrau antes de se sentar e o papel restolhava quando ele se mexia. – Até tu vais gostar.

– Sim – disse Ugwu, embora tivesse jurado nunca provar a comida de Harrison, depois de um dia ter passado por casa de Mr. Richard e ter visto Harrison a colocar raspas de casca de laranja dentro de um frasco de molho. Teria ficado menos assustado se tivesse visto Harrison cozinhar a laranja em si, mas usar as cascas na comida era como comer o pelo de uma cabra em vez da carne.

– Também uso os limões para fazer bolos; os limões são ótimos para o corpo – disse Harrison. – A comida dos brancos faz bem à saúde, não é como as porcarias todas que o nosso povo come.

– É, tens razão. – Ugwu pigarreou. Era o momento ideal para interrogar Harrison sobre o gás lacrimogéneo, mas em vez disso, sugeriu: – Vou mostrar-te o meu novo quarto no Anexo dos Criados.

– Está bem. – Harrison levantou-se.

Quando entraram no quarto, Ugwu apontou para o teto, decorado com um padrão a preto e branco.

– Fui eu que o fiz – disse.

Passara horas com uma vela lá no alto, a aproximar a chama do teto de uma ponta à outra, o que o obrigara a parar várias vezes para deslocar a mesa sobre a qual se empoleirara.

– *O maka*, está muito giro. – Harrison olhou para a cama estreita de molas a um canto, a mesa e a cadeira, as camisas penduradas em pregos espetados na parede, os dois pares de sapatos cuidadosamente arrumados no chão. – Esses sapatos são novos?

– A minha senhora comprou-mos em Bata.

Harrison tocou na pilha de jornais e revistas em cima da mesa.

– Estás lendo isto tudo? – perguntou em inglês.

– Estou. – Ugwu tirara-os do cesto dos papéis do escritório. A *Mathematical Annels* era incompreensível, mas pelo menos, conseguira ler e até entender algumas páginas da *Socialist Review*.

Começara a chover de novo. O tamborilar no telhado de zinco fazia muito barulho e tornou-se ainda mais ruidoso quando eles se postaram debaixo do telheiro, no exterior, e ficaram a ver a água escorrer da chapa em linhas paralelas.

Ugwu deu uma palmada no braço; gostava do ar refrescado pela chuva, mas não gostava dos mosquitos que esvoaçavam à sua volta. Por fim, fez a pergunta que o atormentava.

– Sabes onde é que posso arranjar gás lacrimogéneo?

– Gás lacrimogéneo? Porque é que perguntas?

– Li uma notícia sobre isso no jornal do meu senhor e gostava de ver como é.

Não podia dizer a Harrison que, na realidade, ouvira o termo «gás lacrimogéneo» quando o Senhor falara sobre os membros da Assembleia da Região Oeste que andaram aos murros e pontapés, até que a polícia chegou, lançou gás lacrimogéneo e eles desmaiaram todos, e foram os ordenanças que os transportaram, inertes, para os respetivos automóveis. O gás lacrimogéneo deixara Ugwu fascinado. Se fazia com que as pessoas desmaiassem, queria arranjá-lo. Queria usá-lo em Nnesinachi, quando fosse à sua aldeia com Mr. Richard para o festival *ori-okpa*. Levá-la-ia para o terreno à beira-rio e diria que o gás lacrimogéneo era um *spray* mágico que lhe daria saúde. Ela acreditaria nele. Ficaria tão impressionada ao vê-lo chegar no automóvel de um branco, que acreditaria em tudo o que ele dissesse.

– Vai ser muito difícil arranjares gás lacrimogéneo – disse Harrison.

– Porquê?

– És demasiado novo para saber porquê. – Harrison fez um aceno de cabeça, com um ar misterioso. – Quando fores um homem crescido, eu conto-te.

A princípio, Ugwu ficou desconcertado, até que percebeu que Harrison também não sabia o que era gás lacrimogéneo, só que jamais o admitiria. Sentiu-se desiludido. Teria de perguntar a Jomo.

Jomo sabia o que era gás lacrimogéneo e riu-se muito e com gosto quando Ugwu lhe explicou porque precisava dele. Jomo bateu palmas enquanto ria.

– És um carneirinho, *aturu* – disse Jomo, por fim. – Porque é que queres usar gás lacrimogéneo numa rapariga? Ouve, vai à tua aldeia e, se for o momento certo e a rapariga gostar de ti, ela vai atrás de ti. Não precisas de gás lacrimogéneo.

No dia seguinte de manhã, Ugwu lembrou-se das palavras de Jomo, quando Mr. Richard o levou de carro até à sua aldeia natal.

Anulika subiu o carreiro a correr, quando os viu, e deu um ousado aperto de mão a Mr. Richard. Abraçou Ugwu e, enquanto caminhavam lado a lado, contou-lhe que os pais estavam na quinta, que a prima dera à luz na véspera, que Nnesinachi se fora embora para o Norte na semana anterior...

Ugwu parou e ficou especado a olhar para ela.

– Aconteceu alguma coisa? – perguntou Mr. Richard. – O festival não foi anulado, pois não?

Ugwu preferia que tivesse sido.

Conduziu Mr. Richard para a praça da aldeia, que começava a encher-se de homens, mulheres e crianças, e sentou-se com ele à sombra da árvore *oji*. Daí a nada, foram rodeados por crianças a cantarolar «*Onye ocha*, homem branco», de braços esticados para tocarem no cabelo de Mr. Richard.

– *Kedu?* Olá, como é que te chamas? – disse ele, e elas ficaram paradas a olhar, soltando risinhos, dando toques umas nas outras.

Ugwu encostou-se à árvore e lamentou o tempo que desperdiçara a pensar em Nnesinachi. Ela fora-se embora e um comerciante qualquer do Norte ia acabar por ficar com o prémio que lhe cabia a ele, Ugwu. Mal reparou nos *mmuo*: figuras masculinas cobertas de erva, com os rostos tapados por máscaras de madeira rosnantes e longos chicotes pendurados nas mãos. Mr. Richard tirou fotografias, escreveu no seu caderno e fez perguntas, umas atrás das outras – como é que se chamava aquilo e o que é que eles disseram e quem eram aqueles homens que prendiam os *mmuo* com uma corda e o que é que isso significava –, até Ugwu ficar irritadiço por causa do calor, das perguntas, do barulho e da enorme desilusão de não ver Nnesinachi.

Manteve-se em silêncio no caminho de regresso, a olhar pela janela.

— Já estás com saudades de tua casa, não estás? – perguntou Mr. Richard.

— Estou, senhor – respondeu Ugwu.

Queria que Mr. Richard se calasse. Queria ficar sozinho. Esperava que o Senhor ainda estivesse no clube, para ele poder tirar o *Renaissance* da sala e ir enroscar-se na sua cama, no Anexo dos Criados, a ler. Ou então a ver a televisão nova. Se tivesse sorte, talvez apanhasse um filme indiano. A beleza das mulheres de olhos enormes, as canções, as flores, as cores garridas e as lágrimas... era disso que ele estava a precisar naquele momento.

Quando entrou pela porta das traseiras, ficou chocado ao deparar-se com a mãe do Senhor à beira do fogão. Amala estava de pé, junto da porta. Nem o Senhor sabia que elas vinham, senão teria pedido a Ugwu para limpar o quarto de hóspedes.

— Ah – disse ele. – Bem-vinda, *Mama*. Bem-vinda, Tia Amala.
— Ainda se lembrava bem da última visita: *Mama* a insultar Olanna, a chamar-lhe bruxa, a gritar-lhe e, pior, a ameaçar que ia falar com o *dibia* da aldeia.

— Estás bom, Ugwu? – A *Mama* ajeitou o pano antes de lhe dar uma palmadinha nas costas. – O meu filho disse que foste mostrar os espíritos da tua aldeia ao homem branco?

— Sim, *Mama*.

Da sala, chegou-lhe a voz forte do Senhor. Talvez tivesse recebido uma visita inesperada e decidido não ir ao clube.

— Podes ir descansar, *i nugo* – disse a *Mama*. – Estou a preparar o jantar do meu filho.

A última coisa que ele queria naquele momento era que a *Mama* colonizasse a sua cozinha ou que usasse a panela preferida de Olanna para fazer a sua sopa malcheirosa. Estava ansioso por que ela se fosse embora.

– Eu fico aqui para o caso de precisar de ajuda, *Mama* – disse.

Ela encolheu os ombros e continuou a arrancar grãos de pimenta preta de uma vagem.

– Sabes cozinhar bem *ofe nsala*?

– Nunca o fiz.

– Porquê? O meu filho gosta.

– A minha senhora nunca me pediu para o fazer.

– Ela não é tua senhora, meu menino. É apenas uma mulher que está a viver com um homem que não pagou o seu preço de noiva.

– Sim, *Mama*.

Ela sorriu, como se estivesse satisfeita por ele ter finalmente compreendido uma coisa importante, e apontou para dois pequenos cântaros de barro a um canto.

– Trouxe vinho de palma fresquinho para o meu filho. O meu melhor fornecedor veio trazer-mo hoje de manhã.

Ela tirou as folhas verdes que estavam enfiadas no bocal de um dos cântaros e o vinho brotou, espumoso e branco, fresco e de aroma doce. Ela encheu um copo e deu-o a Ugwu.

– Prova.

Deixou-lhe um travo forte na língua, era o tipo de vinho de palma concentrado, extraído na estação seca, que fazia com que os homens da sua aldeia ficassem logo trôpegos.

– Obrigado, *Mama*. É muito bom.

– A tua gente sabe preparar bem o vinho?

– Sabe, *Mama*.

– Mas não tão bem como a minha. Em Aba, temos os melhores fabricantes de vinho de palma de todo o território ibo. Não é verdade, Amala?

– É, sim, *Mama*.

– Lava-me essa taça.

– Sim, *Mama*.

Amala começou a lavar a taça. Os seus ombros e braços abanavam enquanto ela esfregava. Ugwu ainda não tinha olhado para ela com olhos de ver e desta vez reparou que a rapariga tinha o rosto e os braços esguios e escuros a reluzir, como se os tivesse banhado em óleo de amendoim.

A voz do Senhor, forte e firme, chegou-lhes vinda da sala.

– O nosso governo idiota também devia cortar relações com a Grã-Bretanha. Temos de marcar uma posição! Porque é que a Grã-Bretanha não está a tomar mais medidas na Rodésia? Que raio de diferença é que farão umas meras sanções económicas?

Ugwu aproximou-se da porta para escutar; estava fascinado com a Rodésia, com o que estava a acontecer na África Austral. Não conseguia compreender como é que pessoas com a aparência de Mr. Richard se apropriavam de coisas que pertenciam a pessoas com a aparência de Ugwu, sem motivo nenhum.

– Traz-me um tabuleiro, Ugwu – disse a *Mama*.

Ugwu tirou um tabuleiro do armário e fez menção de a ajudar a servir a comida do Senhor, mas ela afastou-o.

– Estou aqui para que tu possas descansar um bocado, coitado. Aquela mulher vai voltar a fazer-te suar as estopinhas quando regressar do estrangeiro, como se tu não tivesses família para te defender no mundo.

Ela abriu um pacotinho e deitou um pó qualquer na tigela da sopa. A desconfiança invadiu a mente de Ugwu; lembrou-se do gato preto que aparecera no quintal depois da última visita da *Mama*. E o pacote também era preto, como o gato.

– O que é isso, *Mama*? Essa coisa que pôs na sopa do meu senhor? – perguntou.

– É uma especiaria tradicional da gente de Aba. – Ela virou-se e ofereceu-lhe um breve sorriso. – É muito boa.

– Sim, *Mama*.

Talvez ele estivesse enganado em pensar que ela colocara remédio do *dibia* na comida do Senhor. Talvez Olanna estivesse certa e o gato preto não significasse nada e fosse apenas o gato de um vizinho, embora ele não conhecesse nenhum vizinho que tivesse um gato assim, com olhos cintilantes, vermelho-amarelados.

Ugwu não voltou a pensar na estranha especiaria nem no gato porque, enquanto o Senhor jantava, bebeu à socapa um copo de vinho de palma do cântaro, e depois mais um, já que era tão doce, e no fim sentiu-se como se tivesse a cabeça cheia de algodão. Mal conseguia andar. Ouviu o Senhor dizer na sala, numa voz trémula:

– Ao futuro da grande África! Aos nossos irmãos independentes da Gâmbia e aos nossos irmãos da Zâmbia que deixaram a Rodésia! – seguido de ataques de riso descontrolado.

O vinho de palma também tinha atingido o Senhor. Ugwu riu-se com ele, apesar de estar sozinho na cozinha e desconhecer a piada. Acabou por adormecer no banco, com a cabeça encostada à mesa que cheirava a peixe seco.

Acordou com o corpo dorido. Tinha um gosto azedo na boca, doía-lhe a cabeça e só queria que o sol não fosse tão opressivamente intenso e que o Senhor não falasse tão alto, enquanto lia os jornais ao pequeno-almoço. *Como é que pode haver mais políticos reeleitos sem oposição do que eleitos? Que asneirada! Nunca vi tanta fraude junta!* Cada uma das sílabas retumbava dentro da cabeça de Ugwu.

Quando o Senhor foi trabalhar, a *Mama* perguntou: – Não vais à escola, *gbo*, Ugwu?

– Estamos em férias, *Mama*.

– Ah. – Ela pareceu desapontada.

Mais tarde, viu-a a esfregar qualquer coisa nas costas de Amala, ambas paradas à frente da casa de banho. Ficou novamente desconfiado. Havia qualquer coisa de errado na maneira como as mãos da *Mama* descreviam gestos circulares, lentos, como que em sintonia com um qualquer ritual, e na maneira como Amala se mantinha imóvel e calada, de costas direitas e o pano descido até à cintura, com os contornos dos pequenos seios visíveis de perfil. Talvez a *Mama* estivesse a esfregar uma poção em Amala. Mas não fazia sentido, porque se a *Mama* realmente consultara o *dibia*, o remédio seria para Olanna e não Amala. Talvez o remédio agisse nas mulheres e a *Mama* tivesse de se proteger a si própria e a Amala, para garantir que só Olanna morreria ou ficaria estéril ou louca. Talvez a *Mama* estivesse a executar as proteções preliminares agora, que Olanna se encontrava em Londres, e depois enterrasse o remédio no quintal para preservar a sua potência até ao regresso de Olanna.

Ugwu estremeceu. Sobre a casa pairava uma sombra. Ficou preocupado com a alegria da *Mama*, com o seu cantarolar desafinado, a sua determinação em servir todas as refeições do Senhor, as suas frequentes palavras sussurradas ao ouvido de Amala. Observou-a atentamente sempre que ela ia lá fora, para ver se enterrava alguma coisa, de modo a poder desenterrá-la assim que ela voltasse para dentro de casa. Mas ela não enterrou nada. Quando disse a Jomo que desconfiava que a *Mama* tinha ido procurar um *dibia* para arranjar uma maneira de matar Olanna, Jomo respondeu: – A velhota está simplesmente contente por ter o filho só para ela, é por isso que cozinha e canta todos os dias. Fazes ideia da felicidade da minha mãe sempre que eu vou visitá-la sem a minha mulher?

– Mas eu vi um gato preto da última vez que ela cá veio – insistiu Ugwu.

– A criada do Professor Ozumba, que vive ao fundo da rua, é bruxa. À noite, voa para o cimo da mangueira para se encontrar com as outras bruxas e depois eu é que tenho de limpar as folhas todas que elas deitam cá para baixo. O gato preto andava à procura dela.

Ugwu tentou acreditar em Jomo e convencer-se de que andava desnecessariamente a inventar coisas no comportamento da *Mama*, até que na noite seguinte entrou na cozinha, depois de arrancar as ervas daninhas da sua horta, e viu uma nuvem espumosa de moscas junto do lava-louça. A janela estava praticamente toda fechada. Não percebeu como é que tantas moscas, mais de uma centena de moscas gordas e esverdeadas, podiam ter entrado pela nesga da janela, zumbindo numa massa densa e turbulenta. Aquilo só podia significar algo de terrível. Ugwu foi a correr ao escritório chamar o Senhor.

– É muito estranho – disse o Senhor, tirando os óculos e voltando a colocá-los. – De certeza que o Professor Ezeka será capaz de arranjar uma explicação lógica para este fenómeno, algum tipo de comportamento migratório. Não feches a janela para elas não ficarem trancadas cá dentro.

– Mas, patrão... – disse Ugwu, no preciso instante em que a *Mama* entrou na cozinha.

– Às vezes as moscas fazem isto – disse ela. – É normal. Hão de sair pelo mesmo sítio por onde entraram. – Encostou-se à ombreira da porta e o seu tom pareceu funestamente vitorioso.

– Sim, sim. – O Senhor virou-se para regressar ao escritório.

– Chá, meu amigo.

– Sim, patrão.

Ugwu não percebia como é que o Senhor podia continuar tão seráfico, como é que ele não via que as moscas não tinham nada de normal. Quando lhe levou o chá ao escritório, disse:

– Patrão, aquelas moscas têm um significado.

O Senhor apontou para a mesa.

– Não sirvas o chá. Deixa-o aí.

– Aquelas moscas na cozinha, patrão, são um sinal de um remédio maléfico do *dibia*. Alguém lançou um mau-olhado. – A Ugwu apetecia-lhe acrescentar que sabia muito bem quem tinha sido, mas receou a reação do Senhor.

– O quê? – O senhor semicerrou os olhos por detrás das lentes.

– As moscas, patrão. Significa que alguém deitou um mau-olhado a esta casa.

– Fecha a porta e deixa-me trabalhar um pouco, meu amigo.

– Sim, patrão.

Quando Ugwu voltou para a cozinha já as moscas tinham desaparecido. A janela continuava na mesma, praticamente fechada, e a ténue luz do sol iluminava a lâmina de uma faca que se encontrava em cima da mesa. Não se atreveu a tocar em nada; os mistérios que o rodeavam tinham maculado os tachos e as panelas. Por uma vez na vida, foi de bom grado que deixou a *Mama* cozinhar, mas não comeu o *ugba* nem o peixe frito que ela fez para o jantar, não bebeu sequer um gole do que restava do vinho de palma que serviu ao Senhor e aos seus convidados, e dormiu mal nessa noite. Não parava de acordar sobressaltado, com os olhos a arder e a chorar, desejoso de poder falar com alguém capaz de o compreender: Jomo, a sua tia, Anulika. Por fim, levantou-se e foi à casa do Senhor limpar o pó aos móveis, uma atividade simples e automática, para ver se distraía a mente. A luz cinza-arroxeada da alvorada encheu a cozinha de sombras. Ugwu acendeu o interruptor a medo, à espera de encontrar qualquer coisa. Escorpiões, por exemplo; uma pessoa invejosa mandara-os para a cabana do seu tio, uma vez, e durante semanas o tio acordara todos os dias com escorpiões pretos e agressivos a rastejarem junto dos seus filhos gémeos recém-nascidos. Um dos bebés foi picado e quase morrera.

Começou por limpar as estantes. Tinha tirado os papéis da mesa central e estava debruçado a limpá-la, quando a porta do quarto do Senhor se abriu. Olhou para o corredor, surpreendido por o Senhor estar acordado àquela hora. Mas foi Amala quem saiu do quarto. O corredor estava imerso na penumbra e os olhos dela, assustados, cruzaram-se com os de Ugwu, ainda mais assustados, e ela deteve-se um instante antes de correr para o quarto de hóspedes. Levava o pano solto à volta do peito. Segurou nele com uma mão e esbarrou na porta do quarto de hóspedes, empurrando-a como se se tivesse esquecido de como se abria, e só depois é que conseguiu entrar. Amala, a insonsa, calada e banal Amala, dormira no quarto do Senhor! Ugwu ficou imóvel e tentou acalmar o turbilhão que lhe ia na cabeça, para poder refletir. O remédio da *Mama* era o responsável por aquilo, não tinha dúvidas, mas o que o preocupava não era o que acontecera entre o Senhor e Amala. O que o preocupava era o que aconteceria se Olanna descobrisse.

CAPÍTULO 20

Olanna estava sentada à frente da mãe, na sala de estar do andar de cima. A mãe chamava-lhe a salinha das senhoras, porque era aí que se reunia com as amigas e aí que riam e se tratavam pelas suas alcunhas – Arte! Ouro! Ugodiya! – e falavam sobre o filho de sicrano que andava metido com mulheres em Londres, enquanto os colegas dele construíam casas na terra dos pais, e sobre beltrano que comprara rendas na região e tentara fazê-las passar pelo último grito na Europa, e fulana que andava a tentar roubar o marido da não sei das quantas, e fulano que importara móveis de luxo de Milão. Agora, porém, a sala estava silenciosa. A mãe tinha o copo de água tónica numa mão e um lencinho na outra. Estava a chorar. Estava a contar a Olanna que o pai tinha uma amante.

– Ele comprou-lhe uma casa em Ikeja – disse a mãe. – Tenho uma amiga que vive na mesma rua.

Olanna observou o gesto delicado com que a mãe enxugava os olhos. O lenço parecia de cetim; de certeza que não era suficientemente absorvente.

– Já falaste com ele? – perguntou Olanna.

– E o que é que eu lhe digo? *Gwa ya gini?* – A mãe pousou o copo. Ainda não bebera um único gole desde que uma das criadas o trouxera numa bandeja de prata. – Eu não lhe posso dizer nada. Só queria que tu soubesses o que se passa, para que depois não digam que não contei a ninguém.

– Eu falo com ele – disse Olanna.

Era exatamente o que a mãe queria. Olanna voltara de Londres há apenas um dia, e já a centelha de esperança que reluzira depois de consultar o ginecologista de Kensington estava a esmorecer. Já não se lembrava da esperança que a inundara, quando ele lhe dissera que não havia nada de errado com o seu corpo, acrescentando, com uma piscadela de olho, que ela só tinha de continuar a insistir. Ainda agora chegara e já estava desejosa de voltar para Nsukka.

– O pior disto tudo é que a fulaninha é de segunda categoria – disse a mãe, retorcendo o lenço. – Uma cabra ioruba do mato, com dois filhos de dois homens diferentes. Consta que é velha e feia.

Olanna levantou-se. Como se a aparência da mulher tivesse alguma importância! Como se os adjetivos «velho» e «feio» não pudessem qualificar também o seu pai. Sabia que o que incomodava a mãe não era a amante e sim as implicações do que o pai fizera: comprara uma casa para a amante num bairro onde vivia a alta sociedade de Lagos.

– Talvez fosse melhor esperarmos por uma visita da Kainene, para que seja ela a falar com o teu pai, *nne*? – sugeriu a mãe, enxugando novamente os olhos.

– Eu disse que falava com ele, mãe – retorquiu Olanna.

Mas nessa noite, quando entrou no quarto do pai, apercebeu-se de que a mãe tinha razão. Kainene era a pessoa indicada para desempenhar aquele papel. Kainene saberia exatamente o que dizer e não sentiria aquela constrangedora inaptidão que a inundava naquele instante. Kainene com as suas arestas duras e a sua língua afiada e a sua autoconfiança inabalável.

– Pai – disse ela, fechando a porta atrás de si.

Ele estava sentado à secretária, numa cadeira de costas retas feita de madeira escura. Não podia perguntar-lhe se era verdade, porque ele precisava de saber que a mãe tinha a certeza de que era e ela também. Por um instante, perguntou-se como seria a tal mulher, que aspeto teria, que assuntos discutiria com o seu pai.

– Pai – repetiu. Falaria praticamente só em inglês. Era fácil ser-se formal e frio em inglês. – Gostava que tivesses mais respeito pela minha mãe.

Não era nada disso que pretendia dizer. Ao chamar-lhe «minha mãe» em vez de «mãe», dava a ideia de ter decidido excluí-lo, como se ele se tivesse tornado um desconhecido qualquer que não podia, de modo algum, ser abordado nos mesmos termos, não podia ser «o meu pai».

Ele recostou-se na cadeira.

– É uma falta de respeito teres uma relação com essa tal mulher e teres-lhe comprado uma casa no bairro onde vivem amigos da minha mãe – disse Olanna. – Vais para lá depois do trabalho, o teu motorista estaciona o carro em plena rua e tu não te importas que as pessoas te vejam. É uma bofetada na minha mãe.

O pai estava de olhos baixos agora, os olhos de um homem a tentar organizar as ideias.

– Não te vou dizer o que deves fazer para resolver o assunto, mas alguma coisa *vai ter de ser*. A minha mãe não está feliz.

Olanna sublinhou as palavras «vai ter de ser», deu-lhes demasiada ênfase. Nunca falara com o pai daquela maneira; aliás, a verdade é que raramente lhe falava. Ficou parada a olhar para ele, e ele para ela, e o silêncio entre ambos estava vazio.

– *Anugo m*, ouvi o que disseste – disse ele.

Falou em ibo e muito baixo, em tom de conspiração, como se ela lhe tivesse pedido para continuar a enganar a mãe, mas com um pouco mais de consideração. Olanna ficou furiosa. Talvez tivesse, de facto, acabado de lhe pedir isso mesmo, mas ainda assim sentiu-se aborrecida. Olhou em redor do quarto e a grande cama dele pareceu-lhe completamente desconhecida; nunca tinha visto aquele tom dourado e lustroso num cobertor, nem reparado que as gavetas da cómoda tinham umas maçanetas metálicas com um intrincado desenho. Até o pai lhe pareceu um desconhecido, um homem gordo que ela não conhecia.

– É só isso que tens para me dizer, que ouviste o que eu disse? – perguntou Olanna, levantando a voz.

– O que é que queres que eu diga?

Subitamente, Olanna sentiu pena dele, da mãe, de si própria e de Kainene. Teve vontade de lhe perguntar porque é que todos eles eram desconhecidos que, por acaso, partilhavam o mesmo apelido.

– Eu vou fazer qualquer coisa para resolver o assunto – acrescentou ele. Levantou-se e aproximou-se dela. – Obrigado, *ola m* – disse.

Olanna ficou sem saber como interpretar o agradecimento dele, ou o facto de ele lhe ter chamado «ouro meu», algo que não fazia desde que ela era pequena e que agora se revestia de uma solenidade artificial e forçada. Virou costas e saiu do quarto.

Quando, na manhã seguinte, Olanna ouviu a voz alterada da mãe – «Seu inútil! Seu estúpido!» –, correu escada abaixo. Imaginou-os a brigarem, a mãe a agarrar no peito da camisa do pai e a amarfanhá-lo, como as mulheres costumavam fazer aos maridos que as traíam. Os sons vinham da cozinha. Olanna deteve-se à porta. Estava um homem ajoelhado aos pés da mãe, com as mãos levantadas para o céu, de palmas para cima, suplicantes.

– Minha senhora, por favor; minha senhora, por favor.

A mãe virou-se para o criado, Maxwell, que se encontrava de pé, a observar.

– *I fugo?* Será que ele acha que o empregámos para nos roubar sem dó nem piedade, Maxwell?

– Não, minha senhora – disse Maxwell.

A mãe virou-se novamente para o homem ajoelhado no chão.

– Então é isto que tens andado a fazer desde que vieste para cá, seu inútil? Vieste roubar-me?

– Minha senhora, por favor; por favor, minha senhora. Em nome de Deus, eu imploro-lhe.

– O que é que se passa, mãe? – perguntou Olanna.

A mãe virou-se.

– Ah, *nne*, não sabia que já tinhas acordado.

– O que é que se passa?

– É este animal selvagem que aqui vês. Empregámo-lo ainda nem faz um mês e já quer roubar tudo o que tenho dentro de casa. – Virou-se novamente para o homem ajoelhado. – É assim que pagas às pessoas o favor de te terem dado um emprego? Seu estúpido!

– O que é que ele fez? – perguntou Olanna.

– Vem ver. – A mãe encaminhou-a para o quintal, onde estava uma bicicleta encostada à mangueira. Um saco de tela caíra da parte de trás, espalhando arroz pelo chão.

– Ele roubou-me arroz e estava pronto para ir para casa. Graças a Deus que o saco caiu. Sabe-se lá que mais ele me roubou antes disto? Não admira que eu não consiga encontrar alguns dos meus colares. – A mãe tinha a respiração acelerada.

Olanna ficou parada a olhar para os grãos de arroz no chão e perguntou-se como era possível a mãe ter ficado assim por causa de uma ninharia daquelas e se acreditaria realmente na sua própria indignação.

– Tia, por favor, fale com a senhora. Foi o diabo que me levou a roubar. – As mãos suplicantes do motorista viraram-se para Olanna. – Por favor, fale com a senhora.

Olanna desviou o olhar do rosto enrugado do homem e dos seus olhos amarelados; era mais velho do que pensara a princípio, devia ter mais de sessenta anos.

– Levanta-te – disse ela.

Ele hesitou, olhando para a mãe dela.

– Eu mandei-te levantar! – Olanna não fizera tenção de erguer a voz, mas saíra-lhe assim, ríspida. O homem levantou-se desajeitadamente, de olhos baixos.

– Mãe, se tencionas despedi-lo, despede-o de uma vez e manda-o embora já – disse Olanna.

O homem sorveu uma golfada de ar, assustado, como se não estivesse à espera que ela dissesse uma coisa daquelas.

A mãe também ficou surpreendida e olhou para Olanna, para o homem, para Maxwell, antes de baixar a mão que tinha pousado na anca.

– Vou dar-te mais uma oportunidade, mas nunca mais toques em nada nesta casa sem teres autorização. Percebeste?

– Sim, minha senhora. Obrigado, minha senhora. Deus a abençoe, minha senhora.

O homem ainda estava a cantarolar os seus agradecimentos, quando Olanna tirou uma banana da mesa e saiu da cozinha.

Ao telefone, contou a Odenigbo o que acontecera, a repulsa que sentira ao ver aquele homem de idade rebaixar-se daquela maneira, a certeza que tinha de que a sua mãe o teria despedido, mas só depois de passar uma hora a comprazer-se com a humilhação dele e com a sua própria indignação hipócrita.

– Deviam ser umas meras quatro chávenas de arroz – disse ela.

– Não deixa de ser roubo, *nkem*.

– O meu pai e os seus amiguinhos políticos roubam dinheiro a cada contrato, mas ninguém os obriga a ajoelhar-se para pedir perdão. E constroem casas com esse dinheiro roubado e alugam-nas a pessoas como este homem, cobrando-lhes rendas tão altas que elas ficam sem dinheiro para comprar comida.

– Um roubo não justifica outro.

Odenigbo parecia estranhamente sombrio; ela esperara que reagisse com um dos seus discursos inflamados sobre a injustiça daquela situação.

– A desigualdade é sinónimo de indignidade? – perguntou ela.

– Muitas vezes, sim.

– Tu sentes-te bem?

– A minha mãe está aqui em casa. Eu não fazia ideia de que ela vinha.

Não era de admirar que ele estivesse com aquela voz.

– E terça-feira, ela ainda vai estar aí?

– Não sei. Quem me dera que aqui estivesses.

– Ainda bem que não estou. Já tiveste uma conversa com ela sobre a maneira de quebrar o feitiço da bruxa instruída?

– Antes que ela abra a boca, vou dizer-lhe que não há nada para conversar.

– Podes apaziguá-la dizendo-lhe que estamos a tentar ter um filho. Ou será que ela vai ficar horrorizada com a ideia de eu ter um bebé? No fim de contas, os meus genes de bruxa podem passar para o neto dela.

Esperava que Odenigbo se risse, mas ele não o fez.

– Estou mortinho que chegue terça-feira – disse ele, passado um pouco.

– Eu também – disse ela. – Diz ao Ugwu para arejar o tapete do quarto.

Nessa noite, quando a mãe entrou no seu quarto, Olanna sentiu o perfume floral *Chloé*, um aroma extremamente agradável, mas não percebia o que levava alguém a pôr perfume para ir para a cama. A mãe tinha demasiados frascos de perfume; estavam alinhados na sua cómoda como na prateleira de uma loja: frascos atarracados, cónicos, arredondados. Mesmo que os usasse todas as noites ao deitar, nem em cinquenta anos conseguiria gastá-los.

– Obrigada, *nne* – disse a mãe. – O teu pai já está a tentar reparar o mal que fez.

– Ainda bem.

Olanna não queria saber ao certo o que é que o pai fizera para reparar o mal, mas sentiu-se estranhamente satisfeita por ter falado com ele tal como fazia Kainene, por ter conseguido que ele agisse, por ter sido útil.

– Assim, Mrs. Nwizu vai parar de me telefonar para me dizer que o viu lá na rua – disse a mãe. – Há dias, fez um comentário malicioso sobre os pais que têm filhas que se recusam a casar. Acho que era uma indireta para mim, para ver se eu respondia. A filha dela casou-se no ano passado e eles não tiveram meios para importar fosse o que fosse para o casamento. Até o vestido de noiva foi feito aqui em Lagos! – A mãe sentou-se. – A propósito, há uma pessoa que quer conhecer-te. Lembras-te da família de Igwe Onochie? O filho deles é engenheiro. Acho que ele te viu num lugar qualquer e está muito interessado.

Olanna suspirou e recostou-se para ouvir a mãe.

Voltou para Nsukka a meio da tarde, àquela hora parada em que o sol era impiedoso e até as abelhas pousavam em terra, num silencioso cansaço. O automóvel de Odenigbo estava na garagem. Ugwu abriu-lhe a porta antes de ela bater; tinha a camisa desabotoada e umas leves manchas de suor nas axilas.

– Bem-vinda, minha senhora – disse ele.

– Ugwu. – Olanna tivera saudades do seu rosto fiel e sorridente. – *Unu anokwa ofuma?* Correu tudo bem contigo?

– Sim, minha senhora – disse ele, e saiu para ir buscar as bagagens ao táxi.

Olanna entrou em casa. Sentira saudades do leve cheiro a detergente que ficava a pairar na sala, depois de Ugwu lavar as persianas. Como pensava que a mãe de Odenigbo já se tinha ido embora, sentiu-se desanimada ao vê-la no sofá, vestida, às voltas com um saco. Amala estava de pé junto dela, segurando numa caixinha de metal.

– *Nkem!* – exclamou Odenigbo, e correu para ela. – Que bom ter-te de volta! É tão bom!

Quando se abraçaram, o corpo dele não se descontraiu de encontro ao de Olanna e os seus lábios pareceram de papel quando tocaram nos dela.

– A *Mama* e a Amala estão de saída. Vou levá-las ao parque das camionetas – explicou ele.

– Boa tarde, *Mama* – disse Olanna, mas não fez menção de se aproximar.

– Olanna, *kedu?* – perguntou a *Mama*.

Foi a *Mama* quem tomou a iniciativa do abraço; foi a *Mama* quem sorriu calorosamente. Olanna ficou desconcertada, mas satisfeita. Talvez Odenigbo lhe tivesse explicado que a relação deles era séria e que estavam a planear ter um bebé, e assim tivesse finalmente conquistado as boas graças da *Mama*.

– Como estás, Amala? – perguntou Olanna. – Não sabia que também tinhas vindo.

– Bem-vinda, tia – murmurou Amala, de olhos baixos.

– Trouxeste tudo? – perguntou Odenigbo à mãe. – Vamos. Vamos lá.

– Já comeu, *Mama*? – perguntou Olanna.

– Ainda tenho o pequeno-almoço no estômago – disse a *Mama*. O seu rosto exibia uma expressão de feliz expectativa.

– Temos de ir embora – atalhou Odenigbo. – Tenho um jogo marcado para daqui a pouco.

– E tu, Amala? – insistiu Olanna. O rosto sorridente da *Mama* deu-lhe uma súbita vontade de que elas ficassem mais uns instantes.

– Espero que tenhas comido alguma coisa.

– Sim, tia, obrigada – respondeu Amala, sempre de olhos postos no chão.

– Dá a chave à Amala, para ela arrumar as coisas no carro – disse a *Mama* a Odenigbo.

Odenigbo aproximou-se de Amala, mas deteve-se a uma certa distância dela, o que o obrigou a esticar o braço para lhe entregar a chave. Ela tirou-lha dos dedos com cuidado; não tocaram um no outro. Foi um ínfimo momento, breve e fugaz, mas Olanna reparou no zelo com que evitaram qualquer contacto, qualquer roçar de pele, como se estivessem unidos por um conhecimento comum de proporções tão grandes que quisessem evitar a todo o custo qualquer outro tipo de laço.

– Boa viagem – disse ela.

Observou o carro a sair do recinto e ficou ali parada, a convencer-se a si mesma de que estava enganada: não houvera nada de estranho naquele gesto. Mas incomodara-a. Sentiu algo semelhante ao que sentira enquanto esperava pelo ginecologista: convencida de que havia algum problema com o seu corpo e, ao mesmo tempo, desejosa de que ele lhe dissesse que estava tudo bem.

– Quer comer, minha senhora? Quer que aqueça arroz? – perguntou Ugwu.

– Agora não. – Por um instante, teve vontade de perguntar a Ugwu se ele também reparara naquele gesto, se reparara em alguma coisa, fosse o que fosse. – Vai ver se há algum abacate maduro.

– Sim, minha senhora. – Ugwu hesitou ligeiramente, muito ligeiramente, antes de sair da sala.

Olanna ficou parada à porta até Odenigbo voltar. Não tinha a certeza do que significava aquele seu aperto no estômago e aquela aceleração no peito. Abriu a porta e perscrutou o rosto dele.

– Aconteceu alguma coisa? – perguntou.

– O que queres dizer com isso? – Ele trazia uns jornais na mão. – Um dos meus alunos faltou ao último teste e, hoje de manhã, veio oferecer-me dinheiro para eu o passar, o ignorante.

– Não sabia que a Amala tinha vindo com a *Mama* – disse ela.

– Veio.

Ele pôs-se a arrumar os jornais, evitando o olhar dela. E, lentamente, a onda de choque percorreu Olanna. Ela percebeu. Percebeu, pelos movimentos bruscos dele, pelo pânico na sua expressão, pela maneira apressada como estava a tentar dar ao rosto um ar normal, que algo que não devia ter acontecido tinha efetivamente acontecido.

– Envolveste-te com a Amala – disse Olanna.

Não era uma pergunta e, no entanto, ela queria que ele respondesse como se fosse; queria que ele dissesse «não» e se irritasse com ela por ter pensado uma coisa dessas. Mas Odenigbo não disse nada. Sentou-se na sua poltrona e fitou-a.

– Envolveste-te com a Amala – repetiu Olanna.

Lembrar-se-ia para o resto da vida daquela expressão, dele a fitá-la como se nunca tivesse imaginado aquela cena e, portanto, sentindo-se incapaz de pensar em dizer ou fazer alguma coisa.

Ela virou-se na direção da cozinha e quase caiu ao lado da mesa da sala, porque o peso que sentia no peito era demasiado grande, não se ajustava ao seu tamanho.

– Olanna – disse ele.

Ela ignorou-o. Ele não iria atrás dela, porque estava assustado, tomado pelo medo dos culpados. Não foi de imediato que ela se meteu no carro e regressou ao seu apartamento. Antes disso, foi para o quintal e sentou-se nos degraus, a ver uma galinha junto do limoeiro a tomar conta de seis pintainhos, empurrando-os levemente para as migalhas no chão. Ugwu estava a colher abacates da árvore perto do Anexo dos Criados. Ela não tinha noção de há quanto tempo ali se encontrava, quando a galinha começou a cacarejar muito alto e a abrir as asas para proteger os pintainhos, mas eles não correram suficientemente depressa para o abrigo. Um milhano fez um voo picado e arrebatou um deles, um pintainho castanho e branco. Foi tão rápida a maneira como o milhano desceu e depois voou para longe com o pintainho preso nas suas garras, que Olanna pensou que às tantas tinha imaginado aquilo tudo. Mas não, porque a galinha estava a correr às voltas, a cacarejar, levantando nuvens de pó. Os outros pintainhos pareciam desnorteados. Olanna observou-os e perguntou-se se compreenderiam a dança fúnebre da sua mãe. Depois, finalmente, começou a chorar.

Os dias arrastaram-se, fundindo-se uns nos outros, confusos. Olanna procurava coisas em que pensar, coisas para fazer.

A primeira vez que Odenigbo foi a casa dela, hesitou em deixá-lo entrar. Mas ele bateu à porta com insistência e disse: «*Nkem*, abre, por favor, *biko*, por favor abre», até ela abrir. Sentou-se a bebericar água enquanto ele lhe dizia que naquela noite estava bêbado, que Amala se atirara para cima dele, que fora um breve e insensato ataque de luxúria. No fim, ela mandou-o embora. Era irritante o facto de ele não perder aquela sua autoconfiança e de ter o descaramento de chamar ao que fizera «um breve e insensato ataque de luxúria». Ela odiou essa expressão e odiou a firmeza com que ele lhe disse, na visita seguinte: «Não significou nada, *nkem*, nada.» O que importava para ela não era o significado do ato, mas o ato em si: ele dormira com a criada aldeã da mãe, ao fim de apenas três semanas longe de Olanna. Violara a confiança dela com uma facilidade inacreditável. Olanna decidiu ir para Kano porque, se havia um lugar onde conseguia raciocinar com calma, era em Kano.

O voo fez escala em Lagos e, enquanto esperava no átrio, viu passar uma mulher alta e magra, cheia de pressa. Levantou-se e estava prestes a chamar «Kainene!», quando percebeu que não podia ser ela. Kainene era mais escura do que aquela mulher e nunca usaria uma saia verde com uma blusa vermelha. Mas gostaria imenso que fosse Kainene. Sentar-se-iam lado a lado e ela contaria a Kainene o que se passara com Odenigbo e Kainene faria um comentário inteligente e sarcástico e, ao mesmo tempo, reconfortante.

Em Kano, Arize ficou furiosa.

– Animal selvagem de Aba! Tomara que o pénis dele lhe caia, maldito! Ele não sabe que devia acordar todos os dias e ajoelhar-se e dar graças a Deus só por tu teres olhado para ele? – disse ela, enquanto mostrava a Olanna esboços de vaporosos vestidos de noiva.

Nnakwanze pedira-a finalmente em casamento. Olanna olhou para os desenhos. Achou-os todos feios e demasiado rebuscados, mas ficou tão satisfeita com a raiva solidária de Arize, que apontou para um deles e murmurou: – *O maka*. É lindo.

A Tia Ifeka só se pronunciou sobre Odenigbo passados uns dias. Olanna encontrava-se sentada no alpendre com ela; o sol estava agressivo e o telheiro de zinco rangia como que de protesto. Mas estava mais fresco ali do que na cozinha cheia de fumo, onde três vizinhas tinham decidido cozinhar ao mesmo tempo. Olanna abanou-se com uma pequena esteira de ráfia. Duas mulheres encontravam-se paradas junto do portão, uma delas a gritar em ibo: – Eu disse que tu me ias pagar hoje! *Tata!* Hoje e não amanhã! Ouviste-me perfeitamente, porque eu não falei com a boca cheia de água! – enquanto a outra fazia gestos de súplica e levantava os olhos para o céu.

– Como é que estás? – perguntou a Tia Ifeka, enquanto mexia uma massa pastosa de feijão moído num pilão.

– Estou bem, tia. Melhor, desde que vim para cá.

A Tia Ifeka enfiou a mão na massa e tirou um pequeno inseto preto. Olanna abanou a esteira mais depressa. O silêncio da Tia Ifeka deu-lhe vontade de falar.

– Acho que vou adiar o curso em Nsukka e ficar aqui em Kano – disse. – Podia dar aulas durante uns tempos, no instituto.

– Não. – A Tia Ifeka pousou o pilão. – *Mba*. Vais voltar para Nsukka.

– Eu não posso voltar para casa dele, tia.

– Não te estou a pedir para voltares para casa dele. Eu disse que ias voltar para Nsukka. Não tens a tua própria casa e o teu próprio emprego? O Odenigbo fez o que todos os homens fazem: meteu o pénis no primeiro buraco que encontrou quando tu estavas para fora. Mas não morreu ninguém, ou morreu?

Olanna parara de se abanar e, de repente, sentiu a cabeça molhada de suor.

– Quando o teu tio se casou comigo, fiquei preocupada, porque achava que aquelas mulheres que estão lá fora podiam vir expulsar-me da minha própria casa. Hoje, sei que nada do que ele fizer mudará a minha vida. A minha vida só mudará se eu quiser que ela mude.

– O que é que estás a querer dizer, tia?

– Desde que ele percebeu que eu já não tenho medo, anda cheio de cuidado. Eu disse-lhe que se ele me causar alguma desgraça, corto-lhe a serpente que tem entre as pernas.

A Tia Ifeka continuou a mexer a pasta e a imagem que Olanna tinha do casamento deles começou a desfazer-se pelas costuras.

– Nunca te deves comportar como se a tua vida pertencesse a um homem. Ouviste-me? – disse a Tia Ifeka. – A tua vida pertence-te a ti e só a ti, *soso gi*. Vais voltar para tua casa no sábado. Agora deixa-me despachar, para eu te fazer *abacha* para levares.

Provou um pouco da pasta e cuspiu-a.

*

Olanna partiu no sábado. O homem que ia sentado ao seu lado no avião, do outro lado do corredor, tinha uma tez de ébano tão escura e reluzente como ela nunca vira na vida. Reparara nele antes, com o seu fato de lã de três peças, a olhar fixamente para ela enquanto esperavam na pista. Ele oferecera-se para ajudá-la a carregar o seu saco e, mais tarde, perguntara à hospedeira se podia sentar-se ao lado dela, já que o lugar estava vago.

Ele estendeu-lhe o *New Nigerian* e perguntou: – Quer ler? – Usava um grande anel de opala no dedo médio.

– Quero, obrigada.

Olanna pegou no jornal. Folheou-o, ciente de que ele a observava e de que o jornal fora um pretexto para meter conversa. De repente, desejou sentir-se atraída por ele, desejou que acontecesse algo louco e mágico entre eles os dois e que, quando o avião aterrasse, ela partisse de mão dada com ele, rumo a uma vida nova e esplendorosa.

– Finalmente demitiram aquele reitor ibo da Universidade de Lagos – disse ele.

– Ah.

– A notícia vem na última página. Olanna virou o jornal.

– Estou a ver.

– A que propósito é que um ibo era reitor em Lagos? – perguntou ele e, como Olanna ficou calada, só com um meio sorriso a mostrar que estava a ouvir, acrescentou: – O problema dos Ibos é que querem controlar tudo neste país. Tudo. Porque é que não ficam quietinhos na sua Região Leste? São donos de todas as lojas e controlam a função pública, inclusive a polícia. Se uma pessoa for presa por um crime, basta saber dizer «*keda*» que é logo posta em liberdade.

– Dizemos *kedu* e não *keda* – disse Olanna baixinho. – Significa «como está?»

O homem ficou especado a olhar para ela e ela retribuiu o olhar, pensando que ele seria lindíssimo se fosse uma mulher, com aquela sua pele quase preta retinta, de um brilho perfeito.

– Você é ibo? – perguntou ele.

– Sou.

– Mas tem feições de fulani. – O seu tom era acusador.

Olanna abanou a cabeça.

– Sou ibo.

O homem murmurou qualquer coisa que pareceu «desculpe» e, depois, virou-se e pôs-se a mexer na pasta. Quando ela lhe devolveu o jornal, pareceu relutante em aceitá-lo e, embora Olanna o tivesse fitado de vez em quando, os olhos deles não voltaram a cruzar-se até aterrarem em Lagos. Se ao menos ele soubesse que os seus preconceitos lhe tinham dado novas perspetivas! Ela não precisava de ser a mulher ofendida cujo marido dormira com a rapariga da aldeia. Podia ser uma mulher fulani sentada num avião a criticar o povo ibo na companhia de um atraente desconhecido. Podia ser uma mulher a tomar as rédeas da sua própria vida. Podia ser o que quisesse.

Quando se levantaram para se irem embora, fitou-o e sorriu, mas conteve-se e não disse «obrigada», porque queria deixá-lo com o espanto e os remorsos intactos.

Olanna alugou uma carrinha com motorista e foi a casa de Odenigbo. Ugwu seguiu-a de um lado para o outro, enquanto ela encaixotava livros e apontava para as coisas que o motorista devia levar.

– O Senhor anda com cara de quem chora todos os dias, minha senhora – disse Ugwu em inglês.

– Põe a minha varinha mágica numa caixa – disse ela. Estranhou aquela expressão, «a *minha* varinha mágica»; sempre fora a varinha mágica, sem o pronome a indicar posse.

– Sim, minha senhora. – Ugwu foi à cozinha e voltou com uma caixa. Estendeu-lha, hesitante. – Minha senhora, por favor perdoe o Senhor.

Olanna fitou-o. Ele sabia; ele tinha visto aquela mulher partilhar a cama do seu senhor; ele também a traíra.

– *Osiso!* Põe a minha varinha mágica no carro!

– Sim, minha senhora. – Ugwu virou-se para a porta.

– Os convidados continuam a vir todas as noites? – perguntou Olanna.

– Não é como antes, quando a senhora cá vivia.

– Mas continuam a vir cá?

– Sim.

– E o teu senhor continua a jogar ténis e a frequentar o clube dos professores?

– Sim.

– Ótimo.

Mas não era isso que ela sentia. A resposta que queria ouvir era que Odenigbo não suportava levar a mesma vida que tinham levado juntos.

Quando ele foi a casa dela, Olanna tentou não ficar desapontada com o ar normal que aparentava. Manteve-se de pé junto da porta e deu-lhe respostas vagas, irritada com a loquacidade inata dele, com a maneira descontraída com que disse

«Tu sabes que eu nunca amarei outra mulher a não ser tu, *nkem*», como se tivesse a certeza de que, com o tempo, tudo voltaria a ser como antes. Irritavam-na também as investidas românticas de outros homens. Os solteiros começaram a passar pelo seu apartamento e os casados a cruzarem-se com ela à porta da faculdade. A corte que lhe faziam incomodava-a, porque pressupunha que consideravam a relação dela com Odenigbo como definitivamente terminada. «Não estou interessada», dizia-lhes, e ainda nem tinha acabado a frase e já estava a pensar que gostaria que aquilo não chegasse aos ouvidos de Odenigbo, porque não queria que ele julgasse que ela sofria por causa dele. E Olanna não estava a sofrer: arranjou novo material para as suas aulas, cozinhou pratos complicados, leu novos livros, comprou novos discos. Tornou-se secretária da Sociedade de São Vicente de Paulo e não só fazia a distribuição de alimentos pelas aldeias, como redigia as atas das reuniões num caderno. Plantou zínias no jardim e cultivou finalmente uma amizade com a sua vizinha americana negra, Edna Whaler.

Edna tinha um riso discreto. Era professora de Música, ouvia discos de *jazz* ligeiramente alto de mais, cozinhava tenras costeletas de porco e falava com frequência sobre o homem que a abandonara uma semana antes de se casarem em Montgomery e sobre o tio que fora linchado quando ela era pequena.

– Sabes o que sempre me espantou? – perguntava ela a Olanna, como se não lhe tivesse dito a mesma coisa na véspera. – Que pessoas brancas, civilizadas, se arranjassem todas com belos vestidos e chapéus para irem ver um branco enforcar um negro numa árvore.

Soltava o seu riso discreto e ajeitava o cabelo, que tinha o brilho oleoso de ter sido esticado com um ferro quente. A princípio, não falavam sobre Odenigbo. Era refrescante para Olanna estar com uma pessoa tão distante do círculo de amigos que partilhara com Odenigbo. Até que, um dia, enquanto fazia coro com Billie Holiday na canção «My Man», Edna lhe perguntou: – Porque é que o amas?

Olanna levantou os olhos. A sua mente era uma tábua rasa.

– Porque é que o amo?

Edna arqueou as sobrancelhas, cantando sem som as palavras de Billie Holiday.

– Acho que o amor não tem razões que o justifiquem – respondeu Olanna.

– É claro que tem.

– Acho que o amor surge primeiro e as razões vêm depois. Quando estou com ele, sinto que não preciso de mais nada na vida. – As palavras de Olanna surpreenderam-na, mas essa inesperada verdade deu-lhe vontade de chorar.

Edna tinha os olhos postos nela.

– Não podes continuar a enganar-te a ti própria, fingindo que estás bem.

– Não me estou a enganar a mim própria – retorquiu Olanna. A voz lamuriosa e áspera de Billie Holiday começara a enervá-la. Não se julgava assim tão transparente. Pensava que o seu riso frequente era autêntico e que Edna não fazia ideia de que ela chorava quando estava sozinha em casa.

– Não sou a pessoa mais indicada para falar de homens, mas tens de conversar com alguém sobre o que se passa – disse Edna.

– Talvez com o padre, como paga por todas essas viagens de caridade que tu fazes em nome da Sociedade de São Vicente de Paulo?

Edna riu-se e Olanna riu-se com ela, mas pensou que, de facto, talvez precisasse de falar com alguém, alguém neutro que a ajudasse a recuperar a autoestima e a lidar com a desconhecida que se tornara. Nos dias que se seguiram, iniciou muitas vezes o trajeto até à Igreja de St. Peter, mas mudou sempre de ideias a meio caminho. Por fim, numa segunda-feira à tarde, acabou por lá ir, conduzindo depressa, ignorando as lombas de velocidade, para não dar tempo a si própria de parar. Sentou-se num banco de madeira no gabinete abafado do Padre Damian e manteve os olhos postos no arquivador rotulado Laicos, enquanto falava sobre Odenigbo.

– Deixei de ir ao clube dos professores para não me cruzar com ele. Perdi o interesse pelo ténis. Ele traiu-me e magoou-me e, no entanto, parece que é ele que está a comandar a minha vida.

O Padre Damian deu uns puxões ao colarinho, ajeitou os óculos e esfregou o nariz, e ela perguntou-se se ele estaria a pensar em alguma coisa, qualquer coisa, para fazer, uma vez que não tinha respostas para lhe dar.

– Não te vi na igreja no domingo passado – disse ele finalmente.

Olanna ficou desiludida, mas, afinal, ele era padre e só podia ser aquela a solução: procurar Deus. Queria que ele a fizesse sentir-se justificada, que corroborasse o seu direito à autocompaixão, que a incentivasse a assumir uma dose ainda maior de moralismo. Queria que ele condenasse Odenigbo.

– Acha que preciso de ir à igreja mais vezes? – perguntou ela.

– Acho.

Olanna fez um gesto de assentimento e chegou o seu saco de mão mais para si, pronta para se levantar e ir embora. Não devia ter ido ali. Não devia ter esperado que um eunuco voluntário de cara redonda e vestido de branco fosse capaz de compreender o que ela sentia. Ele estava a olhar para ela, com uns grandes olhos por detrás das lentes.

– E acho também que devias perdoar o Odenigbo – disse ele, e puxou o colarinho como se este estivesse a asfixiá-lo.

Por um instante, Olanna sentiu desprezo por ele. O que estava a dizer era demasiado fácil, demasiado previsível. Não precisava de ali ter ido para ouvir aquela resposta.

– Está bem. – Levantou-se. – Obrigada.

– Não é por ele – acrescentou. – É por ti.

– O quê? – Como ele continuava sentado, teve de baixar os olhos para encontrar os dele.

– Não o faças por ele. Fá-lo por ti, para que possas ser feliz. De que te serve essa infelicidade toda que escolheste? A infelicidade não alimenta ninguém.

Olanna olhou para o crucifixo pendurado por cima da janela, fitou o rosto de Cristo, sereno no seu profundo sofrimento, e não disse nada.

Odenigbo apareceu muito cedo, antes de ela ter tomado o pequeno-almoço. Olanna percebeu que se passava algo antes mesmo de destrancar a porta e ver o rosto sombrio dele.

– O que é que se passa? – perguntou, e sentiu uma pontada de horror perante a esperança que lhe perpassou a mente: que a mãe dele tivesse morrido.

– A Amala está grávida – respondeu. A sua voz denotava altruísmo e força. Era o tom de uma pessoa que dá uma má notícia a outra e que, para bem desta, não se pode deixar ir abaixo.

Olanna agarrou-se à maçaneta da porta.

– O quê?

– A *Mama* acaba de me vir dizer que engravidei a Amala.

Olanna desatou a rir. E riu, riu, riu, porque aquele instante, e as semanas passadas, lhe pareceram subitamente irreais.

– Deixa-me entrar – pediu Odenigbo. – Por favor.

Ela afastou-se da porta.

– Entra.

Ele sentou-se na ponta da cadeira e ela teve a sensação de que andara a colar os pedacinhos de porcelana partida para agora os ver estilhaçarem-se novamente; a dor não advinha dessa segunda quebra, mas da perceção de que tentar colá-los fora absolutamente inútil desde o início.

– *Nkem*, por favor, vamos lidar com isto juntos – disse ele. – Faremos o que tu quiseres. Por favor, vamos enfrentar isto juntos.

Olanna foi à cozinha desligar a chaleira. Voltou e sentou-se à frente dele.

– Disseste que aconteceu só uma vez. Só uma vez e ela engravidou? Só uma vez? – Preferia não ter levantado a voz, mas era tão inverosímil, tão teatralmente inverosímil, ele ter dormido uma vez com uma mulher em estado de embriaguez e tê-la engravidado.

– Foi só uma vez – disse ele. – Só uma.

– Estou a ver.

Mas não estava a ver nada. Foi então que sentiu uma vontade súbita de lhe dar um estalo na cara, porque a maneira arrogante como ele sublinhara as palavras «uma vez» fazia com que o ato parecesse inevitável, como se só importasse a quantidade de vezes que acontecera e não o facto de que nunca devia ter acontecido.

– Eu disse à *Mama* para mandar a Amala ao Dr. Okonkwo em Enugu, mas ela respondeu que só por cima do seu cadáver. Disse que a Amala vai ter o bebé e que ela própria vai educar a criança. A Amala vai-se casar com um rapaz que é marceneiro em Ondo. – Odenigbo levantou-se. – A *Mama* planeou isto desde o início. Agora vejo que ela se certificou de que eu estava podre de bêbado antes de mandar a Amala ao meu quarto. Tenho a sensação de que me atiraram para o meio de uma situação qualquer que nem sequer entendo.

Olanna olhou para ele, desde o seu halo de cabelo até aos seus esguios dedos dos pés dentro das sandálias de pele, e assustou-se ao sentir um acesso de desprezo tão grande por uma pessoa que amava.

– Ninguém te atirou para situação nenhuma – disse ela.

Ele fez menção de abraçá-la, mas ela sacudiu-o e pediu-lhe para se ir embora. Mais tarde, na casa de banho, Olanna postou-se à frente do espelho e beliscou a barriga violentamente com as duas mãos. A dor lembrou-lhe o quão inútil ela era; lembrou-lhe que uma criança se aninhava agora no corpo de uma desconhecida em vez de no seu.

*

Edna bateu à porta durante tanto tempo que Olanna teve de se levantar e ir abrir.

– O que é que se passa? – perguntou Edna.

– O meu avô costumava dizer que nas outras pessoas um peido era um peido, mas que quando ele se peidava havia sempre merda – disse Olanna. A ideia era fazer uma piada, mas a sua voz estava demasiado rouca, demasiado marcada pelas lágrimas.

– O que é que se passa?

– A rapariga com quem ele foi para a cama está grávida.

– Que raio se passa contigo?

Olanna semicerrou os olhos. Que raio se passava com *ela*?

– Controla-te! – disse Edna. – Achas que ele passa o dia a chorar como tu? Quando o outro sacana me abandonou em Montgomery, eu tentei matar-me e tu sabes o que o tipo estava a fazer? Tinha ido tocar com uma banda no Louisiana! – Edna acamou o cabelo, irritada. – Vê-te ao espelho! És a pessoa mais bondosa que eu conheço. És linda. Porque é que precisas de tanta coisa exterior a ti? Porque é que não te chega simplesmente aquilo que *tu és*? És tão fraca!

Olanna deu um passo atrás; a onda tumultuosa de ideias, dor e raiva que a inundou fez com que as palavras lhe saíssem pela boca fora com uma precisão serena: – Não tenho culpa se o teu homem te abandonou, Edna.

A primeira reação de Edna foi ficar surpreendida, depois indignada e, por fim, virou costas e foi-se embora. Olanna viu-a afastar-se e arrependeu-se do que dissera. Mas ainda não estava pronta para pedir desculpa. Faria Edna esperar um ou dois dias. De repente, sentiu-se esfomeada, incrivelmente esfomeada; as lágrimas tinham-lhe esvaziado as entranhas. Nem deixou os restos de arroz *jollof* aquecerem bem, comeu-os diretamente da panela, bebeu duas garrafas frias de cerveja e nem isso a saciou. Comeu as bolachas que tinha no armário e umas laranjas do frigorífico e depois decidiu ir à Eastern Shop comprar vinho. Ia desatar a beber. Beberia todo o vinho que conseguisse.

As duas mulheres que se encontravam à entrada da loja, a indiana da Faculdade de Ciências e a mulher de Calabar, que dava aulas de Antropologia, sorriram e disseram boa tarde, e ela perguntou-se se os seus olhares de soslaio esconderiam pena, se elas achariam que Olanna era uma fraca, a cair aos bocados.

Estava a examinar as garrafas de vinho quando Richard se aproximou.

– Bem me parecia que eras tu – disse ele.

– Olá, Richard. – Ela olhou para o cesto dele. – Não sabia que fazias tu próprio as compras da casa.

– O Harrison foi passar uns dias à terra – disse ele. – Como é que estás? Estás bem?

Ela não gostou de lhe ver compaixão nos olhos.

– Estou ótima. Não sei qual delas leve… – Apontou para duas garrafas de vinho. – E se eu comprasse as duas e as partilhasse contigo, para decidirmos qual é a melhor? Dás-me uma hora do teu tempo? Ou tens de voltar a correr para o teu livro?

Richard pareceu espantado com a animação dela.

– Eu não te quero incomodar…

– É claro que não me incomodas nada. Além disso, nunca me vieste visitar – ela fez uma pausa –, a minha casa.

Voltaria a ser a pessoa simpática e atenciosa de sempre e beberiam o vinho juntos e falariam sobre o livro dele e as zínias novas dela e sobre a arte de Igbo-Ukwu e o fiasco das eleições da Região Oeste. E da próxima vez que ele visse Odenigbo, dir-lhe-ia que ela estava ótima. A sério que estava.

Quando chegaram ao apartamento dela, Richard sentou-se muito direito no sofá e ela desejou que ele se sentasse numa posição descontraída, meio espojada, como fazia em casa de Odenigbo; até a maneira como pegava no copo era tensa. Ela sentou-se no chão alcatifado. Brindaram à independência do Quénia.

– Tens mesmo de escrever sobre as atrocidades que os Britânicos cometeram no Quénia – disse Olanna. – Eles não cortavam os testículos aos homens?

Richard murmurou qualquer coisa e desviou os olhos, como se a palavra «testículos» o envergonhasse. Olanna sorriu e observou-o.

– Cortavam, não cortavam?

– Sim.

– Então, devias escrever sobre isso. – Ela bebeu o seu segundo copo devagar, levantando a cabeça para desfrutar do líquido frio a escorregar-lhe pela garganta abaixo. – Já tens título para o livro?

– *O Cesto de Mãos.*

– *O Cesto de Mãos.* – Olanna inclinou o copo e bebeu o resto do vinho. – Que título macabro.

– É sobre mão de obra. As coisas positivas que se fizeram, como os caminhos de ferro, por exemplo, mas também sobre a maneira como a mão de obra foi explorada e os excessos que o poder colonial cometeu.

– Ah.

Olanna levantou-se e abriu a segunda garrafa. Debruçou-se para encher primeiro o seu copo. Sentia-se leve, como se de repente tivesse muito mais facilidade em transportar o peso do seu próprio corpo, mas estava lúcida; sabia o que queria fazer e o que estava a fazer. O cheiro quase húmido de Richard inundou-lhe o nariz, quando se postou diante dele com a garrafa.

– Ainda não acabei – disse ele.

– Pois não.

Ela colocou a garrafa de vinho no chão, sentou-se ao lado dele e tocou-lhe nos pelos que lhe cobriam a pele, pensando que eram tão louros e macios, e não declaradamente hirsutos como os de Odenigbo, não tinham nada a ver com os dele. Richard fitou-a e ela perguntou-se se os olhos dele se teriam realmente tornado cinzentos ou se seria imaginação sua. Tocou-lhe no rosto, pousou a mão na face dele.

– Anda, senta-te no chão ao pé de mim – disse ela, por fim.

Sentaram-se lado a lado, com as costas apoiadas no assento do sofá. Num fio de voz, Richard disse: – Eu devia ir-me embora – ou algo parecido.

Mas ela sabia que ele não se iria embora e que, quando se deitasse na alcatifa áspera, ele se deitaria ao seu lado. Beijou-o na boca. Ele puxou-a com força para si e, depois, com a mesma rapidez, soltou-a e desviou o rosto. Ela ouvia-o respirar, ofegante. Desapertou-lhe o cinto das calças, recuou um pouco para lhas despir e riu-se, porque ficaram presas nos sapatos. Tirou o vestido. Ele deitou-se em cima dela e a alcatifa picou-lhe as costas nuas e ela sentiu a boca dele fechar-se torpemente sobre o seu mamilo. Não tinha nada a ver com as mordidelas e chupadelas de Odenigbo, nada a ver com aqueles choques de prazer. Richard não a percorreu com a língua como Odenigbo, daquela maneira que a fazia esquecer tudo; quando lhe beijou a barriga, teve perfeita consciência de que ele lhe estava a beijar a barriga e nada mais.

Tudo mudou quando ele a penetrou. Ela ergueu as ancas, movendo-se a par com ele, espelhando as suas investidas, e foi como se estivesse a soltar-se de umas grilhetas, a extrair alfinetes da pele, a libertar-se através dos gritos fortes, muito fortes, que lhe irromperam da boca. No fim, sentiu-se inundada por uma sensação de bem-estar, uma sensação próxima da graça divina.

CAPÍTULO 21

Richard quase sentiu alívio ao saber da morte de Sir Winston Churchill. Foi a desculpa para não ir a Port Harcourt no fim de semana. Ainda não estava pronto para enfrentar Kainene.

– Agora vais ter de pôr de lado aquela tua piada péssima sobre o Churchill, não vais? – disse Kainene ao telefone, quando ele lhe explicou que ia a Lagos assistir à cerimónia de homenagem ao político, organizada pelo alto-comissário britânico.

Ele riu-se e, de repente, pensou como seria a sua vida se ela descobrisse e o deixasse e nunca mais voltasse a ouvir aquela voz sardónica ao telefone.

Ainda só tinham passado uns dias, mas até a imagem do apartamento de Olanna que ele guardara na memória era confusa: adormecera no fim, no chão da sala de estar dela, e acordara com uma dor de cabeça seca e com a constrangedora noção de que se encontrava nu. Ela estava sentada no sofá, vestida e calada. Ele sentiu-se embaraçado, sem saber se deviam ou não falar sobre o que acontecera. Por fim, virou-se para se ir embora, sem dizer uma palavra, porque não queria que a expressão no rosto dela, que ele interpretava como remorso, se transformasse em aversão. Ele não fora especialmente escolhido; podia ter sido outro homem qualquer. Apercebera-se disso logo no início, quando a tinha nua nos braços, mas isso não estragara o prazer que tirara daquele corpo opulento, dos seus movimentos em uníssono, da forma como ela recebia e dava.

Nunca estivera tão duro antes, nem nunca durara tanto tempo como com ela.

Agora, porém, sentia-se abandonado. A sua admiração assentara no facto de ela ser inatingível, era uma adoração à distância, mas agora que provara o sabor a vinho na língua dela, que a abraçara com tanta força que também ele ficara a cheirar a coco, sentia um estranho sentimento de perda. Perdera a sua fantasia. Mas aquilo que mais medo tinha de perder era Kainene. Se dependesse dele, Kainene jamais saberia.

Susan ficou sentada ao lado dele durante a cerimónia de homenagem a Sir Winston Churchill e quando passaram partes de um discurso do político ela juntou as mãos enluvadas, com força, e encostou-se a ele. Richard tinha lágrimas nos olhos. Aquela era porventura a única coisa que tinham em comum, a sua admiração por Churchill. No fim, ela convidou-o para tomar um copo no clube de polo. Levara-o lá uma vez e dissera, quando estavam sentados à beira da grande extensão de relvado: «Só há uns anos é que os Africanos têm autorização para aqui entrar, mas não imaginas a quantidade deles que agora cá vem e, sinceramente, mostram tão pouco apreço por isso.»

Sentaram-se novamente no mesmo lugar, perto do varandim caiado, junto de um empregado nigeriano de fato preto demasiado justo. O clube estava praticamente vazio, apesar de estar a decorrer um jogo de polo. O barulho de oito homens aos gritos e insultos, a galoparem a toda a velocidade atrás de uma bola, permeava o ar. Susan falava baixinho, sofrendo pela morte de um homem que não conhecera pessoalmente. Comentou que achava interessante o facto de o último plebeu que tivera direito a um funeral com pompas de chefe de Estado ter sido o duque de Wellington, como se isso fosse novidade para Richard, e que era triste que algumas pessoas continuassem sem saber tudo o que Churchill fizera pela Grã-Bretanha, e que lhe parecia horrível alguém ter insinuado durante a cerimónia que a mãe dele tinha sangue índio. Richard achou-a mais bronzeada do que da última vez que a vira, antes de se mudar para Nsukka. Depois de uns copos de *gin*, ela animou-se e falou sobre um filme maravilhoso acerca da família real que o British Council tinha exibido.

– Não me estás a ouvir, pois não? – perguntou ela, passado um pouco. Tinha as orelhas vermelhas.

– É claro que estou.

– Ouvi falar na tua amada, a filha do Chefe Ozobia. – Ao dizer «amada», Susan fez uma paródia do que pensava ser o sotaque de uma pessoa pouco instruída.

– Ela chama-se Kainene.

– Não te esqueças de usar sempre preservativo, está bem? É preciso ter cuidado com esta gente, mesmo com os que são instruídos.

Richard contemplou a serena e imensa extensão de verde. Ele nunca teria sido feliz com Susan: a sua vida seria etérea, os dias suceder-se-iam uns aos outros, formando um longo lençol translúcido de nada.

— Tive um caso com o John Blake — anunciou ela.

— Ah, sim?

Susan riu-se. Pôs-se a brincar com o copo, fazendo-o deslizar em cima da mesa e espalhando a água que se juntara no tampo.

— Pareces surpreendido.

— Não estou — disse ele, embora estivesse.

Não por ela ter tido um caso, mas por ter sido com John, que era casado com uma grande amiga dela, Caroline. Mas era assim a vida de expatriados. A única coisa que eles faziam, na opinião dele, era ir para a cama com as mulheres e maridos uns dos outros, acasalamentos ilícitos que eram mais uma maneira de «queimar» o tempo abrasador dos trópicos do que propriamente uma expressão genuína de paixão.

— Não tem importância nenhuma, absolutamente nenhuma — disse Susan. — Mas queria que soubesses que tenciono manter-me ocupada, enquanto espero que acabes a tua aventura negra.

Richard teve vontade de fazer um comentário sobre a falta de lealdade dela para com a amiga, mas depois percebeu que seria uma enorme hipocrisia, mesmo que só ele tivesse consciência disso.

5. O Livro: O Mundo Ficou Calado Quando Morremos

Ele escreve sobre a fome. Na Nigéria, a fome foi uma arma de guerra. A fome vergou o Biafra, tornou o Biafra famoso e fez com que o Biafra durasse o tempo que durou. A fome chamou a atenção do mundo e suscitou protestos e manifestações em Londres, em Moscovo e na Checoslováquia. A fome fez com que a Zâmbia, a Tanzânia, a Costa do Marfim e o Gabão reconhecessem o Biafra como Estado de direito, a fome colocou a África nos discursos da campanha americana de Nixon e fez com que pais do mundo inteiro mandassem os filhos comer. A fome levou as organizações de ajuda humanitária a largarem clandestinamente comida sobre o Biafra à noite, de avião, já que as duas partes do conflito não conseguiam chegar a um acordo sobre corredores humanitários. A fome ajudou a carreira de vários fotógrafos. E a fome fez com que a Cruz Vermelha Internacional considerasse o Biafra a pior situação de emergência desde a Segunda Guerra Mundial.

CAPÍTULO 22

A diarreia de Ugwu provocava-lhe cãibras e dores. Não melhorou depois de mastigar os comprimidos amargos que tirou do armário do Senhor, nem depois de comer as folhas azedas que Jomo lhe deu, e não tinha nada a ver com comida, porque acabava sempre por ter de ir a correr para o Anexo dos Criados, comesse o que comesse. O motivo era ansiedade. O medo do Senhor deixava-o ansioso.

Desde que a *Mama* lhes levara a notícia da gravidez de Amala, o Senhor andava meio trôpego pela casa, como se tivesse os óculos sujos, pedia o chá com uma voz abatida e mandava Ugwu dizer aos convidados que tinha saído, embora o carro estivesse na garagem. Ficava muitas vezes com o olhar vago. Ouvia muitas vezes *high life*. Falava muitas vezes de Olanna. «Deixamos isso para quando a tua senhora voltar» ou «A tua senhora havia de preferir isso no corredor», dizia ele, e Ugwu respondia «Sim, patrão», apesar de saber que o Senhor não se daria ao trabalho de dizer nenhuma daquelas coisas se Olanna tencionasse realmente voltar.

A diarreia de Ugwu piorou quando a *Mama* apareceu lá em casa com Amala. Ele observou Amala atentamente; não parecia grávida, continuava esguia e sem barriga, e ele teve esperança de que, afinal, o remédio não tivesse dado resultado. Mas a *Mama* disse-lhe, enquanto descascava inhames quentes: – Quando este rapaz nascer, vou ter alguém para me fazer companhia e as outras mulheres nunca mais vão dizer que sou mãe de um filho impotente.

Amala sentou-se na sala. A gravidez dera-lhe um novo estatuto, por isso agora podia sentar-se descontraidamente a ouvir a radiola, uma vez que já não era a criada da *Mama* e sim a mulher que ia parir o neto da *Mama*. Ugwu observou-a da porta da cozinha. Ainda bem que ela não tinha escolhido a poltrona do Senhor ou o pufe preferido de Olanna, porque ele ter-lhe ia pedido para se levantar imediatamente. Ela sentou-se com os joelhos juntos, os olhos postos na pilha de jornais em cima da mesinha, o rosto inexpressivo. Era absurdo que uma pessoa tão banal, com um vestido tão insonso e um lenço de algodão à volta da testa, estivesse na base daquilo tudo. Não era nem bonita nem feia; era como as muitas raparigas que ele costumava ver a caminho do rio da sua aldeia, todos os dias de manhã. Nada a distinguia. Observando-a, Ugwu sentiu-se subitamente furioso. A sua fúria não era, porém, contra Amala, mas contra Olanna. Ela não devia ter fugido de sua própria casa por o remédio da *Mama* ter empurrado o Senhor para os braços daquela rapariguinha banal. Devia ter ficado e mostrado a Amala e à *Mama* quem era realmente a senhora da casa.

Os dias eram sufocantes e repetitivos, com a *Mama* a cozinhar sopas pestilentas que depois comia sozinha, porque o Senhor chegava muito tarde a casa e Amala tinha náuseas e Ugwu, diarreia. Mas a *Mama* não parecia importar-se com isso; cantarolava, cozinhava, limpava a casa e gabava-se de finalmente ter aprendido a acender o fogão.

– Um dia, hei de ter o meu próprio fogão; o meu neto há de comprar-me um – disse ela, e riu-se.

Finalmente, decidiu voltar para a aldeia, quando já lá ia mais de uma semana, e anunciou que deixaria Amala em casa de Odenigbo.

– Vês como ela está doente? – perguntou ela ao Senhor. – Os meus inimigos querem prejudicar a gravidez, não querem que alguém perpetue o nome da nossa família, mas nós vamos derrotá-los.

– Tens de levá-la contigo – disse o Senhor.

Passava da meia-noite. A *Mama* tinha ficado acordada à espera do Senhor e Ugwu encontrava-se na cozinha, meio a dormir, à espera de poder trancar a casa.

– Não me ouviste dizer que ela não está bem? – perguntou a *Mama*. – É melhor ela ficar aqui.

– Ela pode ir ao médico, mas tens de levá-la embora contigo.

– É o teu filho que estás a rejeitar e não a Amala – respondeu a *Mama*.

– Tens de levá-la contigo – repetiu o Senhor. – A Olanna pode voltar daqui a nada e a situação não se vai resolver se a Amala aqui estiver.

– O teu próprio filho – disse a *Mama*, abanando a cabeça, chorosa, mas não discutiu. – Vou-me embora amanhã, porque tenho de ir a uma reunião *umuada*. Volto no fim da semana para a vir buscar.

Na tarde em que a *Mama* se foi embora, Ugwu encontrou Amala na horta, de cócoras na terra, com os braços a envolverem as pernas. Estava a mastigar pimentos.

– Estás bem? – perguntou Ugwu. Talvez ela fosse um espírito e tivesse ido para ali executar rituais com as suas amigas *ogbanje*.

Amala não disse nada durante uns minutos; falava tão pouco que a sua voz surpreendia sempre Ugwu, pela sua estridência infantil.

– Os pimentos podem acabar com a gravidez – disse ela.

– O quê?

– Se uma mulher comer muitos pimentos picantes, eles acabam com a gravidez. – Ela estava encolhida na lama como um pobre animal, a mastigar lentamente, com as lágrimas a escorrerem-lhe pela cara.

– Os pimentos não fazem isso – disse Ugwu e, no entanto, esperava que ela tivesse razão, que os pimentos abortassem realmente a gravidez, para que a sua vida regressasse ao que era antes: Olanna e o Senhor juntos e muito unidos.

– Se uma pessoa comer o suficiente, fazem – insistiu ela, e esticou o braço para apanhar mais um pimento.

Ugwu não queria que ela comesse os pimentos todos que ele tivera tanto trabalho a plantar para os seus guisados, mas se ela tinha razão sobre as capacidades do vegetal, talvez valesse a pena deixá-la sossegada. A rapariga tinha o rosto molhado de lágrimas e ranho e, de vez em quando, abria a boca e deitava a língua de fora, queimada pelos pimentos, e ofegava como um cão. Ugwu tinha vontade de lhe perguntar o que a levara a alinhar no jogo da *Mama*, se não queria o bebé. No fim de contas, fora pelo seu próprio pé ao quarto do Senhor e já devia saber dos planos da *Mama*. Mas não lhe perguntou nada; não queria ser amigo dela. Virou-se e voltou para dentro de casa.

*

Uns dias depois de Amala se ter ido embora, Olanna foi lá a casa. Sentou-se de costas muito direitas no sofá, de pernas cruzadas como um convidado desconhecido, e recusou os *chin-chin* que Ugwu lhe levou num pires.

– Leva-os de volta para a cozinha – disse ela a Ugwu, ao mesmo tempo que o Senhor ordenava: – Deixa-os em cima da mesa.

Ugwu ficou parado com o pires na mão, sem saber o que fazer.

– Leva-o de volta para a cozinha, então! – gritou o Senhor, irritado, como se Ugwu fosse de algum modo responsável pela tensão que se instalara na sala.

Ugwu não fechou a porta da cozinha, para poder ficar junto dela à escuta, mas podia bem tê-la fechado, porque a voz alterada de Olanna se ouvia muito bem.

– A culpa é *tua* e não da tua mãe! Se aconteceu foi porque *tu* permitiste que acontecesse! Tens de assumir a responsabilidade!

Ugwu ficou espantado com a maneira como uma voz tão suave podia tornar-se tão agressiva.

– Não sou um mulherengo e tu sabes disso. Isto não teria acontecido se a minha mãe não se tivesse intrometido!

O Senhor devia ter baixado a voz; devia saber muito bem que um mendigo não tem o direito de gritar.

– Também foi a tua mãe que te puxou o pénis para fora das calças e o enfiou dentro da Amala? – perguntou Olanna.

Ugwu sentiu uma súbita agitação nos intestinos e correu para a latrina do Anexo dos Criados. Quando de lá saiu, viu Olanna parada junto do limoeiro. Perscrutou-lhe o rosto para ver que fim levara a conversa, se é que chegara ao fim, e porque é que ela estaria ali fora. Mas não conseguiu decifrar-lhe a expressão. Tinha uns traços muito marcados à volta da boca e uma confiança firme na maneira como estava parada, com uma peruca nova que a fazia parecer muito mais alta.

– Deseja alguma coisa, minha senhora? – perguntou.

Ela aproximou-se para olhar para as plantas *anara*.

– Estão com ótimo aspeto. Usaste fertilizante?

– Sim, minha senhora. Do Jomo.

– E nos pimentos?

– Sim, minha senhora.

Ela virou-se para se ir embora. Era incongruente vê-la ali, com os seus sapatos pretos e o vestido pelo joelho. Ela, que andava sempre de pano enrolado no corpo ou com roupa prática, no jardim.

– Minha senhora?

Ela voltou-se.

– Tenho um tio que faz comércio no Norte. As pessoas ficaram com inveja dele, porque o negócio está a correr bem. Um dia, ele lavou a roupa e quando a apanhou da corda viu que alguém lhe cortara um pedaço da manga da camisa.

Olanna observava-o com atenção, mas havia qualquer coisa na expressão dela que mostrou a Ugwu que não estava disposta a ouvi-lo muito mais tempo.

– A pessoa que a cortou usou-a para fazer um remédio mau, mas não resultou, porque o meu tio queimou imediatamente a camisa. Nesse dia, apareceram muitas moscas à volta da cabana dele.

– Pelo amor de Deus, de que é que estás a falar? – perguntou Olanna em inglês. Como ela raramente lhe falava em inglês, o tom pareceu frio, distante.

– A *Mama* usou um remédio mau contra o Senhor, minha Senhora. Vi moscas na cozinha. Vi-a pôr qualquer coisa na comida dele. Depois, vi-a esfregar qualquer coisa no corpo da Amala e sei que era o remédio que ela usou para tentar o meu senhor.

– Tretas – disse Olanna.

Ela fez sibilar o S final como uma cobra e a barriga de Ugwu contraiu-se. Olanna estava diferente; tinha a pele e a roupa com um ar mais fresco, mais vivo. Ela inclinou-se e sacudiu um afídio verde que se lhe agarrara ao vestido e, depois, foi-se embora. Mas não deu a volta à casa, passando pela garagem do Senhor para chegar ao seu automóvel estacionado à frente. Em vez disso, voltou a entrar em casa. Ugwu seguiu-a. Na cozinha, ouviu a voz dela vinda do escritório, a gritar uma longa sucessão de palavras que não conseguiu, nem quis, distinguir. A seguir, o silêncio. Depois, a porta do quarto a abrir e a fechar. Esperou uns instantes antes de atravessar o corredor em bicos dos pés e encostar o ouvido à madeira. O barulho que ela fazia era diferente. Estava habituado aos gemidos roucos dela, mas o que ouviu desta vez foi um sonoro *ah-ah-ah* ofegante, como se ela estivesse a preparar-se para entrar em erupção, como se o Senhor estivesse a dar-lhe prazer e ao mesmo tempo a enfurecê-la, e ela estivesse à espera de ver quanto prazer era capaz de extrair dele antes de soltar a sua fúria. Ainda assim, Ugwu sentiu-se inundado de esperança. Ia cozinhar um arroz *jollof* perfeito para a refeição de reconciliação dos seus senhores.

Mais tarde, quando ouviu o carro arrancar e viu os faróis intensos junto do arbusto de flores brancas, pensou que ela fosse só ao seu apartamento buscar meia dúzia de coisas.

Colocou dois pratos na mesa, mas não serviu o jantar, porque não queria que a comida arrefecesse.

O Senhor entrou na cozinha.

– Tencionas comer sozinho hoje, meu amigo?

– Estou à espera da senhora.

– Serve-me o jantar, *osiso*!

– Sim, patrão – disse Ugwu. – A senhora volta daqui a pouco, patrão?

– Serve-me a comida! – repetiu o Senhor.

CAPÍTULO 23

Olanna estava de pé na sala de Richard. O seu vazio austero deixou-a nervosa; preferia que ele tivesse quadros ou livros ou bonecas russas, qualquer coisa para onde pudesse olhar. Havia apenas uma pequena fotografia de um cântaro de Igbo-Ukwu pendurada na parede e estava a observá-la quando Richard entrou. O pequeno sorriso inseguro que trazia nos lábios suavizava-lhe o rosto. Às vezes, esquecia-se de como ele era um homem atraente, dentro do seu estilo louro de olhos azuis.

Ela falou de imediato.

– Olá, Richard. – E sem esperar pela resposta dele e pela pausa que se seguia aos cumprimentos, acrescentou: – Estiveste com a Kainene no fim de semana passado?

– Não. Não, não estive. – Para evitar os olhos dela, pousou os seus na peruca acetinada. – Fui a Lagos. Por causa da morte de Sir Winston Churchill.

– O que aconteceu foi uma estupidez de parte a parte – disse Olanna, e reparou que ele tinha as mãos a tremer.

Richard assentiu com a cabeça.

– Sim, tens razão.

– A Kainene não perdoa facilmente os erros das pessoas. Não faz sentido contar-lhe.

– Claro que não. – Richard fez uma pausa. – Tu estavas com problemas afetivos e eu não devia...

– O que aconteceu foi culpa dos dois, Richard – contrapôs Olanna e, de repente, sentiu desprezo pelas mãos trémulas dele, pela sua pálida timidez e pelas vulnerabilidades que deixava transparecer.

Harrison entrou na sala com um tabuleiro.

– Eu traz bebidas, patrão.

– Bebidas? – Richard virou-se muito depressa, abruptamente, e Olanna ficou aliviada por não haver nenhum objeto perto dele, senão tê-lo-ia derrubado. – Não, não era preciso. Queres beber alguma coisa?

– Eu já estou de saída – disse Olanna. – Estás bom, Harrison?

– Sim, minha senhora.

Richard acompanhou-a até à porta.

– Acho que o melhor é comportarmo-nos normalmente – disse ela, antes de se dirigir apressada para o carro.

Olanna perguntou-se se deveria ter sido menos histriónica e ter dado uma oportunidade a ambos de conversarem calmamente sobre o que acontecera. Mas de pouco teria servido desenterrar os pecados do passado. Ambos tinham desejado que aquilo acontecesse e ambos estavam arrependidos; o que importava agora era que mais ninguém tomasse conhecimento do caso.

Foi, por conseguinte, uma surpresa para ela própria quando contou a verdade a Odenigbo. Estava deitada, com ele sentado ao seu lado na cama dele – agora encarava o quarto como sendo dele e não de ambos – e era a segunda vez que dormiam juntos desde que saíra de casa. Odenigbo estava a pedir-lhe por favor para voltar.

– Vamo-nos casar – disse ele. – Nessa altura, a *Mama* deixa-nos em paz.

Talvez tenha sido o tom arrogante dele, ou a maneira flagrante como continuava a descartar a sua responsabilidade e a culpar a mãe, que fez com que Olanna revelasse: – Fui para a cama com o Richard.

– Não. – Odenigbo abanou a cabeça, incrédulo.

– Sim.

Ele levantou-se, dirigiu-se para junto do guarda-roupa e olhou para Olanna como se não conseguisse estar perto dela naquele instante, com medo do que poderia fazer se estivesse. Tirou os óculos e esfregou a cana do nariz. Ela sentou-se e percebeu que, a partir daí, a desconfiança existiria sempre entre eles, a descrença seria sempre uma opção para ambos.

– Gostas dele? – perguntou Odenigbo.

– Não – disse ela.

Ele aproximou-se e sentou-se ao lado dela. Parecia dividido entre pô-la fora da cama e abraçá-la com força e então, bruscamente, levantou-se e saiu do quarto. Quando ela bateu à porta do escritório, mais tarde, para lhe dizer que se ia embora, ele não respondeu.

De volta ao seu apartamento, pôs-se a andar de um lado para o outro. Não lhe devia ter contado nada sobre Richard. Ou devia ter-lhe contado mais qualquer coisa: que estava arrependida de o trair a ele e a Kainene, mas não do ato em si. Devia ter dito que não fora uma vingança grosseira, ou um ajuste de contas, e que tivera um significado redentor para ela. Devia ter dito que o seu egoísmo a libertara.

As pancadas fortes na porta da rua, no dia seguinte de manhã, encheram-na de alívio. Ela e Odenigbo sentar-se-iam a conversar como devia ser e, dessa vez, certificar-se-ia de que não andavam às voltas um do outro sem se encontrarem. Mas não era Odenigbo. Edna entrou a chorar, com os olhos inchados e vermelhos, para lhe dizer que os brancos tinham posto uma bomba na igreja batista negra da sua terra natal. Morreram quatro meninas. Uma delas era sobrinha de uma colega sua da escola.

– Vi-a quando fui à minha terra, há seis meses – disse Edna. – Há seis meses, eu vi-a.

Olanna fez chá e sentou-se ao lado de Edna, com o ombro a tocar no dela, enquanto Edna chorava em sonoros soluços que davam a sensação de que estava a engasgar-se. O cabelo dela não tinha o habitual brilho oleoso; parecia a cabeça de uma velha esfregona espalmada.

– Oh, meu Deus – dizia ela, entre soluços. – Oh, meu Deus.

Olanna ia estendendo a mão com frequência para lhe tocar no braço. A crueza do sofrimento de Edna fê-la sentir-se impotente, deu-lhe vontade de enfiar os dedos no passado e inverter o rumo da história. Por fim, Edna adormeceu. Olanna colocou delicadamente uma almofada debaixo da cabeça dela e sentou-se a pensar como um simples ato podia reverberar ao longo do tempo e do espaço e deixar marcas que jamais poderiam ser apagadas. Pensou na efemeridade da vida e decidiu não escolher a infelicidade. Voltaria para casa de Odenigbo.

Jantaram em silêncio na primeira noite. A maneira ruidosa como Odenigbo mastigava irritou-a, a bochecha cheia e o movimento triturador do maxilar. Ela comeu pouco e olhou várias vezes para a sua caixa cheia de livros na sala. Odenigbo estava concentrado a separar a carne dos ossos do frango e, por uma vez na vida, comeu o arroz todo até deixar o prato limpo. Quando finalmente falou, comentou o caos que se instalara na Região Oeste.

– Eles nunca deviam ter recolocado o presidente da região. Porque é que estão surpreendidos agora, ao ver os selvagens a queimarem carros e a matarem os adversários em nome das eleições? Uma besta corrupta comportar-se-á sempre como uma besta corrupta – disse ele.

– Ele tem o apoio do primeiro-ministro – disse Olanna.

– Quem manda realmente é o *Sardauna*. O tipo governa este país como se fosse o seu feudo muçulmano privado.

– Ainda estamos a tentar ter um filho?

Odenigbo arregalou os olhos por detrás dos óculos.

– É claro que estamos – disse ele. – Ou não?

Olanna ficou calada. Subjugava-a uma turva tristeza ao pensar no que eles tinham permitido que acontecesse entre ambos e, no entanto, havia o entusiasmo de começar de novo, de uma relação baseada em moldes diferentes. Agora, ela já não estava sozinha a lutar para preservar o que partilhavam; ele lutaria com ela. As certezas dele tinham sido abaladas.

Ugwu entrou na sala para levantar a mesa.

– Traz-me um conhaque, meu amigo – disse Odenigbo.

– Sim, senhor.

Odenigbo esperou que Ugwu servisse o conhaque e saísse, para dizer: – Pedi ao Richard para deixar de vir cá a casa.

– O que é que aconteceu?

– Vi-o na rua perto da minha faculdade e a cara dele irritou-me profundamente, por isso segui-o até Imoke Street e despejei o saco.

– O que é que lhe disseste?
– Não me lembro.
– Não me queres contar.
– Não me lembro.
– Ele estava sozinho?
– O criado dele apareceu a dada altura.

Sentaram-se no sofá da sala de estar. Ele não tinha o direito de importunar Richard, de canalizar a sua raiva para Richard, e, no entanto, ela compreendia porque é que o fizera.

– Eu nunca culpei a Amala – disse ela. – Foi em ti que depositei a minha confiança e se um desconhecido conseguiu destruir essa confiança foi porque tu o permitiste. Só te culpei a ti e a mais ninguém.

Odenigbo pousou a mão na coxa dela.

– Devias estar irritado comigo e não com o Richard – disse ela.

Ele ficou calado durante tanto tempo que ela pensou que não ia responder, até que disse: – Eu *quero* irritar-me contigo.

Olanna ficou comovida ao vê-lo tão indefeso. Ajoelhou-se diante dele e desabotoou-lhe a camisa para lhe chupar a pele macia e firme da barriga. Sentiu-o inspirar fundo quando lhe tocou no fecho das calças. Na boca dela, ele ficou duro e inchado. A ligeira dor que ela sentia no maxilar inferior, a pressão das mãos dele espalmadas na sua cabeça, excitaram-na e, no fim, ela disse: – Meu Deus, o Ugwu deve ter-nos visto.

Ele levou-a para o quarto. Despiram-se em silêncio e tomaram um duche juntos, colados um ao outro na estreita casa de banho, e depois agarraram-se na cama, os seus corpos ainda molhados e os seus movimentos lentos. Ela maravilhou-se com o peso compacto e reconfortante dele em cima de si. O hálito dele cheirava a conhaque e teve vontade de lhe dizer que era quase como nos bons velhos tempos, mas não o disse, porque tinha a certeza de que ele sentia o mesmo e não quis estragar o silêncio que os unia.

Esperou que ele adormecesse, com o braço por cima dela, ressonando ruidosamente pela boca entreaberta, para então se levantar e ir telefonar a Kainene. Precisava de ter a certeza de que Richard não dissera nada a Kainene. Não lhe parecia que os gritos de Odenigbo o tivessem abalado ao ponto de o fazer confessar tudo, mas precisava de o confirmar.

– Sou eu, Kainene – disse ela, quando Kainene atendeu.

– *Ejima m* – respondeu Kainene.

Olanna não se lembrava da última vez que Kainene lhe chamara «minha irmã gémea». Isso comoveu-a, bem como a voz inalterada de Kainene, o tom seco e arrastado que indicava que falar com Olanna era o menor dos incómodos, mas um incómodo, não obstante.

– Queria dizer-te *kedu* – disse Olanna.

– Estou bem. Sabes que horas são?

– Não vi que era tão tarde.

– Voltaste para os braços do teu amante revolucionário?

– Voltei.

– Devias ter ouvido a mãe a falar dele. Desta vez, ele deu-lhe a arma perfeita para ela usar contra ele.

– Ele cometeu um erro – disse Olanna, e depois arrependeu-se, porque não queria que Kainene pensasse que estava a desculpar Odenigbo.

– Mas não é uma violação dos princípios do socialismo engravidar uma pessoa das classes inferiores? – perguntou Kainene.

– Vai dormir.

Seguiu-se uma ligeira pausa antes de Kainene dizer, num tom divertido: – *Ngwanu*. Boa noite.

Olanna pousou o auscultador. Devia ter adivinhado que Richard não diria nada a Kainene; a relação deles poderia não sobreviver ao embate. E talvez fosse realmente melhor ele deixar de visitá-los.

Amala teve uma menina. Era sábado e Olanna estava na cozinha com Ugwu a fritar bananas quando tocaram à campainha. Percebeu de imediato que era uma mensagem da *Mama*.

Odenigbo apareceu à porta da cozinha, com as mãos atrás das costas.

– *O mu nwanyi* – disse ele baixinho. – Ela teve uma menina. Ontem.

Olanna não levantou os olhos da taça cheia de banana esmagada, porque não queria que ele lhe visse o rosto. Não sabia qual era a expressão que tinha na cara, se ela refletiria o misto cruel de emoções que sentia, a vontade de chorar e de lhe bater e de ser forte, tudo em simultâneo.

– Devíamos ir a Enugu hoje à tarde para ver se está tudo bem – disse ela rispidamente, e levantou-se. – Ugwu, acaba isto, se fazes favor.

– Sim, minha senhora.

Ugwu observava-a; Olanna sentiu a responsabilidade de uma atriz cuja família está à espera de ver a sua melhor representação.

– Obrigado, *nkem* – disse Odenigbo. Tentou abraçá-la, mas ela sacudiu-o.

– Deixa-me ir tomar um banho rápido.

No automóvel, mantiveram-se em silêncio. Ele foi olhando para ela com frequência, como se quisesse dizer algo mas não soubesse por onde começar. Ela fixou os olhos na estrada e só os desviou na direção dele uma vez, para ver a forma hesitante como segurava no volante. Sentia-se moralmente superior a ele. Talvez fosse injustificado e falso achar que era melhor do que ele, mas era a única maneira de conseguir suportar as suas emoções díspares, agora que uma desconhecida pusera uma filha dele no mundo.

Finalmente, Odenigbo abriu a boca, quando estacionou à frente do hospital.

– Em que pensas? – perguntou.

Olanna abriu a porta do carro.

– Na minha prima Arize. Ainda não faz um ano que se casou e está desesperada para engravidar.

Odenigbo não disse nada. A *Mama* foi ter com eles à entrada da ala da maternidade. Olanna estava à espera que a *Mama* se pusesse aos pulos e a fitasse com uns olhos trocistas, mas o seu rosto enrugado tinha uma expressão severa, e o sorriso, quando ela abraçou Odenigbo, era tenso. O ar estava impregnado do cheiro a produtos químicos hospitalares.

– *Mama, kedu?* – perguntou Olanna. Queria dar a entender que era ela quem detinha as rédeas da situação e decidia como é que as coisas se iam passar.

– Estou bem – respondeu a *Mama*.

– Onde está o bebé?

A *Mama* pareceu surpreendida com o ar determinado de Olanna.

– Na ala dos recém-nascidos.

– Vamos ver a Amala primeiro – disse Olanna.

A *Mama* levou-os para um cubículo. A cama estava coberta por um lençol amarelado e Amala encontrava-se deitada, de rosto virado para a parede. Olanna desviou os olhos do ligeiro inchaço da barriga dela; era insuportável, pensar que o bebé de Odenigbo estivera dentro daquele corpo. Concentrou-se nas bolachas, na lata de glicose e no copo de água em cima da mesinha de cabeceira.

– Amala, eles vieram ver-te – disse a *Mama*.

– Boa tarde, *nno* – disse Amala, sem virar a cara para eles.

– Como é que te sentes? – perguntaram Odenigbo e Olanna praticamente ao mesmo tempo.

Amala murmurou uma resposta. O seu rosto continuava virado para a parede. No silêncio que se seguiu, Olanna ouviu passos rápidos lá fora, no corredor. Há meses que sabia que aquilo ia acontecer e, no entanto, ao olhar para Amala sentiu um vazio cinzento. Uma parte de si desejara que aquele dia nunca chegasse.

– Vamos ver o bebé – disse ela.

Quando ela e Odenigbo se viraram para sair do quarto, Olanna reparou que Amala não se voltou, não se mexeu, não fez nada para indicar que a ouvira.

Na ala dos recém-nascidos, uma enfermeira pediu-lhes para esperarem num dos bancos alinhados junto à parede. Por entre as persianas, Olanna conseguia ver os muitos berços e bebés chorosos, e pensou que a enfermeira ia baralhar-se e levar-lhes o bebé errado. Mas era o bebé certo: a cabeça cheia de suaves caracóis pretos, a pele escura e os olhos muito afastados eram inconfundíveis. Ela tinha apenas dois dias, mas já era parecida com Odenigbo.

A enfermeira fez menção de entregar a bebé a Olanna, embrulhada numa mantinha branca de lã, mas ela apontou para Odenigbo.

– Deixe o pai pegar nela.

– Sabem que a mãe se recusa a tocar-lhe – disse a enfermeira, entregando a bebé a Odenigbo.

– O quê? – perguntou Olanna.

– Não lhe tocou uma única vez. Tivemos de recorrer a uma ama de leite.

Olanna olhou para Odenigbo, que segurava na bebé com os braços esticados como se precisasse de criar uma certa distância.

A enfermeira preparava-se para dizer mais qualquer coisa, mas chegou um casal jovem e ela dirigiu-se apressadamente para eles.

– A *Mama* acabou de me contar – disse Odenigbo. – Parece que a Amala se recusa a pegar na bebé.

Olanna não disse nada.

– É melhor ir pagar a conta do hospital – disse ele, num tom de quem pedia desculpa.

Ela esticou os braços e, assim que ele lhe entregou a bebé, começou o choro estridente. Do outro lado da sala, a enfermeira e o casal observaram-na e Olanna teve a certeza de que conseguiam adivinhar que ela não sabia o que fazer com um bebé aos gritos no colo, que era incapaz de engravidar.

– Chiu, chiu, *o zugo* – disse ela, sentindo-se um pouco teatral. Mas a boquinha continuou aberta e contorcida, e o choro era tão agudo que ela se perguntou se faria mal àquele corpo minúsculo. Olanna encaixou o dedo mindinho no punho da bebé. Aos poucos, o choro parou, mas a boquinha manteve-se aberta, mostrando as gengivas cor-de-rosa, e os olhos redondos abriram-se com esforço e fitaram-na. Olanna riu-se. A enfermeira aproximou-se.

– Está na hora de a levar para o berçário – disse ela. – Quantos filhos é que tem?

– Nenhum – respondeu Olanna, contente por a enfermeira ter pensado que ela tinha filhos.

Odenigbo regressou e dirigiram-se para o cubículo de Amala, onde a *Mama* estava sentada à cabeceira, segurando numa tigela tapada.

– A Amala recusa-se a comer – disse ela. – *Gwakwa ya.* Diz-lhe que coma.

Olanna apercebeu-se do constrangimento de Odenigbo antes mesmo de ele dizer numa voz demasiado alta: – Tens de comer, Amala.

Amala murmurou qualquer coisa. Finalmente, virou o rosto para eles e Olanna observou-a: uma rapariga da aldeia, banal, enroscada na cama como se temesse que a vida lhe desse mais uma violenta pancada. Não olhou uma única vez para Odenigbo. Em relação a ele devia sentir apenas um medo terrível. Quer a *Mama* a tivesse mandado ao quarto dele, quer não, Amala não dissera que não a Odenigbo, porque nem sequer pusera a hipótese de poder dizer que não. Odenigbo atirara-se a ela, bêbado, e ela submetera-se imediatamente sem resistência. Ele era o senhor, falava inglês, tinha um automóvel. Era assim que as coisas funcionavam.

– Ouviste o que o meu filho disse? – perguntou a *Mama*. – Ele disse que tens de comer.

– Eu ouvi, *Mama*.

Amala sentou-se e pegou na tigela esmaltada, com os olhos postos no chão. Olanna observava-a. Talvez fosse ódio o que ela sentia por Odenigbo. Até que ponto podemos conhecer os verdadeiros sentimentos de quem não tem voz para os exprimir? Olanna aproximou-se mais de Amala, mas não sabia ao certo o que tencionava dizer, por isso pegou na lata de glicose, examinou-a e pousou-a novamente. A *Mama* e Odenigbo tinham saído do quarto.

– Vamo-nos embora – disse Olanna.

– Boa viagem – respondeu Amala.

Olanna queria dizer-lhe qualquer coisa, mas não conseguiu encontrar as palavras, por isso deu-lhe uma palmadinha no ombro e saiu do cubículo. Odenigbo e a *Mama* estavam a conversar ao lado de um depósito de água, e demoraram tanto tempo que os mosquitos começaram a picar Olanna enquanto esperava por eles de pé, por isso enfiou-se no carro e buzinou.

– Desculpa – disse Odenigbo, ao entrar no automóvel. Só lhe explicou o que tinha estado a discutir com a mãe cerca de uma hora depois, quando iam a atravessar os portões do *campus* de Nsukka.

– A *Mama* não quer ficar com a bebé.

– Ela não quer ficar com a bebé?

– Não.

Olanna sabia porquê.

– Ela queria um menino.

– Sim.

Odenigbo tirou uma das mãos do volante para abrir mais a janela do seu lado. Olanna sentia um prazer carregado de culpa ao ver a capa de humilhação em que ele se envolvera desde que Amala dera à luz.

– Concordámos que a bebé deve ficar com a família da Amala. Na semana que vem, vou a Aba falar com eles e conversar sobre...

– Ficamos nós com ela – disse Olanna. Ela própria ficou surpreendida com a clareza com que exprimira o desejo de criar a bebé e com a justeza dessa decisão. Era como se fosse isso que tivesse desejado desde o primeiro instante.

Odenigbo virou-se para ela com os olhos arregalados por detrás dos óculos. Estava a avançar com o carro tão devagar sobre uma lomba de velocidade, que ela teve medo que o motor se fosse abaixo.

– A nossa relação é a coisa mais importante no mundo para mim, *nkem* – disse ele baixinho. – Temos de tomar uma decisão que seja a mais adequada para nós os dois.

– Não pensaste em nós quando a engravidaste – retorquiu Olanna, antes que conseguisse conter-se; detestou o tom malicioso da sua voz, o ressentimento que voltava a sentir.

Odenigbo estacionou o carro na garagem. Estava com um ar cansado.

– Vamos pensar com calma.

– Ficamos com ela – repetiu Olanna, resoluta.

Ela podia criar a criança, a filha dele. Compraria livros sobre a maternidade, arranjaria uma ama de leite e decoraria o quarto. Nessa noite, deu voltas e voltas na cama. Não tivera pena da criança. Em vez disso, quando pegara naquele corpinho quente ao colo sentira uma sensação consciente de destino, a noção de que aquilo podia não ter sido planeado, mas, a partir do instante em que acontecera, se tornara o que devia ser, o que estava escrito. A sua mãe não era da mesma opinião; a voz dela ao telefone, no dia seguinte, foi grave, o tom solene que se usaria para falar sobre alguém que morrera.

– *Nne*, em breve hás de ter o teu próprio bebé. Não está certo criares o filho que ele teve com uma rapariga da aldeia, que ele engravidou assim que tu viajaste. Criar uma criança é uma coisa muito séria, minha filha, mas neste caso não é a decisão certa.

Olanna segurou no auscultador do telefone e fixou os olhos nas flores que se encontravam em cima da mesa. Uma delas caíra; era estranho que Ugwu se tivesse esquecido de retirá-la. Ela sabia que o que a mãe dissera tinha um fundo de verdade e, no entanto, também sabia que a bebé era exatamente como sempre imaginara que o seu filho e de Odenigbo seria, com uma farta cabeleira e os olhos muito afastados e as gengivas cor-de-rosa.

– A família dela vai dar-te chatices – avisou a mãe. – A própria rapariga vai dar-te chatices.

– Ela não quer a criança.

– Então, deixa-a com a família dela. Manda-lhes aquilo que for necessário, mas deixa a criança com eles.

Olanna suspirou.

– *Anugo m*, vou pensar com mais calma.

Pousou o auscultador no descanso e levantou-o novamente para indicar à telefonista o número de Kainene em Port Harcourt. A mulher parecia preguiçosa, obrigou-a a repetir o número várias vezes e riu-se antes de fazer a ligação.

– Que gesto tão nobre – disse Kainene, quando Olanna lhe contou.

– Não é essa a minha intenção.

– Vais adotá-la oficialmente?

– Sim. Acho que sim.

– O que é que lhe vais dizer?

– O que é que lhe vou dizer?

– Sim, quando for mais crescida.

– A verdade: que a mãe dela é a Amala. E vou dizer-lhe para me chamar Mamã Olanna ou uma coisa desse género, para se um dia a Amala voltar, ela poder ser a mamã.

– Estás a fazer isso só para agradar ao teu amante revolucionário.

– Não estou nada.

– Estás sempre a tentar agradar aos outros.

– Não estou a fazer isto por ele. A ideia não foi dele.

– Então, porque é que o fazes?

– Ela estava tão indefesa. Tive a sensação de que a conhecia.

Kainene ficou calada durante uns instantes. Olanna puxou pelo fio do telefone.

– Acho que é uma decisão muito corajosa – disse Kainene finalmente.

Embora Olanna a tivesse ouvido com toda a clareza, perguntou:

– O que é que disseste?

– É muito corajoso da tua parte fazeres isto.

Olanna recostou-se na cadeira. A aprovação de Kainene, algo que nunca sentira antes, foi como um rebuçado na língua, um voto de confiança, um bom auspício. De repente, a sua decisão tornou-se definitiva: ela levaria a criança para casa.

– Vens ao batizado dela? – perguntou Olanna.

– Como ainda não visitei esse inferno poeirento, sim, talvez vá.

Olanna desligou com um sorriso.

*

A *Mama* levou-lhe a bebé embrulhada num xaile castanho com um cheiro desagradável a *ogiri*. Sentou-se na sala e fez barulhinhos para apaziguar a criança até Olanna aparecer. A *Mama* levantou-se e entregou-lhe a bebé.

– *Ngwanu*. Virei visitar-vos em breve – disse ela. Parecia constrangida e cheia de pressa, como se estivesse mortinha por acabar com aquele assunto de vez.

Quando se foi embora, Ugwu inspecionou a bebé, com uma expressão ligeiramente preocupada.

– A *Mama* disse que a bebé é parecida com a mãe dela. Que é a mãe dela reencarnada.

– As pessoas são simplesmente parecidas umas com as outras, Ugwu, isso não quer dizer que reencarnem.

– Mas reencarnam sim, minha senhora. Todos nós, todos nós voltaremos a este mundo.

Olanna fez-lhe sinal para se retirar.

– Vai deitar este xaile no lixo. Tem um cheiro horrível.

A bebé estava a chorar. Olanna acalmou-a, deu-lhe banho numa pequena bacia e olhou para o relógio, com medo que a ama de leite, uma mulher corpulenta que a tia de Ugwu arranjara, chegasse atrasada. Mais tarde, depois de a ama ter vindo e dado de mamar à bebé e a bebé ter adormecido, Olanna e Odenigbo olharam para ela, deitada de barriga para cima no berço junto da sua cama. A sua pele era de um castanho luminoso.

– Ela tem imenso cabelo, como tu – disse Olanna.

– Hás de olhar para ela às vezes e odiar-me.

Olanna encolheu os ombros. Não queria que pensasse que estava a fazer aquilo por ele, como um favor, porque o seu gesto tinha muito mais a ver consigo própria.

– O Ugwu disse que a tua mãe foi a um *dibia* – disse ela.

– O quê?

– O Ugwu acha que tudo isto aconteceu porque a tua mãe foi a um *dibia* e que o remédio dele te enfeitiçou e te fez deitares-te com a Amala.

Odenigbo ficou calado durante uns momentos.

– Suponho que só assim é que ele consegue compreender o que aconteceu.

– O remédio devia ter gerado o tão desejado rapaz, não devia? – disse ela. – É tudo tão irracional.

– Não é mais irracional do que acreditar num Deus cristão que não se consegue ver.

Ela estava habituada às piadas inofensivas de Odenigbo sobre a sua fé, manifestada pela assistência social, e normalmente teria respondido que nem sequer tinha a certeza se acreditava num Deus cristão que não se conseguia ver. Mas agora, com aquele ser humano indefeso deitado ali no berço, uma criatura tão dependente dos outros que a sua própria existência só podia ser prova de um bem superior, as coisas mudaram.

– Pois eu acredito – disse ela. – Acredito num Deus bom.

– Eu não acredito em deus nenhum.

– Eu sei. Tu não acreditas em nada.

– No amor – disse ele, fitando-a. – Acredito no amor.

Ela não tencionava rir-se, mas o riso saiu-lhe, incontrolável. Teve vontade de dizer que também o amor era irracional.

– Temos de pensar num nome para ela – disse.

– A *Mama* chamou-lhe Obiageli.

– Não lhe podemos dar esse nome.

A mãe dele não tinha o direito de escolher um nome para uma criança que enjeitara.

– Vamos chamar-lhe Bebé por agora, até arranjarmos o nome perfeito. A Kainene sugeriu Chiamaka. Sempre adorei esse nome: «Deus é lindo.» A Kainene vai ser a madrinha. Tenho de ir falar com o Padre Damian sobre o batizado.

Iria às compras ao Kingsway. Encomendaria uma nova peruca de Londres. Sentia-se eufórica.

Bebé mexeu-se e uma nova onda de medo envolveu Olanna. Olhou para o cabelo reluzente de óleo *Pears* e perguntou-se se seria realmente capaz de fazer aquilo, se conseguiria criar uma criança. Sabia que era normal a maneira como a bebé estava a respirar, tão depressa, como se estivesse ofegante enquanto dormia e, no entanto, até isso a inquietou.

Das primeiras vezes que telefonou a Kainene nesse dia, ao fim da tarde, ninguém atendeu. Talvez Kainene estivesse em Lagos. Ligou novamente à noite, e quando Kainene disse «Estou?» parecia rouca.

– *Ejima m* – disse Olanna. – Estás constipada?

– Foste para a cama com o Richard.

Olanna levantou-se.

– Tu é que és a menina bem-comportada. – A voz de Kainene era contida. – A menina bem-comportada não vai para a cama com o amante da irmã.

Olanna afundou-se no pufe e percebeu que o que sentia era alívio. Kainene sabia. Ela já não precisava de se preocupar com a hipótese de Kainene vir a descobrir. Agora, podia sentir remorsos a sério.

– Eu devia ter-te contado, Kainene – disse ela. – Não teve importância nenhuma.

— É claro que não teve. No fim de contas, só foste para a cama com o meu amante.

— Não foi isso que eu quis dizer. — Olanna sentiu lágrimas nos olhos. — Desculpa, Kainene.

— Porque é que o fizeste? — Kainene parecia assustadoramente calma. — Tu és a menina bem-comportada, a filha predileta, a beldade, a revolucionária africanista que não gosta de homens brancos, tu pura e simplesmente não precisavas de ir para a cama com ele. Então, porque é que foste?

Olanna ficou com a respiração pesada.

— Não sei, Kainene, não foi uma coisa premeditada. Lamento imenso. Foi um gesto imperdoável da minha parte.

— Pois *foi* imperdoável — disse Kainene, e desligou.

Olanna pousou o auscultador e sentiu que algo se quebrava dentro de si. Conhecia bem a sua irmã gémea, sabia até que ponto Kainene guardava rancor.

CAPÍTULO 24

Richard tinha vontade de vergastar Harrison. Sempre o horrorizara pensar que alguns colonos ingleses açoitavam criados negros de idade. Agora, porém, apetecia-lhe fazer exatamente o mesmo que eles. Estava doido por mandar Harrison deitar-se de barriga para baixo e açoitar, açoitar, açoitar, até ele aprender a ficar de boca fechada. Para que é que levara Harrison para Port Harcourt? Como ia lá ficar toda a semana, não quisera deixá-lo sozinho em Nsukka. No dia em que chegaram, como que para justificar a sua ida, Harrison cozinhou uma refeição complicada: sopa de feijão e cogumelos, uma salada de papaia, frango com molho de natas salpicado de legumes verdes e uma tarte de limão como sobremesa.

– Está excelente, Harrison – disse Kainene, com um brilho jocoso nos olhos.

Estava bem-disposta; tinha puxado Richard para os seus braços quando ele chegara e dançaram, a brincar, de um lado ao outro do soalho encerado da sala.

– Obrigado, minha senhora. – Harrison fez uma vénia.

– E cozinhas este tipo de prato em tua casa?

Harrison ficou ofendido.

– Eu não cozinha em casa, minha senhora. Minha mulher cozinha comida nativa.

– Claro.

– Eu cozinha todo tipo de comida europeia, toda a coisa que meu senhor come no país dele.

– Deve ser difícil para ti comer comida *nativa* quando voltas para casa. – Kainene deu ênfase à palavra *nativa* e Richard conteve o riso.

– Sim, minha senhora. – Harrison fez mais uma vénia. – Mas tem de aguentar.

– Esta tarte é mais saborosa do que uma que eu comi da última vez que estive em Londres.

– Obrigado, minha senhora. – Harrison sorriu de orelha a orelha. – O meu senhor diz que todas as pessoa em casa de Mr. Odenigbo diz o mesmo. Eu costuma fazer tarte para o senhor levar lá a casa, mas eu não faz mais nada para casa de Mr. Odenigbo depois que ele grita com o meu senhor. Grita como um louco e a rua toda a ouvir. O homem não é bom da cabeça.

Kainene virou-se para Richard e arqueou as sobrancelhas. Richard derrubou o copo de água.

– Vou buscar pano, patrão – disse Harrison, e Richard conteve-se para não saltar da cadeira e estrangulá-lo.

– Que conversa é esta do Harrison? – perguntou Kainene, depois de a água ter sido limpa. – O revolucionário gritou contigo?

Ele podia ter mentido. Nem o próprio Harrison sabia ao certo o que levara Odenigbo a sua casa naquele fim de tarde para discutir com ele. Mas não mentiu, porque teve medo de não saber mentir e acabar por ter de lhe contar a verdade, o que tornaria a situação ainda pior. Por isso, contou-lhe tudo. Falou-lhe no vinho branco da Borgonha que ele e Olanna beberam e disse-lhe que, no fim, se arrependeu amargamente do que fizera.

Kainene afastou o prato de si e sentou-se com os cotovelos em cima da mesa, o queixo ligeiramente assente nas mãos entrelaçadas. Durante uns longos minutos, não disse nada. Ele não conseguia decifrar a expressão do rosto dela.

– Espero que não digas «perdoa-me» – disse ela, por fim. – É a palavra mais banal do mundo.

– Por favor, não me mandes embora.

Ela ficou surpreendida.

– Mandar-te embora? Isso seria demasiado fácil, não achas?

– Desculpa, Kainene.

Richard sentiu-se transparente; ela estava a olhar para ele, mas teve a impressão de que ela conseguia ver a talha de madeira que se encontrava pendurada na parede atrás dele.

– Quer dizer que desejavas a minha irmã. Que falta de originalidade – disse ela.

– Kainene...

Ela levantou-se.

– Ikejide! – chamou. – Vem levantar a mesa.

Estavam a sair da sala de jantar quando o telefone tocou. Ela ignorou-o. Mas ele tocou outra vez e outra e finalmente ela atendeu. Voltou para o quarto e disse: – Era a Olanna.

Richard olhou para ela, suplicou-lhe com os olhos.

– Seria perdoável se tivesse sido com outra pessoa qualquer. Mas não com a minha irmã – disse ela.

– Desculpa.

– É melhor ires dormir para o quarto de hóspedes.

– Sim, sim, claro.

Ele não sabia o que ia na cabeça de Kainene. Era isso que mais o assustava, o facto de não fazer ideia do que se passava na cabeça dela. Ajeitou a almofada e o cobertor e sentou-se na cama a tentar ler, mas a sua mente estava demasiado ativa para que o seu corpo conseguisse permanecer quieto. Teve medo que Kainene telefonasse a Madu a contar o que tinha acontecido e que Madu se risse e dissesse: «Desde o princípio que foi um erro envolveres-te com ele, deixa-o, deixa-o, deixa-o.» Finalmente, antes de adormecer, vieram-lhe à mente umas palavras de Molière, estranhamente reconfortantes: «A felicidade ininterrupta é um tédio; deve ter altos e baixos.»

De manhã, Kainene cumprimentou-o com um ar estoico.

A chuva caía com força no telhado e o céu nublado lançava uma luz pálida sobre a sala de jantar. Kainene sentou-se a beber uma chávena de chá e a ler o jornal com a luz acesa.

– O Harrison está a fazer panquecas – disse ela, e concentrou-se novamente no jornal.

Richard sentou-se à frente dela, sem saber o que fazer, sentindo-se tão culpado que nem conseguia servir-se de chá. O silêncio dela e os barulhos e cheiros vindos da cozinha fizeram-no sentir-se claustrofóbico.

– Kainene – disse. – Podemos falar, por favor?

Ela ergueu os olhos e a primeira coisa em que ele reparou foi que estavam inchados e vermelhos e, a seguir, viu a expressão de fúria e ressentimento.

– Havemos de falar quando eu quiser, Richard.

Ele baixou os olhos como uma criança repreendida e, uma vez mais, teve medo que ela lhe pedisse para sair da sua vida para sempre.

A campainha tocou antes do meio-dia e quando Ikejide veio dizer que a irmã da senhora estava à porta, Richard pensou que Kainene lhe ia pedir para fechar a porta na cara de Olanna. Mas ela não o fez. Pediu a Ikejide para servir bebidas e desceu até à sala de estar; do cimo das escadas onde se encontrava de pé, Richard tentou ouvir o que elas diziam. Ouviu a voz chorosa de Olanna, mas não conseguiu perceber o que dizia. Odenigbo falou muito pouco, num tom invulgarmente calmo. Depois, Richard ouviu a voz de Kainene, clara e cortante: – É uma estupidez esperarem que eu perdoe uma coisa destas.

Seguiu-se um curto silêncio e, depois, o som da porta a abrir-se. Richard correu para a janela e viu o automóvel de Odenigbo a fazer marcha-atrás, o mesmo *Opel* azul que estacionara em sua própria casa, em Imoke Street, antes de Odenigbo saltar de lá de dentro, um homem corpulento de roupa bem engomada, aos gritos: «Quero que fiques longe de minha casa! Ouviste-me bem? Longe! Nunca mais pões os pés em minha casa!» Ele ficara plantado à frente do alpendre, a pensar se Odenigbo iria dar-lhe um murro. Mais tarde, percebeu que Odenigbo não tencionava esmurrá-lo, talvez nem sequer o considerasse merecedor disso, e a ideia deprimira-o.

– Estiveste a ouvir às escondidas? – perguntou Kainene, entrando no quarto.

Richard virou as costas à janela, mas ela não esperou pela resposta dele e acrescentou, mais calma: – Já não me lembrava de que o revolucionário tinha ar de lutador... mas com classe.

– Jamais conseguirei perdoar-me se te perder, Kainene.

O rosto dela manteve-se inexpressivo.

– Fui buscar o teu manuscrito ao escritório hoje de manhã e queimei-o – disse ela.

Richard sentiu uma onda de emoções assolar-lhe o peito e não conseguiu dar nome a nenhuma delas. *O Cesto de Mãos*, o conjunto de páginas que finalmente, tinha ele a certeza, poderia dar um livro, já não existia. Nunca poderia reproduzir a energia desenfreada que surgira juntamente com as palavras. Mas não tinha importância. O que importava era que, ao queimar o manuscrito, ela lhe mostrara que não poria fim à relação; não se daria ao trabalho de o magoar profundamente se não tencionasse ficar com ele. Talvez, afinal, ele não fosse um verdadeiro escritor. Lera algures que, para um verdadeiro escritor, nada era mais importante do que a sua criação literária, nem sequer o amor.

6. O Livro: O Mundo Ficou Calado Quando Morremos

Ele escreve sobre o mundo que se remeteu ao silêncio enquanto os Biafrenses morriam. Argumenta que foi a Grã--Bretanha que instigou esse silêncio. As armas e conselhos que a Grã-Bretanha deu à Nigéria moldaram a posição dos outros países. Nos Estados Unidos, o Biafra estava «sob a esfera de interesses da Grã-Bretanha». No Canadá, o primeiro-ministro brincou: «Onde é que fica o Biafra?» A União Soviética enviou técnicos e aviões para a Nigéria, entusiasmada com a oportunidade de exercer influência em África sem ofender a América ou a Grã-Bretanha. E do alto da sua postura de supremacia branca, a África do Sul e a Rodésia congratularam-se perante mais uma prova de que os governos geridos por negros estavam condenados ao fracasso.

A China comunista denunciou o imperialismo anglo-americano-soviético, mas pouco mais fez para ajudar o Biafra. Os Franceses venderam umas armas ao Biafra, mas não reconheceram o país e era disso que o Biafra mais precisava. E muitos países africanos negros temeram que um Biafra independente desencadeasse outras secessões e, por conseguinte, apoiaram a Nigéria.

QUARTA PARTE

FINAIS DOS ANOS 60

CAPÍTULO 25

Olanna sobressaltava-se sempre que ouvia um trovão. Pensava que era mais um ataque aéreo, bombas a caírem de um avião e a explodirem no recinto antes que ela, Odenigbo, Bebé e Ugwu tivessem tempo de chegar ao abrigo ao fundo da rua. Às vezes, imaginava que o próprio abrigo ruía, esmagando-os até se tornarem papa. Odenigbo e uns quantos vizinhos tinham-no construído numa semana; depois de abrirem o fosso, largo como o *hall* de uma casa, e de o terem coberto com troncos de palmeira e barro, ele disse-lhe: «Agora estamos salvos, *nkem*. Estamos salvos.» Mas a primeira vez que ele lhe mostrou como descer os degraus irregulares, Olanna viu uma cobra enroscada a um canto. A sua pele negra reluzia com marcas prateadas, pequenos gafanhotos saltavam de um lado para o outro e, no silêncio do subterrâneo húmido que lhe fez lembrar uma sepultura, ela gritou.

Odenigbo matou a cobra com um pau e garantiu-lhe que ia vedar melhor a entrada do abrigo com a chapa de zinco que já lá estava. A calma dele desconcertava-a. O tom sereno que usava para enfrentar aquele mundo novo, as novas circunstâncias de vida, desconcertava-a. Quando os Nigerianos mudaram de moeda e a Rádio Biafra se apressou a anunciar também uma nova moeda, Olanna esteve quatro horas na fila à porta do banco, entre homens que a acossavam e mulheres que a empurravam, até conseguir trocar o seu dinheiro nigeriano pelas libras biafrenses, mais bonitas. Mais tarde, ao pequeno-almoço, mostrou o envelope de tamanho médio que continha as notas e disse: – Este é o dinheiro todo que temos.

Odenigbo pareceu divertido.

– Ganhamos ambos dinheiro, *nkem*.

– Este é o segundo mês que a Direção atrasa o pagamento do teu salário – disse ela, e pôs o saquinho de chá que estava no pires dele dentro da sua própria chávena. – E não podes chamar ao que eles me pagam em Akwakuma «ganhar dinheiro».

– Dentro de pouco tempo, voltaremos a ter a nossa vida normal, mas num Biafra livre – disse ele, dando às suas palavras o habitual tom de confiança e determinação, e, no fim, bebeu um gole de chá.

Olanna encostou a chávena à face, para aquecê-la e retardar o primeiro gole de chá aguado feito com um saquinho reutilizado. Quando Odenigbo se levantou e se despediu com um beijo, perguntou-se porque é que ele não estava assustado com o pouco que tinham. Talvez porque não era ele quem ia ao mercado. Não se apercebia de que o preço de uma chávena de sal aumentava um xelim todas as semanas e que as galinhas eram cortadas aos pedaços e ainda assim continuavam a ser demasiado caras e que já ninguém vendia arroz em grandes sacas, porque ninguém se podia dar ao luxo de comprá-las. Nessa noite, ela manteve-se em silêncio enquanto as investidas dele se tornavam cada vez mais rápidas. Foi a primeira vez que se sentiu desligada dele; enquanto ele lhe sussurrava ao ouvido, ela chorava o pouco dinheiro que tinha no banco em Lagos.

– *Nkem?* Estás bem? – perguntou Odenigbo, erguendo o tronco para olhar para ela.

– Estou.

Ele chupou-lhe o lábio inferior e, em seguida, deitou-se ao lado dela e adormeceu. Ela nunca reparara que o ressonar dele era tão irritante. Ele estava cansado. A longa caminhada até à Direção de Recursos Humanos, o trabalho estupidificante de compilar nomes e moradas dia após dia, deixavam-no exausto, ela sabia-o e, no entanto, voltava para casa todos os dias com os olhos a brilhar. Alistara-se no Grupo de Agitadores; depois do trabalho, iam para o interior educar as pessoas. Ela imaginava-o muitas vezes parado no meio de um grupo de aldeões fascinados, a falar com aquela sua voz sonora sobre a grande nação que o Biafra viria a ser. Ele tinha os olhos postos no futuro. E por isso ela não lhe disse que chorava o passado, coisas diferentes todos os dias, como as suas toalhas de mesas com os bordados prateados, o carro, as bolachas recheadas de creme de morango de Bebé. Não lhe disse que às vezes, quando via Bebé a correr com as crianças da vizinhança, tão indefesa e feliz, tinha vontade de pegar nela ao colo e pedir-lhe desculpa. Claro está que Bebé não compreenderia porquê.

Desde que Mrs. Muokelu, a professora da primeira classe em Akwakuma, lhe contara que os soldados metiam crianças à força num camião e as traziam de volta à noite com as palmas das mãos gretadas e a sangrar de tanto moerem mandioca, Olanna pedira a Ugwu para nunca tirar a vista de cima de Bebé. Mas na realidade, não acreditava que os soldados estivessem interessados em pôr uma criança tão pequenina como Bebé a trabalhar. Inquietava-se mais com os ataques aéreos. Tinha um sonho recorrente: esquecia-se de Bebé e corria para o abrigo e, depois das bombas terem caído, tropeçava no corpo queimado de uma criança com as feições tão calcinadas que não conseguia ter a certeza se era Bebé. O sonho atormentava-a. Obrigou Bebé a aprender a correr sozinha para o abrigo. Pediu a Ugwu para treinar o gesto de pegar em Bebé ao colo e correr. Ensinou Bebé a abrigar-se, se não tivesse tempo para ir para o *bunker*: a deitar-se de barriga para baixo, com as mãos a taparem a cabeça.

Ainda assim, tinha medo de não ter feito o suficiente e de que o sonho pressagiasse uma qualquer negligência sua que pusesse a vida de Bebé em perigo. Quando, no final da estação das chuvas, Bebé começou a ter ataques de tosse com pieira, Olanna sentiu-se aliviada. Finalmente acontecia *alguma coisa* a Bebé. Se Deus era justo, as desgraças da guerra anulariam as da vida e *vice-versa*: se Bebé estava doente, não seria vítima de um ataque aéreo. Uma tosse era algo que Olanna podia controlar; um ataque aéreo, não.

Levou Bebé ao Hospital Albatross. Ugwu retirou os ramos de palmeira empilhados em cima do automóvel de Odenigbo, mas sempre que Olanna rodava a chave na ignição o motor engasgava-se e ia abaixo. Por fim, Ugwu teve de empurrá-lo para que o motor pegasse. Ela conduziu lentamente e pisava no travão sempre que Bebé começava a tossir. No posto de controlo, onde um enorme tronco se encontrava atravessado na estrada, disse aos membros da Defesa Civil que a sua filha estava muito doente e eles pediram desculpa e não vasculharam o carro nem o saco dela. O corredor do hospital, imerso na penumbra, cheirava a urina e a penicilina. Havia várias mulheres sentadas com bebés ao colo, outras de pé com bebés encaixados na anca, e as suas conversas misturavam-se com choros. Olanna lembrava-se do Dr. Nwala, do seu casamento. Praticamente só reparara nele depois do ataque aéreo, quando ele dissera «Vai ficar com o vestido sujo de terra» e a ajudara a levantar-se, com a camisa de Okeoma ainda enrolada à volta do corpo.

Disse às enfermeiras que era uma antiga colega dele.

– É muito urgente – disse ela, num sotaque inglês muito seco e de cabeça bem erguida.

Uma enfermeira levou-a imediatamente para o gabinete dele. Uma das mulheres que estava sentada no corredor praguejou.

– *Tufiakwa!* Estamos à espera desde o raiar do dia! É por não falarmos pelo nariz como os brancos?

O Dr. Nwala levantou o seu corpo gracioso da cadeira e deu a volta à mesa para cumprimentar Olanna com um aperto de mão.

– Olanna – disse ele, fitando-a nos olhos.

– Como está, doutor?

– Vamos andando – disse ele, e deu uma palmadinha no ombro de Bebé. – E a Olanna, como está?

– Estou bem. O Okeoma visitou-nos na semana passada.

– Sim, ele passou uma noite em minha casa.

O médico estava a olhar fixamente para ela, mas Olanna teve a impressão de que não a escutava, de que tinha a cabeça noutro lado qualquer. Parecia perdido.

– A Bebé anda com tosse desde há uns dias – disse Olanna muito alto.

– Ah.

Ele virou-se para Bebé. Encostou o estetoscópio ao peito dela e murmurou *ndo* quando ela tossiu. Quando se dirigiu para o armário para mexer nuns frascos e embalagens de medicamentos, Olanna teve pena dele, mas não saberia dizer porquê. Demorou imenso tempo a procurar uma coisa entre tão poucas.

– Vou dar-lhe um xarope para a tosse, mas ela precisa de antibióticos e infelizmente já não temos – disse ele, olhando uma vez mais fixamente para ela, daquela estranha maneira, de olhos presos nos dela. A sua expressão estava carregada de cansaço e melancolia. Olanna perguntou-se se ele teria perdido algum ente querido recentemente.

– Vou passar uma receita e a Olanna pode tentar arranjar o medicamento junto de alguém que faça contrabando, mas tem de ser alguém de confiança, claro.

– Claro – repetiu Olanna. – Tenho uma amiga, Mrs. Muokelu, que me pode ajudar.

– Ótimo.

– Devia vir visitar-nos quando tiver tempo – disse Olanna, levantando-se.

– Sim. – Ele pegou na mão dela e segurou-a durante demasiado tempo.

– Obrigada, doutor.

– Obrigado porquê? Não posso fazer grande coisa.

Ele apontou para a porta e Olanna percebeu que se referia às mulheres que estavam à espera lá fora. Ao sair do gabinete, Olanna olhou para o armário de medicamentos praticamente vazio.

*

De manhã, Olanna atravessou a praça da povoação a correr, a caminho da Escola Primária de Akwakuma. Fazia sempre isso em espaços abertos, corria até chegar ao conjunto cerrado de árvores, que a protegeria em caso de ataque aéreo. Umas quantas crianças estavam paradas à sombra da mangueira no recinto da escola, a atirarem pedras contra os frutos. Ela gritou: – Vão para as aulas, *osiso*! – e elas dispersaram por instantes, mas daí a nada voltaram para junto da árvore e recomeçaram a fazer pontaria às mangas. Olanna ouviu aplausos quando uma das mangas caiu e, depois, as vozes alteradas a discutirem sobre quem tinha atingido o fruto.

Mrs. Muokelu estava à frente da sua sala de aulas a mexer no sino. Os espessos pelos pretos que lhe cobriam os braços e as pernas, a penugem por cima do lábio superior, os fios encaracolados no queixo e o corpo musculoso e atarracado faziam Olanna pensar muitas vezes que talvez tivesse sido melhor para Mrs. Muokelu ter nascido homem.

– Sabes onde posso comprar antibióticos, minha irmã? – perguntou Olanna, depois de se abraçarem. – A Bebé anda com tosse e o hospital está sem medicamentos.

Mrs. Muokelu fez «hum» durante uns instantes para mostrar que estava a pensar. O rosto de Sua Excelência exibia o seu ar carrancudo no tecido do *boubou* que ela usava todos os dias; a professora anunciava com frequência que só mudaria de roupa quando o Estado do Biafra estivesse firmemente implantado.

– Qualquer pessoa pode vender medicamentos, mas nunca se sabe quem é que anda a moer giz no pátio e a dizer que é *Nivaquine*[1] – disse ela. – Dá-me o dinheiro e eu vou falar com a *Mama* Onitsha. Ela não é enganadora. Até as cuecas sujas do Gowon ela te vende, se pagares o preço certo.

– Ela que fique lá com as cuecas e que me arranje apenas os antibióticos – disse Olanna, rindo-se.

Mrs. Muokelu sorriu e pegou no sino.

– Tive uma visão, ontem – disse ela.

O *boubou* era demasiado comprido para o seu corpo atarracado; arrastava pelo chão e Olanna tinha medo que ela tropeçasse e caísse.

– Que visão foi essa? – perguntou Olanna.

Mrs. Muokelu estava constantemente a ter visões. Na última, vira Ojukwu em pessoa a liderar a batalha no setor de Ogoja, o que significava que o inimigo tinha sido completamente eliminado nessa zona.

– Vi guerreiros tradicionais de Abiriba usarem os seus arcos e flechas para acabarem com os vândalos no setor de Calabar. *I makwa*, as crianças passavam por cima dos ossos deles para irem até ao riacho.

– Não me digas – disse Olanna, mantendo o rosto sério.

– Significa que Calabar nunca cairá nas mãos do inimigo – explicou Mrs. Muokelu, e começou a tocar o sino.

Olanna observou os movimentos rápidos do braço masculino. Realmente não tinham nada em comum, ela e aquela professora primária pouco instruída de Eziowelle, que acreditava em visões. E no entanto, Mrs. Muokelu sempre lhe parecera familiar. Não era por ela entrançar o cabelo e a acompanhar às reuniões dos Serviços Voluntários Femininos

---

[1] Medicamento para a malária. (*N. da T.*)

e lhe ensinar a conservar vegetais, mas por irradiar intrepidez, uma intrepidez que lhe recordava Kainene.

Nessa noite, quando Mrs. Muokelu lhe levou as cápsulas de antibiótico embrulhadas em jornal, Olanna convidou-a para entrar e mostrou-lhe uma foto de Kainene, sentada à beira da piscina com um cigarro na boca.

– Esta é a minha irmã gémea. Ela vive em Port Harcourt.

– Irmã gémea! – exclamou Mrs. Muokelu, tocando no meio sol amarelo de plástico que usava num fio ao pescoço. – E eu que achava que já nada me espantava. Não sabia que tinhas uma irmã gémea e, *nekene*, ela não é nada parecida contigo.

– Temos a mesma boca – disse Olanna.

Mrs. Muokelu olhou novamente para a foto e abanou a cabeça.

– Ela não é nada parecida contigo – repetiu.

Os antibióticos deixaram os olhos de Bebé amarelados. A tosse melhorou, tornou-se menos cavernosa e já sem a pieira, mas ela perdeu o apetite. Brincava com o *garri* no prato e deixava a papa por comer até se transformar numa massa cerosa. Olanna gastou a maior parte do dinheiro do envelope a comprar bolachas e caramelos embrulhados em papel brilhante a uma mulher que vendia atrás da linha do inimigo, mas Bebé limitou-se a mordiscá-los. Olanna colocou Bebé no colo e enfiou-lhe bocados de inhame esmigalhado na boca e, quando Bebé se engasgou e se pôs a chorar, teve de conter as lágrimas. O seu grande medo era que Bebé morresse. Um medo supurante, subjacente a tudo o que ela pensava e fazia. Odenigbo abandonou as atividades do Grupo de Agitadores e corria para casa mais cedo, e Olanna percebeu que ele partilhava desse medo. Mas não falaram sobre isso, como se verbalizá-lo tornasse a morte de Bebé iminente, até ao dia em que Olanna se sentou a ver Bebé dormir de manhã, enquanto Odenigbo se vestia para ir trabalhar. A voz ressonante da Rádio Biafra enchia o quarto.

> *Estes estados africanos caíram nas garras da conspiração imperialista britânico-americana e usaram as recomendações da comissão como um pretexto para oferecer apoio bélico maciço à sua marioneta, o regime instável e neocolonialista da Nigéria...*

– É isso mesmo! – disse Odenigbo, abotoando a camisa com gestos rápidos.

Bebé mexeu-se na cama. O seu rosto perdera a gordura e parecia assustadoramente adulto, encovado e ossudo. Olanna observou-a.

– A Bebé não vai sobreviver – disse ela baixinho.

Odenigbo deteve-se e olhou para ela. Desligou o rádio, aproximou-se e encostou a cabeça dela à sua barriga. Como ele de início não disse nada, o seu silêncio tornou-se a confirmação de que Bebé ia morrer. Olanna afastou-se.

– É normal ela não ter apetite – disse ele, por fim.

Mas a sua voz não tinha o tom categórico a que Olanna estava habituada.

– Já viste como ela emagreceu!? – exclamou Olanna.

– *Nkem*, a tosse está a melhorar e o apetite vai voltar.

Odenigbo começou a pentear-se. Olanna ficou irritada com ele por não lhe dizer o que queria ouvir, por não pegar nas rédeas do destino e lhe dizer que Bebé ia ficar boa, por manter um estado de espírito suficientemente normal para conseguir vestir-se e ir trabalhar. O beijo que ele lhe deu antes de ir embora foi rápido e não demorado como das outras vezes, e até isso a deixou com rancor. Os olhos encheram-se-lhe de lágrimas. Pensou em Amala. Amala não os contactara uma única vez desde aquele dia no hospital, mas Olanna perguntou-se se deveria avisar Amala caso Bebé morresse.

Bebé bocejou e acordou.

– Bom dia, Mamã Ola. – Até a sua voz era fraca.

– Bebé, *ezigbo nwa*, como é que te sentes? – Olanna pegou-lhe ao colo, abraçou-a, soprou-lhe para o pescoço e conteve as lágrimas a custo. Bebé parecia tão leve, tão frágil. – Vamos comer um bocadinho de papa, meu bebé? Ou um bocado de pão? O que é que tu preferes?

Bebé abanou a cabeça. Olanna estava a tentar incentivar Bebé a beber um pouco de *Ovaltine*, quando Mrs. Muokelu chegou com um saco de ráfia e um sorriso de autossatisfação.

– Abriram um centro de ajuda humanitária em Bishop Road e fui lá de manhã muito cedo – disse ela. – Pede ao Ugwu para me trazer uma taça.

Despejou um pouco de pó amarelo para dentro da taça que Ugwu lhe deu.

– O que é isso? – perguntou Olanna.

– Gema de ovo em pó. – Mrs. Muokelu virou-se para Ugwu. – Frita-a para a Bebé.

– Frito-a?

– És surdo? Mistura-a com água e frita-a, *osiso*! Dizem que as crianças adoram o gosto disto.

Ugwu lançou-lhe um olhar cético antes de ir à cozinha. A gema de ovo em pó, frita em óleo de palma vermelho, tinha um aspeto desencorajador no prato, empapada e com uma cor muito forte. Bebé comeu-a toda.

O centro de ajuda humanitária ficava numa antiga escola secundária para raparigas. Olanna imaginou aquele recinto fechado e coberto de relva antes da guerra, com jovens a dirigirem-se apressadas para as aulas de manhã e a esgueirarem-se pelo portão ao fim do dia, para irem encontrar-se com rapazes do liceu público que ficava na mesma rua. Era de madrugada e o portão estava trancado. Uma grande multidão juntara-se do lado de fora. Olanna postou-se, constrangida, entre homens, mulheres e crianças, todos eles com ar de quem estava habituado a esperar que um portão de ferro enferrujado se abrisse, para poderem entrar e receber comida doada por desconhecidos estrangeiros. Sentia-se frustrada. Sentia-se como se estivesse a fazer uma coisa indecorosa, pouco ética: à espera de receber comida em troca de nada. No interior do recinto, via-se gente atarefada a andar de um lado para o outro, mesas cheias de sacos de comida, um quadro a dizer CONSELHO MUNDIAL DE IGREJAS. Algumas das mulheres agarravam-se aos seus cestos e espreitavam por cima do portão, murmurando que os voluntários estavam a perder tempo. Os homens falavam uns com os outros; o que aparentava ser o mais idoso deles todos usava o seu chapéu vermelho de chefe de clã com uma pena espetada. A voz de um rapaz destacava-se das restantes, estridente, a gritar sons sem sentido, como uma criança que aprende a falar.

– Ele está em estado de choque devido à guerra – sussurrou Mrs. Muokelu, como se Olanna não soubesse.

Foi a única vez que Mrs. Muokelu falou. Tinha conseguido abrir caminho lentamente até à frente do portão, incitando Olanna para que a fosse seguindo. Alguém atrás delas começara a contar uma história sobre uma vitória biafrense.

– Foi como eu vos estou a dizer, todos os soldados haúças deram meia-volta e fugiram, tinham visto algo muito superior a eles...

A voz esmoreceu quando um homem no interior do recinto se dirigiu para o portão. Envergava uma *T-shirt*, com as palavras TERRA DO SOL NASCENTE escritas nas costas, que lhe ficava demasiado larga no corpo esguio e, nas mãos, trazia um molhe de papéis. Caminhava com um ar emproado, de ombros muito direitos. Era o supervisor.

– Ordem! Ordem! – disse ele, e abriu o portão.

A investida tumultuosa e veloz da multidão deixou Olanna surpreendida. Sentiu-se empurrada por todos os lados, cambaleou. Era como se toda a gente tivesse decidido afastá-la para o lado num único movimento premeditado, por ela não ser um deles. O cotovelo firme de um homem de idade fincou-se-lhe dolorosamente no tronco, quando ele desatou a correr para dentro do recinto. Mrs. Muokelu já ia mais à frente, muito apressada em direção a uma das mesas. O velho do chapéu com a pena caiu, levantou-se prontamente e continuou a sua manca corrida para a fila. Olanna ficou igualmente surpreendida com os membros da milícia que sacudiam longos chicotes no ar, gritando «Ordem! Ordem!», e com os rostos severos das mulheres das mesas, que se baixavam e vertiam as suas colheradas para dentro dos sacos que as pessoas abriam diante delas, e depois diziam: «Já está! Próximo!»

– Vai para aquela fila! – disse Mrs. Muokelu, quando Olanna fez menção de se postar atrás dela. – É a fila para a gema de ovo! Vai para lá! Esta é para o peixe seco.

Olanna pôs-se na fila e conteve-se para não empurrar uma mulher que tentou afastá-la. Deixou-a meter-se à sua frente. A incongruência de fazer fila para mendigar comida fê-la sentir-se constrangida, suja. Cruzou os braços, depois deixou-os pender de cada lado do corpo, e a seguir voltou a cruzá-los. Já estava perto da mesa quando reparou que o pó que despejavam nos sacos e nas taças era branco e não amarelo. Era farinha de milho e não gema de ovo. A fila para a gema de ovo era a do lado. Olanna correu para lá, mas a mulher que estava a servir levantou-se e disse: – Acabou-se a gema de ovo! *O gwula!*

Uma onda de pânico inundou o peito de Olanna. Ela correu atrás da mulher.

– Por favor – disse.

– O que foi? – perguntou a mulher. O supervisor, que estava ali perto, virou-se e cravou os olhos em Olanna.

– A minha filha pequena está doente... – disse Olanna.

A mulher interrompeu-a.

– Vai para a fila do leite.

– Não, não, ela recusa-se a comer seja o que for, menos a gema de ovo. – Olanna segurou no braço da mulher. – *Biko*, por favor. Preciso de gema de ovo.

A mulher retirou o braço, precipitou-se para dentro do edifício e bateu com a porta. Olanna ficou petrificada. O supervisor, que continuava de olhos cravados nela, abanou-se com o molhe de papéis e disse: – *Ehe!* Eu conheço-te.

A sua cabeça careca e o rosto barbudo não pareceram nada familiares a Olanna. Virou-se para se ir embora, porque tinha a certeza de que era um daqueles homens que dizia que a conheciam de qualquer lado só para se atirarem a ela.

– Já te vi antes – disse ele. Aproximou-se, agora com um sorriso, mas sem o ar lascivo que ela esperava; tinha uma expressão franca e alegre. – Há uns anos, no Aeroporto de Enugu, quando fui esperar o meu irmão que regressava do estrangeiro. Tu conversaste com a minha mãe. *I kasiri ya obi.* Acalmaste-a quando o avião aterrou e não parou logo.

A recordação desse dia no aeroporto veio-lhe à mente, mas era muito vaga. Devia ter sido há uns sete anos. Olanna lembrava-se do sotaque rural do homem e da sua excitação nervosa, e que ele parecia mais velho do que agora.

– És tu? – perguntou ela. – Mas como é que me reconheceste?

– Como é que alguém pode esquecer uma cara como a tua? A minha mãe conta sempre a história de uma mulher linda que lhe deu a mão no aeroporto. Todas as pessoas da minha família conhecem a história. Sempre que alguém fala no regresso do meu irmão, ela conta-a.

– E como é que está o teu irmão?

O rosto dele encheu-se de orgulho.

– É um alto funcionário da Direção. Foi ele que me arranjou este emprego na ajuda humanitária.

A primeira coisa que passou pela cabeça de Olanna foi pensar se ele poderia ajudá-la a obter gema de ovo. Mas, em vez disso, perguntou: – E a tua mãe, está boa?

– Está ótima. Está em Orlu, em casa do meu irmão. Esteve muito doente, quando a minha irmã mais velha não regressou de Zaria; pensámos que aqueles animais lhe tinham feito o mesmo que fizeram aos outros todos, mas acabou por voltar. Tinha amigos haúças que a ajudaram, por isso a minha mãe pôs-se boa. Ela vai gostar de saber que te vi.

Fez uma pausa para olhar para uma das mesas de comida, onde duas raparigas estavam a discutir, uma delas dizendo: – Já disse que este peixe seco é meu – e a outra: – *Ngwanu*, vamos morrer juntas hoje.

Ele virou-se novamente para Olanna.

– Deixa-me ir ver o que se passa ali. Mas espera junto do portão. Vou mandar alguém levar-te a gema de ovo.

– Obrigada.

Olanna ficou aliviada por ele se ter oferecido para lhe dar a gema de ovo e, ao mesmo tempo, sentiu-se constrangida com a troca. Junto do portão, tentou passar despercebida; sentia-se uma ladra.

– O Okoromadu mandou-me vir ter contigo – disse uma rapariga ao seu lado, e Olanna quase deu um salto, assustada. A mulher passou-lhe um saco para as mãos e voltou para o recinto.

– Agradece-lhe por mim – disse Olanna.

Se a rapariga ouviu, não se virou. O peso do saco reconfortou-a, enquanto esperava por Mrs. Muokelu. Mais tarde, enquanto via Bebé comer até só sobrar a gordura do óleo de palma no prato, interrogou-se como é que ela conseguiria suportar o sabor horrível a plástico da gema de ovo em pó.

Da segunda vez que Olanna foi ao centro de ajuda humanitária, Okoromadu estava a dirigir-se à multidão concentrada junto da porta. Algumas mulheres seguravam esteiras enroladas debaixo dos braços; tinham passado a noite ali.

– Hoje não temos nada para vos dar. O camião que trazia as provisões de Awomama foi assaltado na estrada – disse ele, no tom comedido de um político que se dirige aos seus partidários. Olanna observou-o. Ele gostava daquilo, do poder que advinha de saber se, nesse dia, um grupo de pessoas ia comer ou não. – Temos escolta militar, mas foram soldados que nos atacaram. Barraram a estrada e levaram tudo do camião; até espancaram os motoristas. Voltem na segunda-feira e pode ser que haja alguma coisa.

Uma mulher avançou para ele com passos determinados e enfiou-lhe um bebé nos braços.

– Então fica com ele! Alimenta-o até voltares a abrir as portas! – exclamou, começando a afastar-se. O bebé era magro, tinha icterícia e não parava de guinchar.

– *Bia nwanyi!* Volta aqui, mulher! – Okoromadu segurava no bebé com os braços esticados, longe do tronco.

As outras mulheres da multidão começaram a vaiar a mãe – «Estás a abandonar o teu próprio filho?», «*Ujo anaghi atu gi?*», «Vais passar por cima da vontade de Deus?» –, mas foi Mrs. Muokelu quem deu um passo em frente, tirou o bebé dos braços de Okoromadu e o devolveu à mãe.

– Leva o teu filho – disse ela. – Ele não tem culpa de hoje não haver comida.

A multidão dispersou. Olanna e Mrs. Muokelu caminharam lentamente.

– Sabe-se lá se é mesmo verdade que os soldados atacaram o camião – disse Mrs. Muokelu. – Sabe-se lá as quantidades que eles metem ao bolso para depois venderem. Nunca temos sal, porque eles guardam o sal todo para o mercado negro.

Olanna estava a pensar na maneira como Mrs. Muokelu devolvera o bebé à mãe.

– Fazes-me lembrar a minha irmã – disse ela.

– Em que sentido?

– Ela é muito forte. Não tem medo.

– Ela estava a fumar na fotografia que me mostraste. Como se fosse uma prostituta.

Olanna parou de andar e cravou os olhos em Mrs. Muokelu.

– Não estou a dizer que ela seja uma prostituta – acrescentou Mrs. Muokelu à pressa. – Só estou a dizer que não é bom ela fumar, porque as mulheres que fumam são prostitutas.

Olanna olhou para ela e viu uma dose de maldade na barba e nos braços peludos. Caminhou mais depressa, em silêncio, à frente de Mrs. Muokelu, e não se despediu quando virou para a sua rua. Bebé estava sentada cá fora com Ugwu.

– Mamã Ola!

Olanna abraçou-a, passou-lhe a mão pelos cabelos. Bebé pegou-lhe na mão, levantou os olhos para ela.

– Trouxeste gema de ovo, Mamã Ola?

– Não, minha querida. Mas assim que puder, trago – disse ela.

– Boa tarde, minha senhora. Não trouxe nada? – perguntou Ugwu.

– Não vês que o meu cesto está vazio? – irritou-se Olanna. – És cego?

Na segunda-feira, foi sozinha ao centro de ajuda humanitária. Mrs. Muokelu não passou por casa dela a chamá-la de madrugada e não se encontrava entre a multidão. O portão estava trancado e o recinto vazio, e ela esperou durante uma hora até a multidão começar a dispersar. Na terça-feira, o portão continuava trancado. Na quarta-feira, havia um cadeado novo no portão. Foi só no sábado que o portão se abriu e Olanna se surpreendeu com a facilidade com que ela própria se juntou ao tropel, com a ligeireza com que mudava de fila, se desviava das vergastadas da milícia, retribuía um empurrão. Ia a sair com pequenos sacos de farinha de milho e gema de ovo e dois pedaços de peixe seco, quando Okoromadu chegou. Ele cumprimentou-a com um aceno de mão.

– Mulher linda. *Nwanyi oma!* – disse ele.

Okoromadu continuava sem saber como ela se chamava. Aproximou-se e enfiou-lhe discretamente uma lata de carne no cesto e depois afastou-se apressado, como se nada tivesse feito. Olanna olhou para a comprida lata vermelha e quase desatou a rir, de puro prazer inesperado. Tirou-a do cesto, examinou-a, passou a mão sobre o metal frio e, quando levantou os olhos, deparou-se com um soldado traumatizado pela guerra a observá-la. O olhar dele era direto e cru; não tentou dissimulá-lo. Ela guardou a lata de carne no cesto e cobriu-a com um saco. Ficou contente por Mrs. Muokelu não estar ali, porque assim não tinha de partilhar a comida com ela. Pediria a Ugwu para preparar um guisado. Guardaria uma parte para fazer sanduíches e ela, Odenigbo e Bebé fariam uma refeição ao estilo inglês, com sanduíches de carne de conserva.

O soldado seguiu-a quando ela transpôs o portão. Olanna acelerou o passo no carreiro poeirento que levava à estrada principal, mas daí a pouco cinco soldados, todos de farda esfarrapada, cercaram-na. Começaram a balbuciar e a apontar para o cesto dela, com gestos descoordenados e vozes alteradas, e Olanna percebeu algumas das palavras: «Tia!», «Irmã!», «Dá-nos já!» «A fome vai matar-nos a todos!»

Olanna agarrou-se ao cesto com força. Sentiu um desejo avassalador e infantil de chorar.

– Vão-se embora! Vá, vão-se embora!

Eles ficaram surpreendidos com a reação dela e, por um instante, não se mexeram. Depois começaram a aproximar-se, todos juntos, como se uma voz interna os comandasse. Estavam quase em cima dela. Podiam fazer o que quisessem; havia qualquer coisa de desesperadamente selvagem neles e nos seus cérebros embotados pelo barulho de explosões. A par com o medo, Olanna foi tomada por um sentimento de raiva, uma raiva feroz e corajosa, e imaginou-se a lutar contra eles, a estrangulá-los, a matá-los. A carne de conserva era sua. Sua. Recuou uns passos. Num ápice, tão depressa que ela só se deu conta depois do ato consumado, o soldado de boina azul agarrou-lhe no cesto, tirou a lata de carne e fugiu. Os outros seguiram-no. Ficou só um parado a olhar para ela, de queixo caído, até que se virou e correu também, mas na direção oposta à dos outros. O cesto jazia no chão. Olanna não se mexeu e chorou silenciosamente, porque a lata de carne nunca fora sua. A seguir, pegou no cesto, sacudiu a areia do saco de farinha de milho e voltou para casa a pé.

Olanna e Mrs. Muokelu andavam há quase duas semanas a evitar-se uma à outra na escola, por isso, na tarde em que Olanna chegou a casa e a viu sentada à porta com um balde de metal cheio de cinza de madeira, ficou surpreendida.

Mrs. Muokelu levantou-se.

– Vim ensinar-te a fazer sabão. Sabes quanto custa agora uma barra de sabão?

Olanna olhou para o *boubou* com o rosto carrancudo de Sua Excelência estampado no algodão puído e percebeu que aquela lição não solicitada era um pedido de desculpas. Pegou no balde de cinzas. Conduziu-a até ao quintal das traseiras e, depois de Mrs. Muokelu lhe ter explicado e mostrado como se fazia sabão, guardou as cinzas junto da pilha de blocos de cimento.

Mais tarde, Odenigbo abanou a cabeça, quando ela lhe contou o que se passara. Estavam debaixo do telheiro de colmo do alpendre, num banco de madeira encostado à parede.

– Ela não precisava de te ensinar a fazer sabão. Seja como for, não te estou a imaginar a fazer sabão.

– Achas que não sou capaz?

– Ela devia ter-se limitado a pedir desculpa.

– Acho que reagi de forma exagerada por o comentário ter sido sobre a Kainene. – Olanna mudou de posição. – Pergunto-me se a Kainene terá recebido as minhas cartas...

Odenigbo não disse nada. Pegou na mão dela e Olanna sentiu-se grata por não ter necessidade de lhe explicar determinadas coisas.

– Quantos pelos tem Mrs. Muokelu no peito? – perguntou ele. – Sabes?

Olanna não tinha a certeza de quem começou a rir primeiro, mas de repente estavam ambos a rir às gargalhadas, tão estrepitosamente que quase caíam do banco. Tudo se tornou hilariante. Odenigbo disse que o céu estava completamente limpo e Olanna respondeu que era o tempo perfeito para bombardeamentos aéreos, e riram-se. Passou um menino com uns calções todos esburacados, que lhe deixavam as nádegas magricelas à vista, e ainda mal tinham respondido «boa tarde» e já estavam novamente mortos de riso. O riso ainda não lhes tinha esmorecido nos rostos e continuavam de mãos fincadas no banco, quando Special Julius entrou no recinto. A sua túnica de lantejoulas cintilava.

– Trouxe o melhor vinho de palma de Umuahia! Peçam ao Ugwu para nos trazer uns copos – disse ele, e pousou um pequeno bidão.

Todo ele e as suas roupas extravagantes irradiavam opulência e otimismo, como se não houvesse nenhum problema que ele não pudesse resolver. Quando Ugwu trouxe os copos, Special Julius disse: – Ouviram a notícia de que o Harold Wilson está em Lagos? Veio com o exército britânico para acabar connosco. Dizem que trouxe dois batalhões.

– Senta-te, meu amigo, e para de dizer disparates – disse Odenigbo.

Special Julius riu-se e sorveu ruidosamente o vinho.

– Estou a dizer disparates, estou, *okwa ya*? Onde é que está o rádio? Talvez Lagos não anuncie ao mundo inteiro que o primeiro-ministro britânico veio ajudá-los a matar-nos, mas pode ser que aqueles loucos de Kaduna o façam.

Bebé apareceu no pátio.

– Boa tarde, Tio Julius.

– Bebé, Bebé! Como é que está a tua tosse? Está melhor? – Molhou um dedo no vinho de palma e levou-o à boca dela. – Isto deve ajudar a tua tosse a passar.

Bebé lambeu os lábios, com um ar satisfeito.

– Julius! – exclamou Olanna.

Special Julius fez um gesto afetado com a mão.

– Nunca subestimes o poder do álcool.

– Vem sentar-te ao pé de mim, Bebé – disse Olanna.

O vestido de Bebé estava puído de tanto uso. Olanna instalou-a no seu colo e puxou-a para si. Pelo menos agora Bebé já não tossia tanto; pelo menos já comia.

Odenigbo tirou o rádio de debaixo do banco. Um som estridente rasgou o ar e, a princípio, Olanna pensou que fosse o rádio, mas depois percebeu que era a sirene a alertar para um ataque aéreo. Ficou imóvel. Alguém da casa vizinha gritou «Avião inimigo!», ao mesmo tempo que Special Julius gritava «Abriguem-se!» e saltava para fora do alpendre, derrubando o vinho de palma. Os vizinhos corriam espavoridos, gritando palavras que Olanna não conseguia entender, porque o som insistente e penetrante se lhe enfiara na cabeça. Escorregou no vinho e caiu em cima do joelho. Odenigbo levantou-a antes de agarrar em Bebé e correr. O bombardeamento já começara – choviam balas dos céus –, quando Odenigbo segurou na chapa de zinco para todos eles rastejarem para dentro do abrigo. Odenigbo foi o último a entrar. Ugwu estava agarrado a uma colher suja de sopa. Olanna defendeu-se dos grilos à palmada; os corpos ligeiramente húmidos dos insetos deixavam-lhe os dedos com uma sensação viscosa e, mesmo quando já não estavam empoleirados em cima dela, continuou a açoitar os braços e as pernas. A primeira explosão pareceu distante. Seguiram-se outras, mais perto, mais estrondosas, e a terra abanou. Vozes à volta dela gritavam: «Meu Deus! Meu Deus!» Olanna tinha a bexiga completamente cheia, dolorosamente cheia, como se fosse rebentar e libertar, não urina, mas as preces truncadas que ela estava a balbuciar. Ao seu lado, encontrava-se uma mulher encolhida com uma criança nos braços, um menino um pouco mais pequeno do que Bebé.

O abrigo estava na penumbra, mas Olanna conseguia ver as marcas de tinha com crostas brancas que cobriam o corpo da criança. Outra explosão fez a terra tremer. De repente, os sons pararam. O ar ficou tão silencioso que, quando saíram do abrigo, conseguiram ouvir o cacarejar de algumas aves ao longe. Diferentes cheiros a queimado pairavam no ar.

– O nosso fogo antiaéreo foi maravilhoso! *O di egwu!* – exclamou alguém.

– O Biafra ganhará a guerra! – Special Julius começou a entoar a canção e daí a nada quase todas as pessoas da rua já se tinham juntado a ele.

O Biafra ganhará a guerra.
Carro blindado, bombardeiro,
Soldado e piloto,
Ha enweghi ike imeri Biafra!

Olanna observou Odenigbo a cantar com paixão e tentou cantar também, mas as palavras ficaram-lhe coladas à língua, inertes. Tinha uma dor aguda no joelho; pegou na mão de Bebé e voltou para dentro de casa.

Estava a dar o banho a Bebé, ao fim do dia, quando a sirene de alarme soou novamente e ela agarrou em Bebé, nua, e saiu a correr do anexo que servia de casa de banho. Bebé quase lhe escorregou dos braços. O rugido rápido dos aviões e o *ta-ta-ta* estrepitoso do fogo antiaéreo rodearam-na, vindos de cima, de baixo, de todos os lados, e ela sentiu os dentes a bater. Deixou-se cair no chão do abrigo e ignorou os grilos.

– O Odenigbo? – perguntou passados uns instantes, agarrando no braço de Ugwu. – Onde está o teu senhor?

– Está aqui, minha senhora – disse Ugwu, olhando em redor.

– Odenigbo! – gritou Olanna.

Mas ele não respondeu. Ela não se lembrava de o ter visto entrar no abrigo. Ele ainda estava lá em cima, algures. A explosão que se seguiu rebentou-lhe com o ouvido interno; tinha a certeza de que se inclinasse a cabeça para o lado, uma coisa semidura tipo cartilagem cairia de lá de dentro. Chegou-se para a entrada do abrigo. Atrás de si, ouviu Ugwu dizer: – Minha senhora? Minha senhora?

Uma mulher que vivia na mesma rua disse: – Volta para aqui! Onde é que vais? *Ebe ka I na-eje?* –, mas ela ignorou-os aos dois e trepou para fora do abrigo.

O fulgor do sol apanhou-a de surpresa, fê-la sentir-se zonza. Desatou a correr, com o coração a bater tão depressa que lhe feria o peito, gritando: – Odenigbo! Odenigbo! – até que o viu, debruçado sobre alguém estendido no chão. Olhou para o seu tronco peludo e nu, e para a sua nova barba e os seus chinelos rotos, e, de repente, a hipótese de ele morrer – de todos eles morrerem – tornou-se tão evidente que foi como se uma mão se lhe fincasse no pescoço e lhe apertasse a garganta à laia de aviso. Abraçou-o com força. Uma casa ao fundo da rua estava a arder.

– Está tudo bem, *nkem* – disse Odenigbo. – Ele foi atingido por uma bala, mas parece-me um ferimento superficial. – Afastou-a de si e voltou para junto do homem, atando-lhe o braço com a sua camisa.

*

Na manhã seguinte, o céu parecia um mar calmo. Olanna disse a Odenigbo que nem ele nem ela iriam trabalhar; passariam o dia no abrigo.

Ele riu-se.

– Não sejas tola.

– Ninguém vai mandar os filhos para a escola – disse ela.

– Então, o que é que vais fazer? – O tom dele era tão normal como fora o seu ressonar durante a noite, enquanto Olanna não pregara olho e ficara a transpirar na cama, a imaginar o barulho de bombas a cair.

– Não sei.

Ele beijou-a.

– Vai para o abrigo se a sirene de alarme tocar. Não vai acontecer nada. Eu sou capaz de chegar um pouco mais tarde, se hoje formos dar instrução a Mbaise.

A princípio, ela ficou irritada com a descontração dele, mas, depois, sentiu-se reconfortada. Acreditou nas palavras de Odenigbo, mas só enquanto ele esteve perto dela. Assim que se foi embora, Olanna sentiu-se vulnerável, exposta. Não tomou banho. Tinha medo de ir lá fora, à latrina. Tinha medo de se sentar, porque podia adormecer e ser apanhada desprevenida quando soasse a sirene. Bebeu copos e copos de água até ficar com a barriga inchada e, no entanto, tinha a sensação de que lhe haviam sugado a saliva toda da boca e que estava prestes a engasgar-se com grumos de ar seco.

– Hoje vamos passar o dia no abrigo – disse ela a Ugwu.

– No abrigo, minha senhora?

– Sim, no abrigo. Ouviste o que eu disse.

– Mas não podemos ficar dentro do abrigo o dia todo, minha senhora.

– Será que estou a falar com a boca cheia de água? Eu disse que vamos ficar no abrigo.

Ugwu encolheu os ombros.

– Sim, minha senhora. Levo a comida da Bebé para lá?

Ela não respondeu. Estava pronta para lhe dar um estalo se se atrevesse a sorrir, porque percebeu que ele achava ridícula a ideia de levar um prato com a papa de Bebé para dentro de um buraco húmido, escavado na terra, e de lá passar o dia inteiro.

– Prepara a Bebé – disse ela, e ligou o rádio.

– Sim, minha senhora – disse Ugwu. – *O nwere igwu.* Encontrei lêndeas no cabelo dela, hoje de manhã.

– O quê?

– Lêndeas. Mas foram só duas e não encontrei mais nenhuma.

– Lêndeas? Que história é essa? Como é que a Bebé pode ter lêndeas? Eu lavo-a bem. Bebé! Bebé!

Olanna puxou Bebé para junto de si, desfez-lhe as tranças e pôs-se a inspecionar os seus grossos cabelos.

– Deve ser daqueles vizinhos sujos com quem tu brincas, aqueles vizinhos sujos. – Tinha as mãos a tremer e deu um puxão a uma madeixa de cabelo para ela não lhe escorregar dos dedos. Bebé começou a chorar.

– Fica quieta! – gritou Olanna.

Bebé soltou-se, correu para Ugwu e ficou parada a olhar para Olanna com uns olhos estupefactos, como se não a reconhecesse. Do rádio, irrompeu o hino nacional do Biafra, preenchendo o silêncio.

Terra do sol nascente, que tanto amamos e sempre amaremos,
Amada pátria dos nossos corajosos heróis;
As nossas vidas temos de defender, senão morreremos.
Nossos corações de nossos inimigos protegeremos;
Mas se o preço a pagar for a morte para defendermos o que
[nos é querido,
Então, sem medo a morte enfrentaremos...

Ouviram até ao fim.
– Leva-a lá para fora e fica no alpendre, mas mantém-te alerta – disse finalmente Olanna, cansada, a Ugwu.
– Não vamos para o abrigo?
– Leva-a lá para fora para o alpendre.
– Sim, minha senhora.

Olanna sintonizou o rádio; era demasiado cedo para os noticiários sobre a guerra, para os inflamados monólogos sobre a grandeza do Biafra que ela precisava desesperadamente de ouvir. Na BBC, deram as últimas notícias sobre o conflito: emissários do papa, da Organização da Unidade Africana, da Commonwealth, iam a caminho da Nigéria para tentar negociar a paz. Ela escutou, apática, e desligou assim que ouviu Ugwu a falar com alguém. Foi lá fora ver quem era. Mrs. Muokelu estava de pé atrás de Bebé, a refazer as tranças que Olanna desmanchara. Os pelos dos braços dela brilhavam muito, como se tivesse usado demasiado óleo de semente de palma.
– Também não foste trabalhar? – perguntou Olanna.
– Sabia que os pais iam guardar as crianças em casa.
– E quem não o faria? Que raio de campanha de bombardeamento ininterrupta é esta?

– É por causa da visita do Harold Wilson. – Mrs. Muokelu resfolegou. – Querem impressioná-lo para que ele mande vir o exército britânico.

– O Special Julius disse o mesmo, mas é impossível.

– Impossível? – Mrs. Muokelu sorriu, como se Olanna não tivesse a mínima ideia do que estava a dizer. – E, já agora, esse tal Special Julius... tu sabes que ele vende salvos-condutos falsos?

– Ele é fornecedor do exército.

– Não estou a dizer que ele não tenha contratos com o exército, ainda que muito, muito pequenos, mas o que ele faz é vender salvos-condutos falsos. O irmão dele tem um cargo importante e eles estão metidos nisso juntos. É por causa de gente como eles que os escroques todos andam por aí com livres-trânsitos nas mãos. – Mrs. Muokelu acabou uma trança e deu uma palmadinha afetuosa no cabelo de Bebé. – O irmão é um criminoso. Dizem que ele deu salvos-condutos aos familiares todos para os dispensar do serviço militar, a todos os homens da sua *umunna*. E nem imaginas o que ele faz com aquelas raparigas muito, muito jovens que se arrastam pelos cantos à procura de velhos que as sustentem. Dizem que chega a levar cinco delas para o quarto de uma só vez. *Tufia!* São pessoas como ele que devem ser fuziladas quando o Estado do Biafra estiver plenamente instaurado.

Olanna deu um salto.

– Aquilo foi um avião? Foi um avião?

– Um avião, *kwa*? – Mrs. Muokelu riu-se. – Alguém fechou uma porta na casa ao lado e tu perguntas se foi um avião?

Olanna sentou-se no chão e esticou as pernas. Estava exausta de tanto medo.

– Ouviste a notícia de que abatemos o bombardeiro deles na zona de Ikot-Ekpene? – perguntou Mrs. Muokelu.

– Não, não ouvi.

– E foi um simples civil com uma caçadeira! Tenho a impressão de que os Nigerianos são tão estúpidos que quem quer que trabalhe para eles também se torna estúpido. São demasiado estúpidos para poderem pilotar os aviões que a Rússia e a Grã-Bretanha lhes deram, por isso mandaram vir pilotos brancos, mas nem esses são capazes de atingir um único alvo. Ah! Metade das bombas deles nem sequer explode.

– Mas a metade que explode chega e sobra para nos matar – ripostou Olanna.

Mrs. Muokelu continuou a falar como se não tivesse ouvido Olanna.

– Ouvi dizer que a nossa *ogbunigwe* está a deixá-los transidos de medo. Em Afikpo, só matou umas quantas centenas de homens, mas todo o batalhão nigeriano se retirou com medo. Nunca viram uma arma daquelas. Nem imaginam o que ainda temos na manga. – Riu-se, abanou a cabeça e deu um puxão ao meio sol amarelo que levava ao pescoço. – O Gowon mandou-os bombardear o Mercado de Awgu em plena tarde, quando havia mulheres a comprar e a vender nas ruas. Recusou-se a deixar a Cruz Vermelha trazer-nos comida, recusou-se *kpam-kpam*, para morrermos à fome. Mas não vai conseguir. Se tivéssemos quem nos pusesse armas e aviões nas mãos, como põem nas mãos dos Nigerianos, isto já teria acabado há muito tempo e por esta altura estávamos todos sossegadinhos em casa. Mas havemos de derrotá-los. Deus está a dormir? Não! – Mrs. Muokelu riu-se.

A sirene soou. Olanna estava há tanto tempo à espera daquele som áspero, que foi perpassada por um arrepio premonitório antes de o ouvir. Virou-se para Bebé, mas já Ugwu pegara nela ao colo e começara a correr para o abrigo. Olanna ouviu o barulho dos aviões ao longe, como uma trovoada que se adensa, e daí a pouco os fortes estampidos dispersos do fogo antiaéreo. Antes de rastejar para dentro do abrigo olhou para cima e viu os jatos bombardeiros a deslizarem, como falcões, a uma altitude surpreendentemente baixa, envoltos em bolas de fumo cinzento.

Quando treparam para fora do abrigo, mais tarde, alguém disse: – Atingiram a escola primária!

– Aqueles selvagens bombardearam a nossa escola – disse Mrs. Muokelu.

– Olhem! Outro bombardeiro! – disse um rapaz, rindo-se, e apontou para um abutre que voava por cima deles.

Juntaram-se à multidão que corria para a Escola Primária de Akwakuma. Dois homens passaram na direção oposta, carregando um cadáver calcinado. A cratera de uma bomba, suficientemente larga para engolir um camião, rachara a estrada ao meio, à porta da escola. O telhado do barracão das salas de aulas estava soterrado debaixo de uma amálgama de madeira, metal e terra. Olanna não reconheceu a sua sala. Todas as janelas tinham ficado destruídas, mas as paredes continuavam de pé. Do lado de fora, onde os seus alunos costumavam brincar na areia, o estilhaço de uma granada abrira um buraco perfeito no chão, como que executado por um berbequim. E enquanto ajudava a retirar as poucas cadeiras que se podiam salvar, foi no buraco que Olanna pensou: na maneira como um pedaço quente de metal carnívoro conseguia recortar uma espiral tão bonita no solo.

*

A sirene não disparou de manhã cedo e, por isso, quando o violento ruído dos bombardeiros surgiu do nada, enquanto Olanna misturava farinha de milho com água para a papa de Bebé, soube que chegara a hora. Alguém ia morrer. Ou talvez todos. A morte era a única coisa que fazia sentido, pensou ela, agachada debaixo da terra, agarrando num punhado de solo e esfregando-o entre os dedos, à espera que o abrigo explodisse. O barulho das bombas tornava-se mais alto e mais próximo. A terra latejou. Ela não sentiu nada. Estava a flutuar para fora de si mesma. Houve mais uma explosão e a terra vibrou, e uma das crianças nuas que rastejava atrás dos grilos riu-se. Depois, as explosões pararam e as pessoas à volta dela começaram a mexer-se. Se ela tivesse morrido, se Odenigbo e Bebé e Ugwu tivessem morrido, o abrigo continuaria a cheirar a terra acabada de arar e o sol continuaria a levantar-se todos os dias e os grilos continuariam aos saltos. A guerra prosseguiria sem eles. Olanna expirou, inundada por uma raiva espumosa. Era precisamente essa sensação de inconsequência que a empurrava do medo extremo para o extremo da fúria. A sua vida tinha de ser importante. Ia parar de viver apaticamente, à espera de morrer. Até o Biafra ganhar, os vândalos iam deixar de ditar a maneira como ela vivia.

Foi a primeira a sair do abrigo. Uma mulher atirara-se para o chão junto do corpo de uma criança e estava a rebolar na terra, gritando: – Gowon, que mal te fiz eu? Gowon, *olee ihe m mere gi?*

Umas quantas mulheres rodearam-na e ajudaram-na a levantar-se.

– Para de chorar, chega – disseram. – O que queres que os teus outros filhos façam sem ti?

Olanna foi para o quintal e começou a tirar cinzas do balde de metal. Tossiu quando ateou uma fogueira; o fumo da madeira picava-lhe os olhos.

Ugwu observava-a.

– Quer que eu faça isso, minha senhora?

– Não.

Dissolveu as cinzas num alguidar de água fria, mexendo com uma força tal que ficou com as pernas salpicadas. Colocou a mistela ao lume e ignorou Ugwu. Ele deve ter pressentido a raiva que escalava por ela acima e que a deixava zonza, porque voltou para dentro de casa sem dizer mais nada. Na rua, a voz da mulher em prantos subia constantemente de tom, cada vez mais rouca e fraca. «Gowon, que mal te fiz eu? Gowon, *olee ihe m mere gi?*» Olanna despejou um pouco de óleo de palma para dentro da papa arrefecida e mexeu e mexeu até os braços ficarem doridos de cansaço. Havia qualquer coisa de delicioso no suor que lhe escorreu pelas axilas, na onda de vigor que lhe deixou o coração aos pulos, na papa de estranho cheiro que emergiu depois de fria. Formava espuma. Olanna fizera sabão.

No dia seguinte, não atravessou a praça a correr a caminho da escola. A prudência tornara-se, para Olanna, um sinal de fraqueza e falta de fé. Os seus passos eram determinados e ela ergueu várias vezes os olhos para o céu límpido à procura de bombardeiros, porque se os visse pararia para lhes atirar pedras e insultos. Cerca de um quarto dos seus alunos foi às aulas. Ensinou-lhes o significado da bandeira biafrense. Eles sentaram-se em tábuas de madeira e o débil sol da manhã entrou pela sala sem telhado, enquanto ela desenrolava a bandeira de pano de Odenigbo e lhes explicava os símbolos. Vermelho era o sangue dos irmãos massacrados no Norte, preto era o luto por eles, verde era a prosperidade que o Biafra teria um dia e, por último, o meio sol amarelo representava o futuro glorioso. Ensinou-os a fazer a saudação de mão no ar como Sua Excelência e pediu-lhes para copiarem uns desenhos que ela fizera dos dois líderes: Sua Excelência era corpulento, delineado com traço duplo, enquanto o corpo caduco de Gowon era traçado com uma linha fininha.

Nkiruka, a sua melhor aluna, fez uns sombreados nos rostos e, com uns quantos riscos a lápis, deu a Gowon um esgar carrancudo e a Sua Excelência um sorriso.

– Tenho vontade de matar os vândalos todos, senhora professora – disse ela, quando lhe entregou o desenho. Exibia o sorriso de uma criança precoce convencida de que dissera a coisa certa.

Olanna ficou parada a olhar para ela, sem saber o que dizer.

– Vai-te sentar, Nkiruka – disse, por fim.

A primeira coisa que Olanna contou a Odenigbo, quando ele chegou a casa, foi a maneira banal como a palavra «matar» soara na boca de uma criança e a culpa que sentira. Encontravam-se no seu quarto e o rádio estava ligado baixinho e ela conseguia ouvir o riso agudo de Bebé na divisão ao lado.

– Ela não quer matar ninguém, *nkem*. Tu apenas lhe ensinaste o patriotismo – disse Odenigbo, descalçando-se.

– Não sei.

Mas as palavras dele deram-lhe coragem, bem como o orgulho que lhe viu no rosto. Ele apreciara que ela tivesse falado com tanta garra, por uma vez na vida, sobre a causa; era como se, finalmente, tivesse ficado em pé de igualdade com ele nos seus esforços para participar naquela guerra.

– A Cruz Vermelha lembrou-se da nossa Direção, hoje – disse ele, e apontou para a pequena caixa de cartão que trouxera do trabalho.

Olanna abriu-a e colocou as latas baixinhas de leite condensado, a esguia lata de *Ovaltine* e o pacote de sal em cima da cama. Pareceram-lhe um verdadeiro luxo. Na rádio, uma voz vibrante disse que os valentes soldados biafrenses estavam a expulsar os vândalos da zona de Abakaliki.

– Vamos fazer uma festa – disse ela.

– Uma festa?

– Um pequeno jantar para amigos. Como costumávamos fazer em Nsukka.

– Isto vai acabar daqui a pouco tempo, *nkem*, e nessa altura faremos todas as festas que quiseres, num Biafra livre.

Ela gostou da maneira como ele disse «num Biafra livre» e levantou-se e espetou-lhe um beijo na boca.

– Sim, mas podemos fazer uma festa em tempo de guerra.

– Mal temos comida que chegue para nós.

– Temos que chegue e sobre para nós.

Ela ainda tinha a boca encostada à dele quando, de repente, as suas palavras adquiriram um significado completamente diferente e ela recuou e tirou o vestido pela cabeça num único gesto fluido. Desapertou-lhe o cinto das calças, mas não o deixou despi-las. Virou-se de costas e apoiou-se na parede e guiou-o para dentro do seu corpo, excitada com o espanto dele, com as mãos firmes com que ele lhe agarrava nas ancas. Sabia que devia baixar a voz, porque Ugwu e Bebé estavam no quarto ao lado e, no entanto, não conseguiu controlar os seus próprios gemidos, nem o prazer puro e primitivo que sentiu em ondas sucessivas, que terminaram com os dois encostados à parede, ofegantes e sorridentes.

CAPÍTULO 26

Ugwu detestava a comida do centro de ajuda humanitária. O arroz era gordo, não tinha nada a ver com os grãos esguios de Nsukka, a farinha de milho nunca ficava macia depois de mexida em água quente e o leite em pó engrumava irremediavelmente no fundo das chávenas. Estremeceu de repulsa quando tirou uma colherada de gema de ovo. Era difícil imaginar que aquele pó saíra do ovo de uma galinha verdadeira. Deitou-o na massa e mexeu. Lá fora, um tacho com areia branca até meio encontrava-se ao lume; ia esperar que aquecesse mais um pouco e depois colocaria a massa lá dentro. Tinha-se mostrado cético quando Mrs. Muokelu ensinara aquela forma de cozer a Olanna; conhecia de ginjeira as ideias de Mrs. Muokelu: no fim de contas, o sabão caseiro de Olanna, aquela mistela castanha quase preta que lhe fazia lembrar diarreia de criança, saíra da cabeça dela. Mas a primeira massa que Olanna cozera ficara boa; ela riu-se e disse que era um exagero chamar «bolo» àquela mistura de farinha, óleo de palma e gema de ovo em pó, mas pelo menos tinham arranjado uma boa maneira de usar a farinha.

A Cruz Vermelha irritava Ugwu; o mínimo que podiam fazer era perguntar aos Biafrenses quais eram os seus alimentos preferidos, em vez de lhes mandarem tanta farinha insonsa. Quando abrira o novo centro de ajuda humanitária, aonde Olanna ia de rosário ao pescoço porque Mrs. Muokelu dizia que as pessoas da Caritas eram mais generosas para os católicos, Ugwu tivera esperança de que a comida fosse melhor. Mas o que ela trazia para casa era igual, só que o peixe seco era ainda mais salgado, e ela regressava a cantar, divertida, a canção que as mulheres cantavam no centro.

Caritas, obrigado,
Caritas si anyi taba okporoko
na kwashiorkor ga-ana.

Não cantava nos dias em que regressava sem nada. Sentava-se no alpendre, olhava para o telhado de colmo e dizia:
– Lembras-te, Ugwu, de que deitávamos fora a sopa com carne ao fim de um só dia?
– Sim, minha senhora – dizia Ugwu.
Desejava poder ir ele próprio ao centro de ajuda. Desconfiava de que Olanna, com os seus bons modos e sotaque inglês, esperava pela sua vez até já não haver mais nada para distribuir. Mas não podia ir, porque ela não o deixava sair durante o dia. Ouviam-se histórias em todo o lado sobre recrutamentos à força. Ele sabia que um rapaz que vivia ali na rua tinha sido arrastado, numa tarde, e levado, ao fim do dia, de cabeça rapada e sem qualquer treino militar, direito para a frente de batalha. Mas Ugwu achava que Olanna estava a exagerar. De certeza que podia continuar a ir ao mercado. De certeza que era escusado levantar-se antes de raiar o dia para ir buscar água.

Ouviu vozes na sala de estar. Special Julius falava quase tão alto quanto o Senhor. Ele levar-lhes-ia o bolo e depois arrancaria as ervas daninhas da pequena horta de legumes encarquilhados, ou talvez se sentasse na pilha de blocos de cimento a olhar para a casa em frente, para ver se Eberechi saía e lhe gritava: «Estás bom, vizinho?» Ele acenaria um cumprimento em resposta e imaginar-se-ia a agarrar naquelas nádegas. Surpreendia-o a felicidade que sentia sempre que ela o cumprimentava. O bolo ficou estaladiço por fora e húmido por dentro, e cortou fatias fininhas e levou-as para a sala em vários pires. Special Julius e Olanna estavam sentados, enquanto o Senhor se encontrava de pé, a gesticular, falando sobre a última aldeia que visitara, onde as pessoas tinham sacrificado uma cabra no santuário de *oyi* para afugentar os vândalos.

– Uma cabra inteira! Que desperdício de proteínas! – disse Special Julius, e riu-se.

O Senhor não se riu.

– Não, não, nunca se deve subestimar a importância psicológica deste tipo de coisas. Jamais lhes diríamos para comerem a cabra em vez de a sacrificarem.

– Ah, o bolo! – exclamou Special Julius. Ignorou o garfo e enfiou a fatia inteira na boca. – Muito bom, muito bom. Ugwu, tens de ensinar o pessoal de minha casa, porque a única coisa que fazem com a nossa dose de farinha é *chin-chin*, todo o santo dia comemos *chin-chin*, ainda por cima duros e sem sabor nenhum! Deram-me cabo dos dentes.

– O Ugwu faz tudo bem – disse Olanna. – Facilmente levaria aquela mulher do bar Sol Nascente à falência.

O Professor Ekwenugo bateu à porta, que estava aberta, e entrou. Trazia as mãos enfaixadas em ligaduras beges.

– *Dianyi*, o que é que te aconteceu? – perguntou o Senhor.

– Uma queimadurazita. – O Professor Ekwenugo ficou a olhar para as mãos ligadas como se tivesse acabado de perceber que isso significava que já não podia acariciar a sua unha comprida. – Estamos a preparar uma coisa em grande.

– O nosso primeiro bombardeiro de fabrico biafrense? – brincou Olanna.

– Uma coisa em grande que será revelada a seu tempo – disse o Professor Ekwenugo, com um sorriso enigmático. Comeu desajeitadamente; os bocados de bolo caíam-lhe das mãos antes de chegarem à boca.

– Devia ser uma máquina para detetar sabotadores – sugeriu o Senhor.

– Sim! Malditos sabotadores. – Special Julius fingiu que cuspia. – Eles traíram Enugu. Como é que se pode deixar meros civis a defenderem a nossa capital só com machetes? Foi assim que perdemos Nsukka, retirando as tropas sem razão. Um dos comandantes não é casado com uma haúça? Então, ela pôs-lhe um remédio qualquer na comida.

– Havemos de recapturar Enugu – disse o Professor Ekwenugo.

– Como é que podemos recapturar Enugu, se os vândalos a ocuparam? – retorquiu Special Julius. – Até tampos de sanita eles roubam! Tampos de sanita! Foi um tipo que fugiu de Udi que me contou. E escolhem as melhores casas e obrigam as mulheres e as filhas das pessoas a abrirem-lhes as pernas e a cozinharem para eles.

Imagens da sua mãe, de Anulika e Nnesinachi esparramadas debaixo de um soldado haúça, sujo e queimado pelo sol, surgiram na mente de Ugwu com tanta nitidez que ele se arrepiou todo. Foi lá para fora, sentou-se num bloco de cimento e desejou, desesperadamente, poder ir a casa, nem que fosse por um minuto, para ter a certeza de que nada lhes acontecera. Talvez os vândalos já lá se encontrassem e se tivessem apoderado da cabana da tia, com o seu telhado de chapa ondulada. Ou talvez a sua família tivesse fugido com as cabras e as galinhas, como os rios de gente que chegavam a Umuahia. Os refugiados: Ugwu via-os, mais a cada dia que passava, novas caras nas ruas, no poço público, no mercado. Mulheres vinham com frequência bater à porta, a perguntar se não havia trabalho que pudessem fazer em troca de comida. Vinham com os seus filhos magros e nus. Às vezes, Olanna dava-lhes *garri* ensopado em água fria, antes de lhes dizer que não tinha trabalho. Mrs. Muokelu acolhera uma família de oito pessoas. Trazia as crianças para brincarem com Bebé e, de cada vez, quando se iam embora, Olanna pedia a Ugwu para inspecionar cuidadosamente o cabelo de Bebé à procura de lêndeas. Os vizinhos receberam familiares. Os primos do Senhor vieram passar umas semanas e dormiram na sala de estar até partirem para se alistarem no exército. Havia tantas pessoas em fuga, cansadas e sem abrigo, que Ugwu não ficou surpreendido quando, uma tarde, Olanna chegou a casa e disse que a Escola Primária de Akwakuma ia ser transformada em campo de refugiados.

– Até já levaram para lá camas de bambu e utensílios de cozinha. E o novo Diretor de Mobilização chega na semana que vem.

Parecia cansada. Abriu o tacho que estava ao lume e ficou a olhar para as fatias de inhame cozido.

– E as crianças, minha senhora?

– Perguntei à diretora da escola se podíamos ser transferidos para outro local e ela olhou para mim e desatou a rir. Somos a última escola. Todas as escolas de Umuahia já foram transformadas em campos de refugiados ou em campos de treino militar. – Fechou o tacho. – Vou organizar umas aulas aqui no pátio.

– Com Mrs. Muokelu?

– Sim, e contigo também, Ugwu. Vais dar aulas a uma turma.

– Sim, minha senhora. – A ideia excitou-o e lisonjeou-o.

– Minha senhora?

– Sim?

– Acha que os vândalos estão na minha terra?

– Claro que não – disse Olanna rispidamente. – A tua terra é demasiado pequena. Se eles pretendem ficar em algum lugar, então será na universidade.

– Mas se tomaram a estrada de Opi que leva a Nsukka...

– Eu já disse que a tua terra é demasiado pequena! Eles não terão interesse nenhum em lá ficar. Não há lá nada que queiram. Não passa de uma pequena povoação do mato.

Ugwu olhou para ela e ela para ele. O silêncio foi pesado e acusador.

– Vou vender os meus sapatos castanhos à *Mama* Onitsha e vou fazer um vestido bonito para a Bebé – disse Olanna por fim, e Ugwu achou a voz dela forçada.

Pôs-se a lavar a louça.

*

Ugwu viu o *Mercedes-Benz* preto deslizar rua abaixo; a palavra Diretor, escrita na matrícula metálica, cintilava ao sol. Perto da casa de Eberechi, o automóvel abrandou, reluzente e enorme, e Ugwu teve esperança de que parasse e lhe perguntasse onde ficava a escola primária, para poder dar uma boa vista de olhos ao *tablier*. Mas o *Mercedes* não se limitou a parar; passou por ele e entrou no recinto da casa. Um ordenança de farda engomada saltou do carro e abriu a porta de trás, antes mesmo de o automóvel ter parado por completo. Fez a continência quando o diretor saiu.

Era o Professor Ezeka. Não parecia tão alto como Ugwu se lembrava; engordara um pouco e o seu fino pescoço engrossara. Ugwu ficou especado a olhar para ele. Havia qualquer coisa de insinuante e novo no homem, no corte impecável do fato, mas a expressão arrogante era a mesma de sempre, bem como a voz rouca.

– O teu senhor está em casa, rapaz?

– Não, senhor – disse Ugwu. Em Nsukka, o Professor Ezeka chamava-lhe Ugwu; agora, parecia não o reconhecer. – Ele foi trabalhar, senhor.

– E a tua senhora?

– Foi para o centro de ajuda humanitária, senhor.

O Professor Ezeka fez sinal ao ordenança para lhe dar um papel e escrevinhou um bilhete, que entregou a Ugwu. A sua caneta de prata reluziu.

– Diz-lhes que o Diretor de Mobilização esteve cá.

– Sim, senhor.

Ugwu lembrou-se da maneira miudinha e irritante como ele inspecionava os copos em Nsukka, como tinha sempre as pernas magras cruzadas, como discordava constantemente do Senhor. Quando o carro partiu rua abaixo, muito devagar, como se o motorista soubesse a quantidade de gente que estava a observá-los, Eberechi atravessou a estrada. Envergava uma saia justa que lhe moldava na perfeição as suas nádegas redondas.

– Estás bom, vizinho? – perguntou ela.

– Estou. E tu?

Ela encolheu os ombros como quem diz «assim assim».

– Foi mesmo o Diretor de Mobilização que acabou de sair daqui?

– O Professor Ezeka? – perguntou ele descontraidamente.
– Sim. Nós conhecíamo-lo bem em Nsukka. Costumava ir a nossa casa todos os dias, para comer a minha sopa de pimento.

– Ah! – Ela riu-se, de olhos arregalados. – Ele é um Homem Grande. *Ihukwara moto?* Viste o carro dele?

– *Chassis* de origem, importado.

Permaneceram calados durante uns instantes. Ele nunca tinha tido uma conversa tão longa com ela e nunca a vira tão de perto. Tinha dificuldade em evitar que o olhar lhe escorregasse para a magnífica proeminência das nádegas. Esforçou-se por se concentrar no rosto dela, nos olhos grandes, na erupção de borbulhas na testa, no cabelo entrançado em espigas cobertas com fio. Ela fitava-o também e ele desejou não ter vestido aquelas calças rotas no joelho.

– Como é que está a menina? – perguntou ela.

– A Bebé está ótima. Está a dormir.

– Vais ajudar a consertar o telhado da escola primária?

Ugwu sabia que um fornecedor do exército doara umas chapas onduladas para substituir o telhado que fora destruído pela explosão e que os voluntários estavam a camuflá-lo com ramos de palmeira. Mas não pensara juntar-se a eles.

– Vou, vou, sim – disse ele.

– Então, vemo-nos por lá.

– Adeus. – Ugwu esperou que se virasse para cravar os olhos no seu rabo, enquanto ela se afastava.

Quando Olanna chegou a casa, de cesto vazio, leu o bilhete do Professor Ezeka com um pequeno sorriso no rosto.

– Sim, soubemos ontem que ele é o novo diretor. E é mesmo típico dele escrever um bilhete destes.

Ugwu tinha lido a mensagem – «Odenigbo e Olanna, passei por cá para vos cumprimentar. Passarei novamente na próxima semana, se este novo emprego enfadonho me deixar. Ezeka» –, mas perguntou: – Porquê, minha senhora?

– Oh, ele sempre se achou um pouco superior aos outros. – Olanna deixou o bilhete em cima da mesa. – O Professor Achara vai ajudar-nos a arranjar alguns livros, bancos e quadros. Muitas mulheres disseram-me que nos vão mandar os filhos na próxima semana. – Ela parecia excitada.

– Que bom, minha senhora. – Ugwu mudou o peso do corpo de um pé para o outro. – Vou ajudar a consertar o telhado da escola. Volto a tempo de fazer o comer da Bebé.

– Ah – disse Olanna.

Ugwu sabia que ela estava a pensar nos recrutamentos à força.

– Acho que é importante ajudar numa coisas destas, minha senhora – disse ele.

– Claro. Sim, fazes bem em ajudar. Mas, por favor, tem cuidado.

Ugwu viu Eberechi assim que chegou; estava no meio de uns homens e de umas mulheres debruçados sobre uma pilha de ramos de palmeira, ocupados a cortarem-nos e a acamarem as folhas, antes de os passarem a um homem empoleirado numa escada de madeira.

– Vizinho! – disse ela. – Estive a contar a toda a gente que os teus senhores conhecem pessoalmente o diretor.

Ugwu sorriu e disse um «boa tarde» geral. Os homens e mulheres murmuraram «boa tarde» e «*ehe, kedu*» e «*nno*», com o respeito e admiração suscitados por ele conhecer quem conhecia. De repente, Ugwu sentiu-se importante. Alguém lhe deu um alfange. Uma mulher estava sentada nas escadas a moer sementes de melão, umas meninas jogavam cartas à sombra da mangueira e um homem talhava uma bengala, cujo punho era o rosto barbudo cuidadosamente esculpido de Sua Excelência. No ar pairava um cheiro a podre.

– Imagina o que deve ser viver num sítio como este – sussurrou-lhe Eberechi ao ouvido, inclinando-se para ele. – E vêm lá muito mais pessoas, agora que Abakaliki caiu. Sabes que desde que perdemos o controlo de Enugu, o alojamento tornou-se um grande problema. Algumas pessoas que trabalham nas direções até passaram a dormir nos carros.

– É verdade – concordou Ugwu, embora não tivesse a certeza. Adorava que ela estivesse a falar com ele, adorava aquela simpatia e familiaridade. Pôs-se a cortar umas folhas de palmeira com golpes firmes. Na sala de aulas, alguém ligou o rádio: os valentes soldados biafrenses estavam a terminar uma operação de limpeza num setor que Ugwu não percebeu qual era.

– Os nossos rapazes estão a dar cabo deles! – disse a mulher que moía sementes de melão.

– O Biafra vai ganhar esta guerra, Deus escreveu isso no céu – disse um homem, com a barba entrançada a formar uma só madeixa fininha.

Eberechi riu-se e sussurrou para Ugwu: – Aquele é um campónio. Não sabe que se diz B*i*afra e não B*ai*afra, como se fosse uma palavra inglesa.

Ugwu riu-se. Os ramos de palmeira estavam pejados de formigas, gordas e pretas, e quando uma delas rastejou para o braço de Eberechi ela soltou um guincho e fitou-o com um ar indefeso. Ugwu afastou o bicho com um gesto rápido e sentiu a humidade quente da pele de Eberechi. Ela quisera que ele lhe tocasse; não parecia o tipo de pessoa que tivesse realmente medo de formigas.

Uma das mulheres tinha um menino amarrado às costas. Ajeitou o pano que o prendia e disse: – Estávamos a voltar do mercado quando descobrimos que os vândalos tinham ocupado o cruzamento e estavam a atacar o interior da povoação. Não pudemos voltar para casa. Tivemos de dar meia-volta e fugir. Eu só tinha este pano e esta blusa e o pouco dinheiro da venda dos meus pimentos. Não sei onde estão os meus dois filhos, os que deixei em casa para ir ao mercado. – Começou a chorar. A maneira abrupta como as lágrimas lhe saltaram dos olhos, a maneira como lhe escorreram em bica pela cara, espantou Ugwu.

– Para de chorar, mulher – disse o homem da barba entrançada, secamente.

A mulher continuou a chorar. O bebé dela também desatou a chorar.

Quando Ugwu levou um molhe de folhas até junto da escada, parou para espreitar para dentro de uma das salas de aulas. Tachos, esteiras para dormir, caixas de metal e camas de bambu atravancavam-na de tal modo que a sala parecia ter sido sempre um abrigo de grupos díspares de pessoas sem sítio para onde ir. Um *poster* colorido colado na parede dizia: EM CASO DE ATAQUE AÉREO, NADA DE PÂNICO. SE VIRES O INIMIGO, ACABA COM ELE. Outra mulher de bebé amarrado às costas estava a lavar tubérculos de mandioca descascados num tacho cheio de água suja. O rosto do bebé estava enrugado. Ugwu quase vomitou quando se aproximou e percebeu que o cheiro a podre vinha daquela água: fora previamente usada para pôr a mandioca de molho, provavelmente durante vários dias, e estava a ser reutilizada. O cheiro era nauseabundo, invasivo, um cheiro a latrina suja, feijão rançoso cozido a vapor e ovos podres.

Susteve a respiração e voltou para junto da pilha de ramos de palmeira. A mulher chorosa estava a dar de mamar ao bebé num peito descaído.

– A nossa terra não teria caído nas mãos do inimigo se não fosse pelos sabotadores que vivem entre nós! – disse o homem da barba entrançada. – Eu pertencia à Defesa Civil. Sei a quantidade de infiltrados que descobrimos e eram todos gente de Rivers[1]. O que eu vos estou a dizer é que já não podemos confiar nestas minorias que não falam ibo.

Calou-se e virou-se ao ouvir um grito vindo de um grupo de rapazes que andavam a brincar às guerras no meio do recinto. Deviam ter uns dez ou onze anos, usavam folhas de

---

[1] Um dos 36 estados da Nigéria, criado em 1967, e cuja capital é Port Harcourt. *(N. da T.)*

bananeira na cabeça e empunhavam armas a fingir, feitas de bambu. A arma mais comprida pertencia ao comandante do exército do Biafra, uma criança alta e de expressão séria, com as maçãs do rosto muito salientes.

– Avancem! – gritou ele.

Os rapazes avançaram devagar.

– Disparem!

Atiraram pedras com grandes gestos de braços e, depois, agarrados às armas, precipitaram-se para os outros rapazes, do exército nigeriano, os vencidos.

O homem da barba começou a bater palmas.

– Estes miúdos são uma maravilha! Deem-lhes armas, que eles expulsam os vândalos.

Houve mais quem aplaudisse e aclamasse os rapazes. Os ramos de palmeira foram esquecidos durante uns minutos.

– Sabem que tentei alistar-me no exército quando começou a guerra – disse o homem da barba. – Fui a todo o lado, mas rejeitaram-me sempre por causa da minha perna, por isso tive de me juntar à Defesa Civil.

– O que é que tem a tua perna? – perguntou a mulher que moía sementes de melão.

Ele levantou a perna. Faltava-lhe metade do pé e o que sobrava parecia um pedaço mirrado de inhame velho.

– Fiquei sem ele no Norte – disse ele.

No silêncio que se seguiu, o crepitar dos ramos de palmeira parecia demasiado ruidoso. Foi então que de uma das salas saiu uma mulher a correr atrás de uma criança, dando palmadas na cabeça da garota sem parar.

– Com que então foi só um prato? Nesse caso, vamos, parte os meus pratos todos! Parte-os! *Kuwa ha!* Temos imensos pratos, não temos? Trouxemos os nossos pratos todos, não foi? Parte-os! – disse ela.

A garota fugiu em direção à mangueira. Antes de a mãe voltar para dentro da sala, ficou parada a praguejar durante uns instantes, murmurando que os espíritos que tinham mandado a filha partir os seus poucos pratos não sairiam vencedores.

– Porque é que a criança não há de partir um prato? Até parece que temos comida para servir neles! – disse amargamente a mulher que estava a dar de mamar, ainda fungosa.

Eles riram-se e Eberechi inclinou-se para Ugwu e sussurrou que o homem da barba tinha mau hálito e que provavelmente foi por isso que ninguém o quis no exército. Ugwu estava mortinho por encostar o seu corpo ao dela.

Foram-se embora juntos e Ugwu olhou para trás para ter a certeza de que todos tinham reparado que estavam juntos. Um soldado com a farda e o capacete do exército biafrense passou por eles a pé, falando numa voz demasiado alta um inglês *pidgin* estropiado que pouco ou nenhum sentido fazia. Vacilava a cada passo, como se fosse cair para o lado. Tinha um braço inteiro, mas o outro era um coto que terminava um pouco acima do cotovelo. Eberechi observou-o.

– A família dele não sabe – disse ela baixinho.

– O quê?

– A família dele pensa que ele está bem, a lutar pela nossa causa.

O soldado gritava: – Não desperdicem balas! Para cada vândalo uma bala imediata e certeira! – enquanto vários meninos se juntavam à volta dele, provocando-o, rindo-se dele, cobrindo-o com todo o tipo de nomes.

Eberechi acelerou ligeiramente o passo.
– O meu irmão alistou-se no exército, logo no início.
– Não sabia.
– Sim. Só voltou à aldeia uma vez. Todas as pessoas da rua saíram de casa para o cumprimentar e os miúdos queriam à força tocar na farda dele.

Não disse mais nada. Quando chegaram à porta de casa dela, virou costas e afastou-se.
– Amanhã será um novo dia – disse ela.
– Até amanhã – respondeu Ugwu. Gostava de lhe ter dito mais coisas.

Ugwu colocou três bancos no alpendre para a turma de Olanna e dois junto da entrada do recinto da casa para os alunos de Mrs. Muokelu; para a turma que ele próprio ia ensinar, dispôs dois bancos perto da pilha de blocos de cimento.
– Vamos ensinar Matemática, Inglês e Educação Cívica todos os dias – disse Olanna a Ugwu e Mrs. Muokelu, na véspera de começarem as aulas. – Temos de nos certificar de que, quando acabar a guerra, todos eles serão capazes de se encaixar numa escola normal. Vamos ensiná-los a falar corretamente inglês e ibo, como Sua Excelência. Vamos ensiná-los a ter orgulho na nossa grande nação.

Ugwu observou-a e perguntou-se se ela teria lágrimas nos olhos ou se seria simplesmente o brilho intenso do sol. Queria aprender o máximo possível com ela e com Mrs. Muokelu para ser um excelente professor e mostrar a Olanna que era capaz de o fazer. Estava a encostar o quadro a um coto de árvore, no primeiro dia de aulas, quando uma mulher, uma parente qualquer de Special Julius, trouxe a filha. Ela ficou espećada a olhar para Ugwu.

– Aquele ali é professor? – perguntou ela a Olanna.

– É.

– Ele não é o vosso criado? – A sua voz era estridente. – Desde quando é que um criado dá aulas, *bikokwa*?

– Se não queres que a tua filha aprenda, leva-a para casa – respondeu Olanna.

A mulher puxou a filha pela mão e foi-se embora. Ugwu teve a certeza de que Olanna ia olhá-lo com uma compaixão que o irritaria mais ainda do que a mulher, mas ela limitou-se a encolher os ombros e a dizer: – Aquela não faz cá falta. A filha tem piolhos. Vi lêndeas no cabelo dela.

Os outros pais eram diferentes. Olhavam para Olanna, para o seu belo rosto, os seus honorários modestos e o seu inglês perfeito com um respeito pleno de admiração. Levavam-lhe óleo de palma, inhames e *garri*. Uma mulher que fazia comércio atrás da linha do inimigo deu-lhe uma galinha. Um fornecedor do exército levou-lhe dois dos seus filhos e uma caixa de livros para crianças: seis exemplares de *Chike and the River*[2] e oito versões infantis de *Orgulho e Preconceito*, de Jane Austen; quando Olanna abriu a caixa e se abraçou ao homem, Ugwu ficou irritado com o ar de espanto e prazer lascivo que se estampou na cara dele.

Ao fim da primeira semana, já Ugwu estava intimamente convencido de que Mrs. Muokelu sabia muito pouco. Fazia simples contas de dividir com hesitação, falava num

---

[2] Livro infantil da autoria de Chinua Achebe (1930), romancista, poeta e crítico nigeriano, acérrimo defensor da independência do Biafra. *(N. da T.)*

murmúrio quando lia, como se tivesse medo das frases, e ralhava com os alunos quando eles se enganavam nalguma coisa, mas não lhes dizia qual era a resposta certa. Por isso, passou a observar apenas Olanna. «Pronunciem bem! Pronunciem bem!», dizia ela aos alunos, levantando a voz.

«Coló-nia. Coló-nia. A palavra não tem nenhum R!» Como ela mandava os alunos lerem em voz alta todos os dias, Ugwu pedia à sua turma para recitar palavras soltas em voz alta. Muitas vezes era Bebé quem começava. Ela era a mais pequena, ainda não tinha seis anos, no meio de uma turma de crianças de sete, mas lia sem falhas «gato», «panela» e «cama» num sotaque igual ao de Olanna. Não se lembrava, porém, de o tratar por «professor», como toda a gente, e Ugwu disfarçava a vontade de sorrir quando ela dizia: «Ugwu!»

No final da segunda semana, quando as crianças se foram embora, Mrs. Muokelu pediu a Olanna para se sentar com ela na sala. Pegou nas pontas do seu *boubou* demasiado comprido e entalou-as entre as pernas.

– Tenho doze bocas para alimentar – disse ela. – Isso, sem contar com os familiares do meu marido que acabaram de chegar de Abakaliki. O meu marido voltou da frente só com uma perna. O que é que ele pode fazer? Vou começar a fazer «ataques *afia*» para ver se consigo comprar sal. Não posso continuar a dar aulas.

– Compreendo – disse Olanna. – Mas tens de ir comprá-lo em território inimigo?

– O que é que há à venda no Biafra? Fizeram-nos um bloqueio *kpam-kpam*.

– Mas como é que vais deslocar-te?

– Conheço uma mulher que fornece *garri* ao exército, por isso eles fazem escolta militar à camioneta dela. A camioneta leva-nos até Ufuma e daí vamos a pé até uma zona pouco vigiada da fronteira, em Nkwerre-Inyi.

– E que distância é que têm de percorrer a pé?

– Cerca de vinte e cinco ou trinta quilómetros, nada que uma pessoa com determinação não consiga fazer. Levamos as nossas moedas nigerianas e compramos sal e *garri* e depois voltamos a pé para a camioneta.

– Por favor, tem cuidado, minha irmã.

– Há muita gente a fazer isso e não lhes acontece nada. – Ela levantou-se. – O Ugwu vai ter de ficar com a minha turma. Mas eu sei que ele é capaz.

Da mesa de jantar onde estava a dar *garri* e sopa a Bebé, Ugwu fingiu que não tinha ouvido nada.

No dia seguinte, tomou a turma de Mrs. Muokelu a seu cargo. Adorava o brilho de reconhecimento que surgia nos olhos das crianças mais velhas quando ele explicava o significado de uma palavra, adorava a maneira como o Senhor dissera a Special Julius, muito alto: «A minha mulher e o Ugwu estão a mudar o perfil da nova geração de biafrenses com a sua pedagogia socrática!» e adorava, acima de tudo, a forma como Eberechi lhe chamava «professor» a brincar. Ela estava impressionada. Quando a via parada à porta de casa a observá-lo a dar aulas, Ugwu levantava a voz e pronunciava as palavras ainda com mais cuidado. Ela começou a ir ter com ele no fim das aulas. Sentava-se no pátio junto dele, ou brincava com Bebé, ou via-o arrancar as ervas daninhas da horta. Às vezes, Olanna pedia-lhe para levar milho até ao moinho ao fundo da rua.

Ugwu roubava uma parte do leite e do açúcar que o Senhor trazia da Direção, punha-os dentro de velhas latas e levava-as a Eberechi. Ela dizia «obrigada», mas não ficava impressionada, e, por isso, a meio de uma tarde de calor abrasador, ele entrou à socapa no quarto de Olanna e colocou um pouco de pó de talco perfumado numa folha de papel dobrada. Queria à força impressioná-la. Eberechi cheirou o talco, pôs um pouquinho no pescoço e disse: – Eu não te pedi pó de talco.

Ugwu riu-se. Pela primeira vez, sentiu-se completamente à vontade na sua presença. Ela contou-lhe que os pais a tinham empurrado para dentro do quarto do oficial do exército e ele escutou-a como se nunca tivesse ouvido aquela história.

– Ele tinha uma barriga enorme – disse ela, num tom indiferente. – Fez a coisa depressa e depois mandou-me deitar em cima dele. Adormeceu e quis afastar-me, mas ele acordou e mandou-me ficar onde estava. Como não consegui dormir, passei a noite a olhar para a saliva que lhe escorria pelo canto da boca. – Ela fez uma pausa. – Ele ajudou-nos. Pôs o meu irmão no Serviço de Intendência do exército.

Ugwu desviou os olhos. Sentiu raiva por ela ter tido de passar pelo que passara, e sentiu raiva de si mesmo, porque a história fizera-o imaginá-la nua e isso excitara-o. Nos dias que se seguiram, pensou em si na cama com Eberechi e em como essa experiência seria diferente da que ela tivera com o coronel. Tratá-la-ia com o respeito que merecia e só faria aquilo de que ela gostasse, aquilo que quisesse que ele fizesse. Mostrar-lhe-ia as posições que vira no livro do Senhor em Nsukka, *Manual Conciso do Casal*. O livrinho fino fora entalado num canto poeirento da estante do escritório e da primeira vez que Ugwu o vira, enquanto andava a limpar, folheara-o à pressa, passando rapidamente os olhos pelas ilustrações a lápis que de certo modo lhe pareceram ainda mais excitantes por serem irreais. Mais tarde, como percebeu que o Senhor provavelmente nem se lembrava da existência do livro, levou-o para o Anexo dos Criados para o analisar durante umas quantas noites. Tinha pensado em experimentar algumas das posições com Chinyere, mas nunca o fizera: havia qualquer coisa no silêncio metódico das visitas noturnas de Chinyere que tornava toda e qualquer inovação impossível. Gostaria imenso de ter trazido o livro de Nsukka. Queria lembrar-se de alguns pormenores, por exemplo, o que a mulher fazia com as mãos na posição de lado e por trás. Rebuscou o quarto do Senhor e sentiu-se ridículo, porque sabia que era impossível o *Manual Conciso do Casal* ali estar. Depois, sentiu uma profunda tristeza por haver tão poucos livros em cima da mesa, ou em toda a casa.

Ugwu estava a fazer o pequeno-almoço de Bebé e o Senhor a tomar banho, quando Olanna começou aos gritos na sala de estar. O rádio tinha o som muito alto. Ela pegou nele e correu para as traseiras da casa, para o anexo que servia de casa de banho.

— Odenigbo! Odenigbo! A Tanzânia reconheceu-nos!

O Senhor saiu do anexo com o pano húmido mal atado à cintura e o peito coberto de pelos molhados e lustrosos. O seu rosto sorridente ficava estranho sem os óculos grossos.

— *Gini?* O quê?

— A Tanzânia reconheceu-nos! — disse Olanna.

— Ah? — disse o Senhor, e eles abraçaram-se e encostaram as bocas e os rostos, muito juntinhos, como se inspirassem o hálito um do outro.

O Senhor pegou no rádio e sintonizou-o.

— Vamos confirmar. Vamos ouvir os outros canais.

A emissora Voice of America estava a anunciar a mesma notícia, bem como a rádio francesa, cujas palavras Olanna traduziu: a Tanzânia era o primeiro país a reconhecer a existência do Estado independente do Biafra. Finalmente o Biafra existia. Ugwu fez cócegas a Bebé e ela riu-se.

— Nyerere[3] ficará na História como um homem honesto — disse o Senhor. — É claro que há muitos outros países que gostariam de nos reconhecer enquanto nação, mas não o fazem por causa da América. A América é o empecilho!

Ugwu não percebia muito bem porque é que a América tinha culpa de os outros países não reconhecerem o Biafra — achava que a culpa era toda da Grã-Bretanha —, mas repetiu as palavras do Senhor a Eberechi nessa tarde, com um ar muito seguro, como se fossem suas. Estava muito calor e encontrou-a a dormir numa esteira, à sombra do alpendre.

— Eberechi, Eberechi — disse.

Ela sentou-se com o olhar inflamado e ofendido de alguém que fora acordado de repente. Mas sorriu ao ver que era ele.

— Professor, já acabaste as aulas de hoje?

— Já sabes que a Tanzânia nos reconheceu?

— Já, já. — Ela esfregou os olhos e riu-se, um riso feliz que deixou Ugwu mais feliz ainda.

---

[3] Primeiro presidente da Tanzânia, de 1964 a 1985. *(N. da T.)*

– É por causa da América que muitos países não nos reconhecem enquanto Estado; a América é o empecilho – disse ele.

– Sim – concordou ela. Estavam sentados lado a lado nos degraus. – Hoje tivemos boas notícias a dobrar. A minha tia agora é a representante provincial da Caritas. Ela disse que me vai arranjar emprego no centro de ajuda humanitária de St. John. Isso significa que vou ter rações extra de peixe seco!

Ela esticou o braço e, a brincar, beliscou-lhe a pele do pescoço, uma suave pressão dos dedos. Ugwu fitou-a e apercebeu-se de que queria não só apertar-lhe as nádegas nuas, como acordar ao lado dela e saber que dormiriam juntos todos os dias, queria falar com ela e ouvir o seu riso. Eberechi não tinha nada a ver com Chinyere, que fora uma agradável relação de conveniência, mas sim com uma verdadeira Nnesinachi de carne e osso, por quem se apaixonara por causa do que ela dizia e fazia, e não pelo que imaginava que diria ou faria. Sentiu uma onda de reconhecimento encher-lhe o peito e quis dizer-lhe, uma e outra vez, que a amava. Amava-a. Mas não lho disse. Ficaram sentados a elogiar a Tanzânia e a sonhar com peixe seco, e ainda estavam a conversar sobre tudo e nada quando um *Peugeot 403* passou na rua a toda a velocidade. Fez inversão de marcha com uma grande chiadeira de pneus, como se o condutor quisesse causar uma impressão bem forte em que estivesse a vê-lo, e parou à frente da casa. As palavras EXÉRCITO DO BIAFRA estavam toscamente escritas à mão a tinta vermelha. Um soldado saiu do carro, de arma em punho e com uma farda tão elegante que os vincos do ferro eram visíveis na parte da frente. Eberechi levantou-se quando se dirigiu para eles.

– Boa tarde – disse ela.

– És a Eberechi?

Ela fez que sim.

– É por causa do meu irmão? Aconteceu alguma coisa ao meu irmão?

– Não, não. – O soldado tinha um sorriso lascivo e cúmplice, que Ugwu detestou de imediato. – O Major Nwogu mandou chamar-te. Ele está no bar aqui da rua.

– Ah! – Eberechi ficou de boca aberta e com a mão no peito.

– Já vou, já vou. – Virou-se e correu para dentro de casa. Ugwu sentiu-se traído pela excitação dela. O soldado estava especado a olhar para ele.

– Boa tarde – disse Ugwu.

– E tu, quem és? – perguntou o soldado. – És um civil desocupado?

– Sou professor.

– Professor? *Onye nkuzi?* – disse, balouçando a arma para trás e para a frente.

– Sim – respondeu Ugwu em inglês. – Organizamos aulas aqui no bairro e ensinamos aos mais pequenos os ideais da causa biafrense. – Esperava que o seu sotaque inglês fosse parecido com o de Olanna; esperava também que o seu tom pomposo intimidasse o soldado e ele não lhe fizesse mais nenhuma pergunta.

– Que aulas? – perguntou o soldado, quase num murmúrio. Parecia ao mesmo tempo impressionado e cético.

– Ensinamos Educação Cívica, Matemática e Inglês. O Director de Mobilização deu o seu aval ao nosso projeto.

O soldado ficou especado a olhar para ele.

Eberechi saiu a correr; vinha com uma fina camada de pó branco no rosto, as sobrancelhas mais escuras e os lábios pintados de vermelho.

– Vamos – disse ela ao soldado. Depois, debruçou-se e sussurrou a Ugwu: – Eu já volto. Se procurarem por mim, diz que fui buscar uma coisa a casa de Ngozi, se fazes favor.

– Muito bem, Sr. Professor! Até qualquer dia! – despediu-se o soldado, e Ugwu teve a sensação de ver um brilhozinho triunfal nos olhos daquele tolo iletrado.

Ugwu não suportou vê-los ir embora, por isso preferiu examinar o estado das suas unhas. Um misto de dor, confusão e constrangimento derrubou-o. Nem conseguia acreditar que ela acabara de lhe pedir para mentir, enquanto ia a correr ter com um homem de quem nunca lhe falara. Sentiu as pernas bambas ao atravessar a rua. Tudo o que fez durante o resto do dia foi tingido pela amargura e por mais do que uma vez pensou em descer a rua e ir ao bar ver o que se passava.

Já estava escuro quando ela lhe bateu à porta das traseiras.

– Sabias que mudaram o nome do bar Sol Nascente? – perguntou ela, rindo-se. – Agora chama-se bar Tanzânia!

Ele fitou-a e não disse nada.

– Estavam a tocar e a dançar música da Tanzânia, e um homem de negócios entrou e pediu frango e cerveja para toda a gente – continuou ela.

Os ciúmes dele eram viscerais; apertavam-lhe o pescoço e estavam a estrangulá-lo.

– Onde está a Tia Olanna? – perguntou ela.

– Está a ler com a Bebé – disse Ugwu, a custo.

Tinha vontade de sacudi-la até ela lhe dizer toda a verdade sobre aquela tarde, o que fizera com o homem, porque é que o *bâton* lhe desaparecera dos lábios.

Eberechi suspirou.

– Tens água? Estou cheia de sede. Hoje bebi cerveja.

Ugwu nem queria acreditar na descontração e no à-vontade dela. Serviu-lhe um copo de água e ela bebeu-a devagar.

– Conheci o major há umas semanas. Ele deu-me boleia quando fui a Orlu, mas nunca pensei que se lembrasse de mim. É um homem muito simpático. – Eberechi fez uma pausa. – Eu disse-lhe que és meu irmão. Ele garantiu-me que ninguém há de vir cá recrutar-te à força. – Parecia orgulhosa do que tinha conseguido, mas Ugwu teve a sensação de que ela lhe arrancava deliberadamente os dentes, um a um.

Virou-lhe as costas. Não precisava de favores do amante dela.

– Tenho de ir arrumar a casa – disse secamente.

Ela bebeu mais um copo de água e disse: – *Ngwanu*; amanhã será um novo dia. – E foi-se embora.

Ugwu deixou de ir a casa de Eberechi. Ignorava os cumprimentos dela e ficava irritado com aquele seu olhar perplexo e as suas perguntas: «O que foi, Ugwu? O que é que eu te fiz para te ofender?» Por fim, ela parou de o interrogar e de lhe falar. Ele não se importou. No entanto, sempre que passava um carro na rua, corria para ver se era o *Peugeot 403* onde estava escrito EXÉRCITO DO BIAFRA. Via-a partir de manhã e imaginava que talvez ela e o major tivessem combinado encontrar-se regularmente, até que um dia ela foi lá a casa levar uma dose de peixe seco para Olanna. Ele abriu a porta e pegou no pequeno embrulho sem dizer uma só palavra.

– É tão simpática, esta rapariga, *ezigbo nwa* – disse Olanna.

– Deve estar a trabalhar bem, no tal centro de ajuda humanitária.

Ugwu não disse nada. O afeto de Olanna ofendeu-o, bem como a maneira como Bebé perguntava quando é que a Tia Eberechi iria lá a casa brincar. Queria que também sentissem raiva pela traição dela. Contaria a Olanna o que se passara. Era verdade que nunca falara de coisas pessoais desse género com ela, mas sentia que podia fazê-lo. Planeou cuidadosamente a conversa para sexta-feira, o dia em que o Senhor ia ao bar Tanzânia com Special Julius, a seguir ao trabalho. Olanna levara Bebé a visitar Mrs. Muokelu e, enquanto esperava que elas voltassem, Ugwu pôs-se a arrancar as ervas daninhas do jardim, perguntando-se se a sua história não seria pouco substancial. Olanna ia rir-se dele, com aquele ar paciente que tinha sempre que o Senhor dizia algo ridículo. No fim de contas, Eberechi nunca lhe revelara o que sentia por ele. Mas com certeza que não podia alegar desconhecer o que *ele* sentia por ela. Fora insensível da parte dela esfregar-lhe na cara o seu amante oficial do exército, mesmo que não partilhasse os seus sentimentos.

Quando ouviu Olanna chegar, Ugwu ganhou coragem e entrou em casa. Ela estava na sala, com Bebé sentada no chão a desembrulhar uma coisa qualquer que vinha dentro de um velho jornal.

– Bem-vinda, minha senhora – disse Ugwu.

Olanna virou-se para olhar para ele, e o vazio dos olhos dela assustou-o. Acontecera alguma coisa. Talvez ela tivesse descoberto que ele dera uma parte do leite condensado a Eberechi. Mas os olhos dela estavam demasiado apáticos, demasiado vítreos, para que se tratasse de uma simples irritação por ele ter roubado leite há umas semanas. Passava-se algo muito grave. Estaria Bebé novamente doente? Ugwu olhou para Bebé, entretida com o papel de jornal. Sentiu um aperto no estômago perante a perspetiva de más notícias.

– Minha senhora? Aconteceu alguma coisa?

– A mãe do teu senhor morreu.

Ugwu aproximou-se dela, porque as palavras de Olanna tinham-se solidificado e transformado em objetos suspensos que pairavam um pouco para lá do alcance dele. Demorou uns instantes a compreender.

– O primo dele mandou avisar – disse Olanna. – Foi morta a tiro em Aba.

– *Hei!*

Ugwu levou a mão à cabeça e tentou lembrar-se do aspeto da *Mama* da última vez que a vira, parada junto da coleira, recusando-se a abandonar a sua casa. Mas não conseguiu visualizá-la. Em vez disso, veio-lhe à mente uma imagem turva dela na cozinha de Nsukka a abrir uma vagem de grãos de pimenta. Os olhos encheram-se-lhe de lágrimas. Perguntou-se que outras calamidades lhe faltaria ouvir. Talvez os vândalos haúças tivessem passado na sua aldeia; talvez tivessem matado também a sua mãe.

Quando o Senhor chegou a casa e foi para o quarto, Ugwu ficou sem saber se devia ir atrás dele ou esperar que ele saísse. Decidiu esperar. Acendeu o fogão a querosene e preparou a papa de Bebé. Gostaria de ter sido menos ingrato para com as sopas malcheirosas da *Mama*.

Olanna entrou na cozinha.

– Porque é que estás a usar o fogão a querosene? – gritou ela.

– *I naezuzu ezuzu?* Estás parvo? Eu não te disse para pouparés o querosene?

Ugwu sobressaltou-se.

– Mas a senhora disse que eu devia cozinhar a comida da Bebé no fogão.

– Não disse nada! Vai lá para fora acender uma fogueira!

– Desculpe, minha senhora.

Mas a verdade é que ela tinha dito isso; agora, a única pessoa que comia três vezes por dia era Bebé – as restantes estavam reduzidas a duas refeições – e Olanna pedira-lhe para cozinhar a comida dela no fogão a querosene, porque o cheiro a fumo fazia Bebé tossir.

– Sabes quanto custa o querosene? Como não pagas as coisas que usas achas que podes fazer delas o que queres? Na terra de onde vens, a própria lenha não é um luxo?

– Desculpe, minha senhora.

Olanna sentou-se em cima de um bloco de cimento no pátio. Ugwu fez uma fogueira e acabou de preparar o jantar de Bebé. Tinha noção de que ela o observava.

– O teu senhor recusa-se a falar comigo – disse ela.

A longa pausa que se seguiu deixou Ugwu com uma sensação profundamente desconfortável de intimidade; ela nunca lhe falara do Senhor daquela maneira.

– Tenho muita pena, minha senhora – disse ele, e sentou-se ao lado dela.

Teve vontade de lhe pôr uma mão nas costas para a consolar, mas não foi capaz, por isso deixou a mão suspensa no ar, a uns centímetros dela, até que Olanna suspirou, se levantou e voltou para dentro de casa.

O Senhor saiu para ir à casa de banho.

– A minha senhora contou-me o que aconteceu, patrão – disse Ugwu. – *Ndo*. Lamento muito.

– Sim, sim – respondeu o Senhor, e continuou a andar com passos resolutos.

Aquela troca de palavras pareceu inadequada a Ugwu; achava que a morte da *Mama* exigia mais palavras, mais gestos, mais tempo partilhado. Mas o Senhor mal olhara para ele. E quando Special Julius passou lá por casa mais tarde para dizer *ndo*, o Senhor mostrou-se igualmente ríspido e seco.

– É de esperar que haja baixas. A morte é o preço que temos de pagar pela nossa liberdade – disse ele, e levantou-se abruptamente e regressou ao quarto, deixando Olanna a abanar a cabeça com os olhos cheios de lágrimas postos em Special Julius.

Ugwu pensou que o Senhor ficaria em casa no dia seguinte em vez de ir trabalhar, mas ele tomou banho mais cedo do que o costume. Não bebeu chá nem tocou nas fatias de inhame que Ugwu aquecera da véspera. Não enfiou a camisa dentro das calças.

– É impossível entrar no Biafra-Dois, Odenigbo – disse Olanna, seguindo-o até ao carro.

O Senhor retirou os ramos de palmeira empilhados em cima do automóvel. Olanna continuou a dizer qualquer coisa que Ugwu não conseguia ouvir, enquanto o Senhor se debruçava silenciosamente sobre o *capot* aberto. Meteu-se no carro e foi-se embora só com um ligeiro aceno. Olanna correu rua abaixo. Ugwu pensou, durante um breve e absurdo instante, que ela tencionava correr atrás do automóvel do Senhor, mas regressou para dizer que pedira a Special Julius para segui-lo e trazê-lo para casa.

– Ele disse que tem de ir enterrá-la, mas as estradas estão ocupadas. As estradas estão ocupadas – disse ela, de olhos postos na entrada do recinto.

A cada som que ouvia – um camião a passar estrepitosamente, um pássaro a chilrear, o grito de uma criança –, Olanna corria para o alpendre e espreitava para a rua. Um grupo de pessoas armadas com machetes passou à frente da casa, cantando. O chefe só tinha um braço.

– Professora! Excelente trabalho! – gritou um deles, quando viu Olanna. – Vamos passar a zona a pente fino! Vamos acabar com os infiltrados!

Já tinham praticamente desaparecido quando Olanna se levantou de um salto e gritou: – Vejam se veem o meu marido num *Opel* azul.

Um deles virou-se e fez-lhe um aceno, com um olhar ligeiramente perplexo.

Mesmo protegendo-se debaixo do telheiro de colmo, Ugwu sentia o calor do sol intenso. Bebé estava a brincar descalça no pátio. O comprido automóvel americano de Special Julius entrou no recinto e Olanna pôs-se de pé de um salto.

– Ele não voltou? – perguntou Special Julius do carro.

– Não o viste – disse Olanna.

Special Julius parecia preocupado.

– Mas quem é que disse ao Odenigbo que ele pode atravessar estradas que estão ocupadas? Quem?

Ugwu queria que o homem se calasse. Não tinha o direito de criticar o Senhor e, em vez de ficar ali sentado com a sua túnica horrorosa, devia era dar meia-volta e ir procurar o Senhor como deve ser.

Quando Special Julius se foi embora, Olanna sentou-se e inclinou-se para a frente, com a cabeça escondida entre as mãos.

– Quer água, minha senhora? – perguntou Ugwu.

Ela abanou a cabeça. Ugwu viu o sol descer no horizonte. A escuridão caiu rapidamente sobre eles, de uma maneira brutal; não havia uma mudança gradual da luz para a escuridão.

– O que é que eu faço? – perguntou Olanna. – O que é que eu faço?

– O Senhor vai voltar, minha senhora.

Mas o Senhor não voltou. Olanna ficou sentada no alpendre até passar da meia-noite, com a cabeça encostada à parede.

CAPÍTULO 27

Richard estava sentado à mesa da sala de jantar quando a campainha tocou. Baixou o som do rádio e arrumou as folhas de papel antes de abrir a porta. Diante de si encontrava-se Harrison, com a testa, o pescoço, os braços e as pernas abaixo dos calções de caqui completamente enfaixados em ligaduras ensanguentadas.

A gaze molhada e vermelha deixou Richard zonzo.

– Harrison! Meu Deus. O que é que te aconteceu?

– Boa tarde, patrão.

– Foste atacado? – perguntou Richard.

Harrison entrou, pousou o saco esfarrapado e desatou a rir. Richard ficou perplexo a olhar para ele. Quando Harrison levou as mãos à cabeça para desamarrar a ligadura ensanguentada, Richard disse: – Não, não, não faças isso. É absolutamente desnecessário. Vou chamar o motorista imediatamente para te levarmos ao hospital.

Harrison arrancou a ligadura. Tinha a cabeça intacta; não havia nenhum corte, nenhuma marca que indicasse de onde saíra aquele sangue todo.

– É beterraba, patrão – disse Harrison, e riu-se novamente.

– Beterraba?

– Sim, patrão.

– Quer dizer que não é sangue?

– Não, patrão.

Harrison chegou-se mais para o interior da sala e fez menção de ficar de pé a um canto, mas Richard mandou-o sentar-se. Ele empoleirou-se na beira da cadeira. O sorriso desapareceu-lhe do rosto quando começou a falar.

– Eu vem de minha terra, patrão. Eu não diz a ninguém que nossa terra está prestes a cair para os outros não dizer que sou sabotador, mas toda a gente sabe que os vândalos estão perto. Há dois dias ouvimos disparos, mas o município diz que são nossas tropas treinando. Por isso, eu leva minha família e nossas cabras para a quinta no interior-interior. Depois eu começa a vir para Port Harcourt, porque não sabe que é feito do senhor. Eu manda mensagem pelo motorista de Professor Blyden há muitas semanas.

– Não recebi nenhuma mensagem.

– O idiota – murmurou Harrison, antes de prosseguir. – Eu molha pano com água de beterraba e amarra como ligadura e diz que é sobrevivente de ataque aéreo. Só assim é que milícias deixam eu subir para o camião. Só homens feridos entram atrás de mulheres e crianças.

– E então, o que é que aconteceu em Nsukka? Como é que te vieste embora?

– Já lá vai muito mês, patrão. Quando eu ouve disparos, eu embala coisas e enterra manescrito em caixa no jardim, junto de pequeno canteiro que Jomo planta da última vez.

– Enterraste o manuscrito?

– Sim, patrão, para soldado não tirar manescrito a eu na estrada.

– Sim, tens toda a razão – disse Richard. Era absurdo pensar que Harrison teria trazido consigo o exemplar de *No Tempo dos Cântaros Ornados com Cordas*. – Então, como é que te tens aguentado?

Harrison abanou a cabeça.

– A fome está má, patrão. Minha família está olhando para as cabras.

– A tua família está a olhar para as cabras?

– Para ver o que cabra come e depois de ver cozem as mesmas folha e dão às criança para criança beber. Está acabando com *kwashiorkor*[1].

– Está certo – disse Richard. – Bom, vai-te lavar ao Anexo dos Criados.

– Sim, patrão. – Harrison levantou-se.

– E agora o que é que tencionas fazer?

– Patrão?

– Tencionas voltar para a tua terra?

Harrison mexericou na ligadura do braço, cheia de sangue falso.

– Não, patrão. Eu espera que guerra acaba, por isso eu cozinha para o senhor.

– Claro – disse Richard. Por sorte, dois dos criados de Kainene tinham-se ido embora para se alistarem no exército e só sobrara Ikejide.

– Mas, patrão, estão dizendo que Port Harcourt cai em breve. Os vândalos estão chegando com muito barco de Inglaterra. Estão disparando à volta de Port Harcourt, agora.

---

[1] Conjunto de perturbações graves derivadas de carências nutricionais (sobretudo de proteínas) que surge em crianças pequenas. *(N. da T.)*

– Vai tomar banho, Harrison.
– Sim, patrão.

Assim que Harrison saiu da sala, Richard aumentou o som do rádio. Gostava da cadência da voz, com inflexões árabes, que falava na Rádio Kaduna, mas não gostou da convicção jubilosa com que proferiu: «Port Harcourt foi libertada! Port Harcourt foi libertada!» Há dois dias que andavam a falar sobre a queda de Port Harcourt. A Rádio Lagos também, embora com menos júbilo. A BBC também anunciara que a queda iminente de Port Harcourt corresponderia à queda do Biafra; o Biafra perderia o seu porto marítimo viável, o seu aeroporto, o seu controlo sobre o petróleo.

Richard tirou a tampa de bambu da garrafa que estava em cima da mesa e encheu um copo. O líquido cor-de-rosa difundiu um agradável calor por todo o seu corpo. Tinha um torvelinho de emoções na cabeça: alívio por Harrison estar vivo, desilusão por o seu manuscrito estar enterrado em Nsukka, ansiedade em relação ao futuro de Port Harcourt. Antes de se servir de um segundo copo, leu o rótulo da garrafa: REPÚBLICA DO BIAFRA, DIREÇÃO DE INVESTIGAÇÃO E PRODUÇÃO, XEREZ DE NENE, 45%. Bebeu-o lentamente. Madu trouxera duas caixas da última vez que os visitara, dizendo a brincar que o álcool fabricado na região e engarrafado em velhas garrafas de cerveja fazia parte dos esforços para ganhar a guerra.

«O pessoal da DIP garante que o Ojukwu bebe isto, mas eu duvido», dissera ele. «Eu, pessoalmente, só bebo as clarinhas, porque não confio minimamente nessa cor.»

A irreverência de Madu, chamando *Ojukwu* a Sua Excelência, sempre irritara Richard, mas não disse nada na altura, porque não queria ver o sorrisinho arrogante e divertido de

Madu, o mesmo que tinha na cara quando disse a Kainene: «Utilizamos uma mistura de querosene e óleo de palma como combustível para os nossos veículos» ou «Aperfeiçoámos a *ogbunigwe* voadora» ou «Construímos um carro blindado com sucata». O plural de Madu denotava exclusão. A ênfase deliberada e o tom de voz mais grave implicavam que Richard não fazia parte desse «nós»; um simples hóspede não podia tomar as mesmas liberdades que os donos da casa.

Posto isso, Richard ficara desconcertado quando Kainene lhe dissera, havia umas semanas: – O Madu gostava que tu escrevesses para a Direção de Propaganda. Ele arranja-te um salvo-conduto especial e combustível para poderes deslocar-te. Depois, eles enviam os teus artigos para os nossos relações públicas no estrangeiro.

– Porquê eu?

Kainene encolheu os ombros.

– Porque não?

– Ele odeia-me.

– Não sejas tão exagerado. Acho que eles querem pessoas experientes de cá de dentro, *insiders*, para escreverem artigos que digam algo mais que o número de biafrenses mortos.

A princípio, a expressão «*insider*» deixou Richard todo empolgado, mas daí a pouco as dúvidas assaltaram-no; no fim de contas, «*insider*» saíra da boca de Kainene e não de Madu. Madu via-o como um estrangeiro e talvez fosse precisamente por isso que achava que Richard seria indicado para aquela missão. Quando Madu telefonou a perguntar se ele aceitava, Richard respondeu que não.

– Pensaste bem? – perguntou Madu.

– Não me terias pedido se eu não fosse branco.

– É claro que te pedi precisamente por seres branco. Eles vão encarar os teus textos com muito mais seriedade por seres branco. Ouve, a verdade é que esta guerra não é tua. Esta causa não é tua. O teu governo evacua-te do país num ápice, se tu o pedires. Por isso, não basta empunhar uns ramos enfezados e gritar «poder, poder!» para mostrar que apoias a causa do Biafra. Se realmente queres contribuir, é assim que o podes fazer. O mundo tem de saber a verdade sobre o que está a acontecer, porque os outros países pura e simplesmente não podem remeter-se ao silêncio enquanto nós morremos. E eles vão acreditar num branco que vive no Biafra e que não é jornalista profissional. Podes contar-lhes que continuamos de pé e triunfantes, apesar de estarmos a ser bombardeados diariamente por *MiGs-17*, *Il-28* e *L-29 Delfins* nigerianos pilotados por russos e egípcios, e que estão a usar aviões de transporte e a atirar as bombas borda fora para matar mulheres e crianças, e que os Britânicos e os Soviéticos fizeram uma aliança nefasta para fornecerem cada vez mais armas à Nigéria, e que os Americanos se recusaram a ajudar-nos, e que os nossos voos de ajuda humanitária são feitos à noite, sem luzes, porque os Nigerianos os abatem durante o dia...

Madu fez uma pausa para recuperar o fôlego e Richard disse: – Está bem, eu aceito.

As palavras «não podem remeter-se ao silêncio enquanto nós morremos» ficaram a martelar-lhe na cabeça.

O seu primeiro artigo foi sobre a queda de Onitsha. Escreveu que os Nigerianos tinham tentado inúmeras vezes conquistar essa povoação antiga, mas que os Biafrenses lutaram corajosamente, que centenas de romances populares haviam lá sido publicados antes da guerra, que o fumo espesso e triste da ponte sobre o Níger em chamas se erguera como uma ousada elegia. Descreveu o episódio da igreja católica da Santa Trindade, onde os soldados da Segunda Divisão nigeriana defecaram em cima do altar antes de matarem duzentos civis. Citou uma testemunha serena: «Os vândalos são pessoas que cagam em Deus, mas nós vamos derrotá-los.»

Enquanto redigia o artigo, teve a sensação de que regressava aos bancos da escola e que estava a escrever cartas à Tia Elizabeth sob o olhar vigilante do diretor. Richard lembrava-se perfeitamente dele, da sua tez às manchas, da maneira como chamava «estrume» à ciência, como comia papas de aveia a andar de um lado para o outro na sala de jantar, porque dizia que era isso que faziam os cavalheiros. Richard continuava sem saber o que é que mais detestava na altura, se era ser obrigado a escrever cartas à tia ou fazê-lo sob vigilância. E também não sabia o que é que lhe desagradava mais agora, se era imaginar Madu como seu supervisor ou aperceber-se de que a opinião de Madu era muito importante para si. Uns dias depois, recebeu um bilhete de Madu: «Estava muito bem escrito (talvez um pouco menos de floreados da próxima vez?) e já foi enviado para a Europa.» A caligrafia de Madu era difícil de decifrar e, no cabeçalho da folha, o NIGERIANO de EXÉRCITO NIGERIANO fora riscado a tinta e substituído por BIAFRENSE escrito apressadamente em letras maiúsculas. Mas as palavras de Madu convenceram Richard de que tomara a decisão certa. Imaginou-se como o jovem Winston Churchill a fazer a reportagem da batalha de Kitchener em Omdurman, uma batalha de armas superiores contra armas inferiores, só que, ao contrário de Churchill, ele estava do lado do vencedor moral.

Agora, passadas umas semanas, depois de mais uns quantos artigos, sentia que fazia parte do que estava a acontecer. Dava-lhe prazer o respeito que via recentemente nos olhos do motorista, que saltava do carro para lhe abrir a porta apesar de Richard lhe ter dito que era escusado. Dava-lhe prazer verificar a rapidez com que os olhares desconfiados dos tipos da Defesa Civil, ao verem o seu salvo-conduto especial, se transformavam em grandes sorrisos, quando ele os cumprimentava em ibo, e a prontidão com que as pessoas respondiam às suas perguntas. Dava-lhe prazer assumir um ar superior perante os jornalistas estrangeiros, falando em termos vagos sobre os antecedentes da guerra – as implicações da greve nacional e o recenseamento e o caos na Região Oeste –, sabendo que não faziam ideia de que estava a falar.

Mas o que mais lhe dera prazer fora conhecer Sua Excelência. O encontro tivera lugar a seguir à representação de uma peça em Owerri. Um ataque aéreo destruíra todas as persianas das janelas do teatro e a brisa noturna levava algumas das palavras dos atores. Richard ficara sentado umas filas atrás de Sua Excelência e, no fim da peça, um superior da Direção de Mobilização apresentara-os um ao outro. O firme aperto de mão, o «Obrigado pelo excelente trabalho que tem andado a fazer» naquela voz suave com sotaque de Oxford, enchera Richard de serenidade de espírito. Apesar de ter achado a peça política demasiado óbvia, não o disse. Concordou com Sua Excelência: era maravilhosa, absolutamente maravilhosa.

Richard ouvia Harrison a fazer barulho na cozinha. Sintonizou a Rádio Biafra, que transmitia o fim de uma reportagem a anunciar que o inimigo estava a ser encurralado em Oba, e em seguida desligou o aparelho. Serviu-se de uma pequena bebida e releu a última frase que escrevera. Estava a redigir um texto sobre as Forças Especiais dos Comandos, que eram muito populares e veneradas pelos civis, mas, como não gostava do comandante, um mercenário alemão, emperrava a cada palavra. O estilo era forçado. Em vez de lhe acalmar a ansiedade, o xerez agravara-a. Levantou-se, pegou no telefone e ligou a Madu.

– Richard – disse Madu. – Que sorte. Acabei de chegar.

– Há notícias de Port Harcourt?

– Notícias?

– Está sob ameaça? Houve bombardeamentos em Umuokwurusi, não houve?

– Oh, temos informações seguras de que uns quantos sabotadores deitaram a mão a umas bombas, mas achas que se os vândalos estivessem realmente assim tão perto lançariam umas bombitas como aquelas, com tão pouca convicção?

O tom divertido de Madu fê-lo sentir-se imediatamente imbecil.

– Desculpa ter-te incomodado. É só que pensei... – deixou a voz esmorecer.

– Não foi incómodo nenhum. Dá um beijo meu à Kainene quando ela voltar – disse Madu, e desligou.

Richard bebeu o restinho do xerez e ia encher novamente o copo, mas mudou de ideias. Enfiou a tampa a custo no gargalo da garrafa e foi para o alpendre. O mar estava calmo. Espreguiçou-se e passou a mão rapidamente pelo cabelo, como que para se livrar de um mau presságio. Se Port Harcourt caísse nas mãos do inimigo, ele perderia a cidade que acabara por amar, a cidade onde amava; perderia uma parte de si próprio. Mas de certeza que Madu tinha razão. Madu não negaria as evidências, se uma cidade estivesse prestes a cair, ainda por cima a cidade onde Kainene vivia. Se ele tinha dito que Port Harcourt não estava sob ameaça, então era porque não estava.

Olhou para o seu reflexo pouco nítido na porta de vidro. Estava bronzeado e o cabelo parecia mais farto, ligeiramente despenteado, e lembrou-se das palavras de Rimbaud: «Eu é um outro.»

Kainene riu-se quando Richard lhe contou a história de Harrison e das beterrabas. Depois, tocou-lhe no braço e disse: – Não te preocupes. Se ele guardou o manuscrito numa caixa as térmitas não o vão destruir.

Ela despiu as roupas de trabalho e espreguiçou-se langorosamente, e ele admirou a graciosidade esguia das suas costas arqueadas. O desejo fervilhou dentro dele, mas Richard preferiu esperar pela noite, por depois do jantar, depois de terem recebido eventuais convidados, depois de Ikejide se ter ido deitar. Iriam para o alpendre, ele afastaria a mesa para o lado, estenderia o tapete macio e deitar-se-ia de barriga para cima, nu. Quando ela se sentasse em cima dele, segurá-la-ia pelas ancas e contemplaria o céu noturno, ciente, durante esses instantes, do significado da pura felicidade. Era o seu novo ritual desde que a guerra começara, a única razão pela qual dava graças por haver uma guerra.

– O Colin Williamson passou pelo escritório, hoje – disse Kainene.

– Não sabia que ele já tinha voltado – comentou Richard, e o rosto bronzeado de Colin veio-lhe à mente, o vislumbre dos seus dentes manchados quando ele contava, com demasiada frequência, que saíra da BBC porque os seus editores apoiavam a Nigéria.

– Ele trouxe-me uma carta da minha mãe – disse Kainene.

– Da tua mãe?!

– Ela leu um artigo dele no *Observer* e contactou-o para lhe perguntar se ele ia voltar para o Biafra e se podia entregar uma carta à filha em Port Harcourt. Ficou surpreendida quando ele disse que nos conhecia.

Richard adorava a maneira como ela dizia «nós».

– Eles estão bem?

– É claro que estão; ninguém está a bombardear Londres. Ela diz que tem pesadelos com a minha morte e com a morte da Olanna, que reza muito e que se envolveram na campanha «Salvar o Biafra», em Londres, o que significa que devem ter feito um pequeno donativo. – Kainene fez uma pausa e entregou-lhe um envelope.

– Fiquei impressionada com a maneira como ela colou umas libras esterlinas no interior de um cartão. Muito engenhoso. Mandou outro para a Olanna.

Ele leu rapidamente a carta. «Cumprimentos ao Richard» era a única referência que havia ao seu nome, ao fundo do papel azul. Queria perguntar a Kainene como é que tencionava entregar o cartão a Olanna, mas não o faria. O silêncio envolvia a questão de Olanna como um relicário, com cada mês, cada ano que passava sem a evocarem. Quando Kainene recebera as três cartas que Olanna escrevera desde o início da guerra, não dissera nada, exceto que as recebera. E não lhes dera resposta.

– Vou mandar alguém a Umuahia, na semana que vem, para entregar o cartão à Olanna – disse Kainene.

Ele devolveu-lhe a carta. O silêncio estava a tornar-se espesso.

– Os Nigerianos não param de falar em Port Harcourt – disse ele.

– Não vão ocupar Port Harcourt. O nosso melhor batalhão está precisamente aqui.

A voz de Kainene parecia descontraída, mas havia um certo receio nos seus olhos, o mesmo receio com que lhe dissera, há meses, que queria comprar uma casa ainda em construção em Orlu. Dissera que era melhor investir numa propriedade em vez de ter o dinheiro no banco, mas Richard desconfiou que, para ela, se tratava de uma rede de segurança caso Port Harcourt caísse nas mãos do inimigo. Para ele, pensar na hipótese da queda de Port Harcourt era uma blasfémia. Todos os fins de semana, quando inspecionavam a obra para se certificarem de que os construtores não estavam a roubar os materiais, nunca falava em viverem juntos naquela casa, como que para se absolver da blasfémia.

E perdera a vontade de viajar. Queria guardar Port Harcourt com a sua presença; estava convencido de que, enquanto ele ali estivesse, nada aconteceria. Mas a equipa de relações públicas na Europa pedira um artigo sobre a pista de aterragem em Uli, por isso Richard teve de partir, ainda que com relutância, de manhã muito cedo, para poder voltar antes do meio-dia, hora a que os aviões nigerianos atacavam os veículos que circulavam nas estradas principais. Uma grande cratera causada por uma bomba abria-se diante dele, em Okigwe Road. O motorista guinou o volante para se desviar dela e Richard sentiu um mau presságio, como já acontecera várias vezes, mas os seus pensamentos animaram-se à chegada a Uli. Era a sua primeira visita ao único ponto que ligava o Biafra ao mundo exterior, aquela maravilha de pista de aterragem, onde alimentos e armas se esquivavam dos bombardeiros nigerianos. Saiu do carro e olhou para a faixa de alcatrão com mato cerrado de ambos os lados e pensou nas pessoas que, com tão poucos meios, conseguiam fazer tantas coisas. Um pequeno jato encontrava-se parado ao fundo. O sol da manhã era quente; três homens espalhavam ramos de palmeira no alcatrão, trabalhando depressa e cobertos de suor, empurrando grandes carrinhos de mão com pilhas de ramos. Richard foi ter com eles e disse: – Excelente trabalho, *jisienu ike*.

Um funcionário saiu do terminal em construção e deu um aperto de mão a Richard.

– Não escreva demasiados pormenores! Não divulgue os nossos segredos – disse ele, a brincar.

– É claro que não – respondeu Richard. – Posso entrevistá-lo?

O homem sorriu de orelha e orelha, encolheu os ombros e disse: – Bom, eu sou a pessoa encarregada da alfândega e imigração.

Richard conteve um sorriso; as pessoas sentiam-se sempre importantes quando pedia para entrevistá-las. Conversaram de pé no alcatrão e, pouco depois de o homem ter regressado ao edifício, um indivíduo alto e louro saiu de lá. Richard reconheceu-o: era o Conde Von Rosen. Parecia mais velho do que na fotografia que Richard vira, mais perto dos setenta anos do que dos sessenta, mas envelhecia com classe; as suas passadas eram longas e a cabeça alta.

– Disseram-me que você estava aqui e eu vim cumprimentá-lo – disse ele, dando-lhe um aperto de mão tão firme quanto a expressão dos seus olhos verdes. – Acabei de ler o seu excelente artigo sobre a Brigada dos Rapazes do Biafra.

– É um prazer conhecê-lo, Conde Von Rosen – disse Richard.

E era realmente. Desde que lera uma notícia sobre o aristocrata sueco que bombardeava alvos nigerianos com o seu minúsculo avião que tinha vontade de o conhecer[2].

– Homens extraordinários – disse o conde, olhando para os trabalhadores que se certificavam de que, vista do céu, a faixa preta de alcatrão se confundiria com uma extensão de mato. – Um país extraordinário.

– É verdade – disse Richard.

– Gosta de queijo? – perguntou o conde.

– De queijo? Sim. Sim, claro que sim.

O conde enfiou a mão no bolso e tirou uma pequena embalagem.

– É um *cheddar* excelente.

Richard pegou no queijo e tentou disfarçar o seu espanto.

– Obrigado.

O conde mexericou novamente no bolso e Richard receou que fosse oferecer-lhe mais queijo. Mas limitou-se a tirar uns óculos de sol e a pô-los na cara.

– Ouvi dizer que a sua mulher é de uma família ibo rica e uma daquelas pessoas que decidiram ficar no país e lutar pela causa.

Richard nunca vira a situação por aquele prisma, que Kainene ficara no país para lutar pela causa, mas ficou contente

---

[2] Carl Gustaf Ericsson von Rosen (1909-77) ficou na história como um pioneiro da aviação, mas sobretudo como alguém que se pôs ao serviço de várias causas, nomeadamente do Biafra: com um grupo de amigos formou uma esquadra chamada «Bebés do Biafra», composta por pequenos aviões civis, e atacou os locais de onde partiam os ataques da Força Aérea Nigeriana contra a população civil biafrense. (*N. da T.*)

por ter sido essa a versão que chegara aos ouvidos do conde e por lhe terem dito que ele e Kainene eram casados. Sentiu um súbito e intenso orgulho em relação a Kainene.

– Sim, ela é uma mulher extraordinária.

Seguiu-se um instante de silêncio. Como a oferta do pedaço de queijo, tão pessoal, exigia um gesto recíproco, Richard abriu a sua agenda e mostrou ao conde uma fotografia de Kainene, tirada à beira da piscina com um cigarro na boca, e depois uma foto do cântaro ornado com cordas.

– Apaixonei-me primeiro pela arte de Igbo-Ukwu e depois apaixonei-me por ela – disse ele.

– Uma beleza, ambas – elogiou o conde, tirando os óculos para observar melhor as fotos.

– Vai partir em missão, hoje? – perguntou Richard.

– Vou.

– Porque é que está a fazer isto tudo?

Ele voltou a colocar os óculos.

– Colaborei com os resistentes na Etiópia e antes disso fiz voos para ajudar os habitantes do gueto de Varsóvia – disse ele com um leve sorriso, como se isso respondesse à pergunta. – Agora tenho de ir. Continue com o seu excelente trabalho.

Richard ficou a vê-lo afastar-se, um aristocrata de costas retas, e pensou o quanto era diferente do mercenário. «Adoro os Biafrenses», dissera o alemão rubicundo. «Não têm nada a ver com os malditos cafres do Congo.» Recebera Richard na sua casa no meio do mato, bebendo diretamente de uma grande garrafa de *whisky*, enquanto observava o seu filho adotivo – um bonito menino biafrense – a brincar com pedaços de bombas e projéteis velhos, no chão. Richard ficara irritado com o desprezo afetuoso com que ele tratava a criança e com a exceção que fazia aos Biafrenses. Era como se o mercenário achasse que finalmente encontrara uns «pretos» que lhe agradavam. O conde era diferente. Richard olhou uma última vez para o minúsculo avião a jato antes de entrar no carro.

No caminho de regresso, nos arredores de Port Harcourt, ouviu o estrepitar distante de tiros de metralhadora. Daí a pouco o ruído parou, mas Richard ficou preocupado. E quando Kainene sugeriu que fossem a Orlu, no dia seguinte, procurar um carpinteiro para a nova casa, Richard desejou que não tivessem de ir. Passar dois dias consecutivos fora de Port Harcourt inquietava-o.

A casa nova estava rodeada de cajueiros. Richard lembrou-se do mau estado em que se encontrava quando Kainene a comprara – meio acabada e com camadas de musgo verde nas paredes em bruto – e de como as moscas e abelhas aglomeradas à volta dos cajus caídos o tinham deixado nauseado. O antigo proprietário era o diretor da escola secundária que ficava na mesma rua. Como a escola fora transformada em campo de refugiados e a sua mulher morrera, decidira ir para o interior com as suas cabras e os filhos. Repetiu várias vezes «A casa está fora do alcance dos bombardeamentos, completamente fora do alcance dos bombardeamentos», até Richard se perguntar como é que ele podia saber de onde é que os Nigerianos iam bombardear. Depois de percorrer os quartos vazios e acabados de pintar, até Richard admitiu que a casa térrea tinha um certo charme discreto. Kainene contratou dois carpinteiros do campo de refugiados, fez uns esboços numa folha e, quando voltou para o carro, disse a Richard: – Duvido que eles consigam sequer fazer uma mesa como deve ser.

Quando iam a sair de Orlu ouviram um som estridente. O motorista travou bruscamente a meio da estrada e eles saltaram do carro e correram para o espesso mato verdejante. Umas mulheres que caminhavam pela estrada fora correram também, levantando os olhos para o céu, de pescoço esticado. Era a primeira vez que Richard se abrigava de um ataque aéreo com Kainene; ela deitou-se, hirta, no chão ao lado dele. Os ombros de ambos tocavam-se. O motorista estava um pouco mais atrás. O silêncio era total. Um ruidoso restolhar perto deles deixou Richard tenso, até ver que era um lagarto de cabeça vermelha. Esperaram e esperaram, até que finalmente se levantaram quando ouviram o motor de um carro e vozes alteradas perto deles: – O meu dinheiro desapareceu! O meu dinheiro desapareceu!

Havia um mercado a apenas uns metros de distância. Alguém roubara uma das vendedoras enquanto ela se abrigava no mato. Richard viu-a a ela e a outras mulheres debaixo de umas barracas abertas, a gritarem e gesticularem. Era difícil acreditar que ainda há minutos reinara um silêncio absoluto, tal como era difícil acreditar que os mercados biafrenses prosperassem tão facilmente no mato desde que os Nigerianos tinham bombardeado o mercado ao ar livre de Awgu.

– Um falso alarme é pior do que um a sério – disse o motorista.

Kainene sacudiu o pó cuidadosamente do corpo, mas a terra estava molhada e a lama ficou-lhe agarrada à roupa; o seu vestido azul parecia estampado às manchas cor de chocolate.

Meteram-se no carro e prosseguiram viagem. Richard sentiu que Kainene estava irritada.

– Olha para aquela árvore – disse ele, apontando. Estava completamente partida em duas, desde a copa até às raízes. Uma das metades ainda estava de pé, ligeiramente inclinada, enquanto a outra se encontrava caída por terra.

– Parece coisa recente – disse Kainene.

– O meu tio foi piloto durante a guerra. Ele bombardeou a Alemanha. É estranho imaginá-lo a fazer uma coisa destas.

– Nunca falas dele.

– Morreu. O avião dele foi abatido. – Richard fez uma pausa. – Vou escrever um artigo sobre os nossos novos mercados florestais.

O motorista parara num posto de controlo. Um camião carregado de sofás, estantes e mesas estava estacionado na berma e um homem encontrava-se ao lado dele a falar com uma rapariga da Defesa Civil, de *jeans* caqui e sapatos de lona. Ela saiu de junto dele, aproximou-se do automóvel e observou Richard e Kainene. Pediu ao motorista para abrir a bagageira, espreitou para dentro do porta-luvas e depois esticou uma mão para pegar no saco de Kainene.

– Se eu tivesse uma bomba, não a esconderia dentro do meu saco de mão – murmurou Kainene.

– O que é que disse, minha senhora? – perguntou a rapariga.

Kainene ficou calada. A rapariga revistou cuidadosamente o saco. Tirou um pequeno rádio.

– O que é isto? Um transmissor?

– Não é um transmissor. É um rá-di-o – respondeu Kainene, com uma lentidão trocista.

A rapariga examinou os salvos-condutos especiais de ambos, sorriu e ajeitou a boina.

– Desculpe, minha senhora, mas sabe que temos muitos sabotadores que usam umas engenhocas esquisitas para transmitir informações à Nigéria. Temos ordens para sermos vigilantes!

– Porque é que mandou parar o homem do camião? – perguntou Kainene.

– Estamos a mandar para trás todas as pessoas que andarem a evacuar móveis.

– Porquê?

– Porque este tipo de evacuação causa o pânico na população civil. – Pelo tom de voz, parecia que estava a recitar um texto ensaiado. – Não há motivos para alarme.

– E se a terra dele estiver prestes a cair? Sabe de onde ele vem?

A rapariga fechou-se em copas, tensa.

– Tenha um bom dia, minha senhora.

Assim que o motorista ligou o carro, Kainene disse: – É uma piada de tão mau gosto, não é?

– O quê? – perguntou Richard, embora percebesse o que ela queria dizer.

– Este medo que estamos a suscitar no nosso povo. Bombas no *soutien* das mulheres! Bombas dentro de latas de leite para bebé! Sabotadores em todos os cantos! Vigiem bem os vossos filhos, porque eles podem estar a trabalhar para a Nigéria!

– É normal em tempo de guerra. – Às vezes, gostaria que ela não se mostrasse tão superior a tudo. – É importante as pessoas saberem que há sabotadores entre nós.

– Os únicos sabotadores que temos são aqueles que o Ojukwu inventou para poder prender os seus adversários e os homens cujas mulheres ele cobiça. Já te falei no tipo de Onitsha que comprou o cimento todo que tínhamos na fábrica, pouco depois de os refugiados terem começado a regressar? O Ojukwu anda metido com a mulher desse homem e acaba de mandar prendê-lo sem motivo nenhum.

Ela batia com o pé no chão do carro. Exprimia-se sempre como Madu, quando falava sobre Sua Excelência. O seu desprezo não convencia Richard; começara no dia em que Madu se queixara de que Sua Excelência passara por cima dele e nomeara o seu subalterno para o posto de comandante. Se Sua Excelência não tivesse passado por cima de Madu, talvez ela fosse menos crítica.

– Sabes quantos oficiais ele pôs atrás das grades? Ele desconfia tanto dos seus oficiais que está a usar civis para comprar armas. O Madu disse que acabaram de comprar umas míseras espingardas de repetição na Europa. Realmente, quando o Biafra for uma nação de direito, vamos ter de retirar o Ojukwu do poder.

– E substituí-lo por quem? Pelo Madu?

Kainene riu-se e ele ficou contente e surpreendido por ela ter apreciado o seu sarcasmo. Quando se aproximaram de Port Harcourt, Richard voltou a sentir um mau presságio, um ruidoso redemoinho no estômago.

– Para para podermos comprar *akara* e peixe frito – disse Kainene ao motorista, e até a maneira como este pisou no travão deixou Richard nervoso.

Quando chegaram a casa, Ikejide disse que o Coronel Madu ligara quatro vezes.

– Espero que não tenha acontecido nada – disse Kainene, abrindo o embrulho de papel de jornal manchado de óleo, onde vinham o peixe frito e os bolos de feijão.

Richard pegou num *akara* ainda quente e soprou para arrefecê-lo, dizendo para si mesmo que Port Harcourt estava a salvo. Não se passava nada de mal. Mas quando o telefone tocou e ao atender ouviu a voz de Madu, ficou com o coração aos pulos.

– Vocês estão bem? Tiveram algum problema? – perguntou Madu.

– Não. Porquê?

– Correm rumores de que a Grã-Bretanha deu cinco navios de guerra à Nigéria, por isso alguns jovens puseram-se a queimar lojas e casas de ingleses em toda Port Harcourt. Queria ter a certeza de que ninguém vos tinha incomodado. Posso mandar um ou dois dos meus homens para aí.

A primeira reação de Richard foi ficar irritado perante a ideia de que ainda era um estrangeiro suscetível de ser atacado, mas depois sentiu-se grato por Madu se preocupar com ele.

– Nós estamos bem – disse ele. – Acabámos de voltar de Orlu, onde fomos ver a casa.

– Ah, ótimo. Avisem-me se acontecer alguma coisa. – Madu fez uma pausa e falou com alguém num tom abafado antes de voltar a interpelar Richard. – Devias escrever sobre o que o embaixador francês disse ontem.

– Sim, claro.

– «Disseram-me que os Biafrenses lutavam como heróis, mas agora sei que os heróis é que lutam como os Biafrenses» – recitou Madu com orgulho, como se o elogio lhe tivesse sido feito a ele pessoalmente e quisesse certificar-se de que Richard estava a par disso.

– Sim, claro – repetiu Richard. – Port Harcourt está a salvo, não está?

Fez-se silêncio do outro lado do fio.

– Prenderam uns quantos sabotadores e são todos de minorias não ibo. Não sei porque é que esta gente teima em ajudar o inimigo. Mas nós venceremos. A Kainene está?

Richard passou o telefone a Kainene. Era um sacrilégio que alguém pudesse trair o Biafra. Lembrou-se dos homens de etnia *ijaw* e *efik* com quem falara num banco, em Owerri, e que lhe disseram que os Ibos iam subjugá-los a todos quando o Biafra fosse uma nação de direito. Richard respondera que um país nascido das cinzas da injustiça limitaria as suas práticas de injustiça. Como eles o fitaram com ceticismo, lembrou-lhes que o chefe do exército era *efik*, que o diretor era *ijaw* e que havia soldados de minorias étnicas a lutarem valentemente pela causa. Nem assim ficaram convencidos.

Richard não saiu de casa nos dias que se seguiram. Escreveu sobre os mercados florestais e ia com frequência ao alpendre observar o troço de estrada, em parte com receio que um bando de jovens se precipitasse sobre a casa empunhando tochas. Kainene vira uma das vivendas queimadas, a caminho do trabalho. Um ataque moderado, chamara-lhe ela; só tinham deixado as paredes negras de fumo, mais nada. Richard também queria ver para depois escrever um artigo sobre o assunto e eventualmente relacioná-lo com a queima das efígies de Wilson e Kosygin³ que vira recentemente diante dos edifícios do governo, mas esperou uma semana para ter a certeza de que era seguro um britânico andar na rua, antes de sair de manhã bem cedo e ir dar uma volta pela cidade.

Ficou surpreendido ao ver um novo posto de controlo em Aggrey Road e mais ainda por este ser guardado por soldados. Talvez fosse por causa das casas queimadas. A rua estava vazia, os vendedores ambulantes que apregoavam aos gritos os seus amendoins, jornais e peixe frito tinham desaparecido. Um soldado postou-se a meio da estrada, balouçando a arma quando eles se aproximaram, fazendo sinal para voltarem para trás. O motorista parou o carro e Richard mostrou o seu salvo-conduto. O soldado ignorou o salvo-conduto e continuou a balouçar a arma.

– Voltem para trás! Voltem para trás!

– Boa tarde – começou Richard. – O meu nome é Richard Churchill e sou...

– Voltem para trás ou eu disparo! Ninguém sai de Port Harcourt! Não há motivos para alarme!

O homem pegava na arma com dedos nervosos. O motorista fez inversão de marcha. O mau presságio de Richard transformara-se em dois duros seixos que lhe bloqueavam as narinas, mas tentou falar com ar descontraído quando voltou para casa e contou a Kainene o que acontecera.

– De certeza que não é nada de especial – disse ele. – Há tantos rumores a circular que provavelmente o exército quer acabar com o pânico.

---

³ Harold Wilson, primeiro-ministro britânico, e Alexei Kosygin (1904-80), presidente do Conselho de Ministros da antiga União Soviética. (*N. da T.*)

– Bela maneira de o fazer – comentou Kainene, e ficou novamente com aquela sua expressão receosa. Estava a guardar uns documentos num *dossier*. – Devíamos telefonar ao Madu para saber o que se passa.

– Sim – concordou Richard. – Bom, vou fazer a barba. Não tive tempo de me barbear antes de sair.

Estava na casa de banho quando ouviu o primeiro estrondo. Continuou a passar o pincel da barba pelo queixo. Seguiram-se outros: *pum, pum, pum*. As persianas partiram-se e os estilhaços da janela tilintaram ao cair no chão. Uns quantos aterraram-lhe junto dos pés.

Kainene abriu a porta da casa de banho.

– Mandei o Harrison e o Ikejide meterem meia dúzia de coisas no carro – disse ela. – Deixamos o *Ford* e vamos no *Peugeot*.

Richard virou-se e ficou parado a olhar para ela e, de repente, sentiu vontade de chorar. Gostaria de estar tão calmo como ela, que as suas mãos não tremessem enquanto as lavava. Pegou no creme da barba, nos sabonetes de Kainene e numas esponjas, e atirou tudo para dentro de um saco.

– Richard, temos de nos despachar, as explosões parecem muito perto agora – disse Kainene, e seguiu-se mais uma série de estrondos, *pum, pum pum*.

Ela começou a arrumar as suas coisas e as dele dentro de uma mala. Abriu as gavetas onde ele guardava as camisas e roupa interior, e preparou as bagagens rápida e metodicamente. Ele passou uma mão pelos seus livros alinhados na prateleira e depois pôs-se à procura das folhas onde tirara apontamentos para o seu artigo sobre as *ogbunigwe*, as incríveis minas antipessoal fabricadas no Biafra. Tinha a certeza de que as deixara em cima da mesa. Vasculhou as gavetas.

– Viste os meus apontamentos? – perguntou.

– Temos de atravessar a estrada principal antes de eles avançarem, Richard – disse Kainene, enfiando dois grossos envelopes dentro do saco.

– Que envelopes são esses? – perguntou ele.

– Dinheiro para uma emergência.

Harrison e Ikejide entraram no quarto e começaram a arrastar as duas malas para a porta. Richard ouviu o rugido de aviões por cima deles. Não podia ser. Nunca houvera um ataque aéreo em Port Harcourt e não fazia sentido haver um agora, estando Port Harcourt à beira de cair e os vândalos a bombardearem ali perto. Mas o som era inconfundível e quando Harrison gritou: – Avião inimigo, senhor! – as suas palavras pareceram redundantes.

Richard correu para Kainene, mas já ela desatara a fugir do quarto e ele seguiu-a.

– Vamos para o pomar! – disse ela, ao passar por Harrison e Ikejide agachados debaixo da mesa da cozinha.

Lá fora, o ar estava húmido. Richard olhou para cima e viu-os, dois aviões a voarem baixinho, com uma forma abominavelmente aerodinâmica e eficiente, deixando rastos de um branco-prateado no céu. O medo espalhou uma vaga de impotência pelo seu corpo. Deitaram-se debaixo das laranjeiras, ele e Kainene, lado a lado, em silêncio. Harrison e Ikejide tinham saído de casa a correr; Harrison atirou-se para o chão, enquanto Ikejide continuou a correr, com o corpo ligeiramente inclinado para a frente, a esbracejar, a cabeça a abanar de um lado para o outro. Ouviu-se o frio assobio de um morteiro a rasgar o ar, o estrondo quando aterrou e o *pum* ao explodir. Richard puxou Kainene para si. Um estilhaço, do tamanho de um punho, passou por eles, sibilando. Ikejide continuava a correr; Richard desviou os olhos por uma fração de segundo e quando olhou novamente para ele, Ikejide não tinha cabeça. O corpo estava a correr, ligeiramente inclinado para a frente, a esbracejar, mas faltava-lhe a cabeça. Via-se apenas um pescoço em sangue. Kainene soltou um grito. O corpo estatelou-se junto do comprido automóvel americano de Kainene, os aviões afastaram-se e desapareceram ao longe, mas eles permaneceram deitados durante longos minutos, sem se mexerem, até que Harrison se levantou e disse: – Eu vai buscar saco.

Voltou com um saco de ráfia. Richard não olhou quando Harrison foi buscar a cabeça de Ikejide e a colocou no saco. Mais tarde, quando pegou nos tornozelos ainda quentes e caminhou, com Harrison a segurar nos pulsos, até à sepultura baixinha escavada ao fundo do pomar, não olhou uma única vez diretamente para o corpo.

Kainene observava-os sentada no chão.

– Estás bem? – perguntou-lhe Richard.

Ela não respondeu. Tinha o olhar assustadoramente vazio. Richard não sabia ao certo o que fazer. Deu-lhe um ligeiro abanão, mas o olhar vazio persistiu, por isso foi à torneira buscar um balde de água fria e despejou-o em cima dela.

– Para com isso, pelo amor de Deus – disse ela, e levantou-se. – Molhaste-me o vestido.

Tirou outro vestido de uma mala e mudou de roupa na cozinha, antes de partirem para Orlu. Já não estava com pressa; lentamente, endireitou o colarinho e alisou o corpete engelhado com as mãos. A confusão de sons deixou Richard abalado enquanto conduzia – o *pum-pum-pum* dos morteiros, o matraquear cada vez mais rápido das metralhadoras – e a qualquer instante esperava ver um soldado nigeriano mandá-los parar ou atacá-los ou atirar-lhes com uma granada. Nada aconteceu, porém. Os postos de controlo já não existiam. Do banco de trás, Harrison disse num sussurro temoroso: – Estão usando armas todas que terem para atacar Port Harcourt.

Kainene pouco disse quando chegaram a Orlu e não viram nem carpinteiro nem móveis; os homens tinham fugido com o sinal que ela lhes pagara. Ela limitou-se a ir ao campo de refugiados ao fundo da rua e arranjou outro carpinteiro, um homem de pele amarelada e doentia, que queria ser pago com comida. Nos dias que se seguiram, manteve-se quase sempre calada, retraída, sentada cá fora com Richard e Harrison, a ver o carpinteiro a cortar, martelar, aplainar.

– Porque é que não quer dinheiro? – perguntou-lhe Kainene.

– E compro o quê com o dinheiro? – ripostou o homem.

– Não seja tolo – disse Kainene. – Há tanta coisa que se pode comprar com dinheiro.

– Não neste Biafra. – O homem encolheu os ombros. – Dê-me simplesmente *garri* e arroz.

Kainene não respondeu. Uma caganita de pássaro caiu no chão do alpendre e Richard pegou numa folha de cajueiro e limpou-a.

– Sabias que a Olanna viu uma mãe a transportar a cabeça da filha? – disse Kainene.

– Sabia – disse Richard, embora não soubesse. Ela nunca lhe contara o que Olanna vivera durante os massacres.

– Quero vê-la.

– Devias ir.

Richard inspirou fundo para se acalmar e olhou fixamente para uma das cadeiras já prontas. Era feia, com linhas demasiado retas.

– Como é que um estilhaço pode ter decapitado o Ikejide daquela maneira? – perguntou Kainene, como se estivesse à espera que Richard dissesse que ela estava completamente enganada e que não acontecera nada disso. Quem lhe dera poder fazê-lo.

À noite, ela chorava. Dizia-lhe que queria sonhar com Ikejide, mas que acordava todas as manhãs a lembrar-se do corpo dele a correr sem cabeça enquanto, no território turvo e mais protegido dos seus sonhos, se via a si própria a fumar um cigarro com uma elegante boquilha de ouro.

Uma carrinha veio trazer sacas de *garri* a casa e Kainene pediu a Harrison para não lhes mexer, porque eram para o campo de refugiados. Ela era o novo fornecedor de alimentos.

– Vou eu mesmo distribuir a comida aos refugiados e vou pedir merda ao Centro de Investigação Agrícola – disse ela a Richard.

– Merda?

– Estrume. Para montarmos uma quinta no campo. Vamos cultivar as nossas próprias proteínas, rebentos de soja e *akidi*.

– Ah.

– Há um homem de Enugu que tem um jeito incrível para fazer cestos e candeeiros. Vou pedir-lhe para ensinar os outros. Podemos gerar receitas aqui. Podemos fazer uma coisa que marque a diferença! E vou pedir à Cruz Vermelha para nos mandar um médico todas as semanas.

Havia uma espécie de dinamismo maníaco nela, na maneira como saía de casa todos os dias para ir para o campo de refugiados e no cansaço que lhe ensombrava os olhos quando regressava, ao cair da noite. Já não falava de Ikejide. Em vez disso, falava sobre as vinte pessoas que viviam num espaço concebido para uma e os meninos que brincavam às guerras e as mulheres que amamentavam bebés e o altruísmo dos padres do Espírito Santo, Marcel e Jude.

Mas era de Inatimi que mais falava. Ele pertencia à Organização Biafrense dos Defensores da Liberdade, perdera a família inteira nos massacres e infiltrava-se com frequência em campos inimigos. Viera educar os refugiados.

– Ele acha que é importante o nosso povo saber que a nossa causa é justa e compreender por que razão isso é verdade. Eu disse-lhe que não valia a pena ensinar-lhes o federalismo e o acordo de Aburi e essa coisa toda, porque eles nunca vão conseguir perceber. Alguns deles nem sequer andaram na escola primária. Mas ele ignora-me e continua a falar com pequenos grupos de pessoas.

O tom de Kainene estava carregado de admiração, como se o facto de Inatimi a ignorar fosse mais uma prova do seu heroísmo. Richard sentia rancor por ele. Na sua mente, Inatimi era perfeito, corajoso e dinâmico, um homem a quem o sofrimento tornara intrépido e sensível. Quando finalmente o conheceu, quase desatou a rir perante aquele homenzinho com borbulhas e um nariz batatudo. Mas percebeu imediatamente que o deus de Inatimi era o Biafra. Ele dedicava-se à causa com uma fé fervorosa.

– Quando perdi a minha família inteira, todos sem exceção, foi como se tivesse voltado a nascer – confessou Inatimi a Richard, no seu tom suave. – Tornei-me uma pessoa nova, porque já não tinha família para me lembrar quem eu fora.

Os padres também não tinham nada a ver com a imagem que Richard fizera deles. Ficou surpreendido com a sua alegria serena. Quando eles lhe disseram «Estamos espantados com o bom trabalho que Deus está a fazer aqui», Richard teve vontade de perguntar porque é que, à partida, Deus permitira que houvesse uma guerra. A fé deles comoveu-o, porém. Se Deus os fazia dedicarem-se com tanto empenho genuíno, então valia a pena acreditar em Deus.

Richard estava a falar com o Padre Marcel sobre Deus, na manhã em que a médica chegou. O seu *Morris Minor* poeirento tinha as palavras CRUZ VERMELHA pintadas a vermelho. Antes mesmo de ela dizer: «Sou a Dr.ª Inyang», com um aperto de mão franco, Richard percebeu que pertencia a uma das tribos minoritárias. Ele orgulhava-se da sua capacidade de reconhecer as pessoas de etnia ibo. Não tinha nada a ver com a aparência delas; era uma simples sensação de afinidade.

Kainene conduziu a Dr.ª Inyang diretamente à sala de aulas ao fundo do bloco, destinada aos doentes. Richard seguiu-as e observou-as, enquanto Kainene falava sobre os refugiados deitados em enxergas de bambu. Uma rapariga grávida sentou-se, levou as mãos ao peito e desatou a tossir, uma tosse infindável e cavernosa, que metia dó a quem a ouvia.

A Dr.ª Inyang debruçou-se sobre ela com um estetoscópio e disse, num suave inglês *pidgin*: – Como é que te sentes? Como é que estás hoje?

Primeiro, a rapariga grávida retraiu-se e, de repente, cuspiu com uma tal agressividade que ficou com a testa toda franzida. A mancha aguada de saliva aterrou no queixo da Dr.ª Inyang.

– Sabotadora! – disse a grávida. – São vocês que andam a abrir caminho ao inimigo! Todos vocês que não são ibo! *Hapu m!* Foram vocês que lhes indicaram o caminho até à minha terra!

A Dr.ª Inyang levou a mão ao queixo, mas ficou tão atordoada que nem limpou a saliva. O silêncio estava carregado de incerteza. Kainene aproximou-se energicamente e deu duas bofetadas na rapariga grávida, duas fortes bofetadas muito rápidas e seguidas na face.

– Somos todos Biafrenses! *Anyincha bu Biafra!* – disse Kainene. – Entendes? Somos todos Biafrenses!

A rapariga caiu para trás, na cama.

Richard ficou estupefacto com a violência de Kainene. Havia qualquer coisa de quebradiço nela e teve medo que se partisse ao mais pequeno toque; Kainene lançara-se com tanto fervor naquela campanha para apagar a memória, que isso acabaria por destruí-la.

CAPÍTULO 28

Olanna teve um sonho feliz. Não se lembrava do que sonhara, mas lembrava-se de que fora uma coisa bonita e, como tal, acordou consolada com a ideia de que ainda era capaz de ter um sonho feliz. Gostaria que Odenigbo não tivesse ido trabalhar para lhe poder contar o sonho e ver despontar no rosto dele, enquanto a escutava, aquele seu sorriso levemente indulgente, que significava que não precisava de concordar com ela para acreditar nas suas palavras. Mas Olanna não via esse sorriso desde que a mãe dele morrera, desde que ele tentara ir a Aba e regressara com uma sombra a pairar sobre si, desde que começara a sair para o trabalho demasiado cedo e a passar pelo bar Tanzânia antes de voltar para casa. Se não tivesse tentado atravessar as estradas ocupadas, não estaria tão lúgubre e retraído agora; o seu sofrimento não teria sido sobrecarregado pelo peso adicional do fracasso. Ela nunca deveria tê-lo deixado ir. Mas ele mostrara uma determinação silenciosamente hostil, como se sentisse que ela não tinha o direito de o impedir. As suas palavras – «Tenho de ir enterrar o que os abutres deixaram para trás» – escavaram um fosso entre eles que Olanna não soubera colmatar. Antes de Odenigbo se meter no carro e arrancar, ela dissera-lhe: «Alguém deve tê-la enterrado.»

E mais tarde, enquanto esperava por ele sentada no alpendre, detestara-se por não ter encontrado palavras melhores. *Alguém deve tê-la enterrado.* Parecia tão trivial. O que ela quisera dizer era que seguramente o primo dele, Aniekwena, a enterrara. O recado de Aniekwena, enviado por um soldado de licença, fora breve: Aba estava ocupada e ele fora até lá à socapa para tentar tirar alguns bens de dentro de casa e encontrara a *Mama* caída no chão, morta a tiro junto do muro. Não dissera mais nada, mas Olanna depreendera que ele devia ter cavado uma sepultura. Certamente que não a deixara caída por terra, a decompor-se.

Olanna já não se lembrava das horas que passara à espera que Odenigbo regressasse, mas lembrava-se, isso sim, da sensação de cegueira, como se alguém lhe tivesse coberto os olhos com membranas frias. De vez em quando, pensava, inquieta, na hipótese de Bebé, Kainene e Ugwu morrerem, reconhecendo vagamente as possibilidades de futuro sofrimento, mas nunca imaginara que Odenigbo pudesse morrer. Nunca. Ele era a constante da sua vida. Quando ele voltou, muito depois da meia-noite, com os sapatos cobertos de lama, percebeu que Odenigbo nunca mais seria o mesmo. Ele pediu um copo de água a Ugwu e disse a Olanna, numa voz calma:

– Como não paravam de me mandar voltar para trás, estacionei o carro, escondi-o e comecei a andar. Pouco depois, um oficial biafrense apontou-me a arma e disse que estava pronto a disparar e a poupar trabalho aos vândalos, se eu não voltasse para trás.

Ela puxou-o para si e soluçou. O seu alívio estava tingido de desconsolo.

– Eu estou bem, *nkem* – disse ele.

Mas nunca mais foi para o interior com o Grupo de Agitadores, nunca mais regressou a casa com os olhos a brilhar. Em vez disso, ia para o bar Tanzânia todos os dias e voltava com um ricto taciturno. Das poucas vezes que falava, era sobre os seus artigos que não chegara a publicar e que deixara em Nsukka, que eram praticamente o suficiente para lhe darem o grau de professor catedrático e sabe Deus o que os vândalos lhes fariam. Olanna queria que ele falasse realmente com ela, do coração, que a ajudasse a ajudá-lo a fazer o luto, mas sempre que lho dizia, ele respondia: «É demasiado tarde, *nkem*.» Olanna não sabia ao certo o que Odenigbo queria dizer com isso. Adivinhava as muitas camadas do sofrimento dele – nunca viria a saber como é que a mãe morrera e debater-se-ia sempre com velhos ressentimentos –, mas não se sentia unida a ele no luto. Por vezes, perguntava-se se isso seria uma falha sua e não dele, se não lhe faltaria porventura uma certa força que o instigasse a partilhar a sua dor.

Okeoma visitou-os para lhes dar os pêsames.
– Soube do que aconteceu – disse ele, quando Olanna lhe abriu a porta.
Ela abraçou-o e olhou para a cicatriz irregular e inchada que lhe descia do queixo até ao pescoço, e pensou na rapidez com que se espalhava a notícia de uma morte.
– Ele ainda não se abriu comigo – disse ela. – O que ele me diz não faz sentido.
– O Odenigbo nunca soube ser fraco. Tem paciência com ele. – Okeoma falou num sussurro, porque Odenigbo entrara na sala. Depois de se abraçarem e darem uma palmadinha

nas costas um do outro, Okeoma fitou-o. – *Ndo* – disse. – Lamento muito.

– Acho que ela deve ter ficado surpreendida quando lhe deram um tiro – disse Odenigbo. – A *Mama* nunca percebeu que estávamos realmente em guerra e que a sua vida corria perigo.

Olanna olhou para ele fixamente.

– O que lá vai, lá vai – disse Okeoma. – Tens de ser forte.

Um silêncio breve e desajeitado caiu sobre a sala.

– O Julius trouxe vinho de palma novo – disse Odenigbo por fim. – Ultimamente, misturam-lhe demasiada água, mas este é muito bom.

– Mais tarde bebo um copo. Onde é que está aquele *whisky White Horse* que guardas para as ocasiões especiais?

– Já não há quase nada.

– Nesse caso, eu acabo-o – disse Okeoma.

Odenigbo foi buscar a garrafa e sentaram-se na sala de estar, com o rádio baixinho e o aroma da sopa de Ugwu no ar.

– O meu comandante bebe isto como se fosse água – comentou Okeoma, e abanou a garrafa para ver o que sobrava no fundo.

– E como é que ele está, o teu comandante, esse mercenário branco? – perguntou Odenigbo.

Okeoma lançou um olhar de desculpas a Olanna antes de dizer:

– Ele atira as raparigas para o chão em campo aberto, onde os homens podem vê-lo, e salta-lhes para cima, sem largar o saco do dinheiro. – Okeoma bebeu um gole da garrafa e franziu a cara por um instante. – Podíamos facilmente ter recapturado Enugu se o tipo nos ouvisse, mas ele acha que sabe mais sobre o nosso país do que nós próprios. Começou a requisitar carros de ajuda humanitária. Na semana passada, ameaçou Sua Excelência que se ia embora se não recebesse o seu soldo.

Okeoma bebeu mais um trago da garrafa.

– Há dois dias, saí à rua vestido à civil e um soldado mandou-me parar na estrada e acusou-me de desertar. Avisei-o para nunca mais fazer uma coisa daquelas, senão mostrava-lhe porque é que nós, os comandos, somos diferentes dos soldados normais. Quando me fui embora, ouvi-o rir-se. Onde é que já se viu? Antes, ele nunca se teria atrevido a rir-se de um comando. Se não nos reorganizarmos rapidamente, vamos perder toda a nossa credibilidade.

– Porque é que os brancos hão de ser pagos para lutarem na nossa guerra? – Odenigbo recostou-se na cadeira. – Muitos de nós seríamos capazes de lutar a sério, porque estamos dispostos a dar a vida pelo Biafra.

Olanna levantou-se.

– Vamos comer – disse. – Peço desculpa, Okeoma, mas a nossa sopa não tem carne.

– «Peço desculpa, mas a nossa sopa não tem carne» – imitou Okeoma. – Achas que a tua casa tem cara de talho? Não vim cá à procura de carne.

Ugwu colocou os pratos de *garri* na mesa.

– Por favor, tira a tua granada enquanto comemos, Okeoma – pediu Olanna.

Ele tirou-a da cintura e pousou-a a um canto. Comeram em silêncio durante uns minutos, fazendo bolas com o *garri*, molhando-as na sopa e engolindo-as.

– Que cicatriz é essa? – perguntou Olanna.

– Oh, não é nada de especial – respondeu Okeoma, e passou a mão ao de leve pela cicatriz. – Parece mais grave do que é.

– Devias inscrever-te na Liga de Escritores do Biafra – disse ela. – Devias ser uma das pessoas que vai para o estrangeiro promover a nossa causa.

Okeoma começou a abanar a cabeça, ainda Olanna estava a falar.

– Sou soldado – disse ele.

– Ainda escreves? – perguntou Olanna.

Ele abanou novamente a cabeça.

– Mas podes recitar-nos um poema? De cabeça? – pediu ela, e até aos seus ouvidos pareceu desesperada.

Okeoma engoliu uma bola de *garri* e a sua maçã de Adão subiu e desceu.

– Não – disse ele, e virou-se para Odenigbo. – Soubeste o que as nossas baterias costeiras fizeram aos vândalos no setor de Onitsha?

A seguir ao almoço, Odenigbo foi para o quarto. Okeoma acabou o *whisky* e, depois, bebeu copo atrás de copo de vinho de palma e adormeceu na cadeira da sala de estar. A sua respiração era pesada; falava entre dentes e por duas vezes sacudiu os braços como que para afugentar um qualquer agressor invisível. Olanna deu-lhe uma palmadinha no ombro para o acordar.

– *Kunie*. Anda, vem deitar-te num dos quartos – disse ela.

Ele abriu os olhos inflamados e confusos.

– Não, não, eu não estava a dormir.

– Olha para ti. Tinhas apagado por completo.

– Não, de todo. – Okeoma reprimiu um bocejo. – Por acaso até tenho um poema na cabeça. – Sentou-se, endireitou as costas e começou a recitar.

A sua voz parecia diferente. Em Nsukka, ele declamava os seus poemas teatralmente, como se estivesse convencido de que a sua criação artística era mais importante do que tudo o resto. Agora, tinha um tom de troça; involuntário, mas ainda assim de troça.

Morena,
Com o brilho de peixe de uma sereia,
Eis que ela aparece
Trazendo consigo a alvorada de prata;
E o sol espera por ela,
A sereia
Que nunca será minha.

– Se o Odenigbo aqui estivesse, diria: «A voz de uma geração!» – disse Olanna.
– E tu, o que é que dirias?
– A voz de um homem.

Okeoma sorriu timidamente e Olanna lembrou-se de como Odenigbo costumava dizer, a brincar, que ele nutria uma paixão secreta por ela. O poema era sobre ela e Okeoma quisera que Olanna o soubesse. Ficaram sentados em silêncio, até que os olhos dele começaram a fechar-se e daí a nada ressonava. Olanna observou-o e perguntou-se com o que é que estaria a sonhar. Continuava a dormir, murmurando várias vezes e virando a cabeça de um lado para o outro, quando o Professor Achara chegou ao cair da noite.

– Ah, o nosso amigo comando está cá – disse ele. – Chama o Odenigbo, se fazes favor, e vamos para o alpendre.

Sentaram-se no banco do alpendre. O Professor Achara não parava de baixar os olhos, apertando e desapertando as mãos.

– O assunto que me traz aqui é desagradável – disse ele.

Olanna sentiu um aperto no peito, de medo: acontecera alguma coisa a Kainene e tinham mandado o Professor Achara transmitir-lhe a notícia. Desejou que ele se fosse embora imediatamente sem lhe dizer nada, porque o que não soubesse não a magoaria.

– O que é que se passa? – perguntou Odenigbo bruscamente.

– Tentei convencer o vosso senhorio a mudar de ideias. Fiz tudo o que podia, mas ele recusa-se. Quer que vocês se vão embora dentro de duas semanas.

– Não estou a perceber – disse Odenigbo.

Mas Olanna sabia que ele tinha percebido. Estavam a ser postos na rua, porque o senhorio arranjara alguém disposto a pagar-lhe o dobro ou, inclusive, o triplo da renda.

– Tenho imensa pena, Odenigbo. Normalmente, é um homem bastante razoável, mas parece que os tempos em que vivemos nos retiraram a todos a razão.

Odenigbo suspirou.

– Eu ajudo-vos a arranjar outro lugar – disse o Professor Achara.

Tiveram sorte em arranjar um quarto, uma vez que Umuahia estava agora apinhada de refugiados. O edifício comprido tinha nove quartos, uns a seguir aos outros, todos com uma porta que dava para um estreito alpendre. A cozinha ficava numa das pontas e a casa de banho na outra, ao lado de um terreno de bananeiras. O quarto deles ficava mais perto da casa de banho e, no primeiro dia, Olanna olhou para lá e não conseguiu imaginar como é que ia *viver* ali com Odenigbo, Bebé e Ugwu, comer, vestir-se e fazer amor numa só assoalhada. Odenigbo decidiu pendurar uma fina cortina a separar o espaço onde dormiam do resto do quarto e, no fim, quando Olanna olhou para o cordel frouxo que ele prendera com pregos à parede, lembrou-se do quarto do Tio Mbaezi e da Tia Ifeka, em Kano, e começou a chorar.

– Em breve arranjaremos uma coisa melhor – disse Odenigbo, e ela assentiu com a cabeça e não lhe contou que não estava a chorar por causa do quarto.

A *Mama* Oji vivia no quarto ao lado. Tinha um rosto duro e pestanejava tão pouco que, da primeira vez que falaram, Olanna ficou desconcertada com aquele olhar fixo e arregalado.

– Bem-vinda, *nno* – disse ela. – O teu marido não está?

– Foi trabalhar – explicou Olanna.

– Queria falar com ele antes dos outros. É por causa dos meus filhos.

– Dos teus filhos?

– O senhorio tratou-o por doutor.

– Ah, não. Ele é doutor porque tem um doutoramento.

O olhar de incompreensão da *Mama* Oji era tão penetrante que Olanna se sentiu trespassada.

– Ele é um doutor que trabalha com livros – explicou Olanna – e não um doutor que cura pessoas.

– Ah. – A expressão da *Mama* Oji permaneceu inalterada.

– Os meus filhos têm asma. Três deles morreram desde o início da guerra. Sobram outros três.

– Lamento muito. *Ndo* – disse Olanna.

A *Mama* Oji encolheu os ombros e em seguida disse-lhe que todos os vizinhos eram uns ladrões de primeira apanha. Se deixasse um recipiente de querosene na cozinha, estaria vazio quando lá voltasse. Se deixasse o sabonete na casa de banho, ele ganharia pés. Se pendurasse a roupa lá fora e não ficasse de olho, ela desapareceria da corda.

– Tem muito cuidado – avisou. – E tranca a tua porta mesmo quando fores só fazer chichi.

Olanna agradeceu-lhe e lamentou o facto de Odenigbo não ser realmente médico. Agradeceu aos outros vizinhos que vieram à porta cumprimentá-la e dar à língua. Havia demasiada gente no pátio; uma família de dezasseis pessoas vivia no quarto ao lado do da *Mama* Oji. O chão da casa de banho estava viscoso de tanta sujidade desprendida por tantos corpos que ali se lavavam e, na latrina, os cheiros de todos esses desconhecidos impregnavam o ar. Nas noites húmidas, em que a atmosfera ficava saturada de odores desagradáveis, o que Olanna mais queria era ter uma ventoinha, dispor de eletricidade. A sua casa nos limites da povoação tivera eletricidade até às oito da noite, mas ali, no interior, não havia. Comprou candeeiros a óleo feitos com latas de leite. Sempre que Ugwu os acendia, Bebé guinchava e fugia ao ver a chama nua atear-se de repente. Olanna observava-a, grata por Bebé não ficar minimamente perturbada por causa de mais uma mudança, de mais uma vida nova, e por, em vez disso, brincar todos os dias com a sua nova amiga Adanna, gritando «Abriguem-se!», rindo-se e escondendo-se entre as folhas de bananeira para fugirem de aviões imaginários. Olanna preocupava-se, porém, com a hipótese de Bebé apanhar o sotaque rural de Adanna ou uma doença qualquer transmitida pelos furúnculos de aspeto purulento que tinha nos braços ou, então, pulgas por intermédio de *Bingo*, o cão enfezado dela.

No primeiro dia em que Olanna e Ugwu se serviram da cozinha, a mãe de Adanna entrou com uma taça esmaltada na mão e disse: – Dá-me um bocado de sopa, por favor.

– Não, não temos que chegue – respondeu Olanna.

Mas depois lembrou-se do único vestido de Adanna, que, como fora feito com a serapilheira usada para ensacar a comida da ajuda humanitária, tinha a palavra «flour», de «farinha», estampada nas costas com o *r* engolido pela costura, e decidiu verter umas colheres de sopa aguada e sem carne dentro da taça.

No dia seguinte, a *Mama* Adanna entrou na cozinha e pediu um pouco de *garri* e Olanna deu-lhe meia chávena. No terceiro dia, entrou quando a cozinha estava cheia de mulheres e pediu novamente sopa a Olanna.

– Para de lhe dar da tua comida! – gritou a *Mama* Oji. – Ela faz sempre isto com os inquilinos novos. O que ela devia era ir cultivar mandioca e alimentar a família e parar de chagar as pessoas! Afinal, ela é de Umuahia! Não é um refugiado como nós! Como é que tem a lata de mendigar comida a um refugiado?

A *Mama* Oji bufou ruidosamente e depois continuou a moer dendê no pilão. A expressão de eficiência inscrita no seu rosto chupado fascinava Olanna. Nunca vira a *Mama* Oji sorrir.

– Mas não foram precisamente os refugiados que acabaram com a nossa comida toda? – replicou a *Mama* Adanna.

– Cala-me essa boca nojenta! – disse a *Mama* Oji.

E a *Mama* Adanna assim fez de imediato, como se soubesse que era impossível rivalizar com a *Mama* Oji em matéria de gritos, porque ela era rápida e estridente, e nunca lhe faltavam as palavras nem a velocidade à qual as debitava.

À noite, quando a *Mama* Oji discutia com o marido, a sua voz atravessava o pátio de um lado ao outro.

– Seu borrego castrado! Dizes que és homem, mas desertaste do exército! Eu que não te ouça a contar a mais ninguém que foste ferido em ação! Abre-me essa tua boca suja mais uma vez e eu vou chamar os soldados e mostro-lhes onde tu tens andado a esconder-te!

As suas tiradas faziam parte da vida quotidiana do pátio, bem como as orações do Pastor Ambrose, que rezava muito alto, a andar de um lado para o outro. O mesmo acontecia com o som do piano que provinha do quarto contíguo à cozinha. Olanna ficou espantada da primeira vez que ouviu as notas melancólicas, uma música tão pura e interpretada com tanta segurança, que invadia o ar e imobilizava as ondulantes bananeiras.

– É a Alice – explicou a *Mama* Oji. – Veio para cá quando Enugu caiu. Antes, nem sequer dirigia a palavra às pessoas. Pelo menos, agora responde quando a cumprimentamos. Vive sozinha naquele quarto. Nunca sai de lá e nunca cozinha. Ninguém sabe o que ela come. Uma vez que fomos passar o terreno a pente fino, ela achou-se demasiado superior para vir connosco. Toda a gente aqui do pátio saiu à rua e foi para o mato à procura de vândalos que lá estivessem escondidos, mas ela não. Algumas das mulheres até disseram que iam denunciá-la à milícia.

A música continuava a fluir para o pátio. Parecia Beethoven, mas Olanna não tinha a certeza. Odenigbo com certeza saberia. A seguir, o ritmo mudou e tornou-se mais rápido, com uma intensidade furiosa que foi aumentando, aumentando e, de repente, parou. Alice saiu do quarto. Era miudinha, com uma estrutura óssea fina, e só de olhar para ela, Olanna sentiu-se demasiado grande e desajeitada; havia qualquer coisa de infantil na tez clara, quase translúcida, de Alice e nas suas minúsculas mãos.

– Boa tarde. Eu sou a Olanna. Acabámos de nos mudar para aquele quarto.

– Bem-vinda. Já vi a tua filha.

Alice cumprimentou-a com um aperto de mão frouxo, como se tivesse muito cuidado consigo própria para não se quebrar, como se fosse uma pessoa incapaz de esfregar o corpo com vigor.

– Tocas lindamente – disse Olanna.

– Oh, não, não tenho jeito nenhum. – Alice abanou a cabeça.

– De onde é que vens?

– Da Universidade de Nsukka. E tu?

Alice hesitou.

– Eu venho de Enugu.

– Tínhamos amigos em Enugu. Conhecias alguém da Escola de Belas-Artes nigeriana?

– Ah, a casa de banho está livre – disse Alice, e virou costas e foi-se embora apressada.

A brusquidão dela surpreendeu Olanna. Quando saiu da casa de banho, Alice fez um ligeiro aceno de cabeça ao passar por ela e enfiou-se no quarto. Daí a pouco, ouviu-se o piano, uma melodia lenta e arrastada, e Olanna teve vontade de atravessar o pátio, abrir a porta do quarto de Alice e ficar a vê-la tocar.

Olanna pensava com frequência em Alice, na delicadeza da sua constituição miudinha e da sua tez clara, na intensidade incrível com que tocava piano. Sempre que reunia Bebé, Adanna e umas quantas crianças no pátio para lhes ler algo, tinha esperança de que Alice saísse do quarto e se juntasse a ela. Perguntava-se se Alice gostaria de *high life*. Queria conversar sobre música e artes e política com Alice, mas esta só saía para ir à casa de banho a correr e não respondia quando Olanna lhe batia à porta do quarto. «Devia estar a dormir», desculpava-se depois, mas não convidava Olanna para passar por lá noutra ocasião.

Por fim, um dia, encontraram-se no mercado. O sol tinha acabado de raiar e o ar estava carregado de orvalho, e Olanna caminhou calmamente sob a frescura húmida da verde folhagem da floresta, tentando não tropeçar nas raízes grossas. Regateou os preços discreta mas persistentemente com um vendedor, antes de comprar tubérculos de mandioca com a pele rosada que, em tempos, pensava que eram venenosos por o cor-de-rosa ser tão vivo, até que Mrs. Muokelu lhe garantiu que não. Um pássaro crocitou no cimo de uma árvore. De vez em quando, uma folha flutuava até ao chão. Olanna parou diante de uma mesa com pedaços acinzentados de frango cru e imaginou que pegava neles e fugia a sete pés. Se comprasse o frango, não lhe sobraria dinheiro para mais nada, por isso comprou quatro caracóis de tamanho médio. Os caracóis mais pequenos, com a concha em espiral, eram mais baratos, empilhados bem alto dentro de cestas, mas ela não era capaz de comprá-los, não conseguia concebê-los como comida; para Olanna, sempre tinham sido um brinquedo com que jogavam as crianças da aldeia. Ia a sair do mercado quando viu Alice.

– Bom dia, Alice – cumprimentou.

– Bom dia – respondeu Alice.

Olanna fez menção de abraçá-la, o habitual abraço rápido com que as pessoas costumavam cumprimentar-se, mas Alice esticou o braço para lhe dar um aperto de mão formal, como se não fossem vizinhas.

– Não consigo arranjar sal em lado nenhum, absolutamente nenhum – queixou-se Alice. – E as pessoas que nos puseram nesta situação têm o sal todo de que precisam.

Olanna ficou surpreendida. É claro que ela não arranjaria sal ali; praticamente não havia sal em lado nenhum. Alice parecia meticulosa e miudinha, com um vestido de lã cuidadosamente ajustado com um cinto, que Olanna conseguia imaginar pendurado numa loja de Londres, mas que não tinha nada a ver com a maneira como uma mulher do Biafra se vestiria para ir a um mercado no mato, ao raiar do dia.

– Disseram que os Nigerianos têm andado a largar bombas e mais bombas em Uli e que há uma semana que nenhum avião de ajuda humanitária pode aterrar – disse Alice.

– Sim, ouvi dizer o mesmo – confirmou Olanna. – Vais para casa?

Alice desviou os olhos em direção ao mato cerrado.

– Já, já, não.

– Eu espero por ti para voltarmos juntas.

– Não, não te incomodes – disse Alice. – Adeus.

Alice virou costas e voltou para o amontoado de bancas com o seu passo gracioso mas forçado, como se alguém equivocado lhe tivesse ensinado a «andar como uma senhora». Olanna ficou parada a observá-la, pensando no que se esconderia por detrás da sua fachada, e só depois regressou a casa. Passou pelo centro de ajuda humanitária para ver se havia comida, se algum avião conseguira finalmente aterrar. O recinto estava deserto e, durante uns minutos, espreitou por entre o portão trancado. Um cartaz meio rasgado estava pendurado na parede. Alguém riscara as palavras «CMI: CONSELHO MUNDIAL DE IGREJAS» com um lápis de carvão e escrevera «CMI: CONTINUEMOS A MATAR O INIMIGO».

Estava perto do moinho de milho, quando uma mulher saiu a correr de uma casa à beira da rua, a chorar, atrás de dois soldados que puxavam um rapaz alto.

– Eu disse para me levarem a mim! – gritou ela. – Levem-me a mim em vez dele! Já vos sacrificámos o Abuchi, será que isso não chega?

Os soldados ignoraram-na e o rapaz manteve a sua postura de costas hirtas, como se não se atrevesse a olhar para trás, para a mãe.

Olanna afastou-se para o lado quando eles passaram e, de regresso a casa, ficou furiosa ao ver Ugwu parado à frente do pátio, a falar com alguns vizinhos de idade. Qualquer soldado com ordens para recrutar rapazes poderia vê-lo ali.

– *Bia nwoke m*, perdeste o juízo? Eu não te proibi de vires aqui para fora? – perguntou-lhe ela, numa voz sibilante.

Ugwu pegou na cesta dela e murmurou: – Desculpe, minha senhora.

– Onde está a Bebé?

– No quarto da Adanna.

– Dá-me a chave do nosso quarto.

— O senhor está lá dentro, minha senhora.

Olanna olhou para o relógio, embora fosse escusado. Sabia que era demasiado cedo para Odenigbo já estar em casa. Encontrou-o sentado em cima da cama, de costas curvadas; estava em silêncio, mas ela viu-lhe os ombros a subirem e a descerem.

— *O gini?* O que é que aconteceu? — perguntou.

— Não aconteceu nada.

Olanna aproximou-se dele.

— *Ebezi na*, para de chorar — murmurou.

Mas ela não queria que ele parasse. Queria que Odenigbo chorasse e chorasse até soltar a dor que lhe fazia um nó na garganta, até se libertar do seu obstinado sofrimento. Enlaçou-o com os braços e embalou-o e, lentamente, ele descontraiu-se aconchegado no seu peito. Ele também a abraçou e os seus soluços tornaram-se audíveis. A cada inspiração brusca, Olanna tinha a sensação de estar a ouvir Bebé: Odenigbo chorava como a filha.

— Nunca fiz o suficiente pela minha mãe — disse ele por fim.

— Já passou — murmurou Olanna.

Ela própria desejava ter tentado reconciliar-se com a mãe dele, em vez de se ter resignado de imediato a uma relação de ressentimento. Se pudesse voltar atrás, faria muitas coisas de maneira diferente.

— Nunca nos lembramos *ativamente* da morte — disse Odenigbo. — Se vivemos como vivemos, é porque não nos lembramos de que *vamos morrer*. Todos nós vamos morrer.

— Sim — disse Olanna, sentindo-o descair os ombros.

— Mas não será precisamente nisso que consiste a vida? Não é a vida um estado de negação da morte? — perguntou ele.

Olanna puxou-o mais para si.

– Tenho andado a pensar no exército, *nkem* – disse ele. – Talvez eu devesse alistar-me na nova Brigada «S» de Sua Excelência[1].

Olanna ficou calada durante uns momentos. Sentiu uma vontade enorme de puxar aquela sua barba nova e até lhe arrancar os pelos e fazer sangue.

– Mais vale arranjares uma árvore e uma corda, Odenigbo. Será uma maneira bem mais fácil de te suicidares – disse ela.

Ele afastou-se para poder olhar para ela, mas Olanna desviou o rosto e levantou-se, ligou o rádio e aumentou o som, enchendo o quarto com uma música dos Beatles. Recusava-se a discutir o desejo dele de se alistar no exército.

– Devíamos construir um abrigo – disse ele, e dirigiu-se para a porta. – Sim, precisamos mesmo de um abrigo aqui.

O olhar vítreo e inexpressivo de Odenigbo e os seus ombros caídos preocuparam Olanna. Mas se ele precisava de se ocupar com alguma coisa, era melhor deixá-lo construir um abrigo do que alistar-se no exército.

Ele saiu do quarto e foi falar com o *Papa* Oji e com alguns dos homens que estavam parados junto da entrada do recinto.

– Estás a ver aquelas bananeiras? – perguntou o *Papa* Oji.

– Sempre que houve um ataque aéreo, nós metemo-nos debaixo das bananeiras e não nos aconteceu nada. Não precisamos de um abrigo. As bananeiras absorvem balas e bombas.

Os olhos de Odenigbo mostraram-se tão frios como a sua resposta: – O que é que um desertor do exército entende de abrigos?

---

[1] Brigada Especial destinada à proteção pessoal de Ojukwu. *(N. da T.)*

Afastou-se do grupo e, instantes depois, ele e Ugwu começaram a delimitar e a escavar uma zona atrás do edifício. Daí a pouco, os homens mais jovens juntaram-se a eles e, quando o sol se pôs, os mais velhos fizeram o mesmo, incluindo o *Papa* Oji. Olanna viu-os a trabalhar e perguntou-se o que pensariam de Odenigbo. Quando os outros homens soltavam piadas e se riam, ele permanecia sério. Só abria a boca para falar sobre o trabalho. Não, *mba*, chega isso mais para lá. Sim, vamos prender isso aí. Não, muda-o um bocadinho. A sua camisola interior suada colava-se-lhe ao corpo e ela reparou, pela primeira vez, no quanto ele emagrecera, em como o seu peito parecia encovado.

Nessa noite, Olanna deitou-se com a face encostada à dele. Ele não lhe contara o que é que o levara a ficar em casa a chorar pela mãe. Ela esperava, porém, que o que quer que tivesse sido ajudasse a desatar alguns dos nós que o oprimiam por dentro. Beijou-lhe o pescoço, a orelha, daquela maneira que fazia sempre com que ele a puxasse para si nas noites em que Ugwu dormia lá fora, no alpendre. Mas ele afastou a mão dela e disse: – Estou cansado, *nkem*.

Era a primeira vez que Olanna o ouvia dar tal resposta. Ele cheirava a suor rançoso e ela sentiu uma súbita saudade lancinante do *Old Spice* que ficara em Nsukka.

Nem o milagre de Abagana[2] desatou os nós de Odenigbo. Antes, tê-lo-iam celebrado como se se tratasse de uma vitória pessoal. Ter-se-iam abraçado, beijado, e ela teria roçado a sua face na nova barba dele. Mas quando ouviram a notícia na

---

[2] Batalha que teve lugar em março de 1968 e que foi a única grande vitória do exército biafrense em toda a guerra. *(N. da T.)*

rádio, ele limitou-se a dizer «Excelente, excelente», e mais tarde foi com uma expressão vazia que esteve a ver os vizinhos a dançar.

A *Mama* Oji começou a cantar «*Onye ga-enwe mmeri?*» e as outras mulheres responderam «*Biafra ga-enwe mmeri, igba!*» e formaram um círculo e balouçaram-se com gestos graciosos, batendo os pés com força ao dizerem «*igba!*». Nuvens de pó levantavam-se e assentavam. Olanna juntou-se a elas, transportada pelas palavras – «Quem vai ganhar? O Biafra vai ganhar, *igba*!» –, mortinha para que Odenigbo não ficasse ali parado com aquela sua expressão vazia.

– A Olanna dança como os brancos! – exclamou a *Mama* Oji, rindo-se. – As ancas dela não mexem nem um centímetro!

Era a primeira vez que Olanna via a *Mama* Oji rir-se. Os homens contavam e recontavam a história com várias versões – alguns diziam que as forças biafrenses tinham emboscado e incendiado uma coluna de cem veículos, outros diziam que na verdade tinham sido mil veículos blindados e camiões destruídos –, mas estavam todos de acordo que se a caravana tivesse chegado ao seu destino, teria sido o fim do Biafra. As pessoas ligaram os rádios muito alto, no alpendre à frente dos quartos. A notícia foi transmitida vezes sem conta e, de cada vez que terminava, muitos dos vizinhos faziam coro com a voz que entoava: «Salvar o Biafra é uma missão imprescindível para o mundo livre!» Até Bebé já sabia a frase de cor. Repetia-a enquanto afagava a cabeça de *Bingo*. Dos vizinhos, Alice foi a única pessoa que não apareceu no pátio e Olanna perguntou-se o que estaria ela a fazer.

– A Alice acha que é melhor do que nós todos – disse a *Mama* Oji. – Vê só o teu caso. Dizem que és filha de um Homem Grande, mas tu tratas as pessoas como gente. Quem é que ela julga que é?

– Talvez esteja a dormir.

– Pois, está-se mesmo a ver. A Alice só pode ser uma sabotadora. Tem isso estampado na testa. Está a trabalhar para os vândalos.

– Desde quando é que os sabotadores têm isso estampado na testa? – perguntou Olanna, divertida.

A *Mama* Oji encolheu os ombros, como se não tivesse paciência para tentar convencer Olanna de uma coisa da qual tinha a certeza.

O motorista do Professor Ezeka chegou horas depois, quando o pátio já estava mais vazio e sossegado. Entregou um bilhete a Olanna e, a seguir, deu a volta ao carro e abriu a mala, de onde tirou duas caixas. Ugwu levou-as a correr para dentro do quarto.

– Obrigada – disse Olanna. – Cumprimentos meus ao teu senhor.

– Sim, minha senhora – disse ele, mas continuou ali parado.

– Mais alguma coisa?

– Tenho ordens para esperar até a senhora verificar se está tudo certo.

– Ah.

Numa folha, Ezeka apontara, com a sua caligrafia difícil de decifrar, tudo o que enviara. No verso, rabiscara: «Verifica, por favor, se o motorista não mexeu em nada.» Olanna foi ao quarto contar as latas de leite em pó, chá, bolachas, *Ovaltine*, sardinhas, as caixas de açúcar, os sacos de sal... e não pôde deixar de soltar uma exclamação ao ver o papel higiénico. Pelo menos Bebé não teria de usar jornais velhos durante uns tempos. Escreveu um rápido e efusivo bilhete a agradecer e entregou-o ao motorista. Se Ezeka tinha feito aquilo só para mostrar mais uma vez até que ponto era superior, isso não afetava minimamente o prazer de Olanna. O prazer de Ugwu pareceu ainda maior do que o dela.

– É como se estivéssemos em Nsukka, minha senhora! – disse ele. – Olhe só, sardinhas!

– Põe um bocado de sal num saco, se fazes favor. Um quarto dessa embalagem.

– Para quem, minha senhora? – Ugwu fez uma cara de desconfiado.

– Para a Alice. E não contes aos vizinhos tudo o que temos. Se eles perguntarem o que vinha nas caixas, diz que eram livros que um velho amigo mandou ao teu senhor.

– Sim, minha senhora.

Olanna sentiu o olhar reprovador de Ugwu a segui-la, quando foi ao quarto de Alice levar-lhe o saco. Bateu à porta, mas ninguém respondeu. Virou costas e foi nesse instante que Alice abriu a porta.

– Um amigo nosso trouxe-nos mantimentos – disse Olanna, mostrando-lhe o saco de sal.

– *Hei!* Eu não posso aceitar isto tudo – disse Alice, esticando o braço e pegando no saco. – Obrigada. Oh, muito obrigada!

– Não o vemos há algum tempo. Foi uma surpresa.

– E tu lembraste-te de mim! Não era preciso.

Alice apertou o saco de sal contra o peito. Tinha umas olheiras profundas e viam-se-lhe umas veiazinhas esverdeadas à flor da pele, o que fez Olanna perguntar-se se estaria doente.

Mas Alice surgiu com um ar diferente, com a pele mais fresca, ao cair da noite, quando saiu do quarto e se sentou ao lado de Olanna no chão do alpendre, de pernas esticadas. Talvez tivesse posto um pouco de pó de arroz. Tinha uns pés minúsculos. Cheirava a um creme para o corpo que Olanna conhecia de algum lado. A *Mama* Adanna passou por elas e disse: – Eh, Alice! É a primeira vez que te vemos sentada aqui fora! – e Alice esboçou um leve sorriso.

O Pastor Ambrose estava a rezar junto das bananeiras. O seu manto vermelho, de mangas compridas, reluzia à luz do sol poente.

– Jeová bendito, destrói os vândalos com o fogo do espírito santo! Jeová bendito, luta por nós!

– Deus está a lutar pela Nigéria – comentou Alice. – Deus luta sempre pelo lado que tem mais armas.

– Deus está do nosso lado! – A brusquidão da sua voz surpreendeu a própria Olanna. Alice fez uma cara de espanto e, algures atrás da casa, *Bingo* soltou um uivo. – O que eu queria dizer é que Deus luta pelo lado justo – acrescentou Olanna, num tom mais suave.

Alice afugentou um mosquito.

– O Ambrose está a fingir que é pastor para evitar que o exército o recrute.

– Pois está. – Olanna sorriu. – Conheces aquela igreja esquisita em Ogui Road, em Enugu? Ele parece um dos pastores de lá.

– Eu não sou de Enugu. – Alice puxou os joelhos para cima.

– Sou de Asaba. Saí de lá quando acabei o curso da Escola Superior de Educação e fui para Lagos. Trabalhava em Lagos antes da guerra. Conheci um coronel do exército e passados uns meses ele pediu-me em casamento, mas não me disse que já era casado e que a mulher estava no estrangeiro. Engravidei. Ele não parava de adiar a ida a Asaba para cumprir as cerimónias tradicionais, mas eu acreditava nele, sempre que me dizia que estava ocupado e sob pressão por causa de tudo o que estava a acontecer no país. Quando mataram os oficiais ibos, ele fugiu e eu vim para Enugu com ele. Tive o meu bebé em Enugu. Estávamos juntos quando a mulher dele regressou, antes do início da guerra. Ele abandonou-me. Depois o meu bebé morreu. Depois Enugu caiu nas mãos do inimigo. E aqui estou eu.

– Lamento muito.

– Sou estúpida. Fui eu quem acreditou nas mentiras todas dele.

– Não digas isso.

– Tu tens sorte. Tens o teu marido e a tua filha. Não sei como é que consegues manter as coisas todas sob controlo, dar aulas aos miúdos e isso tudo. Quem me dera ser como tu.

A admiração de Alice surpreendeu Olanna e comoveu-a.

– Eu não tenho nada de especial – disse ela.

O Pastor Ambrose começou a alvoroçar-se.

– Diabo, eu dou-te um tiro! Satanás, eu atiro-te com uma bomba!

– Como é que foi a vossa evacuação de Nsukka? – perguntou Alice. – Deixaram muita coisa para trás?

– Deixámos tudo. Partimos à pressa.

– Foi o que me aconteceu em Enugu. Não entendo porque é que eles não nos dizem a verdade, para nos podermos preparar. Os funcionários do Ministério da Informação percorreram a cidade toda com uma carrinha e um megafone, a dizer às pessoas que estava tudo bem, que eram só os nossos soldados a treinar o lançamento de bombas. Se nos tivessem dito a verdade, muitos de nós teríamos preparado a evacuação e não teríamos perdido tanta coisa.

– Mas trouxeste o teu piano. – Olanna não gostou da maneira como Alice disse «eles», como se não estivesse do lado deles.

– Foi a única coisa que trouxe de Enugu. Ele mandou-me dinheiro e uma camioneta para me ajudar, precisamente no dia em que Enugu caiu. Tinha a consciência demasiado pesada. O motorista disse-me depois que ele e a mulher tinham mudado os seus haveres para a sua terra natal, umas semanas antes. Imagina só!

– Sabes onde ele está agora?

– Não sei nem quero saber. Se volto a ver aquele homem, *ezi okwu m*, mato-o com as minhas próprias mãos. – Alice levantou as suas mãos diminutas. Estava a falar em ibo pela primeira vez e, no seu dialeto de Asaba, os *f* pareciam *w*. – Quando penso em tudo o que sofri por causa daquele homem!... Desisti do meu emprego em Lagos, contei montes de mentiras à minha família, cortei relações com os meus amigos que me disseram que ele não tinha intenções sérias. – Debruçou-se para apanhar uma coisa da areia. – E ele nem sequer sabia fazer como deve ser.

– Fazer o quê?

– Saltava para cima de mim, gemia *oh-oh-oh* como uma cabra, e pronto. – Alice espetou um dedo no ar. – E o coiso era deste tamanho. No fim, sorria todo satisfeito, sem lhe passar pela cabeça que eu nem sequer percebera quando é que ele tinha começado e acabado. Homens! Os homens são um caso perdido!

– Não, nem todos. O meu marido sabe como fazer e com um coiso deste tamanho. – Olanna mostrou-lhe o punho fechado. Riram-se ambas e ela sentiu, com Alice, uma cumplicidade feminina ordinária e deliciosa.

Olanna esperou que Odenigbo chegasse a casa para lhe contar que agora era amiga de Alice e o que lhe tinha dito. Queria que ele regressasse e que a puxasse com força para si, como não fazia há muito tempo. Mas quando finalmente ele voltou do bar Tanzânia, vinha com uma arma. A espingarda de cano duplo, comprida, preta e baça, estava em cima da cama.

– *Gini bu ife a?* O que é isto? – perguntou Olanna.

– Foi uma pessoa da Direção que ma deu. Já é bastante velha, mas convém ter uma à mão, para o que der e vier.

– Eu não quero uma arma em casa.

– Estamos em guerra. Há armas em toda a parte.

Ele despiu as calças e amarrou um pano à cintura antes de tirar a camisa.

– Conversei com a Alice, hoje.

– A Alice?

– A vizinha que toca piano.

– Ah, sim. – Ele estava parado a olhar para a cortina que separava o quarto em dois.

– Estás com ar cansado – disse ela.

O que queria dizer era: «Estás com ar triste.» Desejou que ele estivesse ocupado com coisas mais interessantes, que tivesse uma atividade que o abstraísse dos momentos em que a dor o acossava.

– Eu estou bem – disse ele.

– Acho que devias ir falar com o Ezeka, pedir-lhe para ele te ajudar a mudar para outro serviço qualquer. Mesmo não sendo a Direção dele, de certeza que tem alguma influência junto dos outros diretores.

Odenigbo pendurou as calças num prego na parede.

– Ouviste-me? – perguntou Olanna.

– Não vou pedir ajuda ao Ezeka.

Ela reconheceu a expressão de Odenigbo: estava desiludido. Olanna esquecera-se de que eles tinham grandes ideais. Eram pessoas de princípios, que não pediam favores a amigos influentes.

– Servirias muito melhor o Biafra se trabalhasses noutro sítio qualquer onde pudesses usar a tua inteligência e o teu talento – insistiu Olanna.

– Estou a servir muito bem o Biafra na Direção de Recursos Humanos.

Olanna olhou para o caos que reinava no quarto que lhes fazia as vezes de casa – a cama, dois tubérculos de inhame, o colchão encostado à parede suja, as caixas e os sacos empilhados a um canto, o fogão a querosene que ela levava para a cozinha só quando precisava dele – e sentiu uma onda de repulsa, uma vontade louca de correr sem parar até estar bem longe daquilo tudo.

Dormiram de costas um para o outro. Quando ela acordou, já ele se tinha ido embora. Ela tocou no lado dele da cama, deslizou a mão pelo colchão, saboreou o restinho de calor que perdurava no lençol amarrotado. Iria ela própria falar com Ezeka. Pedir-lhe-ia para ajudar Odenigbo. Foi lá fora à casa de banho, dizendo «Bom dia» e «Dormiu bem?» a uns quantos vizinhos pelo caminho. Bebé estava junto das crianças mais pequenas, reunidas à volta das bananeiras, a ouvirem o *Papa* Oji contar como abatera um avião inimigo em Calabar com a sua pistola. As crianças mais crescidas estavam a varrer o pátio e a cantar.

Biafra, kunie, buso Nigeria agha,
Anyi emelie ndi awusa,
Ndi na-amaro chukwu,
Tigbue fa, zogbue fa,
Nwelu nwude Gowon.

Quando pararam de cantar, as orações matinais do Pastor Ambrose pareceram ainda mais sonoras.

– Que Deus abençoe Sua Excelência! Que Deus dê força à Tanzânia e ao Gabão! Que Deus destrua a Nigéria e a Grã--Bretanha e o Egito e a Argélia e a Rússia! Em nome de Jesus todo-poderoso!

Algumas pessoas gritaram «Ámen!», dos seus quartos. O Pastor Ambrose levantou a Bíblia bem alto, como se estivesse à espera que um grande milagre lhe aterrasse em cima caído do céu, e berrou palavras sem sentido: *she baba she baba she baba.*

– Pare de dizer disparates, Pastor Ambrose, e vá-se alistar no exército! Acha que esse seu palavreado sem sentido vai ajudar a nossa causa? – disse a *Mama* Oji.

Ela encontrava-se de pé à frente do quarto na companhia do filho, que estava debruçado sobre uma taça fumegante, com a cabeça coberta por um pano. Quando levantou a cabeça para inspirar fundo, Olanna observou a mistela de urina, óleos, ervas e sabe Deus que mais que a *Mama* Oji decidira que curaria a asma.

– Ele passou mal a noite? – perguntou Olanna.

A *Mama* Oji encolheu os ombros.

– Passou mal, mas podia ter sido pior. – Virou-se para o filho. – Estás à espera que eu te bata para inalares? Porque é que estás a deixar que isso se evapore e se desperdice?

Ele debruçou-se novamente sobre a taça.

– Que Jeová destrua Gowon e Adekunle[3]! – gritou o Pastor Ambrose.

– Cale-se e aliste-se no exército! – Insistiu a *Mama* Oji.

De um dos quartos, alguém gritou: – Deixa o Pastor em paz, *Mama* Oji! Antes de o chateares, vê mas é se o teu marido volta para o exército de onde fugiu!

– Mas pelo menos ele alistou-se! – A resposta da *Mama* Oji foi célere. – Enquanto o teu marido se esconde como um cobarde na floresta de Ohafia, para que os soldados não o apanhem.

Bebé apareceu no pátio, vinda das traseiras da casa, com o cão a reboque.

---

[3] General Adekunle, chefe militar nigeriano. (*N. da T.*)

– Mamã Ola! O *Bingo* consegue ver espíritos. Quando ladra à noite, quer dizer que está a ver espíritos.

– Não existem espíritos, Bebé – disse Olanna.

– Existem, sim.

Olanna andava preocupada com as coisas que Bebé captava naquele ambiente.

– Foi a Adanna que te disse isso?

– Não, foi o Chukwudi.

– Onde está a Adanna?

– Está a dormir. Está doente – respondeu Bebé, e começou a enxotar as moscas que rodeavam a cabeça de *Bingo*.

A *Mama* Oji murmurou: – Estive a dizer à *Mama* Adanna que a doença da pequena não é malária, mas ela insiste em dar-lhe remédio *neem* que não resolve o problema. Se ninguém se atreve a dizê-lo, eu digo: o que a Adanna tem é a síndrome de Harold Wilson, *ho-ha*.

– Síndrome de Harold Wilson?

– *Kwashiorkor.* A pequena tem *kwashiorkor.*

Olanna desatou a rir. Não sabia que tinham rebatizado a doença com o nome do primeiro-ministro britânico, mas a vontade de rir passou-lhe quando foi ao quarto de Adanna, que estava deitada numa esteira, com os olhos meio fechados. Olanna tocou-lhe na face com as costas da mão, para ver se tinha febre, embora soubesse que não seria o caso. Devia ter percebido antes; a barriga de Adanna estava inchada e a pele tinha um tom doentio, muito mais claro do que há umas semanas.

– Esta malária teima em não passar – disse a *Mama* Adanna.

– Ela tem *kwashiorkor* – disse Olanna baixinho.

– *Kwashiorkor* – repetiu a *Mama* Adanna, e fitou Olanna com uns olhos assustados.

– Tens de arranjar lagostim ou leite.

– Leite, *kwa*? De onde? – perguntou a *Mama* Adanna. – Mas temos um remédio contra o *kwash* aqui perto. A *Mama* Obike falou-me nisso no outro dia. Deixa-me ir buscar.

– O quê?

– Folhas *antikwashiorkor* – disse a *Mama* Adanna, já a sair do quarto.

Olanna ficou surpreendida ao ver a rapidez com que ela puxou o pano para cima e se enfiou no meio do mato, do outro lado da rua. Voltou passados uns instantes com um ramo de esguias folhas verdes.

– Agora vou fazer umas papas – explicou ela.

– A Adanna precisa de leite – insistiu Olanna. – Essas folhas não vão curar o *kwashiorkor*.

– Deixa a *Mama* Adanna em paz. As folhas *antikwashiorkor* vão dar resultado, desde que ela não as coza demasiado tempo – disse a *Mama* Oji. – Além disso, os centros de ajuda humanitária estão vazios. E não ouviste dizer que as crianças todas de Nnewi morreram depois de terem bebido o leite da ajuda humanitária? Os vândalos tinham-no envenenado.

Olanna chamou Bebé, levou-a para o quarto e despiu-a.

– O Ugwu já me deu banho – disse Bebé, com um ar desconcertado.

– Sim, minha querida – disse Olanna, examinando-a com todo o cuidado.

Bebé ainda tinha a pele escura como mogno e o cabelo bem preto e, embora estivesse mais magra, não tinha a barriga inchada. Olanna desejou com todas as forças que o centro de ajuda humanitária estivesse aberto e que Okoromadu ainda lá estivesse, mas ele mudara-se para Orlu quando o Conselho Mundial de Igrejas resolvera dar o emprego dele a um dos muitos pastores que ficara sem paróquia.

A *Mama* Adanna estava a cozer as folhas na cozinha. Olanna tirou uma lata de sardinhas e um pouco de leite em pó da caixa que Ezeka mandara e deu-lhos.

– Não digas a ninguém que te dei estas coisas. Dá-as à Adanna em pequeninas quantidades de cada vez.

A *Mama* Adanna agarrou-se a Olanna.

– Obrigada, obrigada, obrigada. Eu não conto nada a ninguém.

Mas contou, porque, quando Olanna saiu de casa, mais tarde, para ir ao escritório do Professor Ezeka, a *Mama* Oji gritou: – O meu filho tem asma e um pouco de leite não lhe fazia mal!

Olanna ignorou-a.

Dirigiu-se à estrada principal e parou à sombra de uma árvore. Sempre que passava um automóvel, ela fazia-lhe sinais para parar. Um soldado numa carrinha ferrugenta deteve-se. Ela viu-lhe a expressão lasciva no olhar antes mesmo de se sentar ao seu lado, por isso carregou no seu sotaque inglês, segura de que ele não percebia tudo o que ela dizia, e falou durante o caminho todo sobre a causa e comentou de passagem que o seu carro e o *chauffeur* estavam na oficina. Ele pouco disse até a deixar no edifício da Direção-Geral. Não sabia quem ela era, nem quem ela conhecia.

A secretária, com cara de falcão, do Professor Ezeka olhou para Olanna de alto a baixo, desde a peruca cuidadosamente penteada até aos sapatos, e disse: – Ele não está!

– Então ligue-lhe imediatamente e diga-lhe que estou aqui à espera. Chamo-me Olanna Ozobia.

A secretária fez um ar surpreendido.

– O quê?

– É preciso eu repetir? – perguntou Olanna. – Tenho a certeza de que o professor vai querer ouvir o que eu tenho para dizer. Onde é que me sento enquanto você lhe telefona?

A secretária ficou especada a olhar para ela e Olanna fixou-a com igual intensidade, até a mulher apontar mudamente para uma cadeira e pegar no telefone. Meia hora depois, o motorista do Professor Ezeka veio buscá-la e levou-a até casa dele, escondida ao fundo de uma discreta estrada de terra batida.

– Pensava que uma pessoa tão importante como tu vivesse na Zona Privada do Governo – comentou Olanna, depois de cumprimentá-lo.

– Ah, não, claro que não. É um alvo demasiado óbvio para os bombardeamentos.

Ele continuava o mesmo de sempre. Os seus ares de superioridade tingiram-lhe a voz quando a mandou entrar e lhe pediu para esperar, enquanto terminava o que estava a fazer no escritório.

Olanna raramente vira a mulher do Professor Ezeka em Nsukka; era tímida e pouco instruída, o tipo de esposa escolhida pela gente da aldeia do professor, como Odenigbo dissera uma vez. Olanna tentou, por conseguinte, disfarçar a sua surpresa quando Mrs. Ezeka apareceu na sala ampla e a abraçou duas vezes.

– É tão bom ver velhos amigos! Atualmente, a nossa vida social está tão ligada ao cargo do meu marido, uma cerimónia do governo hoje, outra amanhã... – Mrs. Ezeka usava um pendente de ouro preso a uma comprida corrente ao pescoço. – Pamela! Vem dizer olá à tia.

A menina que entrou na sala agarrada a uma boneca era mais velha do que Bebé, devia ter uns oito anos. Herdara o rosto bochechudo da mãe e as fitas de cetim cor-de-rosa que lhe prendiam os cabelos balouçavam a cada passo.

– Boa tarde – disse ela, entretida a despir a boneca, tentando arrancar a saia do corpo de plástico.

– Estás boa? – perguntou Olanna.

– Bem, muito obrigada.

Olanna afundou-se num sofá vermelho e aveludado. Em cima da mesa, encontrava-se uma casa de bonecas com umas primorosas chávenas e pires minúsculos.

– O que é que queres beber? – perguntou, animada, Mrs. Ezeka. – Lembro-me de que o Odenigbo adorava conhaque. Por acaso, temos um conhaque ótimo.

Olanna observou Mrs. Ezeka. Era impossível ela lembrar-se do que Odenigbo costumava beber, porque nunca acompanhara o marido nas visitas lá a casa ao serão.

– Um copo de água fria, se faz favor – disse Olanna.

– Só água? – perguntou Mrs. Ezeka. – Bom, podemos sempre beber mais qualquer coisa a seguir ao almoço. Rapaz!

O criado apareceu imediatamente, como se estivesse a postos junto da porta.

– Traz um copo de água fria e uma *Coca-Cola* – disse Mrs. Ezeka.

Pamela começou a rabujar, ainda a dar puxões à roupa da boneca.

– Vem cá, deixa-me ajudar-te – disse Mrs. Ezeka. Em seguida, virou-se para Olanna. – Ela anda tão rabugenta. É que devíamos ter ido para o estrangeiro na semana passada. Os dois mais velhos já se foram embora. Sua Excelência deu-nos autorização há imenso tempo. Devíamos ter partido num avião de ajuda humanitária, mas nenhum deles chegou a aterrar. Disseram que havia demasiados bombardeiros nigerianos. Onde é que já se viu uma coisa destas? Ontem, estivemos à espera em Uli, dentro daquele edifício inacabado a que eles chamam terminal, durante mais de duas horas e não houve um único avião que aterrasse. Mas se tudo correr bem, partimos no domingo. Vamos para o Gabão e de lá para Inglaterra. Com os nossos passaportes nigerianos, claro! Os Britânicos recusam-se a reconhecer o Biafra como nação de direito!

O riso dela suscitou em Olanna um ressentimento tão fino e doloroso como a picada de um alfinete.

O criado trouxe a água numa bandeja de prata.

– Tens a certeza de que esta água está bem fria? – perguntou Mrs. Ezeka. – Estava dentro do frigorífico novo ou do velho?

– Do novo, minha senhora, como me mandou fazer.

– Queres uma fatia de bolo, Olanna? – perguntou Mrs. Ezeka, quando o criado se foi embora. – Foi feito hoje.

– Não, obrigada.

O Professor Ezeka entrou na sala, com uns *dossiers* na mão.

– É só isso que bebes? Água?

– A tua casa é surreal – disse Olanna.

– Que estranha escolha de palavras, dizer que a minha casa é «surreal» – respondeu o Professor Ezeka.

– O Odenigbo sente-se muito infeliz na Direção onde trabalha. Podes ajudá-lo a ser transferido para outro serviço qualquer?

As palavras saíram lentamente da boca de Olanna e ela apercebeu-se de como detestava pedir aquele favor e da pressa que tinha em despachar o assunto e sair daquela casa, com o seu tapete vermelho e os sofás vermelhos a condizer e o televisor e o perfume frutado de Mrs. Ezeka.

– A situação está complicada neste momento, muito, muito complicada – disse o Professor Ezeka. – Chovem pedidos de todos os lados. – Sentou-se, pousou os *dossiers* no colo e cruzou as pernas. – Mas vou ver o que posso fazer.

– Obrigada – disse Olanna. – E mais uma vez obrigada pelos mantimentos.

– Come uma fatia de bolo – ofereceu Mrs. Ezeka.

– Não, não me apetece bolo.

– Então, a seguir ao almoço.

Olanna levantou-se.

– Não posso ficar para o almoço. Tenho de me ir embora. Dou aulas a um grupo de crianças e disse-lhes para estarem no pátio daqui a uma hora.

– Ah, que gesto bonito – comentou Mrs. Ezeka, acompanhando-a à porta. – Se não estivesse de partida para o estrangeiro, também teríamos feito qualquer coisa juntas para contribuirmos para a vitória.

Olanna forçou um sorriso.

– O motorista leva-te de volta – disse o Professor Ezeka.

– Obrigada – agradeceu Olanna.

Antes de ela entrar no carro, Mrs. Ezeka chamou-a para ir às traseiras ver o novo abrigo que o marido tinha mandado construir; era de cimento, era robusto.

– Vê só no que estes vândalos nos transformaram. Eu e a Pamela às vezes dormimos aqui quando eles nos bombardeiam – explicou Mrs. Ezeka. – Mas havemos de sobreviver.

– Pois havemos – disse Olanna, parada a olhar para o chão lisinho e as duas camas, um verdadeiro quarto subterrâneo mobilado.

Quando voltou para casa, Bebé estava a chorar no pátio. O ranho escorria-lhe pelo nariz abaixo.

– Comeram o *Bingo* – disse Bebé.

– O quê?

– A mamã da Adanna comeu o *Bingo*.

– Ugwu, o que é que aconteceu? – perguntou Olanna, pegando em Bebé ao colo.

Ugwu encolheu os ombros.

– É o que as pessoas aqui do pátio andam a dizer. A *Mama* Adanna levou o cão e não responde a ninguém quando lhe perguntam onde é que ele está. Ainda por cima, acabou de fazer uma sopa com carne.

Olanna acalmou Bebé, limpou-lhe as lágrimas e o ranho, e lembrou-se do cão com a cabeça cheia de feridas.

Kainene apareceu a meio de uma tarde de calor intenso. Olanna estava na cozinha a pôr mandioca seca de molho quando a *Mama* Oji gritou: – Está aqui uma mulher de carro, a perguntar por ti!

Olanna correu lá para fora e estacou quando viu a irmã parada junto das bananeiras. Vinha muito elegante, de vestido castanho pelo joelho.

– Kainene!

Olanna esticou ligeiramente os braços, hesitante, e Kainene aproximou-se. Abraçaram-se brevemente, com os corpos quase sem se tocarem, até Kainene dar um passo atrás.

– Procurei-te na tua antiga casa e disseram-me que estavas aqui.

– O senhorio pôs-nos na rua, não fazia bom negócio connosco.

Olanna riu-se da sua piada sem graça, apesar de Kainene se ter mantido séria. Kainene espreitou para dentro do quarto. Olanna gostaria que Kainene os tivesse visitado quando ainda viviam numa casa, gostaria de não se sentir tão penosamente constrangida.

– Entra e senta-te.

Olanna arrastou o banco do alpendre para dentro do quarto e Kainene observou-o, cautelosa, antes de se sentar e pousar as mãos no saco de pele, que era do mesmo tom de terra da sua peruca bem escovada. Olanna puxou a cortina de separação para cima e sentou-se na cama, ajeitando o pano. Não se fitaram. O silêncio estava carregado de coisas por dizer.

– Então, como é que tens andado? – perguntou Olanna, por fim.

– Estava tudo a correr bem até Port Harcourt cair. Eu era fornecedora do exército e tinha uma licença para importar peixe seco. Agora estou em Orlu. Estou à frente de um campo de refugiados.

– Ah.

– Estás a condenar-me em silêncio por tirar proveito da guerra? A verdade é que alguém tinha de importar peixe seco. – Kainene arqueou as sobrancelhas, dois arcos finos e fluidos, desenhados a lápis. – Muitos fornecedores recebiam o dinheiro e não entregavam a mercadoria. Pelo menos eu entregava.

– Não, não, eu não estava a pensar em nada disso.

– Estavas sim.

Olanna desviou os olhos. Tinha demasiadas coisas a rodopiarem-lhe na cabeça.

– Fiquei tão preocupada quando Port Harcourt caiu. Enviei-te mensagens.

– Recebi a carta que enviaste pelo Madu. – Kainene ajeitou as alças do seu saco. – Disseste que davas aulas. Ainda o fazes? O teu nobre contributo para ganhar a guerra?

– A escola foi transformada em centro de refugiados. Às vezes dou aulas aos miúdos, aqui no pátio.

– E que tal vai o marido revolucionário?

– Continua na Direção de Recursos Humanos.

– Não tens nenhuma foto do casamento.

– Houve um ataque aéreo durante a cerimónia. O fotógrafo atirou a máquina para o chão.

Kainene assentiu com a cabeça, como se não fosse necessário sentir compaixão perante uma notícia daquelas. Abriu o saco.

– Vim trazer-te uma coisa. A mãe enviou-a por intermédio de um jornalista britânico.

Olanna pegou no envelope, sem saber se devia abri-lo à frente de Kainene.

– Trouxe também dois vestidos para a Bebé – acrescentou Kainene, e apontou para o saco que pousara no chão. – Uma mulher que veio de São Tomé tinha boas roupas de criança para vender.

– Compraste roupa para a Bebé?

– Sim, espantoso, não é? E está na hora de começarem a chamar Chiamaka à miúda. Esta história de Bebé cansa-me.

Olanna riu-se.

Quem diria que a sua irmã estava sentada à sua frente, que a sua irmã viera visitá-la, que a sua irmã trouxera roupa para a sua filha!

– Queres um copo de água? É a única coisa que tenho para te oferecer.

– Não, não é preciso. – Kainene levantou-se e dirigiu-se para a parede onde estava encostado o colchão, depois voltou para trás e sentou-se. – Nunca chegaste a conhecer o meu criado Ikejide, pois não?

– Não foi aquele que o Maxwell trouxe da sua terra natal?

– Foi. – Kainene levantou-se outra vez. – Foi morto em Port Harcourt. Estávamos a ser bombardeados e um estilhaço decapitou-o, decepou-lhe a cabeça, e o corpo dele continuou a correr. O corpo continuou a correr sem cabeça.

– Oh, meu Deus!

– Eu assisti a tudo.

Olanna levantou-se, sentou-se no banco ao lado de Kainene e enlaçou-a com um braço. Kainene cheirava a casa, a família. Durante uns longos minutos, não disseram nada.

– Pensei em trocar-te o dinheiro – disse Kainene. – Mas podes fazê-lo tu mesma no banco e depois depositá-lo, não podes?

– Não viste as crateras de bombas à volta do banco? O meu dinheiro está guardado debaixo do colchão.

– Vê lá se as baratas o comem. Nos tempos que correm, até para elas a vida anda difícil.

Kainene encostou-se a Olanna e, então, como se se tivesse subitamente lembrado de alguma coisa, levantou-se e endireitou o vestido. Olanna foi inundada por uma lenta tristeza, por sentir saudades de alguém que ainda ali estava.

– Nossa Senhora. Não percebi que tinha passado tanto tempo – disse Kainene.

– Vens visitar-nos outra vez?

Kainene esperou um instante antes de dizer: – Passo a maior parte do dia no campo de refugiados. Se quiseres, podes vir ter comigo e ver como é.

Vasculhou o saco à procura de um papel e anotou a direção de sua casa.

– Sim, eu vou. Vou ter contigo na próxima quarta-feira.

– Vens de carro?

– Não. Por causa dos soldados. E o combustível que temos é pouco.

– Dá cumprimentos meus ao revolucionário. – Kainene meteu-se no carro e ligou o motor.

– Mudaste de matrícula – comentou Olanna, olhando para as letras VIG inscritas antes dos números.

– Paguei uma taxa extra para exibir o meu patriotismo no meu automóvel. Vigilância!

Kainene ergueu as sobrancelhas e o braço, antes de se ir embora. Olanna observou o *Peugeot 404* até ele desaparecer ao fundo da rua e, no fim, deixou-se ficar parada durante uns instantes, com a sensação de que engolira uma cintilante lasca de luz.

*

Na quarta-feira, Olanna chegou cedo. Harrison abriu a porta e ficou especado a olhar para ela, tão surpreendido que até se esqueceu da sua habitual vénia.

– Bom dia, minha senhora! Há tanto tempo!

– Estás bom, Harrison?

– Bem, minha senhora – disse ele, e finalmente fez a sua vénia. Olanna sentou-se num dos dois sofás da sala luminosa e despida, com as janelas abertas de par em par. Algures no interior da casa estava um rádio a tocar muito alto e, quando ela ouviu passos a aproximarem-se, fez um esforço para descontrair a boca, sem saber o que diria ao certo a Richard. Mas era Kainene, de vestido preto engelhado e com a peruca na mão.

– *Ejima m* – disse ela, abraçando Olanna. Foi um abraço apertado, em que os corpos se encostaram calorosamente um ao outro.

– Estava com esperança de que viesses a tempo de passarmos primeiro pelo centro de investigação, antes de irmos para o campo de refugiados. Queres comer um bocado de arroz? Só me dei conta de há quanto tempo não comia arroz quando o pessoal da ajuda humanitária me deu um saco, na semana passada.

– Não, agora não. – Olanna tinha vontade de abraçar a irmã durante muito mais tempo, para sentir aquele seu cheirinho a casa, tão familiar.

– Estava a ouvir a rádio nigeriana. Lagos diz que estão soldados chineses a lutar por nós e Kaduna diz que todas as mulheres ibos merecem ser violadas – disse Kainene. – Eles têm uma imaginação impressionante.

– Eu nunca os ouço.

– Pois eu ouço mais Lagos e Kaduna do que a Rádio Biafra. Temos de manter o inimigo bem próximo de nós.

Harrison entrou na sala e fez uma vénia.

– Minha senhora? Eu traz bebidas?

– Quem o ouvir até pensa que temos uma adega enorme nesta casa inacabada no meio do nada – murmurou Kainene, penteando a peruca com as mãos.

– Minha senhora?

– Não, Harrison, não tragas bebidas. Nós estamos de saída. Lembra-te de preparar almoço para duas pessoas.

– Sim, minha senhora.

Olanna perguntou-se onde estaria Richard.

– O Harrison é o campónio mais pretensioso que já vi na vida – comentou Kainene, ligando o carro. – Eu sei que não gostas da palavra «campónio».

– Não.

– Mas é o que ele é.

– Somos todos campónios.

– Somos? Isso é o tipo de coisa que o Richard diria.

Olanna sentiu imediatamente a garganta seca. Kainene olhou para ela.

– O Richard saiu muito cedo, hoje. Na semana que vem, vai ao Gabão visitar o centro de luta contra o *kwashiorkor* e disse que precisava de tratar de tudo. Mas acho que ele foi tão cedo porque a ideia de te ver o constrangia.

– Ah. – Olanna franziu a boca.

Kainene conduzia com uma confiança descuidada, passando impassivelmente por buracos na estrada, palmeiras com as folhas arrancadas, um soldado magro a puxar uma cabra ainda mais magra do que ele.

– Costumas sonhar com aquela cabeça de criança metida numa cabaça? – perguntou ela.

Olanna olhou pela janela e lembrou-se das linhas diagonais que riscavam a cabaça, da branca inexpressividade dos olhos da criança.

– Nunca me lembro do que sonho.

– O avô costumava dizer, a propósito das dificuldades que passou na vida: «Elas não me mataram, tornaram-me mais sábio.» *O gburo m egbu, o mee ka m malu ife.*

– Eu lembro-me disso.

– Há coisas tão imperdoáveis que tornam outras facilmente perdoáveis – disse Kainene.

Fez-se silêncio. Dentro de Olanna, algo que estivera calcificado ganhou vida.

– Percebes o que eu quero dizer? – perguntou Kainene.

– Percebo.

No centro de investigação, Kainene estacionou à sombra de uma árvore e Olanna esperou dentro do carro. Instantes depois, ela voltou, apressada.

– A pessoa com quem eu queria falar não está cá – disse, e arrancou.

Olanna não disse mais nada até chegarem ao campo de refugiados. Antes da guerra, aquele recinto era uma escola primária. Os edifícios pareciam deslavados, com a maior parte da tinta branca descascada. Uns quantos refugiados, que estavam de pé no exterior, estacaram para observar Olanna e dizer *nno* a Kainene. Um jovem padre esguio, de sotaina desbotada, aproximou-se do automóvel.

– Padre Marcel, esta é a minha irmã gémea, a Olanna – disse Kainene.

O padre pareceu surpreendido.

– Bem-vinda – disse, e acrescentou, escusadamente: – Não são gémeas idênticas.

Detiveram-se debaixo de uma acácia-rubra, enquanto ele explicava a Kainene que o saco de lagostim tinha sido entregue, que a Cruz Vermelha suspendera realmente os voos de ajuda humanitária, que Inatimi passara por lá com outra pessoa qualquer da Organização Biafrense dos Defensores da Liberdade e dissera que voltaria mais tarde. Olanna observou Kainene a falar. Não ouviu uma grande parte do que ela disse, porque estava a pensar em como a confiança de Kainene era inabalável.

– Anda, vou mostrar-te o campo – disse Kainene a Olanna, quando o Padre Marcel se foi embora. – Começo sempre pelo abrigo. – Kainene mostrou-lhe o abrigo, uma vala toscamente escavada e coberta de troncos, e depois dirigiu-se para o edifício que se encontrava ao fundo do recinto. – Agora, vamos ao «Ponto de Não Retorno».

Olanna foi atrás dela. O cheiro atingiu-a assim que abriram a primeira porta. Desceu-lhe diretamente das narinas para o estômago e virou-o do avesso, dando voltas ao inhame cozido que comera ao pequeno-almoço.

Kainene observava-a.

– Não precisas de entrar, se não quiseres.

– Eu quero – respondeu Olanna.

Não queria, mas sentiu-se na obrigação de o fazer. Desconhecia aquele cheiro, mas era cada vez mais intenso e quase que o conseguia ver, sob a forma de uma nauseabunda nuvem castanha. Achou que ia desmaiar. Entraram na primeira sala de aulas. Cerca de doze pessoas estavam deitadas em camas de bambu, em esteiras, no chão. Nenhuma delas levantava um braço para afugentar as moscas enormes. O único movimento que Olanna viu foi o de uma criança sentada junto da porta, cruzando e descruzando os braços. Tinha os ossos espetados e os braços formavam linhas retas, o que seria impossível se o menino tivesse carne debaixo da pele. Kainene passou os olhos rapidamente pela sala e depois virou-se para a porta. Quando chegaram lá fora, Olanna inspirou o ar às golfadas. Na segunda sala de aulas, sentiu que até o ar dentro de si estava a ficar sujo e teve vontade de fechar com força as narinas para impedir que o ar exterior se misturasse com o que tinha dentro de si. Uma mãe estava sentada no chão com duas crianças deitadas ao lado. Olanna não conseguiu perceber que idade teriam. Estavam nuas, mas de qualquer maneira, as suas barrigas em forma de enormes globos retesados não caberiam dentro de uma camisa. Tinham as nádegas e o peito definhados em pregas de pele engelhada. Na cabeça, viam-se-lhes madeixas de cabelo arruivado. Os olhos de Olanna cruzaram-se com o olhar fixo da mãe e Olanna desviou rapidamente o rosto. Afugentou uma mosca e pensou em como as moscas pareciam todas tão saudáveis, tão cheias de vida, tão vibrantes.

– Aquela mulher está morta. Temos de tirá-la daqui – disse Kainene.

– Não! – gritou Olanna, porque a mulher do olhar fixo não podia estar morta.

Mas Kainene referia-se a outra mulher, que se encontrava de barriga para baixo no chão, com um minúsculo bebé agarrado às costas. Kainene dirigiu-se para ela e agarrou no bebé.

Saiu da sala e depois sentou-se lá fora nos degraus, com o bebé ao colo.

O bebé devia chorar. Kainene estava a tentar enfiar-lhe um comprimido mole e esbranquiçado, à força, na boca.

– O que é isso? – perguntou Olanna.

– Um comprimido de proteínas. Depois dou-te uns para a Chiamaka. Têm um sabor horrível. Consegui que a Cruz Vermelha me desse finalmente umas embalagens, na semana passada. Como obviamente não temos que cheguem, guardo-os para as crianças. Se os desse à maior parte das pessoas que aqui está, não faria diferença nenhuma, mas talvez ajude este bebé. Talvez.

– Quantas pessoas morrem por dia? – perguntou Olanna.

Kainene baixou os olhos para o bebé.

– A mãe dele vinha de uma terra que foi uma das primeiras a cair. Já tinham passado por cinco campos de refugiados quando aqui chegaram.

– Quantos morrem por dia? – insistiu Olanna.

Mas Kainene não respondeu. O bebé soltou finalmente um guinchinho e Kainene enfiou o comprimido pulverulento na boquinha aberta. Olanna observou o Padre Marcel e outro homem a carregarem a mulher morta, pelos tornozelos e pelos pulsos, para fora da sala e a levarem-na para as traseiras do edifício.

– Às vezes, odeio-os – confessou Kainene.

– Os vândalos?

– Não, eles. – Kainene apontou para a sala. – Odeio-os por morrerem.

Kainene levou o bebé para dentro da sala e entregou-o a outra mulher, uma familiar da morta, cujo corpo ossudo tremia; como tinha os olhos enxutos, Olanna demorou um instante a perceber que estava a chorar, com o bebé encostado aos seus seios secos e mirrados.

Mais tarde, quando se dirigiam para o carro, Kainene enfiou a mão na de Olanna.

CAPÍTULO 29

Ugwu sabia que a história do Pastor Ambrose era pouco plausível. Segundo revelara, umas pessoas de uma fundação estrangeira tinham instalado uma mesa ao fundo de St. John's Road e estavam a dar ovos cozidos e garrafas de água fresca a quem passasse na rua. Sabia também que não devia sair do recinto da casa; os avisos de Olanna ressoavam-lhe na cabeça. Mas sentia-se aborrecido. Estava um calor pegajoso e ele detestava o sabor a cinza da água guardada num cântaro de barro atrás da casa. Estava desejoso de beber água, ou outra coisa qualquer, refrescada por um sistema elétrico. E a história até podia ser verdadeira; tudo era possível. Bebé estava a brincar com Adanna e ele podia ir pelo atalho e voltar sem que ela se apercebesse sequer da sua ausência.

Tinha acabado de dobrar a esquina a seguir à Igreja de St. John, quando viu, ao fundo da rua, um grupo de homens parados em fila indiana com as mãos na cabeça. Os dois soldados junto deles eram muito altos e um tinha a arma apontada em frente. Ugwu deteve-se. O soldado da arma em riste começou a gritar e a correr na sua direção. O coração de Ugwu deu um salto no peito; olhou para o mato à beira da estrada, mas era demasiado enfezado para se poder esconder.

Olhou para trás e a rua estava desimpedida e parecia infindável; não havia nada que o protegesse da bala do soldado. Virou-se e correu para dentro do recinto da igreja. Um padre de idade, vestido de branco, encontrava-se ao cimo dos degraus da porta principal. Ugwu subiu-os a correr, aliviado, porque o soldado não entraria na igreja para o levar. Ugwu puxou a porta, mas ela estava trancada.

– *Biko*, padre, deixe-me entrar – pediu.

O padre abanou a cabeça.

– Aqueles que estão lá fora a ser recrutados à força também são filhos de Deus.

– Por favor, por favor. – Ugwu deu uns puxões à porta.

– Que Deus te abençoe – disse o padre.

– Abra a porta! – gritou Ugwu.

O padre abanou a cabeça e afastou-se.

O soldado entrou a correr no recinto da igreja.

– Para, senão disparo!

Ugwu ficou parado a olhar para ele, com a mente vazia.

– Sabes qual é a minha alcunha? – gritou o soldado. – Mata e Segue! – Era demasiado alto para as calças esfarrapadas, que lhe ficavam muito acima do cano das botas pretas. Cuspiu para o chão e puxou pelo braço de Ugwu. – Maldito civil! Segue-me!

Ugwu avançou aos tropeções. Atrás deles, o padre disse: – Que Deus abençoe o Biafra.

Ugwu não olhou para os rostos dos outros homens, quando se juntou à fila e pôs as mãos na cabeça. Estava a sonhar, só podia estar a sonhar. Um cão ladrava algures perto dali. Mata e Segue gritou com um dos homens, preparou a arma e disparou para o ar. Umas mulheres tinham-se reunido a uma pequena distância e uma delas falou com o colega de Mata e Segue. A princípio, falou baixinho, num tom de súplica, mas depois ergueu a voz e começou a gesticular freneticamente.

– Não vês que ele nem consegue falar bem? É atrasado mental! Como é que vai conseguir pegar numa arma?

Mata e Segue atou os homens aos pares, com as mãos atrás das costas e a corda retesada entre eles. O homem a quem Ugwu foi amarrado deu um puxão à corda como que para ver se ela era resistente e Ugwu quase perdeu o equilíbrio.

– Ugwu!

A voz saíra do grupo de mulheres. Ele virou-se. Mrs. Muokelu estava chocada a olhar para ele. Ele fez-lhe um aceno de cabeça, que esperou que fosse tido como um gesto de respeito, pois não podia correr o risco de falar. Meio a andar, meio a correr, ela partiu rua abaixo e ele viu-a ir-se embora, desiludido e ao mesmo tempo sem saber ao certo o que esperava dela.

– Preparem-se para andar! – gritou Mata e Segue. Levantou os olhos e, ao ver um rapaz ao fundo da rua, correu atrás dele. O colega apontou a arma à fila.

– Se alguém fugir, eu disparo.

Mata e Segue voltou com o rapaz a caminhar à sua frente.

– Cala-te! – ordenou, enquanto amarrava as mãos do rapaz atrás das costas. – Toca a mexer, pessoal! A nossa carrinha está na próxima rua!

Tinham começado a andar a um passo desajeitado, com Mata e Segue a gritar «*Lep! Ai!*», quando Ugwu viu Olanna. Vinha quase a correr, em pânico, de peruca na cabeça (o que era raro nos últimos tempos), e devia tê-la posto à pressa, porque estava torta. Sorriu e fez sinal a Mata e Segue, e ele gritou:

– Alto! – antes de ir ter com ela.

Conversaram de costas para os homens e, instantes depois, ele deu meia-volta e cortou a corda que atava as mãos de Ugwu.

– Ele já está ao serviço da nossa nação. E a nós só nos interessam os civis desocupados – anunciou ao outro soldado, que fez um sinal de assentimento.

O alívio de Ugwu foi tal que se sentiu zonzo. Esfregou os pulsos. Olanna não abriu a boca no caminho todo até casa e ele só se apercebeu da sua enorme e silenciosa fúria através da força com que ela destrancou e abriu a porta.

– Desculpe, minha senhora – disse ele.

– És tão estúpido que nem mereces a sorte que tiveste hoje – ripostou ela. – Subornei aquele soldado com o dinheiro todo que me restava. Agora, vais tu ganhar o pão com que eu hei de alimentar a minha filha, entendes?

– Desculpe, minha senhora – repetiu ele.

Ela mal lhe falou nos dias que se seguiram. Fazia ela própria a papa de Bebé como se já não confiasse nele. As suas respostas aos cumprimentos de Ugwu resumiam-se a frios acenos de cabeça. E ele passou a acordar mais cedo para ir buscar água e a esfregar o chão do quarto com mais força, à espera de reconquistar a amizade dela.

Finalmente, reconquistou-a com a ajuda de lagartos assados. Foi na manhã em que ela e Bebé estavam a preparar-se para irem a Orlu visitar Kainene. Um vendedor ambulante entrou no recinto da casa com um tabuleiro de esmalte coberto de jornais, a exibir um lagarto castanho num pau e a cantarolar: – *Mme mme suya! Mme mme suya!*

– Eu quero, Mamã Ola, por favor – pediu Bebé.

Olanna ignorou-a e continuou a escovar-lhe o cabelo. O Pastor Ambrose saiu do seu quarto e pôs-se a regatear com o vendedor de lagartos.

– Eu quero, Mamã Ola – repetiu Bebé.
– Aquilo não é bom para ti – disse Olanna.
O Pastor Ambrose voltou para o quarto com o lagarto embrulhado em papel de jornal.
– O pastor comprou um – disse Bebé.
– Mas nós não vamos comprar nada.
Bebé começou a chorar. Olanna virou-se e olhou para Ugwu exasperada e, de repente, sorriram ambos perante aquela situação: Bebé estava a chorar porque queria comer um lagarto.
– O que é que os lagartos comem, Bebé? – perguntou Ugwu. Bebé murmurou: – Formigas.
– Se comeres um lagarto, todas as formigas que ele comeu antes vão rastejar dentro do teu estômago e morder-te – disse Ugwu calmamente.
Bebé piscou os olhos. Fitou-o durante uns momentos, como se estivesse a decidir se devia ou não acreditar nele, e depois enxugou as lágrimas.

No dia em que Olanna e Bebé partiram para passarem uma semana com Kainene em Orlu, o Senhor voltou para casa mais cedo do que era costume e não foi ao bar Tanzânia; Ugwu teve esperança de que a ausência delas o arrancasse do buraco em que se afundara após a morte da mãe. O Senhor sentou-se no alpendre a ouvir a rádio. Ugwu ficou espantado ao ver Alice deter-se, a caminho da casa de banho. Pensou que o Senhor fosse dar-lhe as suas habituais respostas distantes de «sim» e «não» e que ela voltasse para o seu piano. Mas eles falaram baixinho e Ugwu não conseguiu ouvir quase nada do que disseram; de vez em quando, ouvia os risinhos dela. No dia seguinte, deu com ela sentada no banco ao lado do Senhor. Depois, ela deixou-se ficar no pátio até já toda a gente ter ido dormir. Passados uns dias, Ugwu deu a volta à casa, vindo do quintal das traseiras, e deparou-se com o alpendre vazio e a porta do quarto completamente fechada. Sentiu um aperto no estômago; as recordações do que acontecera com Amala deixaram-lhe um nó na garganta, difícil de engolir. Alice era diferente. Tinha uma aura deliberadamente infantil, de que Ugwu desconfiava. Percebeu que ela não necessitaria de qualquer remédio de um *dibia* para seduzir o Senhor; fá-lo-ia com a sua pele clara e os seus modos indefesos. Ugwu foi até às bananeiras e voltou e, em seguida, dirigiu-se para a porta e bateu com força. Estava decidido a detê-los, a impedir que aquilo acontecesse. Ouviu barulho lá dentro. Bateu outra vez. E outra.

– Sim? – disse o Senhor, numa voz abafada.

– Sou eu, patrão. Queria perguntar-lhe se posso tirar o fogão de querosene, patrão.

Depois de levar o fogão, fingiria que se tinha esquecido da chávena de *garri*, do último pedaço de inhame, da concha. Estava disposto a fingir um ataque qualquer, uma crise epilética, fosse o que fosse para impedir o Senhor de continuar a fazer o que quer que estivesse a fazer com aquela mulher. O Senhor demorou uns longos minutos a abrir a porta. Estava sem óculos e tinha os olhos inchados.

– Patrão? – perguntou Ugwu, olhando por cima do ombro dele. O quarto estava vazio. – Está tudo bem, patrão?

– É claro que não está tudo bem, seu ignorante – respondeu o Senhor, olhando fixamente para os chinelos no chão.

Parecia absorto nos seus próprios pensamentos. Ugwu esperou. O Senhor soltou um suspiro. – O Professor Ekwenugo ia com o Grupo Científico colocar minas antipessoal no terreno, quando passaram por cima de uns buracos na estrada e as minas rebentaram.

– As minas rebentaram?

– O Ekwenugo foi pelos ares. Morreu.

As palavras «foi pelos ares» ficaram a ressoar nos ouvidos de Ugwu.

O Senhor afastou-se.

– Podes tirar o fogão.

Ugwu entrou no quarto, pegou no fogão de querosene de que não precisava e lembrou-se da comprida unha afilada do Professor Ekwenugo. *Foi pelos ares.* Para ele, o Professor Ekwenugo fora sempre a prova de que o Biafra venceria, com as suas histórias sobre *rockets* e carros blindados e combustível feito a partir do nada. Teriam os vários pedaços do corpo do Professor Ekwenugo ficado carbonizados, como pedaços de lenha, ou seria possível identificá-los? Haveria muitos fragmentos ressequidos, como quando se esmaga uma folha seca pelo harmatão? *Foi pelos ares.*

Instantes depois, o Senhor foi-se embora para o bar Tanzânia. Ugwu vestiu o seu melhor par de calças e correu para casa de Eberechi. Pareceu-lhe a coisa mais natural a fazer, a única, aliás. Recusou-se a pensar em como Olanna ia ficar aborrecida se a *Mama* Oji lhe dissesse que ele tinha saído de casa, ou em qual seria a reação de Eberechi, se ia ignorá-lo ou recebê-lo de braços abertos ou gritar com ele. Ugwu precisava de vê-la.

Ela estava sentada no alpendre, sozinha, envergando aquela saia justinha que lhe moldava as nádegas e de que ele tão bem se lembrava, mas tinha o cabelo diferente, curto e arredondado em vez de entrançado com fio.

– Ugwu! – exclamou, surpreendida, e levantou-se.

– Cortaste o cabelo.

– Achas que há fio à venda em algum lado ou que há dinheiro para o comprar?

– Fica-te bem – disse ele.

Ela encolheu os ombros.

– Devia ter vindo antes – disse ele. Nunca devia ter deixado de falar com ela por causa de um oficial do exército que ele nem sequer conhecia. – Desculpa-me. *Gbaghalu*.

Olharam um para o outro e ela esticou o braço e beliscou-lhe o pescoço. Ele afastou a mão dela com uma palmada, a brincar, e depois pegou nela. Não a largou quando se sentaram nos degraus e ela lhe contou que a família que tinha alugado a antiga casa do Senhor era gente má, que os rapazes da rua se escondiam no teto quando os soldados vinham recrutar os homens à força, que o último ataque aéreo deixara um buraco na parede por onde as ratazanas entravam para dentro de casa.

Por fim, Ugwu disse que o Professor Ekwenugo tinha morrido.

– Lembras-te de eu te ter falado nele? Pertencia ao Grupo Científico, era aquele que fazia coisas incríveis – explicou ele.

– Lembro. O que tinha uma unha comprida.

– Ele cortou-a – disse Ugwu, e começou a chorar; as suas lágrimas eram esparsas e davam-lhe comichão.

Eberechi pousou a mão no ombro dele e Ugwu ficou muito quieto para que a mão dela não se mexesse, para que continuasse onde estava. Havia algo de novo nela, ou talvez fosse Ugwu que tinha uma perceção diferente das coisas. Agora, acreditava que as pessoas eram preciosas.

– Disseste que ele cortou a unha comprida? – perguntou ela.

– Cortou.

De repente, Ugwu achou que era uma boa coisa o professor ter cortado a unha; não suportava a ideia de aquela unha ter voado pelos ares.

– Tenho de ir – disse ele –, antes que o meu senhor chegue a casa.

– Amanhã eu faço-te uma visita – disse ela. – Conheço um atalho até tua casa.

O Senhor ainda não tinha voltado quando Ugwu chegou a casa. A *Mama* Oji estava a gritar «Devias ter vergonha! Devias ter vergonha!» com o marido, o Pastor Ambrose rogava a Deus que rebentasse a Grã-Bretanha com dinamite sagrada e uma criança chorava. Aos poucos, uns a seguir aos outros, os sons cessaram. Caiu a noite. Os candeeiros a óleo apagaram-se. Ugwu sentou-se à porta do quarto e esperou até que, por fim, o Senhor chegou, com um leve sorriso no rosto e os olhos de um vermelho encarniçado.

– Meu amigo – disse ele.

– Bem-vindo, patrão. *Nno.*

Ugwu levantou-se. O Senhor estava trôpego, oscilava ligeiramente para a esquerda. Ugwu precipitou-se para ele, pôs um braço à sua volta e estabilizou-o. Tinham acabado de entrar no quarto quando o Senhor se dobrou bruscamente pela cintura e vomitou. O vómito espumoso espalhou-se pelo chão. O quarto encheu-se de uma mescla de cheiros ácidos. O Senhor sentou-se na cama. Ugwu foi buscar um trapo e água e, enquanto limpava, ouviu a respiração irregular do Senhor.

– Não contes nada disto à tua senhora.

– Está bem, patrão.

Eberechi começou a visitá-lo com regularidade e o seu sorriso, o roçar da sua mão ou os beliscões que lhe dava no pescoço tornaram-se deliciosos prazeres. Na tarde em que Ugwu a beijou pela primeira vez, Bebé estava a dormir. Eles estavam no quarto, sentados no banco a jogar *whot* biafrense, e ela tinha acabado de dizer «Ganhei!» e de pousar a sua última carta, quando ele se debruçou e provou a sujidade incrustada atrás da orelha dela. Depois, beijou-lhe o pescoço, o queixo, os lábios; sob a pressão da sua língua, ela abriu a boca e Ugwu ficou subjugado pelo calor que sentiu. Pôs a mão no peito dela e fechou-a sobre o seio pequeno. Ela afastou-lha. Ele deslizou-a até à barriga e beijou-a novamente na boca, antes de enfiar rapidamente a mão debaixo da saia dela.

– Deixa-me só ver – disse, antes que ela pudesse detê-lo. – Só ver.

Ela levantou-se. Não o afastou quando ele lhe levantou a saia e baixou as cuecas de algodão, com um pequeno rasgão no elástico da cintura, e olhou para os grandes lóbulos redondos das suas nádegas. Depois, puxou-lhe as cuecas para cima e largou-lhe a saia. Ele amava-a. Queria dizer-lhe que a amava.

– Vou-me embora – disse ela, e endireitou a blusa.

– Que é feito do teu amigo oficial do exército?

– Foi para outro setor.

– O que é que fizeste com ele?

Ela esfregou os lábios com as costas da mão como se estivesse a limpar a boca.

– Fizeste alguma coisa com ele? – insistiu Ugwu.

Ela dirigiu-se para a porta, sempre sem falar.

– Gostas dele – disse Ugwu, sentindo-se desesperado.

– Gosto mais de ti.

Não tinha importância se ela continuava a encontrar-se com o oficial. O que importava era o «mais», o facto de ela o preferir a ele. Ugwu puxou-a para si, mas ela afastou-se.

– Vais matar-me – disse ela, e riu-se. – Larga-me.

– Eu acompanho-te até meio do caminho – disse ele.

– Não é preciso. Não podes deixar a Bebé sozinha.

– Eu volto antes de ela acordar.

Ugwu queria segurar-lhe na mão, mas, em vez disso, caminhou tão perto dela que, de vez em quando, os seus corpos roçavam um no outro. Não foi muito longe antes de dar meia-volta. Estava a uma curta distância de casa, quando viu dois soldados parados junto de uma carrinha, com armas em punho.

– Tu aí! Para! – gritou um deles.

Ugwu desatou a correr até que ouviu o tiro, tão ensurdecedor, tão assustadoramente perto, que se atirou para o chão e esperou que a dor lhe invadisse o corpo, convencido de que fora atingido. Mas não sentiu nada. Quando o soldado correu na sua direção, a primeira coisa que Ugwu viu foi um par de sapatos de lona e só depois é que levantou os olhos para o corpo seco e rijo, e para o rosto carrancudo. Tinha um rosário pendurado ao pescoço. O cheiro a pólvora queimada provinha da sua arma.

– Anda, põe-te de pé, maldito civil! Junta-te a eles!

Ugwu levantou-se e, quando o soldado lhe deu uma palmada na nuca, viu uma luz lancinante à frente dos olhos que o fez perder o equilíbrio; fincou os pés na areia solta e só depois se dirigiu para junto dos outros dois homens de braços no ar. Um era idoso, devia ter no mínimo sessenta e cinco anos, enquanto o outro era um adolescente de cerca de quinze anos. Ugwu murmurou «boa tarde» ao homem de idade e postou-se ao lado dele, de braços ao alto.

– Entrem para a carrinha – ordenou o segundo soldado. A sua barba espessa cobria-lhe a maior parte das bochechas.

– Se chegámos a este ponto, em que andam a recrutar gente da minha idade, então o Biafra já morreu – disse o homem de idade, baixinho.

O segundo soldado tinha os olhos postos nele.

O primeiro soldado gritou: – Cala-me essa boca nojenta, *agadi*! – e deu um estalo ao velho.

– Para com isso! – disse o segundo soldado. Virou-se para o homem de idade. – Vai-te embora, *Papa*.

– Hum? – O velhote ficou desconcertado.

– Vai-te embora, *gawa*.

O homem de idade começou a afastar-se, primeiro a passos lentos e hesitantes, esfregando a face onde levara o estalo; depois, desatou a correr. Ugwu viu-o desaparecer ao fundo da rua e desejou poder dar um salto, agarrar-lhe na mão e deixar que ele o conduzisse para a liberdade.

– Entrem para a carrinha! – disse o primeiro soldado.

Era como se o facto de o velho se ter ido embora o tivesse irritado e atribuísse a culpa disso aos novos recrutas e não ao outro soldado. Empurrou o adolescente e Ugwu.

O adolescente caiu e apressou-se a pôr-se de pé antes de subirem para a parte de trás da carrinha. Não havia assentos; velhos sacos de ráfia, varas de couro cru e garrafas vazias encontravam-se espalhados pelo chão ferrugento. Ugwu ficou espantado ao ver um rapaz ali sentado, a cantarolar e a beber por uma velha garrafa de cerveja. Sentiu o cheiro intenso a *gin* local quando se sentou ao lado do rapaz, e pensou que talvez se tratasse de um homem raquítico e não de um rapazito.

– Sou o Alta Tecnologia – apresentou-se ele, e o cheiro a *gin* tornou-se ainda mais forte.

– Eu sou o Ugwu.

Ugwu olhou-lhe para a camisa demasiado grande, os calções esfarrapados, as botas e a boina. Era realmente um rapaz e não um homem. Não devia ter mais de treze anos, mas o cinismo seco do seu olhar fazia-o parecer muito mais velho do que o adolescente encolhido à sua frente.

– *Gi kwanu?* Como é que te chamas? – perguntou Alta Tecnologia ao adolescente.

O adolescente soluçava. Ugwu tinha a sensação de que o conhecia; talvez fosse um dos miúdos do bairro que ia buscar água ao poço antes de raiar o sol. Teve pena dele e, ao mesmo tempo, sentiu-se irritado, porque o choro do adolescente tornava o desespero da sua situação ainda mais gritante e irremediável. Tinham realmente sido recrutados à força. Iam realmente ser enviados para a frente sem qualquer preparação militar.

– És homem ou não és? – perguntou Alta Tecnologia ao adolescente. – *I bu nwanyi?* Porque é que te estás a portar como uma mulher?

O adolescente tinha a mão a tapar os olhos enquanto chorava. O sorriso escarninho de Alta Tecnologia transformou-se num riso de troça.

– Este aqui não quer lutar pela nossa causa!

Ugwu ficou calado; o riso de Alta Tecnologia e o cheiro a *gin* estavam a deixá-lo nauseado.

– Eu faz missons de recocimento – anunciou Alta Tecnologia, falando em inglês pela primeira vez.

Ugwu teve vontade de o corrigir e dizer que a pronúncia correta era «missões de reconhecimento». O rapaz bem que precisava de umas aulas com Olanna.

– O nosso batalhão é composto por engenheiros de campo e só usamos as potentes *ogbunigwe*.

Alta Tecnologia calou-se e arrotou, como se estivesse à espera que os seus ouvintes ficassem fascinados. O adolescente continuou a chorar. Ugwu escutou-o, inexpressivo. Pressentiu que era importante conquistar o respeito de Alta Tecnologia e isso só aconteceria se não mostrasse por um instante sequer que estava transido de medo.

– Sou eu que deteto a posição do inimigo. Aproximo-me, trepo às árvores e descubro a localização exata, e depois o nosso comandante usa as minhas informações para decidir onde é que vai montar a operação. – Alta Tecnologia observou Ugwu e este manteve uma expressão de indiferença. – Com o meu último batalhão, eu costumava fingir que era órfão para me infiltrar no campo do inimigo. Chamam-me Alta Tecnologia, porque o meu primeiro comandante dizia que eu era melhor do que qualquer aparelho de espionagem de alta tecnologia.

O rapaz parecia desejoso de impressionar Ugwu. Ugwu esticou as pernas.

– Não é «recocimento» que se diz e sim «reconhecimento» – disse Ugwu.

Alta Tecnologia fitou-o por um instante e, depois, riu-se e ofereceu-lhe a garrafa, mas Ugwu abanou a cabeça. Alta Tecnologia encolheu os ombros, bebeu uns goles e cantarolou «O Biafra Ganhará a Guerra», batendo com o pé no chão da carrinha. O adolescente continuava a chorar. O primeiro soldado ia ao volante, fumando folhas secas enroladas em papel, e o fumo era tão pungente e o percurso tão demorado que Ugwu já não conseguia conter a vontade de urinar.

– Preciso de mijar, se faz favor!

O soldado parou a carrinha e apontou-lhe a arma.

– Desce e mija. Se fugires, eu disparo.

Foi o mesmo soldado que, quando chegaram ao campo de treino, uma antiga escola primária com edifícios cobertos de ramos de palmeira, rapou o cabelo de Ugwu com um pedaço de vidro partido. O corte grosseiro deixou-lhe o couro cabeludo muito sensível, salpicado de pequenos golpes. As esteiras e os colchões dispostos nas salas de aulas estavam infestados de agressivos percevejos. Durante os treinos físicos, os soldados escanzelados – sem botas, sem farda, sem meio sol amarelo nas mangas – trataram Ugwu com pontapés, bofetadas e comentários trocistas. A parada deixou Ugwu com os braços doridos. O treino de obstáculos deixou-lhe as canelas a latejar. O exercício de trepar à corda deixou-o com as palmas das mãos em sangue. A porção de *garri* pela qual tinha de fazer bicha e a sopa aguada servida de um alguidar, uma vez por dia, deixavam-no com fome. E a crueldade corriqueira daquele novo mundo, no qual não tinha voz, fez com que se formasse um duro coágulo de medo no seu íntimo.

*

Uma família de pássaros fizera o ninho no telhado da sala de aulas. De manhã, os seus chilreios eram interrompidos pelo estridente trinado de um assobio e a voz do comandante a gritar «Alinhar! Alinhar!», a que se seguia o barulho de homens e rapazes a correr em grande barafunda. À tarde, o sol sugava-lhes a energia e a boa vontade, e os soldados brigavam, jogavam *whot* biafrense e falavam dos vândalos que tinham ido pelos ares em operações passadas. Quando um deles disse «A nossa próxima operação é daqui a muito pouco tempo!», o medo de Ugwu misturou-se com excitação, ao pensar que era um soldado a lutar pelo Biafra. Desejou pertencer a um verdadeiro batalhão, onde pudesse lutar com uma arma. Lembrou-se do Professor Ekwenugo a descrever a *ogbunigwe*: «mina antipessoal de grande impacte». Parecia uma coisa tão cheia de *glamour*, aquela mina antipessoal de fabrico biafrense, aquele «Balde de Ojukwu», aquela maravilha que era tão desconcertante para os vândalos que se dizia que eles mandavam o gado à frente, para perceber ao certo como é que a *ogbunigwe* matava tanta gente. Mas quando Ugwu foi à primeira sessão de treinos, ficou especado a olhar para o que tinha diante de si: um banal contentor metálico cheio de fragmentos de metal.

Desejou poder contar a Eberechi a desilusão que sentia. Queria falar-lhe também do comandante, o único que tinha uma farda completa, impecavelmente passada e engomada, contar-lhe que costumava berrar quando falava para um rádio emissor-recetor e que, quando o adolescente tentou fugir durante uma sessão de treinos, ele lhe bateu com as suas próprias mãos até o sangue escorrer pelo nariz do rapaz e depois gritou: «Tranquem-no na casa da guarda!» Os momentos em que Ugwu mais pensava em Eberechi era quando as mulheres da aldeia vinham trazer *garri*, sopa aguada e, de vez em quando, arroz – o seu contributo para ganhar a guerra – cozinhado com óleo de palma e pouco mais. Às vezes, vinham raparigas, que iam aos aposentos do comandante e saíam de lá com sorrisos envergonhados. As sentinelas da entrada levantavam sempre as barreiras para deixar entrar as mulheres, embora fosse escusado, porque as mulheres podiam facilmente entrar pelos lados. Uma vez, Ugwu viu uma figura de nádegas arredondadas e bamboleantes a sair do recinto e teve vontade de chamar «Eberechi!», apesar de saber que não era ela. Foi quando andava à procura de papel para poder escrever o que fazia diariamente, para mostrar a Eberechi quando tornasse a vê-la, que encontrou o livro *Memórias de um Escravo Americano*, enfiado num cantinho por baixo do quadro preto. No frontispício tinha as palavras PROPRIEDADE DA UNIVERSIDADE ESTATAL inscritas a azul-escuro. Ugwu sentou-se no chão a ler. Terminou-o em dois dias e voltou ao princípio, enrolando as palavras na língua, decorando algumas frases:

> *Os escravos tornaram-se tão temerosos do alcatrão quanto do chicote. Incomoda-os menos a falta de camas do que a falta de tempo para dormir.*

Alta Tecnologia gostava de se sentar ao seu lado, enquanto ele lia. Às vezes, cantarolava baixinho canções do Biafra num irritante tom monocórdico e, outras vezes, conversava sobre isto e aquilo. Ugwu ignorava-o. Mas, uma tarde, as mulheres não trouxeram comida e o dia inteiro foi pautado pelas queixas de fome dos homens.

À noite, Alta Tecnologia deu um toque a Ugwu e mostrou-lhe uma lata de sardinhas. Ugwu agarrou nela. Alta Tecnologia riu-se.

– Temos de partilhá-la – disse, e Ugwu perguntou-se como é que ele teria conseguido arranjá-la, como é que uma criança podia ser tão versátil e segura de si. Foram para as traseiras do edifício partilhar o peixe oleoso.

– Os vândalos comem bem! – exclamou Alta Tecnologia. – No último campo em que me infiltrei, quando fazia parte do batalhão de Nteje, as mulheres deles estavam a cozinhar sopa com bocados enormes de carne. Até deram uma parte aos nossos homens, quando eles pararam de lutar durante uma semana para comemorar a Páscoa.

– Pararam de lutar para comemorar a Páscoa? – perguntou Ugwu.

Alta Tecnologia ficou contente por ter conseguido finalmente captar a atenção dele.

– Sim. Até jogaram cartas juntos e beberam *whisky*. Às vezes, decidem não lutar para toda a gente poder descansar um bocado. – Alta Tecnologia olhou para Ugwu e riu-se. – O teu corte de cabelo é um desastre.

Ugwu levou a mão à cabeça, onde havia uns quantos tufos de cabelo que o caco de vidro não cortara.

– Pois é.

– É porque te raparam a seco – disse Alta Tecnologia. – Eu consigo cortar-te melhor o cabelo com uma lâmina e sabão.

Alta Tecnologia mostrou-lhe uma barra de sabão verde, esfregou-a na cabeça de Ugwu com água e rapou-lhe o crânio com uma lâmina de barbear até ficar lisinho e macio ao toque. Mais tarde, quando Alta Tecnologia lhe disse «Operação daqui a dois dias», num sussurro, Ugwu pensou nas pessoas que rapam a cabeça como um sinal de luto. Rapar o cabelo como um tributo à morte. Deitou-se de barriga para cima no seu fino colchão, a escutar os sons desagradáveis de várias pessoas a ressonarem à sua volta. Mostrara o que valia aos outros homens durante as provas físicas, escalando os obstáculos e trepando à corda tosca, mas não fizera um único amigo. Falava muito pouco. Não queria conhecer as histórias deles. Era melhor deixar o fardo de cada homem por abrir, intacto, na mente de cada um. Pensou na operação iminente, em mandar os vândalos pelos ares com a sua *ogbunigwe*, no corpo destroçado do Professor Ekwenugo. Imaginou que se levantava no sossego do luar, saltava lá para fora e corria até chegar ao quintal de Umuahia, e cumprimentava o Senhor e Olanna e abraçava Bebé. Mas sabia que nem sequer ia tentar, porque uma parte de si queria estar ali.

Na trincheira, a terra parecia pão ensopado. Ugwu estava imóvel. Uma aranha trepou-lhe pelo braço acima, mas não a afugentou. A escuridão era negra, absoluta, e Ugwu imaginou as patas peludas da aranha, a surpresa do bicho ao encontrar, não o frio solo subterrâneo, mas carne humana quentinha. A lua surgia de vez em quando no céu e as espessas árvores, em frente, adquiriam ténues contornos. Os vândalos estavam algures ali. Ugwu desejava que houvesse um pouco mais de luz; a lua fora mais generosa antes, quando ele enterrara a sua *ogbunigwe* a cerca de trinta metros de distância. Agora, a escuridão adensava-se. O cabo que tinha na mão estava frio. Ao seu lado, um soldado rezava baixinho, tão baixinho e suavemente que Ugwu teve a impressão de que ele lhe sussurrava ao ouvido. «Santa Maria, Mãe de Deus, rogai por nós, pecadores, agora e na hora da nossa morte.» Ugwu sacudiu a aranha e levantou-se quando os vândalos começaram a disparar. As rajadas de tiros eram dispersas, muito fortes e depois mais ténues; a infantaria estava a retribuir o fogo inimigo a partir de diferentes pontos, e aqueles vândalos, aqueles nojentos criadores de gado, iam ficar baralhados, sem sonharem sequer que as minas *ogbunigwe* estavam à sua espera.

Ugwu lembrou-se dos dedos de Eberechi a beliscarem-lhe a pele do pescoço, da língua molhada dela dentro da sua boca. Os vândalos começaram a bombardear. Primeiro, ouviram o assobio de um morteiro no ar e depois a explosão, quando o morteiro caiu e voaram estilhaços quentes. Um retalho de relva pegou fogo, ateou-se e Ugwu avistou um furão junto do aglomerado de árvores à frente, curvado como uma tartaruga gigante. Foi então que os viu: silhuetas agachadas a avançarem, uma manada de homens. Estavam no seu raio de ação, mas Ugwu teve a sensação de que era demasiado cedo, pensara que aconteceriam mais coisas antes de eles se entregarem assim, antes de detonar a sua *ogbunigwe* e ela espalhar uma chuva de metal cruel. Inspirou fundo. Cuidadosamente, firmemente, ligou o cabo e a tomada nas suas mãos e a violenta explosão que ocorreu de imediato assustou-o, embora já a esperasse. Por uma fração de segundo, o medo fincou-se-lhe nas entranhas. Talvez não tivesse calculado bem. Talvez tivesse falhado. Mas ouviu alguém ali perto gritar

«Em cheio!» As palavras ecoaram na sua cabeça, enquanto esperavam uns longos minutos antes de se içarem para fora da trincheira e se dirigirem para os cadáveres dispersos dos vândalos.

– Dispam-nos! Tirem as calças e as camisas! – gritou alguém.

– Só as botas e as armas! – gritou outra voz. – Não há tempo. Não há tempo. *Ngwa-ngwa!* Os reforços deles vêm a caminho!

Ugwu debruçou-se sobre um corpo esguio. Arrancou-lhe as botas. Nos bolsos, palpou uma noz de cola dura e fria, e sangue espesso e quente. O segundo corpo, ali perto, mexeu-se quando Ugwu lhe tocou, o que o fez dar um passo atrás. Ouviu uma inspiração forçada e depois o corpo imobilizou-se. Ugwu estremeceu. Ao seu lado, um soldado exibia umas quantas armas no ar e gritava.

– Vamos! – berrou Ugwu, limpando as mãos ensanguentadas às calças.

Os outros soldados bateram-lhe nas costas e chamaram-lhe «Destruidor de Alvos», enquanto se dirigiam para o quartel para entregarem os cabos. «Aprendeste isto no livro que andas sempre a ler?» perguntaram, a brincar. O sucesso arrancou-lhe os pés da terra e, nos dias que se seguiram, Ugwu sentiu-se a pairar, enquanto jogavam *whot* biafrense e bebiam *gin* e esperavam pela próxima operação. Deitava-se de barriga para baixo no chão, enquanto Alta Tecnologia enrolava umas folhas secas e estaladiças de *wee-wee* em papel velho e as fumavam juntos. Preferia os cigarros *Mars*; o *wee-wee* fazia-o sentir-se desconjuntado, gerava uma fina camada de ar entre as suas pernas e as ancas. Não se davam ao trabalho de se esconder para fumar, porque o comandante andava feliz e os noticiários estavam cheios de esperança, agora que o Biafra recapturara Owerri das mãos dos vândalos. As regras tornaram-se mais brandas; os soldados até podiam ir ao bar junto da via rápida.

– Fica muito longe a pé – disse alguém, e Alta Tecnologia riu-se e disse: – Vamos requisitar um carro, como é óbvio.

Sempre que Alta Tecnologia se ria, Ugwu lembrava-se de que ele era uma criança. Tinha uns meros treze anos. Entre nove homens, parecia absurdamente pequeno, pensou Ugwu, enquanto caminhavam. O som de chinelos de borracha ecoava na estrada silenciosa.

Dois deles estavam descalços. Esperaram um pouco, até que um *Volkswagen* Carocha veio na direção deles, e nessa altura espalharam-se pela estrada e barraram-na. O carro parou e uns quantos deles bateram no *capot*.

– Saiam! Malditos civis!

O homem que ia ao volante fez um ar severo, como se estivesse decidido a mostrar-lhes que não tinha medo deles. Ao seu lado, a mulher começou a chorar e a implorar: – Por favor, andamos à procura do nosso filho.

Um soldado pôs-se a bater violentamente no *capot* do automóvel.

– Precisamos disto para uma operação!

– Por favor, por favor, andamos à procura do nosso filho. Disseram-nos que ele foi visto no campo de refugiados. – A mulher observou Alta Tecnologia fixamente durante uns instantes, de testa franzida, como se pensasse que ele pudesse ser o seu filho.

– Andamos nós a dar a vida por vocês e vocês a passearem-se de carro? – perguntou um soldado, puxando-a para fora do automóvel.

O marido saiu pelo seu próprio pé, mas ficou parado ao lado do veículo. Tinha o punho fechado com força, segurando nas chaves.

– Isto não está certo. Não têm o direito de levar este carro. Eu tenho um salvo-conduto. Trabalho para o nosso governo.

Um dos soldados deu-lhe um estalo. O homem cambaleou e o soldado bateu-lhe outra vez, e mais outra e mais outra, até que ele caiu com estrondo no chão e a chave se lhe escapou dos dedos.

– Chega! – disse Ugwu.

Outro soldado tocou no pescoço e no pulso do homem, para se certificar de que ele respirava. A mulher estava debruçada sobre o marido, quando os soldados se enfiaram dentro do carro, apertados, e seguiram rumo ao bar.

A rapariga do bar cumprimentou-os e disse que não havia cerveja.

– Tens a certeza de que não há cerveja? Ou estás a escondê-la com medo de que não te paguemos? – perguntou-lhe um dos soldados.

– Não, não há mesmo cerveja. – Ela era magra, de feições angulosas e sisudas.

– Destruímos o inimigo! – disse ele. – Dá-nos cerveja!

– Ela disse que não havia cerveja – irritou-se Ugwu. O espalhafato do soldado enervou-o, porque aquele tipo era o mesmo que abandonara a sua *ogbunigwe* e se pusera a andar, muito antes de os vândalos se aproximarem. – Ela que nos traga *kai-kai*.

Enquanto a rapariga ia buscar o *gin* local e pequenos copos metálicos, os soldados falaram sobre os oficiais nigerianos, disseram que haviam de pendurar Danjuma[1], Adekunle e Gowon de cabeça para baixo depois da vitória do Biafra. Alta Tecnologia começou a enrolar umas folhas de *wee-wee*. Ugwu teve a sensação de ver qualquer coisa de familiar num dos bocados de papel ainda por enrolar, a palavra «História», mas não podia ser. Olhou novamente.

– Que papel é esse? – perguntou.

– É a primeira página do teu livro. – Alta Tecnologia sorriu e ofereceu o charro a Ugwu.

Ugwu não o aceitou.

– Rasgaste o meu livro?

– Foi só a primeira página. Acabou-se-me o papel.

Uma onda de raiva inundou Ugwu. O seu estalo foi rápido, brutal, furibundo, mas Alta Tecnologia evitou o grosso do impacto, porque se afastou no último instante e a mão de Ugwu acabou por só lhe roçar a face. Ugwu levantou novamente o braço, mas os outros soldados seguraram-no, afastaram-no à força, disseram que não passava de um simples livro, mandaram-no beber mais *gin*.

– Desculpa – murmurou Alta Tecnologia.

Ugwu tinha a cabeça a doer. Estava tudo a andar tão depressa. Não estava a viver a sua vida; era a vida que estava a vivê-lo a ele. Bebeu e bebeu, e observou os outros, viu-lhes a boca a abrir e a fechar, a soltar piadas rançosas, gabarolices pretensiosas, recordações exacerbadas. Pouco depois, o próprio bar, com os seus bancos colocados à volta de uma mesa, tornou-se uma imagem turva com um cheiro azedo.

---

[1] Theophilus Danjuma, um dos militares nigerianos que se destacou durante a guerra. (N. da T.)

A rapariga ia mudando as garrafas umas a seguir às outras; Ugwu pensou que o *gin* era provavelmente destilado no quintal deles, numa casa ao fundo da rua. Levantou-se para ir urinar lá fora e, no fim, encostou-se a uma árvore e inspirou o ar fresco. Era como quando se sentava no quintal de Nsukka, a olhar para o limoeiro e para a sua horta e para as plantas bem tratadas de Jomo. Deixou-se ficar ali durante uns instantes, até que ouviu gritos fortes provenientes do bar. Talvez alguém tivesse ganho uma aposta ou qualquer coisa do género. Eles cansavam-no. A guerra cansava-o. Quando finalmente voltou para dentro, deteve-se à porta. A rapariga do bar estava deitada de barriga para cima no chão, com o pano puxado para a cintura, os ombros presos por um soldado, e com as pernas abertas, escancaradas. Soluçava: «Por favor, por favor, *biko*.» Ainda tinha a blusa no corpo. Entre as suas pernas, estava Alta Tecnologia, movendo-se para trás e para a frente. As suas investidas eram convulsas, e as suas nádegas pequenas, de uma cor mais escura do que as pernas. Os soldados encorajavam-no.

– Alta Tecnologia, já chega! Dispara e retira-te!

Alta Tecnologia gemeu e deixou-se cair em cima da rapariga. Um soldado puxou-o para o lado e estava a desapertar as calças, quando alguém disse: – Não! O próximo é o Destruidor de Alvos!

Ugwu afastou-se da porta.

– *Ujo abiala o!* O Destruidor de Alvos está com medo!

Ugwu encolheu os ombros e aproximou-se.

– Quem é que tem medo? – perguntou ele, com desdém.
– Prefiro apenas comer antes dos outros, mais nada.

– A comida ainda está fresca!

– Destruidor de Alvos, és homem ou não és? *I bukwa nwoke?*

A rapariga, no chão, permanecia imóvel. Ugwu puxou as calças para baixo, surpreendido com a rapidez da sua ereção. Ela estava seca e contraída quando a penetrou. Não olhou para o rosto dela, nem para o homem que a segurava, nem para mais nada, enquanto se movia rapidamente até atingir o clímax, até sentir os fluidos inundarem-lhe os extremos de si mesmo: uma descarga autorrepugnante. Fechou a braguilha enquanto alguns dos soldados aplaudiam. Por fim, olhou para a rapariga. Ela devolveu-lhe o olhar com um ódio sereno.

Houve mais operações. O medo de Ugwu por vezes subjugava-o, petrificava-o. Ele desligava a mente do corpo, separava os dois, enquanto permanecia deitado na trincheira, encostado na lama, regozijando-se com a afinidade que sentia com essa mesma lama. O *ta-ta-ta-ta-ta* dos disparos, os gritos dos homens, o cheiro a morte, os estrondos das explosões a toda a sua volta pareciam-lhe distantes. Mas, de regresso ao campo, a sua memória tornava-se clara; recordava o homem que colocara as duas mãos na barriga esventrada como que para impedir os intestinos de caírem, o outro que murmurara qualquer coisa sobre o filho antes de morrer. E depois de cada operação, tudo se renovava. Ugwu olhava para a sua ração diária de *garri* com assombro. Lia e relia páginas do seu livro. Tocava na sua própria pele e imaginava-a em decomposição.

Uma tarde, o comandante chegou ao campo com um bode doente deitado de lado, com as patas atadas. Fora requisitado a um civil desocupado. Balia baixinho e os soldados juntaram-se à sua volta, excitados com a ideia de comerem carne. Dois deles mataram-no e fizeram uma fogueira e, quando os grandes pedaços do animal já estavam cozinhados, o comandante pediu para lhos levarem aos seus aposentos. Passou uns longos minutos a inspecionar o bode para se certificar de que não faltava nada: as patas, a cabeça, os testículos. Mais tarde, duas mulheres da aldeia vieram ao campo e foram levadas para os aposentos do comandante; muito mais tarde, os soldados apedrejaram-nas quando elas se foram embora. Ugwu sonhou que o comandante dera metade do bode aos soldados e que eles tinham mastigado tudo e engolido os ossos.

Quando acordou, estava um rádio a tocar alto e Alta Tecnologia soluçava. Umuahia caíra às mãos do inimigo. A capital do Biafra fora capturada. Um soldado atirou os braços para o ar e disse: – Aquele bode, aquele bode foi um mau agoiro! Está tudo perdido! Temos de nos render!

Os outros soldados estavam cabisbaixos. Nem o comentário do comandante, de que estava a par de um plano secreto de contra-ataque para recuperar Umuahia, os animou. Mas o anúncio da visita de Sua Excelência, sim. Os soldados varreram o recinto, lavaram a roupa, alinharam-se em bancos para o receber. Quando a caravana de jipes e *Pontiacs* entrou no recinto, levantaram-se todos e fizeram a continência.

Ugwu fez a continência sem convicção, porque estava preocupado com Olanna e o Senhor e Bebé em Umuahia, porque não estava interessado em Sua Excelência, porque se estava nas tintas para o comandante. Estava-se nas tintas para todos os oficiais, com os seus risos escarninhos de superioridade e a maneira como tratavam os soldados como ovelhas. Mas havia um capitão que ele admirava, um homem solitário e disciplinado chamado Ohaeto. E por conseguinte, no dia em que deu por si na trincheira ao lado do Capitão Ohaeto, decidiu impressioná-lo. A trincheira não estava molhada; havia mais formigas do que aranhas. Ugwu pressentia que os vândalos se aproximavam, por causa do estrépito dos tiros e do estrondo dos morteiros. Mas não havia luz suficiente para o confirmar. Estava desejoso de impressionar o Capitão Ohaeto; se ao menos houvesse um pouco mais de luz... Preparava-se para ligar o cabo e a tomada, quando algo passou à frente do seu ouvido a assobiar, e depois, logo a seguir, sentiu uma dor lancinante nas costas. Ao seu lado, o Capitão Ohaeto era uma massa ensanguentada e disforme. Depois, Ugwu sentiu-se a ser puxado para fora da trincheira, indefeso, impotente. E quando aterrou, foi a força do seu próprio peso, e não propriamente a dor que lhe inflamava todo o corpo, que o atordoou e deixou sem palavras.

CAPÍTULO 30

Richard afastou-se o mais que pôde dos dois jornalistas americanos que iam no carro, encostando-se à porta do *Peugeot*. Realmente devia ter-se sentado à frente e mandado o ordenança sentar-se atrás com eles. Mas nunca imaginara que eles pudessem cheirar tão mal: Charles, o rechonchudo, de chapéu amassado, e Charles, o ruivo, com o queixo coberto de pelos arruivados.

– Um jornalista do Midwest e um jornalista de Nova Iorque vêm ao Biafra e chamam-se os dois Charles. Que coincidência dos diabos! – disse o rechonchudo, rindo-se, depois de se terem apresentado. – E as nossas mães tratam-nos por Chuck!

Richard não sabia ao certo quanto tempo teriam aguardado em Lisboa pelo voo, mas a espera em São Tomé por um voo de ajuda humanitária com destino ao Biafra durara dezassete horas. Estavam a precisar de um banho. Quando o rechonchudo, sentado ao seu lado, começou a falar sobre a sua primeira visita ao Biafra no início da guerra, Richard achou que ele também precisava de lavar a boca.

– Nessa altura, vim num avião a sério e aterrámos no aeroporto de Port Harcourt – revelou –, mas, desta vez, vim sentado no chão de um avião que voava sem luzes, ao lado de vinte toneladas de leite em pó. Voámos tão baixo que, quando olhei pela janela, até consegui ver as explosões cor de laranja das armas antiaéreas nigerianas. Borrei-me de medo. – Riu-se, com o seu largo rosto rechonchudo e simpático.

O ruivo não se riu.

– Não sabemos ao certo se era fogo nigeriano. Podem ter sido os Biafrenses.

– Oh, que ideia! – O rechonchudo olhou para Richard, mas este não se manifestou. – É claro que era fogo nigeriano.

– De qualquer maneira, os Biafrenses andam a transportar alimentos à mistura com armas nos seus aviões – disse o ruivo. Depois, virou-se para Richard. – Não andam?

Richard não gostava dele. Não gostava dos seus olhos verdes deslavados e do seu rosto sardento e vermelho. Quando os fora buscar ao aeroporto e lhes dera os salvos-condutos, explicando-lhes que ia ser o guia deles, e depois, quando transmitiu as boas-vindas em nome do governo do Biafra, não apreciara a expressão de divertido desdém do ruivo. Era como se ele estivesse a dizer: estás *tu* a falar em nome dos Biafrenses?

– Os nossos aviões de ajuda humanitária só transportam alimentos – disse Richard.

– Com certeza – respondeu o ruivo. – Só alimentos.

O rechonchudo inclinou-se por cima de Richard para espreitar pela janela.

– Nem acredito que as pessoas andem de carro e a pé pelas ruas. Nem parece que estamos em plena guerra.

– Até haver um ataque aéreo – disse Richard, que chegara a cara para trás e estava a suster a respiração.

– É possível ver o lugar onde os soldados biafrenses mataram o trabalhador italiano da companhia petrolífera? – perguntou o ruivo. – Publicámos um artigo sobre isso no *Tribune*, mas eu gostava de fazer uma reportagem mais aprofundada.

– Não, não é possível – respondeu Richard rispidamente.

O ruivo observou-o.

– Está bem. Mas pode dizer-me se há mais algum dado novo?

Richard expirou. Era como se alguém lhe estivesse a deitar pimenta na sua ferida aberta: milhares de biafrenses tinham morrido e aquele tipo queria saber se havia algum dado novo sobre a morte de um único branco. Richard tencionava escrever sobre isso, essa regra do jornalismo ocidental: uma centena de negros mortos é igual a um branco morto.

– Não há nenhum dado novo – disse ele. – A zona agora está ocupada.

No posto de controlo, Richard falou em ibo com a representante da Defesa Civil. Ela inspecionou os salvos-condutos e ofereceu-lhe um sorriso insinuante. Richard retribuiu o sorriso; o corpo da rapariga, alta e magra, sem peito, lembrou-lhe Kainene.

– Ela estava com um ar muito interessado – comentou o rechonchudo. – Ouvi dizer que, aqui, sexo à borla é coisa que não falta, mas que as raparigas têm uma espécie de doença sexualmente transmissível? A doença de Bonny? Vocês têm de ter cuidado para não voltarem para casa infetados.

A presunção dele irritou Richard.

– O campo de refugiados onde vamos é gerido pela minha mulher.

– A sério? Ela está há muito tempo aqui no país?

– Ela é biafrense.

O ruivo, que tinha estado entretido a olhar pela janela, virou a cara para Richard.

– Eu tive um amigo inglês na faculdade que adorava raparigas de cor.

O rechonchudo fez um ar constrangido. Apressou-se a intervir:

– Fala bem ibo?

– Falo – disse Richard. Teve vontade de lhes mostrar as fotografias de Kainene e do cântaro ornado com cordas, mas depois achou melhor não o fazer.

– Adorava conhecê-la – disse o rechonchudo.

– Ela está para fora, hoje. A tentar arranjar mais provisões para o campo.

Saiu do carro antes dos outros e viu os dois intérpretes à espera. A presença deles irritou-o. Era verdade que as expressões idiomáticas, as *nuances* e os dialetos do ibo muitas vezes lhe escapavam, mas a Direção precipitava-se sempre a enviar intérpretes. A maior parte dos refugiados sentados no exterior observou-os com uma vaga curiosidade. Um homem escanzelado andava de um lado para o outro, de punhal amarrado à cintura, a falar sozinho. No ar pairava um intenso cheiro a podre. Um grupo de crianças assava duas ratazanas à volta de uma fogueira.

– Oh, meu Deus. – O rechonchudo tirou o chapéu e ficou especado a olhar para elas.

– Os pretos comem tudo o que lhes vier à boca – murmurou o ruivo.

– O que é que você disse? – perguntou Richard.

Mas o ruivo fingiu que não tinha ouvido e avançou apressadamente com um dos intérpretes, para ir falar com um grupo de homens que estava a jogar damas.

O rechonchudo perguntou: – Sabia que há pilhas de comida a apodrecer em São Tomé, infestadas de baratas, por não haver meio de as transportar até aqui?

– Eu sei. – Richard fez uma pausa. – Importa-se que eu lhe dê umas cartas? São para os pais da minha mulher, que estão em Londres.

– Não, claro que não. Eu ponho-as no correio assim que sair daqui. – O rechonchudo tirou uma grande tablete de chocolate da mochila, desembrulhou-a e deu duas dentadas. – Olhe, quem me dera poder ajudar mais.

Dirigiu-se para as crianças e deu-lhes rebuçados, tirou-lhes fotografias e elas rodearam-no aos gritos, pedindo mais. Chegou a dizer: «Que lindo sorriso!» Quando as deixou, as crianças voltaram à sua tarefa de assar ratazanas.

O ruivo aproximou-se, apressado, com a máquina fotográfica ao pescoço a balouçar a cada passo.

– Quero ver os verdadeiros biafrenses – anunciou.

– Os verdadeiros biafrenses? – repetiu Richard.

– Sim, veja o estado em que estes se encontram. De certeza que não comem uma refeição completa há dois anos. Não entendo como é que podem continuar a falar da causa e do Biafra e do Ojukwu.

– Costuma decidir quais são as respostas em que vai acreditar antes de fazer uma entrevista? – perguntou Richard calmamente.

– Quero ir a outro campo de refugiados.

– Com certeza, eu levo-o a outro campo.

O segundo campo de refugiados, no interior da cidade, era mais pequeno, cheirava melhor e ficava numa antiga câmara municipal. Uma mulher só com um braço estava sentada nas escadas a contar uma história a um grupo de pessoas. Richard apanhou o fim – «mas o fantasma do homem apareceu e falou com os vândalos em haúça e eles deixaram a casa dele em paz» – e invejou-lhe a sua crença em fantasmas.

O ruivo agachou-se no degrau ao lado dela e começou a falar por intermédio do intérprete.

Tem fome? É claro que todos nós temos fome.

Compreende a causa da guerra? Sim, os vândalos haúças queriam matar-nos a todos, mas Deus não estava a dormir.

Quer que a guerra acabe? Sim, o Biafra está prestes a ganhar.

E se o Biafra não ganhar?

A mulher cuspiu para o chão e olhou para o intérprete primeiro e, em seguida, para o ruivo, com uma longa expressão de dó. Levantou-se e foi para dentro do edifício.

– Inacreditável – comentou o ruivo. – A máquina de propaganda biafrense é excelente.

Richard conhecia bem aquele tipo de indivíduo. Era da mesma laia que os investigadores do Presidente Nixon, de Washington, ou que os membros da comissão do primeiro-ministro Wilson, de Londres, que chegaram com os seus resolutos comprimidos de proteínas e as suas conclusões ainda mais resolutas: que a Nigéria não estava a bombardear civis, que a fome não era tão má como se dizia, que estava tudo como era normal em situação de guerra.

– Não há nenhuma máquina de propaganda – disse Richard.
– Quanto mais bombardearem civis, mais resistência haverá.

– Isso é da Rádio Biafra? – perguntou o ruivo. – Parece uma frase saída da rádio.

Richard não respondeu.

– Eles comem seja o que for – disse o rechonchudo, abanando a cabeça. – Qualquer folheca verde de merda se tornou um vegetal.

– Se o Ojukwu quisesse acabar com a fome, aceitava simplesmente a criação de um corredor alimentar. E aqueles putos não precisariam de comer roedores – contrapôs o ruivo.

O rechonchudo tinha andado a tirar fotografias.

– Mas a situação não é assim tão simples – disse. – Ele também tem de pensar na questão da segurança. Está a travar uma guerra, porra!

– O Ojukwu vai ter de se render. Esta é a investida final da Nigéria e é impossível o Biafra recuperar todo o território perdido – disse o ruivo.

O rechonchudo tirou do bolso a tablete de chocolate, meio comida.

– Como é que o Biafra se está a abastecer de petróleo agora, depois de ter ficado sem o porto? – perguntou o ruivo.

– Ainda estamos a explorar alguns campos que controlamos em Egbema – disse Richard, sem se dar ao trabalho de explicar onde ficava Egbema. – Transportamos o crude para as nossas refinarias à noite, em camiões-cisterna sem luzes, para evitar os bombardeamentos.

– Você está sempre a dizer «nós» – comentou o ruivo.

– Sim, estou sempre a dizer «nós». – Richard fitou-o. – Já alguma vez tinha estado em África?

– Não, é a minha primeira visita. Porquê?

– Nada, curiosidade.

– Está a insinuar que não tenho experiência de como as coisas se passam na selva? Fui correspondente na Ásia durante três anos – disse o ruivo, e sorriu.

O rechonchudo mexericou no fundo da mochila e tirou uma garrafa de conhaque. Deu-a a Richard.

– Comprei-a em São Tomé. Não tive oportunidade de beber um gole sequer. É álcool de primeira.

Richard pegou na garrafa.

Antes de os conduzir a Uli para apanharem o avião, Richard levou-os a uma residencial, onde comeram um jantar de arroz e frango guisado; enervou-o pensar que o governo biafrense pagara a refeição do ruivo. No edifício do terminal, havia uns quantos automóveis a partirem e a chegarem; mais à frente, a pista estava escura como breu. O diretor do aeroporto, de fato caqui justinho, veio cumprimentá-los e dizer: – O avião deve estar mesmo a chegar.

– É ridículo eles continuarem a respeitar o protocolo neste buraco – queixou-se o ruivo. – Carimbaram-me o passaporte quando aqui cheguei e perguntaram-me se tinha alguma coisa a declarar na alfândega.

Uma forte explosão estilhaçou o ar. O diretor do aeroporto gritou: – Por aqui! – e eles correram atrás dele até ao edifício inacabado.

Deitaram-se no chão. As persianas das janelas bateram e chocalharam. O chão tremeu. As explosões pararam e seguiram-se tiros dispersos. O diretor do aeroporto levantou-se e sacudiu o pó da sua roupa.

– Já não há problema. Vamos.

– Enlouqueceu?! – gritou o ruivo.

— Eles só começam a disparar quando se acabam as bombas, por isso agora já não há problema – explicou o diretor de modo descontraído, a caminho da saída.

Na pista, um camião estava a reparar as crateras das bombas, enchendo-as com cascalho. As luzes da pista piscaram e apagaram-se, e a escuridão voltou a ser total, absoluta; no negrume azulado, Richard sentiu a cabeça a andar à roda. As luzes acenderam-se mais uns instantes e desligaram-se. Acenderam e desligaram. Vinha um avião a descer; ouviram o toque do trem de aterragem no alcatrão.

— Já aterrou? – perguntou o rechonchudo.

— Já – disse Richard.

As luzes acenderam e apagaram. Três aviões tinham aterrado e Richard ficou espantado ao ver a rapidez com que uns camiões, sem faróis, chegaram junto deles. Vários homens estavam a descarregar sacos dos aviões. As luzes acenderam e apagaram novamente. Os pilotos gritavam: «Despachem-se, seus preguiçosos! Descarreguem tudo! Não tencionamos ser bombardeados aqui! Despachem-se! Depressa, caraças!» Havia um sotaque americano, um sotaque africânder e um sotaque irlandês.

— Os sacanas podiam ser um bocadinho mais bem-educados – disse o rechonchudo. – Recebem milhares de dólares para pilotarem os aviões de ajuda humanitária.

— Eles correm perigo de vida – ripostou o ruivo.

— Os homens que estão a descarregar os aviões também, porra!

Alguém acendeu uma lanterna e Richard perguntou-se se o bombardeiro nigeriano que pairava acima deles conseguiria vê-la, perguntou-se quantos bombardeiros nigerianos andariam no céu.

– Alguns dos nossos homens foram direitos às hélices na escuridão – disse Richard calmamente. Não sabia ao certo o que o levara a dizer aquilo, talvez pretendesse chocar o ruivo e arrancar-lhe aquele ar de complacente superioridade.
– E o que é que lhes aconteceu? – perguntou o rechonchudo.
– O que é que acha que lhes aconteceu?
Um automóvel vinha em direção a eles, devagar, sem faróis. Estacionou ali perto, as portas abriram-se e fecharam-se, e daí a pouco cinco crianças escanzeladas e uma freira de hábito azul e branco juntaram-se a eles. Richard cumprimentou a freira.
– Boa noite. *Kee ka I me?*
Ela sorriu.
– Ah, você é o *onye ocha* que fala ibo. É aquele que anda a escrever coisas maravilhosas sobre a nossa causa. Parabéns.
– Vai para o Gabão?
– Vou.
Ela mandou as crianças sentarem-se nas tábuas de madeira. Richard aproximou-se para as observar. À luz fraca, via-se-lhes uma espuma densa e leitosa de excrescências nos olhos. A freira deu colo à mais pequena, uma boneca mirrada com pernas como gravetos e barriga de grávida. Richard não conseguiu perceber se a criança era um menino ou uma menina e, de repente, isso deixou-o furioso, tão furioso que, quando o ruivo perguntou: – Como é que sabemos que está na hora de embarcar? – Richard o ignorou.
Uma das crianças fez menção de se levantar, mas caiu e aterrou de rosto no chão, onde ficou, imóvel. A freira pousou a mais pequena e pegou na criança que caíra.

– Fiquem aqui sossegados. Se saírem daqui, levam uma palmada – disse ela às outras, antes de se afastar a passos apressados.

O jornalista rechonchudo perguntou: – O puto adormeceu ou quê?

Richard ignorou-o também.

Por fim, o homem rechonchudo murmurou: – Maldita política americana.

– A nossa política não tem nada de errado – ripostou o ruivo.

– O poder implica responsabilidade. O vosso governo sabe que há gente a morrer! – disse Richard, levantando a voz.

– É claro que o meu governo sabe que há gente a morrer – disse o ruivo. – Há gente a morrer no Sudão e na Palestina e no Vietname. Há gente a morrer em todos os cantos do mundo. – Sentou-se no chão. – Pelo amor de Deus, ainda no mês passado trouxeram do Vietname o corpo do meu irmão mais novo!

Nem Richard nem o rechonchudo abriram a boca. No longo silêncio que se seguiu, até o som dos pilotos e das descargas esmoreceu. Mais tarde, depois de terem sido conduzidos à pressa para a pista e enfiados nos aviões e de estes terem descolado entre luzes intermitentes, o título do livro surgiu na cabeça de Richard: «O Mundo Ficou Calado Quando Morremos». Escrevê-lo-ia depois da guerra, uma narrativa sobre a difícil vitória do Biafra, uma acusação contra o mundo. De regresso a Orlu, contou a Kainene o seu encontro com os jornalistas e explicou que sentira simultaneamente raiva e pena do ruivo e que se sentira incrivelmente sozinho na presença deles e como o título lhe viera à mente.

Ela arqueou as sobrancelhas.

– Nós? O mundo ficou calado quando *nós* morremos?

– Eu não me esquecerei de sublinhar que as bombas nigerianas tiveram o cuidado de evitar todas as pessoas detentoras de passaporte britânico – disse ele.

Kainene riu-se. Ria-se muito ultimamente. Riu-se quando lhe falou do bebé sem mãe que continuava a agarrar-se à vida com unhas e dentes, da menina por quem Inatimi se estava a apaixonar, das mulheres que cantavam ao cair da noite. Riu-se, também, na manhã em que ele e Olanna finalmente se encontraram. Olanna foi a primeira a falar.

– Olá, Richard – disse ela, e ele respondeu: – Olanna, olá.
– E Kainene riu-se e disse: – O Richard já não tinha mais viagens para inventar.

Ele observou atentamente o rosto de Kainene à procura de sinais de retraimento, de raiva renovada, de *alguma coisa*, fosse o que fosse. Mas não encontrou nada; o riso suavizava-lhe os ângulos do queixo. E a tensão de que estava à espera, o peso da memória e o rancor por ele ver Olanna novamente na presença dela não se fizeram sentir.

7. O Livro: O Mundo Ficou Calado Quando Morremos

Para o epílogo, ele escreve um poema, tomando como modelo um dos poemas de Okeoma. Intitula-o:

«Ficaste Calado Quando Morremos?»

Viste fotografias em 68
De crianças com o cabelo a tornar-se cor de ferrugem:
tristes tufos no alto de cabecinhas doentes,
Caindo na terra como podres sementes?

Imagina crianças com braços como palitos,
Com bolas em vez de barrigas e o corpo retesado.
O mal delas era *kwashiorkor* – palavra difícil,
Uma palavra que devia ser ainda mais feia, um pecado.

Escusas de imaginar. Saíram fotos
Nas páginas lustrosas da tua revista *Life*.
Viste-as? Sentiste pena durante um breve instante
E depois viraste-te para abraçar a tua mulher ou o teu amante?

A pele delas tornara-se clara como um chá fraquinho,
Mostrando veias como teias de aranha e ossos quebradiços;
Crianças nuas a rirem, como se o homem
Que as fotografava não se fosse embora no fim, sozinho.

CAPÍTULO 31

Olanna viu os quatro soldados andrajosos a transportarem um cadáver aos ombros. Uma onda irracional de pânico deixou-a zonza. Parou, convencida de que era o corpo de Ugwu, até que os soldados passaram por ela a passos rápidos, silenciosos, e percebeu que o homem morto era demasiado alto para ser Ugwu. Tinha os pés gretados e cobertos de lama seca; combatera sem sapatos. Olanna ficou parada a olhar para as costas dos soldados a afastarem-se e tentou controlar a náusea, libertar-se do presságio que lhe turvara a mente durante dias.

Mais tarde, confessou a Kainene o medo que sentia por Ugwu, a sensação que tinha de estar prestes a dobrar uma esquina e a ser passada a ferro pela tragédia. Kainene enlaçou-a com um braço e disse-lhe para não se preocupar. Madu mandara recado a todos os comandantes de batalhão a perguntar por Ugwu; mais cedo ou mais tarde descobririam onde ele estava. Mas quando Bebé perguntou «O Ugwu volta hoje, Mamã Ola?», Olanna achou que Bebé também tinha a mesma premonição. Quando voltou para Umuahia e a *Mama* Oji lhe deu um pacote que alguém mandara entregar, perguntou-se de imediato se conteria uma mensagem relativa a Ugwu. Tinha as mãos a tremer quando pegou na caixa embrulhada em papel pardo, amarrotado de tanto manuseio. Foi então que reparou na caligrafia de Mohammed, endereçada a ela ao cuidado da Universidade do Biafra, com os seus traços longos e elegantes. No quarto, Olanna desdobrou lenços, roupa interior branca imaculada, tirou sabonetes *Lux* e tabletes de chocolate, e ficou espantada por lhe terem chegado intactos, mesmo tendo sido enviados através da Cruz Vermelha. A carta dele era de há três meses, mas ainda cheirava levemente a almíscar adocicado. Frases soltas colaram-se-lhe à mente.

Enviei tantas cartas, mas não sei qual delas terá chegado às tuas mãos. A minha irmã, a Hadiza, casou-se em junho. Estou constantemente a pensar em ti. A minha técnica de polo melhorou muito. Estou bem e sei que tu e o Odenigbo também devem estar. Faz um esforço e manda-me notícias tuas.

Deu voltas sobre voltas a uma tablete de chocolate que tinha na mão, fixou os olhos nas palavras FABRICADO NA SUÍÇA, mexericou no papel de prata. Depois, atirou o chocolate para a outra ponta do quarto. A carta de Mohammed deixou-a furibunda; era um insulto à realidade em que vivia. Mas era de todo impossível ele saber que não tinham sal e que Odenigbo bebia *kai-kai* todos os dias e que Ugwu fora recrutado pelo exército e que ela vendera a sua peruca. Era impossível ele saber, de todo. E, no entanto, sentiu raiva por ele continuar a levar o mesmo estilo de vida de antes, um estilo de vida tão inabalável que podia escrever sobre os seus jogos de polo.

A *Mama* Oji bateu à porta. Olanna inspirou fundo para se acalmar e, quando lhe abriu a porta, deu-lhe um sabonete.

– Obrigada. – A *Mama* Oji pegou no sabonete com as duas mãos, levou-o ao nariz e cheirou-o. – Mas o pacote que recebeste era grande. Só me vais dar isto? Não trazia comida enlatada? Ou estás a guardá-la para a tua amiga sabotadora, a Alice?

– *Ngwa*, devolve-me o sabonete – disse Olanna. – A *Mama* Adanna saberá dar valor ao meu gesto.

A *Mama* Oji apressou-se a levantar a blusa e a enfiar o sabonete no *soutien* puído.

– Tu sabes que eu te agradeço muito.

Da rua, chegaram-lhes vozes alteradas e foram ambas ver o que se passava. Um grupo de membros da milícia, empunhando machetes, estava a empurrar duas mulheres. Elas gritavam, tropeçando pela rua fora; tinham os panos rasgados e os olhos vermelhos.

– O que é que nós fizemos? Não somos sabotadoras! Somos refugiadas de Ndoni! Não fizemos nada de mal!

O Pastor Ambrose correu para a estrada e começou a rezar.

– Deus nosso Pai, destrói os sabotadores que andam a indicar o caminho ao inimigo! Fogo do Espírito Santo!

Alguns dos vizinhos vieram a correr para cuspir, lançar pedras e zombar das mulheres.

– Sabotadoras! Que Deus vos castigue! Sabotadoras!

– Deviam enfiar pneus no pescoço delas e queimá-las – disse a *Mama* Oji. – Deviam queimar todos os sabotadores, sem exceção.

Olanna dobrou a carta de Mohammed, lembrou-se das barrigas flácidas semiexpostas das mulheres, e não disse nada.

– Devias ter cuidado com a Alice – avisou a *Mama* Oji.

– Deixa a Alice em paz. Ela não é sabotadora.

– Mas é o tipo de mulher capaz de roubar o marido de outra.

– O quê?

– Sempre que vais a Orlu, ela sai do quarto e senta-se a fazer companhia ao teu marido.

Olanna ficou especada a olhar para a *Mama* Oji, surpreendida, porque não estava à espera de ouvir uma coisa daquelas e porque Odenigbo nunca lhe dissera que Alice lhe fazia companhia quando ela estava para fora. Nunca os vira sequer a falarem um com o outro.

A *Mama* Oji estava a observá-la.

– Só te estou a dizer que devias ter cuidado com ela. Pode não ser uma sabotadora, mas não é boa pessoa.

Olanna ficou sem resposta. Sabia que Odenigbo nunca tocaria noutra mulher, no seu íntimo convencera-se disso, e sabia também que a *Mama* Oji nutria uma profunda aversão por Alice. Mas aquelas palavras foram tão inesperadas que a deixaram com a pulga atrás da orelha.

– Eu vou ter cuidado – disse por fim, com um sorriso.

A *Mama* Oji pareceu querer dizer mais alguma coisa, mas mudou de ideias e virou costas para gritar com o filho.

– Sai daí! És estúpido ou fazes-te? *Ewu awusa!* Não percebeste que agora vais ficar cheio de tosse?

Mais tarde, Olanna pegou num sabonete e foi bater à porta de Alice, três toques rápidos para Alice saber que era ela. Alice tinha os olhos ensonados, com umas olheiras maiores do que o habitual.

– Já voltaste – disse ela. – A tua irmã está boa?

– Está ótima.

– Viste as coitadas das mulheres que eles andam a atormentar e a chamar de sabotadoras? – perguntou. E antes que Olanna pudesse responder, prosseguiu: – Ontem, foi um homem de Ogoja. Isto é um disparate. Não podemos continuar a bater nas pessoas só porque a Nigéria nos está a bater a nós. Uma pessoa como eu, que não come comida como deve ser há dois anos, que nunca mais provou açúcar, nem bebeu água fria... onde é que eu hei de ir buscar energia para ajudar o inimigo? – Alice gesticulou com as suas mãozinhas diminutas e o que Olanna antigamente encarava como uma elegante fragilidade, de repente tornou-se uma presunção egocêntrica, um incrível egoísmo; Alice falava como se fosse a única pessoa a sofrer com a guerra.

Olanna deu-lhe o sabonete.

– Mandaram-me uns quantos sabonetes.

– Ah! Quer dizer que vou fazer parte daqueles que usam *Lux* neste Biafra. Obrigada.

O sorriso de Alice transformava-lhe o rosto, iluminava-lhe os olhos, e Olanna perguntou-se se Odenigbo a acharia bonita. Olhou para o rosto de Alice, de pele amarelada, e para a sua cintura estreita, e percebeu que aquilo que em tempos admirara constituía agora uma ameaça.

– *Ngwanu*, tenho de ir fazer o almoço da Bebé – disse, e virou-se para se ir embora.

Nessa noite, foi visitar Mrs. Muokelu e levar-lhe um sabonete.

– És tu? *Anya gi!* Há tanto tempo! – exclamou Mrs. Muokelu. Um buraco rasgara o rosto de Sua Excelência na manga do seu *boubou*.

– Estás com boa cara – mentiu Olanna.

Mrs. Muokelu estava escanzelada; a estrutura do seu corpo destinava-se a suportar formas robustas e agora, tendo emagrecido tanto, toda ela pendia, como se já não conseguisse aguentar-se direita. Até os pelos dos braços pareciam murchos.

– E tu, sempre linda – comentou Mrs. Muokelu, abraçando Olanna de novo.

Olanna deu-lhe o sabonete e como sabia que Mrs. Muokelu não tocaria em nada que tivesse sido enviado da Nigéria por um nigeriano, disse: – A minha mãe mandou-mo de Inglaterra.

– Que Deus te abençoe – disse Mrs. Muokelu. – O teu marido e a Bebé, *kwanu*?

– Estão bons.

– E o Ugwu?

– Foi recrutado pelo exército.

– Depois daquele primeiro susto?

– Sim.

Mrs. Muokelu calou-se e tocou no meio sol amarelo de plástico que trazia ao pescoço.

– Vai correr tudo bem. Ele vai voltar. Alguém tem de lutar pela nossa causa.

Viam-se muito pouco, desde que Mrs. Muokelu começara a fazer o seu comércio clandestino. Olanna sentou-se e ouviu as histórias dela: sobre a visão que lhe revelou que o sabotador responsável pela queda de Port Harcourt era um general do exército biafrense; sobre outra visão em que um *dibia* de Okija dava a Sua Excelência um remédio potente que o faria reconquistar todas as cidades caídas às mãos do inimigo.

– Lançaram o rumor de que Umuahia está sob ameaça, *okwa ya?* – perguntou Mrs. Muokelu, de olhos cravados nos de Olanna.

– Sim.

– Mas Umuahia não vai cair. É escusado as pessoas entrarem em pânico e começarem a fazer as malas.

Olanna encolheu os ombros, perguntando-se o que levaria Mrs. Muokelu a olhar para ela com tanta intensidade.

– Dizem que as pessoas que têm carro já começaram a procurar combustível. – Os olhos de Mrs. Muokelu não despregavam de Olanna. – Precisam de ter cuidado, muito cuidado, não vá alguém perguntar-lhes como é que, não sendo sabotadoras, sabiam que Umuahia ia cair.

Olanna percebeu, então, que Mrs. Muokelu estava a avisá-la, a dizer-lhe para se preparar.

– É, precisam de ter cuidado – disse ela.

Mrs. Muokelu esfregou as mãos uma na outra. Algo nela mudara; permitira que a sua fé se lhe escapasse por entre os dedos.

O Biafra ia ganhar, Olanna estava convencida disso, porque o Biafra tinha de ganhar, mas o facto de Mrs. Muokelu, de entre todas as pessoas, acreditar que a queda da capital era iminente, esfriou-lhe o ânimo. Quando a abraçou para se despedir, fê-lo com uma sensação de vazio, de que nunca mais voltaria a vê-la. Pela primeira vez, no caminho para casa, ponderou seriamente a hipótese de Umuahia cair. Isso implicaria um adiar da vitória, uma redução ainda maior do território do Biafra, mas significaria também que iriam viver para casa de Kainene, em Orlu, até a guerra acabar.

Parou na bomba de gasolina perto do hospital e não ficou surpreendida ao ver o cartaz escrito a giz: NÃO HÁ GASOLINA. Tinham deixado de vender combustível fabricado no Biafra, desde que surgira o rumor sobre a queda de Umuahia, para as pessoas não entrarem em pânico. Nessa noite, Olanna disse a Odenigbo: – Precisamos de arranjar combustível no mercado negro; não temos que chegue, caso aconteça alguma coisa.

Ele fez que sim distraidamente e murmurou qualquer coisa sobre Special Julius. Tinha acabado de voltar do bar Tanzânia e estava deitado em cima da cama com o rádio ligado baixinho. Do outro lado da cortina, Bebé dormia no colchão.

– O que é que disseste? – perguntou ela.

– Que não temos dinheiro para comprar gasolina neste momento. Um galão custa uma libra.

– Recebeste o ordenado na semana passada. Precisamos de ter o carro pronto a andar.

– Pedi ao Special Julius para me trocar o cheque. Ele ainda não me deu o dinheiro.

Olanna percebeu de imediato que era mentira. Estavam constantemente a entregar cheques a Special Julius para ele lhos trocar e ele nunca demorava mais do que um dia a dar o dinheiro a Odenigbo.

– Então como é que vamos comprar gasolina? – perguntou ela.

Ele não disse nada.

Ela passou por ele e foi para o exterior. A lua encontrava-se atrás de uma nuvem e, sentada na escuridão do pátio, Olanna ainda conseguia sentir aquele cheiro forte a álcool barato do *gin* local. O cheiro seguia-o, turvava os caminhos que ele percorria.

Quando Odenigbo bebia em Nsukka – o seu conhaque acobreado, finamente refinado –, ficava com a mente mais arguta e as ideias e a confiança depuradas, de modo que, quando se sentava na sala a falar e falar, toda a gente o escutava. A maneira como ele bebia ali reduzia-o ao mutismo. Fazia-o refugiar-se dentro de si mesmo e olhar para o mundo com olhos cansados e enevoados. E deixava-a furiosa.

Olanna trocou as poucas libras esterlinas que lhe restavam e comprou combustível a um homem que a levou a um anexo frio e húmido, com gordas minhocas leitosas a rastejarem pelo chão. Ele verteu cuidadosamente a gasolina do seu bidão de metal para dentro do dela. Ela levou o bidão para casa, embrulhado numa saca que servira para guardar farinha de milho, e tinha acabado de guardá-lo na mala do *Opel* quando chegou um jipe aberto do EXÉRCITO DO BIAFRA. Kainene desceu do veículo, seguida por um soldado de capacete. E Olanna percebeu logo, com um misto de dor e desolação, que era por causa de Ugwu. E era. O sol queimava-a e sentiu um torvelinho líquido na cabeça. Olhou à volta em busca de Bebé, mas não conseguiu encontrá-la. Kainene aproximou-se, segurou-a com firmeza pelos ombros e disse: – *Ejima m*, prepara-te, tens de ser forte. O Ugwu morreu. – A única coisa que Olanna reconheceu foi a força dos dedos ossudos de Kainene a agarrarem-na e não a notícia.

– Não – disse ela calmamente. O ar estava carregado de irrealidade, como se estivesse a sonhar e fosse acordar daí a um minuto. – Não – repetiu, abanando a cabeça.

– O Madu mandou o seu ordenança trazer a mensagem. O Ugwu estava com os engenheiros de campo e sofreram baixas terríveis numa operação, na semana passada. Só uns poucos é que voltaram e o Ugwu não estava entre eles. Não encontraram o corpo dele, mas a verdade é que não encontraram muitos dos corpos. – Kainene fez uma pausa. – Restou muito pouca coisa inteira.

Olanna continuava a abanar a cabeça, à espera de acordar.

– Vem comigo. Traz a Chiamaka. Vem para minha casa em Orlu.

Kainene abraçava-a, Bebé dizia qualquer coisa e uma neblina cobria tudo, até que ela ergueu os olhos e viu o céu. Azul e límpido. E esse céu tornou o presente real, porque Olanna nunca vira o céu em sonhos. Virou-se e desceu a rua até ao bar Tanzânia. Transpôs a cortina suja da porta e atirou o copo de Odenigbo para fora da mesa; um líquido clarinho espalhou-se pelo chão de cimento.

– Já bebeste que chegue? – perguntou ela baixinho. – *Ugwu anwugo.* Ouviste-me? O Ugwu morreu.

Odenigbo levantou-se e olhou para ela. Tinha os bordos dos olhos inchados.

– Vá, podes continuar a beber – disse Olanna. – Bebe, bebe e não pares. O Ugwu morreu.

A proprietária do bar aproximou-se e disse: – Oh, lamento muito, *ndo* – e fez um gesto para abraçar Olanna, mas ela afastou-a.

– Deixa-me em paz – disse ela. – Deixa-me em paz! – Foi só então que reparou que Kainene fora atrás dela e que a abraçava em silêncio enquanto ela gritava: – Deixa-me em paz! Deixa-me em paz! – para a proprietária do bar, que recuou.

Nos dias que se seguiram, dias preenchidos por negras lacunas de tempo, Odenigbo não foi ao bar Tanzânia. Deu banho a Bebé, preparou o *garri* para toda a gente, voltou para casa cedo do trabalho. Uma vez, tentou abraçar Olanna, beijá-la, mas o toque dele deixou-a com pele de galinha e ela virou-lhe as costas e foi dormir lá para fora, numa esteira no alpendre, onde Ugwu dormia às vezes. Não chorou. A única vez que chorou foi quando se dirigiu a casa de Eberechi para lhe dizer que Ugwu morrera e Eberechi gritou e chamou-lhe mentirosa; à noite, esses gritos ressoaram na cabeça de Olanna. Odenigbo enviou a notícia à família de Ugwu por intermédio de três mulheres que iam fazer comércio atrás da linha do inimigo. E organizou uma cerimónia com canções no pátio. Alguns dos vizinhos ajudaram Alice a transportar o piano para fora do quarto e pousaram-no junto das bananeiras.

– Eu toco enquanto vocês cantam – disse Alice ao grupo de mulheres.

Mas sempre que alguém começava uma canção, a *Mama* Oji batia palmas, insistentemente, ruidosamente, a acompanhar a voz, e daí a nada todos os vizinhos começavam a bater palmas também e Alice não podia tocar. Ficou sentada ao piano, impotente, com Bebé ao colo.

As primeiras canções foram vigorosas e, a seguir, ouviu-se a voz da *Mama* Adanna, rouca e elegíaca.

Naba na ndokwa,
Ugwu, naba na ndokwa. O ga-adili gi mma,
Naba na ndokwa.

Odenigbo saiu meio cambaleante do pátio antes do fim da música, com uma gritante incredulidade nos olhos, como se não conseguisse acreditar na letra da canção: «Vai em paz, vai correr tudo bem para ti.» Olanna observou-o quando ele se foi embora. Não compreendia totalmente o ressentimento que sentia. Ele não podia ter feito nada para impedir a morte de Ugwu, mas o facto de ele beber, de beber em excesso, tornara-o de algum modo cúmplice. Ela não queria falar com ele, dormir ao lado dele. Dormia lá fora na esteira e até o ritual dos mosquitos a picarem-na se tornou um consolo. Mal lhe dirigia a palavra. Falavam apenas sobre o mínimo indispensável, o que Bebé ia comer, o que fariam se Umuahia caísse.

– Ficamos em casa da Kainene só até arranjarmos um canto nosso – disse ele, como se tivessem várias hipóteses de escolha, como se se tivesse esquecido de que, antigamente, teria dito que Umuahia não ia cair; e ela não respondeu.

Explicou a Bebé que Ugwu tinha ido para o céu.

– Mas ele vai voltar daqui a pouco tempo, não vai, Mamã Ola? – perguntou Bebé.

E Olanna disse que sim. Não é que quisesse reconfortar Bebé; é que, dia após dia, dava por si a rejeitar a irrevogabilidade da morte de Ugwu. Dizia para si mesma que não estava morto; podia estar perto da morte, mas não estava morto. Rogou aos céus para lhe mandarem uma mensagem sobre o paradeiro dele. Agora tomava banho no quintal – a casa de banho estava pegajosa de bolor e urina, por isso acordava muito cedo, pegava num balde e ia para as traseiras do edifício – e, um dia de manhã, viu uma coisa a mexer-se a uma esquina e deparou-se com o Pastor Ambrose a espiá-la.

– Pastor Ambrose! – gritou, e ele fugiu. – Não tem vergonha na cara? Em vez de espiar uma mulher casada a tomar banho, devia era passar o seu tempo a rezar para que alguém viesse contar-me o que aconteceu ao Ugwu.

Foi a casa de Mrs. Muokelu fazer-lhe uma visita, na esperança de ouvir uma história sobre uma visão que lhe dissesse que Ugwu estava são e salvo, mas uma vizinha revelou que toda a família de Mrs. Muokelu tinha desaparecido. Tinham partido sem dizer nada a ninguém. Ouviu os noticiários sobre a guerra na Rádio Biafra com mais atenção, como se pudesse encontrar pistas sobre Ugwu na voz efervescente que relatava o recuo dos vândalos, os êxitos dos galantes soldados biafrenses. Num sábado à tarde, um homem de cafetã branco com nódoas entrou no pátio e Olanna correu para ele, convencida de que viera trazer notícias de Ugwu.

– Diga-me – disse ela. – Diga-me onde está o Ugwu.

O homem fez um ar baralhado.

– *Dalu*. Venho à procura da Alice Njokamma, de Asaba.

– Da Alice? – Olanna olhou fixamente para o homem, como que para lhe dar a oportunidade de retirar o que dissera e de perguntar por ela em vez de Alice. – Da Alice?

– Sim, a Alice, de Asaba. Sou conterrâneo dela. A casa da minha família fica ao lado da da família dela.

Olanna apontou para a porta de Alice. Ele dirigiu-se para lá e bateu várias vezes sem resposta.

– Ela está lá dentro? – perguntou ele.

Olanna assentiu com a cabeça, ressentida por ele não lhe trazer notícias de Ugwu.

O indivíduo bateu novamente e disse muito alto: – Sou da família Isioma, de Asaba.

Alice abriu a porta e ele entrou no quarto. Instantes depois, Alice saiu a correr e atirou-se para o chão, rebolando-se na terra; no sol do entardecer, a sua pele com retalhos de areia tinha laivos dourados.

– *O gini mere?* O que é que aconteceu? – perguntaram os vizinhos, juntando-se em redor de Alice.

– Sou de Asaba e tive notícias da nossa terra, hoje de manhã – explicou o homem. O seu sotaque era mais vincado do que o de Alice e Olanna demorou um instante a compreender o ibo que falava.

– Os vândalos ocuparam a nossa terra há muitas semanas e anunciaram que todos os nativos deviam mostrar-se e dizer «Uma Nigéria Unida» e que depois lhes davam arroz. Por isso, as pessoas saíram dos seus esconderijos e disseram «Uma Nigéria Unida», mas os vândalos fuzilaram-nas todas, homens, mulheres e crianças. Todas. – O homem fez uma pausa. – Não sobrou ninguém da família Njokamma. Ninguém.

Alice estava deitada de costas, a esfregar a cabeça desenfreadamente no chão, gemendo. Tinha o cabelo cheio de grumos de areia. De repente, levantou-se de um salto e correu para a rua, mas o Pastor Ambrose foi atrás dela e trouxe-a à força de volta para o pátio. Ela soltou-se e atirou-se novamente para o chão, de boca arreganhada e dentes expostos.

– Porque é que eu ainda estou viva? Deviam vir matar-me imediatamente! Deviam vir matar-me imediatamente!

O seu sofrimento era tão desvairado que lhe deu forças e coragem, e conseguiu afugentar todas as pessoas que tentaram segurá-la. Rebolou no chão com tanta energia que as pedras lhe fizeram pequenos cortes vermelhos na pele. Os vizinhos soltaram exclamações de espanto e abanaram a cabeça. Foi então que Odenigbo saiu do quarto, aproximou-se, levantou-a do chão e abraçou-a, e ela ficou quieta e começou a chorar, com a cabeça apoiada no ombro dele.

Olanna observou-os. Havia algo de familiar na curvatura dos braços de Odenigbo à volta de Alice. Ele abraçava-a com o à-vontade de alguém que já a abraçara antes.

Por fim, Alice sentou-se num banco, inexpressiva e abalada. De quando em quando, gritava «*Hei!*» e levantava-se, levando as mãos à cabeça. Odenigbo sentou-se ao lado dela e urgiu-a a beber um copo de água. Ele e o indivíduo de Asaba conversaram em voz baixa como se só eles fossem responsáveis pelo bem-estar dela e, depois, ele aproximou-se do local onde Olanna estava sentada no alpendre.

– Importas-te de lhe preparar uma mala com meia dúzia de coisas, *nkem*? – pediu ele. – O tipo diz que há umas pessoas de Asaba no sítio onde mora e que vai levá-la para lá durante uns tempos.

Olanna ergueu os olhos na direção dele, com o rosto inexpressivo.

– Não – disse.

– Não?

– Não – repetiu, mais alto desta vez. – Não. – E levantou-se e foi para o quarto.

Não ia arrumar a roupa de ninguém em mala nenhuma. Não soube quem é que acabou por fazer a mala de Alice, talvez tivesse sido Odenigbo, mas ouviu a frase «*Ije oma*, boa viagem» da boca de muitos vizinhos, quando Alice e o homem se foram embora já de noite. Olanna dormiu ao relento e sonhou com Alice e Odenigbo na cama de Nsukka, o suor deles no seu lençol acabadinho de lavar. Acordou com uma desconfiança descomunal no coração e o estrondo de bombardeamentos nos ouvidos.

– Os vândalos estão a aproximar-se! – gritou o Pastor Ambrose, e foi a primeira pessoa a fugir do recinto, levando na mão um saco de lona cheio.

O pátio explodiu num vaivém de gente a gritar, a fazer malas, a ir embora. Os bombardeamentos, como uma série de ruidosos ataques de tosse virulenta, nunca mais paravam. E o carro não pegava. Odenigbo tentou e tentou e a estrada já se encontrava pejada de refugiados e as explosões de morteiros pareciam estar já em St. John's Road. A *Mama* Oji gritava com o marido. A *Mama* Adanna suplicava para que Olanna a deixasse ir no carro com alguns dos filhos, mas Olanna respondeu: – Não, pega nos teus filhos e foge.

Odenigbo ligou o carro e o motor gemeu e foi-se abaixo. O pátio estava praticamente vazio. Uma mulher arrastava uma cabra teimosa pela estrada fora, mas acabou por deixá-la para trás e apressar o passo. Odenigbo rodou a chave e o motor voltou a gripar. Olanna sentia o chão debaixo deles a vibrar a cada estrondo.

Odenigbo rodou várias vezes a chave. O carro não pegava.

– Começa a andar com a Bebé – disse ele. Tinha a testa coberta de suor.

– O quê?

– Eu apanho-vos pelo caminho quando o carro pegar.

– Se é para irmos a pé, então vamos todos.

Odenigbo tentou ligar novamente o motor do automóvel. Olanna virou-se, surpreendida por Bebé estar tão sossegada, sentada no banco de trás ao lado das esteiras enroladas. Bebé observava Odenigbo atentamente, como se estivesse a incitá-lo, a ele e ao carro, com o seu olhar.

Odenigbo saiu do carro e abriu o *capot*; Olanna saiu também, tirou Bebé do banco e, a seguir, tentou decidir o que devia tirar da mala e o que devia deixar para trás. O pátio estava vazio e na estrada já só se via uma ou duas pessoas a pé. Ouviram o som de disparos perto dali. Olanna estava assustada. Tinha as mãos a tremer.

– Vamos começar a andar – disse ela. – Já toda a gente se foi embora de Umuahia!

Odenigbo entrou no carro, inspirou fundo e rodou a chave. O carro pegou. Ele conduziu depressa e, nos arredores de Umuahia, Olanna perguntou: – Fizeste alguma coisa com a Alice?

Odenigbo não respondeu, mantendo os olhos na estrada.

– Fiz-te uma pergunta, Odenigbo.

– *Mba*, não fiz nada com a Alice. – Olhou para ela e depois voltou a pôr os olhos na estrada.

Não disseram mais nada até chegarem a Orlu. Kainene e Harrison saíram de casa, ao encontro deles. Harrison começou a tirar as coisas do automóvel.

Kainene abraçou Olanna, pegou em Bebé ao colo e depois virou-se para Odenigbo.

– Que barba interessante – disse ela. – Estamos a tentar imitar Sua Excelência?

– Eu nunca tento imitar ninguém.

– Claro que não. Tinha-me esquecido de como és original.

A voz de Kainene estava carregada de tensão, a tensão que os rodeava a todos. Olanna sentiu-a, pesada e húmida, a pairar na sala, quando Richard voltou do trabalho e, hirto, deu um aperto de mão a Odenigbo e, mais tarde, quando se sentaram à mesa e comeram as rodelas de inhame que Harrison serviu em pratos esmaltados.

– Ficamos aqui em casa só até arranjarmos um lugar qualquer para alugar – disse Odenigbo, de olhos postos em Kainene.

Kainene olhou fixamente para ele, arqueou as sobrancelhas e disse: – Harrison! Traz mais óleo de palma para a Chiamaka.

Harrison entrou na sala e colocou uma taça de óleo à frente de Bebé. Quando ele se retirou, Kainene disse: – Na semana passada, ele assou-nos uma ratazana do mato e ficou uma maravilha, mas pela maneira como ele falava, até parecia que era um naco de borrego.

Olanna riu-se. O riso de Richard foi hesitante. Bebé também se riu, como se tivesse percebido a graça. E Odenigbo concentrou-se, sério, no prato. Na rádio, estavam a retransmitir a Declaração de Ahiara[1], a voz de Sua Excelência contida e determinada.

> *O Biafra não trairá o homem negro. Por maiores que sejam as dificuldades, lutaremos com toda a nossa força até que os negros do mundo inteiro possam apontar com orgulho para esta república, de pé, digna e ousada, como um exemplo de nacionalismo africano...*

Richard pediu licença e foi buscar uma garrafa de conhaque. Fez sinal a Odenigbo.

---

[1] *Declaração de Ahiara: Os Princípios da Revolução Biafrense*, documento redigido pela Comissão Nacional de Orientação do Biafra, em Ahiara, e lido por Ojukwu num discurso, em 1969. O texto criticava a corrupção na Nigéria e no próprio Biafra e o imperialismo de determinados países estrangeiros, e incitava ao patriotismo biafrense. (*N. da T.*)

– Foi um jornalista americano que ma deu.

Odenigbo ficou parado a olhar para a garrafa.

– É conhaque – disse Richard, mostrando-lha mais de perto, como se Odenigbo não soubesse o que era.

Não se falavam desde que Odenigbo fora de carro até casa de Richard, há anos, e desatara aos gritos com ele. Hoje, mesmo depois de se terem cumprimentado com um aperto de mão, tinham continuado sem se falar.

Odenigbo não fez menção de pegar na garrafa.

– Podes beber xerez biafrense em vez do conhaque – disse Kainene. – Provavelmente é mais adequado ao teu fígado resistente de revolucionário.

Odenigbo fitou-a e esboçou um sorrisinho trocista, como se ela o tivesse divertido e, ao mesmo tempo, irritado. Levantou-se.

– Não quero conhaque, obrigado. Vou-me deitar. Tenho uma longa caminhada pela frente, agora que a Direção de Recursos Humanos se mudou para o mato.

Olanna observou-o a ir para o quarto. Não olhou para Richard.

– Está na hora de ir para a cama, Bebé – disse ela.

– Não – respondeu Bebé, e fingiu que estava concentrada no seu prato vazio.

– Vamos já para a cama – insistiu Olanna, e Bebé levantou-se. No quarto, Odenigbo estava a amarrar um pano à cintura.

– Eu já ia buscar a Bebé para a deitar – disse ele.

Olanna ignorou-o.

– Dorme bem, Bebé, *ka chi fo* – disse Odenigbo.

– Boa noite, papá.

Olanna deitou Bebé no colchão, tapou-a com um pano, deu-lhe um beijo na testa e sentiu uma vontade súbita de chorar ao lembrar-se de Ugwu. Ele teria dormido numa esteira na sala de estar.

Odenigbo aproximou-se e ficou parado junto dela, e ela teve vontade de se afastar, sem perceber o que ele estava a tentar fazer. Ele tocou-lhe na clavícula.

– Estás com os ossos todos de fora.

Ela olhou para baixo, irritada com o toque dele, surpreendida ao ver o osso espetado; não sabia que tinha emagrecido tanto. Não disse nada e voltou para a sala. Richard já lá não estava.

Kainene ainda se encontrava à mesa.

– Quer dizer que tu e o Odenigbo decidiram procurar um sítio para viverem? – perguntou ela. – A minha modesta casa não vos chega?

– Dás ouvidos ao que ele diz? Nós não decidimos nada. Se ele quiser procurar uma casa, que o faça, mas que vá para lá viver sozinho – disse Olanna.

Kainene olhou para ela.

– O que é que se passa?

Olanna abanou a cabeça.

Kainene mergulhou um dedo no óleo de palma e levou-o à boca.

– *Ejima m*, o que é que aconteceu? – perguntou de novo.

– Nada de especial. Nada de concreto – disse Olanna, olhando para a garrafa de conhaque em cima da mesa. – Só quero que esta guerra acabe para ele voltar a ser como era. Tornou-se uma pessoa diferente.

– Estamos todos metidos nesta guerra e somos nós quem decide se queremos tornar-nos pessoas diferentes ou não – ripostou Kainene.

– Ele passa o dia a beber *kai-kai* barato. Das poucas vezes que lhe pagam, o dinheiro desaparece num instante. Acho que foi para a cama com a Alice, a fulana de Asaba que vivia ao nosso lado. Não o suporto. Não suporto a presença dele perto de mim.

– Ainda bem – disse Kainene.

– Ainda bem?

– Sim, ainda bem. Há qualquer coisa de muito preguiçoso na maneira como o amas cegamente há tanto tempo, sem nunca o criticares. Nunca aceitaste sequer que o homem é feio – disse Kainene, esboçando um leve sorriso.

De repente, desatou a rir e Olanna não pôde deixar de se rir também, porque não era aquilo que quisera ouvir e porque ouvi-lo a fizera sentir-se melhor.

De manhã, Kainene mostrou a Olanna um frasquinho de creme do rosto em forma de pera.

– Olha. Trouxeram-me isto do estrangeiro. Os meus cremes da cara acabaram-se há meses e eu tenho andado a usar aquele óleo horrível feito aqui no Biafra.

Olanna inspeccionou o frasco cor-de-rosa. Alternadamente, aplicaram creme no rosto, com gestos lentos, sensuais, e, no fim, foram para o campo de refugiados. Iam todas as manhãs. Os novos ventos do harmatão espalhavam pó por toda a parte e Bebé juntava-se às crianças magras que andavam a correr de um lado para o outro, com as suas barrigas nuas manchadas de castanho. Muitas das crianças recolhiam estilhaços de bombas e projéteis, brincavam com eles, trocavam-nos entre si. Quando Bebé voltou com dois pedaços de metal recortado, Olanna gritou com ela, deu-lhe um puxão de orelhas e tirou-lhos. Detestava pensar que Bebé brincava com as frias sobras de objetos que matavam. Mas Kainene pediu-lhe para os devolver a Bebé. Kainene deu uma lata a Bebé para guardar os estilhaços. Kainene pediu a Bebé para se juntar às crianças mais velhas que estavam a fazer armadilhas para lagartos, para aprender a entrançar folhas de palmeira e a colocar o casulo cheio de formigas *iddo* lá dentro. Kainene deixou Bebé pegar no punhal de um homem macilento que se passeava pelo recinto, murmurando: «*Ngwa*, que venham os vândalos, eles que venham já.» Kainene deixou Bebé comer uma pata de lagarto.

– A Chiamaka deve ver a vida como ela é, *ejima m* – disse Kainene, enquanto punham creme no rosto. – Tu protege-la demasiado da vida.

– Só quero manter a minha filha em segurança – disse Olanna. Pegou num bocadinho de creme e começou a espalhá-lo no rosto com as pontas dos dedos.

– Eles protegeram-nos demasiado – continuou Kainene.

– O pai e a mãe? – perguntou Olanna, apesar de saber a resposta.

– Sim. – Kainene espalhou o creme no rosto com as palmas das mãos. – Ainda bem que a mãe se foi embora. Estás a imaginá-la a viver sem coisas como esta? Ou a usar óleo de semente de palma?

Olanna riu-se. E desejou que Kainene usasse menos creme, para que durasse o mais possível.

— Porque é que estavas sempre tão desejosa de agradar ao pai e à mãe? — perguntou Kainene.

Olanna levou as mãos ao rosto e ficou calada durante uns instantes.

— Não sei. Acho que tinha pena deles.

— Sempre tiveste pena de pessoas que não precisam nada da tua pena.

Olanna não respondeu, porque não sabia o que dizer. Era o tipo de assunto que teria discutido com Odenigbo, o facto de Kainene ter exprimido pela primeira vez o seu ressentimento em relação aos pais e a ela, mas Olanna e Odenigbo mal se falavam. Ele descobrira um bar perto dali; ainda na semana anterior, o proprietário do bar fora lá a casa perguntar por ele, porque não pagara a conta. Olanna não lhe disse nada quando o proprietário do bar se foi embora. Já não sabia quando é que ele ia para a Direção de Recursos Humanos e quando é que ia simplesmente para o bar. Recusava-se a preocupar-se com ele.

Preocupava-se com outras coisas: com o facto de os seus períodos serem esparsos e castanhos como lama em vez de vermelhos, de Bebé andar a perder cabelo, de a fome estar a roubar a memória das crianças. Estava determinada a que as mentes delas continuassem bem despertas; no fim de contas, elas eram o futuro do Biafra. Por isso, todos os dias as ensinava debaixo da acácia-rubra, longe dos cheiros pestilentos das traseiras do edifício. Mandava-as decorar um verso de um poema e, no dia seguinte, já o tinham esquecido. Perseguiam lagartos. Comiam *garri* e bebiam água uma vez por dia agora, em vez de duas vezes, porque os fornecedores de Kainene já não conseguiam chegar a Mbosi para comprarem *garri*; todas as estradas estavam ocupadas. Kainene lançou um movimento chamado «Cultivemos os Nossos Próprios Alimentos», e quando se juntou aos homens, mulheres e crianças a abrirem os sulcos, Olanna perguntou-se onde é que ela teria aprendido a pegar numa enxada. Mas o solo estava ressequido. O harmatão gretava lábios e pés. Três crianças morreram num só dia. O Padre Marcel rezou a missa sem a sagrada comunhão. A barriga de uma menina chamada Urenwa começou a crescer e Kainene não sabia ao certo se era *kwashiorkor* ou uma gravidez, até que a mãe da menina lhe bateu e perguntou: «Quem foi? Quem é que te fez isto? Onde é que estiveste com o homem que te fez isto?» O médico já não vinha dar consulta ao campo, porque não havia combustível e tinha demasiados soldados moribundos para tratar. O poço secou. Kainene ia com frequência à Direção de Ahiara pedir um camião-cisterna de água, mas voltava sempre com uma promessa vaga do diretor. O cheiro espesso e pestilento de corpos sujos e de carne a apodrecer, que vinha das sepulturas atrás dos edifícios, tornou-se mais intenso. As moscas voavam por cima das chagas dos corpos das crianças. Percevejos e *kwalikwata* rastejavam; quando as mulheres desamarravam os panos, tinham uma erupção cutânea de picadas inflamadas à volta da cintura, como urticária ensopada de sangue. Era a época das laranjas e Kainene mandou toda a gente comer laranjas das árvores, apesar de ficarem com diarreia, e disse-lhes para espremerem os gomos sobre a pele, porque o cheiro dos citrinos disfarçava o cheiro a sujidade.

À noite, Olanna e Kainene voltavam a pé para casa. Falavam sobre as pessoas do campo, sobre os tempos em que andaram na escola de Heathgrove, sobre os pais, sobre Odenigbo.

– Voltaste a perguntar-lhe sobre a tal mulher de Asaba? – questionou Kainene.

– Ainda não.

– Antes de lhe perguntares, aproxima-te dele e dá-lhe um estalo na cara. Se ele se atrever a bater-te, eu ataco-o com a faca de cozinha do Harrison. Mas o estalo vai-lhe arrancar a verdade da boca.

Olanna riu-se e reparou que estavam as duas a caminhar a um ritmo descontraído e que os seus passos se encontravam em sintonia, ambas com os chinelos cobertos de pó castanho.

– O avô costumava dizer que as coisas pioram sempre antes de melhorarem. *O dikata njo, o dikwa mma* – disse Kainene.

– Eu lembro-me.

– Daqui a nada o mundo vai-se mexer e a Nigéria vai parar com isto – disse Kainene baixinho. – Vamos ganhar.

– Pois vamos. – Olanna acreditou com mais convicção por Kainene o ter afirmado.

Havia noites em que Kainene se mostrava distante, virada para o seu íntimo. Uma vez, disse: «Nunca olhei com atenção para o Ikejide.» Olanna pousou um braço no ombro da irmã e não disse nada. A maior parte do tempo, porém, Kainene andava animada e elas sentavam-se no exterior a conversar e a ouvir a rádio e os morcegos a voarem à volta dos cajueiros. Por vezes, Richard fazia-lhes companhia. Odenigbo, nunca.

Depois, uma noite, choveu, uma chuva impiedosa, às rajadas, um estranho aguaceiro em plena época seca, e talvez tenha sido por isso que Odenigbo decidiu não ir ao bar. Foi nessa noite que aceitou finalmente o conhaque de Richard, levando-o ao nariz e inspirando fundo antes de o beber, ele e Richard ainda mal se falando. E foi nessa noite que o Dr. Nwala veio dizer-lhes que Okeoma tinha sido assassinado. Os relâmpagos iluminavam o céu e os trovões rugiam, e Kainene disse, rindo-se: – Parece que estamos a ser bombardeados.

– Ando preocupada por eles não nos bombardearem há já uns tempos – disse Olanna. – Pergunto-me o que andarão a planear.

– Talvez uma bomba atómica – respondeu Kainene.

Foi nessa altura que ouviram o carro chegar e Kainene levantou-se.

– Quem é que vem fazer visitas numa noite de temporal como esta?

Abriu a porta e o Dr. Nwala entrou, com a água a escorrer-lhe pelo rosto. Olanna lembrou-se de como ele lhe dera a mão para a ajudar a levantar-se, depois do ataque aéreo no dia do seu casamento, de como dissera que o vestido dela ia ficar sujo – como se já não estivesse sujo por ter estado deitada no chão. Ele parecia mais magro e esgalgado do que ela se lembrava e dava a sensação de que se partiria ao meio, se se sentasse bruscamente. Mas não se sentou. Não perdeu tempo com cumprimentos. Tinha afastado a camisa larga do corpo e estava a sacudi-la rapidamente para tirar a água, quando disse: – O Okeoma faleceu, o *jebego*. Tinham partido numa missão para reconquistar Umuahia e foi aí que aconteceu. Vi-o no mês passado e ele disse-me que andava a escrever uns poemas e que Olanna era a sua musa, e que se lhe acontecesse alguma coisa eu devia certificar-me de que os poemas eram entregues a Olanna. Mas eu não consigo encontrá-los. As pessoas que me trouxeram a notícia disseram que nunca o viram a escrever fosse o que fosse. Seja como for, eu disse que viria cá contar que ele morreu, mas que não encontrei os poemas.

Olanna pôs-se a fazer que sim com a cabeça, mas sem digerir a informação, porque o Dr. Nwala estava a debitar demasiadas palavras, demasiado depressa. De repente, deteve-se. O que ele estava a dizer era que Okeoma tinha morrido. Chovia durante o harmatão e Okeoma estava morto.

– O Okeoma? – repetiu Odenigbo, num sussurro rachado. – *Onye?* Estás a falar do Okeoma?

Olanna esticou a mão e agarrou no braço de Odenigbo, e saíram-lhe gritos pela boca fora, gritos estridentes, lancinantes, porque tinha algo dentro da cabeça prestes a rebentar. Porque se sentia atacada, inexoravelmente massacrada pela dor. Só largou o braço dele depois de o Dr. Nwala ter voltado aos tropeções para a chuva e de se terem deitado silenciosamente no seu colchão no chão. Quando Odenigbo a penetrou, achou que ele parecia diferente, mais leve e estreito, em cima dela. Ele ficou quieto, tão quieto que ela se mexeu violentamente e lhe puxou pelas ancas. Mas nem assim ele se moveu. Só depois é que iniciou o seu vaivém dentro dela e o prazer de Olanna multiplicou-se, como que afiado numa pedra, cada pequenina faísca tornando-se um prazer em si própria. Ela ouviu-se a si mesma a chorar, a soluçar cada vez mais alto, até que Bebé se mexeu e Odenigbo lhe tapou a boca com a palma da mão. Também ele chorava; ela sentiu as lágrimas dele caírem-lhe em cima do corpo antes de as ver no seu rosto.

Mais tarde, ele apoiou-se no cotovelo e observou-a.

– És tão forte, *nkem*.

Nunca antes ela o ouvira dizer aquelas palavras. Ele estava com um ar envelhecido; tinha os olhos molhados e uma expressão de engelhada derrota no rosto, que o fazia parecer mais velho. Quis perguntar-lhe o que o levara a dizer aquilo, o que é que significava, mas não o fez e não teve noção de quem é que adormeceu primeiro. No dia seguinte, acordou demasiado cedo, ciente do seu próprio mau hálito e com uma triste e inquietante sensação de paz.

CAPÍTULO 32

A princípio, Ugwu teve vontade de morrer. Não por causa do formigueiro quente que sentia na cabeça ou do sangue pegajoso colado às costas, ou da dor nas nádegas ou da dificuldade em respirar, mas por causa da sede. Tinha a garganta completamente seca. Os homens da infantaria que o transportavam estavam a dizer que salvarem-no lhes dera uma desculpa para fugirem, que tinham ficado sem munições e pedido reforços que nunca mais vinham e que os vândalos estavam a avançar. Mas a sede de Ugwu tapava-lhe os ouvidos e abafava-lhes as palavras. Estava em cima dos ombros deles, enfaixado com as camisas deles, sentindo descargas de dor pelo corpo todo, a cada passo que davam. Abriu a boca para sorver o ar e engoliu uma golfada, mas era como se não chegasse, precisava de mais. A sede deixava-o nauseado.

– Água, por favor – crocitou.

Mas não lhe deram água; se tivesse forças, rogar-lhes-ia todas as pragas que sabia. Se tivesse uma arma, tê-los-ia fuzilado a todos e, depois, virado a arma contra si próprio.

Agora, no hospital onde o tinham deixado, já não desejava morrer, mas teve medo de que isso acontecesse; havia tantos corpos caídos à sua volta, em esteiras, em colchões, no chão despido. Havia tanto sangue em toda a parte. Ouviu os gritos estridentes de homens a serem examinados pelo médico e apercebeu-se que o seu caso não era um dos piores, apesar de sentir o seu próprio sangue a escorrer-lhe para fora do corpo, primeiro quente e, depois, viscoso e frio num dos flancos. O sangue sugou-lhe a força; estava demasiado exausto para fazer fosse o que fosse para o estancar e quando as enfermeiras passaram por ele a correr e não lhe mudaram as ligaduras, não as chamou. Também não disse nada quando vieram e o empurraram para ele ficar de lado e lhe deram injeções rápidas e sem qualquer cerimónia. Nos seus momentos de delírio, via Eberechi com a sua saia justa, a fazer-lhe sinais que não conseguia perceber. E nos seus momentos de lucidez, a morte inquietava-o. Tentava imaginar o céu, com um Deus sentado num trono, mas não era capaz. A visão alternativa, porém, de que a morte não era nada a não ser um silêncio sem fim, parecia-lhe pouco plausível. Havia uma parte de Ugwu que sonhava e ele não tinha a certeza de que essa parte pudesse um dia remeter-se a um infindável silêncio. A morte seria um estado de omnisciência absoluta, mas o que o assustava era o seguinte: não saber de antemão o que é que iria encontrar.

À noite, na penumbra, vinha o pessoal da Caritas, um padre e duas ajudantes com lanternas de querosene, que distribuíam leite e açúcar aos soldados, e lhes perguntavam como se chamavam e de onde eram.

– Nsukka – disse Ugwu, quando lhe perguntaram. Achou a voz do padre vagamente familiar, mas a verdade era que tudo ali lhe parecia vagamente familiar: o sangue do homem ao seu lado tinha o mesmo cheiro que o seu, a enfermeira que colocou uma taça de *akamu* aguado junto de si sorria como Eberechi.

– Nsukka? Como te chamas? – perguntou o padre.

Ugwu fez um esforço para se concentrar no rosto redondo, nos óculos, no colarinho acastanhado. Era o Padre Damian.

– Sou o Ugwu. Eu costumava acompanhar a minha senhora Olanna à Sociedade de São Vicente de Paulo.

– Ah! – O Padre Damian deu-lhe um apertão na mão e Ugwu fez um esgar de dor. – Lutaste pela causa? Onde é que foste ferido? O que é que fizeram por ti?

Ugwu abanou a cabeça. Uma parte das suas nádegas estava envolta numa dor violenta e encarniçada, que o destroçava. O Padre Damian deu-lhe umas colheres de leite em pó à boca e depois colocou um saco de açúcar e de leite ao lado dele.

– Sei que o Odenigbo trabalha nos Recursos Humanos. Vou mandar-lhes a notícia – disse o Padre Damian. Antes de se ir embora, enfiou um rosário de madeira no pulso de Ugwu.

O rosário ainda lá estava, uma fria pressão na sua pele, quando Mr. Richard apareceu, uns dias depois.

– Ugwu, Ugwu.

O cabelo louro e os olhos de uma cor estranha vacilavam por cima dele e Ugwu não conseguiu perceber ao certo quem era.

– Consegues ouvir-me, Ugwu? Vim buscar-te.

Era a mesma voz que lhe fizera perguntas sobre o festival da sua terra, há anos. Ugwu soube então quem era. Mr. Richard tentou ajudá-lo a levantar-se e a dor disparou-lhe do costado e da nádega até à cabeça e aos olhos. Ugwu soltou um grito, depois cerrou os dentes, mordeu o lábio e chupou o seu próprio sangue.

– Devagar, devagar – disse Mr. Richard.

O trajeto acidentado, estendido no banco de trás do *Peugeot 404*, e o sol intenso que reluzia no para-brisas fizeram com que Ugwu se interrogasse se teria morrido e se seria aquilo que acontecia na morte: uma infindável viagem de automóvel. Por fim, pararam num hospital que cheirava, não a sangue, mas a desinfetante. Só quando Ugwu se deitou numa cama verdadeira é que pensou que, afinal, talvez não fosse morrer.

– Este lugar foi bombardeado várias vezes na semana passada, por isso vamos ter de ir embora assim que o médico te examinar. Ele não é médico-médico... estava no quarto ano de Medicina quando a guerra começou, mas tem feito um ótimo trabalho – explicou Mr. Richard. – A Olanna, o Odenigbo e a Bebé estão a viver connosco em Orlu, desde que Umuahia caiu, e o Harrison também lá está, claro. A Kainene precisa de ajuda no campo de refugiados, por isso é melhor ficares bom depressa.

Ugwu sentiu que Mr. Richard estava a falar de mais, provavelmente para seu bem, para o manter acordado até o médico chegar. Mas ficou grato pelo riso de Mr. Richard, pela normalidade que transmitia, pelo seu poder evocador que o fez regressar aos tempos em que escrevia as suas respostas num caderno forrado a pele.

– Foi um choque para todos nós saber que estavas vivo e no Hospital Emekuku... um choque bom, como é óbvio. Graças a Deus que não se fez um enterro simbólico, embora tenha havido uma espécie de serviço em tua memória, antes de Umuahia cair.

As pálpebras de Ugwu latejaram.

– Disseram que eu tinha morrido, senhor?

– Sim, disseram. Parece que o teu batalhão pensou que tinhas morrido durante a operação.

Ugwu tinha os olhos a fecharem-se e eles recusaram-se a permanecer abertos quando lhes deu ordem para isso. Por fim, lá conseguiu abri-los e deparou-se com Mr. Richard a observá-lo.

– Quem é a Eberechi?

– Senhor?

– Não paraste de dizer Eberechi.

– É uma pessoa que eu conheço, senhor.

– Em Umuahia?

– Sim, senhor.

O olhar de Mr. Richard tornou-se mais calmo.

– E não sabes onde ela está agora?

– Não, senhor.

– Estás com essa roupa no corpo desde que foste ferido?

– Sim, senhor. Os homens da infantaria deram-me as calças e a camisa.

– Precisas de te lavar.

Ugwu sorriu.

– Sim, senhor.

– Tiveste medo? – perguntou Mr. Richard, passados uns instantes.

Ele mudou de posição; tinha dores no corpo todo e nenhuma posição era confortável.

– Medo, senhor?

– Sim.

– Às vezes, senhor. – Fez uma pausa. – Encontrei um livro no nosso campo. Senti-me tão triste e irritado pelo autor.

– Que livro era?

– A autobiografia de um negro americano chamado Frederick Douglass.

Mr. Richard escreveu qualquer coisa.

– Vou usar este pormenor no meu livro.

– Está a escrever um livro.

– Estou.

– Sobre o quê, senhor?

– A guerra, e o que aconteceu antes, e tudo o que não devia ter acontecido. Vai-se chamar *O Mundo Ficou Calado Quando Morremos*.

Mais tarde, Ugwu murmurou o título para si próprio: *O Mundo Ficou Calado Quando Morremos*. Deixou-o atormentado, cheio de vergonha. Fê-lo lembrar-se da rapariga do bar, com aquele seu rosto contraído e olhos pejados de ódio, deitada de barriga para cima no chão sujo.

O Senhor e Olanna colocaram os braços à volta de Ugwu, mas ao de leve, sem fazer pressão para não o magoar. Ele sentiu-se profundamente constrangido; nunca o tinham abraçado antes.

– Ugwu – disse o Senhor, abanando a cabeça. – Ugwu.

Bebé agarrou-se à mão dele e recusou-se a largá-la, e subitamente a vida inteira de Ugwu concentrou-se num nó na sua garganta; desatou a soluçar e as lágrimas feriam-lhe os olhos. Ficou aborrecido consigo próprio por chorar e, mais tarde, quando contou a história do que lhe acontecera, fê-lo numa voz indiferente. Mentiu sobre a maneira como fora recrutado; disse que o Pastor Ambrose lhe implorara para o ajudar a transportar a sua irmã doente até ao herborista e que ele estava a voltar para casa quando os soldados o apanharam. Usou palavras como «fogo inimigo» e «atacar o quartel» com uma frieza descontraída, como que para compensar o choro.

– Disseram-nos que tinhas morrido – disse Olanna, observando-o. – Talvez o Okeoma também esteja vivo.

Ugwu ficou parado a olhar para ela.

– Disseram que ele foi morto em combate – continuou Olanna. – E acabo de saber que o *kwashiorkor* levou finalmente a Adanna. A Bebé não sabe de nada, claro.

Ugwu desviou os olhos. As notícias dela irritaram-no. Ficou com raiva dela por lhe dizer o que não queria ouvir.

– Está a morrer demasiada gente – disse ele.

– É o que acontece numa guerra, morre demasiada gente – respondeu Olanna. – Mas vamos ganhar. A tua almofada está bem posta?

– Está, minha senhora.

Como não conseguia sentar-se em cima de uma das suas nádegas, passou as primeiras semanas em Orlu deitado de lado. Olanna esteve sempre junto dele, obrigando-o a comer e dando-lhe forças para viver. A sua mente divagava com frequência. Não precisava do eco de dor no flanco, nas nádegas e nas costas para se lembrar da sua *ogbunigwe* a explodir, nem do riso de Alta Tecnologia, nem do ódio puro nos olhos da rapariga. Não se lembrava das feições dela, mas a expressão dos olhos ficou-lhe na alma, bem como a secura tensa entre as suas pernas, a maneira como ele fizera o que não quisera fazer. Nesse espaço cinzento entre o sonhar e o sonhar acordado, em que ele controlava a maior parte do que imaginava, via o bar, sentia o cheiro a álcool e ouvia os soldados a dizerem «Destruidor de Alvos», mas não era a rapariga do bar quem estava deitada de barriga para cima no chão, era Eberechi. Acordava com ódio dessa imagem e ódio de si próprio. Daria um certo tempo a si mesmo para expiar o que fizera. Depois, iria procurar Eberechi. Talvez ela e a família tivessem voltado para a sua terra em Mbaise, ou talvez estivessem em Orlu, algures. Ela esperaria por ele; saberia que ele iria ao seu encontro. A ideia de Eberechi esperar por ele, de essa espera ser uma prova da redenção dele, reconfortou-o enquanto sarava os seus ferimentos. Ficou surpreendido por o seu corpo conseguir voltar a ser o que era e por a sua mente trabalhar com uma lucidez permanente.

Durante o dia, dava uma ajuda no campo de refugiados e, à noite, escrevia. Sentava-se debaixo da acácia-rubra e escrevia com uma letrinha cuidadosa nas margens de jornais velhos, nos papéis onde Kainene fizera os cálculos das reservas de mantimentos, nas costas de um antigo calendário. Escreveu um poema sobre as pessoas que ficavam com uma reação cutânea nas nádegas por terem defecado em baldes importados, mas não tinha o lirismo do de Okeoma, por isso rasgou-o; depois, escreveu sobre uma rapariga com um traseiro perfeito, que beliscava o pescoço de um rapaz, mas também rasgou esse texto. Por fim, começou a escrever sobre a morte anónima da Tia Arize, em Kano, e sobre a paralisia de Olanna, sobre a elegante farda militar de Okeoma e as mãos enfaixadas do Professor Ekwenugo. Escreveu sobre as crianças do campo de refugiados, sobre a destreza com que caçavam lagartos, sobre a maneira como quatro rapazes tinham perseguido um lagarto veloz que subira a uma mangueira e um deles trepara à árvore e o lagarto saltara de lá e aterrara na mão esticada de um dos outros três, reunidos à volta da mangueira.

– Os lagartos estão cada vez mais espertos. Agora correm mais depressa e escondem-se debaixo dos blocos de cimento – disse o rapaz que trepara à árvore.

Assaram e partilharam o lagarto, afugentando as outras crianças. Mais tarde, o rapaz ofereceu a Ugwu um bocadinho da sua porção seca e dura. Ugwu agradeceu-lhe e abanou a cabeça, e percebeu que nunca seria capaz de transpor aquela criança para o papel, nunca seria capaz de descrever suficientemente bem o medo que turvava os olhos das mães do campo de refugiados, quando os bombardeiros invadiam os céus. Nunca seria capaz de explicar como era lúgubre bombardear pessoas a morrerem de fome. Mas tentou, e, quanto mais escrevia, menos sonhava.

Olanna estava a ensinar umas crianças a recitar a tabuada, na manhã em que Kainene correu para a acácia-rubra.

– Nem vais acreditar em quem é o responsável pela gravidez daquela miúda, a Urenwa! – exclamou Kainene, e Ugwu quase nem a reconheceu. Tinha os olhos a saltarem-lhe do rosto anguloso, cheios de raiva e de lágrimas. – Acreditas que foi o Padre Marcel?!

Olanna levantou-se.

– *Gini?* Que história é essa?

– Pelos vistos, tenho andado cega. Ela não foi a única – disse Kainene. – Ele salta para cima da maior parte delas, antes de lhes dar o lagostim que eu me esfalfo para conseguir arranjar!

Mais tarde, Ugwu viu Kainene bater no peito do Padre Marcel com as duas mãos e gritar-lhe na cara, empurrando-o com tanta força que Ugwu pensou que o homem ia cair.

– *Amosu!* Seu demónio! – Depois, virou-se para o Padre Jude.

– Como é que pôde ficar de braços cruzados enquanto ele abria as pernas de miúdas que estão a morrer de fome? Como é que vai explicar isto ao seu Deus? Vocês os dois vão-se embora já, imediatamente! Se for preciso, eu própria vou contar o que aconteceu ao Ojukwu.

As lágrimas escorriam-lhe pelo rosto. Havia qualquer coisa de magnificente na sua raiva. Ugwu sentiu-se sujo e indigno enquanto executava as suas novas tarefas depois de os padres terem partido: distribuir *garri*, acabar com as lutas, supervisionar as quintas ressequidas e estéreis. Peguntou-se o que diria Kainene, o que lhe faria, o que pensaria dele, se algum dia soubesse da rapariga do bar. Desprezá-lo-ia. Olanna, também. E Eberechi.

Escutava as conversas à noite, anotando mentalmente o que mais tarde transporia para o papel. A maior parte das vezes, falavam Kainene e Olanna, como se tivessem criado um mundo só delas, onde o Senhor e o Sr. Richard nunca conseguiam verdadeiramente entrar. Às vezes, Harrison vinha sentar-se junto de Ugwu, mas pouco dizia, como se sentisse desconcerto e, ao mesmo tempo, respeito na presença dele. Ugwu já não era simplesmente Ugwu, agora era um dos «nossos rapazes»: lutara pela causa. A lua era sempre de um branco intenso e, de quando em quando, o vento noturno trazia-lhes o pio das corujas e o ondular de vozes vindas do campo de refugiados. Bebé dormia numa esteira com o pano de Olanna a cobri-la para afastar os mosquitos. Sempre que ouviam o zumbido distante dos aviões de ajuda humanitária, tão diferente dos voos rasantes dos bombardeiros, Kainene dizia: «Espero que pelo menos um consiga aterrar.» E Olanna respondia com uma gargalhada ligeira. «Lá vamos nós ter de fazer a próxima sopa com peixe seco.» Quando ouviam a Rádio Biafra, Ugwu levantava-se e ia-se embora. A triste teatralidade das notícias sobre a guerra, a voz que enfiava bocados de esperança inventada pela garganta das pessoas abaixo, não o interessava. Uma tarde, Harrison aproximou-se da acácia-rubra com o rádio ligado muito alto na Rádio Biafra.

– Desliga-me isso, se fazes favor – disse Ugwu. Estava a observar uns meninos a brincarem num pedaço de relva ali perto. – Quero ouvir os pássaros.

– Não há nenhum pássaro a cantar – respondeu Harrison.

– Desliga.

– Sua Excelência vai fazer um discurso.

– Desliga-o ou leva-o daqui para fora.

– Não queres ouvir Sua Excelência?

– *Mba*, não.

Harrison observou-o com atenção.

– Vai ser um grande discurso.

– A grandeza é uma coisa que não existe – retorquiu Ugwu.

Harrison foi-se embora com ar ofendido e Ugwu não se deu ao trabalho de o chamar; pôs-se novamente a observar as crianças. Elas corriam fatigadas pela relva ressequida, com paus nas mãos a fingir que eram armas, imitando o som de disparos e levantando nuvens de poeira enquanto se perseguiam umas às outras. Até o pó parecia não ter forças. Estavam a brincar à guerra. Quatro meninos. Ontem eram cinco. Ugwu não se lembrava do nome da quinta criança – seria Chidiebele ou Chidiebube? –, mas lembrava-se de que ultimamente a barriga do menino começara a parecer uma bola grande e que o cabelo lhe caía aos tufos e a pele se tornara mais clara, passara da cor do mogno a um amarelo doentio. As outras crianças troçavam dele a toda a hora. *Afo mmili ukwa*, chamavam-lhe: Barriga de Fruta-Pão. Uma vez, Ugwu teve vontade de os mandar parar com a brincadeira, para lhes poder explicar o que era o *kwashiorkor* – talvez lhes pudesse ler em voz alta a maneira como descrevera o *kwashiorkor* na sua folha. Mas decidiu não o fazer. Era escusado prepará-los para uma coisa que estava convencido que iam acabar todos por contrair. Ugwu não se lembrava de ter visto a criança fingir que era um oficial biafrense, como Sua Excelência ou o Coronel Achuzie; fazia sempre de nigeriano, ou de Gowon ou de Adekunle, o que significava que era sempre derrotada e tinha de cair no fim e fingir-se de morta. Às vezes, Ugwu perguntava-se se o menino gostaria desse papel por ele lhe dar uma oportunidade de descansar, de se deitar na relva.

A criança e a respetiva família tinham vindo de Oguta. Era uma daquelas famílias que não acreditavam que a sua terra caísse às mãos do inimigo e, como tal, a mãe entrara no campo de refugiados com um ar altivo, como se desafiasse as pessoas a dizerem-lhe que não estava a sonhar e que não ia acordar daí a pouco. Na noite em que chegaram, o som do fogo antiaéreo estalou no campo de refugiados, uns minutos antes de anoitecer. A mãe correu para o seu único filho e abraçou-o, confusa. As outras mulheres abanaram-na com força, porque o rugido dos aviões no céu era cada vez mais próximo. «Vem para o abrigo! Enlouqueceste? Vem para o abrigo!» A mulher recusou-se a segui-las e ficou parada, abraçada ao filho, a tremer. Ugwu continuava sem saber porque é que tinha feito o que fizera. Talvez por Olanna já ter pegado em Bebé e ter ido a correr à sua frente e ele ter as mãos livres. A verdade é que esticou os braços e arrancou a criança dos braços da mãe e correu. A criança ainda era pesada nessa altura, ainda pesava alguma coisa; a mãe não teve alternativa a não ser segui-lo. Os aviões começaram a bombardear e, antes de Ugwu enfiar a criança no abrigo, uma bala passou a voar perto dele; não a viu, mas sentiu-lhe o cheiro, o cheiro acre a metal quente.

Foi dentro do abrigo, enquanto brincava com a terra húmida pejada de grilos e formigas, que a criança disse a Ugwu como se chamava. Chidiebele ou Chidiebube, ele não se lembrava ao certo. Mas era Chidiqualquer coisa. Talvez fosse Chidiebele, que era mais comum. O nome quase parecia uma piada, agora. Chidiebele:

«Deus é misericordioso».

Mais tarde, já os quatro meninos tinham parado de brincar à Guerra e voltado para dentro, quando Ugwu ouviu um ténue lamento abafado, vindo da sala de aulas ao fundo do edifício. Sabia que daí a nada a tia daquela criança iria ao pátio dar corajosamente a notícia às pessoas presentes, que a mãe da criança se atiraria para o chão e rebolaria na terra e gritaria até ficar sem voz, e que a seguir pegaria na navalha e deixaria o crânio rapado e em sangue.

Vestiu a camisola interior e foi oferecer-se para ajudar a cavar a pequena sepultura.

CAPÍTULO 33

Richard sentou-se ao lado de Kainene e massajou-lhe o ombro, enquanto ela se ria de uma coisa que Olanna estava a dizer.

Ele adorava a maneira como o pescoço dela parecia mais longo quando lançava a cabeça para trás e se ria. Adorava as noites passadas com ela e com Olanna e Odenigbo; lembravam-lhe a sala suavemente iluminada da casa de Odenigbo, em Nsukka, e o gosto a cerveja na sua língua impregnada de pimento. Kainene esticou o braço para pegar no prato esmaltado com grilos assados, a nova especialidade de Harrison; ele parecia saber exatamente onde desencantá-los na terra seca e como parti-los em pedacinhos depois de assados, de maneira a renderem um pouco mais. Kainene levou um bocado à boca. Richard pegou em dois pedaços e mastigou-os devagar. Estava a ficar escuro e os cajueiros tinham-se transformado em silenciosas silhuetas cinzentas. Uma nuvem de poeira pairava sobre todos eles.

– O que é que achas que explica o sucesso da missão dos brancos em África, Richard? – perguntou Odenigbo.

– O sucesso? – Odenigbo enervava-o, a maneira como ficava a cismar durante longos momentos e, de repente, abruptamente, fazia uma pergunta ou um comentário inesperado.

– Sim, o sucesso. Estou a pensar em inglês – disse Odenigbo.

– Talvez devesses explicar primeiro o fracasso dos negros em porem freio à missão dos brancos – ripostou Kainene.

– Quem é que trouxe o racismo para o mundo? – perguntou Odenigbo.

– Não estou a ver onde é que queres chegar – disse Kainene.

– Foram os brancos que introduziram o racismo no mundo. Usaram-no como base para a conquista. É sempre mais fácil conquistar um povo mais humano.

– Quer dizer que quando conquistarmos os Nigerianos seremos os menos humanos? – perguntou Kainene.

Odenigno não respondeu. Ouviu-se um restolhar junto dos cajueiros e Harrison levantou-se de um salto e correu para lá, para ver se era uma ratazana do mato que pudesse apanhar.

– O Inatimi deu-me umas moedas nigerianas – disse Kainene, por fim. – O pessoal da Organização Biafrense de Luta pela Liberdade tem bastante dinheiro nigeriano. Quero ir a Ninth Mile ver o que consigo comprar e, se isso correr bem, vou vender algumas das coisas que os refugiados do nosso campo fizeram.

– Vais fazer negócio com o inimigo – disse Odenigbo.

– Vou fazer negócio com mulheres nigerianas incultas que têm aquilo de que precisamos.

– É perigoso, Kainene – avisou Odenigbo; a suavidade da sua voz surpreendeu Richard.

– Aquele setor é livre – disse Olanna. – A nossa gente tem andado a fazer comércio livremente por lá.

– Também vais? – A surpresa fez com que Odenigbo levantasse a voz, de olhos cravados em Olanna.

– Não. Pelo menos, amanhã, não. Talvez da próxima vez que a Kainene for.

– Amanhã? – Foi a vez de Richard ficar surpreendido. Kainene falara no assunto uma vez, dissera que queria fazer negócio atrás da linha do inimigo, mas não sabia que já tinha decidido quando é que iria.

– Sim, a Kainene vai amanhã – disse Olanna.

– Sim – confirmou Kainene. – Mas não se preocupem com a Olanna, ela nunca há de vir comigo. Sempre teve um medo terrível de toda e qualquer iniciativa livre e honrada.

Kainene riu-se e Olanna também, dando-lhe uma palmada no braço. Richard viu as semelhanças entre elas na curva dos lábios, na forma dos dentes da frente, ligeiramente maiores do que os outros.

– Ninth Mile não tem sido ocupada de tempos a tempos? – perguntou Odenigbo. – Acho que não devias ir.

– Já está tudo tratado. Parto com o Inatimi amanhã de manhã bem cedo e voltamos ao fim do dia – explicou Kainene, naquele seu tom determinado que Richard tão bem conhecia.

Ele não se opunha à viagem; conhecia muita gente que fazia o que ela tinha vontade de fazer.

Nessa noite, Richard sonhou que ela voltava com uma cesta cheia de frango cozido com ervas aromáticas, arroz *jollof* picante, sopa abundante em peixe, e ficou irritado por acordar com o barulho de vozes exaltadas do lado de fora da sua janela. Não queria sair do sonho. Kainene também acordara e correram juntos lá para fora, Kainene com um pano enrolado no peito e ele de calções. O dia começava apenas a raiar. A luz era fraca. Uma pequena multidão do campo de refugiados estava a bater e a dar pontapés num rapaz agachado no chão, com as mãos em cima da cabeça para se proteger das pancadas. Tinha as calças pejadas de buracos e o colarinho praticamente arrancado, mas o meio sol amarelo ainda estava agarrado à manga rasgada.

– O que foi? – perguntou Kainene. – O que é que se passa?

Antes que alguém pudesse falar, já Richard sabia a resposta.

O soldado tinha ido roubar à quinta. Acontecia em toda a parte, agora, quintas pilhadas à noite, milho roubado ainda tão tenro que nem sequer tinha os grãos formados, e inhames jovens e muito pequenos.

– Estão a ver porque é que nada do que cultivamos dá fruto? – disse uma mulher cujo filho morrera na semana anterior. Tinha o pano amarrado muito em baixo, deixando à mostra o cimo dos seios descaídos. – São pessoas como este ladrão que vêm cá e colhem tudo, e depois nós morremos à fome.

– Parem com isso! – gritou Kainene. – Parem imediatamente! Deixem-no em paz!

– Estás a mandar-nos deixar um ladrão em paz? Se o deixarmos em paz hoje, amanhã temos cá dez como ele.

– Ele não é um ladrão – disse Kainene. – Ouviram? Ele não é um ladrão. É um soldado esfomeado.

A multidão ficou quieta perante a serena autoridade que emanou da voz dela. Lentamente, afastaram-se e voltaram para as salas de aula. O soldado levantou-se e sacudiu o pó.

– Vens da frente de combate? – perguntou Kainene.

Ele assentiu. Aparentava cerca de dezoito anos. Tinha dois grandes galos de cada lado da testa e o sangue escorria-lhe pelas narinas.

– És um fugitivo? *I na-agba oso?* Desertaste? – perguntou Kainene.

Ele não respondeu.

– Anda. Anda buscar um pouco de *garri* antes de te ires embora – disse Kainene.

Escorriam-lhe lágrimas do olho esquerdo inchado e ele tapou-o com a palma da mão, quando foi atrás dela. Só falou para murmurar «*Dalu*, obrigado» antes de se ir embora, agarrado a um pequeno saco de *garri*. Kainene não disse nada enquanto se vestia para ir ter com Inatimi ao campo.

– Vais partir cedo, não vais, Richard? – perguntou ela. – É provável que os Homens Grandes só estejam no escritório durante meia hora, hoje.

– Parto daqui a uma hora.

Ele ia a Ahiara tentar arranjar provisões na sede da ajuda humanitária.

– Diz-lhes que estou a morrer e que precisamos desesperadamente de leite e carne enlatada para me manter viva – disse ela. A sua voz tinha um tom novo, de amargura.

– Eu digo – prometeu ele. – Faz boa viagem. *Ije oma*. Volta com montes de *garri* e sal.

Beijaram-se, uma suave pressão dos lábios antes de ela partir. Ele sabia que a presença daquele patético soldado a perturbara e sabia, também, que ela estava a pensar que não era por causa do jovem soldado que as culturas tinham fracassado. Fracassaram porque a terra era pobre e o harmatão muito agreste e não havia estrume nem nada para plantar, e sempre que ela conseguia arranjar sementes de inhame, as pessoas comiam metade delas antes de as cultivarem. Richard desejou poder esticar os braços, torcer o céu e dar a vitória ao Biafra de imediato. Por ela.

Kainene ainda não tinha voltado quando ele regressou de Ahiara, ao fim do dia. A sala cheirava a óleo de palma branqueado, procedente da cozinha, e Bebé estava deitada numa esteira a folhear as páginas de *Eze Vai à Escola*[1].

– Põe-me em cima dos teus ombros, Tio Richard – pediu Bebé, correndo para ele.

Richard fingiu que tentava pegar-lhe ao colo e depois deixou-se cair numa cadeira.

– Já és crescida, Bebé. És demasiado pesada para eu te pegar ao colo.

– Não!

Olanna estava parada junto da cozinha, a observá-los.

– Sabes que a Bebé se tornou mais sensata, mas não mais alta, desde que começou a guerra.

Richard sorriu.

– Mais vale a sensatez do que a altura – disse ele, e ela sorriu também. Richard apercebeu-se de como era raro conversarem, do cuidado que tinham para não ficarem sozinhos um com o outro.

– Conseguiste alguma coisa em Ahiara? – perguntou Olanna.

– Não. Fui bater a todas as portas. Os centros de ajuda humanitária estão vazios. Vi um homem adulto sentado no chão à frente de um edifício a chuchar no dedo – disse ele.

---

[1] No original, *Eze Goes to School*, da autoria do nigeriano Onuora Nzekwu e de Michael Crowder. (N. da T.)

– E as pessoas que conheces nas direções?

– Disseram que não têm nada e que a prioridade agora é a autossuficiência e o cultivo das terras.

– E cultivamos o quê? E como é que vamos alimentar milhões de pessoas com o território minúsculo que temos agora?

Richard observou-a. A mais pequena crítica ao Biafra incomodava-o. Desde que Umuahia caíra, as preocupações tinham-se instalado nas brechas da sua mente, mas não as exprimia em voz alta.

– A Kainene está no campo? – perguntou.

Olanna limpou a testa.

– Acho que sim. Ela e o Inatimi já devem ter voltado, por esta altura.

Richard foi lá para fora brincar com Bebé. Empoleirou-a nos ombros para ela poder tocar numa folha de cajueiro e depois pô-la no chão, pensando que era tão pequenina, tão leve para uma criança de seis anos. Desenhou linhas na terra e pediu-lhe para apanhar umas pedras e tentou ensinar-lhe a jogar *nchokolo*. Observou-a a espalhar e a ordenar os pedaços de metal irregular que tinha dentro de uma lata: a sua coleção de estilhaços. Passado uma hora, Kainene ainda não tinha voltado. Richard levou Bebé até ao campo. Kainene não estava sentada nos degraus à frente do «Ponto de Não Retorno», como às vezes fazia. Não estava na sala dos doentes. Não estava em nenhuma das salas de aulas. Richard viu Ugwu debaixo da acácia-rubra, a escrever num bocado de papel.

– A Tia Kainene ainda não voltou – disse Ugwu, antes que Richard pudesse perguntar.

– Tens a certeza de que ela não voltou e depois foi a qualquer lado?

– Tenho, senhor. Mas estou convencido que deve estar quase a chegar.

Richard achou graça à precisão formal com que Ugwu disse «estou convencido»; admirava a ambição de Ugwu e a sua recente mania de escrevinhar em qualquer bocado de papel que arranjasse. Uma vez, tentara descobrir onde é que Ugwu guardava os seus escritos, para poder dar-lhes uma vista de olhos, mas não encontrara nada. Provavelmente, andava com eles enfiados nos calções.

– O que é que estás a escrever? – perguntou.

– Uma coisa sem importância, senhor – disse Ugwu.

– Eu fico com o Ugwu – anunciou Bebé.

– Está bem, Bebé.

Richard sabia que ela iria a correr procurar as crianças às salas de aulas, para irem caçar lagartos ou grilos. Ou que iria procurar o autoproclamado miliciano que usava um punhal à cintura, para lhe perguntar se ele lho emprestava. Voltou para casa. Odenigbo tinha acabado de voltar do trabalho e, à luz intensa do sol do entardecer, a sua camisa estava tão gasta no peito que Richard conseguiu ver-lhe os pelos encaracolados.

– A Kainene já voltou? – perguntou Odenigbo.

– Ainda não.

Odenigbo lançou-lhe um longo olhar acusador, antes de ir ao quarto mudar de roupa. Voltou com um pano enrolado no corpo e amarrado na nuca, e sentou-se com Richard na sala. Na rádio, Sua Excelência anunciou que ia viajar para o estrangeiro em busca da paz.

Em consonância com as minhas frequentes declarações de que iria pessoalmente aonde quer que fosse para garantir a paz e a segurança do meu povo, vou viajar agora para fora do Biafra, para explorar...

O sol estava a pôr-se quando Ugwu e Bebé chegaram a casa.

– Aquela menina, a Nneka, acaba de morrer e a mãe dela recusa-se a deixar que levem o corpo e que o enterrem – disse Ugwu, depois de os cumprimentar.

– A Kainene está lá? – perguntou Richard.

– Não – respondeu Ugwu.

Odenigbo levantou-se e Richard fez o mesmo e, juntos, dirigiram-se para o campo de refugiados. Não trocaram uma só palavra. Numa das salas de aula, estava uma mulher em prantos. Interrogaram as pessoas e todas disseram a mesma coisa: Kainene partira com Inatimi de manhã bem cedo. Dissera-lhes que ia fazer um «ataque *afia*», fazer negócio atrás da linha do inimigo, e que voltava ao fim da tarde.

Passou-se um dia, e depois outro. Continuava tudo na mesma, a secura no ar, os ventos carregados de poeira, os refugiados a ararem terra seca, mas Kainene ainda não regressara. Richard sentia-se a cair por um túnel abaixo, sentia o peso a ser-lhe sugado do corpo a cada hora que passava. Odenigbo disse-lhe que provavelmente Kainene só estava retida do outro lado, à espera que os vândalos mudassem de posição para poder voltar para casa. Olanna disse que as mulheres que faziam o comércio de ataque estavam sempre a sofrer aquele tipo de demora. Mas, nos olhos de Olanna, via-se um medo furtivo. Até Odenigbo parecia assustado, quando disse que não iria com eles procurar Kainene, porque sabia que ela voltaria para casa; era como se tivesse medo do que iriam descobrir. Olanna sentou-se ao lado de Richard quando ele pegou no carro e foi até Ninth Mile. Mantiveram-se em silêncio, mas quando ele parava para perguntar às pessoas à beira da estrada se tinham visto alguém parecido com Kainene, ela dizia «*O tolu ogo, di ezigbo oji*»; como se, repetindo o que Richard dissera, que Kainene era alta e muito escura, ajudasse as pessoas a lembrarem-se melhor. Richard mostrava-lhes a fotografia de Kainene. Às vezes, com a pressa, puxava a fotografia do cântaro ornado com cordas em vez da dela. Ninguém a vira. Ninguém vira um automóvel como o de Inatimi. Até perguntaram aos soldados biafrenses, os mesmos que lhes disseram que não podiam avançar mais, porque as estradas estavam ocupadas. Os soldados abanaram a cabeça e disseram que não a tinham visto. No caminho de volta, Richard começou a chorar.

– Porque é que estás a chorar? – disse Olanna, irritada. – A Kainene só ficou retida do outro lado durante uns dias, mais nada.

As lágrimas de Richard cegaram-no. Saiu da estrada e o carro chiou ao entrar pelo espesso mato rasteiro.

– Para! Para! – gritou Olanna.

Ele parou e ela tirou-lhe a chave da mão, deu a volta ao carro e abriu a porta do lado dele. Sentou-se ao volante e fez o caminho todo até casa a cantar baixinho.

CAPÍTULO 34

Olanna passou o pente de madeira pelo cabelo de Bebé com todo o cuidado possível e, ainda assim, ficou um grande tufo preso nos dentes. Ugwu estava sentado num banco a escrever. Já lá ia uma semana e Kainene ainda não voltara. Os ventos do harmatão estavam mais calmos nesse dia, não faziam os cajueiros rodopiar, mas lançavam areia por todo o lado e o ar estava carregado de poeira grossa e de rumores de que Sua Excelência fugira do país e não fora realmente procurar a paz. Olanna sabia que não era possível. Acreditava, com a mesma convicção e serenidade com que acreditava que em breve Kainene regressaria a casa, que a viagem de Sua Excelência seria um sucesso. Ele voltaria com um documento assinado a declarar o fim da guerra e a proclamar a independência do Biafra. Voltaria com a justiça e com sal.

Penteou o cabelo de Bebé e, uma vez mais, caíram madeixas. Pegou nos fios fininhos, de um castanho amarelado, queimado pelo sol, que não tinha nada a ver com o preto retinto natural de Bebé. Ficou assustada. Há umas semanas, Kainene dissera-lhe que era um sinal de extrema sabedoria, o facto de Bebé estar a perder cabelo com apenas seis anos, mas depois saíra em busca de mais comprimidos de proteínas para Bebé.

Ugwu levantou os olhos do que estava a escrever.

– Talvez fosse melhor não lhe entrançar os cabelos, minha senhora.

– Tens razão. Talvez ande a cair por causa disso, demasiadas tranças.

– Eu não tenho o cabelo a cair! – exclamou Bebé, e deu uma palmadinha na cabeça.

Olanna pousou o pente.

– Não consigo parar de pensar no cabelo daquela criança cuja cabeça vi no comboio. Era muito grosso. A mãe deve ter tido uma trabalheira para o entrançar.

– Como é que eram as tranças? – perguntou Ugwu.

A princípio, Olanna ficou surpreendida com a pergunta e, depois, apercebeu-se de que se lembrava perfeitamente de como eram as tranças e começou a descrever o penteado, a maneira como algumas das tranças caíam para a testa. A seguir, descreveu a cabeça em si, os olhos abertos, a pele acinzentada. Ugwu ia escrevendo enquanto ela falava e a escrita dele, a avidez do seu interesse, fizeram com que, de repente, a sua história fosse importante e servisse um objetivo superior que nem Olanna sabia ao certo qual era. Como tal, contou-lhe tudo aquilo de que se lembrava sobre o comboio cheio de gente em prantos, aos gritos e a urinar pelas pernas abaixo.

Ainda estava a falar quando Odenigbo e Richard voltaram. Vinham a pé; tinham partido de manhã no *Peugeot* para irem procurar Kainene ao hospital de Ahiara.

Olanna levantou-se de um salto.

– Encontraram-na?

– Não – disse Richard, e entrou em casa.

– Que é feito do carro? Os soldados levaram-no?

– Ficámos sem combustível na estrada. Vou ver se arranjo gasolina para ir buscá-lo – disse Odenigbo, abraçando-a. – Vimos o Madu. Ele disse que tem a certeza de que ela ainda está do outro lado. Os vândalos devem ter bloqueado o sítio por onde passou e ela está à espera que se abra uma nova passagem. Acontece com frequência.

– Sim, claro.

Olanna pegou no pente e começou a desemaranhar o seu próprio cabelo acamado. Odenigbo lembrou-lhe que devia estar agradecida por não terem encontrado Kainene no hospital. Significava que Kainene estava bem, só que no lado nigeriano. E, no entanto, não queria que ele lho lembrasse. Dias depois, quando Olanna insistiu em fazer uma busca à morgue, ele disse-lhe a mesma coisa, que Kainene devia estar a salvo do lado de lá da fronteira.

– Eu vou – disse ela.

Madu mandara-lhes um pouco de *garri*, açúcar e combustível. Iria ela própria de automóvel.

– Não vale a pena – respondeu Odenigbo.

– Não vale a pena? Não vale a pena ir procurar o corpo da minha irmã?

– A tua irmã está viva. Não há corpo nenhum.

– Sim, Deus.

Olanna virou-se para se ir embora.

– Mesmo que lhe tivessem dado um tiro, Olanna, não a levariam para uma morgue no Biafra – explicou Odenigbo.

Ela percebeu que ele tinha razão, mas odiou-o por o ter dito e por lhe ter chamado Olanna em vez de *nkem* e, por isso, foi-se embora rumo ao edifício pestilento da morgue, onde os cadáveres de um bombardeamento recente estavam empilhados à porta, a incharem ao sol. Uma multidão de pessoas implorava para que as deixassem entrar e procurar os seus desaparecidos.

– Por favor, o meu pai está desaparecido desde o bombardeamento.

– Por favor, não consigo encontrar a minha filhinha.

O bilhete de Madu que Olanna levava consigo fez com que o cangalheiro lhe sorrisse e a deixasse entrar, e ela insistiu em olhar para o rosto de todos os corpos de mulheres, mesmo aquelas que o cangalheiro disse serem demasiado velhas; no fim, teve de parar a meio da estrada para vomitar. «Se o sol se recusar a nascer, obrigá-lo-emos a nascer.» O título do poema de Okeoma veio-lhe à mente. Não se lembrava do resto, qualquer coisa sobre empilhar cântaros de barro uns sobre os outros para formar uma escada até ao céu. Quando chegou a casa, Odenigbo estava a conversar com Bebé. Richard encontrava-se sentado a olhar para o vazio. Não lhe perguntaram se encontrara o corpo de Kainene. Ugwu disse-lhe que ela tinha uma grande nódoa cor de óleo de palma no vestido e fê-lo baixinho, como se soubesse que eram resquícios de vomitado. Harrison informou-a de que não havia nada para comer e ela fitou-o, inexpressiva, porque era Kainene quem geria as provisões, quem sabia o que fazer.

– Devias ir deitar-te, *nkem* – disse Odenigbo.

– Lembras-te dos versos do poema do Okeoma sobre obrigar o sol a nascer, se ele se recusar a fazê-lo? – perguntou ela.

– «Cântaros de barro cozidos em fervor refrescarão os nossos pés durante a ascensão» – recitou ele.

– Sim, é isso mesmo.

– Era o meu verso preferido. Não me lembro do resto.

Uma mulher do campo de refugiados entrou no pátio a correr, aos gritos, acenando com um ramo verde. Um verde com um ar muito húmido e reluzente. Olanna perguntou-se onde é que ela o teria arranjado; as plantas e as árvores em redor estavam queimadas, despidas pelos ventos poeirentos. A terra estava amarelada.

– Acabou! – gritou a mulher. – Acabou!

Odenigbo apressou-se a ligar o rádio, como se tivesse estado à espera da mulher com aquela notícia. A voz masculina não era conhecida.

Ao longo da História, os povos oprimidos tiveram de pegar em armas em autodefesa, quando as negociações de paz fracassavam. Nós não somos uma exceção. Pegámos em armas por causa da sensação de insegurança que os massacres provocaram no nosso povo. Lutámos em defesa dessa causa.

Olanna sentou-se; apreciava a honestidade, as vogais firmes e a serena confiança daquela voz na rádio. Bebé perguntou a Odenigbo porque é que a mulher do campo estava aos gritos daquela maneira. Richard levantou-se e aproximou-se do rádio. Odenigbo pôs o som mais alto. A mulher do campo de refugiados disse: – Avisaram que os vândalos vêm a caminho com canas para baterem nos civis. Nós vamos para o mato. – Virou costas e voltou a correr para o campo.

Aproveito esta oportunidade para dar os parabéns aos oficiais e aos homens das nossas Forças Armadas pela sua coragem e bravura, que lhes granjearam a admiração do mundo inteiro. Agradeço à população civil pela sua perseverança e valentia perante a adversidade e a fome. Estou convencido de que temos de pôr fim imediatamente ao sofrimento do nosso povo. Assim sendo, ordenei a retirada das tropas. Urjo o General Gowon, em nome da humanidade, a dar ordem às suas tropas para suspenderem as suas atividades enquanto negociamos um armistício.

Depois de ouvir a transmissão, Olanna sentiu-se zonza de incredulidade. Sentou-se.
– E agora, minha senhora? – perguntou Ugwu, inexpressivo.
Ela desviou os olhos para os cajueiros cobertos de pó, para o céu que curvava em direção à terra, como um muro sem nuvens.
– Agora posso ir procurar a minha irmã – disse ela baixinho.

Passou-se uma semana. Uma carrinha da Cruz Vermelha entrou no campo de refugiados e duas mulheres distribuíram copos de leite. Muitas famílias abandonaram o campo, para irem procurar os familiares ou para se esconderem no mato dos soldados nigerianos que vinham a caminho com chicotes. Mas, da primeira vez que Olanna viu soldados nigerianos, na estrada principal, não empunhavam chicotes. Andavam para cima e para baixo, falavam muito alto uns com os outros em ioruba e riam-se e apontavam para as raparigas das aldeias.
– Casa-te comigo, que eu dou-te arroz e feijão.

Olanna juntou-se à multidão que os observava. As suas fardas engomadas e elegantes, as suas botas pretas engraxadas, os seus olhos confiantes encheram-na de uma sensação de vazio, como se tivesse sido roubada. Tinham bloqueado a estrada e estavam a mandar os carros voltar para trás. Ainda não havia movimento. Nenhum movimento. Odenigbo queria ir a Aba, para ver onde jazia a sua mãe, e todos os dias ia a pé até à estrada principal para saber se os soldados nigerianos já estavam a deixar passar os automóveis.

– Devíamos fazer as malas – disse ele a Olanna. – As estradas vão abrir ao trânsito daqui a um dia ou dois. Partiremos bem cedo para podermos parar em Aba e chegar a Nsukka antes de anoitecer.

Olanna não tinha vontade de fazer as malas – havia pouco que arrumar, de qualquer modo – e não queria ir a parte alguma.

– E se a Kainene voltar? – perguntou.

– *Nkem*, a Kainene não vai ter dificuldade nenhuma em encontrar-nos.

Ela ficou a vê-lo ir-se embora. Era fácil para ele dizer que Kainene os encontraria. Mas como é que podia ter a certeza? Como é que sabia que ela não estava ferida, por exemplo, e impossibilitada de percorrer longas distâncias? Ela voltaria, cambaleando, a pensar que eles estavam ali para tomarem conta dela, e deparar-se-ia com uma casa vazia.

Um homem entrou no pátio. Olanna fitou-o durante uns momentos até finalmente reconhecer o seu primo Odinchezo, e, nessa altura, gritou e correu na sua direção, abraçou-o e depois recuou um pouco para o observar. A última vez que o vira fora no seu casamento, a ele e ao irmão dele, ambos com a farda de milicianos.

– E o Ekene? – perguntou ela, a medo. – O Ekene *kwanu*?

– Ele está em Umunnachi. Eu vim assim que soube onde tu estavas. Vou a caminho de Okija. Disseram-me que alguns familiares da nossa mãe estão lá.

Olanna levou-o para dentro de casa e deu-lhe um copo de água.

– Como é que tens estado, meu irmão?

– Não morremos – respondeu ele.

Olanna sentou-se ao lado dele e pegou-lhe na mão; tinha calos brancos e inchados nas palmas.

– Como é que conseguiste passar pelos soldados nigerianos na estrada?

– Não me chatearam. Falei em haúça com eles. Um deles mostrou-me uma foto do Ojukwu e mandou-me mijar para cima dela e eu mijei. – Odinchezo sorriu, um sorriso cansado e meigo, e Olanna achou-o tão parecido com a Tia Ifeka que os olhos se lhe encheram de lágrimas.

– Não, não, Olanna – disse ele, e abraçou-a. – A Kainene vai voltar. Uma mulher de Umudioka partiu para fazer um «ataque *afia*» e como os vândalos ocuparam esse setor ela ficou retida durante quatro meses. Voltou para casa ontem.

Olanna abanou a cabeça, mas não lhe disse que não era por causa de Kainene, ou não só por causa dela, que estava a chorar. Enxugou os olhos. Ele abraçou-a mais uns instantes e, antes de se levantar, enfiou-lhe uma nota de cinco libras na mão.

– Tenho de ir – disse ele. – Tenho um longo caminho pela frente.

Olanna cravou os olhos no dinheiro. A frescura mágica da nota vermelha espantou-a.

— Odinchezo! É demasiado dinheiro!

— Alguns de nós, que estávamos no Biafra-Dois, tínhamos dinheiro nigeriano e fazíamos negócio com eles apesar de pertencermos às milícias — disse Odinchezo, e encolheu os ombros. — E tu não tens dinheiro nigeriano, pois não?

Ela abanou a cabeça; nunca vira sequer o novo dinheiro nigeriano.

— Espero que não seja verdade o que andam a dizer por aí, que o governo vai confiscar todas as contas bancárias biafrenses.

Olanna encolheu os ombros. Não sabia. Todas as notícias eram confusas e contraditórias. Primeiro, tinham ouvido dizer que todas as pessoas que trabalhavam para a Universidade do Biafra deviam apresentar-se em Enugu para um controlo militar. Depois, deviam apresentar-se em Lagos. Depois, só aquelas que estavam envolvidas com o exército biafrense é que se deviam apresentar.

Mais tarde, quando foi ao mercado com Bebé e Ugwu, ficou boquiaberta a olhar para o arroz e o feijão expostos em pilhas grandes como montanhas dentro de alguidares, o peixe com o seu delicioso cheiro pestilento, a carne ensanguentada que atraía as moscas. Pareciam ter caído do céu, pareciam dotados de uma magia que era quase perversa. Observou as mulheres, mulheres biafrenses, a regatearem, a darem trocos em libras nigerianas como se fosse uma moeda que tivessem usado a vida inteira. Comprou um pouco de arroz e peixe seco. Não queria gastar muito dinheiro; não sabia o que os esperava.

Odenigbo voltou para casa dizendo que as estradas estavam abertas ao trânsito.

– Partimos amanhã.

Olanna foi para o quarto e desatou a chorar. Bebé trepou para cima do colchão, para o lado dela, e abraçou-a.

– Mamã Ola, não chores; *ebezi na* – disse Bebé, e o calor dos seus bracitos à volta dela fizeram-na soluçar ainda mais alto. Bebé ficou junto dela, abraçando-a, até Olanna parar de chorar e limpar as lágrimas.

Richard partiu nessa noite.

– Vou procurar a Kainene nas povoações às portas de Ninth Mile – disse ele.

– Espera até ser de dia – disse Olanna.

Richard abanou a cabeça.

– Tens combustível? – perguntou Odenigbo.

– O suficiente para chegar a Ninth Mile, se fizer as descidas em ponto morto.

Olanna deu-lhe uma parte do seu dinheiro nigeriano, antes de ele se ir embora na companhia de Harrison. E, na manhã seguinte, com as suas coisas no carro, escreveu um bilhete à pressa e deixou-o na sala.

> *Ejima m, vamos para Aba e Nsukka. Daqui a uma semana voltamos cá a casa para ver se está tudo em ordem. Olanna.*

Quis acrescentar «Tive saudades tuas» ou «Espero que estejas bem», mas decidiu não o fazer. Kainene rir-se-ia e diria qualquer coisa do género: «Não me fui embora de férias, pelo amor de Deus, fiquei retida em território inimigo.»

Entrou no carro e ficou parada a olhar para os cajueiros.

– A Tia Kainene vai ter connosco a Nsukka? – perguntou Bebé.

Olanna virou-se e observou atentamente o rosto de Bebé, em busca de clarividência, um sinal que mostrasse que Bebé sabia que Kainene ia voltar. A princípio, achou que sim, mas depois perdeu as certezas.

– Vai, minha bebé – disse ela. – A Tia Kainene vai ter connosco a Nsukka.

– Ela ainda está a fazer o «ataque *afia*»?

– Ainda.

Odenigbo ligou o motor. Tirou os óculos e embrulhou-os num bocado de pano. Tinham ouvido dizer que os soldados nigerianos não gostavam de pessoas com ar intelectual.

– Vês o suficiente para conseguir guiar? – perguntou Olanna.

– Vejo.

Ele olhou para trás, para Ugwu e Bebé, antes de manobrar o automóvel para fora do recinto. Passaram por alguns postos de controlo geridos por soldados nigerianos e Odenigbo murmurava qualquer coisa entre dentes sempre que os mandavam avançar. Em Abagana, passaram pela frota nigeriana destruída, uma longa, longa coluna de veículos queimados e enegrecidos. Olanna cravou os olhos neles. *Fomos nós que fizemos isto*. Esticou o braço e deu a mão a Odenigbo.

– Eles ganharam, mas fomos nós que fizemos isto – disse ela, e percebeu como era estranho dizer «eles ganharam», exprimir uma derrota na qual não acreditava. A sensação que tinha não era de ter sido derrotada e, sim, de ter sido enganada.

Odenigbo apertou-lhe a mão. Ela sentiu o nervosismo dele na maneira como cerrou os maxilares, quando se aproximaram de Aba.

– Será que a minha casa ainda está de pé? – disse ele.

Havia mato em toda a parte; pequenas cabanas tinham sido completamente tragadas pela erva acastanhada. Um arbusto despontara junto do portão da casa e Odenigbo estacionou perto dele, com o peito a arfar e a respiração ruidosa. A casa ainda estava de pé. Abriram caminho por entre a erva espessa e seca para lá chegarem e Olanna olhou em redor, meio receosa de ver o esqueleto da *Mama* estendido em qualquer canto. Mas o primo de Odenigbo enterrara-a; perto da goiabeira, via-se um pequeno alto na terra e uma tosca cruz feita com dois gravetos. Odenigbo ajoelhou-se aí, arrancou um tufo de erva e segurou-o na mão.

Foram de automóvel até Nsukka, por estradas marcadas por buracos de balas e crateras de bombas; Odenigbo teve de guinar o volante com frequência. Os edifícios estavam enegrecidos, com os telhados rebentados por explosões, as paredes meio destruídas. Aqui e ali, havia carcaças pretas de carros queimados. Reinava um sossego fantasmagórico. Os perfis curvos dos abutres em voo enchiam o horizonte. Chegaram a um posto de controlo. Uns homens estavam a cortar a erva alta à beira da estrada, erguendo e deixando cair os machetes repetidamente; outros transportavam tábuas grossas de madeira para uma casa cujas paredes pareciam um queijo suíço, cravejadas de buracos de bala, uns grandes, outros mais pequenos.

Odenigbo deteve-se ao lado do oficial nigeriano. A fivela do seu cinto reluzia e o homem debruçou-se para espreitar para dentro do carro, um rosto negro com dentes muito brancos.

– Porque é que ainda têm matrícula biafrense? São partidários dos rebeldes derrotados?

Falou numa voz muito alta, artificial; era como se estivesse a representar e se sentisse muito ciente do seu papel autoritário, de mandão. Atrás dele, um dos seus homens estava a gritar com os operários. O cadáver de um homem jazia junto do mato.

– Vamos mudá-la assim que chegarmos a Nsukka – respondeu Odenigbo.

– Nsukka? – O oficial endireitou-se e riu-se. – Ah, a Universidade de Nsukka. Foram vocês que planearam a rebelião com o Ojukwu, vocês, os intelectuais.

Odenigno ficou calado, com os olhos postos em frente. O oficial abriu a porta do lado dele com um gesto brusco.

– *Oya!* Sai do carro e pega numas tábuas de madeira. Vamos ver como é que podes ajudar uma Nigéria unificada.

Odenigbo olhou para ele.

– Para que é isto?

– Estás-me a perguntar a mim? Eu disse-te para saíres do carro, vamos!

Um soldado postou-se atrás do oficial e preparou a arma.

– Isto é uma anedota – murmurou Odenigbo. – *O na-egwu egwu.*

– Sai! – gritou o oficial.

Olanna abriu a porta do seu lado.

– Odenigbo e Ugwu, saiam! Bebé, fica quietinha no carro.

Assim que Odenigbo saiu do automóvel, o oficial deu-lhe um estalo na cara, com tanta violência, e tão inesperadamente, que Odenigbo caiu contra o carro. Bebé começou a chorar.

– Não estão gratos por não vos termos matado a todos? Toca a transportar aquelas tábuas de madeira depressa, duas de cada vez!

– Deixa a minha mulher ficar no carro com a nossa filha, por favor – pediu Odenigbo.

O som do segundo estalo foi menos ruidoso do que o primeiro. Olanna não olhou para Odenigbo; concentrou cuidadosamente o olhar num dos homens que transportava uma pilha de blocos de cimento, as suas costas nuas e magras cobertas por uma camada de suor. A seguir, dirigiu-se para uma pilha de tábuas de madeira e pegou em duas delas. A princípio, vacilou sob o peso – não estava à espera que fossem tão pesadas –, mas depois equilibrou-se e começou a andar em direção à casa. Estava a suar quando voltou. Sentiu os olhos duros de um soldado a seguirem-na, trespassando-lhe a roupa. Da segunda vez que foi buscar tábuas, já ele estava junto da pilha.

Olanna fitou-o e depois, muito alto, disse: – Oficial!

O oficial tinha acabado de deixar passar um carro. Virou-se.

– O que foi?

– É melhor dizer aqui a este rapaz que nem pense em tocar-me – disse Olanna.

Ugwu estava atrás dela e Olanna sentiu-o inspirar uma golfada de ar, em pânico por causa da sua ousadia. Mas o oficial riu-se; parecia simultaneamente surpreendido e impressionado.

– Ninguém te vai pôr as mãos em cima – disse ele. – Os meus rapazes foram bem treinados. Não somos como aqueles rebeldes sujos a quem vocês chamavam exército.

Mandou parar outro carro, um *Peugeot 403*.

– Sai imediatamente!

O indivíduo baixote saiu do automóvel e ficou parado junto do veículo. O oficial esticou o braço, arrancou-lhe os óculos do rosto e atirou-os para o mato.

– Ah, agora não consegues ver? Mas para escreveres propaganda para o Ojukwu já conseguias ver, não era? Não era isso que todos os funcionários públicos como vocês faziam?

O homem semicerrou os olhos e esfregou-os.

– Deita-te no chão – ordenou o oficial.

O homem deitou-se no alcatrão frio. O oficial pegou numa comprida cana e pôs-se a açoitar o homem nas costas e nas nádegas, *zás, zás, zás*, e o homem gritou qualquer coisa que Olanna não percebeu.

– Diz «obrigado, senhor»! – gritou o oficial.

O homem disse: – Obrigado, senhor!

– Outra vez!

– Obrigado, senhor!

O oficial parou de lhe bater e apontou para Odenigbo.

– *Oya*, intelectuais, podem ir embora. E não se esqueçam de mudar a matrícula.

Em silêncio, correram para o carro. Olanna tinha as palmas das mãos a doer. Quando arrancaram, o oficial ainda estava a açoitar o homem.

CAPÍTULO 35

Ugwu baixou-se junto do arbusto de flores brancas que crescera exuberantemente e ficou parado a olhar para a pilha de livros queimados. Tinham-nos amontoado antes de lhes lançarem fogo, por isso Ugwu remexeu neles com as mãos para ver se as chamas tinham poupado alguns dos que estavam por baixo. Tirou dois livros intactos e limpou as capas na camisa. Nos que estavam meio queimados, ainda conseguia distinguir palavras e números.

– Porque é que os queimaram? – perguntou Olanna baixinho. – Só a trabalheira que tiveram...

O Senhor agachou-se ao lado dele e pôs-se a vasculhar por entre o papel carbonizado, murmurando: – Todo o meu trabalho de investigação está aqui, *nekene nke*, este é o artigo sobre os meus testes *rank* para a deteção de sinais...

Pouco depois, sentou-se na terra, de pernas esticadas, e Ugwu desejou que não o tivesse feito; havia qualquer coisa de tão pouco digno, tão pouco senhorial naquela posição. Olanna estava de mão dada com Bebé, a olhar para a árvore-da-tristeza e a ixora e os lírios, todos disformes e emaranhados. A própria Odim Street estava disforme e emaranhada, com as bermas cobertas de mato denso. Até o carro blindado nigeriano, que ficara abandonado ao fundo da rua, tinha erva a crescer nos pneus.

Ugwu foi o primeiro a entrar na casa. Olanna e Bebé seguiram-no. A sala estava cheia de leitosas teias de aranha. Ele levantou os olhos e viu uma grande aranha preta a deslocar-se lentamente pela sua teia, como se se estivesse nas tintas para a presença deles e achasse que aquele continuava a ser o seu *habitat*. Os sofás, as cortinas, o tapete e as estantes tinham desaparecido. As persianas também haviam sido retiradas e as janelas eram buracos abertos, por entre os quais os ventos secos do harmatão tinham soprado tanto pó que as paredes eram agora castanhas de alto a baixo. Grãos de poeira pairavam como fantasmas no quarto vazio. Na cozinha, só sobrara o pesado pilão de madeira. No corredor, Ugwu apanhou um frasco coberto de pó; quando o levou ao nariz, ainda cheirava a coco. Era o perfume de Olanna.

Bebé começou a chorar quando chegaram à casa de banho. Na banheira havia pilhas de fezes secas, duras como pedras, obscenas. As páginas da revista *Drum* tinham sido arrancadas e usadas como papel higiénico, a letra de imprensa coberta de manchas grumosas e ressequidas; encontravam-se espalhadas pelo chão. Olanna tentou acalmar Bebé, e Ugwu lembrou-se dela a brincar naquela banheira com o seu patinho amarelo de plástico. Abriu a torneira e o cano fez barulho, mas não deitou água. A erva do quintal dava-lhe pelos ombros, estava tão alta que não era possível atravessá-la, por isso arranjou um pau para abrir caminho por entre o mato. A colmeia tinha desaparecido dos ramos do cajueiro. A porta do Anexo dos Criados estava meio aberta, com as dobradiças partidas, puxou-a para trás e lembrou-se da camisa que deixara pendurada num prego, na parede. Sabia que já lá não estaria, como era óbvio, no entanto olhou para a parede à procura dela. Anulika elogiara-lhe aquela camisa. A ideia de ver Anulika daí a umas horas, a ideia de finalmente voltar para casa, excitava-o e assustava-o, ao mesmo tempo. Não se permitiria pensar em quem é que restava da família. Pegou nas coisas que estavam no chão imundo, uma arma enferrujada e um exemplar meio comido e empolado da *Socialist Review*. Atirou-os para o chão e, quando se ouviu o eco, houve qualquer coisa, talvez um rato, que passou a correr.

Ugwu queria limpar tudo. Queria esfregar tudo furiosamente. Tinha medo, porém, de que isso não fizesse diferença nenhuma. Talvez a casa estivesse manchada até às fundações e o cheiro a algo morto e seco ficasse para todo o sempre agarrado aos quartos e do teto lhes chegasse eternamente o restolhar das ratazanas. O Senhor encontrou uma vassoura e varreu ele próprio o escritório, deixando a pilha de caganitas de lagarto e pó do lado de fora da porta. Ugwu espreitou para dentro do escritório e viu-o sentado na única cadeira que restava e que tinha uma perna partida, de maneira que ele estava encostado à parede para manter o equilíbrio, debruçado sobre pastas e papéis meio queimados.

Ugwu tocou nas fezes da casa de banho com um pau, rogando pragas entre dentes aos vândalos e a toda a sua prole, e tinha acabado de esvaziar a banheira quando Olanna lhe pediu para deixar as limpezas para depois, quando voltasse da sua visita à família.

Ugwu ficou parado enquanto Chioke, a segunda mulher do seu pai, lhe atirava areia.

– És de carne e osso, Ugwu? – perguntou ela. – És de carne e osso?

Ela baixava-se para apanhar mãos cheias de areia e atirava-lhas em movimentos rápidos, e a areia caía no ombro dele, nos braços, na barriga. Finalmente, Chioke parou e abraçou-o. Ele não desaparecera; não era uma assombração. Vieram outras pessoas abraçá-lo, esfregar-lhe o corpo, incrédulas, como se a areia não tivesse chegado para lhes provar que não era um fantasma. Algumas das mulheres choravam. Ugwu observou os rostos à sua volta, todos eles mais magros, todos com um profundo cansaço gravado na pele, inclusive as crianças. Mas era Anulika a que mais tinha mudado. Tinha o rosto coberto de pontos negros e borbulhas, e não o fitou nos olhos quando disse, chorosa: – Não morreste, não morreste.

Ele ficou espantado ao descobrir que a sua irmã, de quem se lembrava como sendo linda, não o era de todo. Era uma feia desconhecida, que o fitava com um olho a meia haste.

– Disseram-me que o meu filho tinha morrido – disse o pai, apertando-lhe os ombros.

– E a mãe, onde está? – perguntou Ugwu.

Antes de o pai falar, Ugwu adivinhou a resposta. Adivinhara-a assim que vira Chioke sair da cabana a correr. Devia ter sido a sua mãe a sair para o acolher; ela teria pressentido a sua presença e teria vindo ao seu encontro na mata de árvores *ube*.

– A tua mãe já não está entre nós – disse o pai.

Lágrimas quentes inundaram os olhos de Ugwu.

– Deus jamais lhes perdoará.

– Tem cuidado com o que dizes! – O pai olhou em redor, assustado, apesar de ele e Ugwu estarem sozinhos. – Não foram os vândalos. Ela morreu da tosse. Anda, vou mostrar-te onde ela está enterrada.

A sepultura não tinha nome. Uma planta de inhame, de um verde exuberante, crescia nesse lugar.

– Quando é que foi? – perguntou Ugwu. – Quando é que ela morreu?

Pareceu-lhe surreal fazer aquela pergunta, «Quando é que ela morreu?», sobre a sua própria mãe. E não tinha importância saber quando é que ela morrera. Enquanto o pai dizia coisas que não faziam sentido, Ugwu deixou-se cair de joelhos, encostou a testa ao chão e enrolou as mãos à volta da cabeça, como que para se proteger de qualquer coisa que pudesse cair do céu, como se fosse a única posição que lhe permitisse digerir a morte da mãe. O pai deixou-o e voltou para a cabana. Mais tarde, Ugwu sentou-se com Anulika à sombra da árvore fruta-pão.

– Como é que a mãe morreu?

– De um ataque de tosse.

Ela não respondeu a nenhuma das suas outras perguntas como ele esperava, não fez gestos enérgicos nem comentários mordazes: sim, fizeram a cerimónia do vinho antes de os vândalos ocuparem a aldeia. Onyeka estava bem; estava na quinta. Ainda não tinham filhos. Ela desviava os olhos com frequência, como se sentisse desconfortável na companhia dele, e Ugwu perguntou-se se seria fruto da sua imaginação a cumplicidade natural que os unira noutros tempos. Ela pareceu aliviada quando Chioke a chamou, e levantou-se rapidamente e foi-se embora.

Ugwu estava a observar as crianças a correrem à volta da árvore fruta-pão, a espicaçarem-se e a gritarem umas com as outras, quando Nnesinachi chegou com um bebé na anca e um brilho nos olhos. Estava na mesma; ao contrário dos outros, não lhe pareceu mais magra do que antes. Tinha apenas os seios um pouco maiores, repuxando-lhe o tecido da blusa. Encostou-se a ele para o abraçar. O bebé soltou um guincho.

– Eu sabia que não tinhas morrido – disse ela. – Eu sabia que o teu *chi* estava bem acordado.

Ugwu tocou na bochecha do bebé.

– Casaste-te durante a guerra?

– Não me casei. – Ela passou o bebé para a outra anca. – Vivi com um soldado haúça.

– Um vândalo? – A ideia era difícil de conceber.

Nnesinachi assentiu.

– Eles estavam a viver na nossa aldeia e ele tratava-me bem, era um homem muito bom. Se eu estivesse aqui na altura, o que aconteceu à Anulika nunca teria acontecido. Mas eu tinha ido a Enugu com ele comprar umas coisas.

– O que é que aconteceu à Anulika?

– Não sabes?

– O quê?

– Violaram-na. Cinco homens. – Nnesinachi sentou-se com o bebé ao colo.

Ugwu cravou os olhos no céu distante.

– Onde é que isso aconteceu?

– Já lá vai mais de um ano.

– Eu perguntei onde é que foi.

– Ah. – A voz de Nnesinachi vacilou. – Junto do rio.

– Ao ar livre?

– Sim.

Ugwu baixou-se e pegou numa pedra.

– Dizem que ela mordeu o primeiro que saltou para cima dela e que o fez sangrar de um braço. Quase a mataram de pancada. Ela ficou com um olho que mal se abre.

Mais tarde, Ugwu foi uma dar uma volta pela aldeia e quando chegou ao rio lembrou-se da fila de mulheres que iam buscar água de manhã, sentou-se numa rocha e soluçou.

De regresso a Nsukka, Ugwu não contou a Olanna que a sua irmã tinha sido violada. Ela estava frequentemente para fora. Recebia mensagens atrás de mensagens sobre lugares onde tinham sido avistadas mulheres parecidas com Kainene e, então, ia a Enugu, Onitsha e Benin e voltava a cantarolar baixinho.

– Hei de encontrar a minha irmã – dizia ela, quando Ugwu lhe perguntava como é que tinha corrido.

– Sim, minha senhora, claro que sim – respondia Ugwu, porque tinha de acreditar, para bem dela, que assim seria.

Ugwu limpava a casa. Ia ao mercado. Foi a Freedom Square ver o monte de livros enegrecidos que os vândalos tinham tirado da biblioteca e queimado. Brincava com Bebé. Sentava-se nos degraus que davam para o quintal e escrevia em bocados de papel. No quintal ao lado cacarejavam galinhas. Ele olhava para a sebe e perguntava-se o que teria acontecido a Chinyere, o que teria ela pensado dele, se teria sobrevivido. O Dr. Okeke e a família não haviam regressado e, agora, quem lá vivia era um homem de pernas arqueadas, um professor de Química que cozinhava a lenha e tinha um galinheiro. Um dia, na luz ténue do anoitecer, Ugwu levantou os olhos e viu três soldados invadirem o recinto e partirem instantes depois, levando o professor de rastos.

Ugwu ouvira dizer que os soldados nigerianos tinham jurado matar cinco por cento dos professores universitários de Nsukka, e ninguém sabia do Professor Ezeka desde que fora detido em Enugu, mas de repente tomou contacto com essa realidade, ao ver o professor da casa vizinha ser levado à força. Por isso, dias depois, quando ouviu umas pancadas fortes na porta da rua, pensou que tinham vindo buscar o Senhor. Dir-lhes-ia que o Senhor não estava em casa; diria inclusivamente que o Senhor tinha morrido. Correu para o escritório e sussurrou: – Esconda-se debaixo da mesa, patrão! – e depois precipitou-se para a porta e fez cara de estúpido.

Mas em vez do verde ameaçador das fardas do exército, de armas e botas a reluzir, deparou-se com um cafetã castanho, uns chinelos rasos e um rosto familiar, que demorou uns instantes a reconhecer: Miss Adebayo.

– Boa noite – disse Ugwu. Sentiu-se quase que desapontado. Ela espreitou para o interior da casa atrás dele e no seu rosto vislumbrava-se um medo enorme, em estado bruto, que a fazia parecer reduzida a nada, como se fosse uma caveira com uns grandes buracos vazios em vez de olhos.

– O Odenigbo? – sussurrou ela. – O Odenigbo?

Ugwu percebeu de imediato que ela não conseguia dizer mais nada, que talvez nem sequer o tivesse reconhecido e que não era capaz de fazer a pergunta na íntegra: *O Odenigbo está vivo?*

– O meu senhor está bem – disse Ugwu. – Está lá dentro.

Ela ficou especada a olhar para ele.

– Ah, Ugwu! Cresceste tanto. – Ela entrou. – Onde é que ele está? Como é que está?

– Eu vou chamá-lo, minha senhora.

O Senhor estava parado junto da porta do escritório.

– O que é que se passa, meu amigo? – perguntou.

– Miss Adebayo está aqui, patrão.

– Mandaste-me esconder debaixo de uma mesa por causa de Miss Adebayo?

– Pensei que fossem os soldados, patrão.

Miss Adebayo abraçou o Senhor e ficou agarrada a ele durante uma eternidade.

– Disseram-me que tu ou o Okeoma não tinham conseguido regressar...

– O Okeoma não conseguiu regressar. – O Senhor repetiu a expressão dela como se a desaprovasse.

Miss Adebayo sentou-se e desatou a chorar convulsivamente.

– Nós não tivemos verdadeiramente consciência do que estava a acontecer no Biafra. A vida continuou como sempre e as mulheres usavam o último grito da moda em Lagos. Só quando fui a um congresso em Londres é que li uma notícia sobre as pessoas que estavam a morrer à fome. – Fez uma pausa. – Assim que a guerra acabou, juntei-me aos voluntários do Mayflower e atravessei o Níger com comida...

Ugwu não gostava dela. Não gostava do quão nigeriana ela era. No entanto, uma parte de si estava disposta a perdoá-la, se isso trouxesse de volta aqueles serões de antigamente, em que ela discutia com o Senhor numa sala de estar que cheirava a conhaque e cerveja. Agora, ninguém vinha visitá-los, a não ser Mr. Richard. Havia uma nova familiaridade na presença dele. Era como se fosse mais da família, pela maneira como se sentava a ler na sala de estar, enquanto Olanna tratava da sua vida e o Senhor estava no escritório.

As pancadas na porta, passados uns dias, num serão em que Mr. Richard tinha vindo visitá-los, irritaram Ugwu. Pousou os seus papéis na cozinha. Será que Miss Adebayo não conseguia perceber que era melhor voltar para Lagos e deixá-los em paz? Quando chegou à porta, deu um passo atrás ao ver os dois soldados através do vidro. Eles agarraram na maçaneta e deram uns safanões à porta trancada. Ugwu abriu-a. Um deles usava uma boina verde e o outro tinha uma verruga no queixo, como o caroço de um fruto.

– Queremos que toda a gente saia dos quartos e se deite no chão!

O Senhor, Olanna, Ugwu, Bebé e Mr. Richard estenderam-se todos no chão da sala de estar, enquanto os soldados revistavam a casa. Bebé fechou os olhos e ficou imóvel, de barriga para baixo.

O soldado da boina verde tinha uns olhos que chispavam de raiva e gritou e desfez uns papéis que estavam em cima da mesa. Foi ele que encostou a sola da bota ao rabo de Mr. Richard e disse:

– Branco! *Oyinbo!* Nem penses em borrar-te aqui!

Também foi ele que encostou a arma à cabeça do Senhor e disse:

– De certeza que não tens dinheiro do Biafra escondido aqui em casa?

O outro, o da verruga no queixo, disse: – Estamos à procura de materiais que ameacem a união da Nigéria.

A seguir, foi à cozinha e saiu de lá com dois pratos cheios de arroz *jollof* feito por Ugwu. Depois de comerem, depois de beberem água e arrotarem ruidosamente, meteram-se na sua carrinha e foram-se embora. Deixaram a porta da rua aberta. Olanna foi a primeira a levantar-se. Foi à cozinha e despejou o resto do arroz *jollof* no lixo. O Senhor trancou a porta. Ugwu ajudou Bebé a pôr-se de pé e levou-a para o quarto.

– Está na hora do banho – disse, embora ainda fosse um pouco cedo.

– Eu sei tomar banho sozinha – disse Bebé, e por isso ele ficou parado junto da banheira, a vê-la lavar-se sozinha pela primeira vez. Bebé salpicou-o de água, rindo-se, e Ugwu percebeu que ela não ia precisar dele para sempre.

Quando voltou à cozinha, encontrou Mr. Richard a ler as folhas de papel que tinha deixado em cima do balcão.

– Isto é fabuloso, Ugwu. – Mr. Richard parecia surpreendido. – A Olanna contou-te da mulher que transportava a cabeça da filha no comboio?

– Sim, senhor. E isso vai fazer parte de um grande livro. Ainda vou demorar muitos anos a acabá-lo. Vai-se chamar *História da Vida de um País*.

– É um projeto muito ambicioso – disse Mr. Richard.

– Quem me dera ter o livro do Frederick Douglass.

– Deve ter sido um dos livros que eles queimaram – disse Mr. Richard, e abanou a cabeça. – Bom, vou ver se o arranjo quando for a Lagos, na próxima semana. Vou visitar os pais da Kainene. Mas primeiro vou a Port Harcourt e a Umuahia.

– A Umuahia, senhor?

– Sim.

Mr. Richard não disse mais nada; nunca falava das suas buscas para encontrar Kainene.

– Se tiver tempo, senhor, por favor veja se descobre o que aconteceu a uma pessoa que eu conhecia.

– A Eberechi?

O rosto de Ugwu pregueou-se num sorriso, mas apressou-se a mostrar de novo uma cara séria.

– Sim, senhor.

– Com certeza.

Ugwu disse-lhe o nome da família dela e a morada, e Mr. Richard apontou tudo. No fim, ficaram ambos calados e Ugwu, constrangido, esforçou-se por dizer qualquer coisa.

– Ainda está a escrever o seu livro, senhor?

– Não.

– *O Mundo Ficou Calado Quando Morremos*. É um bom título.

– Pois é. Surgiu na sequência de uma coisa que o Coronel Madu disse uma vez. – Richard fez uma pausa. – A verdade é que não me cabe a mim contar a história da guerra.

Ugwu assentiu. Era exatamente o que ele pensava.

– Posso dar-lhe uma carta, para o caso de ver a Eberechi, senhor?

– Claro.

Ugwu tirou as folhas das mãos de Mr. Richard e, quando se virou para fazer o jantar de Bebé, pôs-se a cantar baixinho.

CAPÍTULO 36

Richard entrou no pomar e dirigiu-se para o sítio onde costumava sentar-se a ver o mar. A sua laranjeira preferida tinha desaparecido. Muitas das árvores haviam sido abatidas e o pomar tinha agora parcelas de relva cultivada. Pousou os olhos no lugar onde Kainene queimara o seu manuscrito e lembrou-se de como há dias, em Nsukka, não sentira nada, absolutamente nada, ao observar Harrison a escavar no jardim.

– Desculpa, patrão. Desculpa, patrão. Eu enterra manescrito aqui, eu tem certeza que enterra aqui.

A casa de Kainene tinha sido repintada de um verde deslavado; a buganvília que a cobrira como uma grinalda fora podada. Richard contornou a casa até à parte da frente e tocou à campainha, imaginando Kainene a vir abrir a porta e a dizer-lhe que estava bem, que quisera simplesmente ficar sozinha durante uns tempos. A mulher que apareceu tinha marcas tribais fininhas no rosto, duas linhas em cada face. Entreabriu ligeiramente a porta.

– Sim?

– Boa tarde – cumprimentou Richard. – Chamo-me Richard Churchill. Sou o noivo da Kainene Ozobia.

– Sim?

– Eu costumava viver aqui. Esta casa é da Kainene.

O rosto da mulher contraiu-se.

– Esta propriedade estava abandonada. Agora é a minha casa. – Fez menção de fechar a porta.

– Espere, por favor – pediu Richard. – Gostava de recuperar as nossas fotografias, por favor. Posso ficar com as fotos da Kainene? O álbum que está na estante do escritório?

A mulher assobiou.

– Tenho um cão perigoso e se você não se for embora já, eu atiço-o contra si.

– Por favor, só quero as fotos.

A mulher assobiou outra vez. Richard ouviu um cão rosnar, algures no interior da casa. Virou costas lentamente e foi-se embora. Enquanto conduzia, com as janelas abertas e o cheiro a maresia nas narinas, pensou na quantidade de vezes que Kainene o conduzira ao longo daquela mesma estrada solitária. Quando chegou à povoação, abrandou ao passar por uma mulher alta, mas era demasiado clara para ser Kainene. Protelara a sua ida a Port Harcourt porque, primeiro, queria encontrá-la para poderem visitar a casa juntos, contemplarem juntos o que tinham perdido. Estava convencido de que ela tentaria recuperar tudo, escreveria petições e iria a tribunal e diria a toda a gente que o governo federal lhe roubara a casa, com aquela sua intrepidez habitual. A mesma intrepidez com que pusera fim à sova ao jovem soldado. Era a última recordação completa que tinha dela e a sua mente alterava-a a seu bel-prazer – às vezes, o pano que ela levava atado à cintura, amarrotado durante o sono, estava salpicado de dourado, outra vezes, de vermelho.

Ele não teria ido lá a casa naquela altura, se a mãe dela não lho tivesse pedido.

– Vai lá a casa, Richard, por favor, vai lá a casa ver – pedira ela ao telefone, num fio de voz.

Durante as primeiras conversas com ela, quando regressaram de Londres, parecera tão diferente, tão cheia de certezas.

– A Kainene deve ter sido ferida em qualquer parte. Temos de espalhar a notícia. Temos de o fazer depressa, para podermos levá-la para um hospital melhor. Quando ela estiver boa, eu pergunto-lhe o que é que podemos fazer em relação àquele bode ioruba que pensávamos que era nosso amigo. Onde é que já se viu obrigar-nos a comprar a nossa própria casa? Onde é que já se viu ele ter falsificado a escritura e os outros papéis todos e dizer que nos devíamos dar por satisfeitos por não estar a pedir muito pela casa? E como se isso não bastasse, ficou-nos com os móveis. O pai da Kainene tem tanto medo, que não se atreve a dizer nada. Está contente por o deixarem ficar com uma casa que era dele, à partida. A Kainene nunca admitiria uma coisa destas.

Ela estava diferente, agora. Era como se, com o passar do tempo, tivesse perdido a fé. Vai ver a casa, pedira-lhe. Vai lá ver. Já não falava em pormenores, em coisas concretas. Madu estava instalado em casa deles, em Lagos, desde que fora libertado da sua longa detenção em Alagbon Close; desde que fora dispensado do exército nigeriano; desde que recebera vinte libras pelo dinheiro todo que tinha antes e durante a guerra. Fora Madu que ouvira dizer que uma mulher magra, alta e culta fora encontrada a vaguear pelas ruas de Onitsha. Richard foi com Olanna a Onitsha e a mãe delas foi lá ter com eles, mas a mulher não era Kainene. Richard tivera tanta certeza de que seria Kainene – ela sofria de amnésia, esquecera-se de quem era, tudo fazia sentido – que, quando olhou para os olhos da desconhecida, sentiu pela primeira vez na vida um ódio profundo por uma pessoa que não conhecia.

Lembrou-se disso a caminho de Umuahia, a caminho do centro de desalojados. O edifício estava vazio. Ali perto, uma cratera de bomba permanecia aberta, por tapar. Richard andou às voltas durante uns minutos até encontrar a morada que Ugwu lhe dera. A mulher de idade que o recebeu parecia completamente indiferente, como se fosse normal um homem branco aparecer-lhe à porta a falar ibo para lhe perguntar por um familiar. Richard ficou surpreendido; estava habituado a que o facto de ser branco e de falar ibo desse nas vistas, suscitasse espanto. Ela trouxe-lhe um banco. Disse-lhe que era irmã do pai de Eberechi, e mal ela lhe contou o que acontecera à rapariga, Richard decidiu que não diria nada a Ugwu. Jamais o diria a Ugwu. A tia de Eberechi tinha um lenço branco atado na cabeça e um pano sujo à volta do peito e falava tão baixinho que Richard teve de lhe pedir para repetir. Ela fitou-o por uns instantes antes de lhe dizer, novamente, que Eberechi morrera num bombardeamento, que isso acontecera no dia em que Umuahia caíra e que, apenas uns dias mais tarde, o irmão de Eberechi que estava no exército voltara da frente são e salvo. Sem saber muito bem porquê, Richard sentou-se e contou à mulher a história de Kainene.

– A minha mulher foi fazer um «ataque *afia*» uns dias antes do fim da guerra e nunca mais a vimos.

A mulher encolheu os ombros.

– Um dia, saberás o que aconteceu – disse ela.

Richard pensou nessas palavras no dia seguinte, no caminho até Lagos, e ficou ainda mais convicto de que não contaria a Ugwu que Eberechi estava morta. Um dia, Ugwu saberia. Por agora, não lhe queria estilhaçar o sonho.

Estava a chover quando chegou a Lagos. No rádio do automóvel, transmitiram uma vez mais o discurso de Gowon: «Nem vencedores, nem vencidos.» Vendedores de jornais corriam por entre o trânsito, com os seus jornais envoltos em sacos de plástico. Ele deixara de ler jornais, porque tinha a impressão de que todos os que abria traziam o anúncio que os pais de Kainene haviam colocado, com a foto dela à beira da piscina, sob o cabeçalho Desaparecida. Era opressivo, tão opressivo como a Tia Elizabeth a dizer-lhe para «ser forte», numa voz trémula ao telefone, como se soubesse alguma coisa que ele desconhecesse. Ele não precisava de ser forte para nada. E Kainene não estava desaparecida; estava só a tirar um tempo antes de voltar para casa, mais nada.

A mãe dela abraçou-o.

– Tens-te alimentado, Richard? – perguntou, num tom carinhoso e familiar, como uma mãe diria a um filho que andasse a negligenciar a saúde.

Ela pegou-lhe no braço com força e apoiou-se nele, quando se dirigiram para a esparsa sala de estar, e Richard teve a sensação extraordinária e desconfortável de que, de algum modo, ela pensava que, tocando-lhe, estava a tocar em Kainene.

O pai de Kainene estava sentado na companhia de Madu e de outros dois homens de Umunnachi. Richard cumprimentou-os com um aperto de mão e sentou-se junto deles. Estavam a beber cerveja e a discutir o decreto de indigenização, o desemprego dos funcionários públicos[1]. Falavam baixinho, como se o facto de estarem entre quatro paredes não fosse suficiente para os proteger. Richard levantou-se e subiu as escadas até ao antigo quarto de Kainene, mas não restava nada dela. As paredes estavam cravejadas de pregos; talvez o ocupante ioruba tivesse pendurado muitas fotografias.

O guisado que lhes serviram ao almoço tinha demasiado lagostim; Kainene não o teria apreciado e ter-se-ia debruçado para lho dizer ao ouvido. Depois do almoço, Richard e Madu foram sentar-se na varanda. Parara de chover e as folhas das plantas, lá em baixo, pareciam mais verdes.

– Os estrangeiros dizem que morreu um milhão de pessoas – disse Madu. – Não pode ser.

Richard ficou calado, à espera. Não sabia muito bem se lhe apetecia ter uma daquelas conversas que tantos biafrenses tinham agora, passando a culpa uns aos outros e mascarando os seus próprios rostos com uma valentia que nunca tinham tido. Preferia recordar a maneira como ele e Kainene ali tinham estado tantas vezes, a contemplar a piscina prateada.

– Não pode ser só um milhão. – Madu bebeu um gole de cerveja. – Vais voltar para Inglaterra?

A pergunta irritou-o.

– Não.

– Vais ficar em Nsukka?

– Sim. Vou trabalhar para o novo Instituto de Estudos Africanos.

– Estás a escrever algum livro?

---

[1] O decreto de indigenização foi a primeira de uma série de medidas nigerianas destinadas a impedir os estrangeiros de investirem em determinadas empresas e a reservar a participação em alguns negócios apenas a cidadãos nigerianos. (N. da T.)

– Não.

Madu pousou o copo de cerveja; gotas de água cobriam o vidro como pequeninos seixos transparentes.

– Não percebo porque é que não conseguimos descobrir nada sobre a Kainene, não percebo mesmo – disse Madu.

Richard não gostou do som daquele «nós», não sabia quem é que estava incluído no plural de Madu. Levantou-se, atravessou a varanda e olhou para baixo para a piscina vazia; o fundo era feito de pedra polida esbranquiçada, visível através de um fino lençol de água da chuva. Virou-se para Madu.

– Tu gostas dela, não gostas? – perguntou.

– É claro que gosto dela.

– Alguma vez lhe tocaste?

O riso de Madu foi seco e duro.

– Alguma vez lhe tocaste? – perguntou Richard novamente, e Madu tornou-se de súbito o responsável pelo desaparecimento de Kainene. – Alguma vez lhe tocaste?

Madu levantou-se. Richard esticou a mão e agarrou-lhe no braço. Volta aqui, quis dizer, volta aqui e diz-me se alguma vez puseste a tua manápula preta e nojenta em cima dela. Madu libertou-se de Richard. Richard deu-lhe um murro na cara e sentiu o punho começar a latejar.

– Idiota – disse Madu, surpreendido e perdendo ligeiramente o equilíbrio.

Richard viu Madu levantar o braço, viu o movimento rápido e desfocado de um murro a aproximar-se. Aterrou-lhe no nariz e a dor explodiu-lhe pelo rosto todo, e o seu corpo pareceu muito leve ao cair no chão. Quando tocou no nariz, ficou com sangue nos dedos.

– Idiota – disse Madu outra vez.

Richard não conseguia levantar-se. Pegou no lenço de assoar; como tinha as mãos a tremer, sujou a camisa de sangue. Madu observou-o durante um momento e depois baixou-se, agarrou-lhe no rosto com as mãos enormes e inspecionou-lhe o nariz de perto. Richard sentiu o cheiro a lagostim no hálito de Madu.

– Não o parti – disse Madu, e endireitou-se.

Richard limpou o nariz com o lenço. Sentiu a escuridão a abater-se sobre si, e quando se dissipou percebeu que nunca mais veria Kainene e que a sua vida seria sempre como um quarto à luz de velas; veria as coisas apenas na sombra, apenas em vislumbres.

CAPÍTULO 37

Os momentos de firme esperança de Olanna, em que tinha a certeza de que Kainene ia voltar, eram seguidos de períodos de dor crua, e depois uma onda de fé inundava-a e fazia-a cantarolar baixinho, até se desmoronar novamente e cair destroçada no chão, chorando incontrolavelmente. Miss Adebayo visitou-os e disse qualquer coisa sobre a dor, qualquer coisa bonita e banal: a dor era a celebração do amor, quem era capaz de sentir verdadeira dor tinha a sorte de ter amado. Mas não era dor que Olanna sentia, era algo maior do que a dor. Mais estranho do que a dor. Ela não sabia onde estava a irmã. Não sabia. Enfurecia-se consigo mesma por não se ter levantado cedo no dia em que Kainene partira para o «ataque *afia*», por não saber o que Kainene vestira nessa manhã, por não ter ido com ela e por ter confiado que Inatimi saberia onde a levava. Enfurecia-se com o mundo quando subia para o autocarro ou se sentava ao lado de Odenigbo ou de Richard para ir a hospitais apinhados e edifícios poeirentos em busca de Kainene e não a encontrava.

Quando viu os pais pela primeira vez, o pai chamou-lhe «*Ola m*», ouro meu, e ela desejou que não o fizesse, porque se sentia maculada.

– Nem sequer vi a Kainene antes de ela ir embora. Quando acordei, já tinha partido – disse-lhes.

– *Anyi ga-achota ya*, havemos de encontrá-la – respondeu a mãe.

– Havemos de encontrá-la – repetiu o pai.

– Sim, havemos de encontrá-la – disse Olanna também, e sentiu que estavam todos a arranhar desesperadamente uma parede dura e escalavrada.

Contavam uns aos outros histórias de pessoas que tinham sido encontradas, que haviam voltado depois de meses dadas como desaparecidas. Não contavam uns aos outros as outras histórias, das pessoas que continuavam desaparecidas, das famílias que enterravam caixões vazios.

Os dois soldados que tinham invadido a casa e comido o arroz *jollof* deixaram Olanna cheia de raiva. Enquanto estava deitada no chão da sala de estar, rezou para que não encontrassem as suas libras biafrenses. Quando se foram embora, tirou as notas dobradas de dentro do envelope que tinha escondido no sapato, foi ao quintal e acendeu um fósforo debaixo do limoeiro. Odenigbo observava-a. Ela sabia que ele desaprovava esse seu gesto, porque ele guardava uma bandeira do Biafra dobrada dentro do bolso de umas calças.

– Estás a queimar recordações – disse-lhe ele.

– Não, não estou. – Ela recusava-se a guardar as suas recordações em coisas que desconhecidos podiam saquear. – As minhas recordações estão dentro de mim.

As semanas foram passando, voltou a haver água corrente, as borboletas regressaram ao jardim e o cabelo de Bebé tornou a crescer preto-azeviche. Do estrangeiro, chegaram caixas de livros para Odenigbo. «Para um colega roubado pela guerra», diziam os bilhetes, «da parte dos camaradas da irmandade dos matemáticos, admiradores de David Blackwell[1]». Odenigbo passava dias inteiros debruçado sobre eles.

– Olha, eu tinha a primeira edição deste livro – dizia ele muitas vezes.

Edna mandou livros, roupas e chocolates. Olanna olhou para as fotografias incluídas na encomenda e Edna pareceu-lhe estrangeira, uma mulher que vivia em Boston e usava o cabelo esticado com brilhantina. Tinha a sensação de que passara muito tempo desde que Edna fora sua vizinha no prédio de Elias Avenue, e ainda mais desde que aquele quintal em Odim Street constituía as fronteiras da sua vida. Quando dava longos passeios pelo recinto da universidade, por entre os campos de ténis e Freedom Square, pensava em como fora rápida a partida e como era lento o regresso.

A sua conta bancária de Lagos desaparecera. Já não existia. Era como se a tivessem despido à força; alguém lhe arrancara as roupas todas e a deixara a tremer, nua, ao frio. Mas viu nisso um sinal positivo. Como perdera todas as suas poupanças, não era possível que perdesse também a sua irmã; os guardiães do destino não eram assim tão perversos.

– Porque é que a Tia Kainene ainda está a fazer o «ataque *afia*»? – perguntava Bebé muitas vezes, com um olhar firme e desconfiado.

– Para de me perguntar isso, rapariga! – dizia Olanna, mas também via nisso um sinal, embora ainda não tivesse sido capaz de decifrar o seu significado.

---

[1] David Blackwell (1919), professor de Estatística na Universidade de Berkeley, foi o primeiro afro-americano a entrar para a Academia Nacional de Ciências, em 1965. *(N. da T.)*

Odenigbo disse-lhe que ela tinha de parar de ver sinais em tudo. Olanna ficou irritada por ele reprovar esse seu comportamento, mas depois sentiu-se grata por isso, porque se ele acreditasse que tinha acontecido alguma coisa de mal a Kainene jamais se atreveria a criticá-la.

Quando receberam a visita de uns familiares de Umunnachi e eles lhes sugeriram que consultassem um *dibia*, Olanna pediu ao seu Tio Osita que o fizesse. Deu-lhe uma garrafa de *whisky* e dinheiro para comprar uma cabra para o oráculo. Foi de carro até ao rio Níger para lançar uma cópia da foto de Kainene às águas. Foi a casa de Kainene, em Orlu, e deu-lhe a volta a pé três vezes. E esperou pela semana que o *dibia* estipulara, mas Kainene não voltou para casa.

– Talvez eu tenha feito alguma coisa mal – disse ela a Odenigbo.

Estavam no escritório dele. O chão encontrava-se coberto de bocadinhos de papel enegrecido das páginas dos seus livros meio queimados.

– A guerra acabou, mas a fome ainda não, *nkem*. Aquele *dibia* só queria a carne da cabra para matar a fome. Não podes acreditar nessas coisas.

– Mas eu acredito. Acredito em tudo. Acredito seja no que for que possa devolver-me a minha irmã.

Ela levantou-se e dirigiu-se para a janela.

– Nós voltamos à terra – disse ela.

– O quê?

– O nosso povo diz que todos nós reencarnamos, não diz? – disse ela. – *Uwa m, uwa ozo*. Quando eu voltar na minha próxima encarnação, a Kainene será minha irmã.

Começara a chorar baixinho. Odenigbou tomou-a entre os seus braços.

8. O Livro: O Mundo Ficou Calado Quando Morremos

A última coisa que Ugwu escreve é a dedicatória: «Para o Senhor, o meu amigo.»

NOTA DA AUTORA

Este livro tem como base a guerra entre a Nigéria e o Biafra, que decorreu em 1967-70. Embora algumas das personagens sejam baseadas em pessoas verdadeiras, os seus retratos são fictícios, bem como a maior parte dos acontecimentos que as envolvem. Abaixo apresento uma lista dos livros que me ajudaram na minha pesquisa (a maior parte deles usa a grafia anglicizada «ibo» em vez de «igbo»). Devo o mais profundo agradecimento aos seus autores. *Sunset at Dawn*, de Chukwuemeka Ike, e *Never Again*, de Flora Nwapa, em especial, foram-me indispensáveis para recriar o ambiente da classe média do Biafra; a obra *Labyrinths* e a própria vida do autor Christopher Okigbo inspiraram a personagem de Okeoma, enquanto *The Nigerian Revolution and the Biafran War*, de Alexander Madiebo, foi fundamental para a construção da personagem do Coronel Madu.

Contudo, não poderia ter escrito este livro sem a ajuda dos meus pais. O meu sábio e maravilhoso pai, o Professor Nwoye James Adichie, *Odelu Ora Aba*, terminava as suas muitas histórias com as palavras *agha ajoka*, que na minha tradução literal significam «a guerra é muito feia». Ele e a minha protetora e dedicada mãe, Mrs. Ifeoma Grace Adichie, quiseram sempre que soubesse, creio eu, que o que importa não é aquilo por que tiveram de passar e sim o facto de terem sobrevivido. Estou-lhes muito grata pelas suas histórias e por tantas outras coisas.

Presto homenagem ao meu Tio Mai, Michael E. N. Adichie, que foi ferido quando combatia no 21.º Batalhão do Exército do Biafra, e que me falou da sua experiência com muita elegância e sentido de humor. Presto igualmente um tributo às espirituosas recordações do meu Tio CY (Cyprian Odigwe, 1949-98), que combateu nos Comandos do Biafra, ao meu primo Pauly (Paulinus Ofili, 1955-2005), que partilhou comigo as suas recordações da vida no Biafra com treze anos de idade, e ao meu amigo Okla (Okoloma Maduewesi, 1972-
-2005), que não poderá levar este livro debaixo do braço como fez com o anterior.

Obrigada à minha família: Toks Oremule e Arinze Maduka, Chisom e Amaka Sonny-Afoekelu, Chinedum e Kamsi Adichie, Ijeoma e Obinna Maduka, Uche e Sonny Afoekelu, Chukwunwike e Tinuke Adichie, Nneka Adichie Okeke, Okechukwu Adichie, e em especial a Kenechukwu Adichie; a todos os Odigwes de Umunnachi e aos Adichies de Aba; às minhas «irmãs» Urenna Egonu e Uju Egonu, e ao meu «maninho», Oji Kanu, por acreditar que sou melhor do que realmente sou.

Obrigada a Ivara Esege; a Binyavanga Wainaina, pelas suas excelentes queixas; a Amaechi Awurum pelos seus ensinamentos sobre a fé; a Ike Anya, Muhtar Bakare, Maren Chumley, Laura Bramon Good, Martin Kenyon e Ifeacho Nwokolo pela amizade com que leram o manuscrito; a Susan Buchan pelas fotografias tiradas no Biafra; ao Vermont Studio Center pela dádiva de espaço e de tempo; e ao Professor Michael J. C. Echeruo, cujos comentários eruditos e generosos me fizeram procurar a outra metade do sol.

Estou grata à minha inimitável agente Sarah Chalfant por me fazer sentir segura; e a Mitzi Angel, Anjali Singh e Robin Desser, os meus editores extraordinariamente perspicazes.

Para que jamais esqueçamos.